玉出江湖 ◎ 著

缘来
相亲劫

搏命缉凶 恩怨反转 幕后还有幕后
生死劫难 善恶变换 成就多段奇缘

上

YUAN LAI
XIANGQIN
JIE

百花洲文艺出版社

图书在版编目（CIP）数据

缘来相亲劫 / 玉出江湖著. -- 南昌：百花洲文艺
出版社，2025.1. -- ISBN 978-7-5500-5464-6

Ⅰ.Ⅰ247.5

中国国家版本馆CIP数据核字第2024QJ1938号

缘来相亲劫　　玉出江湖　著

YUAN LAI XIANGQIN JIE

出　版　人　陈　波
责任编辑　杨　旭
特约编辑　张立云
装帧设计　云上雅集
出　版　者　百花洲文艺出版社
社　　　址　南昌市红谷滩新区世贸路898号博能中心一期A座20楼
电　　　话　0791-86895108（发行热线）0791-86171646（编辑热线）
邮　　　编　330038
经　　　销　全国新华书店
印　　　刷　长沙市精宏印务有限公司
开　　　本　710毫米×1000毫米　1/16
印　　　张　44
字　　　数　500千字
版　　　次　2025年1月第1版
印　　　次　2025年1月第1次印刷
书　　　号　ISBN 978-7-5500-5464-6
定　　　价　178.00元（上、下）

赣版权登字　05-2024-375

网　　　址　http://www.bhzwy.com
图书若有印装错误，影响阅读，可向承印厂联系调换

第一章
风啸浪卷突遭袭

建安十四年十月。

天高云淡，江水东流。

刘备坐于船中，双手扶膝，闭目沉思。

孙乾陪坐于侧，透过船隙，凝望舱外，秋色怡然，岸起岸落。

"孙乾你听，"刘备睁开眼，"外面是不是乌鸦在叫？"

孙乾侧耳倾听，外面传来士卒整齐的划桨之声。他出得船舱，只见江天一色，飞鸟在江面上起落，孙乾折回，"主公，那是江鸥的叫声。"

刘备轻轻点头，"喧嚣充耳，令人心浮气躁。"

孙乾微微一笑，他知道，此次东吴相亲，并非主公心甘情愿，南徐近在咫尺，他愈加不安。于是道，"诸葛军师神机妙算，主公不必担心。"

"此乃一计！"刘备摇头，"孙权、周瑜对我们拿下荆州耿耿于怀，绝不会善罢甘休！"

"军师有言，孙刘联盟，曹操不敢妄动，孙刘破裂，东吴亦孤木难支。此次东吴若是真心结亲，我们顺势而为，成就好事；若心怀不轨，以美人相诱，我们亦将计就计，他们讨不到便宜！"

刘备一推胡须，"我已这般年纪，孙权妹子正当妙龄，如何能真心结亲？"

"曹操如此倨傲，煮酒论英雄，只敬服您一人，主公英雄盖世，量她一个小女子怎能不一见倾心！"

"只怕偷鸡不成蚀把米。"

"军师卜过一卦，乃大吉大利之兆，他说，此去东吴，主公无忧，荆州无虞，还能成就一段好姻缘！"

"哪有此等好事？"

"主公可放宽心，如遇凶险，子龙有军师所赠三个锦囊，以备不时之需。我还有军师新近调教的信鸽，"说罢一指船头鸟笼，"求救信已绑好，若遇紧急，即刻放飞。"

"周瑜诡计多端，孙权老谋深算，此次深入东吴，纵有此等防范，亦是凶多吉少啊！"刘备摇头，"不该听信诸葛亮之言，为一小女子置身险境啊！"

刘备后悔不迭，这般情绪如何相亲？孙乾悄悄走出了船舱。

赵云仗剑于船头，正虎视前方。"子龙，主公情绪不稳，你去劝劝吧。"

刘备与关羽、张飞桃园结义后，又结识赵云，两人甚是投机，刘备视其为四弟。

赵云看出，主公刘备从荆州出发就心事重重。赵云想，主公自出道以来，左支右绌，颠沛流离，连容身之所都没有，也不曾气馁过。如今占据荆州，大业根基已备，此次为巩固孙刘联盟，路程虽险，当能从容以对。哪承想，他茶饭不思，沉默寡言。来之前，诸葛军师叮嘱他与孙乾，此去东吴，对孙刘联合抗曹，未来形成鼎足之势极为重要，绝不能打退堂鼓半途而废。此时，他不得不出面为主公排解了。

刘备嘴里念念有词，不住叹息。看见赵云进来，故作无事，一拍旁边座位，"子龙，坐下歇息一会儿。"

赵云心道，您如此心神不定，我如何坐得下？"此去南徐不远，主公可有什么吩咐的？"赵云一语双关，即将到达南徐，主公就不要胡思乱想了。

刘备明白赵云的意思，赵云跟随自己多年，乃当世英雄，生无所惧，此行深入东吴，担负保驾之责，重任在肩。刘备不想在赵云面前露怯，"按计划行事，注意周边动向。"

赵云点头，"我们即将上岸，是否应做得更加喜庆一些？"赵云的意思是，事已至此，断难回头，主公不如放松下来。

"那是自然！"刘备想到，自己闯荡江湖多年，出生入死，先后投靠曹操、袁绍、刘表等诸侯，哪里不是龙潭虎穴，将生死系于一瞬。如今虽占据荆州，离自己的宏愿还相差甚远，怎就这般畏首畏尾？想到此，他挺起腰，努力振作起来。

看到刘备提起精神，赵云心中高兴。"相亲乃大喜之事，主公定当如此。"

"你感觉此次相亲如何？"

"军师说此事能成，我看就能成。"

刘备道，"听说那孙小姐一身武艺，生性刚猛，东吴诸将皆不放在眼中。现在孙刘两家面和心不和，真与她成亲，白日有诸将在，晚上她若图谋不轨，我当如何？你又不能一天到晚守在我的身边。"

赵云几乎笑出，你们夫妻睡觉，难不成让我在旁边看着？"孙小姐若同主公成亲，定是心有所属，如何能伤害主公？您大可不必担忧。"

刘备听罢，面色有缓，他手指舱外，"子龙你听，外面可是喜鹊在叫？"

"那是江鸥的叫声。"赵云回道。

"哦，"刘备为掩饰羞惭之色，于是道，"子龙，船只偶有异响，你可曾听到？"

赵云暗笑，主公的心一直悬着，难免疑神疑鬼，"好，我出去看看！"

赵云出得船舱，在船只左右逡巡一番，然后来到船头，目视前方。士卒全力划桨，船只快速行进，船顶大纛时卷时舒，一切如常，没听到任何异响。"子龙，"有人喊他，赵云回头，孙乾在向他招手，欲询问劝说主公的情况。

就在赵云回首的一刹那，船身剧烈一震，如同触礁一般，赵云猝不及防，一头栽下，他在空中一挺身，试图抓住船头，怎奈惯性太大，落入江中。船上人都为之一惊，刘备跑出船舱，察看动静。

孙乾急忙指挥士卒七手八脚拉上赵云，他上得船来，马上喊道，"保护主公！"

"子龙，没事吧？"刘备看赵云浑身湿透，关切地问。

赵云一摆手，"不碍事，"然后对孙乾道，"陪主公进舱！"

事发突然，孙乾将刘备拥进船内，主公的安全是首要的。

赵云往怀中一摸，不禁心头一震，三个锦囊全湿了！这可是军师临行前所赠的救急之法！

"浮木！我们撞上了浮木！"士卒大喊。果然，一根树桩横在船前，有四五丈长！

赵云十分警觉，他四下搜寻，周边并无船只，心中稍安。他急令士卒察看船身受损情况，担心船只漏水。

一股劲风吹过，船只晃动起来。"放下桅帆！"赵云命令道，船身仍然摇晃不止，士卒不禁慌乱起来。

岸上树木并不见大动，船只已停止前行，哪来如此邪风？赵云脑中闪过一道光，自己就站在船头，为何没看到如此粗大树桩？

此时，船只晃动加剧，士卒东倒西歪，惊叫不止。赵云大喊一声，"就近靠岸！"

可是，船只已经无法调整航向，大幅摇摆，似有倾覆之势！赵云骇然，何以至此？船上的士卒更是惊慌失措！

"子龙将军，那里好像有人作法！"护卫黄豆正一手抱住桅杆，一手指向岸上一处高冈道。

赵云手扶船舷，定睛一看，只见高冈之上，有一披发之人，挥舞长剑，在烟气之中，穿走游移。赵云常在诸葛亮身边，知晓一些浑天异法、奇门遁甲之术，他感觉其中定有门道！

刘备与孙乾从船舱中冲出，刘备站立不及，栽倒在地，孙乾顾不上搀扶主公，他一手抓住船舷，努力打开鸟笼，将信鸽放出，"速报军师！"信鸽旋转几圈飞走。

赵云本来还怪孙乾操之过急，军师身在荆州，远水不解近渴，徒让他担心，但是形势变化太快，已不容自己多想，必须马上拿出破解之法。

刘备手扶船舱站起，他也瞧见了作法之人，对赵云大喊，"对付邪门妖术，可用猪羊狗血泼之！"赵云听刘备讲过，当年他跟随大将军朱俊清剿黄巾军时，黄巾军首领张宝曾于阵前披发仗剑，作起法来，顿时风雷大作，飞沙走石，似有无数人马杀将过来，汉军大败。朱俊颇通此术，告诉刘备，用猪羊狗血等秽物泼之，果然，再战时，张宝使法，汉军向空中泼洒秽物，立时风停雷止，沙石不动，空中纸人草马纷纷坠地。只是在这紧急关头，哪里去寻猪羊狗血？更不确定此妖术就是彼妖术。

这时，船只愈加摇摆颠簸，刘备再次摔倒，赵云欲扶起主公，已无法靠近，众士卒更是匍匐于地，乱作一团。

赵云身经百战，定力强大。他目视距离披发人不远，只有擒住这个妖人，才能化解主公危机！想到此，他对趴在地上的孙乾喊道，"照顾主公，我去擒敌！"然后一扶船舷，纵身跳上树桩，树桩足够粗壮，如一只独木舟，他随手拉上一个士卒，正是刚才抱着桅杆的黄豆。他已被甩到江中，赵云顺手捞上两把船桨，两人各执一把，急速向前划去。

眼见距岸边不远，树桩竟在水中转动起来，黄豆支撑不住，掉入江中。赵云凭借一身武艺，纵身一跃，在即将落水之时，脚尖轻点水面，一提丹田气，再次腾空，连续几次腾跃，终于上岸，他拔出金刚宝剑，带着一团凛凛杀气，直奔披发人而去。

第二章
搏命追击披发人

由远及近，赵云断定披发人看到了自己，却无动于衷，赵云不禁怀疑，此人难道是在江边祭祖，与船只遇袭无关？祭祖必定装束严整，披发跣足为哪般？况且，没见供桌祭品，唯一可能，他没把自己放在眼中。

双方还有十几丈远时，赵云赫然看到，随着披发人舞动长剑，一团轻烟正在披发人上方盘旋。赵云回望荆州船只，还在快速摇摆颠簸，赵云坚信，当前劫难就拜此人所赐！

赵云执剑直取披发人，在距披发人二三丈远时，披发人身形一变，剑指赵云，那团烟雾马上停止转动，直奔赵云而来，赵云惊愕，定住脚步，横剑护体，烟雾突然炸开，就在赵云一愣之际，只见披发人一扬手，宝剑直向赵云掷来，这是要拼命？行武之人最忌兵器离手！赵云不敢怠慢，一招金蛇吐信，挥向敌剑，没想到，对方宝剑骤然掉头，飞回披发人的剑鞘，赵云感到，披发人功法玄妙，非同常人。

为救主公刘备，赵云没有退路，他冲到披发人近前，终于看清了其面目。只见此人长发披肩，长相清奇，颧骨突出，两腮无肉，双眼发红，爆出眶外。赵云注意到，披发人所在之地，是一处方方正正的高冈，褐土覆盖，周边遍插五色旌旗，中间按北斗之位，设置七个香炉，炉内插满檀香。褐土上密布脚印，看来他一直在此游走，一切皆表明，他在此地作法！赵云大吼一声，"你这妖人，为何要害我家主公？"

"害的就是他！"不承想，披发人并不隐瞒，直接给出了答案，他就是真凶！

赵云怒不可遏，举剑就刺，披发人伸手抄起一物，此物有近丈长，前粗后细，前部形如瓜状，顶端伸出长须，这般模样的兵器，赵云还是头回见到。

披发人轻轻一挡，搂头便打，赵云看他兵器怪异，一招风雷穿云，直削其前须，哪想长须瞬间折过来，直抽赵云面部，赵云向后急纵，人虽躲过，宝剑被长须缠住。披发人见此，猛往怀中一带，披发人看似干瘦，力量惊人，险些将赵云的宝剑夺去，赵云急中生智，顺势向披发人怀中刺去，攻守瞬间变换，披发人慌忙侧身躲避，赵云的宝剑自行解开长须缠绕。

赵云趁势一招仙人指路，直刺披发人咽喉，披发人一仰身，抬腿直踢赵云腹部，赵云收剑，撩腿直点披发人脚心，披发人光脚，形如枯枝，赵云这一脚踢上，必定骨断筋折，赵云以为披发人会缩脚躲避，不想他迎着赵云的脚踹过来，赵云的脚尖正中披发人脚心，披发人向后退两步，并无异样。赵云的脚如同踢在岩石上，火辣疼痛。赵云深感此人硬功十分了得，只是此时，即便他是金刚之身，也要擒住他。

怎奈披发人身形飘逸，闪展腾挪间，两人转眼缠斗三十多个回合。打斗中，赵云瞄一眼江中船只，不仅没停下，似乎颠簸得更厉害了！赵云惊疑，难道此人分身有术？看披发人打斗中，口中一直念念有词，看来荆州船只还在他的掌控之中，此人道行十分高深，绝非轻易能拿下。赵云只得使出本门绝学，蜂蝶三十六剑，这是恩师公伯尊崖仿照蜜蜂与蝴蝶所创，快慢相和，刚柔并济。

公伯尊崖，人称清禅散人，世人知之者少，见其尊容者更少，只是听说，他的武功修为深不可测，无出其右。

幼时，赵云体弱多病，出门玩耍时晕倒在路边，被公伯尊崖发现，相其面，很是喜欢，将其带上山，观其行，看赵云很是懂礼，非常聪明，公伯尊崖十分满意，给赵云父母留下一封书信，告诉他们赵云在山中习武，赵云的父母看罢又喜又忧，喜的是儿子可以习武健身，忧的是孩子能否吃得了那般苦。

几年工夫，赵云武艺渐成，这时，师父才将蜂蝶三十六剑传授于他，赵云初始并不理解，蜜蜂、蝴蝶的招式如何能打败人？尤其是蝴蝶，只见其翩翩起舞，缓慢优雅，何以制敌？师父让其坐在山中细细观察，用心感悟，其后用于剑中，三年苦思，他才感受到其中之妙。师父规定，不到紧要关头，不得使用。

主公正在危难之中，此时不用，断难战胜披发人。只见赵云剑法一变，剑招慢而飘忽，如蝶飞舞，披发人屡击不中，突然赵云招式又快如闪电，如蜂出刺，招招直抵要害，披发人的汗立时下来了，又战二十几个回合，披发人渐渐气力不支，他明白，斗起真功，自己不是对手！

"再不收功，我将要尔性命！"赵云怒道。

面对赵云的进攻，披发人已力不从心，他虚晃一招，飞身而逃。赵云瞥见，荆州船只仍在摇摆颠簸，一些士卒被甩入江中。赵云怒火中烧，他恨，军师所赠三个应急锦囊因其而废，他急，主公困于妖法危在旦夕！披发人若逃跑，自己如何解救主公？赵云飞身就追。

如果说赵云的硬功不如披发人，他的轻功可是深得恩师真传。当年，公伯尊崖根据赵云的身形，传授他轻功，先教他吐纳功法，然后带他在林间手拽树枝练腾空，在水上脚踏荷叶练提纵，几年时间，他的轻功大进。所以，他才能离开船只，跳上树桩，飞身数纵上岸。

只见赵云脚下生风，疾速而进，披发人逃得快，赵云追得更快，眼看将披发人一击而中。披发人猛回身，兵器直向赵云戳来，赵云防他偷袭，宝剑直出，那长须急缩，就在这一瞬间，长须中心射出三支弩箭，距离太近，且分上中下三路，直取头、胸、腹三处要害。

公伯尊崖认为，为武者，要光明正大，不应暗器伤人，但是疆场与江湖上使用暗器者众多，久而久之，他也开始研究暗器，主要教会徒弟如何躲避暗器和以暗器护身。

此时，三支弩箭射来，躲闪已来不及，只见赵云宝剑一挥，舞出一片玲珑壁，犹如盾牌，护住身体，只听"啪"的三声响，三支弩箭同时落地！

披发人极为震惊，不敢硬拼，三蹿两纵向前逃去，赵云提剑疾追，披发人逃过山冈，遁入树林，瞬间消失。赵云急寻，披发人突然从树后跳出，兵器直向赵云击来，赵云担心他再放弩箭，向后一撤身，哪承想，长须中间突然喷出一个火球来，赵云急忙闪身，火球擦着赵云的鼻尖而过，灼热异常。

躲过火球，赵云直刺披发人，万没想到，火球竟调转回头，再次袭来，赵云挥剑向火球砍去，火球毫发未损，更骇人的是，火球追着赵云不放，无论赵云如何砍剁，都无济于事，赵云只得闪展腾挪，火球跟着他闪展腾挪，这下好，由赵云追赶披发人，变成火球追赶赵云了！披发人站在旁边哈哈大笑。赵云灵机一动，绕树闪躲，火球不受其扰，仍随赵云而动，寸步不离他的脑袋，赵云十分惊异，披发人还有这等妖术！火球越追越紧，赵云越跑越急，一不留神，赵云被凸出的树根绊了一跤，火球骤然失去目标，一下撞在大树上，刹那间熄灭了。赵云飞身而起，直扑披发人。

刚才还洋洋得意的披发人，看此景，一转身消失了。经此一吓，赵云冷静下来，这是否为披发人的调虎离山之计？此人妖术众多，不能轻易制服，主公安危至上，应先将他救上岸为佳。

想到此，赵云急忙往回返。他十分焦急，恨自己一时冲动，追出这么远，没擒到妖人，还致主公失去保护。

猛然，一人蹿到他的前面，正是披发人！赵云盛怒，奇袭荆州船只，还阻拦自己前往营救，赵云举剑就刺，披发人一挡，顺势袭来，赵云知道，披发人的暗器都藏在兵刃前端，急忙闪躲，结果长须中喷出一团蓝烟，赵云马上屏气，稍有迟缓，他闻到一股异香，这香令人沉迷，赵云暗叫不好。披发人看赵云没有躲过烟雾，面露喜色，如同看待猎物一般，只待他中招倒地。

赵云明白，如不震住他，时间一长，药性发作，自己必然遭殃，于是连出三剑，披发人匆匆闪躲，他心中纳闷，对手吸了蓝烟仍如此神勇！赵云看形势危急，一摁绷簧，他的剑柄前旋出一物，直奔披发人的面门，披发人大惊失色，没想到赵云也会使用暗器，躲闪不及，赵云的暗器直接旋进他的头顶，带着一绺头发飞走，披发人一捂头，慌忙跑掉了。

赵云顿感头部发晕，阵阵恶心，他瞥见一块青石，坐于上面，全力运气驱毒。正在此时，突然听到一阵嘈杂之声，赵云以为披发人带帮手来了，正待起身，只听有人大喊，"救命！"

第三章
救少年被困竹林

赵云定睛一看，十多人正在追杀一个少年。少年约十二三岁，看他持剑出招，得过良师指点，只是年纪尚幼，气力不支，且打且退，身上出现血迹，已然受伤。

那些追赶之人，皆一身黑衣，手执大刀，身形矫健，一看就是江湖中人，出手狠辣，刀刀致命，少年左冲右突，堪堪抵挡不住，命在旦夕，瞥见赵云，不禁大喊，"救命啊！"

黑衣人一怔，荒郊野外竟然坐着一个人？近旁地上插把宝剑，看装束打扮，似军前将士。黑衣人自恃人多势众，谅他不敢插手。

赵云正运气驱毒，好在吸入不多，因自小习武，多年积累，元气充盈，虽然头痛剧烈，晕眩已轻。

赵云一纵身，前面的黑衣人立即倒向两侧，他来到少年近前，两个黑衣人举刀来袭，赵云宝剑轻轻一拨，两人大刀立时脱手，一抬脚，近前的黑衣人就飞了出去。与披发人相比，黑衣人的武艺相差太多，收拾他们当是手到擒来。黑衣人被震住，纷纷后退。

少年顺势逃到赵云身旁，看到煮熟的鸭子要飞，一个黑衣人上前，其鼻洼处有一颗黑痣，料想是这伙人的头领，他对赵云抱拳拱手，"冤有头，债有主，何必多管他人闲事？"其他黑衣人又围拢过来。

"江湖道义，莫欺老幼，你们这么多人，追杀一个孩子，不怕被人耻笑？"赵云道。

"受人之托，不敢违命，请您高抬贵手，定当厚报！"长有黑痣之人道。

少年紧张地盯着赵云，"放了这个孩子吧。"赵云道。

黑痣之人故作可怜状，"放了他，我们就没命了！"赵云明白，这些黑衣人应是受人所雇，多大的仇怨，非要置一个孩子于死地。就在两人对话之际，一个黑衣人悄悄绕到赵云身后，举刀就砍。赵云一回身，那人大叫一声，飞出三丈多远。黑痣之人见偷袭不成，不再掩饰，他们合成一个扇子面，将赵云与少年挡住，黑痣之人一挥手，他们一同举刀来袭，只见青草绿叶飞起，少年还未看清招式，所有黑衣人皆摔倒在地，哀叫不止。少年上前，欲结果这些人，赵云拦住他，"算了。"赵云只想救了少年，不愿伤及他人性命。

黑痣之人嘴角流血，以刀拄地，咬牙爬起，"见教了！"说罢一声呼哨，带着手下迅速消失。

少年来到赵云面前，跪拜于地，"多谢救命之恩！"赵云将他扶起，少年长得明眸皓齿，眉宇间透着一股英气。看他一身绿缎色锦衣，应是富家子弟，能以一己之力勇斗众歹徒，令人刮目相看。

"快走吧，小心他们回来。"赵云说罢，向披发人的逃跑方向追去。没出多远，赵云发现少年在跟随自己，他回过头，少年仰望赵云，欲言又止。赵云没有逗留，加速向前跑去，少年看追他不上，大喊道，"我叫孙绍，在南徐，有事来找我！"

赵云向前追出很远，没见披发人踪影，才停下来，仔细辨别方向，正在此时，披发人从树后小心翼翼出来，往两人打斗的地方而去。原来，披发人施放蓝烟后，被赵云打伤，慌忙逃窜，跑出一段路，心有不甘，仗着胆子回来，察看赵云是否药效发作。

赵云猛然跳出，雷霆一击，要斩了这个妖人！披发人大惊失色，对方竟然无恙，顿时失去信心，磨身而逃。

这次，披发人逃进一片竹林，赵云紧追不放，披发人妖术众多，赵云自是小心提防。

这里的竹子青翠挺拔，行于其中，清新之气，沁人心脾，阳光从竹叶间穿过，斑驳陆离，中间雾气缠绕，似散未散，有如仙境，高远而神秘。

一进竹林，披发人就失去了踪影，赵云手持宝剑搜寻。正在此时，眼前出现一间竹屋。

赵云小心来到近前，竹屋没门，只有一张竹帘，悬挂门前，随风轻轻摆动。一把锄头，懒洋洋地斜倚在门旁。赵云绕竹屋一圈，仔细倾听，没有任何动静，赵云领教了披发人的厉害，没敢妄动，他冲里边大喊一声，"妖人，我已看到你，快出来受死！"里面没有反应，赵云用剑挑开竹帘，扫视屋内，里面陈设简单，中间立一张竹桌，桌上有一套茶具，应是许久没人用，落满灰尘。里侧摆一张竹床，并不见被褥，床旁立一衣斗，上面挂一件长衫，微微抖动，赵云看与披发人所穿相似，疑其藏于后，用剑尖将长衫挑起，长衫后没有人，就在他挑起长衫的一刹那，一道白光袭来，赵云急忙撤身，原来是一道水柱，射向茶杯，茶杯立时旋起，直向赵云袭来，赵云跳到屋外。原来屋内藏有机关，这是何人所设？

赵云沿竹屋深入，发现此间的竹子有人为裁剪的痕迹，错落之中亦很别致。探寻间，赵云又发现一间竹屋，他挑开竹帘，里面除多一个竹桶，与上屋并无二致，赵云本要离开，想起竹桶，用剑挑开其盖，竹桶内突然蹿出一物，赵云急忙后撤，待其落地，才发现蹿出之物看似是蛇，其实是青竹削制而成，就在赵云观察之时，又有两只竹蛇弹出，赵云暗道，原来是吓人的，正在这时，里面同时蹿出几物，直奔赵云面门，赵云何等机敏，挥剑直击，皆被他斩断，这才发现，竟是真蛇！与此同时，赵云听到绷簧响，暗叫不好，急忙闪身，数箭从他耳旁飞过，甚是惊险！

赵云前行不远，又看到一间竹屋，此屋悬在空中，由四根竹子做柱脚，披发人能藏于其中？想起披发人所为，赵云气不过，挥动宝剑将四根竹子斩断，哪承想，竹屋底部射出无数根竹子，扎向赵云，赵云纵身跳出，再回首，竹屋竟在这些竹子的支撑下，依然擎在空中。赵云看清竹屋内没人，但也感受到其中之妙。

赵云疾步向前，这时，他看到一根粗竹，似是被风刮折，挡住去路，周围的竹子如同遭灾一样，都呈弯曲之状。赵云一纵身，准备跃过粗竹，不想粗竹应声而起，直接弹向他，赵云在空中一个腾跃，躲过粗竹一击，周边的竹子如拉满的弓，齐向他弹来，赵云一震，急用脚尖点地，向上纵身，不想刚才弹起的粗竹又拍将下来，赵云一挥宝剑，将粗竹斩断，然后飞身一跃，跳出弹竹打击圈子。这时，赵云发现，腿上挂着一根绿线，原来是触碰了它的机关。

突然，赵云感觉眼前人影一晃，他以为是披发人，一跃而起，却发现只是一个竹编之人！就在此时，脚下一松，陷将下去，幸亏赵云轻功冠绝，他一蹬坑壁，来到坑的另一边，再使劲一蹬，跳出了陷坑。刚一落地，脚下一松，他又掉进另一陷坑，赵云连续蹬壁才逃出。赵云发现，这里竟设有连环陷坑，陷坑立陡，有七八人深，常人若掉进去，休想爬出来。

赵云刚喘口气，还没站稳，突觉自己的脚被套住，赵云大惊，急忙出剑，欲斩断绳套，就在这一瞬间，他被一棵高竹带到空中，此竹有六七丈高，更诡异的是，青竹一回首，竟要将赵云连人带剑卷起来，在他即将就擒之际，赵云极力一挥宝剑，方斩断青竹，从空中坠落，赵云轻功虽好，奈何太高，摔下来也将受伤，赵云在空中一推近前青竹，掉转身体，然后借力一踏两侧青竹，才落到地上，赵云惊出一身冷汗，如果被卷，自己孤身一人，将被困在空中！

赵云刚站稳，一阵疾风，竹叶飘下来，赵云意想不到，这也是暗器，一时疏于防范，竹叶如同小箭，扎在赵云的身上，十分疼痛。

经此一刺，赵云清醒许多，自己原准备去救主公，如何又追起了披发人？莫非是蓝烟所致？赵云决定马上按原路返回，离开这个危险之地。

可是，想象中的来时路，无论如何也找不到，赵云感到十分惊异，他站在竹林中，举目四望，到处是郁郁葱葱的竹子，无边无际，看似有路，又似没路，赵云疾行好一会儿，发现又回到了原地。

随着时间流逝，赵云愈加焦急，他惦记刘备的安危，埋怨自己意气用事，中了妖人的邪道，想到此，不禁愁上心头！

第四章
大贤现恶人也到

在江边茅草之中，有一木屋，虽残破简陋，但临徐徐江风，睹浪起涛涌，亦别有一番情致。

"又没射中！"屋前空地上，立一个靶子。一个十来岁的小童子边捡雕翎箭，边嘟囔，"先生，您本应在军前大帐中运筹帷幄，可是没人赏识您啊！那您就该安心陋室，潜心攻读，等待伯乐；可您偏要练剑，练剑也就罢了，可以防身；让我想不明白的是，您还要练习射箭，您是要弃文从武上阵厮杀啊？就您这般又干又瘦，弓都拉不满，连我都打不过，还犯什么'贱'啊？是不是被神抽啦！"

不远处站立一人，身材矮小清瘦，眼睛细长眯成缝，嘴大嘴角下压，鼻阔鼻翼上翻，正张弓搭箭，"越来越话痨，你像谁啊？"

"我从小跟您在一起，您说我像谁？还嫌我话多，练了大半日，闭眼也应射中几箭，您都成功避开靶子，就不是这块料，还耽误什么工夫？"

"小梭，你这种态度可不成。"

"又要教训我？那就先听我说几句。您知天文，晓地理，明阴阳，懂八卦，都学富五车满腹经纶了，为何还今天练击剑，明日练射箭？是不是受了什么刺激？"

"技多不压身！"

"您与卧龙齐名，没听说他会武艺啊？"

"对啊，如果我们两人坐而论道，一旦话不投机，我是不是就可以打他一顿解气啊？"此人说罢，兀自大笑起来。

"您这话本身就是一个笑话，人家孔明先生不仅寻到明主，赤壁一战，还扬名立万，哪有工夫理您啊，我看您就是太无聊了。"

看到这里，想必大家一定已猜到，此人正是隐居江东的凤雏先生庞统。

小梭的话点到了庞统的痛处，英雄无用武之地，庞统一时陷入沉默。

"不练了，我饿！"小梭一屁股坐地上，他罢练了。

"一会咱去钓鱼，喝鱼汤。"

"断炊一天了，等您钓到鱼，我早饿死了。"小梭躺地上，耍起赖来。

"快起来，不然我射你了！"庞统逗他。

"死的靶子都射不中，别说活的了！"小梭咯咯笑起来。

"最后一箭，一定射中。"庞统信誓旦旦。

在庞统拾箭的工夫，小梭偷偷将靶子推向庞统。心道，这么近，您还好意思射不中？

庞统回过身，深吸一口气，目视前方，张弓搭箭，只听得弓弦一声响，雕翎箭飞出，姿势优美，一气呵成！

小梭马上从靶子后转过来，眼珠都快顶到靶子上，也没看到箭。小梭像个大人似的摇摇头，背起手，长叹一声，"唉！"结果，变成了"哎哟"。原来一物正砸在他的头上，低头一看，是只鸽子，身上插着一支雕翎箭，"哈哈，"小梭笑起来，"先生，您射中了鸽子！"

庞统不敢相信，伸手接过鸽子，大笑道，"谁说我的射术不精？"

"这是什么？"小梭手指鸽子腿上一物。庞统小心解下来，原来是一封信。他打开一看，只见上面写着，"军师，主公遇险，速来救。孙乾！"

"在哪遇险？何时遇险？什么都没有，叫人如何救？这信写的，被神抽了！"小梭笑道。

"孙乾乃刘备的谋士，看来是刘备遇险，定是情况紧急，向诸葛亮求救！鸽子在此出现，难道是在东吴遇险了？没准就在南徐，也许就在附近！"

"听说刘备是个明主！"小梭道。

庞统把弄着鸽子，"诸葛亮厉害了，都能训练鸽子送信了，不过，这么容易射下来，看来还不成功。"他把鸽子扔给小梭，"烤了吧，吃完咱们去找刘备，不，去救刘备！"

"刘备遇险，不赶快去救，还有时间烤鸽子？"小梭疑惑。

"刘备，那是天上的星宿，岂能轻易为他人所害？"

小梭张大嘴巴，"哦，天上星宿！"

只是，现在"星宿"惨不忍睹。

周围白花花的，一片混沌。刘备哼了一声，又吐出一口水。

"主公，主公！"

刘备缓缓睁开眼睛，隐隐约约，他认出了孙乾。

刘备握住孙乾的手，"还好，有你陪着。"

看着刘备怔怔的样子，孙乾明白，他大概以为自己已经死去。"主公，您醒醒。"

刘备睁大眼睛，他发现，自己躺在江滩上，头枕在孙乾的腿上。孙乾很狼狈，头发凌乱，挂着杂物，一脸的疲惫，手臂微微颤抖，急切地看着自己，"这是在哪儿？"

孙乾刚要说话，刘备又急切地问，"子龙呢？"

"他上岸擒敌，还没回来。"

"我们的士卒呢？"

"船翻了，士卒都被甩入江中。"

刘备霍地坐起来。"必是孙权害我，马上离开这里！"说罢晃荡着站起来，拉着孙乾往树丛中跑去。

这里灌木丛生，越往里越浓密。两人虽疲惫，为安全起见，一直向里遁去。不知跑出多久，眼前出现一座庙宇，门上有三个大字：临江寺。刘备喘着粗气，"跑不动了，歇会儿吧。"刘备刚刚被江水呛晕，还没缓过来。

孙乾打量庙宇，赵云不在，自己要担负起保护主公之责，他悄悄走进庙宇，没有发现僧侣，也没听到钟磬和诵经之声，孙乾奇怪，边走边问，"有人吗？"没有应答，"看来是荒刹一座。"孙乾自言自语道，随手推开门，眼前一幕把孙乾惊呆了，里面不仅有人，还是一群人，有二三十号，多数人光头，还有几人须发皆在，正在火上烤野味。

看到孙乾探头进来，里面的人也惊着了，呼啦一声站起来，一个光头黑胖子快步蹿到孙乾近前，"你是何人？来此做甚？"

　　刘备听到声音，赶过来。一边作揖，一边拉着孙乾倒退，"我们是打鱼的，风大船翻了，想在此晾晾衣服。"

　　一个带发之人斥道，"去去，这里是修行之地，哪容你们在此晾晒衣服？"

　　刘备暗中打量这些人，个个凶神恶煞般，绝非善类。连忙点头，"好，我们马上走。"

　　两人灰溜溜逃出庙宇，刘备拽着孙乾往前跑，孙乾不解，"不就几个僧人吗，主公为何如此慌张？"

　　"修行之人哪有吃野味的？还是远离的好！"

　　两人跑出好一段路，刘备缓过劲来，孙乾跑不动了，看到一处低洼背风之地，刘备道，"在此稍作歇息，把衣服晾一下。"

　　先落水，又跑一身汗，身上凉飕飕的。两人脱下外衣，挂在灌木上，内衣也湿了，古人很少袒胸露肚，内衣薄，任凭阳光晒干了。

　　今日突变，令两人感慨不已。刘备道，"诸葛亮害人啊！"

　　"军师神机妙算，看来也有疏漏之处啊！"孙乾点头。

　　"无妄之灾啊！"

　　"主公定能化险为夷。"孙乾安慰刘备。

　　"说到化险为夷，我正想问你，到底是谁把咱们救上岸的？"

　　孙乾正要回答，刘备突然瞥见有人围拢过来。正是寺庙里那些人，有七八个，皆手持钢刀！看见两人，那个光头黑胖子笑道，"还好，没走远。"

　　来者不善，刘备与孙乾马上站起来，孙乾急道，"你们吃肉的事，我们不往外说！"

　　光头黑胖子道，"看你们的打扮，根本不是渔夫，老实跟我们回去说个明白！"

　　光头黑胖子身旁一人道，"大哥，跟他们废什么话？干脆——"

　　刘备见情况不妙，连忙作揖，装出一副可怜巴巴的样子。"各位英雄，我们就是打鱼的，有什么吩咐尽管说，还用你们跑这么远？"

　　一个带发之人道，"少啰唆，跟我们走一趟！"

　　刘备看到光头黑胖子对其他几人一点头，知道不好，就在他们要出手时，刘备突然起脚，踢落近前带发之人手中刀，一把抄起，挥刀就砍，直接撂倒二人，其他人惊住，刘备拉起孙乾就跑，剩下几人马上追赶，孙乾毕竟不是习武之人，堪堪要追上，刘备只得横刀挡住，让孙乾往前跑，几人刚见识了刘备的武艺，准备围攻，刘备看出光头黑胖子是领头的，不待他们围上，一刀劈向他，光头黑胖子横刀急挡，岂知此招为虚，刘备马上挥刀拦腰斩，光头黑胖子一侧身，刘备第三招直扫其双腿，光头黑胖子躲闪不及，正划在大腿上，他一声嚎叫，跌倒在地。

领头的受伤，其他几人乱了阵脚，刘备借着气势，连续进攻，又有两人被砍伤，他们无心恋战，拉起受伤之人逃跑了。

刘备担心这些人再来帮手，顾不得取晾晒的衣服，就追赶孙乾去了。

第五章
儿伤琴断促追凶

赵云所救少年，大有来头，他是江东"小霸王"孙策之子孙绍。孙策，字伯符，一手打下东吴江山，可惜被人暗算身亡，当时孙绍尚年幼，由其二弟孙权接手东吴基业。

今日一早，孙绍就带人赶往凤凰寨，不想路上突遇悍匪，两个随从被杀，危在旦夕时，获赵云所救，方得逃脱。

孙绍与赵云分手后，不敢逗留，急急惶惶返回策王府。

孙绍一进家门，吓坏了老总管孙毅，只见孙绍脸上青一块，紫一块，衣衫多处破损，肩膀出现大片血迹。

"这是被谁欺负了？"孙毅颤声问，"孙风、孙雷两个东西哪儿去了？"

一提孙风、孙雷，孙绍的眼泪下来了，"我遭恶人袭击，他们被杀了！"

孙毅几乎坐地上，他不敢耽搁，一把拉起孙绍，去见大乔。

一阵琴声传来，悠远绵长，恬静淡然，大乔正专心抚琴。自从孙策走后，她已从最初的悲伤、慌乱、落寞，到平静地接受。从此，她把全部精力放在孙绍的身上，教他攻读诗书，只是不希望儿子习武，孙策被许贡的门客偷袭而死，孙绍的祖父孙坚为黄祖暗算而亡，都是满身武艺，又能如何？枪林箭雨中，有几人能全身而退？

可是，孙绍执意习武，也许孙家子孙都流淌着尚武的血脉，大乔让孙绍熟读兵书战策，将来做指挥作战的统帅，孙绍笑道，"母亲是让我只动嘴，不动手，叫将士去拼杀，这样岂能服众？姨夫贵为东吴大都督，不也亲自带兵打仗？"

"周瑜正是因为身先士卒，在樊城挨了曹仁一毒箭，险些丢了性命。"

孙绍后悔举例不当，"姨夫是大意了，我习武就要天下无敌。"

大乔摇头，"没人能做到天下无敌。"

"我用功练习，加倍小心就是了。"孙绍央求母亲。

大乔看儿子对武艺如此痴迷，实在拦不住，就随了孙绍的心意。

孙绍很懂事，知道母亲不易，十分用功，文武兼进。

大乔感觉自己对得起孙策了，她时刻提醒孙绍，不要锋芒毕露。然而，随着年龄的增长，孙绍已经急不可耐地要展示自己的抱负，他说，要像父亲一样，做个大英雄，武艺超群，功盖天下！大乔常想，孙策为了江东基业，东挡西杀，却英年早逝，留下他们孤儿寡母，还不如做个普通百姓，夫妻儿女相守，享受平淡之福。可是，树欲静而风不止，半年前，南徐突现传言：孙绍乃文武全才，孙策当年遇袭，抛开一己私利，将东吴大位传给孙权，孙权未来应该再交还孙绍，有利东吴基业永续。

让儿子成就伟业，大乔并非没想过，现在孙绍跃跃欲试，已有孙策当年英姿。只是想到孙策遇袭，她就不寒而栗。她不知谣言从何而出，人言可畏，她担心这害了孙绍。为使儿子远离是非，她让孙绍每月到凤凰寨住十天，请父亲悉心教导孙绍，让他在那里修身养性。

孙毅急匆匆进来禀报，说公子遇到点麻烦，她以为儿子又淘气了，当孙毅领进孙绍时，看到儿子的模样，大乔手一抖，琴弦断了！

"这是怎么了？"大乔奔到儿子近前。孙策遇袭后血淋淋的一幕浮现在眼前，她怕历史重演。

"只是皮外伤，出点血而已。"孙绍低声道。

大乔小心掀开孙绍受伤之处，只见一道刀口，还在渗血，"还说没事，快拿药来。"孙毅将药箱递上，儿子习武，大乔总是提心吊胆，怕他受伤，准备了一个应急药箱。"我就不该让你习武。"

"那样，我就被这群歹徒杀了！"

"这些人为何袭击你？"大乔颤声问。

"是为了劫财？"孙毅道。

孙绍摇头，"听他们说，似是受人指使。"

大乔手一抖，她最担心的事情出现。"一直不让你习武，没想到关键时刻用上了。"

"歹徒穷凶极恶，儿子几乎命丧他们手中，幸亏遇到一位神武义士，只是几招，就将那些人打得落花流水，我要是像他那般厉害就好了。"

"得好好感谢人家。"

"可惜，我不知道他的姓名，也不晓得他要去哪里，更不知道还能不能见到。"孙绍很惋惜，"我告诉了他我的名字，希望将来有机会报答。"

"对，要知恩图报，有缘你们会见面的。"大乔赞赏孙绍的态度。"孙风、孙雷呢？"

孙绍的眼泪马上落下来，"孙风、孙雷被他们杀了。"

大乔心一颤，恶人的目标是孙绍，定是掌握了孙绍的活动规律，有备而来。自己如此小心，还是祸事临头了！

谁要置孙绍于死地？自孙策走后，她与孙绍深居简出，少与人来往，不可能与人结怨，难道是孙策的旧敌？当年孙策为打下东吴基业，四处征战，杀了很多人，难道是他们来复仇了？

最近，东吴的一些微妙变化让她警醒，尤其是传言孙绍将来应接替孙权之位，掌管东吴基业，让她更为忧心。这是有人要斩草除根？如果被来自内部的人盯上，更是防不胜防。

短暂的慌乱后，大乔恢复了平静，她知道，此时自己必须出手，铲除威胁，起码要知道威胁来自哪里，做好防范。

她叮嘱孙毅，妥善处理孙风、孙雷后事，好生抚恤他们的家人。然后让人立即准备车马，带孙绍去见吴国太。

"找奶奶干吗？只会让她担心！"孙绍好强，自己这么丢人窝心的事，不想让他人知道。

"必须让你二叔把凶手抓到。"

"直接找二叔好了！"

大乔有些话不便对孙绍直说，于是道，"奶奶说话更管用。"

说罢，她将孙绍拉上车，迅速赶往吴侯府。吴侯府的侍卫见是大乔夫人的车，没人敢拦。大乔让车马从后府偏门进入。在这里，不出所料，遇到她想遇之人，孙小妹正带领女随在此练剑。

孙小妹，此次周瑜美人计中的诱饵，尚不知情。不可否认，在当时，孙小姐亦是风华绝代，只见她弯眉杏眼，梨窝浅浅，自带娇艳妩媚。鼻直嘴翘，顾盼生姿，尽显刁蛮俏皮。

贵为东吴老主孙坚之女，孙策、孙权之妹，她不喜红妆，只爱刀枪。她恨自己不是男儿，无法纵马疆场厮杀，威震敌军，建功立业。她甚至有一个江湖梦，行侠仗义，游走天涯。

在孙坚、孙策遇袭身亡后，吴国太不许女儿轻易离开南徐半步，她更多时候只能在府中过一把剑瘾。

看见大乔拉着孙绍下车，她叫道，"大嫂！"大乔应了一声，头也没回，急匆匆直奔国太寝宫，孙小姐甚感意外，那么沉稳的大嫂，今日如何这般急迫？待她走上前来，方发现孙绍的异样，"呀，孙绍，你怎么了？出了什么事？"

"我被人袭击了。"孙绍低头道。

"几乎丧命。"大乔接道。

"何人如此大胆？"孙小姐不敢相信，马上跟了过来。不经意间，大乔拉上一个帮手。路上，她简单向小妹介绍了孙绍的遇袭经过。

吴国太正在烧香拜佛。自从孙坚亡故，她就一心向佛，当孙策被许贡家客暗袭后，她开始每日三拜。国太乃姐妹共侍一夫，姐姐走后，她负责照应老主孙坚的子嗣，乞求上天护佑东吴平安。

听脚步声，国太知道大乔来了，只是今日与往常大不一样！她喜欢大乔聪明懂事，她曾感慨，老天赐予大乔绝世容颜，又给了她聪明的头脑。对很多女人来说，真是让人嫉妒。只是，她与自己一样命运不济，早早没了男人！对大乔自然多了一分同情。

"母亲。"大乔一进寝宫，便泣不成声。

"这是为何？"国太大惊。

"为何？您这宝贝大孙子差点被人杀了！"孙小姐说着，将孙绍推到吴国太面前。

国太抚摸孙绍肩膀上的绷带，"这是怎么了？哪个天杀的，敢对我们绍儿下手？"国太怒道。

"孙绍去凤凰寨看国老，半路遭袭，两个随从被杀，他差点丢了命，您说有多危险？"孙小姐直道。

"还了得了，这是有人要造反啊！"国太对外面道，"周善，速把孙权给我叫来！"

第六章
内外纷扰使人愁

刘备即将到达南徐，孙权窃喜之余，不免惴惴不安。

赤壁大战，孙刘联合，击败曹操。众人认为，虽说联合，实则主要仰仗东吴兵马，取胜后，荆州自是东吴囊中之物。不想诸葛亮借东吴与曹军激战正酣，周瑜都督身负重伤之际，乘虚攻取了荆州，周瑜险些气炸肺，鲁肃几次前往讨要荆州，都无功而返。听说刘备之妻甘夫人新亡，周瑜才设下美人计，以相亲为名，诱使刘备前来南徐，欲以其为人质，换回荆州。

孙权以为，此计不周，论年龄，刘备与小妹相差太大。孙刘因荆州已生嫌隙，刘备乃盖世枭雄，诸葛亮何其诡诈，定然怀疑东吴动机，不会让刘备前来涉险。

　　结果，媒人吕范喜滋滋从荆州归来，言说刘备已应允。孙权大感意外，刘备能如此轻易上当？还是别有图谋？考虑是来南徐，在东吴地盘上，能兴起什么风浪？孙权拿定主意，先礼后兵，不交出荆州，别想离开南徐。

　　按照行程，今天是刘备抵达南徐之日。一早，他派吕范在馆驿恭候，大将丁奉、徐盛前往码头迎接，名为迎接，实为控制，要将刘备在馆驿软禁起来。他特别叮嘱两将，此事机密，不得声张。

　　孙权清楚，一旦扣押刘备，胁迫诸葛亮交换荆州，双方就撕破脸，如果曹军来犯，东吴只能独自面对。而且，可能还要面对荆州人马的讨伐，腹背受敌，这是孙权比较忌惮的地方。转念一想，赤壁大战，东吴耗尽人马钱粮，刘备坐享其成，实在心有不甘。刘备既然中计，机不可失，先拿回荆州再说。

　　孙权正思前想后，内室管家匆匆来报，"两位公子打起来了！"

　　"让其母各自带回管教！"孙权不耐烦道。

　　"两位夫人也打起来了！"

　　"添乱！"孙权气道，只得先回后府。

　　好热闹，诸位夫人都在。孙权长子孙登，其母早亡，由徐夫人抚养，徐夫人美丽无双，她原本与孙权是亲戚，她的祖母是孙权的姑姑，就是孙权娶了亲姑姑的孙女，两人差着一辈。徐夫人生性好妒，自恃人美，与孙权有特殊关系，早把孙登视为孙权大位继承人。偏有一位王夫人，生育孙和、孙霸二子，颇得孙权欢心，看不惯徐夫人的作为。其他如汪夫人生子孙休，潘夫人生子孙亮，年纪尚小，未被放在心上。再有几位夫人皆生女，无力争宠。还有一位刚娶回不久的吕夫人，窈窕美丽，平静淡然，不愿沾惹是非。

　　今日争端由孙登、孙和弈棋引起，孙和先赢孙登三盘，不免得意，"输一盘两盘不算什么，总输就说明问题了，你们说是不是？"其他孩子见孙登脸色不好，没人敢附和。

　　作为大哥，孙登脸上早已挂不住。众弟妹看着，非要赢一盘挽回些颜面。第四盘，孙登下得格外小心，频频长考，孙和得意忘形，终致轻敌，实地被孙登领先，眼看胜利在望，偏偏孙登关键时刻下出昏招，行棋顺序有误，大块棋做不活，又要败北，孙登说看错了，要悔一手棋，孙和偏不让悔，其他兄弟都道，"让大哥悔一手吧。"

大家向着孙登说话，孙和不禁恼羞成怒，"还是大哥呢，笨不说，又不讲规矩，竟想继承父亲大位，做梦去吧！"此话激怒了孙登，一把搂起棋盘，摔在孙和的脸上，孙和哇哇大哭。

王夫人跑出，看儿子吃亏，不问青红皂白，拉过孙登就打，徐夫人出来，看个正着，原本看不惯她在自己面前放纵，一把抓住王夫人头发，又撕又拽，王夫人岂是善茬，扯住徐夫人的衣服，连踢带踹。

两位夫人扭打成一团，其他夫人不便伸手，站在旁边观战。两人打累了，她们才上来拉架，两人仍是不依不饶。

"孩子争执，大人伸手，还要脸吗？"徐夫人斥道。

"下不过棋，还打人，就应由大人教训。"王夫人回怼。

"目无长兄，该打！"徐夫人咬牙道。

王夫人叉腰，"看谁敢打，我这可是亲生的！"直指徐夫人不能生养的痛处。

"亲生又如何，谁让他投胎晚了！"

"投胎早也没用，蠢蠢笨笨，连弟弟都下不过的傻子，你以为吴侯会喜欢？"

徐夫人气得柳眉倒竖，还未等她发作，孙登冷不丁冲过去，一头把王夫人撞翻，手指王夫人大哭，"你才是傻子！"

本来以为两人吵过，大家一劝，也就歇了。孙登这一头，又把火点起来了。王夫人起身追打孙登，徐夫人岂能让？两人再次扭打在一起，在地上翻来覆去。

两人平时飞扬跋扈惯了，其他夫人多少都受过她们的欺负，此时佯装劝解，边拉边看她们厮打。两人凤冠扯掉，头发披散，脸上都挂了彩。

事情越闹越大，眼见不好收场，潘夫人不失时机地道，"看来我们劝不了。"

汪夫人道，"快去喊吴侯！"

孙权到时，两位夫人打乏了，坐在地上哭，其他夫人在解劝。一看两人惨状，孙权就知道发生了什么。两位夫人见孙权来到，好像看到靠山，都拉上儿子跪在孙权面前，痛哭流涕，控诉对方的不是，诉说自己的委屈。

孙权近身，察看孙和脸上的伤痕，"登儿，你是大哥，怎对弟弟下此狠手？"

"不仅对弟弟下手，还把我撞个跟头！"王夫人补刀。

孙登吓得哆嗦，徐夫人马上辩解，"孙和当着众弟妹的面，辱骂登儿，何时把他当过兄长？"

"下不过棋，打弟弟，连臣妾都敢打，哪有这样不懂人伦的孩子？"王夫人继续拱火。

"骂登儿是傻子，岂不等于骂吴侯？"徐夫人不怕把事闹大。

"都不要啰唆，我听明白了！小儿不济！为母不堪！"孙权叹口气。孙权晚年众子夺嫡，纷争不断，此时就埋下了伏笔。

这时，吴侯府大管家周善匆匆来到孙权面前，"国太有要事见主公！"孙权一听，不敢怠慢。他回过头来，"孙登、孙和禁食一天，其母教子无方，关幽禁室思过三天！"徐、王两位夫人马上恸哭起来，众位夫人面面相觑，这是孙权过去不曾有过的惩罚。

孙权急忙赶到国太寝宫，看见大嫂与孙绍在，感觉气氛不对，国太面色阴沉，大嫂的脸上挂着泪痕，小妹扭头眼睛向上，孙绍灰头肿脸，臂膀上缠着绷带，低头盯着地面。

"二哥，你治理的好地方，孙绍在你的眼皮底下遭人暗算，差点把命丢了！"孙小姐直截了当。

孙权一惊，他走到孙绍近前，抚摸孙绍受伤的地方，"绍儿，这是怎么回事？"

孙小姐向孙权简要介绍了经过，孙权听罢，十分震惊。原本以为东吴是太平盛世，没想到出现此等事端！他在心中盘算，这是仅对孙绍，还是对整个孙氏子孙而来？如果只对孙绍，那应是与大哥结怨之人寻仇。若是针对孙氏子孙，他猜测是曹操所为，咽不下赤壁大败这口气，派人前来报复，扰乱东吴发展大计。

近期，坊间传言，自己的吴侯大位应由孙绍继承，他怀疑这是大乔放出的消息，试探东吴各方的反应。大乔太过聪明，从内心讲，他对这位大嫂有所忌惮。此次袭击的发生，将让事情更加复杂。

不管怎样，孙绍毕竟是自己的侄子，不能坐视不管。而且，经由此事，他感受到了某种威胁的存在，不得不防。

"仲谋，你要马上给我抓住凶手！"国太发话了，她担心危及孙氏子孙安全，威胁东吴基业。

孙权表态，"母亲、大嫂放心，我一定抓住凶手严惩！"

这时，孙小姐把孙绍拉到旁边，追问遇袭细节，不无遗憾道，"如果姑姑在，就没这事了。"

孙绍与姑姑感情深厚，知道她争强好胜，不愿扫她的兴，随口道，"是。"

"还有救你之人，瞧你把他夸的，神武义士，有那么厉害吗？等我见了，一定与他比试比试！"

孙绍不愿恩人被小看，"他真是厉害，我要有这样一位师父就好了！"

孙小姐摇摇头，很是不屑的样子。

孙权告诉大乔，孙绍这阵不要外出，为表示叔叔关心，他准备派吴侯府御医前去为孙绍疗伤。

正在这时，孙权瞥见大将丁奉在外面踱步，他不是去接刘备了吗？怎么回来了？于是道，"外面有大将等我，正好让他去追查此事！"

丁奉急得像热锅上的蚂蚁，里面是国太，他没敢闯进去。

"刘备出事了！"一见孙权，丁奉急道。

孙权大吃一惊，"出了何事？"

丁奉边走边禀报，"刘备还没到南徐，不知何故，所乘船只倾覆，我与徐盛赶到现场，看到江上都是浮尸。"

"啊？"孙权惊道，"刘备呢？"

"刘备不见踪影，徐盛正带人搜寻，我赶回来禀报主公。"

这一突变惊到了孙权，"快去找寻刘备，生要见人，死要见尸！"

丁奉领命而走，孙权无法平静。刘备的船翻了，不会他已命丧江中了吧？刘备既然是来东吴相亲，在南徐地界失踪，自己当是有口难辩。诸葛亮雄才大略，关羽、张飞与刘备桃园结义，誓同生死，岂肯善罢甘休？他们一定会带人前来报仇！荆州没要回，少一盟友，多一劲敌！

孙权欲召集群臣商议，怎奈这是周瑜一计，拿自己妹子当诱饵，放不到台面上来，他不想让众人知道。孙权在屋内踱了一圈，突然站定，令亲随速速通知鲁肃与张昭，马上前来吴侯府，共商应对之策。

第七章
困竹林神牛引路

赵云被困在竹林里。

自从他决定放弃追击披发人，先救主公刘备开始，赵云已在竹林中摸索一个时辰。

他试图寻到来时的路，竹林密布，无法寻到最初的痕迹。他决定先找到竹屋，以其做参照，竹屋都似曾相识，让他无法判断。曾经十分自负的方位感，完全失灵了。

这时，赵云注意到，一些竹子上刻有特殊印记，形如屋子，这是何意？他不经意回首，发现印记似乎闪烁着异光，他才看清，那印记不是屋子，而是笼子，他怀疑这是某种咒语，正是它困住了自己。

赵云攀上竹子，用宝剑削去笼形印记，在上面砍出一个大大的"十"字花，随着赵云宝剑挥动，竹条纷飞，竹屑四溅，他将所见笼形印记统统削去，刻上自己的记号。赵云以为可以打破魔咒，走出竹林，事与愿违，无论他如何穿行，就是不见尽头。看来，自己还是中了披发人的道儿。

当年，在长坂坡，赵云为救少主阿斗，七进七出曹营，不曾绝望过。现在，他手持宝剑，站在竹海中，四顾茫然，纵有通天本领，不知往哪里使。

军师把保护主公的大任相授，自己陷入竹林，不得脱身，真是愧对军师的信任！想到此，懊恼、焦急、愤懑，眼前的棵棵翠竹，成了摆动的妖怪，赵云大吼一声，猛然挥动宝剑，翠竹顿时躺倒一片。

"多大的仇？拿竹子撒气！"

在赵云最彷徨无助时，突然传来一个沙哑的声音，声调不高，在赵云听来，振聋发聩，他举剑四望，"何人？"

没有回音，赵云愈加感到竹林咒法的厉害，能致人出现幻觉。

"你挡我的亮了！"

赵云一惊，还是那个沙哑的声音，他循声望去，就在自己身后几步远的地方，于青草绿叶中，竟然有一人，头戴斗笠，身着绿蓑衣，弓身伏在那里。

那人不抬头，看不清面目，听声音，不像披发人。披发人细高，看此人身形，颇为瘦小，赵云拱手道，"请问，可曾看到一个披发人？"

"看到了。"那人低声道。

"在哪里？"赵云急问。

那人一挥手，指向倒地的竹子，"这不是吗？都被你砍死了！"

赵云一凛，听其言，观其装束，似不正常，自己身陷魔咒，此人能在其中，不禁问道，"您在这里做什么？"

"观蚁。"

赵云仔细一看，在此人眼前，确有一个蚁穴。"我迷路了，您可否为我指一条出路？"

"伤我那么多子孙，还想出去？"

听得赵云脊背发凉，此人是不是竹子精啊？"为寻出路，实非得已。"赵云解释。

"走吧，走吧，免得再伤及无辜！"

"我现在出不去。"赵云很无奈。

"领路的来了，快走吧！"那人只盯着蚁穴。

"领路的人在哪里？"赵云问道。

那人不再说话，一副冷漠以对的样子。

此人甚是怪异，说话也神经兮兮，自己信他，与他何异？在赵云侧身之时，惊得几乎跳起来，一头大犍牛正站在自己身后，用鼻子嗅袍襟呢！

如此健壮的老牛何时来到身后？自己竟浑然不知，对赵云这等高手来说，是何等骇人！

那牛"哞"的一声叫，仿佛说，"跟我走吧。"

后面传来沙哑的声音，"走吧，别再回来了！"

赵云回过头，看见一个小老头，神色阴沉，正望着他。

赵云心中充满疑惑，眼见大犍牛不紧不慢往前走，尽管心急如焚，也只能耐着性子跟在后面。他仔细观察大犍牛经过之地，一些地方自己走过，那里有自己所做记号，一些地方自己没有到过，一经留意，赵云惊奇地发现，大犍牛没有七扭八转，看似简简单单就将其带了出来，还是他最初进去的地方。

大犍牛转身之际，赵云躬身施礼，算是感谢它的主人，最初自己对他不信任，看来冤枉了他。

走出竹林，赵云的方向感恢复。此时，天色渐晚，他惦记刘备的安危，快步向船只出事之地跑去，穿过山冈和灌木丛，他来到江边，举目四望，江中哪还有船只？岸边一片狼藉，漂浮着荆州士卒尸体与船上之物，赵云眼中含泪，急忙上前察看，没有看到刘备，心中稍安，希望主公无恙。他注意到，岸边有很多杂乱的脚印，赵云敏锐地感觉到，那应该是东吴士卒留下的，现在想来，即使主公逃上岸，也将被他们所获。想到此，他心烦意乱，沮丧至极，更为自己被披发人轻易引走，十分自责。

"是子龙将军吗？"

赵云听到有人喊他，为之一震，循声赶过来，"何人？"

"是我，子龙将军。"在江边草丛中，一个黑影慢慢站起来。

声音耳熟，赵云走近一看，原来是协助自己上岸的护卫黄豆。赵云很激动，这一日，天翻地覆，乾坤斗转，终于见到一个熟人。

赵云急切地问，"我们的船只呢？"

"船只沉了。"

"可曾见到主公？"

"主公也被甩入江中。"

难道主公被水冲走了？他可是不会游泳的！赵云无比难过。

看到赵云痛心疾首，黄豆道，"后来，我看见主公上了岸。"

"当真？"赵云十分惊喜。

黄豆点头，"还有一人跟随，看身形，应是孙乾先生。"

"你能确认吗？"

"能，主公与孙乾先生我是不会认错的。"

"好，可记得他们往哪里去了？"

"应是那边灌木丛，我领您去找。"

"快，头前带路。"

黄豆很激动，在士卒心中，赵云将军是神一样的存在。得到他的信任，是高看自己。

路上，赵云问起他是如何逃上来的。黄豆告诉赵云，自己灌了不少江水，好在离岸边不远，勉强爬上来，晕倒在岸边，等他醒过来，正好看见主公与孙乾先生上岸，往灌木丛中遁去了。他全身无力，趴了好一阵，才缓过来，正要起身逃跑，吴兵赶来，挨个检查，他装成死尸，才蒙混过去。

听说主公还活着，赵云陡然生出无尽的力量。他与黄豆很快来到临江寺，赵云敲门，一个和尚裂条门缝。

"请问师傅，可曾看见两个落水之人经过这里？"

和尚上下打量赵云与黄豆，面无表情道，"没有。"

赵云还想追问几句，和尚已然关上了门。

此时天色已晚，好在月光皎洁，两人循着足迹，往前赶去，难为赵云对刘备一片赤胆忠心，他俩竟然找到刘备与孙乾晾晒衣衫的地方，刘备那件灰布衣衫，赵云太熟悉，黄豆也认出旁边那件是孙乾先生的，看来，主公与孙乾真的从江中逃了出来。虽遭劫难，他们无恙，也是万幸，赵云的眼睛湿润了。

"这里好像发生了打斗，"黄豆指着周边草丛上的足迹，"我看到很多吴兵到处搜寻。"

赵云的心马上悬起来，两人急忙四下察看，赵云猛然一震，他看到了地上的血迹，几乎坐在地上，东吴士卒必定是成群结队而来，孙乾不会武艺，主公一人如何敌得过众多士卒？定是主公与孙乾受伤了，不知伤势如何？赵云知道，东吴虽恨主公，他们的目标是要回荆州，极可能是被抓进南徐去了。

"怎么办？"黄豆问道。

赵云认为，只有勇闯南徐，搭救主公一条路了。其实，只要赵云继续向前搜寻，就会发现刘备与孙乾逃跑的足迹。若是那样，也就没有此后精彩的故事了。

当时，看到满江的浮尸，没有一个活人。丁奉火速赶往南徐城内，急报孙权。徐盛搜寻时，听一位渔夫说，好像看见有人爬上岸，只是不知所终。正踌躇时，遇到一老一少，徐盛问道，"听说有人从沉船中逃出，可知往哪里去了？"

两人对视一眼，那位长者向前一指，徐盛马上带人追了下去。

此二人正是庞统与小梭，两人吃罢烤鸽子，哼着小曲，到岸边随手一动，就将吴兵吴将带跑偏了！

第八章
险挨刀与羊为伴

刘备打退凶徒，带着孙乾一路向西奔去。

下午阳光和煦，刘备与孙乾在荒野之中，深一脚浅一脚向前急赶。不知跑了多久，不记得跑了多远，孙乾以手撑腰，上气不接下气地道，"主公歇会吧，实在跑不动了。"

刘备仔细倾听，没有听到追赶的动静，才停下脚步。看天色将晚，两人已是饥肠辘辘，"那有炊烟，应该是个村子。"刘备一指不远处。

"我们先弄点吃的吧。"孙乾道，不填饱肚子，也没力气赶路。

两人来到近前，发现村子只有几户人家，都是篱笆小院，青藤绕屋，别有情致。

他们来到最前面一家，孙乾道，"主公，我进去看一下，能否向主人讨点吃喝。"

刘备点头，让他小心。

孙乾推开柴扉，走进去，小院很整洁，种有各种时令蔬菜，空气清新，宁静怡然，一副世外桃源的样子。刘备感慨，为兴复汉室，自出道以来，游走诸侯之间，名为座上客，实则仰人鼻息，内心之苦何人知？为成霸业，东征西讨，于刀光剑影中，寻觅生存发展之机，如今年近半百，大业未成，竟沦落到亡命天涯的地步。其实，这种田园生活不正是自己向往的吗？

孙乾穿过蔬菜中的小径，一眼望到窗户旁，挂着一个箩筐，里面盛放几个面饼，似乎是刚刚烤制而成。孙乾一喜，问道，"主人在家吗？"

没人回答，他轻轻推开屋门，屋内摆设简单，没有什么像样家具，几样农具斜靠在墙边，"主人何在？"

还是没人回答，这家人上哪去了？主公在船上被颠得呕吐，肚中无食跑了这么久，现在一定饿极了，箩筐内有吃的，孙乾很想拿两个面饼让主公充饥，没经主人同意，他做不出来。如能花钱买也不错，可惜两个从江中爬上来的人，现在身无分文。孙乾灵机一动，从手腕上摘下玉制串珠，放在箩筐内，然后心安理得地拿了四个面饼。刚要往外走，听得一声断喝，"何人，敢偷我家面饼！"孙乾一哆嗦，刚要解释，只见一个壮汉，举把菜刀奔上来。原来这家主人去后院取柴草之际，恰巧孙乾进来，孙乾喊话，他没听到，孙乾往筐里放串珠，他也没看到，孙乾取面饼，他偏瞧到了。

孙乾一看这架势，撒腿往外跑，孙乾是个文人，悄悄拿人家面饼，本就心虚，经此一喝，不禁一慌，脚下不利索，被门槛绊倒，面饼滚向四周。刘备站在门口，看孙乾慌张张跑出来，一个大汉举刀追赶，不觉一惊，刘备一伸腿，大汉没提防门口还有一人，扑通一声摔在地上。菜刀直接飞出，从孙乾的耳旁擦过，好险！大汉一看，偷饼贼还有帮手，跳将起来，折回院内，一把抄起锄头，大喊着，"有人抢劫啦！"

真奇了，刚才还悄无声息的小村，一声喊，转眼冒出六七个大汉，人人手拿锄头镐把，跑了出来。

刘备看这些人的穿戴，皆是庄稼人。打跑他们不难，只是下不了手。

他一把拽起孙乾，撒腿就跑，几个大汉不依不饶，追出很远。孙乾郁闷，串珠搭进去了，饼没吃到，还被追得几乎跑散了架。

后面没了声响，两人才停下来，孙乾双手扶在膝盖上，大口喘着粗气。

此时，天色已晚，远远地有亮光闪烁，应该是个村庄，两人就朝亮光方向走去。不久，他们来到村庄，此时，亮光也没了。

孙乾有意为刘备弄些食物，最好能找户人家借宿，刘备制止了他，农人已歇息，不要打搅他们了，刘备不希望再发生刚才的一幕，他还担心吴兵赶到，获悉两人的行踪。

"难道我们要露宿野外？"孙乾道，深更半夜，外面很凉。

"那是什么？"刘备一指前面，两人走近一看，原来是一个羊圈，里面养着一群羊。"我们就在这里休息一晚吧。"

孙乾惊道，"在羊圈？"

刘备点头，说罢，一搭墙边，跳进羊圈，把羊吃剩的草往角落一推，坐在上面，对孙乾招手，"这里挡风，还有羊群，挺暖和。"

孙乾皱眉，"这里的味道多膻气！"孙乾生于大户人家，财力雄厚，对刘备的势力发展多有帮助。

"比床都软。"刘备指着里面的草对孙乾道，"在此委屈一晚吧，总比挨冻强。"

孙乾看主公不在乎，不好再说什么，扒住墙头，咬牙往上爬。刘备看出孙乾情非得已，不禁窃笑，他一扶墙头，跳出羊圈，用肩膀一扛孙乾屁股，只听"哎哟"一声，孙乾就扎进羊圈里面去了。

羊群被惊起，小羊羔咩咩地叫起来。刘备仔细倾听，担心惊动羊主人，把他们当成贼，没听到动静，才放下心来，重新跳进羊圈，孙乾摘下头发上的草叶，轻轻对小羊羔道，"不好意思，吓着你了。"小羊羔怔怔地瞧着两个不速之客，刘备笑道，"羊主人也会被吓着的！"

两人倚在墙角，和衣而卧，奔波一天，如今停下来，肚子不争气，咕噜咕噜地叫，实在难以入睡。

刘备睁开眼，"孙先生，看见了吗？这里有母羊。"

孙乾心道，这么大个羊群，能没母羊吗？"是，我刚才还看见小羊羔吃奶呢。"

　　说到羊奶，两人喉结不约而同蠕动一下，嗓子发干，并无唾沫可咽。沉默一会儿，刘备起来了。

　　孙乾疑道，"主公要做什么？"

　　"喝点羊奶。"

　　"没有碗，怎么喝？"

　　刘备没言语，慢慢走向那只母羊，孙乾万分惊奇地看着主公的背影，过了一会儿，刘备回来，吧嗒着嘴，心满意足的样子。"多少年没喝羊奶了，真香！孙先生，你不去喝点？"

　　孙乾摆手，"小羊刚喝过——"想想有种作呕的感觉。

　　"羊马比君子，先捋点奶洗洗就行了。"刘备道。刘备出身贫寒，从小与寡母生活，吃尽艰辛，孙乾家境富足，哪经历过这些？

　　看孙乾很抵触，刘备没有勉强。腹内有了食物，困意立即上来，刘备很快睡着，睡得很香很沉。

　　孙乾仿佛受了刺激，肚子叫个不停，他更睡不着了，孙乾一直忍着，再后来，不仅饿，还越来越寒冷，忍耐是有极限的，孙乾的意志开始松动，主公能喝下去，就没什么恶心的。如此一想，肚子开始拧着劲地饿了。

　　孙乾辗转反侧大半夜，眼看天要见亮，大概主公也快醒了，接着还是向西一路奔逃，看这情况，下顿饭还不知何时能吃上。那只母羊看着很温顺，自己应该赶快喝几口，暖暖身子。孙乾慢慢站起，缓缓来到母羊身前，轻轻挪开小羊羔，母羊可能睡着了，没有任何反应。也是饿极了，孙乾没顾得上挤些奶，清洗母羊的乳头，他闭上眼睛，低下头去，就在第一口羊奶即将到嘴时，孙乾的后背遭到重重一击，直接趴在母羊身上。

　　孙乾惊异回头，一只公羊正威风凛凛地站在他的身后，原来他遭到了公羊奋力一顶，那意思是，你竟敢来骚扰我的老婆！

　　"哈哈哈！"身后传来刘备的大笑。孙乾起来时，刘备已醒，他合眼装睡，只待孙乾喝完，调笑一番。刘备只顾盯着孙乾，没注意到公羊已经出离愤怒。眼看孙乾遭到一顶，担心公羊再来袭击，刘备一跃而起，一把拉开了孙乾。

两人对视，不禁大笑起来。

"何人，敢偷我的羊！"一声大喊，羊主人赶到！

刘备正要扶孙乾出羊圈，孙乾一扒墙头，直接跳了出去，两人刚落地，羊主人一挥手，两只牧羊犬冲了过来。刘备带着孙乾拔腿就跑，怎奈两条腿如何能跑过四条腿？一只牧羊犬对着跑在后面的孙乾就是一口，孙乾的裤子立即被撕破。刘备只得拉着孙乾跑，牧羊犬紧追不放，眼看又将咬到孙乾，刘备一回身，一脚踢在牧羊犬的嘴上，牧羊犬嗷地一声停下来，另一只受到惊吓，不敢靠前了，羊主人看刘备身手不凡，没敢再追。

跑出一段路，孙乾一屁股坐在地上，上气不接下气道，"这回跟主公来东吴，把我一辈子的路都跑完了！"

刘备笑了。"诸葛亮说，此去东吴有一段好姻缘，我没寻到同床共枕之人，却找到了同窝共圈的羊了！"

第九章

船沉人失急问计

赵云拿定主意，带着黄豆赶往南徐，营救主公刘备。

只是现在城门已关，两人还穿着荆州将校的衣服，如何进得南徐？这时，赵云注意到一队车马，每辆车上都拉着多个大木桶，正从江边向城里赶去。赵云料定，这是南徐的运水车，他灵机一动，扯着黄豆隐身到灌木丛，待最后一辆马车走近，迅速窜上车，黄豆身轻体瘦，举止迅速，赵云武功冠绝，动作敏捷，无人觉察。木桶之间有缝隙，足以藏人。他们发现木桶是空的，江中出现大量浮尸，今日运水车被迫放弃取水。两人索性躲进木桶，扯过盖子罩上。待马车停下，早已进了南徐城，他们瞥见运水人离开，才悄然溜下了车。

此时，已近半夜，饭馆打烊，街上没了行人。

"这时还开张的，除了妓馆，就是赌场！"黄豆道。

赵云接道，"你懂得不少啊。"

黄豆闻听，嘿嘿干笑两声。

"我们先找客栈住下。"赵云说罢，想起自己身无分文。

黄豆看出赵云的难处，"子龙将军，我身上有钱。"

"到时加倍还你。"

"什么钱不钱的，营救主公重要。"

赵云点头，赞赏黄豆这种态度。两人找到一家小客栈，暂且住下。"给我们弄点吃的！"黄豆对老板道。

"太晚了，没处弄去。"老板无奈地摊开手。

"算了。"赵云没胃口，此时纵有山珍海味，他也吃不下。进入房间，躺在床上，尽管十分疲惫，赵云却睡不着。

一切太过突然，赵云想不明白。孙权、周瑜把主公骗来，定是奔着荆州去的，即将到达南徐之际，为何要弄翻船只，置主公于死地？主公不在，他们以何换荆州？难道披发人非孙权所派？那么，他是如何晓得主公来南徐的消息？这种信息绝非等闲可知，披发人显然有备而来，指令定是来自南徐。不知主公与孙乾的伤势如何？他希望孙权的心思还是拿主公换荆州，给自己容出营救的时间。这时，他想到一个人，鲁肃！他与鲁肃多有接触，知道鲁肃韬略过人，心怀大局，孙刘联盟就是由他与诸葛亮军师联手促成。

赵云决定，天一亮去找鲁肃，请他出面，说服孙权，以孙刘联盟为重，释放主公，至于荆州，双方可商量，相信军师能妥善处理此事。

赵云正思前想后，黄豆进来，赵云疑道，"你还没睡？"

黄豆没有回答，像变戏法一样，拿出几个面饼，赵云睁大眼睛，黄豆接着把手往前一摊，竟是两件衣衫。赵云感慨，黄豆想得周到，以两人现在装束，出入不便，还可能带来麻烦，又不免诧异，"这么晚，从哪里弄的？"

"出去买的。"黄豆眼神飘忽。

大半夜上哪儿买？再一看，衣衫明显是穿过的，赵云斥道，"偷的吧？快说！"

黄豆看赵云生气，只得实话实说，"刚在赌馆赢的！"怕赵云不信，解释道，"子龙将军没吃饭，这个时候，仅赌馆有吃的，我准备到那里买些回来，手一痒，就赌了几把，邪了，手气大好，许是今日掉水中之故，水是财啊，想到我们应该换身衣服，就把两个输红眼的衣衫赢来了。"

赵云本想训斥几句，看黄豆说得诚恳，也是为大事着想，"下不为例！"

两人试穿衣衫，都有些紧巴，勉强能用，总强于暴露身份。

看着黄豆狼吞虎咽吃饼，赵云嗓子冒火，一口不想吃，眼见天已放亮，赵云想到，黄豆留在身边，不如交给他更重要的任务，"吃罢东西，速回荆州告急，请军师救援！"

黄豆领命，走出门，又折回来，从怀中掏出一些钱，"都是昨晚赢的，您拿着用吧！"

赵云眼睛湿润，"你回荆州，也需要盘缠。"

"我还有。"黄豆拍拍胸脯，其实他没剩什么。

送走黄豆，赵云将脱下的衣衫处理掉，赶往鲁肃府宅，准备趁早堵他。

鲁肃，字子敬，时任东吴参军校尉，他在江东口碑甚佳，鲁府位置，人尽皆知。远观，鲁肃府宅很是宏大，表明其家境殷实，近看，门楼庄严简约，像鲁肃的为人，腹有诗书，平实不张狂。

赵云来到门前，击打门环，未几，门房打开门，探出半个身子，问道，"您有何事？"

"我找鲁肃先生。"赵云回道。

"可曾有约？"

"来得匆忙，不曾有约。"

"请问尊姓大名，我替您通禀一声。"

赵云岂能告诉他自己的姓名？说了暴露身份，还会连累鲁肃，"我乃鲁肃先生挚友，一见便知。"

不说姓名，架子挺大，听其意思，是让鲁大人出来迎接？门房心中不悦，"哪里的挚友？"

赵云不便透露实情，"多年的挚友。"

门房扫一眼赵云，嘟囔道，"不瞅瞅自己，这年头，谁都敢称是鲁大人的朋友。"

　　赵云打量自己，穿的是黄豆赢来的衣衫，普通不说，还紧紧巴巴。又想到，昨日自己先掉进江中，后陷入竹林，一天都在奔波焦灼中度过，今日为堵鲁肃，没顾得洗漱，甚是邋遢，难怪他瞧不起。但也不能就此作罢，赵云一瞪眼，"我有要事相告，耽搁了你可吃罪不起！"

　　赵云一怒，尽显大将军威风。门房嗫嚅道，"不是我不给您通禀，鲁大人被吴侯召去议事了，改日再来吧。"不待赵云说话，已将大门关上了。

　　此话触动了赵云，鲁肃是孙权近臣，召去议事，表明事态紧急，定是商量主公被抓之事。

　　确如赵云所料，鲁肃是大半夜被孙权请去议事的。

　　这时急召，鲁肃知道定是出了大事。一到吴侯府，孙权正在踱步，张昭若有所思。

　　一见鲁肃，张昭道，"子敬，出事了！"

　　"出何事了？"鲁肃惊道。

　　孙权直言，"荆州船只倾覆，刘备下落不明。"

　　鲁肃大惊，"怎会这样？"

　　孙权道，"听江中渔夫说，突遇大风，人尽掉落江中。"

　　张昭道，"刘备不义，窃取荆州，害得东吴竹篮打水一场空。刘备素有大志，早晚成患，若枭雄一死，东吴少一劲敌！"

　　诸葛亮巧取荆州，周瑜气极，几次派鲁肃前往索要，诸葛亮直言，荆州故主为刘表，与刘备同为汉室宗亲，其子刘琪亦在刘备处，收回其父领地，无可厚非。诸葛亮不希望孙刘关系破裂，还顾及鲁肃回去不好交代，就说权当向东吴借的荆州。周瑜闻听，愈加气恼，鲁肃也想要回荆州，为了孙刘联盟，他不愿伤害刘备。"赤壁大战，曹操北还，东吴方得安宁，岂是一无所获？更不能因荆州之事，企望刘备早亡，如此东吴还与何人联合抗曹？"鲁肃没明说，赤壁大战前，张昭就极力主降，如果按他的主意，东吴早成曹操属地，没有孙刘联合，众人皆成曹操阶下之囚！"此事蹊跷，难不成是有人故意而为？"鲁肃怀疑是曹操派人暗中袭击，意在破坏孙刘联盟。

　　"能否是都督所为？因荆州之事，都督对刘备与诸葛亮恨之入骨，他统辖江东水军，最善水战。"张昭见缝插针，将此事引到周瑜身上。

鲁肃不悦，张昭此话明为夸奖，实为栽赃。他与周瑜同受孙策托孤，内事不决问张昭，外事不决问周瑜，张昭仰仗自己是追随老主孙坚的重臣，没把周瑜放在眼中，一场赤壁大战，改变了一切，主降的张昭失势，主战的周瑜声威大震。张昭总想借机挫一挫周瑜的锐气，如果周瑜擅自行动，破坏孙刘联盟，这是鲁肃不愿看到的，目无主上，更是孙权不能接受的。

孙权摇头，"不可能，不可能。"话虽如此，从语气上，鲁肃已嗅出主公的疑虑。周瑜权重一时，东吴水军尽在掌握，他对诸葛亮最为不满，以他的性格，有可能做出这种过激之事。

"绝对不会！"鲁肃断然否认。他讨厌张昭挑拨，借孙权对周瑜大权在握的忌惮，搬弄是非。"都督虽疾恶如仇，但不会如此短视！"

孙权若有所思，"现在该当如何？"

张昭被鲁肃呛回来，听闻孙权问计，担心鲁肃抢先，急道，"主公，我认为，一是封锁消息，莫要走了风声。二是抓紧搜捕，如果刘备逃上岸，迅速将其捉回来。三是密切关注荆州动向，以防诸葛亮带人报复。四是做好南徐防范，确保万无一失。"

"张先生所言有理。"孙权点头。

鲁肃道，"沉船之事太过诡异，应派人小心侦办，查明原委！"

孙权应道，"我已派人前往探查。"

张昭道，"我很是怀疑，诸葛亮如此诡诈多端，怎会让刘备轻易涉险？依老臣之见，这可能是刘备与诸葛亮合演的一出戏，刘备根本没来南徐，应是荆州人自沉其船，欲陷东吴于不义！"

鲁肃不敢苟同，"刘备难道再不出现？一旦露面，岂不打脸？此等小计，岂是诸葛亮所为！"

孙权闻听此言，不置可否。

鲁肃接道，"相亲之计乃都督所设，出现如此变故，应尽早通晓他，早做定夺。"

"好吧，"孙权抒着短髭，"速速报与他知。"

第十章
寻恶人再探竹林

赵云相信，到吴侯府议政这等事，门房不敢骗人，他当即决定，前去堵截鲁肃。

赵云小心打听，来到吴侯府正门附近，等待鲁肃出来。

东吴历经多次迁都，南徐即现在的江苏镇江。吴侯府因要兼顾议事宴宾与内室起居，规划建设独具匠心，既庄严气派，令人叹服，又院墙高垒，戒备森严，后文将对此做详细介绍。

这时，气宇轩昂走来两人，守卫上前施礼，口称"丁将军、徐将军。"赵云一震，这定是东吴名将丁奉、徐盛了！赤壁大战前，诸葛亮七星坛借来东风，周瑜忌其神鬼莫测之才，派丁奉、徐盛截杀诸葛亮，赵云从水路接应军师，两将驾船追赶，被赵云一箭射中桅帆，吓退了两人，当时离得远，未曾看清两人面目。赵云知道，他们是孙权心腹，定是前来商议大事。正自琢磨，只听丁奉道，"吴侯府门前，怎容他人在此胡乱逡巡？"说着瞄一眼赵云，赵云暗思，自己穿成如此，他都能发现可疑之处，丁奉眼睛好毒辣。守卫过来大喊，"闲杂人等，速速离开，若还在此逗留，马上捆起来！"

赵云只得撤离吴侯府正门，这时，肚腹叫起来，一天一夜未进食，早已饥肠辘辘，想到着急上火也没用，应该先填饱肚子，才有力气营救主公。他在吴侯府对面找到一家饭庄，边吃边盯着吴侯府正门，等候鲁肃出来。

"诸位，知道吗？出事了！"旁边饭桌一位驼背老者道。

"出什么事了？"大家都竖起耳朵听。

"昨日江上有条船沉了！"

"昨日没风没雨，船怎么就沉了呢？"有人问道。

驼背老者道，"听说有人在江边作法，不知真假。"

有人感叹，"能把船只弄翻，这得多大的道行啊？"

此话点醒了赵云，鲁肃虽支持孙刘联盟，毕竟是孙权近臣，关键时刻必然站在东吴一方。如果他不承认抓住主公，一切皆是枉然，罪魁祸首是披发人，抓住他，就知晓了幕后主使。联想到竹林蓑笠翁，用一头牛将自己引出竹林，太不可思议，这里是否藏着更大的秘密？不晓得鲁肃何时出来？即使出来，也不便当街拦阻，晚上他定然回府，不如那时找他。赵云拿定主意，再探竹林，那里极有可能就是披发人的藏身之所！

可是，此时城门把守严密，不得随意出城。正当赵云为难时，他看到运水车正要出城，真是天赐良机，他迅速隐入其中，待车辆出城，寻机下了车，一个多时辰后，他准确找到当初进入竹林的地方。

微风拂动，竹枝轻摇，一切恍如隔世，赵云明白，再不能像昨日那般乱撞，他想起诸葛亮所言，一旦遇困不得出，当凭高远眺，窥其形与秘密所在。

赵云进得竹林，四下打量，挑选一棵高竹，快速爬上去，眼见到达顶部，只听"咔嚓"一声，竹子从中间断裂，赵云纵身攀到旁边一棵高竹，继续向上爬去，结果此竹再次断掉，跌落时，赵云一把搭在另一棵竹子上，这一次，他没有立即向上攀爬，而是仔细打量刚才的竹子断口，那里好像受了外力，赵云好生奇怪，不经意，赵云又发现了笼形印记，不管是否它在作祟，赵云直接用剑将其削去。

这次，赵云仔细挑选一棵粗竹，此竹有六七丈高，赵云小心攀爬上去，没有意外，他顺利爬到顶部，手搭凉棚，极目远眺，竹林一望无际，一些竹屋如繁星般点缀其间，时隐时现。突然，他在竹林之中，发现一座楼宇！与竹屋相比，甚有规模，赵云想，这大概就是披发人的老巢，或许就能在此擒住他！

赵云下到地面，匆匆往楼宇方向赶去。路途中，赵云十分谨慎，以免误入埋伏，不想，一路顺利。

越走越近，一座宏大的竹楼呈现在眼前。赵云发现，去往竹楼只有一条路，路旁两行翠竹，肆意生长。赵云只管走近，竹子竟然抖动起来，赵云以为是错觉，他越往前走，翠竹抖动越厉害，当赵云来到路中央时，两行翠竹开始自由摆动，似勾肩搭背，耳鬓厮磨，似推搡嬉戏，纵情忘我，或作老汉仰躺之姿，或作孩婴撒泼之态，随姿态变化，发出沙沙之声，令人头脑发胀，意乱神迷。赵云怀疑这是披发人的妖术，欲迅速离开，翠竹竟有哈腰伸臂缠绕之意，赵云拔出宝剑，将伸过来的竹枝竹叶削断，向前急跃，当他跳到半空，才发现，下面是一条深涧，幸亏上面横有长竹，赵云轻轻落在长竹之上，不料身体直接向前滑去，赵云大感意外，不见坡度，为何有如此惯性？这时，长竹突然断开，赵云顾不得多想，往前一纵，伸手抓住另一根翠竹，方没掉下去，他一翻身，跳到翠竹之上，滑过深涧，回首一望，发现深涧上虽横有一些长竹，却甚是诡异，一旦不慎，掉入其中，当摔得粉身碎骨！再看两行翠竹，恢复原样，在微风中摇曳。

竹楼就在眼前，赵云清楚，披发人道行高深，竹楼外这一关，都如此玄妙，竹楼内还不知设有多少埋伏？正在赵云观察之际，只听脚下"嘎巴"一响，赵云纵身一跃，还未等他落地，一物从天而降，向他罩来，赵云拔剑直击，不知此物由何所制，竟毫发未损，赵云暗叫不好，抽身一纵，罩物扫着他的头发过去，好险！赵云看到，罩物如同一个巨大的笼子，周身遍插尖竹，挡在前面，赵云仔细观察，此地竟然是上楼必经之路。罩物像一只看门狗，守在那里。这当如何是好？赵云瞥见旁边翠竹，灵机一动，他选一棵粗竹，砍掉枝叶，拖到罩物前，装作欲强行通过的样子，罩物果然扣将下来，赵云将粗竹往中间一戳，直接将罩物撑住，罩物不断抖动，欲将其吞下的样子！赵云长出一口气，终于闯过这一关！

赵云来到竹楼前，举目观望，只见此楼以竹为柱、为椽、为檩，相互契合，浑然天成，起脊、飞檐，精雕细刻，巧夺天工。

竹楼大门两侧刻有一副对联：镇鬼捉妖平乱世，除奸铲佞保国安，门上刻有八个大字：管若虚九子伏魔阵！

赵云才明白，原来这里摆了一个阵法，看对联，设此阵者，应是胸怀大义，忧国忧民，如何与披发人为伍？竹楼既然是竹林中心，想来必定机关重重，险恶异常，门前这两关，赵云已领教了。为了捉拿披发人，不容赵云多想，他就要在此镇鬼捉妖，除奸铲佞！

赵云来到近前，拨条门缝，虚身撒步，以剑护身。借助竹缝投射之光，赵云发现，这里是一座大殿，东西两侧摆满香炉，南北两侧遍插七色旗，香炉与七色旗，皆是披发人作法所用器物，单凭这两样，此阵与披发人必有关联。

赵云探身进入殿中，大喝一声，"妖人，出来！"没有反应，正要再喊，只听一声异响，一个硕大的竹蒺藜向他碾压而来，赵云一撤步，后面又一个竹蒺藜向他滚来，如果被挤在中间，将是一身血窟窿！赵云急忙跳向一侧，结果竖向一个竹蒺藜滚来，此时，两个横向竹蒺藜已缩回，赵云再次往后一撤，竖向另一竹蒺藜又袭来，赵云纵身而起，不想，空中两个竹蒺藜同时向他飞来，赵云只得用剑尖一点下面竹蒺藜，向上急纵，万没想到，上面一个竹蒺藜直接砸下来，赵云大惊，一点斜向竹蒺藜，急往旁侧飞纵，方得脱身！此时赵云已惊出冷汗，回首一看，这些竹蒺藜相互咬合，错落有序。

赵云来到二楼，借助翠竹间透过的微弱光亮，全神贯注搜寻披发人。突然，他脚下踏空，竹板没了！赵云纵身急跃，脚刚落地，脚下竹板又失，赵云再纵，哪想到，第三处竹板猛然弹起，直击赵云，赵云快速闪开，还没站稳，脚下所踩之地，再次塌陷，刚一站住，脚下竹板再次弹起，赵云连翻腾跃，终于站定，只见竹板凹陷与凸起之处，遍插尖竹，凹陷与凸起构成一个大大的"竹"字！

第十一章
勇闯九子伏魔阵

赵云来到三楼，横剑在手，突然眼前一亮，一道白柱向他射来，赵云一撤步，不料楼梯被封，急飞身一纵，腾腾气流贴着脸边而过，竟是滚烫的热水！赵云躲到哪里，水柱跟到哪里，武艺再高之人，也怕水烫！赵云看到，这里四周遍插尖竹，上方还有弓竹弹来，最让赵云不适应的是地面竹板湿滑，稍有不慎，就被烫个满脸花！赵云左躲右闪，终于瞧到水柱的机关所在，正要一剑将其砍掉，不料上方弓竹同时弹来，赵云挥剑砍竹，水柱又向他喷来，他在空中急躲，却被弓竹击中，飞了出去，滑向一侧尖竹，赵云收不住脚，急以宝剑抵地，水柱再次袭来，赵云借助宝剑抵地之力，一甩身，再向前急纵，快速来到了四楼。

赵云发现，竹楼每层都设有机关，管若虚，他不明其意，九子伏魔阵，九子又是何意？指九关还是九人？至此，他没见到一人，既然有热水，应该有人在，不知可是披发人所为？于是大喊一声，"妖人，快快出来受死！"他马上听到一个怪异之声，"出来受死！"赵云一凛，披发人在此，还是回音？赵云持剑探身，努力锁定声音位置，只听"呲"的一声，四下同时喷出蓝烟，赵云与披发人激斗时，曾被其所伤，他马上闭气，举剑搜寻披发人，怎奈蓝烟甚浓，视线不佳，正在这时，地上同时弹出几条绳索，上下翻飞，赵云看不清，但他耳朵极灵敏，连番跳跃，才没被绊倒，赵云抓住机会，火速冲到五楼，才深深吸了一口气。

赵云看出，管若虚九子伏魔阵有一共性，闯过一关，下楼通道即关闭，只能向上，没有后退之路。这时，只听得一声响，一排尖竹直向他的前胸扎来，赵云挥剑欲将其削断，又听得连声响，两排尖竹一左一右奔他的颈部与腿部扎来，赵云一用力，砍断中间竹排，向上一挑，一段卡住左方竹排，脚下一踢，另一段挡住右方竹排。这时，只听一声巨响，上方五个竹排同时向下扎来，又急又快。赵云是马上大将，手中若有枪，能以凌厉之势，将其挑落，宝剑以防身为主，遇到此种情形，只能缩身急纵，躲过这一击，这时，竹排相互咬合在一起，"咯吱"声不断。

赵云小心来到六楼，感觉有种异味，似是多种气息混合，赵云暗想，可能是长久封闭所致。

赵云靠壁而行，一不小心，撞到墙上所挂瓦罐，他伸手去扶，只见白光一闪，瓦罐中骤然蹿出几条蛇，齐向赵云咬来，赵云挥剑，竟然砍个空。赵云一惊，这里的蛇能躲避兵器！一愣之际，只觉前面一个黑物向自己扑来，赵云挺剑直刺，那黑物一缩身，一拳打向赵云腹部，赵云闪身，借着微弱的光亮，发现黑物近人高，一身毛，竟是一只黑熊！一击不中，黑熊马上连番进攻。赵云一跃而起，欲将其踢翻，突然空中伸出一只毛茸茸的爪子，一把拉住赵云的手臂，赵云大惊，剑尖向上急挑，那爪子回缩，赵云定睛一看，竟是一只猿猴，正对他龇牙。赵云向后一撤身，似乎碰到何物，未等他判断出来，只觉一股阴风，向他双腿袭来，原来是一匹马！赵云跳到中间，立足未稳，一物张口向他咬来，赵云撤身一看，原来是一只狼。它再次扑来时，赵云连出两剑，逼退了它。就在此时，伴随一声怒吼，一股疾风袭来，竟是一只猛虎，赵云惊得一身冷汗，马上抽身，同时宝剑刺出，惊悚的是，猛虎一巴掌将他的剑拍回，赵云借势跳开，他刚靠近竹壁，两只马蹄踢将过来，闪到一旁，狼又扑来，往起一纵，上面猿猴大爪子扇来，躲过这一击，黑熊冲上前又是一掌！赵云暗叫不好，连忙后撤，这时，两物同时向他的头部袭来，赵云急闪身，只听"啪"的一声，猿猴的一巴掌正扇在老虎的头上，老虎一声怒吼，旁边的马、黑熊和狼都叫起来，似吼似笑，令人胆寒！赵云瞥见楼梯，他极力一纵，来到了七楼。

赵云擦拭鬓边冷汗，他还没有缓过神来，这里为何有如此多的兽畜？凶猛又训练有素，这是何等妖术，能让它们在高楼上如此驯服？

七楼晦暗不明，历经前面诸多凶险，赵云不敢怠慢，手持宝剑，时刻提防！赵云直觉此层空间很大，正在这时，上方亮光一闪，一个黑影已到近前，举刀就砍，赵云出剑急挡，上面极速闪光，黑影连续进攻，出刀之快，打得赵云只有招架之功，全无还手之力，不知不觉，他被逼到角落，赵云向上急纵，不想上面一物如泰山压顶袭来！赵云大骇，我命休矣，万般无奈，赵云只能挺剑向前，要与敌手同归于尽！结果，刺了个空，原来只是一个影子！

这时，上面一闪光，黑影调过头来，又要进攻。赵云瞧得清楚，这一切都源于上面的光亮，他向前一挡，黑影当即消失。赵云感叹，真有世外高人，能将光与影结合，造出这般惊人之效！

在他惊叹之时，两个黑影同时袭来，赵云想他们也是吓人的，举剑一挡，万没想到，与对方兵刃一碰，赵云的剑已握不住，刷地飞将出去，钉在侧壁上。赵云的寒毛孔几乎炸开，他历经多少生死激战，只有将对手武器震飞，何曾有过自己兵刃脱手？本以为对面还是鬼魅之影，一时大意，吃了亏。失去兵刃，赵云只得守住门户，连番躲闪，一番周旋后，赵云抓住机会，从他们中间蹿出，借着微弱的光亮，往前一近身，一把拽下自己的宝剑，由于用力太猛，竹壁被他拽松，两个黑影再次扑将过来，赵云使出蜂蝶三十六剑，剑招灵动，忽快忽慢，两个黑影极不适应，一时让赵云占了上风，他趁机向一黑影头部挥剑，没有想到，一击即中，只是如同砍在石头上，震得他手臂发麻，赵云吃惊，刚才黑影为虚，这两个如何又变成了实物？还练就了金刚不坏之体！就在此时，赵云听到绷簧响，说时迟，那时快，他急忙出剑，舞出玲珑壁护身，只听叮当作响，暗器纷纷落地。赵云似有所悟，不与他们力战，而是穿插其中，奇怪的一幕出现，两个黑影的兵器竟然刺进对方身体，赵云惊惧，它们到底是实还是虚？突然，他的身后同时出现三个黑影，赵云暗自叫苦，前面两个已难于对付，又来三个，这当如何？此时，纵然他使出蜂蝶三十六剑，面对五个黑影，也是狼狈至极，险象环生。

赵云感觉不妙，没找到披发人，自己还将命丧于此。许是赵云命不该绝，在他四下躲避时，撞到刚才拔剑之处，那里被他撞出缝隙，露出一条光亮，赵云看到希望，他先往对面一引，然后转身，一脚踢去，那里顿时出现一个大洞，赵云一纵身，跳将下去。

赵云知道这里是七楼，此时，他已顾不了许多，随着他的逃出，三个火球从洞中飞来。赵云轻功虽好，七楼跳下也难免受伤，好在赵云跳出的力道足够大，他在半空看见前面有棵高竹，提气一纵，正好够到，他刚抓住翠竹，两个火球袭来，即将中招时，赵云猛晃竹干，成功闪开，两个火球撞在一起，只见一股黑烟，没了踪影！赵云顺竹而下，这时，第三个火球从上至下袭来，眼见赵云就要到达地面，第三个火球也赶到，他急向前扑倒，火球来不及转弯，"砰"的一声，撞到地面，瞬间熄灭了！

第十二章
初次相帮不领情

　　赵云冲出管若虚九子伏魔阵，吃惊不小，这是他平生遇到的最凶险之战。即便在长坂坡，面对万千曹兵，他也毫无畏惧，遇兵伤兵，见将斩将。在这里，面对一个变幻莫测的阵法，他判定，那些黑影都不是人。上次还遇到一位老者，这次谁也没见到，阵中各关招法与披发人相似，一定与其有关，可是在自己遭遇凶险时，他为何不趁机出手呢？难道将自己带入竹林，他就逃走了？赵云百思不得其解。

　　脱离危险，赵云心绪难平，没有抓住披发人，更无从了解幕后黑手。自己还得回南徐，寻求鲁肃相助，营救主公。

　　来到竹楼入口，生死罩人网还裹住那根粗竹抖动，赵云倒省事，直接来到第一关，再经过时，这里的深涧横竹没有出现突然断裂，坡度也消失，他轻松穿过意乱神迷林。

　　赵云来到竹林外层，又看到了那些竹屋，正在此时，他听到了脚步声，心中一喜，难道是披发人？赵云闪身隐藏起来，片刻工夫，一个人出现在他的视野，并不是披发人，此人个子不高，一身短打扮，穿着干练，四处逡巡，向前走来，赵云想，在此出现，定是披发人同伙，他跳向前，挡住去路。

　　此人吓一跳，倒退两步，抽出宝剑。

　　赵云厉声道，"告诉我，披发人在哪里？"

　　"披发人？什么披发人？不知道！"此人嗓音尖细，说话很冲。

　　赵云宝剑一指，"莫要装了，不然我就不客气了！"

　　"不客气又能如何？"此人举起宝剑。

　　赵云仔细打量，此人长相英俊，穿着似一富家公子，与披发人的做派相去甚远。此时他的额头冒汗，衣衫有刮破之处，言语中透露着焦躁，披发人同伙何至于如此狼狈？"你是何人？到此做甚？"

"你管我是何人？"此人翻一眼赵云，没好气地道，"你以为我愿意来此？我是误入其中，迷路了！"

他确与自己被困竹林时的情形相似，看来是误会了。"哦，打搅了！"赵云一拱手，欲转身离开。

此人上前两步，"你知道出路？"

"也许吧。"赵云不确认自己一定能出去，说罢，阔步向前，此人小心跟在后面，赵云暗自佩服他的脚力不错。不知是不是破除了竹林魔咒，只一会儿工夫，赵云就带着他走出了竹林。

赵云正要离开，此人急忙上前挡住，"别走，我有位朋友还困在里边，烦劳你帮我把他找到，必有重谢！"

赵云无心他顾，于是道，"你按刚才的路线走，看到笼形标记，将其削掉。"

此人似乎信心不足，"有何事我都能帮忙，你熟悉路，帮我把朋友找到，耽误了你，我加倍补偿。"

赵云想，东吴人口气真大，"我还有要事！"

看赵云执意要走，此人急忙横剑拦阻，"现在只有你能帮忙，不许走！"

真霸道，求人还用强！赵云一闪身，绕过他，飞身而去。

此人追出几十步，见赵云跑得太快，只得停下来，望着赵云的背影，气得跺脚，"也不是什么好人！"

没办法，他只得返回竹林，对着竹林深处大喊，"孙绍！"

此人正是女扮男装的孙小妹！

今日清晨，孙绍刚吃过饭，孙小姐来到。孙绍年方十三，孙小姐也刚十九岁，两人虽差一辈，姑姑却是孙绍的知己，不敢跟母亲说的事情，可以告诉她。

"伤势如何了？"孙小姐问道。

"让母亲弄得大家都紧张，其实我的伤不碍事。"说罢举手抬腿，给姑姑看。

"真不碍事？"

"真不碍事。"

"好！"孙小姐用手按住他，小声道，"既然没事，敢不敢带我去你遭劫的地方。"

孙绍一愣，"去那儿干吗？"

"替你报仇雪恨。"

孙绍笑了，"贼人早跑了，还等咱们去算账！"

"即使人跑了，也会留下蛛丝马迹。"

"二叔已经派人追查。"

"信他们，什么事都耽搁了。"

孙绍想起被追杀的情景，心有余悸。"可是——"

"凡事还得靠自己，你不想为孙风孙雷报仇了？"

"母亲不会让我去。"

"这事不能与她说。"

"她知道会生气的。"

看到孙绍迟疑，孙小姐道，"我看你是被吓着了，大丈夫要有胆魄，想想你爹，可是赫赫有名的小霸王，生无所惧！"

"姑姑，莫用激将法，我不上当。"

"被你识破了，"孙小姐笑了，"我就是想到现场感受一下，有姑姑在，你还怕什么？"

搭救自己之人进入附近竹林，不知能否找到他？孙绍道，"我们快去快回，千万不能让母亲知道。"

"太好了！"孙小姐说罢，拿出一套衣服换上。

两人准备妥当，打马扬鞭而去。

孙小姐与孙绍出城，没人敢阻拦，也就半个多时辰，两人来到了出事之地。

在这里，孙绍看到了他与众贼打斗的痕迹，他还发现了车马的印迹，估计是二叔派人调查所留。他们并没发现两个家人的尸身，应该是被江东士卒收走了。孙绍想，如果没有那位神武义士，自己也是被收走的一个。

"哪里来的贼人？"孙小姐刷地拔出宝剑，"光天化日之下，敢对我家侄儿图谋不轨，快快出来受死！"孙小姐拉开架式，仿佛敌人就在眼前。

孙绍看着想笑，他一指前面竹林，"我们到那里找找。"这正是赵云所去的方向，寻不到恶人，找到恩人也好。

两人快步来到竹林前。"常从附近经过，没想到有这么大一片竹林！"孙绍道。

"这里景色真美！"孙小姐叹道。只是，一会儿工夫，他们就领教了竹林的厉害！先是孙绍险些被蛇咬到，孙小姐差点被暗箭射中，之后，孙绍被弓竹打伤，孙小姐被竹叶击中。两人感到了竹林的诡异，小心谨慎起来。孙绍道，"姑姑，我们还是回去吧。"孙小姐担心出事，就同意了。

两人来得容易，却出不去了。到处是翠竹，两人砍竹做记号，也于事无补，时间一久，两人都急了。"我们分头行动，找到出路，再回来接对方。"孙小姐道。

这样，两人分开，没有走出竹林，连同伴也找不到了。

就在这时，孙小姐遇见了赵云，赵云将她领出，却不愿回来帮她找人。

孙小姐只得再入竹林，不停呼喊孙绍，只听得风扫竹叶之声，没有孙绍的回音。眼看天色不早，孙小姐心急如焚，她在竹林里奔跑呼喊，时间一长，便有了一种孤立无援的恐惧。

天黑之前，她终于见到了孙绍，那时，孙绍正大声呼救，孙小姐循声而去，只见孙绍被卷在一棵高竹之上，"你怎么到那去了？"孙小姐十分惊异。

"我也没弄清楚，一下就到这里了。"

孙小姐打量着高竹，急得团团转。孙绍刚脱离险境，就在自己的蛊惑下，擅自闯到这里，中了埋伏，母亲知晓，定会责怪自己，孙绍出事，自己如何向大嫂交代？更对不起故去的大哥。想罢，她照准翠竹就是几剑。

眼看翠竹要被砍断，孙绍急道，"姑姑，让它倒向竹林。"孙小姐一看，可不是，直接倒地上，非把孙绍摔伤不可。

好歹将孙绍解救下来，他的脸上已多处刮伤。孙小姐生气，不由分说，对着竹子一顿猛砍，孙绍本要拦住姑姑，研究一下此竹的奥秘，也只能作罢了。

姑侄重聚，还没高兴起来，孙小姐就掉进了陷坑，陷坑很深，周壁立陡，孙绍斩断一根翠竹，砍成竹梯，才把孙小姐救上来。

自此，两人万般小心地寻找出口。"只恨那人不肯帮忙！"孙小姐想起来就气恼。

"那人何等模样？"孙绍问道，"不会是我的救命恩人吧？"

孙小姐没好气，"救你的是个义士，我所遇之人，穿着猥琐，衣服都不像自己的，不可能是救你之人！"

孙绍听姑姑所言，判定应不是自己要找的恩人！

两人没再分开，一门心思寻找出路，满眼翠竹，出路在哪里呢？

第十三章
夜宿茅屋遇恶人

江南的秋色很美，草随风动，蝶伴鸟鸣，慵懒惬意。

刘备、孙乾无心赏玩，一路向西疾行，两人不敢走大路，在荒野中穿行，杂草半人高，走起来有些吃力，但便于隐藏。

"这么高的杂草，不会突然蹦出个狼虫虎豹吧？"孙乾担心道。

刘备笑了，"我是不怕。"

"主公是艺高人胆大。"

刘备摇头，"因为我比你跑得快。"

孙乾被逗乐，也是苦中作乐。

这时，刘备想起了一直没有解开的谜团，"是谁把我救上岸的？从落水、呛晕到上岸，只有你在我的身边，没听说你会水啊。"

"三将军知道。"

"张飞没说过啊。"

"那是他不好意思。"

"他为何不好意思？"刘备好奇。

"他被我呛晕过。"

"哦，"刘备来了兴致，"怎么回事？"

"主公请来诸葛亮，他确是高人，火烧博望，火烧新野、火烧赤壁，三把火烧得名声大震，三将军多次在我们面前念叨，'可算知道什么是高人了。'简雍本就心中不爽，偏又听到张飞喝醉后，对士卒直言，'过去为何老打败仗，不就是因为谋士太废物吗？'简雍不便说与主公，自己却窝囊出病了。我气不过，一次主公让我去犒劳士卒，正赶上三将军在操练水军，恰巧一阵风刮来，我趁势把他拉下船，大家都喊，'快救孙先生！'结果是我将张飞拉上岸，他已被灌晕，士卒极为吃惊，原来孙先生的水性这么好！简雍、糜竺知道，很是解气！你们不晓得，我是在江边长大的，小时最爱玩水。三将军心中清楚，特意前来赔不是，'都怪我这张破嘴，得罪了几位贤士，感谢孙先生让我知道，诸位都是身怀绝技啊！'"

刘备气道，"这个张飞，真是欠收拾，等咱们回去，我让他摆酒赔罪！"

孙乾道，"别，与他喝酒，非把我们都赔进去！"

刘备与孙乾说笑间，赫然发现，眼前草丛中躺着两人，他俩一惊，正自分辨是活人还是死尸时，那两人猛然坐起，看来是在此睡觉，被刘备与孙乾惊醒了。

两人同时抄起兵器，那位矮胖儿，长着一张圆脸，一双豹子眼，怒目圆睁，一对分水峨眉刺交叉于胸前；旁边高个儿，刀条脸，一双细长小眼睛，手擎一条通天棍，举过头顶。刘备吃惊不小，以为是埋伏在此的吴兵。两人打量刘备与孙乾，矮胖儿大吼一声，"什么人？"

刘备拉着孙乾后退两步，低声道，"路过的，迷路了。"

瘦高个儿瞧着矮胖儿，"他们也迷路了，本来还想问道，算了。"

刘备看他们一脸凶相，听说算了，拉着孙乾就走。

矮胖儿说了声"嘿"，似乎还有话说，刘备权当没听到，继续往前走。

见两人没追，刘备才松口气。

"这两人有点怪。"孙乾道。

刘备点头，"无故躺在荒郊野外，绝非良善。"

两人边走边说，眼看夕阳西下，天色将晚，"这回是没得吃，连羊圈也没得住了。"孙乾调侃道。

刘备指着远处，"那有炊烟。"

孙乾望去，有炊烟就有人家，饿了一天，正好给主公弄点吃的。

两人循着袅袅炊烟，走过去，偌大个村子，十分破败，已近吃饭之时，只有一家升起炊烟。

孙乾过去敲门，一个瘦弱的老妪从屋内奔出，只见她头发花白，有些凌乱，走路急促，跟跟跄跄，"我的儿，你们终于回来了！"老妪口中念叨着。

"吱呀"一声，老妪打开了柴扉，看到刘备与孙乾，脸上不免露出失望之情。

孙乾上前，"老人家，我们路过此地，又饥又渴，不知可否讨点吃喝。"孙乾没敢说借宿，担心老妪直接拒绝。

老妪仔细打量两人，看他们风尘仆仆的样子，说道，"进来吧。"

两人忙道谢，随老妪进入屋内，闻到一股焚香的味道。

"不知两位是做什么的？如何来到这里？"老妪问道。

"做点小买卖，路经此地。"孙乾道。

"小买卖也好，没有性命之忧。"

老妪话中有话，刘备问道，"您的孩子呢？"

"两个都当兵去了。"

"去哪里当兵？"刘备很警惕。

"让东吴征了去，不知能不能活着回来。"老妪说罢，抹着眼角。

刘备听着心酸，诸侯纷争，百姓最苦。

"两位饿了，我给你们弄点吃的。"

刘备道，"打搅老人家了。"

"谁还没个求人的时候。"一会儿工夫，老妪将饭菜端上来，两个干粮，一盘新炒的青瓜片。虽是乡间做法，闻着是那样的香，两人顾不了许多，拿起筷子开吃，此时真是胜过山珍海味。

老妪在旁边瞧着，刘备不好意思，问道，"老人家，这么大个村子，为何少见人烟？"

"遭了水灾，村里的人都搬走了。"

"您为何不走啊？"

"我走了，儿子回来就找不到了。"

刘备安慰道，"您的心地如此善良，儿子一定会回来的。"

"承您的吉言，"眼看干粮吃没了，老妪又给他们加上。"我儿子吃饭也这么香，不知他们在外面能不能吃得饱？"刘备感叹，可怜天下父母心。

"不给吃饱，哪有力气拼杀？"孙乾道。

"说的是，我还想向两位打听，外面现在还总打仗？"

"打，诸侯争雄。"孙乾回道。

"谁打谁啊？"老妪问道。

"您想问谁吧？我们知道就告诉您。"刘备道。

"曹操怎么样了？"

刘备一愣，"他是天下第一诸侯，您识得他吗？"

"随便一问，就是希望天下太平，我儿子早些回家。"

孙乾道，"曹操刚在赤壁打了败仗。"

"哦。"老妪露出惊喜的神情。

刘备希望老妪多问几句，判断她为何如此关心曹操，没想到她话锋一转，"你们可知还有一个叫刘备的？"

刘备一惊，一个偏远老妇如何知道自己？"您怎么问到了他？"

"我听乡亲说，他是皇叔，爱民如子，有匡扶汉室的雄心。"

孙乾听了很自豪，"他现在是荆州之主，就是他与东吴结盟，联手打败了曹操！"

"好哇。"老妪喜形于色，一会儿又给他们端上两碗鸡蛋汤，香喷喷的，令人垂涎欲滴，刘备、孙乾甚是感动。

"老太太不简单。"孙乾悄声道。

刘备也有同感。这时，老妪进来，"天色已晚，看你们也累了，不嫌弃就在此休息一晚吧。"

"谢谢老人家。"原本对留宿还有所顾虑，现在老妪主动说了，看出她十分善良，在此休息便踏实了。

老妪将两人请到一屋，"这是我两个儿子的房间。"

两人进得屋来，房间简陋，有的地方已经露隙，确如老妪所言，很久没人住了。

两人躺下，孙乾一着枕头，就传出了鼾声。毕竟是文人，哪经历过这般奔波？连跑两日，刘备也很是劳累，在他堪堪入睡时，外面传来了敲门声，孙乾一跃而起，他的心一直悬着，根本没睡实。两人来到窗前，倾听外面的动静，不知是吴兵追到，还是老妪的儿子回来了？

老妪急匆匆赶出去，只听柴扉响过，有人说话，"老太太，天色已晚，想在您这里借住一宿。"

刘备与孙乾对望一眼，皆感声音耳熟，他们透过窗缝，借着月光一看，竟是草丛中所遇之人，一人挎着峨眉刺，一人背着通天棍。

看两人进入院中，"这种人怎么也敢收留？"孙乾不解道。

只听他们进了屋，老妪道，"两位小声，还有两位借宿的，现在应该睡着了。"

"哦，"只听矮胖儿道，"难道是咱们路途所遇之人？我们可否看一眼？"

老妪道，"不好吧。"

"没关系，我们只看一眼。"说罢，矮胖儿兀自拿起油灯，进了屋，刘备与孙乾已经躺下，装作睡着。矮胖儿照罢出来，对瘦高个儿道，"正是他们。"听语气应该是放心了。

"老太太做点吃的吧，饿坏了，我们给钱。"矮胖儿道。

老妪对他们刚才的鲁莽似有不满，"老太太只为积德行善，不为钱，"然后双手合十，"只望我儿早日平安归来。"

瘦高个儿忙打圆场，"他们很快就会回来的。"

"这个我爱听。"老妪道。一会儿工夫，她拿上两个干粮，端上两碗水，"喝点热水，暖暖身体吧。"

那点干粮很快就被两人吃下，老妪又拿出两个，"这本来是为我明天准备的。"矮胖儿与瘦高个儿连忙道谢。

看两人吃完，老妪道，"你们借宿，就不要嫌挤，只能与前面两位凑合一晚了！"

矮胖儿道，"我们多给钱，能否让我们两人住？"

"人家先来的，你让我把他们赶走？"老妪提高了声调，"那你们就别在这里住了！"

看似瘦弱的老妪，能有这般坚持，令人敬佩。

瘦高个儿忙道，"好，我们将就一晚。"

两人进了屋，把兵器往墙边一靠，刘备与孙乾装作被惊醒，矮胖儿道，"往边上靠靠。"

刘备与孙乾尽力往一侧挪，给两人腾出位置。

"咱们挺有缘啊。"瘦高个儿道。

"可不是。"刘备回道。

本来住两人，如今要睡四人，不免挤在一起。这两人看来也是累了，躺下不久就传来了鼾声。

刘备与孙乾睡不着，突然出现两个陌生人，心中不安，矮胖儿睡觉还不老实，手脚时常踢打抽动，不知是练武，还是在拼杀。刘备与孙乾十分疲乏，不知不觉也睡着了。

"孙策，哪里跑？"矮胖儿突然一声喊，惊醒了刘备，他以为自己听错，看这两人，按年龄不应与孙策有交集，"孙策，拿命来！"这次刘备听得真切，心中甚是纳闷。

瘦高个儿一推矮胖儿，"大哥，你又说梦话了。"矮胖儿吧嗒着嘴，沉沉睡去。

刘备彻底睡不着了，这两人与孙策有什么恩怨？思量间，外面柴扉响了，刘备透过窗缝一瞧，院中又进来两个人！

第十四章
图财者反遭索命

刘备悄悄坐起来，侧耳倾听，只听一人道，"娘，我们回来了。"

"我的儿，娘不是在做梦吧？"老妪颤抖的声音。

"娘，不是做梦，我们真回来了。"

窸窸窣窣声音之后，老妪点上了油灯，随后有人进了屋，"娘，我们得马上走。"一个声音道。

"刚回就走？"老妪的声音。

"我们回来就是接您的，一起走。"

"要上哪儿去？"

"过好日子去。"

老妪道，"那也得天亮走，屋里住着好几个人呢。"

"啊，有外人？"

"两个做买卖的，两个路过的，还算懂礼，要给饭钱呢。"

"这不是，放桌上了。"一个声音道。

"给得不少，看来挺有钱。"另一个声音接道。

"我还没注意，"老妪道，"帮忙不图钱，明天还给人家。"

"还什么？又不是咱抢的。"

"咱得积德行善，做个好人。"

"您天天烧香拜佛，我爹那样的君子得到什么好报啦？"

"没有烧香拜佛，你们如何能平安回来？"

"您说的对，我们明天得早起，您也休息吧。"

"好，你们就在我这屋对付一晚吧。"

刘备听明白，老妪的两个儿子回来了。他们毕竟是吴兵，刘备不想惊扰他们，老妪很善良，姑且忍到天亮，赶快离开这里。

　　刘备打定主意，轻轻躺下，生怕碰到旁边的矮胖儿。想着这次东吴相亲，遭遇凶险，不知何时能回到荆州？这时，闪过一道强光，闯进一群士卒，各执刀剑，上来把刘备摁住，直接绑上，刘备大喊，"为何抓我？"来人道，"衣带诏的事败露了！"刘备想，这下完了。突然，一个女人过来，拉起他就跑，此人披头散发，看不清面目，像甘夫人，又像这家的老妪，刘备道，"把我的绑绳松开，不然跑不快！"女人努力帮他解开，绑绳系得太紧，眼见追兵赶来，女人使劲晃动绑绳，刘备一下醒来，原来是一个梦！他发现，旁边的矮胖儿在不停晃动，好像梦中与人打斗，还叫了一声，"孙策，拿命来！"

　　刘备彻底清醒，其他三人仍在熟睡。这时，刘备赫然发现，墙壁一处缝隙正有烟雾喷进来，烟雾有种异香，刘备暗叫不好，直接坐起来，旁边矮胖儿被他带醒，刘备手指烟雾，矮胖儿一骨碌爬起来，刘备推醒孙乾，矮胖儿一把揪起瘦高个儿。另两人有些发蒙，"有人暗害我们！"矮胖儿说罢，伸手去摸峨眉刺，抓了个空，他们的兵器不翼而飞。

　　矮胖儿直接蹦出屋，其他三人也跟出来。此时，天边已露出一丝鱼肚白，他们看到，屋后站着两人，一人留着络腮胡，一人鼓着红鼻头，两人眼神游移，故作若无其事的样子。

　　"何方恶人？敢暗害我们，不要命了！"矮胖儿喝道。

　　络腮胡立起眉毛，"哪来的强人，口出狂言？"

　　矮胖儿瞧瞧瘦高个儿，笑了，"往屋内放毒，还这么横，看来咱们哥俩除恶就要从此开始了！"

　　"你哪只眼睛看到我们放毒了？莫以为别人好欺负！"红鼻头呛道。

　　"没放毒，鬼鬼祟祟在此做什么？"瘦高个儿厉声道。

　　"这是我们家，做什么用你管？"络腮胡回道。

　　矮胖儿与瘦高个儿一愣，随即怒道，"我们的兵器呢？"

　　"你给保管费了吗？向我们要兵器？"络腮胡怒道。

　　矮胖儿与瘦高个儿急了，"速将兵器还给我们，不然就不客气了！"

　　"这是讹人，没拿如何还你们？"红鼻头依然嘴硬。

"大晚上不睡觉，怎么还吵起来了？"老妪出来，"这是我的两个儿子，才回来。"

瘦高个儿道，"老太太，你的儿子暗害我们，还把我们的兵器偷走了！"

"不可能，我的儿子都好着呢！"老妪不相信。

矮胖儿气道，"不信，你问他！"说罢一指刘备。

刘备恨这兄弟俩害人。"确实，有人往屋内放毒烟。"没抓住现行，刘备只确认事实。

矮胖儿接道，"怎么样？我没说错吧？"

"你们肯定是误会啦，"老妪说罢，四处逡巡，一指柴草下，"那不是你们的烧火棍子吗？"

果然，柴草下露出通天棍的一头。矮胖儿与瘦高个儿怒视两兄弟，"昨晚我们是放在屋内的，难道兵器会飞吗？"

"飞不飞，问你们的兵器去！"络腮胡的话更气人！

老妪对两个儿子道，"是你们藏了人家兵器？"

"我们没动。"红鼻头道。

"藏兵器就是没安好心！"矮胖儿怒道。

"胡说！"络腮胡大叫。

"好！"矮胖儿与瘦高个儿恶狠狠道，说罢直奔柴草，一副要拿回兵器拼命的架势。

就在两人转身之际，只见络腮胡一扬手，袖中飞出两物，直奔矮胖儿与瘦高个儿后心。

刘备见络腮胡突施暗器，这么近，矮胖儿与瘦高个儿恐怕性命不保！没想到两人身手不凡，也是预感到危险，急忙闪身，幸亏躲得快，保住了性命，臂膀同时被划伤，两人火冒三丈，上前拉出兵器，直奔两兄弟，一看暗器没有伤及对方要害，两兄弟连忙抽出刀剑，双方短兵相接，打斗起来，老妪要上前挡住矮胖儿与瘦高个儿，矮胖儿一把推开老妪，老妪哪见过这般刀光剑影，连摔带吓，晕了过去。刘备担心伤到她，忙与孙乾将老人抬进屋内。这时，刘备发现，屋内供奉一个灵牌，上面写着：亡夫工部侍郎王子服之牌位。

刘备一震，这位老妪竟是工部侍郎王子服之妻！

当年许田射猎，曹操借用汉献帝弓箭，射中麋鹿，接受群臣山呼万岁。皇帝受辱，写下血书，缝入衣带之中，由国舅董承带出，联络忠臣义士，扶汉灭曹，当时在衣带诏上签名的有车骑将军董承、工部侍郎王子服、昭信将军吴子兰、西凉太守马腾、左将军刘备等七人。就是这个时期，曹操宴请刘备，留下"青梅煮酒论英雄"一说。刘备使用韬晦之计，整日种菜，瞒哄曹操。后来因董承做事不周，事情败露，除了马腾、刘备逃出，其他人等皆满门抄斩，直到最后，刘备也不曾与王子服谋面，仅知其乃忠义之士，不知他的妻子是如何逃出来的？

刘备与孙乾赶出来，只一会儿工夫，王氏兄弟俩已被打翻在地，矮胖儿的峨眉刺正对着络腮胡，"无缘无故，为何加害我们？"

"只想谋点财，没想加害两位！"络腮胡趴在地上，这时也服了软！

"拿迷香毒害，用暗器偷袭，还说不想加害我们！"矮胖儿气道。

瘦高个儿道，"还与他废什么话！"

矮胖儿点头，"这等恶人，留在世上只会害人！"说着举起峨眉刺。

刘备想到，他们总归是忠臣之后，自己还与其父是同道中人。老妪一直苦等儿子归来，醒来儿子身首异处，岂不要了她的命！刘备不忍心看到这一幕，上前拦阻，"两位义士，我等皆受其母恩惠，看在老人家的面子上，饶过其子吧。"

矮胖儿怒道，"你怎如此善恶不分，他们差点要了我们的命！"

"给他们一个改过的机会吧。"刘备道。

地上的王氏兄弟一起哀求，"给次机会吧。"

瘦高个儿道，"大哥，要不——"

"不行，他们日后还会害人！"矮胖儿咬牙道。

"你们不能动他俩！"墙外突然有人道，随着话音，一人跳进墙内，随后，上百士卒进入院中，将众人围住。

矮胖儿一惊，"你们是何人？"

"我们是东吴官兵，来抓逃犯！"最先进来的人道，此人身材魁梧，看来是一名将官。

刘备暗叫不好，怎么突然来了吴兵？带着孙乾，他没敢动。

矮胖儿与瘦高个儿闻听一愣，"逃犯？"

吴将道，"对，他俩就是我们要抓的逃犯。"

被摁在地上的两兄弟听罢大喊，"我们没拿吴侯的宝甲，你们冤枉我们了。"

吴将斥道，"没偷宝甲，你们逃什么？"

络腮胡道，"我们被无端猜疑，只能跑了。"

"你们是做贼心虚，赶快将宝甲交出来！"然后对矮胖儿与瘦高个儿道，"把他们交给我吧。"

看他们的目标是王氏兄弟，刘备心中稍安。但是下一步的走势大大出乎刘备意料。

"他们偷了孙权的宝甲？"矮胖儿问道。

吴将听他直呼吴侯大名，心中不悦，想到他们帮自己抓住了王氏兄弟，于是应道，"吴侯新打造的一副宝甲，被这俩人偷走了！"

"敢偷孙权的宝甲，英雄啊！"矮胖儿说罢，踢着下面的王氏兄弟，"起来吧！"刘备一愣，矮胖儿梦中多次要杀孙策，没想到，他们竟敢明目张胆地与东吴官兵作对！

吴将一震，"你们是什么人？敢如此造次？"说罢一挥手，东吴士卒上来捉拿王氏兄弟，刚一靠近，皆被矮胖儿与瘦高个儿打翻在地。

吴将大惊，"敢袒护逃犯，给我一起抓！"说罢，指挥所有士卒上前围捕。

矮胖儿与瘦高个儿挥动峨眉刺与通天棍，瞬间打得吴兵七零八落，吴将只得亲自上阵捉人。

王氏兄弟也跳起来抵抗，形成了四人对抗吴兵吴将的局面，矮胖儿与瘦高个儿太过勇猛，东吴官兵无暇他顾，刘备与孙乾借机闪到一旁。

矮胖儿直奔吴将，一对峨眉刺舞得风雨不透，没多久，吴将堪堪抵挡不住，吴兵也被打得死伤一片，吴将一看形势不妙，马上败退，矮胖儿与瘦高个儿立时追过去，两打一，十几招后，吴将被矮胖儿直接刺翻在地，其余吴兵慌忙逃窜。

孙乾一拉刘备，示意主公赶快离开。矮胖儿与瘦高个儿如此痛恨孙策、孙权，不知何故？刘备起了好奇心。

此刻，络腮胡与红鼻头背着老妪，正要往外走。

"站住！"矮胖儿大吼一声，与瘦高个儿挡在他们前面。

王氏兄弟不明所以，二人刚才还称他们为英雄，一同作战，现在突然翻脸，知道打不过他们，只得放下母亲。

"把宝甲交出来！"矮胖儿伸出手。

"我们没偷孙权的宝甲，真是被冤枉了。"络腮胡解释道。

"我们如何相信你？"瘦高个儿道。

"不信你们尽管搜。"红鼻头道。

矮胖儿与瘦高个儿没客气，直接搜身，没有找到宝甲。

"没偷宝甲，就不是什么英雄，敢施放毒烟，暗器伤人，放你们走，不得继续行凶作恶吗？"矮胖儿大声道。

"不敢，不敢了！"王氏兄弟连连作揖。

老妪上前，给每个儿子一个嘴巴，斥道，"娘过去是怎么教诲的，你们这般不学好，我将来哪有脸去见你们的父亲！"说罢扭头拭泪。

"大哥。"瘦高个儿瞧着矮胖儿，有求情之意。

矮胖儿咬牙，"不行，对坏人不能手软！"

老妪眼中含泪，白发在风中飘动，她痛心地对儿子道，"你们这是咎由自取！"

刘备看老妪如此伤心，上前对矮胖儿道，"他们是一时财迷心窍，就饶他们一回吧！"又转向王氏兄弟，"你们兄弟当好自为之，不得再行害人之事！"

王氏兄弟连忙点头。

矮胖儿突然将峨眉刺指向刘备，"谁让你来装好人？"

孙乾惊得一跳，刘备坦然道，"其母帮了我们，受人点水恩，当涌泉相报，当其面杀其子，实为不义。"

"少给我讲什么仁义，仁义算个屁？"矮胖儿直接将峨眉刺对准刘备咽喉，"不怕连你一起杀吗？"

"我相信，义士不会乱杀无辜。"刘备毅然道。

矮胖儿一昂首，"别跟我说这些，不吃这一套！"

孙乾直道，"别忘了，是我们先发现他们放毒，才救了大家！"

瘦高个儿点头，"不是他们提醒，咱俩都完了。"

"一码是一码。"矮胖儿道，"可以放过他们，这两兄弟不能饶！"

说罢将峨眉刺指向王氏兄弟，刘备反感矮胖儿蛮横，上前一把抓住他的手腕。

矮胖儿感受到刘备的力道，脸上浮现惊异之色。

瘦高个儿道，"大哥，算了吧。"

矮胖儿还要坚持，被瘦高个儿推开了。

刘备使个眼色，王氏兄弟背起老妪，急忙出了院子。

矮胖儿回过头，面向刘备，"告诉我，你们到底是干什么的？"

"做点小生意，糊口而已。"刘备道。

"小生意？"矮胖儿口中念叨，不相信的样子。

刘备想，他们杀了那么多东吴士卒，一旦援兵到来，就麻烦了。"我们告辞了。"说罢拽着孙乾出门。

"留步。"矮胖儿大声道。

刘备一愣，这是要杀人灭口吗？

"莫惊，"瘦高个儿道，"请两位做个见证。"

刘备与孙乾满脸疑惑，只见瘦高个儿从吴兵身上扯下一块衣衫，蘸着他们身上的血，在墙壁上写下八个大字，"惩治吴兵，为父正名。"刘备与孙乾不明其意，只见他又在下面留一行大字：于糜、樊能之子！

第十五章
夜探鲁府撞隐私

浮云飘动，月色朦胧。

一个人影来到鲁肃府宅旁，稍做逡巡，轻轻一纵，跃入院内。

此人正是赵云，他已回到南徐。

早晨吃了闭门羹，赵云决定晚上单刀直入，直面鲁肃。

刚刚饭后，赵云料定鲁肃不会休息。只是，鲁肃家房屋众多，此时他能在哪儿呢？赵云飞身上房，居高一望，发现中间一室灯光闪烁，赵云下得房来，沿着墙边来到窗前，这时，他听到脚步声，由远而近，赵云藏身暗处，看见一位姑娘赶过来，身材纤细，手持托盘，像个丫鬟，开门之前，精心打理发髻，像是会情郎，赵云借着月光，看出姑娘长相标致，很有几分姿色。

姑娘推门进屋，赵云再次来到窗前，轻轻捅破窗纸，只见一人站在书案前，手中握笔，似要写字，又不知如何下笔，赵云喜出望外，正是鲁肃！

鲁肃现在心烦意乱，他没想到，周瑜使出美人计，骗得刘备来东吴相亲，竟出现如此大的变故。此时，他正思谋如何告诉周瑜，请他速思良策。

那个丫鬟进来，给鲁肃递上茶，"先生，喝茶。"

"哦，甄彩，"鲁肃道，"放桌上吧。"

这么容易找到鲁肃，赵云很高兴，等丫鬟一离开，他就进屋与鲁肃见面。甄彩递完茶，没走，"大人，操劳一天，别太累了。"

"我知道。"鲁肃坐下，头也不抬道。

"先生遇到了麻烦？"甄彩把茶杯往鲁肃的眼前推了推，关切地问。

鲁肃望了一眼姑娘，"没什么。"

"先生愁眉不展，还说没什么。"甄彩道。

鲁肃轻轻摇头，"真的没什么。"

少顷，鲁肃抬头，发现甄彩站在那里发呆，"不用管我，去睡吧。"

这是赵云乐见的，他以为甄彩将离去，结果，甄彩端来一盆水。"先生累了，洗洗脚吧。"

"我自己来吧。"

"您是做大事的人，还是我给您洗吧。"甄彩说着，给鲁肃脱下鞋，褪下脚布，轻轻将鲁肃的脚放在水中，认真揉搓起来。

赵云在外面等得心焦，看到甄彩给鲁肃擦脚，裹上脚布，以为就此完事，没想到，甄彩直接把鲁肃的脚揽入怀中，倾下身子，将脸贴在鲁肃的膝盖上，看得赵云的脸都红了。

鲁肃吓一跳，急忙把脚收回。"甄彩，你这是怎么啦？"

"我心疼先生。"甄彩仰望鲁肃，满眼的爱慕之情。

"甄彩，我谢谢你。"鲁肃尴尬道。

"先生有如此才华，夫人不知疼惜，我都替您鸣不平。"

这似乎说到了鲁肃的痛处。"夫人早晚会明白的。"

甄彩道，"她生不出孩子，还怨先生，在家里欺负先生也就罢了，还到处嚷嚷，丢尽先生的颜面。"

鲁肃轻轻叹口气。

"您的脾气太好，她才总作妖，都是您把她惯的！"

鲁肃吓一跳，"这话可不能如此说。"

"您就应该厉害些，她就老实了。"甄彩大胆直言。

鲁肃请她止声，"这要是让夫人知道，那还了得！"

"瞧把您吓得，其实，夫人倒希望您厉害呢，您现在这样，她都瞧不起！"

"随她去吧。"

"我不想您过这样的日子。"甄彩盯着鲁肃的眼睛。

鲁肃沉默了。

"其实，我最理解您，您看不出来吗？"说罢，甄彩竟扑在鲁肃的怀中。

鲁肃一抖，"这可不行。"欲推开甄彩。

　　"先生忘了，夫人去兄弟家了，今晚不回来。"甄彩说罢，搂住了鲁肃的腰。

　　鲁肃使劲挣脱姑娘，"甄彩，你今天不对劲，快走吧！"

　　甄彩没有走，流下泪来。

　　"甄彩，你这是怎么啦？"鲁肃关心道。

　　"我跟先生说实话，今晚这一切都是夫人安排的！"

　　鲁肃一惊，"此话当真？"

　　"我哪敢撒谎？是夫人让我来勾引您，一会她来捉奸。您学问大，智谋高，请您想个万全之策，不然我也会受到夫人的惩罚！"

　　鲁肃一激灵。

　　"我把实话说了，"甄彩道，"也把真心话告诉您了。"

　　鲁肃点头，"我知道了。"说罢在屋内踱起步来。

　　甄彩道，"您是一家之主，要拿出一家之主的威风来，她再作妖，您上去就两巴掌，她就服服帖帖了！"

　　"哦，"鲁肃听得直愣神，"我下不去手。"

　　"她欺负您，何时手软过？"

　　"还是我做得不够好。"

　　"您这样自责，解决不了问题。她要是还胡搅蛮缠，您就直接休了她！"

　　赵云想，这姑娘挺厉害，要登堂入室，取而代之的架势啊！

　　鲁肃摇头，"那可不行。"

　　甄彩很失望，"那您替我想个法子，夫人马上就来了。"

　　"你赶快离开吧。"

　　"这个办法不行，我若不听夫人的话，她非打死我不可！"甄彩急道。

　　"不会，夫人外刚内柔，她不会如何你的。"

　　这时，赵云听到了声响，他急忙躲到一角，只见两个女人蹑手蹑脚赶来，看走路做派，前面那个一定是主人，后面跟着的应是丫鬟。

　　两人进屋，不知会有什么后果，赵云忍不住来到窗前。

　　这时，甄彩一下扑到鲁肃身上，鲁肃一愣，门被撞开，两个女人冲进来，正好看到眼前一幕，鲁肃一急，将甄彩推在地上。

"好你个鲁肃，平时道貌岸然，竟在我外出的时候，勾引丫鬟！"看来，她就是鲁肃的夫人了。鲁夫人身材高大，鼻直口阔，有男人之风。

鲁肃战战兢兢解释，"甄彩送茶的时候，不慎跌倒了。"

"明明抱在一起，被我抓了现行，还不承认？"鲁夫人气道。

甄彩站起，"夫人多疑了，无论我如何勾引，先生都不上当，您就别考验他了！"

鲁夫人手指甄彩怒道，"死丫头，你吃了他什么好处？先倒戈了！"

"甄彩是个好姑娘，你就别折磨她了。"鲁肃帮甄彩开脱。

"哟，她向着你，你向着她，我要是晚来一会儿，你俩是不是就睡到一起了？"鲁夫人大声道，"你要是真能让她怀上孩子，我就服你了！"

"先生是柳下惠，坐怀不乱，您还是好好待他吧。"甄彩哀求。

"柳下惠？还坐怀不乱？如果不近女色，还是男人吗？"鲁夫人直言。

赵云一听，鲁夫人真够无理的。谁能想到，谦谦君子鲁肃竟娶了这样一位夫人！

甄彩跪下了，"都是我的错，勾引男人的本事还没到家，要惩罚您就惩罚我吧！"

鲁夫人笑了，"你不中用，下回只能上贾颜了。"

旁边的丫鬟忙道，"夫人，这个我可来不了。"

甄彩道，"夫人，求求您，别再难为先生了！"

"我就难为他了，他倒难为我一次啊？不是因为父亲，我怎能嫁给他？一点阳刚之气都没有！"鲁夫人大声道。

"先生满腹经纶，连吴侯都佩服，哪会欺负人？"甄彩道。

"我怎么没看出他有多厉害！"鲁夫人不以为然。

"再说——"甄彩说到此，犹豫一下。

"再说什么？"鲁夫人追问。

甄彩小声道，"生不出孩子，哪是先生的错！"

"你的意思是怨我了？"鲁夫人一跃而起，手指鲁肃，"鲁子敬，好阴险，这是你教她的吧？"

"我可没有。"鲁肃连连摆手。

"你都不如个丫鬟，敢做不敢当！"

"行，是我的错，都是我的错！"鲁肃毅然道。

"你俩真会演戏，这是合起伙来气我啊？"

甄彩急道，"我不敢。"

"她跪下了，你呢？"鲁夫人盯着鲁肃。

令赵云无比惊讶，鲁肃也跪下了。

鲁夫人对身旁的丫鬟道，"贾颜，给我拿些吃的来，我要看着他们跪个三天三夜！"

"说不准明天吴侯就有事，您还是让先生早点休息吧？"甄彩恳求道。

"吴侯？有侯也不行，跪着吧！"鲁夫人一摆手，不予理会。

赵云很惭愧，本要请鲁肃帮忙，无意中窥探到了这一幕。赵云为鲁肃难过，在外赫赫有名，受人尊敬，在家中竟遭受如此窝囊气！观察鲁肃的神情，很是坦然，似乎已习以为常，令赵云大惑不解。

其实，这一切都是有原因的。

第十六章
悍妻身世惹人怜

鲁肃何以娶了这样一位夫人呢？

鲁肃年少时，师承江南大学问家霍优先生。霍优弟子众多，鲁肃也许不是最聪明的，却是他最喜欢的，霍优欣赏鲁肃看问题透彻，处理问题缜密，尤其是宠辱不惊的处世态度。

霍优先生有一子一女，是龙凤胎，子为霍山，女为霍水。弟子奇怪，先生博古通今，才高八斗，如何给女儿起了霍水之名？实在不可思议。

霍山、霍水年纪小众弟子三四岁，跟着大家一同听先生讲课，差异很快显现出来。霍山聪明稳重，能做到凝神聚气，认真听讲，霍水顽劣好动，酷爱戏耍捉弄众师兄，别家女儿看见虫子会吓跑，她可玩于股掌，冷不防丢进师兄衣领中。她能在霍山回答问题时，偷偷撤掉他的凳子，还能模仿父亲的声音，训得师兄不敢抬头。

随着年龄增长，霍水愈加桀骜不驯，大家都说，霍山、霍水无论长相，还是性情，都不像亲姐弟。私下笑言，"将来谁娶了她，可有罪受了！"

鲁肃一笑了之，他没想到，霍水最后落在自己头上。

一次，霍优与鲁肃喝酒谈心，纵论国家大事，聊得高兴，两人都已微醺，霍优突然握着鲁肃的手，激动道，"我为学半生，如今在世上也算有些名望，照理人生可以满足了。但我始终有个牵挂，就是忧心你师妹的未来，尤其是她的终身大事，想来常常令我夜不能寐。你是我最得意的弟子，将来必成大器，我思前想后，感觉就你适合，只是委屈了你！"

先生相中，欲招为婿，这是对弟子的抬爱，可是霍水让人实在不敢爱，鲁肃惊惧道，"师妹喜欢刚毅之士，我非她钟情之人，只怕误了师妹终身。"

"她的性子如何能与刚毅之士过到一起？岂不打翻了天，早晚被休！"

鲁肃心道，您让我娶她，不是把我往火坑里推吗？先生十分欣赏自己，他说不出口。

"你才学卓著，为人宽厚，只有你能容得下她！"

鲁肃心想，迁就一时尚可，这是朝夕相处的夫妻。在鲁肃心中，夫人定是温雅贤淑的小姐，绝不可能是师妹这般劣女！鲁肃庆幸自己没有喝醉，"终身大事，需与父母商量。"这是婉拒，鲁肃第一次违拗了先生的意愿。

此后先生再没有提及此事，鲁肃一直心怀歉疚。

直到有一天，霍优突发急症，病事沉重，堪堪不行了。

他再次把鲁肃请到床前，眼中含泪，告诉鲁肃自己一生最大的秘密。

霍水竟然是霍优的私生女！

霍优年轻时，到民间采风，不慎掉入枯井，身体多处跌伤，幸得村姑怜草发现，将其救出，背回家中，悉心照顾。怜草敬佩霍优博学多闻，霍优喜欢怜草秀美单纯，两人互生情愫，有了肌肤之亲。霍优伤愈离开时，将刻有霍优名字的毛笔赠予怜草，承诺日后会带人来接她。

怜草兄长外出归来，怜草已经怀孕五月。兄长十分震怒，让她交代这是谁的孽子。怜草不说，执意生下孩子。只是，她望眼欲穿，也没等到霍优来接，等来的却是流言蜚语，怜草羞愧难当，一病不起，兄长执意把孩子送人。怜草弥留之际，小心拿出毛笔，让他带上孩子去找霍优。当时，霍优已很有名气，兄长不禁喜出望外。

见到孩子与毛笔，霍优无比惭愧。从乡野归来，他没敢告诉夫人，先与父母商量，欲将怜草娶进府，门第悬殊，父亲坚决反对，此事就搁置下来。如今孩子抱来，怜草却没了，是自己没有信守承诺，害了她。当时夫人即将临盆，他恳求夫人，以生下双胞胎为名，收下此女，夫人为了保全霍优名声，咬牙答应了。至于怜草的兄长，给他一笔钱，打发走了事。

夫人勉强收留了孩子，如何能喜欢这个私生女？起名时，霍优给儿子起名叫霍山，夫人道，"女儿就叫霍水吧。"霍水，岂不让人想到红颜祸水？霍优不同意，夫人道，"两个孩子一山一水，挺好。如果谁往别处想，就是心中有鬼作祟。"霍优感念夫人收留女儿，就默许了。其实，夫人意有所指，她的母亲若不是红颜祸水，如何能狐媚先生，生下此女？取霍水之名，就是时刻提醒霍优，不可胡来！霍优岂不明白夫人之意，他欠夫人一个人情，更感觉对不起怜草，下决心加倍疼爱女儿，只是霍水十分顽劣，令霍优头疼，他认为这是霍水缺乏母爱所致，希望她将来有个好归宿，以期在心灵上弥补对怜草的愧疚。

霍优眼中含泪，"把霍水交给谁我都不放心，只有——"

鲁肃很感动，先生把这段难以启齿的往事告诉自己，是对自己的莫大信任。"先生，我答应您！"鲁肃动情道，"无论发生什么，我都会对师妹好。"鲁肃相信，通过自己的感化，师妹可以成为贤妻良母。

"霍水身上确有不少毛病，但她心地不坏，你要宽待她，实在受不了，也别太委屈自己，续娶一位，即使如此，我也相信，你会比别人待她好。"

迎娶霍水之后，鲁肃的生活彻底被打乱，霍水一旦心气不顺，就摔东西打人，连鲁肃也不放过，这样，鲁肃免不了时常挂彩，孙权开玩笑，"每次见到鲁大人，都以为你是刚从战场厮杀归来，不奖赏，我都过意不去。"

为了让夫人消气，鲁肃告诉丫鬟，夫人不高兴，马上拿来杯盘，让她摔个够。霍水知道后，气乐了，"准备好的东西，摔着不解气！"她还如常，见到什么摔什么。鲁肃与夫人商量，"我在东吴也是有头有脸的人，别再往我的脸上抓了，人家看见会笑话我，也会笑话你，说我娶了悍妇。"

"谁敢如此说？"霍水瞪起眼睛。

"你要打他？吴侯孙权！"

"他的夫人太多，估计我打不过她们！"

鲁肃暗笑，你也知道有人动不得！

从此，霍水不抓鲁肃的脸，改往身上掐了！

因为一直没有怀孕，她不像别的女人，倍感自责。相反，她像着了魔一样，把气撒在鲁肃身上。被霍水折磨够了，鲁肃真想像先生所说，再娶一位，又感觉那样对不住先生。

不想，霍水越作花样越多，今日竟用丫鬟试探自己。看见霍水在椅子上打盹，鲁肃道，"夫人，还是回屋睡吧。"

霍水睁开眼睛，"不，我喜欢看你跪着。"

鲁肃道，"让甄彩起来吧，跟她没关系。"

霍水瞧一眼甄彩，"起来吧。"

甄彩被贾颜扶起来，她对霍水道，"请先生也起来吧。"

贾颜也道，"让先生起来吧。"

霍水眉毛一竖，"再废话，你俩都跪着去！"

鲁肃摆手，"还是让她俩照顾夫人吧，免得从椅子上摔下来。"

赵云在外面等得心焦，想到鲁肃也够可怜，他灵机一动，拿起一块瓦片，扔到窗前，发出"啪"的一声，鲁肃惊道，"谁？"他站起身，出得门来，鲁夫人与两个丫鬟躲在他的身后，扫视四周，什么也没看到，鲁肃道，"应是被风刮下的。"随后几人回了屋，赵云来到窗前往里一看，鲁肃又跪在那里了！

赵云生气，一块瓦片没替鲁肃解围，他跳上房，连续扔下几块，鲁肃持剑冲出，霍水等三人也跟出来，"真是奇怪，"霍水喊道，"来人！"

几个家人跑过来。

"定是野猫打架弄下的。"鲁肃道。

霍水吩咐家人，"别管是什么，都给我抓起来！"然后对鲁肃道，"你该干吗还干吗去。"

"好，好。"鲁肃道，"夫人别生气。"

看来鲁肃又回屋跪着去了。几个家人到处搜寻翻腾，赵云不得已，只好离开。

此时夜已深，赵云心情沮丧，来到街上。他看见一家客栈，准备住下。突然，前面冲出一队人马，赵云急忙躲在暗处。只见他们进到客栈，大肆搜查。他又到了两家客栈，都有士卒检查，发生了何事？南徐如临大敌。

赵云哪里知道，他们正在寻找孙小妹与孙绍！

国太只晓得，女儿到策王府找孙绍去了。大乔以为，小妹带着孙绍到吴侯府玩去了。天色已晚，孙绍还没回来，大乔不放心，派人到吴侯府打问，国太一听，女儿没在策王府，连孙子都不见了，联想到孙绍遇袭，国太急了，马上把孙权叫来。

孙权闻听大惊，这是有人要对孙家子孙下手了吗？他立即派出大队人马，四处搜寻。找了一晚，没有任何消息，孙权心中发毛，刘备的船只一翻，南徐如何连出事端？

"全城搜查，务必找到他们！"孙权急了。

天光大亮时，还是没有任何音信，孙权正不知如何向母亲和大嫂交代时，孙小妹与孙绍回来了！

他们的惨相让人忍俊不禁！

两人头发凌乱，脸上青一块紫一块，衣服上是大窟窿小眼子，他们相互搀扶，一瘸一拐往回走。

两人不好意思走大街，唯恐别人看到他们现在的模样。很不幸，他们还是被眼尖的南徐人认出来，大家嘻嘻哈哈，指指点点，让两人好不尴尬！

两人在竹林里困了一天一夜，眼看天亮了，仍出不了竹林。在他们最绝望时，一个放羊姑娘出现，她用一只羊，轻松将两人领出竹林。临了告诉他们，"再也不要来了！"

孙绍道，"让来也不来了！"

"不来？怎么不来？我要把这个破竹林踏平！"孙小姐气道。"还有那个见死不救的，他若将我们领出来，何至如此？我若逮住他，绝不轻饶！"

第十七章
被误认错当高人

刘备没想到，逃跑途中，遇到王子服妻儿和于糜、樊能之子，还是以这样一种方式。

当时，曹操权倾朝野，皇帝沦为傀儡，王子服忠心为汉，加入衣带诏讨曹之盟，慷慨赴死，青史留名；王子服不简单，他一定是提前做好了防范，将妻儿潜出许都，事发后，免遭曹操杀戮，只是其子所为令人失望，经历此事，不知能否改邪归正。

对于于糜、樊能二人，刘备亦很清楚。当年，孙策在江东开基立业，攻占大量城池，孙策之勇，已小有名气。当他前往曲阿攻打刘繇时，曹操刚好将刘备请到许都，正是那时，刘备被汉献帝认作皇叔，刘繇亦是汉室宗亲，刘备因此格外关注。当时，刘繇手下将领于糜出战孙策，只一个回合，被孙策生擒，夹在腋下。樊能见好友被捉，悄悄催马向前，试图偷袭，孙策猛然回头，雷霆一喝，吓得樊能滚鞍落马，破头而亡。孙策回到阵中，将于糜扔在地上，已然没了气息。自此孙策名声大噪，人称小霸王。于糜、樊能本是无名之辈，却成就了孙策的美名，一个被夹死，一个被吓死，身为武将，色厉内荏，令人不屑。想来其子必遭不少嘲笑。如今应是学成武艺，出来为父正名。

孙乾听罢，只希望陪主公尽快返回荆州，莫要再遇到于糜、樊能之子这般阴晴不定之人。

蜂蝶漫步恋秋柔，经客疾行惮内忧。两人踏着朝露，一路向前。由于担心吴兵追赶，他们连续行走大半日，眼见夕阳西下，饥渴难耐，偏在这时，孙乾的鞋被路边蒺藜扎破，脱下一看，脚底已然肿胀起来。屋漏偏逢连夜雨，刘备举目一望，前面似乎有个村庄，决定前往讨些吃喝，为孙乾包扎脚伤。

两人走到近前，发现并不是村庄，只是一座宅院，门上刻有四个大字：吉祥庄院，看样子是个大户人家。

荒郊野外，遇个庄户不易，刘备急于为孙乾包扎，他走上前去，晃动门环。

里面传出狗吠之声，两人往后一退，被牧羊犬追击的一幕还在眼前，得加小心。

接着传来脚步声，还有拐杖敲击地面的声音。由远而近，有人轻轻推开一条门缝，刘备上前，刚要作揖，说明来意。

"可把你们盼来了！"一位老者将门打开，只见他两鬓染霜，额头刻有深深的皱纹，手拄拐杖，有六十来岁的年纪。"请进请进，老叟庄吉迎候两位了！"他像见到亲人一样，十分热情，刘备与孙乾一时难以适应。

庄吉后面跟着一条大黑狗，机警地瞧着两人。"这是咱家请的义士，来帮忙的！"老者对大黑狗说着，狗儿摇摇尾巴，跟在三人后面，孙乾被狗追出了毛病，不时回头，庄吉道，"狗儿很有灵性，最能分出好坏人！"

明显认错了人，刘备与孙乾心照不宣，没有马上挑明。向人乞食，哪有人家主动接待舒服，这是个大户人家，不在乎这点吃喝，先填饱肚子再说。

庄吉满脸堆笑，"一看两位，就不是凡人！"刘备与孙乾对望一眼，不禁哑然失笑，两人没穿外衣，一路奔波下来，就剩下疲惫加狼狈。"长途跋涉而来，真是劳烦两位了。"

老者的反常举动，让刘备多了一份小心，暗中观察这里的一切。

这家庄院甚是宏大，想来十分富有。只是少见人影，显得冷冷清清。

庄吉将两位请进厅堂，对里面道，"夫人，上茶。"刘备与孙乾饿得前腔贴后腔，心中只想道，不要稀的，只要干的。

两人落座，一位老妇人进来，为两人递上茶，两人都呷一口，算是润润嗓子。老妇人道，"两位风尘仆仆，一定饿了，我看还是直接上饭菜吧。"

刘备与孙乾暗思，还是老妇人更知人心啊。庄吉忙道，"对，上饭菜！"然后小心翼翼地问，"请问两位义士从哪里来?"

孙乾脱口而出，"荆——"，"州"还没有出口，就意识到自己说漏了嘴，他稍一犹豫，刘备接过话头，"荆山上来。"

"金山？老叟孤陋寡闻，没听说过，就凭这个名字，一定是个好地方。"

"对，好地方。"刘备敷衍道。

"请问二位义士尊姓大名？"

刘备抢道，"刘乾、孙备。"他把两人的姓名简单交叉，准备吃罢饭就走。

"我的眼力没错，两位一定是世外高人，"庄吉频频点头，"不知两位何时见到的我家孙儿？"

怎么还有他孙儿的事？这戏似乎演不下去了，刘备正准备说出实情，这时，那只大黑狗在孙乾的鞋前嗅来嗅去，孙乾驱赶它，"去，去！"刘备借机道，"孙义士的脚被扎破，您这里可有草药？"

"为了我们家的事，还把孙义士的脚弄伤了，真是让我过意不去！"庄吉抱歉道。

老妇人进来，端上四个菜，一壶酒，还有一筐面饼。

"两位先请用膳，一会儿我把草药送到屋里去。"庄吉道。

两人连忙道谢。

见到食物，刘备与孙乾本想斯文一些，怎奈食物诱惑太大，拿起筷子就吃，只是两人没敢喝酒。

老妇人高兴地看着两人狼吞虎咽，"慢用，不够还有。"

"吃饱了才有力气，"庄吉道，"就指望两位了。"

待两人饭毕，庄吉道，"请到屋内休息！"

两人跑了一整天，实在太累，孙乾的脚又受伤，真想在此休息一晚。想到庄吉刚才所言，似乎有仇敌来犯，本来就在逃亡之中，若再卷入他人恩怨，实在得不偿失。正在犹豫之时，老妇人为孙乾拿来了草药。刘备很是疑惑，老夫妇面带忠厚，他们到底得罪了谁呢？庄吉的孙子似乎外出邀请高人去了，他的儿子呢？怎么一直不见踪影？刘备欲询问庄吉，又一想，只要一问，他就知道两人不是孙子请来的高人，一定非常失望。刘备确信，庄吉夫妇不会伤害他们，于是点头，"好吧。"他准备到屋内先给孙乾上药，再见机行事。

庄吉领着二人来到客厅一侧的卧房，"两位可以随便选两间。"

"我们两人住一个房间吧，便于上药。"刘备道。两人选了一间靠边的卧房，在这里，可对前面一览无余。

庄吉要亲自给孙乾上药，刘备道，"老人家不用客气，还是我来吧。"看到刘备执意如此，庄吉撤了出去。

孙乾道，"此家背景复杂，我看还是尽快离开为妙。"

"刚吃完人家的，一拍屁股走人，咱俩岂不成了骗吃骗喝？"刘备道，"再说你的脚伤——"

"未伤及筋骨，我的脚并无大碍。"

两人说话间，走廊传来庄吉的拐杖声。

门一响，庄吉进来，"看两位穿得单薄，我给你们拿来两件衣衫。"

刘备施礼，"多谢老人家。"身处逃亡之旅，这真是暖人心啊！

庄吉道，"危难之时，两位前来相助，如能剿灭强敌，定当厚报！"他坐在两人近前，"不知我家孙儿可曾说清楚，仇家十分厉害，老叟斗胆请问两位，会何武艺？"

看来真有强敌来犯，庄吉这是来探底细。刘备反问道，"但不知你这仇家有多厉害？"

"仇家能飞檐走壁，呼风唤雨，他白天不来，都是夜晚到，带着风雨到！"

刘备笑道，"这种高人世间少有，夸张了！"

庄吉道，"没有夸张，自从我家得罪了他，就怪事不断，不是大树连根拔起，就是家里突现深坑，不是剑插门上，就是血淋淋的猪头现于堂中，几次搬迁，都躲不掉。近日，更有一篇复仇檄文，贴在厅堂立柱之上，要杀我们全家，我家孙儿才四处拜请高人，抵挡恶人寻仇。老叟虽未曾见得仇家面，但知他甚是厉害！"庄吉瞧着刘备与孙乾，"我敬重两位勇气，真希望两位能为我家除去这个仇人，但我观二位凶煞之气不足，孙义士的脚又受伤，恐斗不过他，别枉送了性命！"庄吉眼中含泪道。

刘备感慨，庄吉在自家遭遇劫难之时，仍能考虑他人安危，令人动容。

于是问道，"但不知贵府如何得罪了这个仇家，要遭受灭门之灾？"

"看来我家孙儿没有实言相告，他也是不便说。"庄吉长叹一声，"此事说来话长。"正在这时，外面传来了"咣咣"敲门声！

第十八章
高手纷至显尴尬

庄吉蹒跚而出。

难道是仇家到了？按庄吉所说，仇家都是晚上带着风雨来，现在是白日，那是何人呢？刘备与孙乾向外望去，两只鹿角先进入视线，随后一个庞大的身躯弓身而进。

来人长相穿着十分怪异，个头比常人高出一截，一张大饼脸，黑中透亮，脸上横肉堆积，将眼睛挤成一条缝，两腮之肉坠下，几乎将下巴裹进去，犹如一头肥硕大黑熊。他头戴粗壮鹿角，黑色布饰裹住头顶，布饰正中绘有如意图案，两侧垂下长长布坠，分黄、蓝、黑三色，身着紫色外衣，下摆刺有各色动物图案，腰中系一条黑色布带，挂有各色布条。手持一只铜锤，锤上挂着一圈铃铛。

庄吉对其十分恭敬，此人并未理会，昂首阔步进得院内，随着他的手臂摆动，铃铛也随之响起来。

一个十来岁的小童子尾随其后，他左手拿一面鼓，右手擎一支布条鞭，身后背着一个布袋。

"岭南神巫姜元姜神仙驾到！"小童子高声喊道，"快去准备酒宴！"

"好的好的。"庄吉点头，"就等你们来了！"

"什么也不用怕，姜神仙一到，任凭他多厉害的妖魔鬼怪，都给你收了！"小童子趾高气扬道。

"太好了，太好了。"庄吉拍手，很是激动。

随后听到两人被请进厅堂，不一会儿，就听到老妇人上菜的声音。

“这么少，还都是素的，再拿些酒肉来！”小童子的声音。

“好，马上。”庄吉回道。

少顷，听到庄吉的拐杖声，“那边已住了两位。”庄吉的声音，“你们两位住这边吧。”

“他们是何人？”嗓音甚粗，应是那位高大之人说话了。

“也是我家孙儿请来擒妖的英雄。”庄吉回道。

“多此一举，姜神仙驾到，还用得着他人？”小童子的口气很大。

“妖人道法高深，多几个帮手更有把握！”

“请多少人，都得靠我师父！”小童子道。

“那是，那是。”

脚步声渐远，看来是往另一侧去了。

“不知哪里寻来的？穿着花里胡哨，说话傲慢无理，还自称神仙，我看未必真有本事！”孙乾直摇头。

“奇人自有奇举，说不定是高人。”刘备回道。

正说着，突然传来山呼海啸般的声音，两人同时坐起来，刘备仔细倾听，“像是打呼噜。”

孙乾皱眉，“真是奇人奇举，这是人发出的声音吗？别人还如何睡觉？”

这时庄吉过来，抱歉道，“两位见谅，我孙儿新请来的英雄，呼噜甚重，惊扰了两位！”

孙乾摇头，“这哪是呼噜啊！”

“他的小弟子说，姜神仙睡觉也在练功，恶人听到他的雷霆之声，都会吓得遁去。”

孙乾几乎笑出声，“这个理由真霸道！”

“我告诉他的小弟子，关紧房门，以免影响他人。”庄吉道。

刘备未等搭言，“哐哐！”外面又传来了敲门声。

孙乾瞧着窗外，“好像下雨了，这来的是何人？”

庄吉身子一抖，刘备想起，他说过仇人都是带着风雨来。这时，外面的敲门声更紧，庄吉犹犹豫豫往外走，又哆哆嗦嗦扭回头，刘备看出庄吉发怵，动了恻隐之心，"老人家莫怕，我陪您出去！"

庄吉十分感激，"烦劳您了。"孙乾看刘备出去，也硬着头皮跟出来。

三人沿着石板路往外走，"开门！开门！"外面的人已不耐烦。

庄吉缓慢来到门前，颤声问道，"外面何人？"

"我们是庄成请来除妖的，开门！"

庄吉舒口气，对刘备道，"原来也是我家孙儿请来的英雄。"

刘备打开门，门外站着两位道人，背上都斜插宝剑。前面这位年长，身高体瘦，有点水蛇腰，留着三绺长须，两只眼睛炯炯放光。后面那人很年轻，应是弟子。

"此乃天重山敬阳宫结石道长，特来贵府斩妖除怪！"年轻道人朗声道。

"失敬失敬，道长往里请！"庄吉十分客气。

结石道长微微点头，与弟子径直往前走去，庄吉快步跟在后面，将他们请进厅堂，招待去了。

刘备与孙乾回到屋内，孙乾不满道，"他们把您当家人了。"

刘备摆手，"我想看看他们都请了哪些高人。"

"主公，庄吉明显认错了人，如若他的孙子回来，把咱俩当成蹭吃混喝的骗子，岂不尴尬！听他说，仇人十分厉害，一旦来了，免不了一场血战，我们还是赶快离开吧！"

刘备道，"天已暗，还下着雨，你的脚又受伤，权且在此休息一晚，明日赶早走。"

"有那非人之声，如何休息？"

刘备道，"你听。"

姜神仙不知何时停止了"发功"。孙乾道，"这样，好歹也能睡着觉。"

这时，传来拐杖声，只听庄吉道，"二位道长就住这里吧。"

安置好二人后，庄吉来到刘备与孙乾的房间，"刚才照顾道长，怠慢了二位。"

刘备摆手，"无妨。"

"两位真是好人啊。"庄吉叹道。

"过奖了，不知贵府是如何得罪仇人的？"刘备对此很是好奇。

"都是因为我那个儿子——"庄吉说到此，外边又传来姜神仙震耳欲聋的呼噜声。

年轻道人冲出屋，"什么声音？跟野猪叫似的！"

"见谅见谅！"庄吉忙出来，上前解释，"这也是我们请来的英雄。"

"什么英雄？发出这种声音！如此闹腾，师父如何休息？休息不好，怎么除妖？"

刘备与孙乾出来规劝，年轻道人刚刚消气，偏在这时，姜神仙的小童子蹦出屋，冲过来，"你说谁是野猪？"

年轻道人看一个小孩在自己面前比比画画，自是不甘示弱，"哪个发出野猪声，说的就是谁！"

"我看你是不要命了！"小童子怒道。

年轻道人抬起腿，"再叫嚣，我揍你！"

刘备与庄吉上前拦住，小童子一溜烟地跑回屋，之后看见胖大的姜神仙走过来，"谁敢欺负我的徒儿？"

这时，结石道长出来，看见威风凛凛的姜神仙，手握宝剑道，"你要如何？"

"你的弟子欺负我的徒儿了，你说如何？"姜神仙气势汹汹道。

道长师徒一同抽出宝剑。庄吉见此，一时手足无措。刘备上前，"刚才只是徒弟斗嘴，并无动手，两位师父雅量，都是庄家请来的贵客，还要携手除妖，如何先伤了和气？"刘备看结石道长微微点头，对孙乾使个眼色，孙乾马上连劝再推，将结石道长师徒送回了屋。

刘备对姜神仙道，"大敌当前，莫要为小事动怒，我们还要看您如何捉妖退敌呢！"庄吉也上来解劝，终于把姜神仙请回了屋。

庄吉握着刘备的手，"多亏您，帮大忙了！"

这时，外面又传来了敲门声，"这是谁啊？"庄吉颤声问。

刘备道，"还是我们陪您去吧。"

庄吉很感动，"多亏您二位先来了！"

刘备、孙乾与庄吉一同出了屋。

只听门外喊，"爷爷，是我！"

庄吉欣喜道，"是我的孙子！"

孙乾瞧着刘备，心道，这下好，他的孙子回来了，那些都是他请来的英雄，就咱俩是假冒的，多难堪！

刘备也有同感，这时，跟也不是，退也不是。随着"吱呀"一声，门被打开，进来两人。

前面引路的是一位年轻人，浓眉大眼，应是庄吉的孙子，后面跟着一位大和尚，红光满面，手持禅杖，身后背个葫芦。

年轻人介绍，"这是鹏山云中寺的四海至尊大师，武功卓绝，铲除过无数妖魔鬼怪！"

大和尚双手合十，"贫僧有礼了！"

年轻人注意到刘备与孙乾，问道，"这两位是？"

庄吉糊涂了，"这不是你请的英雄吗？"

"我不认识他们，"年轻人十分警惕，他问刘备与孙乾，"敢问两位来此做甚？"庄吉诧异地看着刘备与孙乾。

刘备很平静，"我们是来往客商，脚被扎伤，路过此地，才到府上求助，老人家以为我们是来帮忙的英雄，实是误会了！"

"这等时刻，您怎么还敢收留陌生人？"年轻人的脸立时沉下来。

大和尚接茬，"如今江湖上什么骗子都有。"

刘备闻听，脸上有些挂不住，"既然如此，我们告辞了！"

庄吉上前拦住，对年轻人道，"不怨这两位，是爷爷弄错了，大敌当前，人家肯留下来，还敢陪我出来接客人，如今下雨了，怎能赶人家走？"

"您知道他们是好人坏人啊？"年轻人急道。

"我活了这么大岁数，认得好赖人！"庄吉生气了。

一时僵在这里，大和尚仔细打量刘备与孙乾后，说道，"有贫僧在，捉妖擒魔不在话下，眼看又将雨至，暂且让两位留下吧！"

年轻人没再说什么，对刘备、孙乾一拱手，算是见礼了。

刘备本想一走了之，看天色已晚，荒郊野外无处避雨，好在庄吉诚意挽留，才与孙乾又回到屋内。

遭此冷遇，孙乾感觉憋屈，刘备道，"有地方避雨，不错了。"

"也是，总比住羊圈强，"孙乾自嘲道，"只是别赶上他家仇人来犯。"

"不是有这么多英雄吗？"

"主公感觉，他们中谁的武艺最高？"

"我看这位大和尚最像身怀绝技之人！"

孙乾听罢，不禁点了点头。

睡前，刘备与孙乾还讨论庄家仇人会不会来，庄家请来这么多人，应该可以渡过此劫。不管怎样，两人决定明天一早就离开。

"请来高人了！好啊！哈哈哈！"

刘备与孙乾一下坐起来，"什么声音？"

"好像有人喊话。"

这时，听到前厅有人惊恐道，"仇人来了！"是庄成的声音。

刘备与孙乾迅速穿好衣服，推门出来。

四海至尊大师手持禅杖，正好出门。孙乾问道，"大师父，可曾听到有人喊话？"

大和尚微微点头，底气十足道，"有我在，不用怕！"

大家一同聚集到厅堂，庄成脸色铁青，"这就是仇人的声音。"

庄吉道，"一个月前，他就是这样，让我家好生准备，到时来寻仇，今日正是一个月！"

气氛骤然紧张，结石道长皱眉，"可知仇人长什么模样？有何高深本领？"

"我们没见过仇人，不知长何模样？只知他来去都神出鬼没的！"庄成颤声道。

"没见过，吓得这样！"姜神仙语带轻蔑。

"知道我们请了高人，他应该是到了，只是不知他藏身何处？"庄吉道。

"不管他有何本领，只要我师父一到，定能手到擒来！"姜神仙的小童子朗声道。

徒儿一说，姜神仙来了劲，"待我出去收了他！"说罢就要往外走。

"且慢。"四海至尊大师说话了，姜神仙面带不悦，停下来。"外面下着雨，我们要以静制动，看他何时出手，如何出手？"

刘备认为，四海至尊大师说得有理，仇人在暗处，既然来犯，就等他出招，也是上策。结石道长点头，"别听他虚张声势，既知请来高人，谅他不敢轻举妄动！"

"我们怎么办？"庄成没了主意。

"不妨先回屋休息，外面下着雨，看他能挺到几时？"四海至尊大师道。

"浇他个落汤鸡！"小童子笑道。

大家都笑了，几位大师都很自信，气氛一下轻松许多，众人又回到屋中。

"自从隆中访得诸葛先生，我更相信，乡野藏高人！"刘备感叹，"此来东吴，虽遭劫难，或许能结识几位高人，共助兴汉大业！"

就在这时，猛然听到狗的一声惨叫，再没了声息。刘备与孙乾一跃而起，赶往前厅，大家都到了，结石道长问道，"怎么回事？"

庄成面露惊恐之色，手指院中，"我家大黑狗死了！"

姜神仙很不屑，"我当如何？大惊小怪！"

四海至尊大师道，"拿个狗儿撒气，我看你这仇家未见得有真本事！"

姜神仙点头，"大师说的是。"他对四海至尊大师亦尊敬起来。

这时，飘来一阵风雨，隐约传来一个声音，"都是虾兵蟹将，还敢来此逞能？"

"装神弄鬼，小瞧我等，看我收了他，"姜神仙喊道，"小车！"

小童子一脚踹开门，随手把布袋打开，拽出一只鸡，小刀一挥，割断鸡脖，一扬手扔在院中，血咕咕往外冒，没有头的鸡四处扑腾，接着是第二只，第三只，第四只。此时，只见一个胖大身影一晃，姜神仙已然冲了出去。血水伴着雨水，地面已成一片红色。

姜神仙就在四处扑腾的鸡中，一边敲鼓，一边舞鞭，高声喊喝道，"我左手持着文王鼓，右手拿着武王鞭，腾云驾雾降人间，妖魔鬼怪闪两边！"

姜神仙喊罢，身子开始抖动起来，像被何物附体一般，头顶鹿角突然喷出黄色烟雾！

众人无不为之一震！

"我要越过大河与高山，分辨人世善恶与忠奸，忠善自有阳关走，奸恶要把阴府穿！"姜神仙喊过，直向大门跑去，大家很疑惑，小车脸一扬，"我师父给贵府度界去了！"

"度界？"庄成不解。

"我师父在你家四周跑一遭，撒上神沙，无论何等妖魔鬼怪，都要远遁而去，再不敢来犯！"

"噢。"大家一听，都长了见识。

这时，姜神仙来到院中间。

大家惊异地看着他，庄吉、庄成祖孙俩更是十分拜服，姜神仙意气风发，"把我的神鞭插在屋顶，保佑你们一世平安！"

小车上前，毕恭毕敬从师父手中接过布条鞭，"我师父的神鞭一辈子没离身，今日为你们请去擒魔了！"说着一摆手，"抬个梯子来！"语气极为自豪！

刘备想见识一下，带头帮忙搬梯子。

小车一手举"神鞭"，一手扶梯而上，因为下雨，梯子湿滑，刚爬一半，直接从上面滑下来。

姜神仙很不高兴，一把掠过"神鞭"，自己顺梯而上，他那胖大的身躯，压得梯子吱吱响，大伙瞧着揪心，生怕他压断梯子摔下来。

看他上得房顶，大家缓口气，以为他将直接把"神鞭"插在高处，没想到，他意犹未尽，一手举起"神鞭"，在屋顶高声喊喝起来。

"我站在高处望天空，乌云滚滚遮繁星，我下捞一把五界水，上喊一声神仙应，乾坤一聚混元气，神鞭立此鬼神惊，从此善主得安定，吉乐健康度平生！"

姜神仙喊喝之后，将"神鞭"插在屋顶，然后双掌运力，向东南、西南、西北、东北方向连续推去，大家都被他的威武之姿惊着了。

姜神仙口中念念有词，突然手指天空，任凭风吹雨打，岿然不动，此时他在大家眼中，是如此高大！只见他身子一抖，一股火苗从鹿角顶端直冲天空！

"啊！"大家不约而同一齐惊呼。

"神人，神人啊！"庄成喊道。

"真是吾家救星啊！"庄吉眼中含泪。

正在此时，听得一声响雷，众人皆惊，只见鹿角冒出一股黑烟，姜神仙抖一抖，扭一扭，然后一头栽倒，大家同时惊呼，眼见一个大肉球滚下屋顶，像一摊泥般拍在地上，发出"砰"的一声闷响。

刘备与孙乾心中一紧。小车哭着跑过来，伏在姜神仙身上，大声喊着，"师父！师父！"其他人都被惊着，以为仇家出手了！

好一会儿没有动静，也未见仇人出现。刘备先走过去，其他人也跟过来，只见姜神仙趴在地上，一动不动。此时，鹿角已摔成两半，里面涌出黄色粉末，大家似有所悟。刘备走近，见姜神仙整个脸埋进地面，不知是否还活着？刘备将手指搭在他的手腕上，察看是否还有脉搏，摸到的却是硬邦邦东西，刘备立时明白，那是藏在袖筒内的机关，他不禁一缩手，大家以为，姜神仙失了脉象，已经没得救了。

小车一把推开刘备，"乱摸什么？"

四海至尊大师双手合十，"小童子，节哀。"

结石道长道，"我们一定会捉住妖孽，为你的师父报仇！"

庄吉很难过，"先把老神仙抬进屋，莫要这么淋着！"说着扔掉拐杖，要亲自动手。

刘备道，"来吧，大家都搭把手！"

姜神仙个头太大，大家准备将其抬到屋内，就在此时，大家像被烫到一样，一起缩回手。只见地上这个庞然大物抽搐一下，开始蠕动，他的手指缓缓张开，慢慢撑在地上，脖子一点点抬起，下巴终于脱离地面，向下滴着水珠。

姜神仙没死！只是面貌太瘆人了！

他的头发如火烤一样，乱作一团，从中还冒着烟，双眼红肿突出，连条缝都没有了，鼻子塌陷，向外流着黑血，总爱撇着的大嘴，彻底歪向一边。

小车要扶起师父，姜神仙推开他，"怎么啦？你们这般瞧着我？"他似乎失忆了！听其言，又观其颜，他的面目狰狞恐怖，滑稽可笑。

姜神仙颤颤巍巍站起来，对小车一挥手，"走！"

小车很为难，"师父，下着雨，道路湿滑，您又——"

大家都道，"先住下，养养伤再走吧！"

姜神仙一瞪眼，"走！"

瞧这架势，是拦不住了。他大概感觉，在众人面前失足，没了颜面！看来，还没摔糊涂。

小车替师父拿起响锤，大家眼睁睁看着，他们在叮铃铃声中出了大门。大家摇头叹息，正要回屋，叮铃铃声又回来了，大家以为，姜神仙想明白了，道路泥泞，他又摔得如此重，还是在此休息一晚为好。进来的只是小车，他来到庄吉、庄成祖孙前，伸出手，"把许诺的酬劳付了！"

第二十章
恩怨已明随风去

姜神仙师徒顶着风雨离去。大家没弄清楚，姜神仙是为仇家打伤，还是被雷所劈？

一直没见仇家身影，暗夜中，凄风瑟瑟，雨打窗棂，令恐怖气氛愈浓。

孙乾目视窗外，"这家仇人绝非等闲，咱们还是别招惹他。"

刘备沉吟道，"庄吉夫妇很善良，其子是如何与仇家结怨的？大敌当前，他为何一直没有出现？"

"主公，依我看，咱们管不了那么多，不如像姜神仙师徒一样，赶快离开这个危险之地。"

"不知他们的仇家在哪里，贸然出去，更不安全。"

孙乾点头，"仇家能藏在哪儿呢？"

正在这时，传来怪异之声，"庄何，你是藏不住的，赶快出来受死！"

刘备与孙乾一惊，看来仇家就在附近。

"这里的人莫要妄动，你们的一言一行，尽在我的眼中。"怪异之声再次响起，"如若不信，看你们的门上。"

刘备举起油灯，小心走出门，孙乾战战兢兢跟出来，只见门上有一个大手印，深入木板内，两人倒吸一口凉气，刘备道，"他何时来的？咱们竟浑然不知！"

孙乾后悔道，"咱们走晚了。"

众人都出来了，他们第三次聚集在前面厅堂。

庄成颤声道，"看到门上手印了吗？"

大家默默点头，面色凝重。

"无论成败与否，"庄吉对庄成道，"先把诸位的酬劳付了。"

庄成给四海至尊大师和结石道长各一个布包，看大小，酬劳很重。

庄吉见了，指着刘备与孙乾，"还有这两位，他们帮了不少忙。"

刘备摆手，"能在此借宿，已十分感谢了。"庄成也就作罢。

庄吉郑重道，"仇人就在眼前，全指望诸位鼎力相助了！"

四海至尊大师道，"请老庄主放心。"

不知是不是钱催的，结石道长突然来了神，"留下个破手印，吓唬谁？只要他敢现身，看贫道如何拿下这个妖孽！"

庄成道，"大家就不要回屋了，聚集于此，便于一起迎敌。"他是吓怕了。

四海至尊大师点头，结石道长道，"待我回屋取了兵器来。"说罢拿起布包，带着徒弟离去。

四海至尊大师悠悠道，"小心他们师徒溜了。"

庄成道，"不会吧？"四海至尊大师笑而不语。

正在此时，里面传来嘈杂之声，大家急忙赶过去，只见结石道长的弟子正在屋门外打转，里面噼啪作响，四海至尊大师问道，"什么情况？"

"师父似乎与人打起来了！"

"为何不去帮忙？"

道长弟子无奈道，"打不开屋门！"

"你的师父定是在捉妖，待我们到窗外助阵。"

众人一同出了屋，小心翼翼来到窗外。此时，雨已经停歇，月光皎洁，隔着窗户，只见里面人影晃动，"你不是夸下海口，一定会捉住妖孽吗？我看你有何本事？"接着传来结石道长连声"哎哟"，显然是被对方打中，道长弟子在窗前游走，焦急万分。

刘备问道，"仇家如何进得你师父的屋内？"

道长弟子道，"我住在师父隔壁，刚进屋，就听到打斗声，不晓得仇家是如何进去的。"

这时，屋内兵器相交，声声扣人心弦。弟子担心结石道长的安危，颤声道，"师父，你怎么样了？"

"快喊四海至尊大师！"结石道长说话已气喘吁吁。

四海至尊大师闻听，将禅杖往地上一戳，"有我在，道长莫慌！"

"快来帮我！"道长喊道，想来已抵挡不住。

"我进不去。"四海至尊大师为难道。

突然，此屋的窗棂崩开，一物从中飞出。弟子低头一看，是师父的道袍。"从这儿进来！"怪异之声传来，众人为之一震。

四海至尊大师凑到窗前，欲观看屋内的情形。

这时，又一物飞了出来！大家低头一看，是道长的裤子。

"大师，救我！"道长发出堪堪不行的声音，他的弟子上前哀求，"大师，快救救我的师父！"

"好，等我！"四海至尊大师手持禅杖，来回踱步。

这时，窗棂完全被撞开，又一物飞出来！大家定睛一看，竟是结石道长，此时，他几乎是赤身裸体。

"你可以进来了！"怪异声音道。

"好，无耻妖人，待我来擒你！"四海至尊大师声若洪钟，底气十足，后退几步，看架势要冲进去，许是退得太急，竟被自己的禅杖绊个跟头，他站起身，口中说着，"我来也！"一把抓起禅杖，背着葫芦，向大门跑去。

这时，屋内飞出一物，直奔四海至尊大师而去。一转眼的工夫，大师身后的葫芦着了！大师一蹦三高，扔下禅杖，像箭一样，冒着黑烟，带着火苗，向前射去！

结石道长狼狈不堪，一把扯住弟子，"快跑！"两人一溜烟地蹿出了大门。

此时，院中只剩下四个人，刘备、孙乾与庄吉、庄成祖孙！大家惊恐万状，孙乾不自觉地抓住刘备的衣衫，那祖孙俩亦躲在刘备的身后，只是不知那老妇人藏到哪里去了。这时的刘备，成了他们的主心骨。

"江湖骗子都跑了，剩下真正的高人了。"怪异之声又起，此时声音不是来自屋内，而是房顶，大家举目一望，只见房顶有一个白色背影，长衣随风而动。听声音应是同一人，不知他何时上的房顶。

刘备深吸一口气，仗着胆子道，"英雄，是在跟我们说话吗？"

"对，就是与你说话。"白衣人道。

刘备一凛，自己与这些江湖高人相去甚远，难道他知道自己的身份？"我不是什么高人，但有一言相劝！"

"愿听君言。"声音异常客气，出人意料。

其他三人惊讶地瞧着刘备，尤其是庄成，自己请的所谓高人，瞬间逃散，不见踪影。这个来蹭饭的，竟是真正的高人？他不敢相信。

"英雄，无论你与此家有何冤仇，都不要伤及无辜！"刘备劝道。

"伤及无辜？"白衣人提高了声调。"此家主人犯下十恶不赦的罪行，不知殃及了多少无辜之人！"白衣人说罢咳嗽两声。

刘备很诧异，"何种过错？竟致十恶不赦？"

白衣人又咳嗽两声，"我的师父于吉，乃得道之人，有呼风唤雨神功，救死扶伤神术，天下百姓无不膜拜，想来您应该听说过。"

"哦，您的师父是于吉于善人！"刘备听罢，也不禁一震。

白衣人接着道，"偏那东吴孙策不识良善，将恩师抓起，欲杀之而后快。东吴群臣求情，孙策仍不依不饶，有人直言，恩师能呼风唤雨，孙策就令恩师求雨，一解东吴大旱。恩师念动咒语，为东吴求得三尺甘霖，可恨孙策言而无信，仍要杀我的师父，东吴众臣再次求情，偏这贼子庄何污蔑我的师父为黄巾军余孽，孙策以此为据，将恩师杀害。"

庄吉颤声道，"我儿是受人蛊惑，一时糊涂，做了错事。"

"莫要与我诡辩，现在说什么都迟了。"白衣人厉声道。

刘备方明白，原来是庄吉之子口出恶言，害死于吉，想他不在，于是道，"那是庄何一人之过，与他人无干啊。"

"与他人无干？我的师父被杀，再不能施恩众生，救治天下百姓疾苦，神功与神术俱失，我等肺疾，再无治愈之机了！"白衣人仰天叹道，"庄何所犯之过，杀其全家都不足以赎其罪矣！"

"我闻尊师于善人，不仅救治百姓疾病，还善待众生，此家中人，皆善良本分，望英雄不要加害！"

白衣人沉吟道，"愿从君言，饶过其家人，但是庄何这个贼子，我一定要将他千刀万剐！"

刘备道，"当今真正的恶人，是那些图谋篡夺汉室江山的乱臣贼子，他们才是当诛之人！"

"他们做了多少恶事，与我无干，我只带走害死恩师之人！"

庄吉蹒跚上前，匍匐于地，"我儿非大恶之人，这些年，他一直真心悔过，还请您能原谅。"

庄成也跪下了，"求您放过我的父亲吧！"

"我已答应饶过你等，莫要再与我废话，否则一个不留！"

这时，庄母跑过来，哭倒于地，"你若杀了我儿，我们老两口也不活了！"

"那好，我就成全你们！"

正在这时，门被撞开，一个人从里面闯出来，只见他头发凌乱，眼中带泪，先给刘备跪下，"多谢先生善言！"然后站起身，对白衣人道，"我跟你走，要杀要剐，悉听尊便！"

"你终于出现了！"白衣人平静道。

庄成跑过来，"父亲，您为何要出来？"

庄何抚摸着庄成的头，"好生照顾爷爷奶奶。"然后来到庄吉夫妇面前，扑通跪下，"这么多年，让二老操心了，儿子犯下的过错，就由儿子承担吧！"

庄吉夫妇老泪纵横，庄吉用颤抖的手，拉起庄何，"被吓破胆的我儿，你终于男人了一回！去吧，为你当年犯下的过错赎罪吧！"

这时，白衣人回过头，露出一张惨白的脸！

第二十一章
破庙探秘遇意外

赵云离开鲁肃府宅，到客栈投宿，皆因吴兵搜查，未能如愿，他走出很远，才在偏僻之地，找到一家小客栈住下。

想起这两天发生的事，赵云一时无法入眠，他走出客栈，吹吹凉风，理一下思绪。

"公子，听说船上有'刘'字大纛旗，来人不会是刘备吧？"赵云浑身一震！声音由上面窗缝中传出，夜深人静，谁也想不到下面有人！赵云大气不敢出。

"确有可能。"另一人道，想来应是所谓的公子。

"能从沉船中逃出来，这人命够大的！"

"刘备乃世之枭雄，岂是常人！"

"他这时来南徐做什么？要与东吴密谋何事？"

"乘船大张旗鼓前来，不像。"

"最奇怪的是，无风起浪，船只怎么就翻了呢？"

"确实蹊跷，很可能是有人故意为之。"

"不是咱们干的，就是东吴，他们的水军最厉害。只是，这样孙刘联盟不完了吗？"

"两家关系复杂，不知其中有何隐情。"

"等您明天审过，就全清楚了。"

"小潭，你要时刻注意外面的动向。"

赵云闻听，急忙闪开，悄悄回到屋内，他发现，那两人就住在自己的隔壁。

赵云此时的心情无以言表，难道主公被他们抓去了，还被带进了南徐？听他们所言，不像东吴的人，那是什么人呢？赵云打定主意，跟踪他们，若是主公被抓，趁机救回。

这一晚，赵云几乎没合眼。一直到天光大亮，隔壁始终不见动静，赵云等得心焦，怀疑自己打盹时，他们已经走掉。突听外面有人喊，"灵芝，灵芝，千年灵芝，吃了延年益寿，长生不老！"赵云凭窗望去，只见一人坐在马车上，正在卖力地吆喝。

这时，隔壁门响，脚步声传来，赵云一跃而起，待那两人离开客栈，赵云马上跟出去。只见两人快步走向马车，其中一人，一袭青衫，十分清爽干练，应是那位"公子"，旁边那人一身短打扮，就是小潭了。他们拿起灵芝，仔细观察，卖灵芝者手指远方，似乎家中还有更好的，两人坐上车，向前驰去。

赵云不敢怠慢，尾随而来。那两人不时回头，好在路边灌木丛生，还有一些百姓穿行，赵云远远跟着，所幸没被发现。

半个多时辰后，车子放慢速度，三人四下张望后，拐进一座破旧庙宇。

主公被抓到此地了？赵云感觉不可思议。他小心翼翼来到庙宇附近，稍事观察，避开一个瞭望的和尚，跃入院内，施展轻功，悄然来到主殿上方，透过缝隙，可对殿内一览无余。

只见殿内聚集二十多人，青衫人坐在上首，小潭站在一旁。

"这位是青衫大哥，主家派来管理诸位的首领。"小潭朗声道。

"青衫大哥！"下面的人齐声道。他们偷偷打量青衫人，不时交流眼神，看来他们也是初次谋面。青衫人年纪不大，长相清秀，只是未报姓名，显得十分神秘。

"近日，江中有条大船沉没，临江寺也遭人闯入，受主家委派，青衫大哥特地前来处置此事。"小潭扫视众人，"带上来吧。"

临江寺？自己就是在其附近，发现了主公与孙乾的衣衫！临江寺遭人闯入，那应是主公与孙乾了！看来主公真被他们抓来了！赵云很紧张，不知主公现在如何了？

这时，上来几人，一同躬身施礼，赵云好生失望，并没有主公刘备！

小潭喝道，"说吧，伤了好几人，怎么还让人跑了？"

一个光头黑胖子上前，"那一日，我们正在寺内吃饭，突然闯进两人，说是船翻了，要暖和暖和，看他们全身湿透，不像撒谎，就把他们赶走了。"

"生人进来，也不盘查，直接放走，他们如果是东吴探子，你们还有活路吗？"青衫人道，"他们若非等闲，你们岂不错失立功良机？"

光头黑胖子一怔，马上接道，"我们意识到，立即追出去，还好把他们撵上了。"

"为何没将他们捉回来？"青衫人道。

"其中一人突然出手，打了我们个猝不及防，才吃了亏。"

"他在保护另一人，那人是否耳朵很大？"

光头黑胖子摇头，"出手之人耳朵倒是不小！"

青衫人疑道，"另一人呢，长何模样？"

"另一人像个书生，不会武艺。"

"亲自出手，那就是他身边没有护卫，"青衫人顿足，"可惜让他跑了！"

"他们是何人？"光头黑胖子小心问道。

青衫人面沉似水，"是谁已没意义。"

光头黑胖子怕被怪罪，于是道，"我们看见大批东吴官兵赶来，担心暴露，就撤了。想来，他们定是被东吴捉了去！"

青衫人无奈摇头，小潭喝道，"办事不力，错失良机，等候发落吧！"

光头黑胖子诺诺连声，退到一旁。

刚听说主公逃脱，未及松口气，又闻言主公被抓，赵云的心不禁一沉。这时，一位浓眉大汉上前，挥手道，"把那人带上来吧。"

赵云正纳闷，一人被推上来，只见他低垂着头，倒剪双手，看身形，有些眼熟，赵云好奇，这是何人？

"抬起头来！"浓眉大汉喝道，被抓之人斜眼向上，赵云一惊，竟然是黄豆！他不回荆州报信，怎被抓到这里来了？

浓眉大汉道，"这小子喝多了，在赌馆输了钱，说自己是大将军贴身护卫，等回荆州，要多少钱有多少钱！我们怀疑他的来路，就施点手段，把他弄这里来了。"

青衫人来了兴致，"做得好。"

浓眉大汉接道，"这小子滑得很，一会说是刘表部下，刘表已亡，哪有部下？一会说是曹丞相手下，这更是瞪眼说瞎话！他来自荆州，最可能是刘备的人，可他就是不招！"

赵云生气，黄豆竟敢违抗军令，喝酒赌博，耽误大事！还泄露军机，留下隐患，必须严惩！又想到，没有他赢的钱，自己这两日就要露宿街头了。且看这帮人问些什么，了解一下他们的底细。

青衫人对黄豆道，"我问你话，实话实说，不会伤害你，说得好，还会奖赏你！你叫什么？"

"黄豆。"黄豆翻眼打量青衫人。

"不老实，一听就是编的，谁家孩子能叫黄豆？"小潭斥道。

"怎么是编的？我爹憋了三天三夜，踩到黄豆滑倒，才取了这个天赐之名！"

"好，黄豆，你是谁的贴身护卫？从荆州来此做甚？"青衫人问道。

"那是吹牛，"黄豆一副吊儿郎当的样子。"我这么瘦当护卫，你要吗？"

小潭怒道，"别在我们面前要机灵，不说实话，给我揍他！"

"再揍，我就咬舌自尽！"黄豆立起眉毛。

"慢着，"青衫人制止，"既然来自荆州，又是大将军护卫，关羽、张飞、赵云都是大将，你是谁的护卫？"

"谁的都行，如果让我选，就选赵云，长坂坡上七进七出曹营，当他的护卫太牛了！可惜我不是。"

"我就当你的话是真的，如果赵云出动，定有大人物前来，不是刘备就是诸葛亮！"青衫人道，"刚好有荆州船只江中沉没，你就是从船上逃出来的人。"赵云听他分析，暗道，此人不简单。

"别往坑里带我，我就是来南徐投亲的。"黄豆狡辩。

"刚才你听到我的话，有所迟疑，证明你在撒谎，"青衫人盯着黄豆，"你说投的哪家亲戚？我们一查便知真假。"

"他们不在南徐了，没找到人，一上火，我才喝多了。"

青衫人直道，"平白无故，你为何说是大将军贴身护卫？"

"我去过荆州，看见有人跟在将军后面，甚是威风，就信口胡说了。除了想做护卫，我还想当探子，惊险刺激，看你们神神秘秘，不会就是探子吧？从你们的话中，我猜你们是潜入东吴的探子，不是许都的，就是荆州的，你们说我是荆州的，我猜你们是许都的。"

青衫人一愣，怒道，"我给你最后一次机会，再胡诌八扯，就要你的命！"说罢手一扬，一道寒光，宝剑直接插在黄豆身后的立柱上。

黄豆一缩脖子，"我都快吓尿了，有实话早说了。"他望着青衫人，"我看准你是探子头，我这人机灵，如果你收留我，我保证能刺探出沉船上是刘备还是诸葛亮，保护他的是不是赵云，他们来南徐干什么，得到我也是你们的意外收获！"

赵云哭笑不得，那些人也被他气乐了。青衫人道，"说实话，冲你这个聪明劲，我真想把你留下，但你别忘了，聪明反被聪明误，就凭你巧舌如簧，能打动我，就能打动他人，当个荆州护卫有何难？"

黄豆闻之一怔，只听青衫人接道，"你就是荆州护卫，我数三个数，若还不说实话，立刻身首异处。"

小潭上前拔下宝剑，站到黄豆身边。

黄豆哆哆嗦嗦道，"我是当探子的料，你们不信，房上来人了，你们都不知道。"

此话一出，殿内人一震，都瞧上面，赵云吓一跳，这个东西发现自己了？还是在蒙人？不经意一动，一块瓦片掉下来。

"谁？"殿内人大惊！

赵云见此，随手抓起瓦片向人群甩去，赵云的力道非比寻常，小潭等人应声倒地。

"赵云来了，赵云来了！"只听黄豆大喊。

赵云连续掷下瓦片，下面的人纷纷躲闪，顿时大乱。

"莫慌！"青衫人大吼一声，抽出宝剑，飞身一纵，扑向赵云，赵云顺势冲下，两人一交手，青衫人剑法精湛，颇有功力，只是他对阵的是赵云，二十几招后，渐渐不支，同伙上来帮忙，仍不是赵云对手，青衫人甩出一团烟雾，带着人一起遁出庙宇。

赵云没追，"黄豆！"他连喊了几声，没有回音，仔细察看，哪里还有黄豆的踪影，看来他是趁乱逃之夭夭了。

赵云很失落，没办法，只得再找鲁肃。天黑之时，赵云来到鲁肃府宅，顺着昨日窗隙一看，屋内坐着三个女人：鲁夫人、甄彩、贾颜，三人吃着蜜果，有说有笑。

"这么晚，先生怎么还没回来？"贾颜问道。

"去三江口了，不知跟周瑜商量什么去了。"鲁夫人道，赵云听了心中一凉。

"您不是要让先生跪个三天三夜吗？"甄彩笑道。

鲁夫人也笑了，"我还能耽误他的正事啊？"

"这一去又得几日吧？"贾颜问道。

鲁夫人点头，"咱们更无拘无束了！"

赵云生气，本想请鲁肃游说孙权，释放主公，只因这个悍妇搅和，计划已然落空。

鲁肃为何去三江口了？荆州船只遇袭，孙权对周瑜是心怀疑虑的，他派鲁肃前往，一探真假。鲁肃相信，周瑜不会犯此大忌。可如今，刘备失踪，美人计落空，得请周瑜想个万全之策。鲁肃痛快答应前往，还有一个原因，夫人最近脾气暴躁，他想出去躲一躲。

第二十二章
结亲遭遇恶人欺

　　刘备与孙乾离开吉祥庄院，行了半日，来到一个集镇。集镇规模很大，有南方水乡的典型特质，水多，桥多，水不似北方那般湍急，悄无声息流着。桥边条条垂柳，碧水掩映，十分宜人。

　　随着微风，一阵欢快的乐声传来，一群人吹吹打打，簇拥着一顶花轿走来，前面一人穿红挂绿，骑着骏马。

　　"有人娶亲，这是吉兆！"孙乾道。刘备明白，这是孙乾借机宽慰自己。"新郎长得不错！不知新娘是何模样？"孙乾没话找话，确实，新郎浓眉大眼，十分英俊。

　　刘备心中五味杂陈，人家年纪轻轻娶亲，自己年近半百相亲，还相出毛病来了。

　　这时，对面也传来了吹吹打打之声。"看来今天是个黄道吉日，不止一家娶亲啊！"孙乾道，"听声响，对面的气势好大啊！"随着乐声，对面娶亲的人走上来，有近百人，把整个桥面堵上了，一看就非富即贵。一乘八抬大轿居中，周围是丫鬟家丁，最前面是一匹高头大马，马上坐一个胖子，虽有衣衫相罩，仍遮不住大肚子，此人生着一张扁瓜脸，细眉小眼，大嘴叉撇着，一副得意忘形的模样。

　　两伙接亲的人迎面而来，刘备这边接亲的队伍率先来到桥中央。按当时的接亲习俗，花轿到家之前，不能落地。见状，这边一位管事的年轻人跑过去，向对面新郎连连拱手，"这位大爷，大喜大喜！我们人少，你们让个空，我们就过去了！"

　　扁脸大肚子新郎一昂首，没有搭理年轻人。这时，一个龅牙小子嚷嚷着冲过来，此人为虎作伥惯了，大家暗地里都叫他龅牙鬼。"咋，好大的胆子，你不问问谁接亲，敢叫我们让道？说出来吓死你！这是潘开潘二爷娶亲，快滚开！"真是多大的主，多大的奴！

这边着实吓一跳，潘开！东吴大将潘璋的兄弟，家大业大，没人敢惹。

年轻人赶忙回到新郎马前，小声说了几句，新郎先是一惊，然后点了点头。年轻人又跑回来，"我们靠边，请潘二爷的队伍先过！"

潘开斜眼望天，龅牙鬼过来，"让一边也不行，我们人多，你们得退下桥去！"

刘备看着生气，旁边看热闹的百姓也议论纷纷，太欺负人了！

这边管事年轻人哀求道，"潘二爷，今天都是喜事，相互成全一下！"

"见了爷不下跪，还想让爷成全？"潘开发话了，"你们冲了我的好事，现在想退回去都不行了！"他对龅牙鬼一努嘴，龅牙鬼对这边的新郎喝道，"敢跟二爷抢日子，你还想过好日子？"大家紧张地看着，他一指桥下，"给我跳下去！二爷高兴，就饶了你！"

刘备气极，真是欺人太甚！这边新郎的脸立时涨得通红，气得手发抖。

管事年轻人看形势不妙，赶忙打圆场，"得罪了，"他向新郎使个眼色，"让我们的新郎给您施个礼吧，权当赔罪！"新郎真就下了马，向潘开作揖。

潘开瞟了一眼这边新郎，"不情不愿地，爷不高兴！"

龅牙鬼喝道，"二爷不高兴，你还不跳？是不是要我们帮忙啊？"说着一群家丁如狼似虎冲过来。

刘备气坏了，孙乾使劲拉着他的衣襟。

这边新郎气得牙关咬紧，攥紧拳头。

"怎么，不服啊？"潘开手指这边新郎，"你跳不跳？不跳就让你家娘子跳下去！"听到此话，潘开家丁马上蹿到这边花轿前，管事年轻人急忙上前拦阻，被他们直接推倒。

新郎大吼一声，"我跳！"说着，一撩衣衫，从桥上跳了下去！

管事年轻人赶忙带人跳下水，搭救新郎！

潘开与家丁都笑起来，围观的人道，"这个新郎当的，真憋屈！"

大家以为，一方认完栽，一方逗过瘾，这事就过去了！哪承想，潘开下了马，径直走向这边花轿，"我要瞧瞧，你不让跳的娘子长何模样？"这边的人都下水搭救新郎，剩四个抬轿的，不能动，否则轿子就落地了。

刘备看这家伙太无耻，真想冲上去，胳膊却被孙乾抱住了。

此时，潘开一把掀起轿帘，抬手揭下新娘盖头，只见新娘珠圆玉润，齿白唇红，"这小子艳福不浅，比我的娘子都俊俏！"潘开不禁叹道。新娘虽在轿中，早已听清刚才的经过，突见这个怪物探入轿中，不禁怒目圆睁，一巴掌拍在那张扁脸上！潘开恼羞成怒，伸手就抓新娘子。

正在此时，飞来一物，正打在潘开的裆部！这小子"嗷"的一声，捂住下面，弯下腰，"哎呀，疼死我了！"旁观的人都笑起来，大家感觉很解气。

家丁一拥而上，潘开手捏一个圆圆的黑物，看不出是什么东西，"有人袭击我，抓刺客！"家丁很茫然，他们没看清暗器出处。

"笨蛋，从那边飞来的！"潘开手指旁观人群，"给我搜！"

几十个家丁抽出兵器，朝人群围拢过来。

"为何搜我们？"刘备喝道。

龅牙鬼瞪起眼睛，"你不服啊？"

旁边一位长须老者搭声，"搜吧，搜吧！"

刘备强压怒火，想到自身处境，只得随他们了。

这帮家伙上来肆无忌惮搜身，刘备万万没想到，一直让他隐忍的孙乾发作了！

原来，龅牙鬼在搜查孙乾时，把两锭金子摸出来，这是吉祥庄院庄吉临别所赠。龅牙鬼直接揣进自己怀里，这小子贪财，飞扬跋扈惯了，以为他们手持利刃，孙乾这样一个文弱书生不敢吱声，没想到惹毛了孙乾。

孙乾本来家趁人值，平时就爱仗义疏财，徐州主陶潜弥留之际，特意向刘备推荐了孙乾，刘备对孙乾的人品十分赞赏。但是逃亡的经历，改变了孙乾，自己吃苦不怕，他主要担心刘备，这一路不知还要经历多少磨难，没有盘缠，如何回荆州？自己帮不了主公，如若这点盘缠都保不住，还有何用？

"把钱还我！"孙乾厉声道。

龅牙鬼手指孙乾，"谁拿你的钱了？"

"就是你！"孙乾怒视龅牙鬼，"刚揣进怀里！"

龅牙鬼威胁道，"再喊，就说是你偷袭的！"

明抢，还要栽赃！孙乾不干了！他冲上来，要从龅牙鬼的怀中抢回钱！

没震住孙乾，龅牙鬼怕他再喊，一把捂住孙乾的嘴，孙乾没客气，张口咬在他的手上，这家伙疼得直叫，甩手就打孙乾。刘备再也忍不住，一把抓住龅牙鬼的手腕，用力一甩，龅牙鬼跌跌撞撞来到桥边，几乎掼下去。

"光天化日之下，竟敢明目张胆欺侮百姓，调戏民女，强行搜身，抢夺钱财，孙权就这样治理东吴的吗？"刘备怒道。

这帮人一下被震住了！不知这是何方神圣？潘开捂着肚子，"你是何人？多管闲事！"

"你们也太无法无天了！"刘备斥道，看热闹的人随声附和，"就是。"

潘开心虚，狡辩道，"他们先打的我，没看把我打成啥样了吗？"

"你无理在先，挨打也是罪有应得！"刘备怒道。

潘开被刘备的气势震住，但脸上挂不住，看刘备没什么帮手，喊道，"就是他偷袭的我，抓住他！"

对方人多势众，刘备担心动起手来吃亏，他一纵身，直奔潘开，众家丁前来搜身，潘开跟前只有两人，刘备突然出手，打他们个措手不及，他先踢翻两人，一把掐住潘开的颈部，这小子还想反抗，刘备怒喝，"动，我就拧断你的脖子！"

潘开的脸都吓绿了，众家丁也傻了，他们哪遇到过这般情形。

这时，跳下桥的新郎回来了，刘备对看热闹的人群道，"快走吧！"孙乾明白，自己在此也是累赘，还不利于主公逃脱，他对刘备点点头，跟着人群快速下桥了。

第二十三章
弱文士痛打恶凶

眼见其他人离开，刘备挟持潘开，缓缓向桥下撤去。潘开的家丁紧随其后，试图包围刘备。刘备掐着潘开的脖子，思考脱身之法。

潘开人胖脖子粗，逐渐缓过劲，他自恃人多，胆子大起来，趁刘备盯着围拢上来的人，猛然挥拳偷袭，刘备在外闯荡多年，警惕性极高，他一伸手，掐住潘开的手腕，一用力，潘开立时杀猪般嚎叫，"断了！断了！"

"不要命了？"刘备怒道，"让他们后撤！"

"后撤！"潘开哑着嗓子叫道。

"撤后十丈！"刘备说罢，手上一用力。

"撤后十丈，快！"潘开外强中干，冲家丁声嘶力竭喊道。

刘备边退，边盯着对方，眼看要下桥，刘备心想，放了这小子，他们一定没命追赶。刘备觉察到，潘开仍不老实，不断向家丁递眼色，准备反击。想到潘开无端欺侮他人，这样放了，太便宜他，于是往前一带潘开，家丁以为刘备要放人，准备过来时，刘备猛然往回一拽，飞起一脚，只见潘开肥胖的身体划出一道弧线，一头栽入河中！家丁一片惊呼，纷纷跳河营救，刘备趁机跑开，龅牙鬼没上当，他指挥一帮人，追赶过来。

刘备对这里不熟悉，慌不择路，跑进一个死胡同。他没有赵云的轻功，上不了房。急忙往回返，龅牙鬼带领一帮人手持刀剑奔过来，紧急关头，一侧栅栏崩开，伸过一只手，一把扯过刘备，刘备一看，竟是刚才跳水的新郎。

"怕您吃亏，我来接应一下！"新郎道。

"其他人呢？"刘备关心孙乾的情况。

"您的朋友与我们的人在一起，没事的。"

　　新郎路熟，三转两拐甩掉追赶的人，带着刘备来到一处干净小院，"这是我娘子家，很安全。"说话间，那位长须老者来到，上前给刘备深施一礼，"多谢义士，出手相助！"

　　刘备明白，他们原来是一起的。"不必客气。"

　　"请问义士尊姓大名？"

　　"在下姓刘名乾！不知二位——"

　　新郎道，"我叫田映，"然后介绍长须老者，"这是我的叔叔田诚。"

　　田诚叹口气，"大喜的日子，遭遇这个恶人，真是晦气！"听说刘备把潘开扔进河里，田映道，"真解气！"

　　田诚不无忧虑，"今日与他结仇，只怕以后永无宁日了！"

　　田映看得开，"那就远走他乡。"

　　这时，管事年轻人闯进来，"姐夫，不好了，姐姐被潘府的人劫走了！"

　　"我的梅儿，"田映闻听，咬碎钢牙，"我跟他们拼了！"梅儿叫闻梅，是今日的新娘子，管事年轻人是闻梅之弟闻凯。

　　田诚拉住田映，"不可鲁莽行事。"

　　闻凯扭向刘备，"您的朋友也被他们抓去了！"

　　刘备大惊失色，"当真？"

　　"我亲眼所见。"闻凯回道。

　　田诚十分抱歉，"连累了您的朋友，真让我们过意不去！"

　　闻凯气愤道，"咱们报官吧，强抢民女，抢夺钱财，就没人管了？"

　　"潘开有钱有势，还有潘璋庇护，报官不会有结果。"田诚摇头。

　　逃亡之旅，又添变数。如果报官，无异于自投罗网，刘备顺水推舟，"我们一起想想办法。"

　　田映急得坐立不安，"梅儿在那个恶霸手中，我一刻也不能安心。"

　　"潘开被我打伤，做不了坏事的！"田诚安慰他。

　　闻凯急道，"干脆直接闯进去救人！"

　　刘备道，"他们人多，贸然行动很难成功。"

　　"报官不行，营救也不中，那当如何？"闻凯急了。

　　田诚见两人太过急躁，"你俩且冷静一下，待我与刘先生商量个办法，再做定夺。"说罢将刘备请进屋中。

"您看怎么办？"田诚向刘备讨教。

"可否请人从中说和一下？"刘备希望不动干戈，解决问题。

田诚面露难色，"我们是普通人家，哪有能与潘开说上话的人。再说，我打了他，您又把他扔进河里，他岂能善罢甘休？"

刘备道，"文的不行，只能来武的，但要救人，必须知道潘宅构造，最好能了解被抓之人关在哪里？方能成功施救。"

田诚点头，"闻凯朋友多，我让他找人打听一下。"两人出屋，田映与闻凯却不见了，田诚急得跺脚，"他们擅自行动了！"

刘备担心孙乾安危，"既然如此，我们马上前去接应。"

今日潘开娶亲，本该喜气洋洋，他娶的是当地大财主刘洪之女，潘开看中刘家实力雄厚，刘家想借潘开搭上潘璋，保家财平安。

潘开的新娘子叫刘仙，当初，她听说潘开长得丑陋，坚拒这门婚事，迫于父母压力，才勉强答应。

今早，潘开来迎亲，刘仙偷偷一瞧，潘开比传闻还丑，不禁悲从中来，暗自落泪。潘开感觉到，刘仙很是抗拒，心中也不痛快。与田映接亲队伍相遇时，他借机发泄，逼对方新郎跳河，也算解气了。偏那时他起了好奇心，要一观对方娶个什么样的娘子，哪承想，人家娘子十分泼辣，甩手给他一巴掌。潘开准备教训她时，遭暗器打中，连入洞房都成了奢望。盛怒之下，要抓袭击之人，不想自己反成人质，还被扔进河里！幸亏劫掠到对方娘子，只要他们敢找上门来，就能将袭击之人抓住，一解心头之恨。潘开告诉门卫，多加留意。

几个门卫正在议论此事，都说那个新郎够窝囊的！

正说着，窝囊新郎出现了。

田映上来踢门，"把我家娘子交出来，不然我要告到官府，告到孙权，告到许都皇帝那里去！"

新娘被抢，新郎也急了！几个门卫过来，把田映推开，潘开要抓袭击之人，他们对窝囊新郎除了嘲笑，多少有些同情。

越推田映，他反抗越厉害，门卫担心惊动潘开，几个人要将他抬走，田映连踢带踹，根本摁不住，站在门口的两人也过来帮忙，就在他们忙活田映时，一人闪身进入了潘府。

这人就是闻凯，他装作若无其事，尽量往屋边走，他知道，姐姐大喜之日被劫，定然伤心哭泣，他想循着声音找到姐姐。潘开的府院太大，院中的人也不少，闻凯小心翼翼，每到房前，都仔细倾听，当他走到一个屋子前，听到里面有打人之声，从窗缝往里一望，惊得闻凯张大了嘴巴，打人的竟然是孙乾！

刘备挟持潘开，孙乾与田映、田诚、闻凯及新娘子闻梅等人一同撤退，跑出一段路后，田映不忍丢下帮忙义士，准备前去接应，孙乾要跟随，田映道，"你道路不熟，我找到人就回来。"

田诚不放心，尾随而去，孙乾终是牵挂刘备，回去探看，双方就此分开。结果，闻梅等人被潘府的人撞见，闻凯抵挡不住，闻梅被劫掠去。闻凯前来报信，正巧看到孙乾被龅牙鬼抓走。

龅牙鬼恨孙乾，正是他的反抗，酿成事端，关键，他还惦记孙乾身上的金子呢。

孙乾被押进潘府，按龅牙鬼要求，关在一个偏僻房间，手下见孙乾像个书生，没有五花大绑，直接捆在柱子上了。

龅牙鬼很快来到这个房间，他有种要享用猎物的快感，不仅抢你的金子，还要好生折磨你。龅牙鬼是潘府的管家，家丁对他的脾气秉性心知肚明，都知趣地闪开了。

龅牙鬼进屋后，围着孙乾转两圈，开始搜身，察看孙乾的身上是否还藏匿钱财，结果什么也没搜到，甚是失望。龅牙鬼没有就此罢休，他从怀中掏出抢来的两锭金子，在孙乾眼前摆弄，又当着孙乾的面，揣入怀中，"不想给爷是不是？最后还不是爷的。"

孙乾恨得牙根直痒，对其怒目而视。

"不服是不是？"龅牙鬼扑上去，对着孙乾一顿拳打脚踢。打累了，坐在一把椅子上，数落孙乾，"大爷要你点钱怎么啦？那是瞧得起你！不给，还不如痛快地给，怎么样？挨顿打，好受了？"

数落完，他刚要起身，孙乾突然离开柱子，猛冲过来。孙乾一直试图解开绳子，龅牙鬼进来时，绑绳已解得差不多，被龅牙鬼痛打后，绑绳终于解开了。在龅牙鬼最松懈时，孙乾出手了，龅牙鬼刚要喊，被孙乾连同椅子一起撞翻，后脑撞在地上，磕得龅牙鬼满眼冒金星，他要挣扎着起来，孙乾用尽平生之力，拳头像雨点般砸下来！

第二十四章
误打误撞识凶妹

闻凯看到这一幕，惊呆了。

"孙先生！"闻凯喊一声，孙乾一惊，扭头看是闻凯，孙乾没住手，继续猛捶龅牙鬼。毕竟在潘开府中，闻凯冲进屋，一把拽起孙乾，"快走！"

刚出门，孙乾又折回去，闻凯以为孙乾还没解恨，孙乾回到龅牙鬼身边，他已然晕死过去，孙乾从他怀中掏出被抢的金子，临走又狠狠踹了龅牙鬼一脚。

两人出来，闻凯告诉孙乾，田映正在门口与守卫周旋，让他寻机逃出，自己去救姐姐。

闻凯向前走，孙乾准备找个门出去。他对这里不熟，又不能打听，转悠半天，才来到正门。

田映见闻凯进入潘府，不知他何时能救得闻梅出来，就在不远处暗中观察。

孙乾赶到正门，发现有多名家丁把守，正不知如何逃出时，突听有人大喊，"抓住他！"孙乾回头一看，竟是龅牙鬼！这家伙被孙乾痛击后，好一会儿才苏醒过来，他跟跄着出屋，家丁看到他的惨样，也不敢笑，龅牙鬼扯着嗓子喊道，"来人！"然后带着家丁直奔门口堵截，正巧看到孙乾要逃出，于是大喊抓人！

田映以为闻凯出来了，从草丛中抽出一把剑，冲过去，窝囊新郎突然如此刚勇，将门卫吓一跳，急忙拉出刀剑抵挡，田映哪打得过这些人，孙乾更是前有堵截，后有追兵，万分紧急时刻，门卫突然中了暗器，连续倒地，接着一人冲上前，挥动宝剑，打跑门卫，救得孙乾出来。

原来是刘备与田诚到了！

龅牙鬼带人追到门口，看对方生猛，没敢再追，正在这时，潘开带领一群人赶过来。

潘开原打算把对方新娘子当饵，诱捕袭击自己之人，可是想起她的眉眼，实在令人心动，他已不准备放人了。

没想到，刘仙知晓了此事，一进洞房，又摔又打，又哭又闹，无论潘开如何解释，都无济于事，正在他无计可施时，妹妹潘月来了。

刘仙向潘月告状，说他调戏劫持人家新娘子。潘开狡辩，说对方挡道，打了他，还将他扔进河中。潘月瞥了一眼潘开，"在这一方土地，谁敢无端惹你？"她选择相信头次见面的嫂子，要求潘开放人。

这时，家丁禀报，有人来府门捣乱，潘开趁机脱身。他带着一帮人赶过来，看见刘备，潘开怒不可遏，"抓住他！"

家丁一拥而上，刘备手持宝剑，将他们打得四散奔逃，其他三人趁机逃离。

潘开气哼哼回来，潘月找到他，"二哥，把抓来的人放了吧。"

"我没抓人，让我放什么？"潘开抵赖。

"你没抓人，人家打上门来？"潘月很无奈，"二哥，求求你，做些善事吧！"

潘开不耐烦，"别管闲事，不要忘了你是如何被大哥大嫂撵出来的！"

这话刺痛了潘月。

潘璋与潘开是潘老爷子正室所生，潘月的母亲原本是潘家的丫鬟，被潘老爷子相中，做了偏房，生下一儿潘成一女潘月。因是丫鬟出身，潘月母亲在家中经常忍气吞声，偏偏潘月聪明好强，敢于替母据理力争，令潘老爷子刮目相看，对潘月也是愈加喜爱。这引起了潘璋、潘开的不满，然而斗起嘴来，他俩都不是潘月的对手。母亲还想凭女儿扬眉吐气，一年春节，父母吃坏肚子，一病不起，竟同时撒手人寰。潘老爷子一没，潘成与潘月就遭了罪，一次，潘成吃了丫鬟送来的食物，七窍流血而亡，潘璋将丫鬟送到官府，以害人性命为由，迅速处斩，潘月怀疑是大哥大嫂暗中下毒，怎奈没有真凭实据，只得忍在心中。

这样，潘家资财全部落到了潘璋、潘开手中，即便如此，潘璋也没放过潘月，潘璋夫人以家中贵重之物丢失为由，将她赶出府门。潘月恨大嫂阴狠毒辣，更恨大哥潘璋冷酷无情。

实在没有办法，她投奔了二哥潘开，尽管内心她也看不上潘开的做派。有时她想，古人说，人之初，性本善，其实是错的，同一个父亲教诲，她与潘成和潘璋、潘开差别太大，有人天生就是恶人。当刘仙告诉她，二哥劫持了人家新娘子，她相信这是真的。

潘月感觉，相比潘璋，潘开还不是那般阴险狡诈，希望通过自己感化，改掉潘开的恶习。但是，潘开这一句话，让潘月很是伤心，闷闷不乐地回到了闺房。

本来有丫鬟秋红相伴，潘月让她到院中打听，二哥将人家新娘子关在了何处。当她进入闺房，懊恼地坐在床上，她发现床帷在动，往下一看，露出了男人的鞋尖，潘月大惊，刚要喊叫，一只大手捂住了她的嘴，潘月从小就是个厉害角色，她没有客气，张嘴就咬，那人"唉哟"一声，将手甩开，她正要大喊，一把匕首抵住了她，"别叫。"一人闪身来到她的面前。

此人正是闻凯！

闻凯与孙乾分开后，继续寻找姐姐，他在府内逡巡，引起一个家丁的注意，闻凯急忙躲避，他看见一个门，也没细瞧，就进来了。这里正是潘月的闺房。

闻凯进屋，发现这是姑娘的闺房，正要出去，潘月回来了，闻凯没办法，只能躲起来，一时找不到合适的地方，就藏在了床帷后面，结果还是被潘月发现了。

"姑娘放心，我不会伤害你，"闻凯表明态度，"告诉我，刚劫来的新娘子在哪里？"

潘月明白，被劫新娘子的家人找上门了，看眼前人身高臂长，方脸虎目，很精神的一个小伙，"你是新娘子的丈夫？"

"我是新娘子的兄弟。"闻凯回道。

原来是弟弟找姐姐！"你确定她被潘府的人抓了？"

"我亲眼所见。"

潘月点头，"我不知你的姐姐关在哪里，但我会帮你。"

闻凯知道，能住闺房，定是潘家的小姐。他不敢相信，潘开穷凶极恶，他的家人能如此善良？"不要骗我！"

潘月立起眉毛，"怕骗自己找去。"

闻凯不解，"你为何这么做？"

"你是救姐姐，我是救哥哥。"

闻凯被弄糊涂，"你的哥哥也被抓进来了？"

"真笨，"潘月摇头，"我不希望他做太多的恶事！"

闻凯不觉垂下匕首，瞪大眼睛，"你是潘开的妹妹？"

潘月没有直接回答，"你好大的胆子，敢一个人潜入潘府，擅闯闺房，还敢掳——"她没说下去。

"你不是咬我一口了吗？若真能放了我的姐姐，多咬几口也行！"

"男人的臭爪子谁稀罕？"潘月道，"你就是不来，我也会把她放了。"

闻凯很激动，他真想上前抓住姑娘的手，没敢，正在他不知如何表达谢意时，一人推门进来。

第二十五章
性情女子甘为质

进来之人是丫鬟秋红！

她看到家丁往门口跑，一打听，方知是人家丈夫找上门，潘开带人赶过去。想来，潘开抓了人家新娘子确定无疑。本想继续找寻，路上听说，发现陌生人进府，她担心小姐安全，急忙赶回。

一进门，发现一个年轻男子，正站在小姐面前搓手，不禁"啊"的一声，潘月冲过去，捂住了她的嘴。

此声偏让外面的人听到，问道，"小姐没事吧？"

潘月对外面道，"我这里挺好的！"

秋红十分诧异，潘月把她拉到床前，讲述了刚才的经过。秋红从南徐跟过来，陪伴潘月多年，两人情同姐妹，秋红听罢，也很同情闻梅的遭遇，"刚才，就是小姐派我出去，打听你姐姐关在何处。"

"她在哪里？"闻凯急切地问。

"还没打听到。"

说话间，潘月警觉地让两人止声，秋红心领神会，快步走出，只听有人对她道，"快点，二爷让小姐过去呢！"

闻凯与潘月一愣，以为闺房藏人被发现，好在秋红反应快，追问道，"什么事？这么急！"

"新娶的二奶奶闹着要回娘家，二爷请小姐去劝呢？"来人回道。

"告诉二哥，我马上到！"潘月应道，她正要找潘开。

来人一走，潘月对秋红道，"按闻凯的身量，拿套家人衣衫换上，从后门将他放走，多加小心！"然后扭向闻凯，"你在后门外面候着，一会我就将你的姐姐送出去。"

闻凯喜出望外，对潘月深施一礼，"多谢潘小姐！"

潘月赶来，刘仙已让随身丫鬟收拾好东西，哭闹着要往外走。从内心讲，潘开并不喜欢这位娘子，只是刚娶回来就逃婚，他也脸面无光。看潘月到了，"快劝劝你二嫂吧。"

潘月上前拦住刘仙，"二嫂，大喜的日子，怎么还掉眼泪呢？"

刘仙满脸怒气，"你哥刚娶了我，就惦记人家的娘子！"

"没有的事。"潘开狡辩。

"没有你劫人家新娘子干吗？"

潘开看瞒不过去，"是祝由劫的，与我无关。"

祝由是龅牙鬼的大名，"你不同意，他敢往府里劫人？鬼才相信！那个龅牙鬼一看就不是好东西，你与他在一起，干不了什么好事！"刘仙怒道。

潘月连连点头，"我顶看不上那个家伙，二嫂，你有何要求？告诉我，一定让二哥答应！"

刘仙对这位小姑子印象不错，没替潘开护短，还帮着自己说话，"把人家娘子放走，不然这事没完！"

潘月道，"我也听说人家娘子被劫到府里来了，"潘开瞪她，意思是你算哪头的？潘月没理会，接着道，"你们挨打，找打人的算账去，别拿女人出气！"

这是给潘开一个台阶，潘开担心刘仙闹个没完，就坡下驴，"我就想出口气，好，放人！"他对外面喊道，"祝由！"

刘仙阻止了潘开，"我信不着他，放出门去，还会捉回来。"她对潘月道，"烦劳妹妹，看着放人，我才放心！"

这是潘月求之不得的，"好，二嫂放心吧。"

潘开很不舍，他眼珠一转，"放人行，有个要求，人是从正门抓进来的，还从正门放出去，免得外面说我私自扣人！"

潘月本想从后门放人，闻凯正在那里等候，如此可谓皆大欢喜。听潘开这样说，虽多点波折，放人才是主要的！现在秋红不在身边，等会让她到后门通知闻凯一声就是了。

潘月在家人的带领下，来到关押闻梅的地方。

闻梅正哭得梨花带雨，看得潘月泪水在眼中打转，大喜的日子，把人家抢过来，都是二哥做的孽。

闻梅看见进来了人，为首是个姑娘，不知是何来意，吓得不哭了。

"我是放你出去的。"潘月好言安慰。

闻梅不敢相信，愣愣地瞧着，不自觉地往后退缩。

看她吓成这样，潘月很心酸。"打什么愣神，不走可就没机会了！"说着走到闻梅近前，低声道，"是闻凯让我来的！"

闻梅睁大眼睛，瞧着眼前这位俊俏的姑娘，看样子，她像一位小姐，怎会认识弟弟？闻梅与潘月一对眼光，看到没有恶意，这种境况下，只能相信她了。

潘月将她扶起，"跟我走吧。"闻梅没说什么，怯生生地跟在她的后面。

　　两人来到潘府大门口，潘月打算将闻梅送到安全之地，一个家人飞奔过来，"二奶奶又闹上了，二爷急着让小姐过去呢。"

　　潘月想，这个二嫂够难伺候的，二哥同意放人，以他的性子，已是极大的让步。今日是二哥大婚的日子，就再帮他哄哄吧。于是对闻梅道，"小心点，快回吧。"

　　"哦。"闻梅似乎还没缓过神来，听她如此一说，顾不上说声谢谢，匆匆向前走去。

　　潘月赶回来，进门一看，不见潘开，刘仙也很平静，看来在等自己的消息。"人已送走，二嫂放心吧。"

　　刘仙点头，嘴上却道，"我担心他又劫回来。"

　　"不会，不会。"潘月嘴中安慰刘仙，心中已生疑，不然，家人为何撒谎？

　　潘月出门，看见秋红，小声问道，"送出去了？"

　　秋红点头，把潘月拉到一边，"刚才看见二爷与龅牙鬼一起嘀咕，不像干什么好事。"

　　这正是潘月担心的，她让秋红马上去后门通知闻凯，闻梅已从大门送出去。秋红告诉她，刚把闻凯送出，就发现后门加派了人手，不准出入了。

　　潘月牵挂闻梅，"你跟我出去看看。"她怕自己的担心变成事实。

　　两人出得府门，往前走很远，也没看见闻梅。

　　"也许她早到家了。"秋红道，"小姐，咱们回去吧，走远了不安全。"

　　潘月想到，不知闻梅往哪个方向去了，如此寻找过于盲目，决定先回府。

　　刚过一个街口，一人挡在她们的面前，竟是闻凯！后面站着刘备、孙乾、田映、田诚。

　　"说得真好听，你们竟敢骗我？"闻凯怒目圆睁，"还好老天长眼，让我又撞上你们！"

　　闻凯被秋红送出后门，他挺感慨，潘家也不全是坏人，如果潘小姐把姐姐放了，自己还不知如何感谢她，想起她的漂亮容颜，不自觉地看一下手心，她那一口真够狠的，不禁暗自笑了。

闻凯满怀希望在外面等候，一直不见动静，他越等越急，不禁狐疑起来，她是不是在耍我？这时，他发现，潘府后门增加了守卫，明显加强了防范。他的感觉糟透了，自己被一个小女子骗了，还在这里傻等，耽误了营救姐姐，令他懊恼不已。

他围着潘府转一圈，琢磨如何才能进入时，碰到了刘备、孙乾、田映、田诚四人。田诚埋怨两人太鲁莽，不希望他们再次冒险。

刘备怕吴兵追上，有心离开，孙乾是闻凯与田映帮忙救出来的，他不好意思一走了之。

田映听过闻凯刚才被骗的经过，更是义愤填膺，可巧这时，闻凯看见了潘月与秋红。

秋红不干了，"我们放了你的姐姐，还说我们骗你，这不冤枉死人吗？"

"说从后门送出来，我姐姐在哪儿呢？"闻凯责问道。

"那是二爷让从正门放的，小姐不放心，我们才赶出来。"

闻凯见秋红说得理直气壮，不禁自语，"难不成已经到家了？"

"不可能，"田映痛心道，"我们的家已被潘开手下捣毁。"

"又想骗我们？"闻凯气道。

"既然是潘府小姐，他们抓了梅儿，我们就把她扣下，让潘开拿梅儿来换！"田映急中生智。

秋红大声道，"我们小姐救了闻姑娘，你们却恩将仇报，还是人吗？"

听罢秋红的话，闻凯见潘月很平静，不像说谎，如果她放了姐姐，那真是恩将仇报了！

潘月明白，闻梅一定又被二哥劫回去了，"你们把我当人质吧。"

大家闻听，都愣住了。

潘月对秋红道，"你去告诉二哥，我被人家劫持，要他用这边的新娘子来换。"

秋红拉住潘月的手，眼中含泪，"这又何苦呢？"

潘月心情复杂，她甘为人质，是为证明自己没有欺骗闻凯，真心将闻梅救出。同时，她要以此试探自己在二哥心中的分量，来决定还有没有必要留在这个冰冷的家中。

第二十六章
生死喋血露身世

"敢绑我妹子，吃了熊心豹子胆，还想不想活了？"闻听潘月被劫，潘开暴跳如雷。

潘月送闻梅，潘开让人以刘仙又闹起来为由，将潘月骗回来，派龅牙鬼到前面堵截，再次将闻梅劫掠回来，藏在府内隐秘之处。现在，要拿这个漂亮娘子走马换将，他舍不得。

秋红心道，你劫人家娘子，人家怎就绑不了你的妹妹？潘开不管这些，他一时怒气难消，"净给我添乱！这个时候出门，是咎由自取！也不想想，大哥将她赶出来，是我收留了她，吃着我，喝着我，不感谢我，还胳膊肘往外拐，处处与我作对，这样正好，让她吃些苦头吧！"

有这样无情的哥哥，难怪小姐做此一试，秋红眼中含泪，为小姐难过。

不想潘开话锋一转，"她是我的妹子，我怎能不救？你去告诉那帮劫匪，让他们稍等，我将带人前去交换。"

秋红闻听此言，心中方舒服一些，毕竟是兄妹。她马上前去通报，路上发现有人跟踪，她知道定是潘开所派，秋红虚晃一下，躲在墙后，等那人过去，她才行动。

秋红找到潘月与田映等人，告诉他们，潘开答应交换人质，田映兴奋道，"就得以其人之道，还治其人之身！"

闻凯过意不去，心怀歉疚地望着潘月，潘月不搭理他，只是询问秋红与二哥见面的情形，她让秋红立即返回，以免二哥生疑。

秋红一走，刘备提醒，"姑娘虽好，奈何其兄心地不善，此前他没占到便宜，我担心他偷袭。"

潘月听了秋红的讲述，也担心二哥要花招。"你们还是小心为好。"

"人质"都如此说，刘备道，"这样吧，孙先生不会武艺，让他与潘小姐先躲起来，我们几人也要离开这里，在路上暗中观察潘开是否真心交换人质，以防万一。"大家点头同意。

这边，潘开让秋红带路，准备行动。秋红感觉不对，未见被抢的新娘子，还多出一队士卒，秋红明白，潘开不是去换人，他要将对方一网打尽。这表明，潘开没把妹妹安危放心上，闻家那边都是善良之人，潘开抢走人家娘子，还要赶尽杀绝，她若领这些人赶去约定之地，就是助纣为虐。

她带着这些人在街上徘徊，拖延时间。潘开不耐烦，上去给秋红一巴掌，"你是不是在耍我？他们到底在哪儿？"秋红咬着牙，继续在街上打转，希望引起闻家人的警觉，赶快离开。眼见天要黑，潘开看明白，"你这是吃里爬外，故意的！"上去当胸一脚，将秋红踹倒在地。

老天有时就是这般捉弄人，他们竟与田映、田诚撞上了，本来，刘备将他们分成两组，田诚执意跟着田映，刘备就与闻凯一起，田映走得急，不想暴露出来，闻梅在恶魔手中，他无法平静。

双方一打照面，没见闻梅，田映、田诚当即明白，潘开交换人质是假，抓人是真。田诚急忙甩出暗器，掩护田映逃跑。潘开看得清楚，不禁怒火中烧，就是长须老者用暗器打伤自己，害得连洞房都入不了，有士卒助阵，潘开底气十足，"抓住他们！"几十名士卒一拥而上。

田诚瞄准来人，连施暗器，他的暗器形似桃核，打得很准，这边多人被击中头部，受伤倒地，吓得士卒急退，潘开大叫，"牛队率，顶住！"汉朝时，军队中管五十人的头领叫队率。牛队率听罢，只得喝令士卒往上冲，一旦靠近，田诚的暗器就不灵了，一些士卒刚才被田诚暗器打伤，心中有气，田诚暗器虽好，武艺一般，一时不慎，被一枪扎中腹部，田映大叫一声，"叔叔！"冲过来营救，就在这时，刘备与闻凯赶到，刘备久经沙场，手使双股剑，是战过吕布的。只见他挥舞宝剑，打得士卒兵器横飞，纷纷后撤。

潘开一看要前功尽弃，大吼道，"他们有人受伤，牛队率上，我有重赏！"

牛队率只得带人围上来，刘备见潘开叫嚣，他一进身，冲开士卒，直奔潘开而去，潘开还在那里叫得起劲，突见一人手执带血的剑，直冲过来，正是将自己扔下河的人！他的魂都吓飞了，大叫，"挡住，给我挡住！"

牛队率见此，大喊一声，"保护潘二爷！"士卒看对方厉害，顺势护着潘开后退，潘府家丁更是撒丫子先跑回了府。

刘备见他们退去，马上与田映、闻凯将田诚抬起，这时，孙乾来到，帮忙将田诚抬到一个背静之处。

孙乾虽与潘月在一起，一直惦记着刘备，时间一长，他愈加不放心，潘月不想为难他，就一同赶过来，看到双方正在殊死搏斗，事实明了，潘开根本不想换人，只想害人。孙乾感觉潘月是个好姑娘，决定放走她，潘月见此，说道，"我去救闻姑娘。"

田诚的腹部血流不止，田映泪流满面，要背着他去找大夫。

田诚慢慢睁开眼睛，"放下吧，我有话要说。"刘备看他脸色灰白，将他放置在一块木板上，田诚吃力地向田映招手，"我不行了，有些事不得不说，这两位都是侠义之士，我对他们放心。"

田映泣不成声，"叔叔。"

田诚喘了一口气，"我不是你的叔叔，你也不姓田，姓许，你的父亲是吴郡太守许贡，你叫许映。"刘备听罢，不禁一惊，这人原来是许贡之子，听说当年许贡因为通曹，被孙策斩杀，许贡的三个家客藏匿山林，孙策行猎时，奇袭得逞，致其伤重而亡。难怪闻梅遭劫，田诚不愿报官。

"你父因通曹而死，实则是被潘璋陷害，潘璋本是你父手下一将，因其抢占田地，欺压良善，被你父重责二十军棍，潘璋怀恨在心，借孙策疑心重，伪造你父通曹文书，孙策借机杀害了你父。你父待人极诚，家客才誓死为他报仇，你那时还小，我武艺不好，就带着你远遁他乡。不幸病倒在此地，幸得闻梅、闻凯父亲相助，我与你就留在了这里。本以为你与闻梅成婚后，就此隐于乡间，没想到躲开潘璋，躲不掉潘开，你们真是前世的冤家啊！"田诚声音颤抖，"你有一位亲叔叔，他是鹏山云中寺四海至尊大师许献，让他帮你找个隐蔽之所。我讲明你的身世，不是希望你去报仇，你斗不过这个世道。"许映听罢，泪如雨下。刘备才知道，那个大和尚是许映的叔叔，只是并不认可许献的做派。

田诚缓缓转过头，对刘备道，"刘义士，我现在有一事相求，帮我阻止他们找潘开报仇，去了也是送死，拜托了。"说着向刘备拱手，刘备的眼泪也下来了。

田诚最后对许映道，"映儿，我照顾不了你了，你要多多保重。"说罢，含泪而逝。

许映号啕大哭，其他人都十分难过。在刘备、孙乾的帮助下，他们将田诚入土为安。

刘备担心许映受不了，前去报仇，就找一家小客栈住下，准备安慰一番。

许映双眼发呆，似乎已接受了现实。可是，刘备、孙乾一不留神，许映、闻凯就出了客栈，外面起风了，多大的风也挡不住两人复仇的火焰。

两人还没到潘府，就发现那里腾起熊熊大火，当他们跑到近前，偌大的潘府已成火海一片。

两人颓然坐在地上，许映大哭，"我的梅儿！"他们哪里知道，这场大火，就是闻梅放的！

潘月被孙乾放回来，她已对这个家彻底绝望，准备将闻梅救出来，尽自己最大努力，减轻这个家族的罪恶。

闻梅关在哪里呢？她想到了龅牙鬼。

龅牙鬼祝由是潘开的狗头军师，很多坏事都是他的主意，颇受潘开赏识。这小子后来野心膨胀，竟然垂涎于潘月的美貌，打起了她的主意，潘开道，"就你这个熊样，她怎么能瞧上？跟你说实话，以潘月的性子，谁娶了她，都有罪受了！"

龅牙鬼直言，"我就喜欢她那个劲。"

"看你有没有本事讨她欢心了，别指望我，我说会被她骂个狗血喷头的！"

潘月当然知道这个癞蛤蟆想吃天鹅肉，她准备利用一下这只癞蛤蟆。

她去找龅牙鬼，龅牙鬼受宠若惊，平时不拿正眼瞧自己的小姐，竟主动找上门来。一听潘月来意，龅牙鬼装糊涂，"那个新娘子，不是被小姐放了吗？"

"我知道她又被劫了回来，告诉我她关在哪儿？"

"我哪里知道。"

"你一定知道，府中就没有你不晓得的事。"

龅牙鬼尬笑，"小姐，你太高看我了。"

"这是你的本事，虽然你给二哥出了不少馊主意。"

龅牙鬼故作无辜，"这可是冤枉我了。"

"后来我发现，有些事确实冤枉你了。"

这话出自潘月之口，龅牙鬼感觉不真实，但是很受用，"小姐，你算说对了。"

"你告诉我她关在何处？"

"我真不知道。"

"你看到了，新娶的二嫂可不是善茬，她要知道你帮二哥藏人，就有好果子吃了。而且，被抢娘子那边也不能善罢甘休，一旦逮着你，不扒了你的皮？我这么做，是为潘府消除隐患，免得再生事端。"

"我知道小姐爱做善事，"龅牙鬼被说动了，"二爷知道咋办？"

"我不说，谁知道，就说她自己跑的。"

龅牙鬼还有些犹豫，潘月道，"消除潘家隐患，我要重重谢你。"说罢对龅牙鬼嫣然一笑。

龅牙鬼全身都酥了，"小姐，你可要说话算数。"

潘月没有想到，在她之前，潘开先来过了。原来，他带领士卒败回府内，十分恼火，突然想到被抢的闻梅，你们不是要她吗？刘仙如此难缠，索性将这个小娘子据为己有。

潘开的到来，让闻梅惊惧不已，潘开本想好言抚慰，闻梅退到墙角，瑟瑟发抖。见此情景，潘开知道，现在说什么也无济于事，索性断了她的念想。

"别想他们来救了！我告诉你，他们都被我请的士卒剿灭，横尸街头，包括你那个窝囊丈夫。我看上你，是你的福分，穿不愁绫罗绸缎，吃不少珍馐美味，还有丫鬟婆子侍候，你还有什么不满意的？"

看着茶呆呆的闻梅，潘开对两个看管的婆子道，"掌灯，给我看好了，不能出意外。"

潘开走后，婆子点上灯，不停劝慰，"跟着二爷，以后就长在蜜里了，说不准我们都得求您照应了。"

"滚开！"闻梅声音沙哑地吼道。

两个婆子吓一跳，寻思过了这个劲，就好了，哪里不是过一辈子？两人退到了门外。

一会儿工夫，她们发现屋内出现了火光，原来，闻梅默默哭了一阵，感觉没了希望，用那盏灯，点燃了帷帐，火迅速烧起来，两个婆子想冲进去，看见里面连烟带火，吓得又退出来，大喊道，"着火了，着火了！"

正在这时，潘月赶到，眼见火势越烧越猛，她冲进去，透过烟火，看到闻梅缩在墙角，一把拽起她，冲出了屋子。

这时，火苗已经烧到窗外，借着大风，迅速向周边蔓延。

闻梅看是最初救过自己的姑娘，跟着她往外跑。潘月拉着闻梅，逃避火舌，当她俩跑出潘府，身后已是火光冲天。

潘府的另一端，同样站着两个人，他们傻掉一样望着火光，望着望着，笑了，笑着笑着，哭了！

看着身后烈焰飞腾，潘月没有任何感觉，好像与自己无干。她唯一牵挂的是秋红，不知她在哪里？潘月是如此悲怆，恨自己生在这样一个邪恶的家，心无所依。现在，她更同情闻梅，她本该与自己心爱的人一起幸福生活，就因为一个与自己同姓的人，遭受夫妻分离。她感觉，俩人都是如此不幸，同病相怜。

从大火中出来，闻梅一句话不说，跟跑着向前，潘月拦不住，只能跟着她往前走，深夜，两个瘦弱的女子，就这样走出了镇子，走向荒野，一直走到天色渐白，俩人竟跋涉一夜！这时，伴着钟声，一座宝刹呈现在眼前，潘月想进去取暖，只见闻梅身形一晃，栽倒在地上。

第二十七章
找错门遭遇刁女

　　破庙之行，空欢喜一场。夜探鲁府，又失望而归。

　　已至深夜，万籁俱静，赵云走在空旷的大街上，感觉此时自己的心都是空的。

　　赵云找到一家小客栈住下，躺在床上，辗转难眠。种种迹象表明，主公被抓到南徐，确定无疑。当务之急是找到主公的关押之地，设法营救。现在需要找到知情人，鲁肃已外出，指望不上。赵云灵机一动，想到另外一人：吕范！孙权派他到荆州保媒，定是此次阴谋的参与者！

　　确定下一步的目标，赵云松一口气，耳听外面鸡鸣五鼓，连日的紧张劳累，不觉困意袭来，一合眼沉沉睡去。待赵云醒来，已到中午时分，他一骨碌坐起来，埋怨自己睡过了头。

　　赵云顾不上吃饭，边走边打听吕范府宅的位置。吕范不似鲁肃有名，一般人不知道。

　　"吕范先生家啊，"最后遇到一位老妇人，用手一指，"就在那儿。"

　　赵云按她所指方向，径直走过去。只见此家朱红色门楼，前面是玉石台阶，两棵罗汉松分置两侧，古时罗汉松雅观脱俗，有镇宅之意。两尊石狮门前昂首而立，威严气派，看来吕范是个讲究门面之人。

　　赵云上前扣动门环，里面没有反应，赵云奇怪，这么大个宅院，能没有门房吗？

　　"是吕范先生家吗？"仍然没有回音。赵云在鲁肃门前吃过闭门羹，门人往往很势利，自己穿成这样，他们未必能看上眼，赵云决定硬气些，提高嗓门道，"吕范先生在家吗？"

　　里面传来脚步声，应是一群人，有男有女，有说有笑。

"吕范先生在家吗？"赵云又追问一句。

"吱呀"一声，大门打开，"找吕范，敲孙翊家的门，你——"随着话音，一位姑娘出得门来，只见她弯眉杏眼，梨窝浅浅，甚是美丽动人。若仔细看，脸上还有擦痕，显然是刚受过伤，后面跟着四名女随和送出来的家人。

赵云知道自己找错了地方，料想姑娘是刚才说话之人，正要表示歉意，哪承想，姑娘怒目圆睁，"是你！"说罢，伸手拔出宝剑，直向赵云刺来，赵云闪身躲过，四名女随见主人出手，也亮出宝剑，将赵云围在当中，"抓住他！"姑娘大喊一声。

赵云十分诧异，东吴人怎如此无礼？问错门，竟致要命？四名女随不由分说，一齐举剑来袭，赵云身形飘逸，晃得她们顾此失彼，先自慌了神。姑娘一见，很是生气，"闪开！"

几名女随往旁边一站，姑娘冲上来，一招仙人指路，直刺赵云面门，赵云抽身躲过。姑娘直接使出仙姑三式，扫砍削，赵云晃动身形，接连避开。姑娘马上又来个越女八剑，赵云守住门户，不断闪展腾挪。姑娘见他空手也能与自己周旋，气得柳眉倒竖，使出浑身解数，连连进攻。赵云本想一走了之，奈何姑娘剑法娴熟，缠住不放，赵云感觉事情蹊跷，"姑娘定是认错了人！"赵云道。

"把我们害得那么苦，我怎能认错人？"姑娘怒道。

赵云一头雾水，看她气势汹汹，非砍自己几剑的架势，赵云为了尽快脱身，只得抽出宝剑。

"好！"姑娘咬牙道，"我倒看你有何本事？"赵云看到院内出来不少家丁，各执刀枪，他准备速战速决，瞅准机会，暗运内力，一磕姑娘宝剑，姑娘"啊"地一声，宝剑已拿不住，直接飞了上去。赵云想，她定是误会了自己，没必要与其置气，用剑尖轻轻接住宝剑，顺于姑娘面前，转身离去。

姑娘颓然坐在地上，泪水止不住掉下来。看到她这般伤心，亲随小青凑上前，"胜败乃兵家常事，小姐不必太在意。"

姑娘哭道，"练了这么多年，以为自己天下无敌，原来如此不堪一击。"

家人都围上来，小青对他们一瞪眼，"谁也不许说出去！"姑娘仍痛哭不止，小青接道，"就说小姐赢了，对方的剑被磕飞，落荒而逃！"

姑娘哽咽道，"不要哄我了，不想听。"

"小姐太着急，失于防范，不然真打起来，应该是旗鼓相当。"小青宽慰道。

姑娘一咬牙，"我一定要找到他再比试比试！"

"他是谁啊？"小青小心问道。

姑娘一愣，"一个坏蛋！"

这位姑娘正是孙小妹！

原来，她与孙绍从竹林中逃出，各自受伤不说，回来后，孙绍直接被大乔关了禁闭，不准出门。孙小姐被吴国太与孙权狠狠训斥一番，责怪她不该擅自带孙绍外出，遭遇凶险，还弄得南徐鸡犬不宁。

孙小姐申辩道，"谁知道那里有一片破竹林，进去就迷路，怎么也出不来！"

孙权很吃惊，按小妹所说位置，派将卒前去搜寻，将卒所到之地，都是成片的竹林，没有发现可疑之处，他们怕孙权责怪，砍倒一片竹林，谎称找到，消除了隐患。

受罪不算，还遭责骂，孙小姐愈加痛恨那个不肯相助之人。

昨日，三哥孙翊家中新添一位女宝，孙翊驻外不在家，孙小姐性子急，没等国太，就来看望三嫂与小侄女，本来国太让她静养几天再去，毕竟刚受了伤。"你这张脸会吓到小宝贝！"

"我用后脑勺看。"孙小姐笑道。

结果，冤家路窄，这么快就遇到要找之人！本想出口气，哪料到气没出成，反遭羞辱，内心饱受打击。

找错门，还与人交手，赵云一时想不起在哪儿见过这位姑娘，不过，他弄明白了，旁边那户人家应该才是吕范府宅。

打问清楚后，赵云本想马上登门，转念一想，自己与吕范不熟，由门人通禀，一句不在，就打发了自己，还可能打草惊蛇，如果吕范躲起来，那当如何？赵云决定晚上行动。

他在一家小饭馆填饱肚子后，看天色已暗，直奔吕范府宅。

相比孙翊，吕范的府宅逊色许多。当年，孙策为报父仇，屈身于袁术，袁术令他四处征讨，为自己出力，并不信任他，孙策最苦闷时，是朱治、吕范点醒了他，帮他逃离袁术，到江东开基立业。那时，吕范与朱治颇受器重，孙权执掌东吴后，更倚重周瑜、张昭、鲁肃等人，吕范受到冷落，所以家境一般。

赵云轻轻跳进院子，没见到任何下人，吕范府内，只有一个门房，年岁大了，已早早休息。

此时，只有主房还透着光亮，赵云蹑足潜踪来到窗前，侧耳倾听，里面有说话声，似乎正在喝酒，这么晚了，吕范与何人饮宴？

赵云轻轻捅破窗纸，往屋内一看，不看则已，这一看，他几乎蹦起来！

第二十八章
斗恶人刁女再现

只见一张方桌上，摆有酒食，左侧坐立一人，身形瘦弱，留有短髭，面色红润，正是吕范。他到荆州做媒时，赵云见过他。

再往右侧一看，只见一人长发披肩，长相清奇，颧骨突出，两腮无肉，披发人！

这个妖人竟藏身于此，轻松自在饮酒！

这一刻，赵云努力抑制胸中怒火，披发人与吕范相识，这就明白了，定是孙权下令，由吕范传给披发人，再由披发人执行袭击之命。赵云靠近窗棂，欲听清二人又在密谋什么？

"何人偷听！"随着一声怪叫，赵云只觉一股劲风袭来，他急忙闪身，只见一只筷子穿窗而出，贴着赵云的面门飞过。

好厉害的披发人！

与此同时，门被撞开，披发人冲出门外，赵云持剑在手，立于其前，披发人一眼认出了赵云，身子一抖，刚才的盛气凌人荡然无存，只见他前脚一点地，来个急停，扭头就跑。

终于找到披发人，赵云岂能放过他？提剑急追。

皎洁的月光下，只见两个人影翻墙越脊，身形轻盈，披发人的长发飘于脑后，赵云手持宝剑，剑与剑穗已成一条直线。

披发人逃到一片开阔地带，赵云抢步上前，挡住他的去路。"你这妖人，我看你往哪里跑？"

披发人咬牙切齿道，"休要在我面前逞能！"说罢，举起他的奇特兵器，搂头便打。

赵云恨他助纣为虐，几乎致一船人丧命，真想一剑斩了他！但是，此时赵云更想捉住他，了解东吴的所有图谋。赵云往旁一闪，挺剑就刺，两人再次战在一起。

此时，清风拂面，残云揽月，几颗星斗闪烁天际，在暗夜的清冷中，一转眼的工夫，赵云与披发人缠斗三十几个回合。赵云知道披发人的武艺修为，非能速胜之。他还擅使暗器，需得时时提防。两人又打了二十几个回合，赵云瞥见有百姓在远处围观，一旦惊动东吴士卒，就麻烦了。赵云手中宝剑暗暗加力，在斗转星移中，披发人已然气弱，他知道，时间一长，自己不是赵云对手，虚晃一招，急速后撤。赵云甩开大步急追，赶了一程又一程，不觉来到野外，披发人蹿进一片竹林，赵云不肯罢休，直接跟进，很快，赵云发现了竹屋和笼形印迹，怎么仿佛到了管若虚九子伏魔阵？再往里走，马上到了意乱神迷林，往前就是生死罩人网，高大的竹楼已在眼前。赵云一时神情恍惚，管若虚九子伏魔阵不是在城外吗？难道披发人会挪移之法？

冷风一吹，赵云清醒许多，如果再次进入妖阵，仅凭阵法，就足够自己应付，断难抓住披发人！想来他虽可恶，只是阴谋的执行者，既然发现吕范参与其中，他必然知道所有内情。

赵云放弃追赶披发人，决定先找吕范，了解主公的关押之处。他望着披发人逃跑的背影，打定主意，将来再找他算账！

赵云快速出了竹林，突听后面有脚步声，回首一望，披发人竟悄悄跟上来！赵云气恼，你还敢尾随？挺剑折回，披发人直接迎战，两人再次缠斗三十几个回合，披发人虚晃一招，再次跑向竹林。赵云不再追赶，加速回转，直奔吕范府宅。

结果，披发人又跟过来，赵云直接选择无视，当他快到吕范府宅时，披发人抢先一步，挡在赵云前面。"与吕先生无关，有本事冲我来？"披发人大声道。

赵云气极，"你这妖人，与吕范无关，与何人有关？"

"与你那虚伪的主公和无德的军师有关！"

这是颠倒黑白，混淆视听！赵云气道，"你这妖人，无论如何辩驳，都无法掩盖你们的阴谋，你来行凶，吕范是帮凶，孙权就是元凶！"

披发人一愣，随即道，"你算说对了，这一切都受孙权指使，你能奈何？"这么轻易抖出幕后主使，大出赵云意料，看来，他们对此已无所顾忌。

赵云宝剑一指，"我不会饶过你们任何人！"说着举剑冲上来，披发人也不打，抽身便走。

赵云不予理会，直奔吕范府宅。披发人再次上前挡住，他是怕吕范泄露内情啊！如此纠缠，何时能见到吕范？赵云彻底被激怒了！既然你不知死活，我就不客气了！

赵云直接使出了星云十四剑，这是恩师公伯尊涯多年研究所创，是要命之剑，万般无奈时，方可使用。十四剑中十剑为虚，四剑为实，但这四剑招招致命。第一招是一虚一实，实招为风雷闪击；第二招是二虚一实，叫声东击西，在左进攻，实为击右，在右进攻，实为击左；第三招是三虚一实，前三剑为虚，晃到其后，乘虚而入才是实；第四招前四剑是虚，最后一剑是实，名叫石破天惊。

赵云果断出手，第一招先是轻点，然后剑尖一晃，直刺披发人咽喉，快如闪电，披发人一看不好，急撤步，纵出一丈多远。他哪能想到，赵云的身手如此之快，直接来到他的身体左侧，削耳、斩臂连续两剑，披发人急忙闪躲，此时，赵云来到他的右侧，横扫千钧，宝剑直奔披发人的颈部抹去，兵器抵挡已然来不及，只能一仰身，宝剑擦着鼻尖而过，吓得披发人出了一身冷汗。赵云马上使出第三招，前三剑为虚，直奔披发人的面门、前胸、下腹，三剑晃过，赵云已然来到披发人身后，挺剑急进，却被何物挡住，赵云恍然大悟，披发人身上还有护身宝器。纵是如此，也震得披发人直咧嘴。赵云没有停歇，直接使出最后一招，在披发人的身前身后，连续虚晃四剑，直把披发人晃得眼花缭乱，赵云才使出最后实招——石破天惊，他纵身向上，宝剑直接劈下来。

披发人大骇，也许是求生本能，披发人慌忙按动机关，他的兵器同时向上射出弩箭、吐出火球、喷出蓝烟！

赵云一直提防他的暗器，此时，披发人是以命搏命！就是这一招，救了他！

赵云闪躲的工夫，披发人一抽身，才逃出生天！

披发人已然失魂落魄，在他狼狈逃窜之时，赵云岂能轻易放过，他携剑急进，披发人一回头，赵云怒不可遏的脸似乎就在眼前，披发人举起兵器，一摁绷簧，一张白网直向赵云罩来，赵云一惊，急忙舞动宝剑，白网在他的剑边散去，竟是一团烟雾！

此时，朝阳初起，天已大亮，两人竟缠斗了一夜。

赵云返回吕范府，披发人竟然又出现了，他没敢靠近，远远地望着。赵云停下，他也停下，赵云走，他就跟着，这是怕吕范被伤害？如果自己进入吕范府宅，他是否还会出手阻挡？赵云正犹豫是否要彻底赶跑披发人时，赫然发现，一群人来到吕范府门前，想来是吕范意识到危险，调来了援兵。仔细一看，竟是一队女兵，怒气冲冲前来，不像保护，倒似兴师问罪！赵云定睛一看，不禁一惊，领头之人，竟是昨日遭遇的刁蛮小姐！

来的正是孙小姐！

昨日，在三哥府门前，撞上那个不肯相助之人，本想教训他一番，结果反遭其辱，宝剑磕飞，丢尽面子。实在气愤难平，她突然想到，那人找吕范，定是吕范的朋友！一早，她带上随从，直奔吕范府宅。

这一晚，吕范过得心惊肉跳。

原本，吕范这阵挺高兴。受孙权所托，前往荆州提亲，说实话，他没想到这等美差落到自己头上。转念一想，孙刘两家因为荆州闹得不和，这门亲事十之八九做不成，做不成的事，主公才派自己前往。他甚至怀疑孙权结亲的诚意，主公能甘心让妙龄妹子嫁给刘备？还是另有所图？诸葛亮智谋超群，难保看不出其中玄机，两家相互算计，都不想吃亏上当。自己只是尽职而已，想到这些，他就释然了。

出乎意料，诸葛亮直接替刘备应允下来，吕范很高兴，两家若能联姻，孙刘联盟更加稳固，东吴将无惧曹操，自己实是做了件大好事。

算定刘备来南徐相亲的日子，丁奉、徐盛按孙权将令，前往码头迎接，自己在馆驿迎候。可是，一个惊人的消息传来，荆州船只倾覆，刘备下落不明。

好事将近，突发意外，让吕范十分沮丧。被曹操视为并驾英雄的刘备就这样没了？吕范当即派一个亲随前往打探，亲随带来消息，丁奉将军已回来向吴侯禀报，徐盛将军正带人四处搜寻刘备，他听一个渔夫说，好像看到有人在江边作法，吕范听罢，心中不禁"咯噔"一下。

昨晚，同乡好友武风子来访，他正有一个疑团待解。前些时日，武风子来到府上，因为促成相亲之事，高兴之余，曾将刘备要来南徐说与他听。

武风子道行高深，荆州船只发生意外，是否与他有关？正欲询问时，没想到窗外有人偷听，武风子出门击敌，以他的武艺修为，应不在话下。他一去不返，难不成遇到了对手？吕范很是不安。

若是强敌，是跟踪武风子到的，还是奔自己来的？自己与世无争，现任一个闲职，不应惹上是非。难道与此次相亲有关？自己只是个媒人，奉命而为。若是因武风子从自己这里得到信息，弄翻船只，一手毁掉孙刘联姻，自己可是罪莫大焉！

想来还是武风子被人跟踪，现在自己可能也被盯上，自己没有武风子的功夫，只能出去躲一躲了。吕范正思前想后，外面传来"哐哐"敲门声，吕范一惊，大清早何人来访？门房进来禀报，"孙小妹驾到！"

"谁？"吕范以为听错。

"吴侯之妹孙小姐，"门房特意加一句，"脸色不好，怒气冲冲。"

她来做甚？吕范暗自嘀咕，为了沉船之事？相亲不是定亲，这事八字还没有一撇，她一个姑娘要为刘备出头？吕范满腹狐疑，毕竟是吴侯之妹，他得出来迎接。

孙小姐比较刁蛮，吕范不愿招惹她，准备和和气气将她打发走。不过，一看阵势，吕范一凛，感觉这事不简单，需得小心应对。"孙小姐光临寒舍，不知所为何事？"

"惊扰吕先生了。"孙小姐上前施礼。

"小姐客气了。"

孙小姐盯着吕范，围着他转一圈，看得吕范浑身不自在。

"吕大人，你好大的胆子，竟敢与恶人私相往来！"

只此一句话，吓得吕范一哆嗦，自己昨晚宴请武风子，难道外面偷听之人是她派来的？如果她知晓，吴侯必然知道，自己如何交代？想到此，吕范先矮了三分。不过，吕范也非常人，不明就里时，最擅长的就是装糊涂。

"小姐玩笑了，我在东吴多年，人人知道，吕范乃一书生，何曾结交过恶人？"

"我劝你还是将其交出来！"

"家中无有外人，您让我交什么？"

"敢做不敢当，"孙小姐斥道，"老实说，把人藏哪儿了？"

吕范心想，幸亏昨晚武风子被引走了，"吕范向来与人为善，哪敢私藏恶人？"

"吕大人，看来你是死不认账了？"

见孙小姐咄咄逼人，吕范无奈，"你若不信，尽可以搜。"武风子已走，吕范心中有底。

孙小姐还没从昨日羞辱中出来，"那就得罪了。"她对女随道，"恶人武艺高强，需得小心。"

吕范府宅不大，随从搜个遍，一无所获，孙小姐气道，"定是你将恶人提前放走了！"

吕范心道，孙小姐未见到武风子，就没有证据。想到府宅被她这般搜查，传扬出去，自己也是脸面无光。刚才被孙小姐的气势所迫，现在更觉委屈愤懑。"小姐无端揣测，擅闯府宅，私自搜查，岂能如此对待东吴大臣？"

"怎是无端揣测？我有真凭实据！"孙小姐直道。

吕范一愣，事已至此，只能咬牙硬下去，"有何证据，拿来我看。"

"我们在三爷府门前，亲耳听到恶人说要找吕范！"亲随小青接道。

武风子对自己的家熟门熟路，怎会找到别处去？吕范断定，她们所说之人，不是武风子，难道是昨晚窗外偷听之人？武风子没能将其拿下，此人定是大有来头！他是何人？找自己何事？想到此，吕范问道，"不知此人长何模样？"

"一个白脸年轻人，穿着猥琐，武艺甚高。"小青回道。

吕范想，自己没有这样的朋友，既然不是武风子，就没什么好怕的。"你们所说之人，我不认识，与我无干。"

"你不认识，他为何找你？"孙小姐气道。

"这个吕范不知，只能问那人了！"

孙小姐怒道，"找不到他，我就向你要人了！"

"但凭他找错门，就知我们不熟。他也没来府上，找我也没用。"吕范转念一想，正好借此打听事情的来龙去脉，了解是否与武风子有关。"不知那人做了何事，让小姐如此动怒？"

"他，"孙小姐想说他见死不救，这个理由不充分，人家是帮过自己的，只是帮得不彻底。

"此人坑害过小姐。"小青反应快，接过话茬。

"他如何坑害的小姐？"吕范追问。

孙小姐不愿谈及自己的糗事，"吕大人，此人定与你相识，必须将他交出来！"

"我不识得小姐所说之人，更没有见过此人，小姐让我如何将他交出来？实在是强人所难！"

孙小姐见吕范从最初的慌张，变得硬气，现在有反攻倒算之势，气道，"既然如此，我只能请二哥追查此事了！"

吕范一震，此事若惊动孙权，找不到白脸年轻人，查到武风子身上，就坏事了。"即使告到吴侯那里，我也交不出你们所说之人啊。"

"私交恶人，还百般抵赖，我看你也不是什么好人！"孙小姐气道。

小青接道，"他若不交人，咱们就不走了！"

吕范闻听，很是气恼，"我刚为小姐保了一桩大媒，竟说我不是好人？"

孙小姐一怔，怎还说到自己的终身大事上了？小青追问道，"保媒？保得什么媒？"

说到此，吕范更觉委屈，"为了小姐终身大事，我不辞辛苦，长途跋涉去保媒，小姐不言谢，还说我不是好人，岂不冤枉死了？"

小青道，"想给小姐保媒的人多的是，"言外之意，多少人都欲借此巴结吴侯与国太，"小姐要嫁的是人中之龙，寻常之辈哪能入她的眼？"

"我受吴侯所差，保的就是人中之龙，不仅声名显赫，还武艺高强！"吕范想，刘备是皇叔，说是人中之龙，没问题。刘备曾在虎牢关战过吕布，说他武艺高强，也不过分。

小青看小姐愣在那里，忍不住问道，"此话当真？"

"我哪敢开此玩笑？"吕范说到这里，心中不禁一凛，荆州船只已沉没，刘备也没了踪影，自己怎又说起相亲之事？还是因为昨晚多喝了几盅，也是被孙小姐逼昏了头，一时冲动所至。

小青正要打听此为何人时，孙小姐突然涨红了脸，一跺脚，跑了出去。

第三十章
追击妖人遇奇人

眼见那位刁蛮姑娘冲进吕范府宅，搅了自己的大事，赵云好不气恼。转念一想，不会是因自己找错门，给吕范带来的麻烦吧？她连东吴大臣的府宅都敢闯，到底是何许人也？

此时天已大亮，赵云不便在此逗留，一扭头，又发现披发人，远远地跟着，赵云按捺不住怒火，拔剑直奔披发人。

披发人被迫迎战，他们的打斗，引起百姓围观，也惊动了南徐守卫，守卫将领车登闻报，马上带人赶过来。

车登带人到达时，披发人正且战且退，如果吴侯听说有人当街闹事，定然怪罪，车登一声令下，带领士卒围拢过去。

披发人见此，虚晃一招，向远处遁去，他不想与官兵纠缠，赵云借追赶之机，一同向前跑去。

车登带人追击，不觉来到荒野。看到士卒紧追不放，披发人按动兵器，猛然喷出一团火来，吓住吴兵，他趁机跑远。车登见披发人厉害，放弃追赶，全力缉拿赵云。

赵云心中有气，为找吕范，被披发人反复讨扰，眼见吕范府门，又被刁蛮姑娘打搅，看着围上来的士卒，赵云一近身，四五个人飞了出去，车登一愣神，赵云已到眼前，他急忙挥刀就砍，赵云轻轻一拨，连出三剑，车登只见眼前剑尖晃动，手忙脚乱抵挡，还是迟了，下巴被划伤，鲜血飞溅，车登吓得魂飞魄散，喝令士卒往上冲，赵云挥动宝剑，如同虎入羊群，杀得士卒四散奔逃，车登见此人太过神勇，哪敢再战，捂着下巴带人退去了。

赵云坐在一块青石上，又累又饿，他决定先填饱肚子，可是荒郊野外，上哪弄吃的？

这时，不远处走来一人，身形消瘦，一身短打扮，身挎一张弓，肩上背一捆柴，柴边挂一只野兔，想来是个猎人或砍柴人。赵云上前，"请问小哥，附近可有村庄？"

那人上下打量赵云，"您要去哪里？"

"我想找个地方讨点吃喝。"

那人点头，"跟我走吧。"

"多谢了。"赵云拱手，"敢问小哥尊姓大名？"

"免贵姓栾，栾朋。"

"栾大哥。"

"您如何来到这里？"

"迷路了。"赵云搪塞道。

栾朋没多问，领着赵云，不多时，来到一个小村庄，说是村庄，就几户人家，小村隐秘幽静，掩映在山峦树丛中。

栾朋推开柴门，小院不大，很干净。"就我一人，请进！"栾朋将赵云请进屋内。屋里陈设简单，像一个光棍汉居所。

"随便坐，我把兔子炖上，一会儿咱们吃兔肉。"

栾朋回到院中，麻利地扒下兔子皮，唰唰几扯，将兔子撕断，清水冲洗，放进锅内，点上干柴。赵云站在窗前，看得一清二楚。栾朋不经意的动作，令赵云一惊，扯兔子的力道，不是常人能做到的。

这时，树上落了一只鸟，不停鸣叫，栾朋扬起头，吹起口哨，与其相和，转眼树上飞来一群鸟，赵云惊讶，他竟有如此神技！栾朋回过头，"一个人寂寞时，与禽鸟为乐！"

在栾朋忙碌的时候，赵云注意到，窗前放置一些竹条，旁边有一把小刀，应是削解箭支所用。在竹条之下，赵云发现一本书，未见其名，不知是何人所著。赵云随手翻开，只见首页有一首诗，诗名为"敬雅"，诗曰："清风绕柴门，瘦犬堂中卧，我辈痴为谁？醉迎远来客。"赵云感觉此诗似曾相识，往下翻看，更觉眼熟。他猛然想起，这是大才子沈友的诗集。

当年，赵云还在公孙瓒手下，沈友前来投奔，公孙瓒对诗文不感兴趣，让赵云接待，赵云是武将，两人见面谈文还是谈武？公孙瓒已有轻慢之意。当时，赵云也不受公孙瓒重用，他是后来的，仗着武艺高，公孙瓒才收留了他。

沈友见是一员武将出面，心中已然明白，本欲转身离去，看赵云十分客气有礼，遂拿出诗文，请赵云一观，赵云发现，沈友确有才学，向公孙瓒推荐，公孙瓒让沈友等候，多日不见动静，沈友才悄然离去。

后来听说，孙权将沈友请去，纵论王霸之业，甚为敬服。只是沈友做事认真，不想得罪了同仁，诬告他与孔融、杨修交好，有通曹之意，孙权从此对他有了戒备。一次群臣饮宴，众人皆表忠心，沈友现场作诗一首，其中有"屋损就南扎，全没行无涯"的诗句，有人污其用心险恶，"屋损"为"吴损"，"全没"为"权没"，意欲造反，孙权一怒之下，将沈友杀了，很多人为他惋惜，不知栾朋家中为何有沈友的诗集。

栾朋做好饭菜，端到屋内，刚炖好的兔肉，香气扑鼻。见赵云在看那本诗文，随口道，"路上捡得，权当引火之物。"

"这么好的诗集，可惜了。"

栾朋没接茬，给赵云盛上一碗兔肉，"尝尝，很香。"

赵云也是饿了，这碗刚吃完，栾朋又给他盛一碗，"真是美味！"赵云叹道，他指着那本诗集，"作此书者是个大才子！"

栾朋一震，"是吗？"

"此人姓沈名友，字子林！"

"您如何识得他？"

虽然过去多年，赵云依然记得沈友长相，"我在北平时，机缘巧合，见过沈先生。"

"那曾是公孙瓒的地盘，您莫不是在他手下待过？"栾朋盯着赵云，"敢问您尊姓大名？"

赵云想，栾朋能说出公孙瓒，定是知道沈友投奔过他。看来栾朋与沈友关系非同一般。公孙瓒已亡，承认也无妨，至于姓名，赵云灵机一动，临时改为母亲的姓氏，加上自己的一个龙字。

"在下焦龙，确曾跟随过公孙瓒。"

赵云发现，栾朋的鼻翼轻轻抖动，他以喝汤做掩饰。随后，栾朋从桌下取出一坛酒，先给赵云倒上一盅，"为您见过沈先生这样的才子，我们喝一盅！"

赵云哪敢喝酒，也没心情喝酒。"我不胜酒力，能享用栾大哥亲手烹制的兔肉，已十分感激。"

"行武之人哪有不喝酒的？"

赵云闻之一愣。

"说实话，刚才您击退吴兵那一幕，我在树后都看到了！"说罢，举起酒，一饮而尽。赵云见状，不好推却，只得将酒喝下。

栾朋又要给赵云斟酒，赵云坚辞，栾朋见此，"那就多吃些。"

赵云一经留意，他发现，栾朋皱眉时，竟与沈友神似。只是初次谋面，不便深问。

"天色不早，今晚就在寒舍歇息吧。"栾朋道。

赵云还得找吕范，一旦他受到惊扰，藏匿起来，线索就断了。"我还有事，他日若有机会，定当报答。"

栾朋看他执意要走，不再挽留，两人就此拱手告别。

第三十一章
被缉拿花子添乱

刘备与孙乾再次踏上逃往荆州之路。

当刘备、孙乾发现许映与闻凯不见，立时追出去，他们看到潘府燃起熊熊大火，料定是许映与闻凯所为。孙乾想到，主公曾当众将潘开扔进河中，双方结下仇怨，如今潘府着火，自是难逃嫌疑。天没亮，他就催促刘备起程。

两人急着赶路，不想迎面过来一群士卒，想躲已然来不及，只能硬着头皮走过去，近前一看，刘备一惊，领头之人竟是牛队率，两人交过手。

"干什么的？"牛队率喝道，刘备暗自庆幸，他没认出自己。

"做小买卖的。"刘备应付道。

"做什么买卖的？"

刘备想起栖身羊圈，"收点皮货。"

"怎么没见皮货，还带着兵刃？"牛队率手指刘备身上的宝剑。

刘备只得道，"皮货卖掉了，兵荒马乱，宝剑乃防身之物。"

"做买卖好啊，"牛队率拉长声调，"比我们这些卖命的强多了。"

这分明是要好处，刘备冲孙乾点头，孙乾不舍，为了尽快脱身，只得从怀里掏出一锭金子，"给兄弟们买些吃喝吧。"

牛队率拱手，"代兄弟们谢谢啦！"

刘备、孙乾刚走几步，牛队率跟上来。

两人回头，牛队率一笑，"送送两位！"

孙乾道，"有劳了，不用送！"

牛队率来到刘备身旁，"莫要走得这般急迫，免得他人生疑。"

刘备与孙乾明白，这是话中有话。

"就看二位，谁能相信你们是收皮货的？"牛队率低声道，"当我真没认出来，伤了我们好几个兄弟。"

刘备闻听，刚要动手，牛队率按住他，"我知道你武艺很好，可是我们人多，一动手，你就别想出城了！"

刘备想到孙乾在身边，打起来，恐将吃亏，才没妄动。

"其实，我们帮潘开也是迫不得已，潘开作孽太多，听说你把他扔进河里，我们都解气，谁愿意为他卖命？"牛队率说罢，拍拍刘备肩膀。"来，就为你敢惩治恶凶，我送你们通过关卡。"

刘备半信半疑，牛队率上前与守关头领打过招呼，真将两位送出了裂柳城。刘备甚是感动，他对孙乾道，"把钱给我。"孙乾无奈，只得掏出身上最后一锭金子，刘备将其郑重放在牛队率手中，"给兄弟们治治伤。"

牛队率握住刘备的手，"多谢，保重！"

这样，刘备与孙乾又身无分文了。

两人一路急奔，行了大半日，已十分疲乏。他们感觉沉船以来，并没有吴兵追赶，不觉放松下来，稍一松弛，肚子就咕咕叫起来，远远望见一个集镇，饥饿更加难以扼制。

两人来到近前，发现这个集镇不小，街上熙熙攘攘，"歇会吧。"刘备说罢，坐在一块大青石上，孙乾屁股还没落地，就听到嘎吱嘎吱的响亮咀嚼声，还有吧嗒吧嗒的香甜咂嘴声，吃得那是一个逍遥放肆。

两人循声，发现青石斜侧卧有一人，头戴白藤冠，身穿青懒衣，看打扮似一道士，衣衫破破烂烂，身旁斜放一根木杖，如一根老枝，不知从哪里捡拾来的。他乜斜一双眼，头发乱蓬蓬，满脸脏兮兮。在他的面前，放一只大碗，盛着半碗酒，只见他一手掐个烤饼，一手握个鸡腿，正往嘴里塞，看他的双手，不知多久没洗过。

见两人瞧他，破衣道人举起烤饼，似有相让之意，两人虽然饥饿，看他的举止打扮，也没胃口。刘备拱手，算是表示感谢。

"嫌我脏？前面有卖的。"破衣道人说罢继续吃喝。

此人怪异，刘备拉一下孙乾衣襟，两人站起来，破衣道人眼睛瞟着他们离开。

两人走出不远，果然有一个卖饼摊，饼烤得焦黄，发出阵阵香气，十分诱人。

此时，刘备真为自己的冲动后悔了，不应该把最后一锭金子送人。孙乾心中不忍，如今主公挨饿，难道自己连个卖饼的都搞不定？他决定用三寸不烂之舌，打动卖饼人。"饼烤得真不错！"

"那当然！孙氏烤饼，远近闻名。"卖饼人道。

孙乾一听，借机套近乎，"你也姓孙，咱们是一家子！"

卖饼人望一眼孙乾，"好啊。"

有希望，孙乾接道，"你是哪儿的人啊？"

"吴郡人。"卖饼人头也不抬道。

孙乾故意惊道，"你不会是孙武子的后人吧？"

"那可不敢高攀，"卖饼人道，"我就是个做烤饼的。"

"一看这饼，就知道手艺非凡，祖传的吧？"

"说对了，已历三代。"卖饼人自豪道，"您来几个尝尝？外焦里嫩，满口留香，保您吃过忘不了。"

"我真想尝尝，"孙乾试探着问，"能先赊着吗？"

"赊账？"卖饼人上下打量孙乾，看他风尘仆仆，知是远道而来，"你走了，我找谁要钱去？"

"我让人给你送过来，加倍奉还！"孙乾说的是实话，他何曾欠过钱？

"当我是傻子，"卖饼人不耐烦，"去去，别在这里耍嘴皮子，耽误我做生意！"

不知何时，破衣道人已站在旁边，见此景，嘎嘎笑起来，弄得孙乾一个大红脸。

刘备过意不去，对卖饼人道，"未见一个买主，何来耽误你的生意？"

卖饼人正要辩解，破衣道人说话了，"谁说没有买主？这不来人了。"

刘备转身一瞧，真有一群人朝这里走来。细看大惊，其中一人竟是曾追击自己的光头黑胖子，刘备头一低，拉着孙乾就走。

破衣道人上前一步挡住，"话没说完，怎么就走了？"

光头黑胖子已然认出刘备与孙乾。"就是他俩！"带人扑将过来。

刘备一使眼色，让孙乾快跑。他抽出宝剑，挡在来人面前，刘备晓得光头黑胖子几人的武艺，并无厉害之处。

有两人要追赶孙乾，都被刘备持剑挡回。

"就是他砍伤的咱们兄弟！"光头黑胖子对身旁一人道。

刘备看此人，一袭青衫，大白天拢个青巾遮住面庞，只露一双眼睛，正凝眉打量自己。刘备没将其放在眼中，思忖几个回合，震住他们，尽快脱身。他抢先动手，上前唰唰几剑，先刺伤一人，扭身就走，不料有人向前一纵，挡在前面，正是青衫人。

刘备也不搭话，连出几剑，都被青衫人轻松化解，一试身手，刘备知道此人武艺甚高。青衫人突然拔出宝剑，一招拨草寻蛇，刘备横剑一挡，青衫人猛然挥拳，直击刘备前胸，刘备回剑直削，青衫人撒手，一剑横扫千钧，刘备举剑相迎，青衫人一抬腿，对着刘备腹部一脚，脚法如此之快，令刘备大惊，慌忙闪身躲开，青衫人借机上前，持剑急攻，逼得刘备频频后退。刘备知道，此人远非光头黑胖子等人可比，自己恐将战他不过，见孙乾跑远，虚晃一招，扭头便走。没想到青衫人轻功十分了得，一提气，连蹿十几步，赶到刘备身后，探手就抓。恰到一个巷口，刘备一个急拐，甩开追赶之人。

此人正是赵云在破庙中所遇到的青衫人。赵云惊扰了他们，黄豆借机跑掉。

赵云走后，他们再次聚集在破庙，青衫人感觉此事绝非巧合，悄悄询问其他人，方知光头黑胖子撒谎，并无东吴士卒出现，那两人打伤他们后，向西逃去了。青衫人警告光头黑胖子，"再谎报军情，绝不轻饶！"他们疾速追赶过来，不想竟在此地撞见。

刘备刚一转身，发现前面又来一群人，定睛一看，比想象更糟，领头的竟是潘开！

他一眼认出刘备，"就是他！别让他跑了！"

青衫人一看，他们也来抓人，这是要虎口夺食！急忙挡住，潘开以为是刘备同伙，他一挥手，双方打斗起来。刘备反应何其快，他一磨身，向一个胡同跑去。青衫人见状，持剑来追，潘开明白，原来大家要抓同一人。青衫人轻功好，眼见追上，刘备只得停下来，与之拼杀。这时，潘开带人追上来，青衫人喝道，"给我滚开！"

潘开不懂武艺，自恃人多，还能怕他？喊道，"一并抓了！"

上百人一同扑过来，青衫人只得先应付他们，只见他身形一变，冲入人群，连续砍翻多人，待一回头，刘备已不知去向。

这时，小潭、光头黑胖子带人上来，潘开看此人还有帮手，不敢硬拼了。

青衫人无暇他顾，带着手下四处搜寻刘备。

"出来吧，他们都走了！"突听有人道，青衫人探身一看，竟是刚才的破衣道人，正伸长脖子往墙后瞧，青衫人一喜，急忙围拢过来，结果出来的人不是刘备，而是孙乾！

孙乾被刘备掩护逃跑，在此隐藏起来，时间一长，他担心主公找不到自己，正犹豫是否出来时，被破衣道人发现，经他一说，孙乾出来，被逮个正着！

　　孙乾十分气恼，破衣道人扭头就跑，"我不是故意的！"

　　这些人哈哈大笑，"我们又不抓要饭花子！"

　　刘备逃过强手追击，穿过几条街，向前跑去。这时，他听见脚步声，回头一看，是破衣道人。

　　"快逃吧！"破衣道人气喘吁吁道，"你的同伙被抓了，他们正寻你呢！"

　　事端就由他引起，刘备本不愿理他，一听此言，惊道，"当真？"

　　"这还有假？他藏在墙后，刚一露头，就被抓了！"

　　"被何人所抓？"

　　"就是刚才追你之人。"

　　刘备见他说的言之凿凿，当即停下。

　　"你打不过他，回去是自投罗网！"

　　最艰难时，孙乾都不离不弃，自己如何能丢下他？刘备扭头往回跑。

　　见刘备态度坚决，破衣道人跟上来，"我告诉你他们在哪儿。"

　　刘备半信半疑，破衣道人手指前方街口，"刚才他们就在这儿啦。"

　　刘备小心翼翼凑过去，哪承想，他刚一伸头，发现青衫人正与手下押着孙乾过来，破衣道人没骗他，却相当于把他送入虎口！

　　青衫人立时追过来，破衣道人见此，撒腿就跑，"我不是故意的！"

　　刘备知道，自己不是青衫人对手，只能先逃，青衫人轻功好，平地跑不过他，只能往胡同里钻，刘备左转右拐，感觉就要甩开青衫人，不想被脚下一物绊个跟头。刘备回头一看，竟是破衣道人，伸着脚，正啃一只鸡腿，嘴中含混道，"我真不是故意的！"说罢爬起，一溜烟不见了。

　　刘备正要翻身起来，青衫人来到近前，剑指刘备咽喉，让他动弹不得。

第三十二章
同遭擒两方抢食

刘备与孙乾再见面，都已被绑。

孙乾摇头，主公不该回来啊！

青衫人在刘备身边转一圈，仔细端详他的长相，还刻意观察他的耳朵，有种压抑不住的兴奋。青衫人一挥手，让手下将刘备、孙乾裹挟在中间，专走偏道，向前疾行。

正在这时，一人挡住他们的去路，青衫人一惊，竟是破衣道人！他一只胳膊夹着木杖，一只手向前伸着。

一个随从喝道，"不要命了吗？要饭也不瞧个地方！"

破衣道人没搭言，手继续伸着。

"不得无理，"小潭道，"请问道长，为何挡住我们的去路？"

"帮了你们大忙，也不言谢就走了？"

刘备与孙乾明白，破衣道人是有意为之，图的是赏钱。

一个随从举起刀，作势要砍，试图吓走破衣道人。

青衫人制止了，他一努嘴，一个随从上前，扔给破衣道人两吊钱。破衣道人用木杖挑起，在刘备与孙乾面前晃一晃，"看看，你俩就值这个价钱！"破衣道人愤愤不平，"真当我是要饭花子啦！"

刘备暗道，破衣道人不简单，似乎知道些什么。

这时，他们来到一处废弃房屋，房屋很大，想来应是富有人家的宅院，不知为何废弃。房屋框架尚在，只是由于年久，屋顶破损，屋内满是灰尘。青衫人让光头黑胖子等人在外面候着，只留自己、小潭与刘备、孙乾在内。

小潭手指屋内一只凳子，"二位请坐。"刘备与孙乾被绑，不便坐下，也没心情坐。

"请问两位尊姓大名？"小潭问道。

青衫人一直遮面，刘备、孙乾不知他们是何来历，都没言语。

小潭看孙乾似一文人，将剑插在他的面前，"你，给我说实话！"

刘备见他逼问孙乾，说道，"我们就是小生意人。"

"小生意人？"小潭笑道，"你们做的可是大买卖！"刘备、孙乾表面不动声色，心中一震。

"平头百姓，能做何大买卖？"刘备道。

"我们也奇怪，依现在情形，你们这买卖可没赚到。"小潭一指刘备，"报上你的姓名来！"

刘备扭头，选择无视。

小潭一笑，"其实，不说我们也知道。"

刘备猜想这是在诈自己，他好奇这两人的来历，于是道，"我们都是无名之辈，你若知道，就是能掐会算。"

"你姓刘，对也不对？"小潭道。

刘备一惊，他们似乎真的知道自己底细，看他们紧盯自己的眼睛，应该还没断定，"你说对了。"刘备此言一出，孙乾都张大了嘴巴。

"怎么样？"小潭很是得意。

"大汉江山都是刘氏的，天下百姓哪个不姓刘？"刘备道。

小潭没想到，对方还敢戏要自己，"别敬酒不吃，吃罚酒！你若不说实话，我们就不客气了！"说着，将剑搭在刘备的脑后。

正在此时，房顶一响，只听"哎哟"一声，一人从房上跳下来，确切说，更像是摔下来，好在此人武艺够好，一拧身子，站在地上。此人黑脸短须，手握一把长刀。

突生变故，一直站在后面不动声色的青衫人，以为对方来了救兵，挺剑就刺，黑脸人横刀相迎，只见刀光剑影，两人打在一起。刘备、孙乾双手被绑，幸好脚能动，他们不知黑脸人是敌是友，急忙移步到墙边，以免被伤到。小潭以为二人要逃走，快步挡在两人前面。

正在此时，只听光头黑胖子在外面大喊，"不好了，吴兵赶来了！"

黑脸人直道，"赶快束手就擒吧！"

小潭一惊，对外面喊道，"给我挡住！"

光头黑胖子急道，"他们人太多！"

"必须挡住！"青衫人喝道。

光头黑胖子没敢再言语，接着传来阵阵喊杀声。只是转瞬间，就听光头黑胖子大喊，"快走吧，我们实在挡不住了！"

小潭闻听，一咬牙，举剑直刺刘备咽喉。刘备正暗自松解绑绳，突见宝剑刺来，离得太近，想躲已然来不及，在这千钧一发之际，只听"当"的一声，小潭的宝剑直接脱手，还未等他反应，一物飞来，小潭直接倒在地上。

青衫人大惊，举剑来救，又一物飞来，正拍在青衫人的脸上，奇臭无比，他以为是暗器，一甩脸，方才看清，竟是一块裹脚布，青衫人的脸涨得通红！就在他一愣神的工夫，黑脸人一刀扫中他的肩头。自己受伤，对方还有强大帮手，青衫人跳到小潭身旁，一把扯起他，快速窜到屋外，果然有一群吴兵将此围住，青衫人左突右冲，带着手下杀出围堵，逃走了。

黑脸人奇怪，不知何人帮了自己。一名细瘦小卒凑上前，"陈将军，你的后面怎么有个脚印？"

陈将军名叫陈灿，回头一看，可不是，屁股上有一个明晃晃的大脚印！他想起，刚才站在房顶，突然挨了一脚，直接被踹下去！细瘦小卒上来帮他扑打，那里还隐隐作痛，陈灿瞪他一眼，"滚一边去！"

刘备与孙乾被推出，外面聚集几百士卒，刘备一眼看到潘开，原来这伙人是他领来的！

其实，并不尽然。

荆州船只沉没后，徐盛带人搜寻，被庞统误导，追错了方向。其后，孙权又派周泰赶来，一到事发地，他立即派几员副将，分头搜查。他们都不识得刘备，只是听说，刘备的最大特点是耳朵大，就抓大耳之人。

陈灿带人一路向西追赶，他先寻到丢饼人家，又找到牧羊人，听过他们对所遇之人的描述，陈灿很高兴，看情况，自己追对了方向。最后，他见到了吉祥庄院的庄吉，老爷子看他们来者不善，只说没看见，陈灿岂肯放弃，带着五百士卒一路追下来，经过裂柳城时，他灵机一动，直接找到县尉，让他帮忙寻人。正赶上潘开前来求助，潘开埋怨县尉派的士卒太少，凶手未抓到，自己的宅院还被烧为灰烬。县尉讨厌潘开，碍于潘璋的情面，不得不帮忙，听说他的宅院被毁，将来不好向潘璋交代。正踌躇时，潘开听陈灿说，要找大耳之人，一拍大腿，"袭击我的人，就长着一双大耳！"

陈灿细问，那人还会武艺，不禁大喜，他极有可能就是刘备！陈灿马上带着潘开追下来。在这里，他们兵分几路搜寻，可巧，潘开这路人马撞见刘备，结果被青衫人打得鼻青脸肿，陈灿立即带人追赶，他们发现，所找之人被带进一座废弃房屋，陈灿悄悄上了屋顶，当时青衫人与小潭正在审讯，他没急于动手，意欲了解内情，不想被人一脚踹了下去，只能与青衫人动起手来，幸亏关键时刻有人帮忙，抢回了两人！

陈灿先上前打量刘备，看到他的一双大耳，心中已有数。再一看孙乾，竟然认得。赤壁大战前，诸葛亮只身前往东吴，力促孙刘联盟，刘备不放心，以劳军为名，派孙乾去东吴打探消息，陈灿曾前往迎接。现在，他是喜不自禁，抓住刘备，就能要回荆州，这可是奇功一件！

潘开看到刘备，怒不可遏，冲上前去，举手就打，被陈灿一把拽住，"你不能动他！"

"他打了我，将我扔到河里，还烧了我的宅院！"潘开把所有的罪责都推到刘备身上。

"那也不行。"

潘开很不满，"别忘了我是谁。"

陈灿很不屑，"不管你是谁，就是潘璋将军，也不能动他一根寒毛。"

潘开被震住，"他是什么人？"

"你帮忙捉拿，我会禀告吴侯，其他就不用你管了。"陈灿是周泰的手下，两人都看不惯潘璋的做派，对潘璋的为人更是不齿。

潘开闻听，知是抓个大人物！"我家损失惨重，休想把我甩掉，功劳有我的一半，我要跟你们一同去南徐领赏。"

陈灿一听，料定这块狗皮膏药是甩不掉了，只得带上潘开。

他们押着刘备与孙乾，很快离开城镇，步入荒野。陈灿告诫手下，要加倍小心，如出意外，就前功尽弃了。

"打劫！"就在此时，一声呐喊，惊动了所有人！

第三十三章
神道出手惊煞人

刘备为之一震，又是破衣道人！

只见他立于道中，斜倚木杖，跷起一条腿，手抓一只鸡，肆意嚼吃，众士卒不禁哑然失笑，一个人要劫几百人！

陈灿一名手下怒道，"就你，官兵也敢劫？"

"百姓哪有油水？"

"我看你活腻了！"

"贱命一条，何足道哉。"破衣道人从怀中掏出两吊钱，"这是前面打劫的。"

陈灿见此人怪异，不想节外生枝，"给他十吊！"

一名士卒把钱丢给他，破衣道人拎在手中，"就这点？你们可是抓条大鱼！"

陈灿一惊，"你要怎样？"

"我要劫人，自己领赏。"

那个细瘦小卒凑到陈灿近前，"陈将军，瞧他的鞋，与您屁股上的脚印一样！"陈灿仔细一看，大怒，一挥手，一群士卒立时围上去，还未靠近，只见破衣道人一抖手，十吊钱瞬间炸开，只听惨叫声连连，士卒纷纷倒地。

只此一招，刘备一震，陈灿更是吃惊，想到同样上了屋顶，他站在身后，自己却不晓得，此人绝非等闲之辈。只是已然动手，怎能就此作罢？他刚要拔刀，破衣道人一扬手，那只烤鸡飞过来，正拍在他的面门上，士卒忍不住笑起来，陈灿恼羞成怒，一声令下，"抓住他！"

一下上去近百人，只见尘土扬起，刀剑齐飞，很多士卒摔了出去。

刘备想，人不可貌相，自己小看了他，只是不知其是敌是友！不管怎样，有他与吴兵争斗，自己与孙乾方有望逃脱。

思忖间，尘烟散尽，声息皆无，几十名士卒成扇状躺倒，刘备暗叹破衣道人厉害，往中间一看，破衣道人已被摁在地上，绑个结结实实。

刘备暗笑，自己想多了。

陈灿心中有气，照破衣道人身上狠狠踢了一脚，破衣道人无碍，陈灿的脚却硌得暗自发抖。"给我一起押着。"陈灿咬牙道。

不久，他们来到一座储粮堡。东吴为保护各地所产粮食，搭建诸多储粮堡。这里院墙高垒，戒备森严。抓住这样一个大人物，南徐归途遥远，陈灿决定进堡稍作休息，让储粮官派些人马护送，以防路上遭遇不测。

储粮官谢顶不许外人进入，陈灿想，带着破衣道人无益，更恨他当众羞辱自己，对一名亲随耳语几句，那人带着五十名士卒，押解破衣道人向一旁走去。

破衣道人大喊，"不要杀我，饶命啊！"

刘备感觉，破衣道人武功修为不凡，只是举止怪异，这样杀了，殊为可惜，忍不住道，"一个疯癫之人，杀之何益？"

陈灿笑道，"自身不保，还来为他人求情？"

破衣道人回过头来，"疯癫之人都杀，岂不是疯了吗？"

陈灿没有理会，押着刘备、孙乾进入堡内。突然，前方传来一阵嘈杂声，青衫人、小潭、光头黑胖子等人从储粮堡的墙上跳下，说是跳，看他们狼狈的样子，更像是被推下来的！陈灿清楚，他们是奔刘备来的！正欲带人上前围剿，外出行刑的士卒迈着整齐的步伐，回到堡内，刘备叹口气，破衣道人完了。

陈灿感觉这些士卒行为异常，正待盘问，他们已奔到刘备、孙乾近前，直接将两人裹挟进去，刘备、孙乾一惊，这是要将两人也正法吗？定睛一看，破衣道人站在中间，他不但没死，这些士卒更是一副唯命是从的样子，他们簇拥着三人直奔储粮堡大门而去。刘备不敢相信，这难道就是江湖上传说的洗心术？

陈灿见状大惊，喝令士卒停下，士卒不为所动，他急令谢顶带人抓捕青衫人一伙，自己前来堵截。这时，五十名士卒分开，破衣道人缓缓走出，只喝得陈灿魂飞魄散，不禁怯道："你是何人？"

"我乃乌角道人是也。"破衣道人回答。

细瘦小卒近身道，"他是左慈！"

"我不管你是左慈，还是右慈，把人留下！"陈灿说罢，举刀上前，左慈探出木杖，轻轻一点他的额头，陈灿只觉全身发麻，立时扑倒在地。

吴兵都被惊到，左慈瞧也不瞧，自与刘备、孙乾带领五十名士卒，向储粮堡外走去，陈灿急了，扯着嗓子大喊，"给我挡住！"

储粮堡内的人蜂拥而来，左慈命令身边士卒，将大门关上，随手甩出一道符，"莫要让里面的人出来！"

"喏！"五十名士卒齐声道。

这一切的变化让刘备始料未及，他对左慈之名早有耳闻，不想竟在此遇到。

左慈广为天下人知，皆因其曾戏弄曹操。

曹操称雄北方后，差人到处搜集奇花异果，孙权为讨好曹操，差人挑选四十余担柑橘，星夜送往许都，中途遇一道士，对役夫道，"你等挑担劳苦，贫道替你们担一程如何？"众人大喜，只是他经手的担子都变轻了。众人皆惊，道士曰，"我乃左慈，道号乌角，见到曹丞相，说我不日来访。"

柑橘到时，正值曹操大宴文武。曹操让人取柑橘与众人食用，扒开都是空的，曹操大怒，正要责打役夫，役夫如实回答，曹操不信，这时有人来报，"有一道士，自称左慈，求见。"

曹操见左慈，责问道，"汝以何等妖术，摄我佳果？"左慈笑曰，"岂有此事？"取柑橘剖开，内皆有肉。曹操打开的皆空，曹操愈惊，请左慈坐下问之。左慈道，"贫道于西川峨眉山中，学道三十年，忽一日天雷压碎石壁，得天书三卷，名为遁甲天书，上为天遁，中为地遁，下为人遁。天遁能腾云跨风，飞升太虚，地遁能穿山透石，隐于其中，人遁能飞刀掷剑，取人首级。丞相位极人臣，何不退步，跟贫道前往山中修行，当以三卷天书相授。"曹操道，"我亦久思急流勇退，奈何朝廷未得其人也。"

左慈道，"我闻刘玄德乃帝室之胄，何不让位与他？"曹操怒了，"你定是刘备细作！"喝令左右大枷锁之，左慈一抖肩膀，枷锁尽落。曹操欲斩之，众人求情，言左慈有善名，杀之不祥。左慈不等曹操发话，举杯谢过众人，然后对曹操道，"为谢丞相不斩之恩，我备一杯佳酿，饮之寿可千年！"

曹操道，"汝可先饮。"

左慈取下所戴玉簪，于杯中一划，将酒一分为二，自饮一半，另一半递于曹操。曹操不敢喝，斥左慈为妖。左慈将杯掷于空中，化作一只白鸠，绕殿而飞。众人仰面视之，左慈不知所终。

此事传得甚为玄妙，因其戏弄奸曹，还说到自己，刘备甚为敬之。如今，在此相遇，得左慈搭救，刘备很是激动，"幸得先生相助，失敬失敬！"

"皇叔不必多礼。"

刘备见左慈有惊世奇才，欲请其共扶汉室。左慈道，"我乃一闲散道人，不愿束缚，只想游历人间。皇叔有雄主之才，仁义治天下，当年我是耳闻，今乃亲眼所见，当不负天下苍生。"

刘备见左慈不愿出山，只得躬身一礼，"刘备谨记先生教诲。"

"皇叔可以放心走，这里的人我将困其三日。"

"先生的意思是我可以逃出东吴？"他欲一解心中谜团。

左慈笑而不语，看刘备急切，于是道，"一切皆有定数，皆有定数啊。"

刘备想起一事，"许映与闻氏姐弟皆受恶人所害，先生如有暇，请助之。"

"我已经助了他们一把火。"

刘备听罢，方才明白潘开府宅大火的来源。"只是恶人还未受罚，将来必然殃及他人。"

"不然不然。"左慈说罢一指储粮堡。

那里正进行一场生死拼杀，拼杀结果，众人并无大碍，只有潘开遍体鳞伤，倒在血泊之中。

陈灿被人从地上扶起，再也站立不稳，还胡言乱语起来，他竟然疯癫了。

左慈感念刘备之诚，临别道，"我送皇叔四句话：兄义千秋，彝为灰烬，皓成颓首，斗转星移。谨记。"说罢飘然而去。

刘备想了想，不甚明白。兄义千秋，他与关羽、张飞兄弟情谊深厚，世人皆知。后来，他才清楚，正是因为兄弟情，影响到他的千秋大业，他为报关羽、张飞之仇，亲手毁掉孙刘联盟，在彝陵被陆逊火烧连营七百里，蜀国实力消耗大半。由此，他明白了左慈的厉害，白帝城托孤时，他告诫儿子阿斗，远离名为皓的人，可是，雄主之子太不成器，宠幸宦官黄皓，最终导致蜀国功败垂成，毁于一旦，这些都是后话。

第三十四章
国太责问相亲事

孙小姐跑回吴侯府，丢下随从，一头扎进闺房，不出来了。女随都忍俊不禁，原来小姐也有害羞的时候。

国太听到女儿回来了，随着年纪增长，小妹愈加成为她心中的牵挂。她也不小了，人家姑娘这个时候都当妈了，她还舞枪弄剑，不见消停。国太希望女儿坐下来，看看书，写写字，做做针线，磨炼一下性情。国太有时也自责，是自己对女儿太过娇惯，让她的心变野了。前日，她鼓动孙绍外出，一天一夜方回来，把自己吓得不轻，忍不住把她好生数落一番。昨日，她要看望新出生的小侄女，国太本想让她养好伤再去，转念一想，看看可爱的小宝贝，可以激发她早日成家的念头。今日一早，自己进香的工夫，她又悄悄溜出去了，国太不禁摇头，恶习难改啊。

没想到，这么快回来了，还如此安静。国太感叹，这样才像个大家闺秀嘛，往常走路带风，回到府中也与女随叽叽喳喳闹个不停。

时间一长，国太感到了异样。以小妹的性子，装一会还成，忍这么久，那就不是她了。难不成睡着了？她大白天睡觉可是少见。国太悄悄走进女儿闺房，幔帐拉着，一点声息没有。国太释然了，看来真是乏累了。她轻轻拉开幔帐一角，往里一瞧，女儿正大睁双眼，"死丫头，我以为你睡着了呢？"

"哎呀，吓我一大跳！"孙小姐忽地坐起来，嗔道。

国太笑道，"你这个样子，倒真是吓了我一跳！"

"我累了，想休息一会儿。"孙小姐说罢，又躺下。

国太掀开幔帐，坐在床上，低下头，盯着女儿，"眼睛瞪得溜圆，哪像困倦的样子？莫不是有心事吧？你可得跟娘说说。"

孙小姐脸红了，撒娇道，"就是困乏了，不要打搅我。"

国太爱怜地抚摸女儿的头，"好，睡吧。"

退出女儿的闺房，国太一点首，将小青叫到自己的寝宫。

"小妹一大早外出，到哪里去了？怎么像变了个人似的。"国太问道。

小青很聪明，小姐到大臣府上兴师问罪，国太知道，定会生气。相亲是好事，国太听了必然欢喜。"我们遇到吕范先生，他很高兴，言说受吴侯所差，刚给小姐保了一桩大媒。"

"保了一桩大媒？"国太惊道，"此话当真？"

"千真万确，他当我们大伙面说的。"

国太让小青近前来，"跟我说说，保的是何人？"

"吕先生说此人武艺高强，是人中之龙。"小青笑道，"这可正合小姐的心意。"

"这人是哪里的？姓甚名谁？多大年纪了？"国太接连发问。

小青笑了，"没等细问，就把小姐羞跑了。"

从女儿的表现看，小青没有撒谎。孙权找人给女儿保媒，国太本应高兴，说明哥哥关心小妹。可是，这么大的事，为何不与我商量一下？我就这一个宝贝女儿，她的终身大事，你就擅自做主？把我这个当娘的放哪里去了？国太心中有气，对身边女侍道，"去，把孙权给我叫来！"

孙权这几日如坐针毡。

他命人搜遍沉船，辨认所有浮尸，没发现刘备。派出寻找刘备的人马，也没有任何音信，刘备仿佛人间蒸发了一般。

正踌躇之际，女侍过来，说国太有请，尽管心烦意乱，国太叫，还是得赶快过去。

孙权一见国太，看出她情绪不佳，小心问道，"母亲唤我何事？"

"母亲？你还认得我这个母亲？"国太伤心道。

"母亲何出此言？"孙权奇怪。

吴国太是姐妹两人共侍一夫，姐姐生了孙策、孙权、孙翊、孙匡四兄弟，妹妹生了孙小妹一女。孙权生母去世时，叮嘱孙权，好生孝敬自己的妹妹，为小妹将来找个如意人家。

"你自己做了什么不知道？还来问我？"国太气道。

孙权跪下，"母亲，仲谋做错了什么您尽可说，千万别气出病来！"

"气出病？我要被你气死了！"国太怒道。

孙权忙道，"孙绍遇袭及他与小妹被困之事，我已派人查办，不日将有结果，请母亲息怒！"

"这两件事先放一放，我且问你，有何大事瞒着我？"

孙权一愣，不是这两件事，那是因为什么？"母亲，仲谋哪敢有事瞒着您！"

"现在还不与我说实话？"国太说着，眼泪先自掉下来。

孙权一时手足无措，"真的没有，请母亲明示。"

"还跟我装糊涂？我且问你，给小妹说媒，为何将我蒙在鼓里！你到底安的什么心？"国太厉声质问。

孙权吓出一身白毛汗，这事母亲如何知晓了？原本只是一计，他本能地否认。"没有的事，何人信口开河？"

"没有的事？吕范怎说刚给小妹保了一桩大媒？"国太直接戳穿孙权的谎言。

孙权恍然大悟，原来是吕范走漏了消息，定是他向国太邀功，也怪自己，没将实底告诉他。现在船只倾覆，刘备没了踪影，还说这些，真是愚蠢至极！如若母亲知晓，自己拿小妹当诱饵，作美人计，非气晕过去，此事只能硬扛到底了。

"吕范这个穷酸腐儒，定是吃醉了酒胡说八道。"

吴国太一听，更生气了，"如果你诚心给小妹做媒，我就不追究了，你竟说没有这档子事，难不成是吕范擅自做主？我听闻，吕范并非言语轻躁之人，胡不胡说，叫来一问便知，周善，你马上去把吕范先生请来！"国太命令道。

孙权真想一把揪住周善，又恨自己不能派人给吕范通风报信，让他躲起来。

国太说罢，也不搭理孙权，独自坐在那里生闷气。孙权尴尬地站起来。想着少顷吕范来了，一旦全盘托出，自己更被动了，他真想主动交代，求得国太原谅。转念一想，实话实说，后果可能更糟，现在只能往吕范身上找补。

"母亲有所不知，近几年，因我重用周瑜、张昭、鲁肃等人，吕范似有不满，说话越来越不着调，母亲不要轻信于他。"

"如此糟践吕范做什么？是不是心中有鬼？"国太从孙权犹疑的眼神中，看出了猫腻，"你大哥在时，他可是很受重用的！"

"给小妹做媒，是大好事，我如何能瞒着母亲？"

"没隐瞒，也没上心，她这个年纪，早该嫁人了！"

"仲谋何尝不知，小妹心气太高，要找人中之龙，能有几人达到她的要求？"

"都是借口，你一位一位夫人往回娶，就不能给她找个中意的？"

孙权脸一红，"我一直在给小妹挑选。"

"人呢？别说了，越说我越生气！"

孙权欲通过拖延时间，想办法拦住吕范。不想周善很快回来，他瞄一眼孙权，径直来到国太面前，"吕范先生没在，家人也不知他去哪儿了！"

孙权窃喜，暗叹周善机灵，帮自己渡过这一关！

其实，孙小姐一走，吕范就知道自己惹祸了。从孙小姐的表现看，她应不知相亲之事，国太就此一女，相亲定会征询她的意见，看来，国太也不知晓此事。

这在当时就犯了大忌：父母可决定儿女婚事，儿女却不能越过父母擅自而为。

吕范清楚，如果国太获悉此事，必然迁怒吴侯，吴侯若知道是自己走漏消息，定会怪罪。而且，孙小姐可能再次登门滋事，自己怎能招惹得起她？还有那个白脸年轻人，武艺应不在武风子之下，他要找上门来，自己如何能应付得了？思前想后，三十六计，走为上策，他脚底抹油，先溜了。

孙权长出一口气，悬着的心终于放下。只要出了国太寝宫，他就可以让吕范补个州郡官缺，将他打发到外地去。

他的表情被国太觉察，"仲谋，定是你让吕范藏起来了！看来，以后我都休想见到他了！"国太叹了口气，想到姐姐去世，自己娘俩竟有如此境遇，好不伤心。

孙权连忙又跪下，劝慰道，"母亲放心，我一定为小妹找个称心如意的！"

正在这时，几个孩童闯入，随后一人跟进来，正看到国太落泪，孙权跪在地上，好不尴尬！

第三十五章
张昭激儿有图谋

进来之人是孙匡夫人曹映琴，她带孩子前来看望国太。

孙权跪着，国太抹泪，曹映琴一见此景，吓得急忙拉着孩子退出去。国太一摆手，孙权站起来。

他借机脱身，出得门来，曹映琴很是不好意思，"孩子急着见奶奶，不想二哥在这里。"

孙权极力掩饰羞惭之色，他抱起孙匡幼女孙朵，送到国太怀中，"跟奶奶一起玩吧，"然后对国太道，"母亲，我还有事要办。"

国太还能说什么，微微点头，示意他去吧。

曹映琴今日来的时机不佳，不过，在这些儿媳当中，她最讨国太喜欢。

当年，孙策在江东一带攻城略地，发展势头甚猛，曹操为拉拢他，以朝廷之名，封他为讨逆将军和乌程侯，孙策只领讨逆将军，将乌程侯让与了四弟孙匡。曹操知晓后，几次要求东吴将孙匡送往许都临朝，欲以其为质，吴国太坚拒，曹操才用安抚之策，将曹仁之女曹映琴许与孙匡，国太没再反对，任凭你是曹家人，来到东吴，进入孙家，就得入乡随俗了。不过，他们对曹映琴还是加了小心，好在曹映琴嫁来东吴后，举止得体，温柔大方，与人和睦相处，从不招惹是非，对国太更是非常尊敬，很讨孙匡喜欢，接连为他生下三儿一女，国太看她柔顺懂事，就接纳了她，还赞曹仁家教好，调教出如此贤淑的大家闺秀。

大乔作为长媳，论姿色，国色天香，论头脑，绝顶聪明，但她过于孤傲，有不食人间烟火之感。对于大乔，国太更多的是同情，孙策早亡，孤儿寡母，虽不愁吃穿，没有男人的日子终不好过，她对此深有体会。国太很喜欢大孙子孙绍，聪明不卖弄，勇武不莽撞，结合了孙策与大乔的优点，比孙权几子强多了。

孙权那些夫人，国太大都不喜欢，勾心斗角，无事生非，没有消停的时候。也难怪，孙权风流成性，不停往后府添加美色，女人本就爱争风吃醋，人一多，事就多，怎能不出乱子？孙权是老主孙坚所有儿子中最聪明能干的，但在处理内事上，并不让国太省心。

老三孙翊，喜欢舞枪弄棒，有父兄之风，但为人过于随性，无拘无束。一次行猎，遇一民女辜昭，仿佛着魔一样，非要娶回为妻。门不当户不对，不知底细，当时姐姐与自己都不同意，他放出话来，谁反对就跟谁翻脸，没办法，只能随了他的心愿。辜昭很有个性，成亲后，不爱与孙家人来往，见国太，施礼完事，再不多言。前日，她刚生个女儿，国太本欲前往探望，知她记恨自己当年反对其与孙翊成婚，索性让小妹代替了，姑嫂两人倒处得不错。

孙权离开，曹映琴带着孩子陪伴国太，她好生奇怪，孙权做何错事，让国太如此生气？她不便直接开口相问，现在主要是让国太高兴起来，岁数大了，憋闷生气不益健康。

吴国太不想让人看到自己脆弱的一面，她努力调整情绪，抚摸着孙朵的头，"几日不见，又长高了。"

曹映琴笑了，"可不是，又长高了一截。"

"我们小朵也越来越漂亮了！"

"大家都说小朵长得像姑姑。"曹映琴道。

吴国太仔细端详,"还真与她小时很像。"

"长大能像姑姑这般俊俏就好了。"

"没问题,咱小朵也是个美人坯子。"

"我呀,几个臭小子都不担心,就怕她长大,女儿一大,就要嫁人,也不知将来嫁到什么地方,要见一面都难啊。"曹映琴想到自己离开许都,嫁到东吴,多年没见娘亲,不禁鼻子一酸。

"小朵才多大,你就愁这个了?女儿长大总要嫁人,重要的是找个称心的人家!如果女儿大了嫁不出去,也是娘的心病啊!"

"映琴说话不当,让母亲忧心了。"曹映琴抱歉道。

没想到国太落泪了。"女儿的终身大事,哪有母亲不牵挂的!瞧你二哥办的什么事?给小妹做媒,都不告诉我,哪有这样当儿子的!"

国太本不想说,因对孙权实在不满,也是没把曹映琴当外人。

曹映琴没想到,竟是如此,"小妹的终身大事,二哥怎能袖手旁观,他管也是正理,不知二哥给小妹保的是哪位高贤?"

"这个我还未知,他就说没有这档子事了。"国太想起刚才的事,气又上来。

"估计二哥是想把事情办得妥帖,才请母亲定夺。"

"你莫替他辩解,他那样做,我也不领情!"国太知道吕范为人,他不会撒谎,此事一定出在孙权身上,这是让她最生气的地方。

曹映琴陷入沉思。今日,她去吴侯府,是受张昭夫人所托,专给其子张文做媒的。本来,她想借说起女儿,顺势言及提亲之事。当她知晓,孙权因给小妹说亲,惹得国太伤心,今日就不宜再提及此事了。她不知道孙权给小妹保的是何人?为何要瞒着国太?不明所以的情况下,自己怎能与他争着给小妹做媒。她需要了解因由后再做决定。

晚上,曹映琴打发走仆从,对孙匡道,"今日我带孩子去看望国太,没想到撞见二哥下跪,母亲落泪。"

"哦,"孙匡惊道。孙匡,字季佐,现在掌管南徐城防。"去得真不是时候。"

"你不想知道发生了什么？"

孙匡抬头看了一眼曹映琴，没有言语。

"二哥瞒着母亲，给小妹做媒，把母亲气哭了！"

"有这事？"

"你不知道？"

"不知道。"

"莫不是瞒着我？"

"我瞒你作甚？"

"那就是二哥也瞒着你，"曹映琴白了一眼孙匡，"你这个兄弟当的！"

考虑到张昭是东吴重臣，曹映琴让人回话：国太身体不爽，做媒之事只能另选他日了。

张昭最近心气不顺。

一场赤壁大战，改变了东吴文武的势力均衡。周瑜带一群主战武将，借赤壁大胜，扬眉吐气，势力蒸蒸日上。他与一干主降文臣则灰头土脸，处境尴尬。张昭承认，主降是自己判断有误，但他认为，孙权如此器重周瑜，有一个重要原因，周瑜与孙策是连襟！自己今非昔比，欲重振雄风，要有所行动，他希望儿子能娶孙小妹，与国太成了儿女亲家，地位自会大不一样。

张昭把张文叫来，"你一直在研究赤壁大战，有何发现？"

张文挠头，"渐呈三足鼎立之势。"

张昭皱眉，"这个傻子都能看出来。"

"我就是个傻子水准，看不出别的了。"张文自嘲道。

"说你还不服，就是除了两人，所有人都胜了。"

张文不解，"我只知道曹操输了。"

张昭摇头，"另一个是我！"

"东吴大胜，您输什么？"

"东吴越是胜了，我输得越惨！"

"主和又不是您一人，"张文摇头，"法不责众，吴侯又没责怪您。"

"这比责罚更难受，"张昭叹口气，"明眼人都能看出，我在吴侯心中的分量是每况愈下。"

"您多心了。"

"非是我多心，是形势变了。曹操输了，可养精蓄锐，图谋复仇，我呢？"

张文想说，谁让您那时一门心思主降了！

张昭接道，"周瑜能如鱼得水，有一点不能忽视，他与吴侯是亲戚。"

张文很不安，不知父亲葫芦里卖的是什么药。

"要扼制张家颓势，我想让你娶孙小姐！"张昭揭开谜底。

张文一听，立时急了，"您是我的亲爹吗？把我往火坑里推！"

"是不是你亲爹爹，问你娘去！"张昭气乐了，他上前把门关紧，"能娶到孙小姐，是你修来的福分，怎成了火坑？"

"谁娶她，不得被欺负死啊！"张文苦笑。

"瞧你那点出息！"张昭引导儿子，"你的书白读了？跟她当然要智取。"

"您想攀高枝，也不能置我于死地啊！"张文生气道，"听说孙小姐十分刁蛮无理，我那点学问，在她的剑下，一文不值。鲁大人娶了悍妻，被折磨成啥样了！"

"有几个像鲁肃那般窝囊的！"

"莫说鲁大人，我很景仰他的学识。"

"既然景仰他，他能娶悍妻，你如何不敢娶孙小姐？"

"我景仰他的才学，不想过他那样的日子。"

"你只是受点小委屈，张家又能东山再起了。何况你娶了她，就是吴侯的妹夫，那是多荣耀的事啊。"

"那哪是小委屈？求您给我留条活路吧。"

张昭苦口婆心劝了半天，张文不为所动，张昭气急败坏地摔门而去。

没过多久，张文改变了看法。有个地痞当街欺侮一位姑娘，恰被孙小妹撞见，她上前呵斥，地痞不知深浅，欲调戏孙小姐，被她当众戏耍，一顿胖揍，大家齐声叫好，孙小姐竟露出了娇羞之色。当天，张文就是看客之一，他不仅被孙小姐的英姿吸引，更为她的侠义心肠感动，都说她刁蛮，看来是被误解了，张文不禁有些心动了。

张昭知晓，自是高兴。他先向孙权表达了这个意愿，孙权何尝不明白张昭的心思，"小妹不爱文人墨客，只喜勇武之士，我可以试说之。"此后，就没有了音信。孙权反感张昭打小妹的主意，功利心太浓。

其实，孙权有意无意向国太透露过，国太并不反对，她乐见与张昭结成儿女亲家，将他绑在孙家的战车上，莫在关键时刻三心二意。国太知道，女儿不喜欢文人，感情的事谁能说得清？当年，孙坚迎娶姐姐后，又打上她的主意，自己不喜欢孙坚整日打打杀杀，父母也反对，姐姐告诉他们，谁也拗不过孙坚，最后还不是嫁给了他。从东吴基业着想，她希望女儿嫁给张文，从感情上，她不想勉强女儿，企盼她能选个自己中意的。

开始张昭并未着急，琢磨慢工出细活，孙小姐不小了，只待时机。没想到，孙权用周瑜之计，以孙小姐为饵，诱使刘备来东吴相亲，这么重要的事，自己竟浑然不知，足见自己失势之重。好在周瑜计划落空，但也让他愈感此事的紧迫。

他知曹映琴颇得国太欢心，就搞夫人外交，让夫人找曹映琴，请她促成这段姻缘。

听罢曹映琴回复，张昭不知她所说是实情，还是搪塞之词？越往后拖，张昭越不安，心情更郁闷了。

第三十六章
大贤再出奇女现

刘备与孙乾告别左慈，继续前行。

临近傍晚，两人来到一个集镇。刘备知道，钱都给了牛队率，两人身无分文，只能露宿街头了。不想，孙乾从怀中掏出一串铜钱，刘备吃惊，"哪里来的？"

孙乾很得意，"途经左慈击敌之地，意外捡拾到的。"

只是，这些钱只够住宿或吃饭一项花费，想到夜晚寒凉，两人选择先住下来。

这一晚，孙乾睡得不踏实，主公与自己在一起，莫说保护他，连饭都吃不上，自己真是没用。想到主公饿一晚，孙乾一早就出去了。

刘备看出孙乾过意不去，他是个文士，不能指望他。刘备决定到街头卖艺，左慈有言，困住追赶之人三日，他才敢抛头露面，为安全起见，他在地上抓些黑灰，抹在脸上。

刘备来到街心，找一开阔地，先练了一套拳法，有人匆匆而过，有几个人围上来。刘备的武艺虽不能与绝顶高手相比，近体攻防还是相当见功夫的。

一番拳脚过后，有围观者啧啧称赞，"拳法不错，这是卖艺啊？"

刘备点头，"赚个饭钱！"

"就这点本事，还敢显摆，当我们这里没人啦？"

刘备一愣，只见一个车轴汉子站在面前。

刘备不想与泼皮混混纠缠，"岂敢，岂敢。"

车轴汉子掏出两吊钱，"赢了就是你的！"说罢举拳就打，刘备想，此人虽无礼，赢了可以解决吃饭问题，只是不知这家伙武艺如何，需得小心应对。

一试身手，刘备放心了，此人除了有把蛮力气，武艺一般，刘备不想耽误工夫，抓住其漏洞，用脚一钩，车轴汉子立时扑倒，刘备给他面子，在他即将倒地时，一把将其拽住。

大家齐声叫好，刘备道，"承让了。"

车轴汉子满脸羞惭之色，将钱递过来，刘备正要接手，车轴汉子趁其不备，猛然照刘备小腹一拳。刘备恨其不讲信义，向旁一躲，捉住其手，往前一带，车轴汉子"哼哧"一声来个狗啃屎，趴在地上。

他呻吟着爬起，众人起哄，车轴汉子一张大脸臊成酱紫色，拍拍身上尘土，溜了。

这时，一人走上来，刘备拉好架势，准备接受挑战。一看其面容，险些吓到，此人生得一线天的小眼睛，鼻翼向上，大嘴叉，小下巴，两片厚嘴唇外翻，脸上五官，单个拿出来，都是残次品，组合到一起，就是老天不厚道了。

"你也要比试武艺？"刘备看他穿着打扮，不像习武之人。

"非也。"那人摇头。

"你要如何？"

见刘备十分防范，那人小声道，"您可是刘皇——"此言一出，比他的长相更可怕。

"你是何人？"刘备下意识问道。

"莫要声张，跟我走。"那人道。

刘备看他面带微笑，并无恶意。暗自琢磨，在这陌生之地，他是何方人士，竟知我是刘皇叔？正在这时，有人惊呼，"快跑吧，那家伙带人来了！"

刘备一看，有五六十号人向这里奔来，领头的正是那个车轴汉子。刘备没想到，街头卖艺，惹上麻烦，只能先行躲避，那帮家伙在后面紧追不放。

见他们跑远，一个小童子走上前，"先生，人家都走了，咱还在这里傻站着？"

丑陋之人凝视刘备的背影，"他就是我要找之人！"

"刘备刘皇叔？"

"对。"

"您如何知晓的？"小童子来了兴趣。

"你没看到吗？我问话时，他的脸上现出惊异之情。"

"您冷不丁问谁，都是这神情。"

"他的耳朵与众不同。"

"天下大耳朵的人多了去，都是皇叔啊？"

"刘备乃涿郡人士，我晓得那里人的口音。"

"来东吴的涿郡人多了，怎知他就是刘备？"

"跟我抬杠，你是越来越胡搅蛮缠了！"

小童子笑了，"您那么确定，为何不去找他啊？"

"追他的人多，咱俩掺和进去挨揍啊？"

"他可是先生梦寐以求的明主啊。"

"这点小事，难不住他，还用我出手？我们就在此等候，他读懂了我的意思，一定会回来的！"

"我不信。"

"打赌？"

"说话不算数，不过，这回我还跟您赌！"说着两人击掌，"您说赌什么吧？"

大家一定猜到，两人正是庞统与小梭。看到孙乾发出的求救信，庞统知道刘备落难，带着小梭尾随而来。

再说刘备，闯荡江湖这些年，未打多少胜仗，若论逃跑能力，绝对上乘。他在街上三拐二转，就把追赶的人甩掉了。他惦记刚才那个奇人，看他的眼神，里面有内容，刘备不想错过，准备回去一探究竟。

正在这时，他看见了孙乾，身旁赫然站着一位漂亮姑娘，刘备大睁双眼，不敢相信！

孙乾走出客栈，打定主意，用己之长，解决当前燃眉之急。孙乾在徐州、荆州时，看到有人专门代写书信，这方面自己在行。

他边打听边寻找，没过几道街，满九文房书斋赫然在眼前。公元105年，蔡伦发明造纸术，此时已过去100多年，纸张已在地方出现。

老板满九看到有人进来，忙站起，"先生，想要什么？笔墨纸砚都是上等的。"

"笔墨纸砚都要。"

老板很高兴，马上准备一套。

孙乾慢条斯理道，"不过，不是买，是借，还要借张桌子。"

满九的笑容瞬间凝固，没开张，先来个借东西的，多晦气！他一指门，"出去！"

孙乾的脸一下红到脖子，"挣钱马上还你。"

"如何挣钱？"

"帮人代写家书。"

"这里不是南徐，哪有写家书的？"满九冷笑道，"借给你用，连纸钱都赚不回来！"

"赔了，加倍还你！"

老板上下打量孙乾，清瘦憔悴，"就你这样，连饭都吃不上吧？我还指望你还钱？"

论实力，孙乾不知能开多少这样的店铺。如今遭此人这般奚落，真是龙在浅滩被虾戏，虎落平阳被犬欺，孙乾不禁正色道，"老板如此以貌取人，怎配做书墨生意？"

孙乾一严肃，露出文人风骨，不怒自威，老板一怔，嗫嚅道，"你说，现在哪有人写家书？"

"谁说没有？我就写！"两人闻言一愣，不知何时一位姑娘来到孙乾身后。只见这位姑娘，穿着虽是粗布衫，但是整洁得体，领口、袖口、灯笼扣做得十分别致。脸色黝黑红润，乃是露天劳作所赐，圆圆的大眼睛，带着一丝好奇，透着一分任性。"你这老板，怎如此欺负人？给这位先生一套文墨，我出钱！"

此时，在孙乾眼中，姑娘真似天女下凡，菩萨降世！

有人出钱，老板满脸堆笑，"现在真是很少有人写家书，除了这位姑娘。"

"把这张桌子借我一用。"姑娘说罢，自顾自往外搬。

"就在这儿写吧。"老板上前制止。

"怕你看到。"姑娘径直把桌子搬出去，孙乾连忙拿着纸笔砚墨跟上。

姑娘将桌子置于房前，孙乾把东西放在桌子上，对姑娘一揖到地。"多谢了！"

"不用谢我，主要是看不惯老板张狂的样子。"

"姑娘真仗义！"孙乾再拱手。

"不用如此多礼，"姑娘看孙乾的样子可笑，"原本没打算写家书，听老板一说，你就帮我写封吧！"

"好，好。"孙乾点头，能帮姑娘，他心中稍安。

姑娘说完，又有些犹豫。

孙乾道，"告诉我内容，包你满意。"只待她说出主题，帮她斟酌润色词句。

姑娘看着孙乾，稍做迟疑，咬咬牙，"我念你写就行了。"姑娘说罢，眼望天空，深吸一口气，慢慢呼出，孙乾看出她的内心泛起波澜，定是想家了。只听姑娘道，"爹，你好狠心！"

第一句就把孙乾惊着，愣愣地瞧着姑娘。

姑娘脸上浮现一丝羞涩，又消失了。"只管为我哥娶亲，却要搭上女儿一辈子，哥是亲生的，难道我是捡来的？蒋三家是有钱，可他是个什么东西您不知道？好吃懒做的泼皮，勾引良家妇女的无赖，让我嫁给他，是把我往火坑里推啊！"

孙乾偷瞄一眼姑娘，只见她目视前方，眼中含着泪花，看来姑娘装着一肚子心事啊！

"我也是实在没有办法，说我不孝就不孝吧，嫁给蒋三是死路一条，逃出来，就是给自己一条生路，不管吃多少苦，我都不怨谁，这就是我的命！让我哥要强些吧，总能娶到嫂子，您管不了他一辈子！我现在写信，就是告诉您，不用找我，我有一双手，饿不死，等我活出个样来，就去接您！"

随后，她让孙乾写好地址，标明交给陶爱富，孙乾才知道姑娘的名字叫陶珍。

说罢，陶珍像是解脱了。"谢谢先生。"

"我谢你才是！"孙乾道。

"我帮了你，你也帮了我，咱俩谁也不欠谁的了！"姑娘笑道，"看您像有学问的人，怎么混成这个样子？"姑娘说话很直爽。

不仅混得惨，饿着肚子，还有性命之忧！只是不便与她说，孙乾无奈地摇摇头。

陶珍咯咯地笑起来，"我离家出走都能说，你有什么不便说的？"姑娘一笑，露出洁白的牙齿，甚是好看。

孙乾是见过大世面的人，让姑娘一说，倒有些不好意思了。

这时，有人替他打圆场来了。

就是刘备！他很惊讶，一本正经的孙乾，如此特殊时刻，竟与一女子在此说笑，还是孙乾先生吗？

刘备急向孙乾招手，孙乾原本想借此赚点饭钱，突见主公出现，马上跑过去。

"那是何人？"刘备问道。

"一个写家书的人！"

"有人追赶，快跟我走！"孙乾一惊，疾步跟上刘备，回头见陶珍正望着他们，孙乾向她摆摆手，算是道别。"咱们去见个人。"刘备道。

"什么人？"

"我不认识他，他似乎识得我。此人长相清奇，不像等闲之辈。"

主公爱才心切，但那毕竟是陌生人，孙乾很谨慎，"您去了，他可能也走了，如果他不怀好意，还很危险！"

刘备点头，"我们权且看一眼，小心就是。"

第三十七章
被骗屯田生事端

"屯田！屯田！酬劳丰厚，上可报效国家储粮养军，下能发家致富孝敬父母！屯田屯田！"

一阵叫喊声，吸引了刘备。不远处有几个士卒，身旁竖着"屯田招募"的大旗，正在卖力地吆喝。刘备停下来，听闻东吴推行屯田制，储粮备战效果很好，如今遇到，他有意了解一下。

"主公，那可是吴兵！"孙乾提醒。

"打听几句无妨。"

看刘备执意要去，孙乾也跟过来。

士卒上前招呼，"两位报名屯田？"

"怎么给钱？"刘备问道。

"一个月四吊钱，每天三顿饭，保证吃饱，到手的都是赚的。"

"屯田地很远吧？"

"不远，半天就到。"

"一个屯田地多大？需要多少人？主要种什么粮食？怎么管理啊？"

"到了你就知道了。"士卒瞥一眼刘备，嫌他问得多，"叫什么名字？我给你们报上？"

孙乾忙道，"先了解一下。"

"屯田不累，该吃就吃，该睡就睡，报满了别后悔！"士卒努力打消他们的疑虑。

见他们不打算报名，再懒得搭理，两人正要离开。"真巧，你也在？"一个身影蹦到孙乾面前。

竟是陶珍！"你怎么来这儿啦？"孙乾问道。

"我要报名！"陶珍很兴奋。

"屯田也招女的？"孙乾疑道。

一个士卒走上前，仔细打量陶珍，"头一次招女的，给大家洗衣、做饭！"

"如何给工钱？"陶珍问道。

"管吃管住，一月四吊钱，跟男人一样！"

"给我报上吧！"陶珍回头对孙乾道，"我说老天饿不死人吧。"

士卒把陶珍的名字写上，"到后院等着吧。"

陶珍回头看孙乾，"你们不报吗？咱们可以做伴！"

"报上吧，就差两人了。"士卒劝道。

"我们商量一下！"刘备说罢，拉着孙乾就走。

两人拐过街角，听到有人喊，"施粥施粥！"

从昨天就饿着，两人一听此话，顾不得面子，直接来到施粥者面前，施粥者瞄一眼两人，给他们舀两碗，粥极稀薄，与喝水无异。"看你们真饿了，我家老爷是个大善人，进旁边的院子，有面饼施舍！"

刘备心道，你家老爷真怪，要行善，就粥饼一同施舍，怎么还分着来？正疑惑，远处传来嘈杂声，竟是车轴汉子带着几十人，手持刀枪，正可哪儿寻他。带着孙乾，刘备要尽量避免冲突，两人直接拐进院子。

刚进来，大门即刻关上。两人正吃惊，出来一帮人，全是屯田招募士卒，为首的是一位黄须大汉，他哈哈大笑，"晃了半天，你俩还不是进来了！现在屯田满额，即刻起行！"

"我们没打算——"孙乾话没说完，黄须大汉打断他，"进到这里，就由不得你了！"

孙乾还想争辩，刘备看黄须大汉凶神恶煞，还有众多士卒，示意他止声。这时，大量农工被引出，目测有两百人，陶珍也在其中，她看见孙乾很是惊喜。

这时，黄须大汉站在队伍前，"为防止大家途中走失，需要把一只手绑在绳子上。"

"这哪是屯田，分明是抓壮丁！"有人表示不满。

黄须大汉立起眉毛，"你们去赚钱，绑一会儿又能如何？"众士卒纷纷拔出宝剑，怒目而视。

刘备不明白，屯田光明正大，为何连唬带骗，还要绑起来，看来东吴屯田不简单。士卒人数众多，不便用强，事已至此，只能走一步看一步了。

众人被分成两队，刘备绑在左边绳子前端，陶珍与孙乾绑在右边绳子后端。开始大家默默往前走，时间一长，有人起了歪心，借机往陶珍身上蹭，孙乾竭力替她挡着，有人气不过，使劲推孙乾，孙乾停不住，几次撞在陶珍身上，很是过意不去。陶珍恨他们拿孙乾撒气，突然指着最起劲的人，"你个臭泼皮，当我是好惹的，有本事冲我来！"那个家伙没想到，这个俊俏姑娘如此泼辣，众目睽睽之下，当即缩了头。押解士卒大声斥道，"都给我老实点！"

陶珍抱歉道，"孙大哥，给你添麻烦了。"陶珍悄悄询问了孙乾的姓名，孙乾没敢告诉她真名，只说自己叫孙备。

"你一个姑娘，怎么敢来屯田？"孙乾问道。

"我出来就是找事干的，去满九文房书斋也是为了寻差事。你被叫走，我把剩下的笔墨纸砚都给了老板，他告诉我屯田营地正在招募，听说要女的，没想到咱们又遇到，你说巧不巧？"陶珍高兴道。

刘备被陶珍的怒责声惊扰，回过头来，看到她与孙乾说话的神情，不禁暗笑，孙乾帮人写家书，还结交了一位红颜，再看孙乾，经历这般波折，清瘦许多，但是文质彬彬的气质是遮不住的，难怪获得姑娘的信赖。

再说庞统，等了好一阵儿，没见刘备回来，越等越气，真是有眼不识金镶玉。不识相的小梭笑嘻嘻上前，"先生，您又输了，给我买只烤鸡吧！"

庞统没好气，"回去就把你烤了！"

"凭感觉找人，又凭感觉等人，您真是被神抽了！"小梭嘴中嘟囔着，"输了还不认账，我看是被抽迷糊了！"

庞统作势打人，小梭躲开，两人边斗嘴，边向前赶去。

屯田队伍一路向南，在草丛中穿行。刘备一直琢磨如何逃跑，有众多士卒押解，手还绑着，路上也不见藏身之地，跑了也可能被捉回来，只得先忍着。

有人喊道，"走这么远的路，饿了！"有人附和，"不给吃的，不走了！"一个士卒骑马过来，照两人劈头几鞭子，随手拔出宝剑，"再啰嗦，就劈了喂狼！"

如此暴力！大家都为之一震，没人再敢挑事。

刘备很想与孙乾商量个逃跑之法，怎奈两人离得远，那个姑娘不停与孙乾说话，牵扯了他的精力。刘备几次回头，都踩在身后年轻小伙的脚上，"兄弟，不好意思。"刘备抱歉道。

年轻小伙只是点点头，没说什么。刘备看他个头不高，白净面皮，手也是细皮嫩肉的，忍不住问道，"你这样，能屯田吗？"

"吃一年苦，挣些钱，回去娶媳妇。"年轻小伙答道。他瞅着刘备，"您看着岁数不小了，为何吃这个苦？"

"挣些钱，回去给儿子娶媳妇。"刘备顺口道。

年轻小伙笑了，"怎么听着您是占我的便宜啊？"刘备也笑了。

道路越来越泥泞难行，"真他妈难走，还跟我说近呢！"年轻小伙不满道。

走了半日，不见尽头，刘备也不禁道，"谁跟你说的？胡说八道！"

年轻小伙一愣，忙道，"招募屯田的！"

直到傍晚时分，队伍终于停下来。只见成片的麦田，洋溢着成熟的气息，刘备猜测，此时招募，应是为了收麦。

黄须大汉站定，用手一指，"现在分队，左边去北营，右边去南营。"

"我也要去北营！"看到要与刘备分开，孙乾大喊。陶珍一扯孙乾衣襟，小声道，"可以让你的朋友来南营。"孙乾明白，这样陶珍与自己也不用分开了。

"以为自己家呢？想上哪儿去哪儿？"黄须大汉喝道。

刘备向孙乾摆手，让他不要争执，见机行事。

刘备等一百人，被带到北营。此时天色已暗，他们被直接安排吃饭，刘备没想到，屯田营地的饭不仅量少，还难吃，似乎是用陈腐粮做的。

吃过饭，分配营房。刘备举目一望，从这里的营房规模看，他断定北营屯田人数超过五百人，南北营合一起，定是东吴的屯田要地。

一个士卒带刘备、年轻小伙等五人进入一个营房，营房很大，能住五十人。年轻小伙紧跟在刘备后面，不停四处张望。"大哥，忘了问了，您贵姓？"

刘备看出他有些紧张，"免贵姓刘。"

"我就叫您刘大哥了。"

刘备发现营房内只有一人，蜷缩在床上，上前问道，"其他人呢？"

"吃饭去了。"

"你为何没去？"

"脚崴了。"这人盯着刘备，"听口音，你是河北人？"

刘备点头，"看样子，咱们是老乡了。"

"都是新来的？"此人坐起，"你们上当了！"

刘备一愣，"这话怎么说？"

"看在老乡的份上，我告诉你，来到这里，就进了魔窟，答应好的每月四吊钱，都被屯田校尉盘剥去了。想挣钱，做梦去吧！"

一位中年人急了，"那还在这里干什么？走啊！"

"想走，周围都有士卒把守，抓住往死里打。为何招你们来？补充打死的！"

"那可怎么办呢？"中年人绝望道。

"这不大家被逼得要造反了！"

"说什么呢？就你话多！"这时进来一帮人，为首之人眼睛不大，有明显的黑眼圈。刘备老乡赶忙道，"大哥回来了。"

黑眼圈大哥眯起眼，盯着新来的几人。刘备站起施礼，黑眼圈大哥只是点点头。他的身旁站立两人，一人头顶出现斑秃，一人颧骨凸显刀疤，冷眼瞟着几位，很不欢迎的样子。

相亲之旅，变成逃亡之路，如今更是来到了偏远的屯田营地。即使军师获悉自己遇袭，无论他如何神机妙算，绝难想到自己来了这里。即便孙权欲加害自己，就是想瞎了心，也找不到自己了。想到此，刘备不觉笑了。

第三十八章
屯田惊魂险被认

营房内气氛诡异，大家都默不作声，新来的五人只得上床，黑眼圈大哥扫了一眼营房，带着几人出去了。

刘备惦记如何逃走，借着出来方便，悄悄观察营房周边环境。

"他们在，太不方便了。"只听有人说道。

刘备借着月光，发现角落里有几个人，正是黑眼圈大哥等人。

"别坏了咱们大事。"斑秃男道。

"看着就不顺眼，撺别的营房算了。"刀疤男接道。

"小声。"黑眼圈大哥提醒。

他们似乎在密谋什么，难道真的要造反？刘备看出，他们对新来的人比较提防，担心被发现，赶快回到营房，上了床。

在刘备似睡非睡时，那几人回来了。斑秃男上前，推搡新来的五人，

"你们的呼噜太响，我们睡不着。"营房中的人都被吵醒。

年轻小伙低声道，"我从来不打呼噜。"

刀疤男上来一巴掌，"打不打呼噜，你自己知道啊？"说罢回头问道，"他打不打呼噜？"

营房内众人附和，"打。"

"怎么样？"刀疤男喝道，"都给我出去凉快凉快。"这是故意找茬，刘备不愿招惹他们，就下了床。

年轻小伙被打蒙，没敢言语，只是下得慢些，刀疤男一把扯住他，直接掼在地上，年轻小伙气道，"你们也太无礼了！"

"无礼？让你看看什么叫有理！"说罢抬手一拳，打在年轻小伙胸口，再出拳时，刘备实在看不下去，一伸手，捉住刀疤男的手腕，刀疤男没想到有人敢反抗，抬手给刘备一拳，刘备又擒住他的另一只手，顺势一带，刀疤男踉跄着向前，几乎趴在地上，他恼羞成怒，冲上来要与刘备拼命，斑秃男也欲过来帮忙，被黑眼圈大哥拦住，他瞧了一眼刘备，"算了，没什么大不了的。"

黑眼圈大哥说话管用，刀疤男与斑秃男骂骂咧咧，没再滋事。年轻小伙对刘备拱手，悄声道，"谢谢刘大哥。"一场风波过去，连日劳累，刘备躺下不久就睡着了。

不知过了多长时间，刘备再次被吵醒。睁眼一看，不禁一惊，只见年轻小伙被绑在中间，脸上青一块紫一块，显然刚被打过。他冲着刘备大喊，"刘大哥，救我！"

刘备赶过来，"怎么回事？"

"我刚才去茅房，他们说我偷听！"年轻小伙委屈道。

"大晚上不睡觉，你鬼鬼祟祟干什么？"斑秃男喝道。

"刚来，不懂事，见谅！"刘备替他说好话。

"老实点，别他妈瞎撞，否则都不知怎么死的！"斑秃男怒道。

"好的，好的。"刘备忙道。

折腾到半夜，大家又躺下，营房内很快鼾声一片，年轻小伙在床上翻腾一会儿，应该也睡着了。刘备却没了睡意，他在思量如何与孙乾汇合，逃离此地。这时，他听到有人下床，窸窸窣窣不知做什么。刘备装作睡着，他很快闻到咸腥气，有东西在旁边蠕动，他一把抓住扔到地上，冰凉凉竟是条蛇，这时，他听到年轻小伙一声尖叫，刘备一探身，将咬人的蛇摔在地上。

刘备明白，这是有人使坏，年轻小伙疼得全身发抖，刘备撸起他的袖子，借着透进的月光，找到伤口，使劲挤压，最后用嘴将浓血吸出，年轻小伙感激涕零。刘备在乡间长大，知道如何处理蛇毒。

第二天一早，刘备跟随队伍去割麦，没有看到年轻小伙，还担心他挨欺负。

刘备猫着腰干活，满脑子想的是如何逃跑。突然听到有人喊，"刘大哥，"刘备抬头，是年轻小伙，身后跟着两个士卒。刘备一惊，年轻小伙一把拉起刘备，激动道，"刘大哥，以后不用干活了！"

他的话让刘备一时摸不着头脑。

年轻小伙兴奋道，"跟我走！"

"上哪去？"刘备不解。

"屯田都尉大帐。"闻听此言，刘备一震。年轻小伙接道，"都尉是我的表哥。"

刘备极为诧异，表哥是屯田都尉，他怎么来屯田？"我去那里做什么？"

"让你见识一下。"两个士卒上前客气道，"请吧。"

"你去吧，我不去了。"刘备道。

年轻小伙上来拽住刘备的胳膊，"走吧！"

刘备见此，不好再违拗，只得跟随他们来到大帐，屯田都尉并不在，"刘大哥，随便坐。"年轻小伙一屁股坐在都尉大椅上。"忘了告诉刘大哥，我叫何况，也不是忘了，是不能说，"何况得意地笑了，"有人与南营勾结，要造我表哥的反，现在领头的已被我找到，这还有刘大哥功劳。"

刘备谦道，"兄弟客气了。"

何况抚摸着脸，"这帮家伙真够狠的，我表哥带人抓他们去了，这回他们是死到临头了！"

刘备恍然大悟，何况是来营房卧底，为的是摸清造反主谋，他真没看出来。"他们是罪有应得。"刘备道。

"这次你帮了我，以后有我吃的，就有大哥吃的。"

"那可太好了。"刘备故作兴奋，"就是变化太快，一时没转过来。"

"惊着了吧。"何况为显示自己与都尉的特殊关系，看见桌上一封信，随手打开就念，"荆州主刘备擅自潜入江东，被发现后逃窜。"刘备闻听，大惊失色，何况专注于信的内容，没注意到，"望各处严加防范，一旦发现，立即缉拿，必有重赏！"上面还介绍了刘备长相，特点是耳大臂长！

刘备惊出一身汗，没想到孙权密令发到这里！

"刘备能往这里跑？我不信！耳大臂长？"何况瞧着刘备，"刘大哥这耳朵也不小啊！"

"乱动什么！"刘备身后传来呵斥之声。

何况站起，"表哥回来了！"他扔下书信，一指刘备，"昨晚多亏刘大哥帮忙，不然我就惨了！"又对刘备道，"这是我家表哥，屯田都尉张焱！"

刘备看张焱满脸横肉，不知搜刮了多少屯农的钱财。他上前作揖，"给都尉大人施礼了。"

张焱点头，"你也立了功，跟何况一起干吧。"

屯田都尉张焱，贵为张昭侄子，却是个好吃懒做之徒，没事干，找叔叔欲讨个官差，张昭担心他给自己闯祸，在孙权那里给他谋个屯田的差事，让他到荒凉之地历练一下。张焱到此一看，受湿热之苦，遭蚊虫叮咬，心中埋怨叔叔不出力，让自己到此遭罪。

他很快发现门道，盯上屯农的工钱，以各种名目克扣，引起屯农不满，大有造反之势。张焱认为，这些屯农胆小怕事，哪敢与自己作对！定是有人蓄意挑拨，马上收麦，他没敢大动干戈，只想找出带头的，杀一儆百。他借招募之机，将表弟何况安插进营房，何况很得力，一晚就查出带头之人！不出所料，这几人招出被收买的经过，张焱手指南营，大骂曹子高阴险。

曹子高是屯田营地副都尉，靠着是孙匡妻曹映琴的同宗兄弟，不把张焱放在眼中。张焱十分气恼，你是孙匡妻弟，我是张昭亲侄，若论在吴侯心中的分量，自然是我家叔叔为重。

　　两人实在无法共事，就将屯田营地一分为二，本想从此相安无事。没料到，曹子高在南营开设妓馆，搞得北营屯农蠢蠢欲动，不断有人跑去南营，甚至干脆不回来。张焱不干了，都跑到那边谁干活？还克扣谁的工钱？张焱三番两次要人，两营矛盾加剧，张焱气极，屯田营地开设妓馆，这是违反法度的大事，张焱派人暗中调查，曹子高很警惕，将调查的人毒打一顿，又派人了解张焱克扣工钱之事，结果来人被抓后失踪，两边彻底闹翻，不得不在中间设置栅栏。

　　张焱没想到，曹子高竟收买自己的人，鼓动他们造反，实在是可恶至极！如今虽然拿下带头之人，仍怒火难平，曹子高胆敢在营地开妓馆，祸乱屯田大业，早晚要告他一状。

　　昨日，收到孙权缉拿刘备的密令，他没在意，刘备乃世之枭雄，怎会来这穷山恶水！按规定，密令要传至副都尉曹子高，张焱有意压后，一是生他的气，二是认为没有这个必要。

　　刚才，张焱去抓三个领头造反之人，已将他们秘密除掉。一进大帐，发现何况翻看密令，还念出来，若是传扬出去，必被惩治！"你看我的信了？"

　　"啊。"何况无所谓的样子。

　　"一边去！"张焱很恼火。

　　"才帮过你，说翻脸就翻脸！"何况当着刘备的面，刚吹嘘完，有些下不来台。

　　"好了好了。"张焱知道话说重了，出言安抚。

　　闻听此言，何况又抖擞起来，"要我说，密令发的多余，刘备能往这儿跑，他傻啊。"

　　刘备听了哭笑不得。

　　何况没心没肺道，"再说了，天下耳朵大的人多了去，你看刘大哥，他的耳朵就挺大，能是刘备吗？"

　　刘备尴笑，"人家是皇叔，能来屯田吗？"

　　张焱闻听笑了，"既然给我们帮了忙，就与何况一起做监工吧。"

　　刘备表面镇静，内心如坐针毡，这里风险激增，必须马上离开。趁张焱与何况叙旧时，他以方便为由，撤出大帐。

张焱不学无术，这个家伙却最善于钻营，想起何况言说刘备耳朵大时的神色，当即起了疑心。

"你的朋友叫什么？"

"我只知道他姓刘。"

"姓刘，还会武？"

"对啊，一出手，就把打我的家伙镇住了！"

"你怎么认得他的？"

"途中相识的。"

"他是主动来屯田的？"

"他与另一人好像是被施粥骗进来的。"

张焱的脑袋立时打了一道闪电，仿佛一下被击晕！"他可能是刘备！"张焱喜道。

"能吗？那个刘皇叔？"

"对，就是他。"

"他可帮过我啊！"

"那算什么？他是东吴大敌，抓住他，我们就发达了！"看着发呆的何况，他冲出大帐，"来人，快快来人！"

第三十九章
男扮女装救佳人

刘备意识到危险，迅速赶到营地大门，昨日就是从此进来的，这时大门紧闭，十多个士卒把守，刘备上前试探，"腿疾犯了，我要回去看病。"

一个士卒道，"去找张都尉，他不同意，死了亲爹也休想出去！"其他士卒都笑起来。

看来此路不通，刘备打定主意，直接去南营找孙乾，如遇紧急情况，可以利用两营都尉之间的矛盾。

刘备在麦田中快速穿行，总也走不到尽头，他也不禁埋怨孙乾，没有紧跟自己，被一村姑缠住，致使两人分开，不能一起行动。

其实，孙乾时刻惦记刘备，正谋划如何与他汇合。

陶珍很高兴，她被派到伙房做饭，一安顿下来，立即跑来告诉孙乾，脸上洋溢着兴奋，孙乾满腹心事，又不能与她说。

上午，大家忙于割麦，孙乾趁监工没留神，扎进麦地，一路向北跑去，不久，他来到了栅栏前，栅栏有两人高，正打量如何过去，几个士卒跑过来，"干什么的？"

孙乾解释，"迷路了，找不到营地了。"

士卒没好气道，"新来的吧，别乱窜，往那边去！"

"好，好。"孙乾忙点头。

他佯装回转，一走出看守视线，又折回栅栏，"再瞎转，打断你的腿！"竟是刚才的士卒。今日已被盯上，只能再找机会了。

孙乾急忙往回返，以免被监工发觉。突然，他听到有人喊，"救命！救命啊！"孙乾一惊，听得似女人声，只是离得远，不太真切，他快步向前跑去，声音越来越清晰，是陶珍！眼见四个士卒正在追逐她，陶珍极力反抗，她长年劳作，身体矫健，四个人摁不住她，不断有人被她推翻在地。毕竟是个姑娘，时间一长，体力不支，孙乾见状，冲上前大喝一声，"住手！"

士卒一愣，"你是谁啊？多管闲事？"直接将孙乾推倒。陶珍见状，猛然挣脱束缚，向那个士卒冲过去，一头将其撞翻。

"光天化日，竟敢欺负良家女子？"孙乾爬起，怒斥道。

"他们骗人，不是招洗衣做饭的，他们要逼我做妓女接客！"陶珍仿佛看到亲人，含泪控诉。

孙乾气愤已极，"孙权让你们屯田，你们竟然逼良为娼，干这种丧尽天良之事，他还有何颜面示人？"吕范来荆州提亲，诸葛亮曾派孙乾到南徐回礼，见过孙权，知道他极其爱惜名声。

几人被震住，一人缓过神来，"少拿大话压人，与你有何关系？"

"怎么没关系？"陶珍接道，"他是我的男人！"一句话惊呆所有人，尤其是孙乾。

一个士卒惊道，"你俩是夫妻？"

"对！"陶珍毅然道。

几人盯着孙乾，孙乾怔怔看着陶珍，只得点头。

士卒面面相觑，一人道，"没听说新招募的农工中有两口子，他俩撒谎。"

这时，一位冷眼旁观者走过来，几人一起称他为陈兄，此人四十来岁年纪，应是这里领头的。他对一个士卒耳语几句，那个士卒跑出去了。

"你俩是两口子为何不早说？"这位陈兄问道。

陶珍道，"家里穷，揭不开锅，我说夫妻一起来，有个照应，他说什么也不同意，我只得背着他报了名。"

"为何阻止她？"陈兄问孙乾。

孙乾见此，只得配合陶珍演下去，"女人多有不便，恐遭不测，现在不是被我言中了吗？"

"你说的对，他们真是无恶不作！"陶珍触景生情，泪水止不住流下来。

这时，刚才跑出去的士卒回来，"询问来时的监工，说他俩像是刚认识的。"

"他生我的气，才装作不认识。"陶珍解释道，"他真是我的男人。"

"你太难缠，"陈兄直接对孙乾道，"你过来，我就问你！"

陶珍担心孙乾说漏嘴，要跟过来，被士卒拽住。

陈兄审视孙乾，"英雄救美啊？"

"她真是我老婆。"孙乾极力争辩。

"我问你话，都答上，我就认你俩是夫妻。她叫什么名字？"

"陶珍！"

"哪里人士？"

"济县陶里乡。"

"她的父亲叫什么？"

"陶爱富。"

"兄妹几人?"

"兄妹两人,还有一个哥哥。"这些信上都写着呢。

陈兄点头,"看来真是夫妻。"

旁边士卒提醒,"老乡也是可以知晓的。"

陈兄摇头,"屯田营地开妓馆,本就不合法道,两地都尉争斗,早晚会拿此说事。妓馆用风尘女子也就罢了,强逼良家女子卖身,人家丈夫还在眼前,太不地道,我等就不要助纣为虐了。"

士卒道,"曹都尉知道招上一个女人,他来检视怎么办?"

陈兄捋着胡须,犯了难。他抬头看到孙乾,一拍大腿,"把他领进去,换身衣裳,男扮女装。"

孙乾直咧嘴,这个表情被陈兄觉察,"难不成你不愿意?"

陶珍一直关切地望着,自己如何忍心她被糟蹋?孙乾一咬牙,"我愿意。"

孙乾被带走,陶珍冲过来,一个士卒拦住她,"陈兄发善心,让你的丈夫男扮女装,别不识好歹!"

孙乾对陶珍摆手,让她离开。

士卒对陈兄道,"看来真是两口子!"

屯田营地虽不能与许都相比,妓馆却是按曹子高的要求,精心建造。孙乾被带进一个房间,刮去短髭,绾起头发,换上女人服饰,陈兄一旁瞧着,孙乾肤白,人也端正,男扮女装,真能以假乱真,陈兄不禁为自己的眼力沾沾自喜。要给孙乾涂脂抹粉,孙乾推阻,"可否不抹这些?"孙乾从来不让夫人擦脂粉,他对此过敏。

"就别穷讲究啦!"一个士卒喝道。

孙乾苦笑,不再言语。脂粉刚擦完,他就打个大喷嚏,眼泪都下来了。

陈兄道,"忍着点,不然就把你的老婆换回来了。"

孙乾点头,"忍着,忍着。"他不敢直面自己的形象,要是荆州文武看到,岂不笑死!

孙乾被带走,陶珍不放心,在外面等候了好一会儿才离去。

幸亏她走开,因为曹子高迈着外八字来了。

曹子高因为吃喝嫖赌，惹是生非，不仅身体落下毛病，甚至在许都待不下去了，实在没出路，才到南徐找曹映琴讨生活，曹映琴不喜欢他毫无志向，肆意妄为，碍于他是曹家兄弟，让孙匡给他安排了屯田的差事。

曹子高好生失望，这不相当于发配边疆吗？听说管理大量屯农，这小子满脑子坏水歪主意，立刻欣然前往。曹子高来到屯田营地，虽是副都尉，却很是看不起张焱，尤其见他肆意克扣屯农工钱，弄得怨声载道，手段实在低下！自己要做，就让他们心甘情愿掏钱，他在外面买了十名风尘女，在屯田营地开起了妓馆。

曹子高很得意自己总比张焱棋高一招。最近，风尘女病死一个，临近收割，要补充农工，他的鬼主意多，还买什么风尘女？以招募女工为名，骗来民女岂不省钱？这才有了屯田招募女工的情形。

听说新招上的姑娘姿色很好，他要亲自检视。陈兄名叫陈奇，因为会办事，被他委以重任，帮助管理妓馆。

闻听曹子高过来，陈奇心中打鼓，担心露出马脚，男人个子高，不协调，他让孙乾站在中间。

孙乾只得蜷缩双腿，以免引起注意。女人天生敏感，她们觉察中间人怪怪的，自动向两边一闪，孙乾立时突显出来。陈奇刚要说话，曹子高昂首阔步进来了。

第四十章
刘备妓馆点孙乾

陈奇急忙迎上去，曹子高悄声问，"新来的姑娘可听话？"

陈奇为难道，"哪那么容易，连踢再咬，又哭又闹，几个人摁不住！"他说的是陶珍。

曹子高一扬眉毛，"哦，这么难缠，是个辣妹子。"

"我们又唬又吓，告诉她，闹是死路一条，会被扔出去喂狼。然后连哄再劝，这里吃得好，穿得好，还能赚到钱，她就不作声了。"

曹子高拍拍陈奇的肩膀，"做得好，这就是默许了。"然后走向姑娘们。

陈奇看到孙乾被闪成单帮，喊道，"姑娘们站好。"

姑娘们再次向孙乾靠拢，曹子高一眼盯住孙乾，"新来的姑娘，怎么老佝偻着？站直喽！"孙乾只得将腰挺直，曹子高咂着嘴，"哟，这个头儿，鹤立鸡群啊！"

陈奇忙道，"是，大高个儿。"

"怎么老低着头，抬起来。"曹子高大声道。

孙乾心中忐忑，微微抬起头。

"长得不错嘛，当不了头牌，也是上等。"曹子高道，"别以为这是难为你，干什么不是干？你打听一下别的姑娘，不比你洗衣做饭强？"

孙乾穿着女人衣衫，浑身不自在，为了陶珍，他不敢动，唯恐有何不当举止，前功尽弃。偏在这时，鼻子发痒难耐，打了一个响亮的喷嚏。他本就对脂粉过敏，现在站一群浓妆艳抹的女人中，饱受折磨，忍到极限，没有控制住。

陈奇吓得心一紧，曹子高也一愣，指着孙乾道，"不同凡响啊！"说罢径直向前走来，孙乾以为曹子高看出破绽，一紧张，汗水瞬间流下来，把脸上的粉打花。

正在这时，一个士卒匆匆跑进来，大声禀报，"有一个北营屯农擅自闯进。"

"好啊，"曹子高很得意，"你们看看，安上栅栏，都挡不住，说明咱这儿有吸引力，是不是姑娘们？"说罢哈哈大笑。

"北营一群人追过来。"士卒接道。

"别搭理，看他们谁敢进来！"曹子高满不在乎道。

"张都尉也来了。"

"哦，"曹子高来了兴趣，"这么兴师动众，我得去看看。"

孙乾睁大眼睛，心中暗想，来人不会是主公吧？

正是刘备！

　　张焱对刘备起疑后，带人四处搜寻，他知道没有自己允许，谁也出不了大门，听说此人在南营有朋友，跑到那里就麻烦了。曹子高若知道此人是刘备，绝不会送还，必须在他进入南营前，将其抓住。

　　刘备看到追捕的人影，没命地往前跑。当他来到栅栏前，被几个北营守卫发现，向他奔来，刘备一看不好，对着栅栏几脚，他毕竟是习武之人，栅栏被他踹出缝隙，刘备一探身钻入，北营守卫直抖手，没人敢跟进。这时，刘备被南营士卒发现，跑上几人将他围住，"为何毁坏栅栏？"有人喝道。

　　刘备嚷道，"北营克扣工钱，不想在那里干了。"

　　北营守卫叫喊还人，南营士卒看到，远远有一群人向这里赶来，领头的竟是张焱都尉，他们感到事态严重，一人飞报曹子高，另外几人押着刘备往营里走去。

　　曹子高听完禀报，刚出妓馆，迎面碰到刘备被带过来。曹子高问道，"为何跑到这里？"

　　刘备看他的装束和士卒的恭敬态度，料想他必是这边的头领，于是道，"那边克扣工钱，稍有不满，就会被除掉，不敢待了！"

　　曹子高一愣，"谁被除掉了？"

　　"听说有几个人要带头造反，一个长着黑眼圈，一个脸上有刀疤，还有一个是斑秃，已经被除掉，吓死人了！"

　　曹子高一跺脚，这三人正是他精心收买，鼓动北营屯农造反的！自己的功夫白下了，他深恨张焱狡诈狠毒。"我这里不扣工钱，还可尽情享乐，留在这里吧，我不会亏待你。"说罢，带着刘备，进入妓馆。

　　曹子高有自己的打算，北营人来投，从此就不送还了，他就是证人。先让他逛妓馆，将来出去，也不好意思乱说，一举两得。

　　曹子高被叫走，陈奇刚松一口气，忽又见他领个人返回，不禁心又提起来。

　　曹子高指着刘备，对陈奇道，"北营过来的，好生招待。"

　　孙乾一看进来的是刘备，几乎叫起来。曹子高指着十位姑娘，对刘备道，"到这里就是来潇洒的，刚进了新人，便宜你了。"

刘备一愣，屯田营地如何开起了妓馆？生死逃亡之时，哪有这个心思，他连连摆手。

曹子高见刘备不好意思，笑道，"真是个下里巴人！"

刘备一时手足无措，"不用，不用。"

"你弃暗投明，我诚意相待，别不识抬举！"曹子高立起眉毛。

刘备一听，这家伙是说翻脸就翻脸。

孙乾看到刘备为难，显然主公没认出自己，正想如何暗示他，不经意间，又打了一个大喷嚏，刘备循声一看，几乎惊掉下巴，这不是孙乾吗？怎么绾起头发，涂脂抹粉扮起了女人？孙乾担心主公认不出自己，故意把鞋子露出一截，这只鞋子刘备太熟悉，孙乾的脚被扎时，刘备曾帮他脱下来，包扎伤口。

刘备一点孙乾，"就选这个吧！"

陈奇和几个士卒惊得张大嘴，忘了关门。

曹子高看着两人被领上楼，手指孙乾背影，"我看她能红！"又对陈奇道，"这个屯农，有眼力，还装模作样不干！"

这时，又一士卒跑到曹子高近前，"张都尉请您去，说有要事相告！"

"让他等会儿吧，我没工夫。"曹子高有意晾着张焱。

陈奇上前，"张焱毕竟是屯田都尉，闹得太僵不好。"他明是劝说曹子高，实际是为自己解围。曹子高若不走，一会儿屯农发现领上去的是个男人，闹将起来，这戏就演砸了！

"跑个屯农，就大动干戈，我看他也干不成什么大事！"临行前，曹子高叮嘱陈奇，"一定看好，别让他离开！"

曹子高带人走到一半，迎面撞上张焱一伙人！曹子高一惊，张焱竟敢带人闯进自己的南营！

张焱追到栅栏边，听守卫说，眼看着那人进入南营，被带走了。原本，他对所追之人是否为刘备，还有所怀疑，看此人犹如惊弓之鸟，狼狈而逃，张焱确信他就是刘备。

他担心刘备逃跑，顾不得南北营约定，带人直接闯进栅栏，被南营士卒拦住，"曹都尉有令，任何人不得进入！"

何况跟在张焱身旁，气往上撞，直接给这个士卒一耳光，"记住，这才是都尉，你们那是副都尉！"张焱有了密令，胆气更壮了，带人快步往前赶，抓刘备要紧！

两边人在路上撞见！曹子高一拱手，"张都尉，咱们井水不犯河水，如今带人毁坏栅栏，擅自闯入，是何道理？"

张焱生气，曹子高竟敢在北营安插内线，蛊惑屯农造反，太过肆无忌惮！他强压怒火，现在主要任务是想方设法，让曹子高交出逃进之人。

"有一北营屯农逃入南营。"

"一个屯农何至于张都尉如此兴师动众？"

"适逢收割，正是用人之际，请曹副都尉将流窜之人交还。"

"如此心急火燎，莫非是他掌握了张都尉的秘密？"

张焱讨厌曹子高阴阳怪气的腔调，"秘密就是有人在我的营内安插内线，蓄谋造反。"

"张都尉不克扣工钱，滥杀无辜，谁会造反？"

"别以为拿住什么把柄，你在屯田营地开设妓馆，可是违反法度的大事！"

曹子高不惧，"莫要大话压人，你克扣的是屯农血汗钱，我赚的钱是他们自愿的，都是为了赚钱，谁也别说谁。"

"那好，把跑进来的屯农交还，咱们互不干涉。"

曹子高疑惑，张焱为何对一个逃跑屯农如此上心？他以拖为上，欲一探究竟。"人家是自愿前来，我岂能强行赶走？"

"我们有过协议，他是北营的人，必须交还。"

"协议是互不干涉，张都尉带人强行闯入，可是在搅扰我们南营事务。"

张焱见曹子高强词夺理，担心刘备逃跑，眼珠一转，走到曹子高近前，低声道，"那人是要犯，一旦跑掉，曹副都尉可担待不起。"

"我非三岁顽童，莫拿虚言戏我。"

曹子高软硬不吃，张焱担心时间一长，刘备逃脱，万般无奈，只得拿出孙权密令，"你来看。"

曹子高看罢，惊道，"你的意思，他是刘备？"

张焱点头，"极有可能。"

"刘备能跑到这里来？"曹子高疑道。

"千真万确！"张焱为取信曹子高，直接下了断言。"我们还有必要为这点蝇头小利勾心斗角吗？抓住他，全都有了！"

"好！"曹子高一拍巴掌，在利益诱惑前，两人迅速勾结在一起。

"千万不能让他跑了！"张焱急道。

"放心，我已让人把他看管起来了！"曹子高十分自信。

第四十一章
有灵犀一点即明

刘备"点"了新来的姑娘，其他人一哄而散。刘备与孙乾被领上楼，几个士卒笑弯了腰，陈奇也是哭笑不得。

刘备与孙乾进屋，忍不住笑道，"孙先生，你如何变成这般模样？"

孙乾一脸无奈，"主公，莫要取笑！"然后简要介绍陶珍被逼良为娼，自己帮她解围的事。

"你俩缘分不浅啊！"

"我欠她个人情。"

刘备点头，"现在情况紧急！"他告诉孙乾，孙权密令到了屯田营地，自己已被怀疑，北营都尉带人追来，必须马上离开。

孙乾才明白，主公为何这般急迫赶来。他们到窗前一望，周边有士卒把守。"这里是南营的聚宝盆，看管很严。"孙乾道。

"需要想个办法！"刘备很着急。

"我掩护您逃走。"孙乾道。刘备不忍扔下他，孙乾急了，"我何时走无妨，您必须逃出去，兴汉大业才有指望。"

这时，刘备望见张焱与曹子高带人从远处赶来。"不好，他们一同回来了！"刘备本想利用两人之间的矛盾，没想到，他们这么快同流合污了。

这时，孙乾瞥见一个熟悉的身影，陶珍！

陶珍不放心孙乾，过来观察动静，又不敢太靠近。孙乾在窗前一露头，虽然换上女人衣衫，陶珍还是一眼认出，她关切地望着孙乾。

孙乾突然灵机一动，手指陶珍来的地方，一比划，指着成片的麦田，又一比划。他想重复一遍时，陶珍已经跑开。孙乾跺脚，心道，傻姑娘，你也太心急，看明白了吗？

情况紧急，事不宜迟，孙乾与刘备耳语几句，把头发弄散，在脸上抓两把，哭喊着跑下楼去，几个士卒正在下面偷着乐，看见孙乾披头散发冲下来，强忍着笑，上来解劝，外面的士卒听到，也进来看热闹，"那个屯农下手太重，看把我打的！"孙乾哭诉道，见此景，这些士卒乐得前仰后合。

这时，张焱与曹子高已来到妓馆近前，突听有人大喊，"不好，麦田着火了！"曹子高举目一望，发现麦田好几处起火！他慌了，待收的庄稼烧掉，自己将被严惩，他急着带人去灭火。

张焱一把拉住他，"让士卒扑火，我们去抓刘备！"

曹子高怒视张焱，"我这里一直相安无事，为何偏你来时着了火？"

"你怀疑我的人纵火？"张焱气道。

"不是你来折腾，能着火吗？瞧你的破名字，一个火不够，还仨火！"

"用你的脑袋过一过，我是屯田都尉，哪儿着火，我不跟着吃瓜落儿？我傻啊，引火烧身？"

曹子高感觉张焱说得有理，"他在妓馆内，你去抓吧，我先扑火！"

张焱撇下曹子高，带人直奔妓馆。曹子高稍一迟疑，命令士卒速去灭火，他又快步跟上张焱，原来，他怕张焱暗藏祸心，趁机收集证据。

他们直接冲进妓馆，陈奇迎上来。"我送来的人呢？"曹子高急道。

孙乾刚下来，陈奇松口气，用手一指，"在楼上。"

"他跑不了！"曹子高说罢，与张焱带人冲上二楼。他们担心里面人反抗，一同抽出兵刃，在门外一听，里面没有一丝动静。

"睡着了？"曹子高一努嘴，一个士卒上前推门，纹丝未动，张焱上去两脚，把门踹开，里面空空如也。

曹子高愣住，"人呢？"

张焱一指窗户，"他跳楼跑了，快追！"

两人带着士卒跑下楼，曹子高看到麦田火势越来越大，无法淡定，"谁知道你说的真假，我得先去扑火了！"

张焱拉住曹子高，"刘备一定藏在麦田里，我带的人太少，你得帮我！"

曹子高满脸疑惑，张焱直道，"现在扑火于事无补，如果捉住刘备，就是奇功一件，不仅将功补过，还必受重赏！"

曹子高一咬牙，"我就信你一回！"他冲自己手下大喊，"命令屯农去扑火，士卒跟我去抓一个大耳之人！"

张焱没猜错，刘备从妓馆二楼跳下来，楼下没人，他们都进里边看热闹去了。为安全起见，刘备直接扎进麦田里，麦田燃起大火，南营乱作一团，他不禁佩服那位村姑真是机灵。

刘备想找机会跑出去，发现周边有很多士卒，只得折回麦田。他十分小心，既要快跑，又要躲避士卒搜捕。

曹子高看到火势难以控制，他孤注一掷，命令所有的屯农一同搜人，抓到奖赏一锭金子。

刘备几次遇险，先是碰到一个屯农，那人正打量他，刘备抢先道，"你这耳朵可不小！"屯农吓一跳，"这可不能乱说！"之后，他被一个士卒撞见，士卒喝道，"什么人？"刘备灵机一动，装作屯农，"我看到一人猫着腰向前跑去了！"士卒闻听，快速向前追去。

这时，麦田里的火更大了，烟气弥漫。刘备无法确定方向，只能往边远地方跑去。

附近人声渐弱，刘备稍稍松口气，缓缓直起腰，准备辨别一下方向，竟发现眼前站立一人，刘备几乎坐在地上，只要此人一喊，他是在劫难逃。那人说话了，"刘大哥，是我，何况。"

"哦。"刘备望着他下意识回答。

何况低下头，"您真是刘备刘皇叔？"这让刘备如何回答？"听说刘备挺仁义，这点倒与刘大哥很像，其实，对我来说，不管你是谁，我只记得你仗义相助，为我吸过蛇毒！"他向前一指，"刘大哥，只有南面无人把守，往那边跑吧！"

刘备鼻子一酸，向何况拱手。

何况不忘叮嘱一声，"听说那边是异族，很野蛮，好像还吃人，你得当心！"

"谢谢兄弟！"刘备说罢，一猫腰，向前跑去。南面是一座山岭，就此，刘备开启了一段山越国的传奇经历。

再说孙乾，趁乱换上自己的衣服，逃出妓馆。看着南营一片乌烟瘴气，连屯农都被发动去抓人，他跑出来装作灭火，到处打听是否抓住逃跑之人，有人说没有，有人说不知道，孙乾稍放宽心，不会是主公已经趁乱逃出去了吧？

自己在这里帮不上忙，空劳主公惦记，此时不跑，更待何时？他突然想到，不能丢下陶珍，她在这里很危险。可是她在哪里呢？现在火势这么大！突然，一个身影蹿到他的眼前，"孙大哥！"

正是陶珍！孙乾二话没说，一把抓住她的手，拉起就往外跑！结果出奇的顺利，他们轻松逃出屯田营地。

原来，把守营门的士卒听说，张焱都尉来到南营，麦田很快燃起大火，南营顿时一片混乱，他们知道两家都尉素来不和，难不成火并了？自己还在这里把什么门？都跑进里面一瞧究竟了。

多日的奔跑逃亡，也把孙乾锻炼出来了，当他们跑到安全之地，"可累死我了。"陶珍气喘吁吁，很自然地双手扶在孙乾的肩头。

孙乾发现陶珍的头发中夹着草叶，轻轻帮她摘下来，陶珍羞涩地抬起头，马上又笑起来，"瞧你的脸！"

孙乾笑道："你也是。"陶珍是放火熏的，孙乾是在妓馆画的胭脂，经汗一冲，成了大花脸。

陶珍郑重作揖，"多谢孙大哥救我！"

"你也帮了我们，这把火放得太及时了！"孙乾感慨，"你的胆子真够大的！"

"我从小就敢玩蛇，这不算什么！再说，这火不是你让我放的吗？"

"我让你放，你就敢放？"

"我相信你。"

两人四目相对，一时无语，还是陶珍打破沉默，"我来帮你擦掉脂粉吧，要不如何见人呢。"

"不用，"孙乾用手抹了一把脸，他惦记刘备，"我得去寻朋友了。"

"我跟你一起找吧。"陶珍不愿离开孙乾。

一个姑娘跟着毕竟不便，孙乾对陶珍道，"这样四处飘荡不安全，你去荆州吧。"

"去荆州干吗？"陶珍不解。

"去荆州松堂大街找孙府，暂且安顿下来。"

"不会是你的家吧？"陶珍好奇道。

"到了你就知道了。"

陶珍望着孙乾，"你不会是个有钱人吧？

"怎么啦？"

"有钱的都不是好东西！"

"我像坏人吗？"

"当然不是，您是个大好人！"

"那就快去吧。"陶珍是逃婚出来的，无依无靠。孙乾想让她先回到自己府上，有个安身之所。说实话，历经磨难，孙乾挺喜欢陶珍，她与夫人那种大家闺秀不同。说着，孙乾拔下紫檀木簪，"拿给他们看，就会收留你！"然后捡起一根细枝，插在头发上。

陶珍手捧紫檀木簪，"其实，我更愿意与你在一起。"陶珍小声道。

孙乾看出陶珍的心思，怕她跟着，脸一沉，"我还有急事，不能再耽搁了！"

陶珍见孙乾生气，低声道，"我走了。"说着扭头离去。

孙乾于心不忍，"陶珍。"没想到，陶珍一回身，扑到孙乾怀中，这么激烈的动作，吓了孙乾一跳。陶珍抬起头，已经满脸是泪。

孙乾为她拭去泪水。"快去吧。"

陶珍破涕为笑，"我听孙大哥的。"她把紫檀木簪小心放进怀里，心满意足地离开了。

第四十二章
聚帮凶出手暗袭

赵云辞别栾朋，不顾辛劳，匆匆返回，直奔吕范府宅。

此时天色已暗，街上行人稀少。赵云曾担心，自己与披发人打斗，惊扰吕范，他若调人保护，想见就难了。赵云来到吕范府宅近前，未发现吴兵，正要跳进院内，不料从房顶冲下一人，正是披发人！他手持兵刃，挡在赵云面前，"有本事冲我来，莫要骚扰他人！"

这个恶人还敢出现，赵云气愤已极，直接使出蜂蝶三十六剑，披发人晓得此剑法厉害，虚晃一招，转身便走，赵云知道，若不解决他，一定还来纠缠，抬腿就追。

眼见来到一个十字路口，披发人一闪而过，赵云飞身赶到，突觉一股强大推力，要把他裹挟起来。赵云大惊，披发人掉转回来，在他的前面舞起长剑，这是在作法！赵云运用内力，意欲挣脱困境。怎奈推力太强，无法脱身，这时，赵云发现，两侧还各有一人，原来披发人请来了帮手！难怪推力来自不同方向。此时，赵云无法控制身体，开始摇摆转动起来。赵云突然意识到，荆州船只遇袭时，莫非也是多人发功所至？

披发人与两个帮手成三角之势，将赵云困在当中，他越挣脱，转得越快，眼前三人变成九个人影，宝剑虽然在手，但贴在身上，动弹不得。

慌乱之中，赵云想起刘备的话，对付歪门邪道，当以猪羊狗血泼之，既然是用血，赵云使出全身之力，手指顺剑刃一抹，鲜血立时飞溅出来，撒向四周。在这一瞬间，旋转之力骤降，原来人血也有用。赵云追悔莫及，大船遇袭时，如用此招，当可渡过劫难！

眼见赵云要破解他们的功法，三人一惊，立时围攻上来。赵云利用难得机会，挣脱旋转，竭力从晕眩中恢复，一阵凉风吹来，赵云清醒许多。

这时，他看清了两个帮凶的面目，一人尖嘴猴腮，双眼鼓出，瘦到了极致。另一人短粗胖，脸上冒油，定是个好吃之人。

"师兄，把他交给我吧。"尖嘴猴腮道。

短粗胖更是猖狂，"我来收拾他！"

"当心！"披发人深知赵云的厉害，提醒两人。

他们一起扑将过来，赵云清楚，一个披发人足够难缠，何况是三人，自己刚被转得头昏脑胀，他们还擅使暗器，今日怕是凶多吉少。

不出赵云所料，披发人抄起怪异兵器，一扬手，一个火球骤然喷出，另两人的兵器同时飞出短剑和长钉。赵云闪过火球，左挡右击，动作还是慢了，长钉直接穿破衣袖，甚是凶险。

赵云定一下心神，火球又飞将过来，他已找出其中门道，将火球引到一侧墙上，瞬间熄灭。三人见此，哪给他喘息之机，仿佛三只饿狼盯着一只伤虎，把他逼到墙角，赵云已无路可退，这时，披发人的兵器突然喷出一团蓝烟，另两人同时射出长钉、短剑，赵云只能舞出玲珑壁，短剑、长钉瞬间被磕回，只听得两声惨叫，尖嘴猴腮的鼻子被短剑划伤，短粗胖的屁股直接卯上自己射出的长钉。赵云迎着蓝烟而上，肩膀被披发人的兵器刮伤，他的剑也将披发人的长发削去一绺！吓得披发人一缩脖子，跳出二丈多远。

短粗胖带着长钉，杀猪般嚎叫，掉头就跑，尖嘴猴腮捂着鼻子，跟在后面，披发人被赵云大发神威震慑，有心再战，奈何两个帮手仓皇逃窜，只得跟着退去了。

赵云没有马上逃走，他站在那里，缓了一口气，望着三人消失。他相信，三人将马上返回，如果发现自己离开，定会追上来。此时，自己受伤，又被蓝烟所熏，一阵阵头晕恶心，走不远，就会被他们追上。

稍一定神的工夫，三人果然回转，短粗胖走在最后，一瘸一拐，四处逡巡；尖嘴猴腮在中间，一手捂着鼻子，不断龇牙咧嘴。披发人走在最前，眼珠乱转，十分警惕。

见赵云未逃离，三人立时定住，赵云圆睁虎目，缓步向三人走来，短粗胖与尖嘴猴腮极为震惊，同时看向披发人。披发人强作镇静，判断他是否虚张声势。

赵云手持宝剑，继续向他们迫近。此时赵云呼吸困难，举步维艰，只得紧咬牙关。其实，那三人中任何一个上来，都能轻松打败他。

赵云久经战事，深知双方动手，斗勇之外，还在攻心。双方距离二十来丈时，他看到尖嘴猴腮回望短粗胖，然后向披发人探身，虽听不清他讲什么，赵云料想他先动摇了；双方还距十来丈时，短粗胖扭过半边身子，他已准备往回跑了。披发人弓身举剑，紧盯赵云，双方只剩四五丈时，尖嘴猴腮一磨头，蹦着高逃走了，短粗胖一愣，捂着屁股，呻吟着赶上去，披发人也失了信心，随着遁去了。

此时，赵云再也忍不住，一张口呕吐起来，直吐得肝胆欲裂。赵云踉踉跄跄向前，准备找个客栈住下。

赵云边走，边默念吐纳口诀，运用内力，试图逼出毒气。这时，他望见一条背街，直接拐进去，这里十分安静，离争斗之地渐远，赵云稍放宽心，不觉放慢了脚步。

没想到，前面竟有一队吴兵赶来，此时赵云身体发软，无力上墙，他瞥见旁边有棵大槐树，枝繁叶茂，赵云一咬牙，用尽全身气力，拽着树枝，攀上树干，躲在其中，眼见他们走过去，才放下心来。

赵云坐在树干上，感觉这里很隐蔽，索性在此运气驱毒。

过了好一会儿，赵云感觉轻松一些，正准备下树，突然听到脚步声，由远而近，赵云小心观察，这时过来四人，看走路姿势，皆是习武之人，赵云记忆超群，感觉其中一人眼熟。

他们来到大槐树旁，"就是这里，进去最方便。"一个人轻声道。

一人手扶大槐树，探身墙内，"这里院墙很高，最好在外面动手。"赵云屏住呼吸，一动不敢动。

"小东西吃了亏，最近死活不出来！"又一人道。

"上次若没有撞到鬼，咱们大事就成了。"听此人说话，赵云终于认出，这不是袭击那个少年的黑痣之人吗？这是要对谁动手？不会还是那个少年吧？赵云不免紧张，他们若知道树上就是坏其大事者，非跟自己拼命不可，现在断然打不过他们！"这里确是一个好点，我们需要仔细筹谋商量。"黑痣之人说罢，带着几个人离去。

赵云感觉自己也不能在此太久，他正要下来，突听院中有人说话，"公子，这么晚，别出去了！"

"困了这些天，快把我憋死了！"一个少年的声音。

"外面太危险！"

"听说城中有高人打斗，我去看看。"少年道。

"还敢往那地方凑，夫人若知道，那还得了！"

"莫要声张，我出去片刻就回来。"

随着话音，一个少年攀上墙，手扶大槐树，跳到地面。

第四十三章
遇少年目标逃离

见他动作娴熟，应不止一次从此出入了。借着月光，赵云一看，正是那个被自己所救的少年。

少年一落地，匆匆向前跑去，正是几位杀手退去的方向，那些人若没走远，相当于自投罗网。赵云忍不住叫道，"那小孩，"少年回过头，没看见人，摇摇头，以为自己听错，继续往前跑去，赵云想起他的名字，"孙绍！"

少年一震，回过头来，"谁在叫我？"正是孙绍。

赵云从树上慢慢下来，孙绍小心来到近前，两人一打照面，孙绍惊叫一声，随即跳了起来，"啊，是您！"他上前一把抓住赵云的手，"真的是您！我不是做梦吧？"

"是我。"真是机缘巧合，在此遇到。

"您怎么了？受伤了吗？"孙绍关心地问。他记得，恩公搭救自己时，是何等威武潇洒！如今，不仅面容憔悴，衣衫破损，身上还有血迹。

"一点小伤而已。"

"您这么高的武艺，谁能伤到您？莫不是被偷袭了？"孙绍很是诧异。

被他言中，赵云苦笑。

"这是我家，"孙绍一指院墙，"走，到里面包扎一下。"

赵云迟疑，看府宅规模，孙绍的家应是非富即贵。

"您对我有救命之恩，还有什么客气的？"孙绍挽住赵云的胳膊，生怕他跑了，"听说城中有人激战，武艺甚是高强，我今晚出来，就是看能否有您。"

赵云看出，孙绍的话发自肺腑，决定到其家中暂避。

孙绍很兴奋，拉着赵云来到府前，"开门，快开门！"

里面听出是孙绍的声音，立时把门打开了。

"公子，你何时出去的？"门房很吃惊。

"我刚出去，就回来了。"孙绍答道。

"是从正门出去的吗？"一个老者走过来，说话甚是严厉。

孙绍上前，"毅叔，这么晚还没休息？"

"我要休息，还能发现你溜出去了？"这位毅叔边说，边瞄着后面的赵云。

"实在憋得慌，出去透透气，这次可没白出去，找到我的救命恩人了！"说着将赵云推到前面。

闻听此言，毅叔上下打量赵云，"这位就是——"

孙绍激动道，"搭救我的义士！"

毅叔上前拱手，"多谢您救了我家公子！"

孙绍给赵云介绍，"这是我们府的管家孙毅！"

赵云还礼，孙毅看着赵云的装束，不免暗自惊奇。"敢问义士尊姓大名？"

"免贵，在下姓焦名龙。"

"焦龙，好厉害的名字！"孙绍叹道。他往楼上一观，那里的灯光已灭，"今日就不禀告母亲了，请毅叔为我的恩人安排一间房休息。"

孙毅道，"焦义士，请随我来。"

赵云不好意思，"多有打扰！"

孙毅领着赵云，很快为他安排好住处，这是一栋单独房屋，里面摆设很是讲究，应是招待贵客所用。孙绍一直跟在左右，孙毅道，"太晚了，让焦义士早点休息吧。"

见此，孙绍只得跟孙毅走了。

赵云靠着功夫深厚，连续运功驱毒，头晕目眩之感渐轻，他才松了一口气。来到一个陌生之地，赵云十分警觉，他注意到，自己的住处靠近墙边，十分幽静，如遇紧急情况，便于行动。

这时，有人轻轻敲门，孙绍走进来，只见他一手拿着吃喝：牛肉、糕点、水果，另一只手拎着一个药箱。"您一定饿了，我给您弄点吃的！"孙绍很是善解人意，赵云经历一场殊死搏斗，不仅受伤，还被毒烟所熏，腹中之物吐个干净，早已饥肠辘辘。"您慢慢用。"孙绍说罢，放下东西，出去了。赵云也不客气，直接开吃。

孙绍返回，端来一盆热水，"您一定累了，泡泡脚吧。"

孙绍如此贴心，赵云很感动。在他泡脚的时候，孙绍打开药箱，要给赵云上药。"我习武的时候，也经常受伤。"

"我自己来，"赵云道，"太晚了，快去休息吧。"看赵云执意如此，孙绍才离开了。

赵云拿出药，敷在肩膀上，一上身，他就知道，这是上等的好药。

赵云躺下，却睡不着。现在可以断定，吕范参与了袭击荆州船只，他是重要一环，应该知晓主公的下落。赵云决定，明日一早，直接去找吕范，披发人与同伙被自己打伤，未必敢再来阻挡。透过窗棂，天边已泛白，自己得抓紧眯一会儿。

赵云醒来时，已日上三竿，不禁一跃而起。

这时，孙绍与孙毅一同进来，为赵云端来餐食，"看您睡着，没有打搅。"孙毅道。

赵云担心吕范跑掉，饭也顾不上吃，"我还有事，先行告辞了。"

孙绍不舍，"怎么刚到就走？"

孙毅也道，"您救了我家公子，夫人还要感谢呢！"

赵云摆手，"不必了。"

孙绍拉住赵云的手，"您还回来吗？"

看着孙绍期盼的眼神，赵云不忍拒绝，含混地点头。

孙绍当即道，"一言为定啊。"

"好。"赵云随口道。

他走出很远，孙绍还站在门口。

来到吕范府宅近前，赵云小心观察，生怕披发人再来阻挡。这时，吕范府里驰出一辆马车，赵云认得，这是大臣出行的车辆，定是吕范出来了！

赵云庆幸，来得正是时候，只是当街，不能拦阻，马车跑得很快，赵云疾步跟在后面，准备见机拦下。

路上行人不断，赵云不便出手，不久，车辆来到一座寺庙，甘露寺！赵云正自琢磨，吕范来寺庙何事？车上下来一位夫人，领着一个孩童。赵云大失所望，原来是吕范夫人到寺庙进香！正要走开，他又发现一个熟悉的身影，鲁肃夫人！赵云停下来，因为她们的丈夫都是自己要找之人！

霍水由甄彩和贾颜陪同，单独上前进香，吕范夫人则带着孩子祭拜。一个是来求子，一个是保佑孩子平安。

祭拜完毕，两位夫人碰面，一起聊起来。

"鲁大人如何没来？这可是两个人的事。"吕范夫人笑道，"甘露寺很灵验，你们得抓紧了！"

"我抓紧有何用？他又被吴侯派走了。"霍水不满道。

"我家先生也外出了，最近东吴不知发生何事，匆匆忙忙地走了。"

两个女人聊得十分热络，赵云闻听，无异于凉水泼头，自己要找的两人，商量好似的都躲出去了。

现在看来，要营救主公，只能夜探吴侯府了！有备无患，赵云从甘露寺返回，小心翼翼围着吴侯府转了一圈。

赵云突然有个疑问，孙绍家有如此基业，到底是何方神圣？他还姓孙，让赵云多了一份谨慎。

赵云来到孙绍家附近，向路人打听，这个府宅的主人为谁？

"这是策王府，小霸王孙策的家，东吴的江山都是他打下的，只是他去世得早，现在的吴侯孙权都是借其兄长的光！"一人介绍道。

这里是孙策的府宅，孙绍当是其子！主公被孙权偷袭，自己竟救了他的侄子？真是世事难料啊！

正自琢磨，"焦义士，"赵云回头，竟是孙绍，"我还担心您不回来呢！"说罢上前捉住赵云的手，激动的心情溢于言表。

黄豆给的钱已花尽，现在吃饭住宿都成了问题。孙绍如此热情，自己救过他的命，虽是孙权侄儿，当不会害自己，况且危险之地，也许更是安全之所。赵云跟着孙绍，又回到了策王府。

第四十四章
初见芳颜好拘束

赵云回来，孙绍很是高兴。

赵云看出孙绍痴迷武艺，"你的身手不错，习武多久了？"

"五年，"这正是孙绍的兴奋处，"见到您之后，我才发现自己只学到点皮毛。您的武艺这么高，是如何练出来的？"

"师父教授，自身也要用功苦练。"

"您的师父一定极厉害吧？"

"我的恩师乃是一位世外高人。"

孙绍略迟疑，"我想——"

"你想拜他为师？"赵云笑了。

"我想拜——"孙绍刚说到此，孙毅进来了。

"听说焦义士回来，我家夫人来看您了。"孙毅介绍道。

赵云知道，孙策夫人大乔是乔国老爱女，乃当世美人。赵云性格腼腆，见到年轻女子就脸红。赵云只想暂住，不希望惊动他人。赵云心里也清楚，孙绍毕竟未成年，自己救过他的命，大人出面感谢，乃人之常情。单是凭空住进一个陌生人，也会惊动其家人。事已至此，赵云只能硬着头皮相见。

门帘一挑，一个窈窕曼妙的身姿进入屋内，只见她面如粉月，月朗如银。一双凝眸，眸若星花。红唇未启，丹胜天霞。身上未着绫罗绸缎，青衣素裙宛若天仙。未施脂粉香颜，馨气淡雅卓尔脱俗，未见珠光宝气，犹如晨露美玉玲珑相随。这美美地沁心夺魄，这美美地花羞鸟惭。

正是江东第一美女大乔！

大乔见赵云，衣衫虽然破旧，遮不住矫健身姿，面容尽管憔悴，掩不住英武俊朗。

孙绍上前介绍，"母亲，这就是搭救我的恩人焦龙焦义士！"

"感谢焦义士仗义相助，救孙绍于危难，大乔在此有礼了！"说罢，向赵云深深一揖。

赵云还礼，"路见不平，谁都不会袖手旁观。"

大乔点头，赞赏他谦逊的态度。"我儿对焦义士的救命之恩念念不忘，今日得幸相见，特备薄酒，以示谢意。"

赵云哪有心思吃酒，"谢谢大乔夫人，搭救公子，是我们有缘，在下不胜酒力，宴请之事就免了吧。"

大乔观赵云的神情，知他不是客套。"那就只请您吃饭，略表我们母子的心意。"

"公子对焦义士佩服得五体投地，您既然说与他有缘，就不要客气。"孙毅劝道。

赵云还想推脱，大乔接着道，"其实，我还有事向焦义士请教，望您不吝赐教。"

这就不是简单的感谢了，孙毅上前，"焦义士请吧。"孙绍笑着从后面推赵云，"吃个饭而已。"对方盛情相邀，赵云不好再推辞。

孙毅前面引路，孙绍兴奋地拉着赵云，大乔陪在一侧，沿小径拾级而上，赵云看到一个大花园，山石林立，中间有一块空地，上面方砖铺地，两侧立有兵器架，孙毅道，"公子拜了几位师父，就是在此学习武艺。"

"我要拜更厉害的师父，"孙绍道，"将来就不惧恶人了。"

眼见一座楼呈现在面前，孙毅将赵云引入客厅，一桌宴席已摆于正中。

"焦义士请坐。"大乔道。

赵云坐下，孙绍陪在一侧。面对倾国倾城的美女大乔，疆场上勇冠三军的赵云，顿感手脚无处安放。

大乔见赵云有些拘束，就请孙毅一同作陪。"焦义士若真不喝酒，就请多吃一点。"

孙绍与孙毅站起为赵云布菜，酒宴十分丰盛，尽显主人之诚。

大乔为让赵云放松，说道，"听口音，焦义士不像南徐人，不知您是哪里人士？"

"我乃河北人。"赵云担心暴露身份，只言"河北"，省去了老家"常山"。

"何以来到了南徐啊？"

"习武之人，游历至此。"赵云搪塞道。

大乔点头，"焦义士游走四方，一定见多识广。"

"实不敢当。"赵云谦道。

"我有一事不明，请教焦义士。"

"您请说。"

"焦义士搭救孙绍时，曾与恶人交手，依您看，他们是临时起意，还是蓄意而为？"

赵云知道，那些人至今没有放过孙绍。"以我观察，不像临时起意。"

"真是有人蓄意谋害？"孙毅惊道。

赵云点头，"公子须得当心。"

大乔面色凝重，对孙绍道，"从此不得擅自离家半步。"

孙绍撅起嘴，"那样岂不憋闷死人？"

孙毅接道，"这非长久之计。"

"孙毅说的对，只要这些人在，对绍儿就是个威胁。我们需要了解，他们是些什么人，受何人指使。"

赵云点头，其中似有隐情。

"焦义士武艺高强，绍儿说，恶人在您的面前不堪一击，不知可否冒昧请求焦义士，帮忙捉拿这群恶人，以绝后患。"

　　主公生死不明，赵云有心相帮，也无此精力。赵云不明白，孙绍的叔叔是孙权，请他帮忙才是正理。想到几个恶人已来策王府踩点，料定还会出手袭击，"请您见谅，在下有事在身，建议公子暂且找地方避一避。"

　　"上次去国老家，遭遇不测，哪还敢让他出去？"孙毅道。

　　孙绍急了，"难不成要将我一直困在府中？"

　　"为安全起见，只能委屈一阵了。"孙毅道。

　　"焦义士有何高见？"大乔问道。

　　赵云想到孙绍已拜师学艺，"可请高人保护。"

　　"我也想到，已派人请了。"大乔回道。

　　想到孙绍诚意相待，赵云道，"请贵府加强防范，我若再遇到这些人，定将他们擒住。"

　　大乔当即表示感谢。饭后，她叮嘱孙毅，焦义士衣衫破了，为他准备一套新衣。

　　赵云打算夜探吴侯府，他告诉孙绍，自己今晚要早点休息，孙绍才不舍地离去了。

　　孙绍离开，赵云静候一会儿，此时天已完全黑下来，他轻轻推开房门，观察四周没有动静，悄悄出来，一跃上了墙头，飞身而出，那里正是大槐树所在的地方。

　　赵云下到地面，沿街道疾行，此时，街上没有一个行人，他拐过几条街，前面突然冒出三个人，皆身背行囊，其中一人身材魁梧，青巾包头，与其他两个年轻人相比，行走更快，吹开的青巾露出里面的光头。

　　赵云走过时，三人很警惕，连瞥赵云几眼。他们形迹可疑，若在荆州，赵云定会拦下盘查，现在他无心旁顾，径直奔吴侯府而去。

　　吴侯府院墙高垒，常人难以进去。赵云发现，北侧较偏，准备从此进入。

　　赵云来到墙下，看四周没人，纵身跃上墙头，轻轻落到院内，吴侯府内房屋林立，他不知道主公是否关在这里，赵云准备抓一个人，打听一下情况。这时，他看见一人晃晃荡荡过来，像是刚喝过酒，赵云正准备出手，斜侧拐过一群护卫，赵云只得回身，躲到阴影里，不想阴影中有一花盆，被他碰掉，发出"啪"的一声，"何人？"随着一棒铜锣声，护卫直奔过来，出师不利，既然被发现，今晚只能放弃行动，赵云快步来到墙边，飞身上了墙头，一跃而下。

赵云走过几条街，迎面跑来三人，神情紧张，赵云识得，正是刚才所遇之人，此时他们的行囊变小，三人瞥一眼赵云，迅速消失在夜色中。

赵云正疑惑，发现不远处一座府宅燃起大火。赵云脑中一闪，难道刚才三人行囊中是引火之物，专为纵火而来？

街上一阵喧嚣，出现很多巡逻士卒，估计南徐又要紧张起来，现在看来，住在孙绍家中，不失为一个好的藏身之地。

赵云来到大槐树下，小心越过院墙，他走时，房门是虚掩的，赵云仔细观察，没移动痕迹，才闪身进入屋内，此时夜已深，虽然疲惫，初探吴侯府，无功而返，还是令赵云很沮丧。

主公到底在哪里？现在鲁肃、吕范都没了踪影，两条线索已断，犹如在黑暗中摸索，见不到亮光，不免心意沉重。

好不容易睡着，赵云做了一个梦。梦见关羽、张飞怒气冲冲向他要大哥，这时，诸葛亮走过来，赵云急忙上前解释，没想到军师一把推开他，"子龙，你辜负了我的信任，太让我失望了！"

赵云惊醒，出了一身冷汗，拭汗之时，他想到了一个人！

第四十五章
赵云被疑负气走

孙绍看出，焦义士为人低调，不喜人多，他也乐得与焦义士独处。一早，陪焦义士吃过饭，孙绍恭恭敬敬捧来一件新衣，"请您换上。"

赵云的衣衫是黄豆赢来的，与披发人打斗时，又被划破，见有头有脸之人，门房这关都过不了。赵云接过来，穿在身上。

孙绍喜道，"像给您做的一样。"

赵云点头，"确实很合身。"

这时，孙绍扑通一声跪下，赵云一愣，"这是为何？"

孙绍上前叩首，"请您收孙绍为徒，我要跟您学习武艺。"

赵云挺喜欢孙绍，重情重义，资质很好，是块习武的材料。怎奈自己重任在肩，哪有精力教人武艺？"我现在实无空暇。"

"只要您同意，我可以等。"

"那岂不是耽误了你学习武艺？"

"师父，那您就随时教我几招呗！"

"师父？我可还没答应。"

"反正我认您为师了！"孙绍郑重道。

赵云为孙绍的诚意感动，"如果得闲，我可以指点你一二。"

"太好了，我都等不及了！"孙绍激动道，"师父，您在忙什么？用不用我帮忙？东吴很多文臣武将之子都是我的朋友，像丁奉、吕蒙、朱治、太史慈、诸葛瑾——"

"诸葛瑾？"赵云脱口而出，这正是他下一步要找的人。

赵云本不想打搅诸葛瑾，担心连累他，如今鲁肃、吕范都不见，自己已走投无路，诸葛瑾是军师的兄长，也是孙刘联盟的坚定支持者。赵云说罢就后悔了，担心泄露天机，对诸葛瑾不利。于是敷衍道，"诸葛瑾、太史慈，东吴复姓好多啊！"

"可不是，复姓名字叫起来朗朗上口。"

这时，孙毅进来，"公子，夫人让你过去呢。"

孙绍撅起嘴，"我正与师父探讨武艺呢。"

"师父？"孙毅瞪大眼睛。

"我要拜焦义士为师。"

"已经拜完师了？"孙毅惊道。

"头磕完了，师父还没答应呢！"

孙毅松口气，"那正好，夫人叫你。"

"什么事？一会儿去不行吗？"

"夫人要你马上去。"

孙策去世后，孙绍心疼母亲，对她百顺百依，此时，他舍不得走，又没办法，"师父，我很快回来。"

孙绍跑来见母亲，大乔道，"你遇袭之事过去多日，至今没有结果，我要带你去见国太。"

"哪天见不行，非得今日吗？"

"焦义士说了，那些恶人是蓄意而为，我们要督促你二叔尽快缉凶。"

孙绍看母亲执意要去，只得跟随大乔前往吴侯府。

孙绍离开，孙毅手持托盘，回到赵云住处。看到赵云正要出门，"焦义士要出去？"

赵云点头。

孙毅掀开托盘，里面是四锭大金。"夫人说，感谢您搭救公子，这是酬劳。"

赵云摆手，"不必如此。"

"请您收下。"孙毅将托盘放在赵云近前，漫不经心道，"焦义士昨晚外出了？"

赵云一惊，他怎么知道的？难不成自己被监视了？

"昨晚潘璋将军府宅被人纵火，现在正全城搜捕嫌犯，策王府不宜收留外人，请您速速出城吧。"

"怀疑我是纵火之人？"赵云皱起眉头。

"我们相信，搭救公子的义士，当不是纵火之人。可是江湖恩怨，我们如何说得清？"

遭人监视，又被怀疑纵火，现在明明是下逐客令！赵云轻轻摇头，没有言语。

"请您思量，对不住了。"孙毅抱歉道。

赵云看着孙毅，点点头。孙毅移开目光，不与赵云对视。

赵云默默脱下新衣，叠折整齐，放在桌上。

孙毅尴尬道，"这是为何？"

赵云拿起自己脱下的旧衣，重新穿在身上。

孙毅愣愣地看着赵云的一举一动，见他要出门，端起托盘，"您的酬劳！"

赵云似乎没听到，径直走了出去。

大乔与孙绍坐车回府，孙毅立即迎上去。两人一对眼光，孙毅微微点头，证明已完成任务。孙绍一下车，直奔赵云住所，孙毅急忙跟过去。

看着空空的房间，孙绍问道，"师父呢？"

"出去了。"

孙绍发现了新衣，"怎么脱下了？"

孙毅竭力遮掩，"大概不合适吧？"

"不对，师父穿上时很高兴，还说挺合身呢！"孙绍疑道，"毅叔，发生了什么？"

孙毅想，既然如此，索性断绝公子的念头，"他走了。"

"走了？说什么了吗？"

"什么也没说，估计办完事了吧。"

"他答应指点我的，师父不是言而无信之人！"孙绍霍地站起来，"我要去找他！"

"你上哪里找他？"孙毅拉住孙绍。

"他说有事，不会离开南徐，上次我就找到了他。"

"好天真的公子，上次的事你不觉得蹊跷吗？"

"蹊跷？"孙绍盯着孙毅，"你是不是对师父做了什么？"

"他的武艺那么好，我能对他做什么？"

"我去寻师父，找不到不回来！"孙绍赌气道。

"夫人有话，外面危险，你不能出门！"

"我找母亲去。"孙绍前面走，孙毅后面紧跟。

大乔内心很不平静。

此前南徐突生流言，传说应由孙绍继承孙权大位，这让她极为不安。接着儿子遇袭，令她细思极恐。偏在这时，孙绍的救命恩人来到，借向他讨教之机，仔细观察，发现他心事重重，前面说游历至此，后又说有事在身。据孙毅介绍，焦龙来时身上有伤，更让大乔多了一份小心。

孙毅看出夫人的顾虑，决定在楼上监视焦龙一晚，结果发现他深夜外出，潘璋家中就遭人纵火，虽不能断定是其所为，留在府中终是隐患。

听说焦龙搭救孙绍时，仅将恶匪打倒，未伤害一人，大乔不免怀疑，他们是否为同伙，假意营救，实则另有所图。焦龙与孙绍偶遇的地点，竟是自家墙外的大槐树旁，感觉像是守株待兔，她怀疑这里藏有更大的阴谋，才毅然决断，让孙毅拿钱，请焦龙走人。她担心儿子反对，借带孙绍去见国太之机，将他支走。

她也想过，若错怪了焦龙，如此对待孙绍的救命恩人，是不是过于无情？为了消除隐患，也只能如此了。

吴侯府反馈的结果令她失望，遇袭之事，过去多日，凶手仍逍遥法外，姑侄被困竹林之事，只是砍些竹子了事。她还听说，昨夜有人闯进吴侯府，那个时间，也是焦龙外出的时候。大乔坚信，让焦龙离开，是正确的抉择。

这时，孙绍气呼呼进来。"娘，焦义士走了，我要去找他！"

"绍儿，你也不小了，要理智一些。"

"我理智不了，刚要拜师，你们就把他撵走了。"说罢，落下泪来。

"拜师，我不反对，必须是武艺与德行俱佳之人。"

"焦义士德行怎么了？"孙绍气道。

"焦义士深夜外出，潘府就被人纵火。"

"师父半夜外出，你们如何知道的？莫不是监视他了吧？"

"江湖人士，行踪不定，我们得小心。"

"他是我的救命恩人，你们怎能胡乱猜疑人？"

大乔望着儿子，"焦义士可曾问过你的身世？"

"没有，说明他不关心这些。"

"恰恰相反，说明他早就知道，带着目的而来。"

"他能有何目的？"

"现在东吴情况复杂，不得不防。"大乔道，"我甚至怀疑他是诈伤。"

孙绍想到，自己要给焦义士敷药，他确实没同意。"习武之人受点伤正常，哪能像女人一样大惊小怪。"

"不管怎样，他的行为举止异常，策王府中不能容留这样的人，我要为你的安全着想，为策王府负责！"

"为我的安全着想？没有他的搭救，我连命都没了，还提什么安全？反正我不相信焦义士是坏人！"

"没说他一定是坏人，你不是想拜师吗，娘为你找更厉害的师父。"

"除了他，我谁也不想拜！"孙绍说罢，伤心地跑出去了。

孙毅沉吟道，"赠予他的酬劳，分毫没动，连换上的新衣，也脱下了，夫人，我有种预感，咱们可能冤枉他了。"

大乔听罢，若有所思。"事已至此，看紧公子，不能让他外出。另外，叮嘱家人，绝不能透露府上收留过外人。"孙毅刚要出门，大乔叫住他，"马上让人把墙外的大槐树伐掉！"

第四十六章　巧遇鬼豆获要讯

赵云负气而走，很快就释然了。半夜外出，本就不正常，赶上潘璋府宅被烧，有人夜闯吴侯府，难免不被怀疑。

现在只剩下求助诸葛瑾一条路了。

行走间，赵云发现，迎面过来一队吴兵，见人盘查，不知是不是前两件事惊扰了孙权，南徐又加强了防范。赵云准备折回，不想后面又赶来了一队巡逻士卒，赵云不想惹上麻烦，他一撤步，躲过吴兵视线，一搭墙边，飘然进入院内。

赵云潜身一棵大树后，他发现，这个院落极大，中间是一片楼宇，从规模看，房屋错落有致，很是考究，赵云断定，这里大概是东吴的馆驿，用来接待贵客宾朋的。自己所处位置，应是馆驿后身，十分肃静。主公来南徐相亲，本应被安置于此，真是世事难料。

　　感觉外面吴兵已经过去，赵云正准备探身瞭望，突见有两个人走过来，就停在大树前，只见一人手指一栋楼宇，低声道，"那个就是孙权御所，小潭说了，要尽快做好设置，便于青衫大哥行动！"另一人点头，示意他止声。这时，几个人抬着梯子过来，看样子是馆驿的人，他们把梯子搭在最高的那栋房子前，前面两人迅速攀上去，一人爬到起脊上，一人进入起脊内，只听馆驿的人在下面喊道，"给我们检查仔细了，千万不能漏雨！"先前两人，应是馆驿请来修缮房屋的匠人，不过，听他们的话，似乎别有用意啊！他们还提到小潭与青衫大哥，应是破庙中审讯黄豆之人，他们要在孙权的御所做手脚，难道有袭击孙权之意！这到底是些什么人？一时难以判断，赵云决定还是先找诸葛瑾，他乘人不注意，悄然跃出了围墙。

　　有了上次找错门的教训，赵云打听清楚，才赶往诸葛瑾府宅。

　　诸葛瑾府宅门面不大，听军师诸葛亮说过，大哥为人低调，由此可看出他的行事风格。

　　赵云小心环顾四周后，才来到诸葛瑾府门前，轻轻叩打门环。少顷，出来一位老者，"请问，您找哪位？"

　　"诸葛瑾先生在家吗！"

　　"不在，"老者摇头，"您是？"

　　"我是他的一位故友。"

　　老者上下打量，看赵云风尘仆仆，衣衫破损，并没嫌弃，客气道，"请您报上姓名，我可禀告夫人。"

　　赵云不想惊动诸葛瑾家人，"先生何时回来？"

　　"中午应该能回府。"

　　赵云无人指望，"那我就等一会儿。"

　　老者抱歉道，"近日南徐不太平，您又不便报上姓名，只能在门外等候了。"说着给赵云搬出一把椅子。

　　临近中午，赵云耐着性子坐下，将头扭向里面，以免引起他人注意。同时，用眼睛余光扫视街面动向，料想若有车马靠前，当是诸葛瑾回来了。

　　赵云哪能坐得住？他站起身，想到自己一旦离开，可能错过与诸葛瑾谋面的机会，只得又坐下来。

此时，远处走来一人，望见门前的赵云，稍事观察，转身来到后面小门，悄然进院，此人正是诸葛瑾，字子瑜。

最近东吴发生很多事情，江中沉船、孙绍遇袭、潘璋府宅被焚，他不得不谨慎从事。尤其是沉船事件，听说江中浮尸皆是荆州士卒打扮，太不可思议，荆州船只何以至此？一艘船显然不是来作战，大船航行，定非常人所乘，何人来东吴了？出现如此变故！近几日，孙权虽正常升堂议事，总感觉他心绪不宁。南徐街头巡逻士卒增多，码头、关口也加强了防卫，这一切很不寻常。

在东吴，诸葛瑾与其他文武最大不同，就是前往吴侯府议事，皆是步行，其对外言说，活动筋骨。想到诸葛亮出山后，很少骑马，多以四轮车代步，后人猜测，这可能与兄弟二人得过寒湿腿疾有关。

老者过来禀报，"外面有位故人找您。"

"故人？可曾报上名号？"

"他不肯说。"

"长何模样？"

"年纪很轻，眉目端正，看面相不似恶人，只是衣衫褴褛，面目疲惫，似是长途跋涉而来。"

诸葛瑾踱步，老者接道，"我给他拿把椅子，请他在门外等候，他坐不住，像有急事。"

诸葛瑾脑中一闪，大白天来找自己，又不便报上姓名，如此神秘，定有要事。联想到最近的沉船事件，让这样一个人坐在门前不合时宜，"待我来看。"

诸葛瑾来到近前，透过门缝，哪里还有人？只剩一把孤零零的椅子。

赵云如何不见了？

赵云在门口等候诸葛瑾，暗自观察周边动静，突然，一个熟悉的身影，进入视线。

黄豆！

赵云气极，命他回荆州报信，他敢抗令不遵，还被捉去破庙，若不是自己阴差阳错赶到，打跑那些人，估计连小命都没了。

赵云悄悄跟过去，压低嗓子喝道，"黄豆！"

黄豆正赶路，听到有人喊他，吓得蹦起来。回头一看，又惊又喜，立即跑过来，赵云一点首，将他带离诸葛瑾府宅。

两人来到一个僻静之处，"大胆黄豆，你竟敢违抗我的军令？为何不去荆州报信？"

"子龙将军，您给个胆子，我也不敢啊！"黄豆吓得连连摆手，"现在南徐把守严密，出不了城。"

"怎不去找运水车？"

"我是想借助运水车出城，可惜这次被发现，他们怀疑我要投毒，把我痛打了一顿！"

赵云想到，黄豆没有自己的身手，稍有不慎，确有可能会被发现。"何以被抓进了破庙？"

"啊，那天出手的真是您啊！"黄豆恍然大悟，"我猜别人没这本事！"

"那日怎知上面有人？还晓得是我？"

黄豆道，"我确实听到了上面响动，当时我都要死到临头了，不制造事端，哪有机会逃跑？您名声最响，我不说您说谁？"黄豆确实够鬼够精。

"告诉我，为何无故泄露自己是荆州护卫？"

黄豆小心道，"出不了城，没法向您交代，心情不好，才去赌馆小试几把，结果手气不顺，输得一塌糊涂，就喝了点酒，不知怎么就吹起了牛皮。"

"嗜赌如命，恶习难改，泄露军情，耽误大事，必须严惩！"

黄豆连忙求饶，"子龙将军息怒，我有要事禀报。"

"要事？不要跟我耍滑头！"

"那可不敢，子龙将军，我发现主公下落了！"

"真的吗？"赵云瞪着黄豆，"不要骗我。"

"我要骗您，就斩了我。"

"快说，怎么回事？"

"在赌馆里，我听人说，最近东吴抓了一个荆州要犯，押到龟狐狱去了！"

"哦，"赵云心中一震，"怎知道他所说真假？"

"我打听了，说此话者是东吴大将韩当的兄长韩丁。"

赵云点头，"这个线索很重要。"

"没找到您，我先跑去龟狐狱附近，探了一下路。"

"好，"赵云赞赏黄豆的做法，"那里是什么情况？"

"那是东吴关押要犯的地方，地形险要，戒备森严，以我的本事，根本进不去。不过，它的具体位置，有多少士卒看管，我都摸清了。"

赵云一拍黄豆肩膀，"很好，即刻领我前去！"

第四十七章
逃离屯田进山越

刘备跑出屯田营地，遁入丛林，呼喊声渐渐远去。

刘备曾想在山中暂时躲避，再寻机逃走，又担心屯田营的人追上来，只得加速向前逃去。

前面山峦叠嶂，灌木丛生，刘备从小在乡间长大，擅于穿山越岭，怎奈乌云遮月，视线不佳，半夜又下起急雨，道路湿滑，极为难行。开弓没有回头箭，刘备只能咬牙继续前行。

清早时分，寒雨渐歇，刘备整整跋涉了一夜，方从山中走出。

此时，天已大亮，刘备又饥又冷，疲惫不堪。他四下搜寻，看到几个野果，顺手摘下，坐在山边一条小径上，边歇息，边充饥。

突然，他听到咯吱吱的声响，似粗木遇重压将折未折，远处隐隐传来轰隆之声，像雷鸣又较雷鸣低沉，刘备嗅到奇异的气息，如枯枝烂叶沤出的味道。刘备四下逡巡，追寻声响之处，这时，他感觉脚下的土地在抖动，抖动还在放大，最后变成了颠簸。

山崩！刘备暗叫不好，他一跃而起，奔向山下。山上的泥土砂石滑落，溅起滚滚烟尘，刘备的寒毛炸起，恨不能肋生双翅，飞离险境。他听闻过山崩的特点，努力往斜向跑，山石击打在身上，他没感到疼痛，只剩下一个动作，甩臂迈腿向前。当他跑得再无一丝力气，只觉胸膛发热，嗓子发咸，有气闭之感，他听不到任何声息，似乎世上所有东西都已静止，他也只剩下奔跑的意识，没有了抬腿的动作，现在，即便乱石盖顶，也只能以山石为棺了，他瘫坐在地上。

此时，刘备连抬头的力气都没有了，好一阵喘息，意念才逐渐恢复。他撑着地面，一点点起身，动作如风烛残年的老翁。刘备双手扶膝，弓起腰身，回首一望，大山已削去一角，乱石、泥土与树木狼藉一片，它们如猛兽般追到近前，没了气力，匍匐于地。

刘备仰望天空，轻轻摇头，庆幸自己还活着。他缓缓直起腰，准备辨别方向，惊奇地发现，远处赫然站立一群人，他们张大嘴巴，像瞧怪物一样盯着自己，显然被眼前的一幕惊呆，如木雕泥塑一般定在那里。

刘备暗叫不好，这就是所谓的异族吧？听说他们很野蛮，甚至会吃人，可是，现在自己别说跑，连挪动都难。这时，那群人中跑出十多个，径直来到刘备近前，将他围住，刘备没有反抗，他已燃尽了全部气力，随时可能瘫倒，只能任人宰割。这些人连推带拉，将他带过去。

刘备发现，这群人正在祭祀。眼前的供桌上摆满祭品，四周站立僧侣，擎着各种响器。为首是一个女子，穿白带素，泪眼婆娑，悲痛欲绝。

"为何外人能跑出，你骑马都逃不了？"女子全身颤抖，正在泣诉。刘备一听，外人能跑出，这好像在说自己，难道她祭奠的人死于山崩？"整整一年，我多少次梦见你，可是回来的为何不是你？"看着女子抽动的身体，听着痛断肝肠的哭声，刘备能感受到女子与逝者的感情之深。

随行的人跟着抹泪，一位体态丰腴的姑娘上来解劝，"苗相，人死不能复生，别哭坏了身子！如果少鼎司地下有灵，他会不安的！"

"老天为何如此不公？偏要把我的梁粉带走！"女子哀痛不已。

姑娘回头，对推着刘备的人道，"都怪他，惹得苗相更伤心，还留着干什么？"

闻听此言，几人架起刘备往外走。刘备想，这下完了！

"慢着。"全身缟素的女子说话了。

几个人将刘备推到她的面前,刘备看清了女子的面容,只见她,虽经擦拭,脸上仍有抹不去的泪痕,如梨花带雨,尽管哀伤依旧,却有乌云难遮皎月的秀美容颜。

"如何处置此人?"姑娘问道。

刘备心中一惊,听话音,只要女子一句话,他们就能把自己埋进滚落的山石中。

女子抬眼看刘备,此时他满身泥土尘沙,衣衫被扯得破烂不堪,整个人跟泥猴似的。只听她淡淡道,"能逃出山崩,定是得了老天的眷顾,不要伤害他,先带回吧。"

听罢她的话,刘备稍放宽心,先活下来,再筹谋下一步如何逃走。

女子上了车驾,刘备被他们裹挟着往前走,他暗自观察这群人的神情。主人悲伤,随从都低着头,神色凝重。女子近前的随从,从长相上看,应该是汉人,周边士卒个子较矮,颧骨略高,不似中原人,不知是不是异族?是否有吃人的嗜好?

在刘备胡思乱想之时,他们来到城郭,这里城墙皆为石头构筑,应比中原城池坚固。

"苗相,苗相!"街上的人看到车辆,兴奋地喊道,看来女子在当地颇受百姓拥戴。

随从上前制止,主人今日哀伤,不想被打搅。

"不要如此对待他们!"女子在车中道,随后她将车帘掀起,微笑着向人们摆手。刘备没想到,如此特殊时刻,女子尚能微笑示人,令他刮目相看。

大家簇拥着,车辆来到一座府门前,府宅规模宏大,主人必是当地的达官贵族。只见宅院围墙均由竹排与藤条连接而成,大门很有特点,门楼之上,装饰鹿角、牛角和象牙,甚是肃穆威严。

来到府里,那个姑娘陪着女子入内,随后姑娘返回,"上官,领此人去洗个澡。"她指着刘备对一名随从道。这名随从留着山羊胡,清瘦细高,闻听此言,皱眉道,"我?领他洗澡?"一副很嫌弃的样子。

"杨桃，你这是难为上官兄弟。"一个长相斯文的人接茬。

"司徒大哥说的对，因为上官兄弟从来不洗澡！"一位身背镔铁戟的人说罢大笑。

杨桃姑娘也笑了，"公孙双最不厚道，揭人家老底，哪有那么多穷讲究？"

"杨桃最讲究，要不你陪他洗吧？"旁边一位红脸汉子搭言，此人倒与二弟关羽有几分相似。

"好你个尉迟武！"杨桃扑过来，抬手就打。

"怕你了，怕你了！"尉迟武忙躲开。

"正好，就把泥猴交给你了。"杨桃说着，特意对尉迟武点点头，刘备不明其意，不会是洗干净吃了吧？

"这事闹的，开个玩笑，还把麻烦揽自己身上了，便宜上官兄弟了。"尉迟武笑着对刘备一招手，将他带到一个大房间，当中有一个大竹桶，里面已放满水。"好好洗洗吧。"说罢，走出去，在门口候着，刘备明白，这是监视自己啊。他摸一下水温，正合适，一路奔波逃命，全身发黏，实在难忍，洗完澡就是被吃，也认了。

进入水中，躺在其间，真是舒服。只是肚腹空空，不争气地叫起来。

刘备洗完澡，尉迟武递给他一套衣服，还算合身。"这不是精神多了！"

这时，杨桃来到，看一眼刘备，先前狼狈不堪的泥猴变了样！"哟，不错，"她对刘备道，"跟我来吧。"

尉迟武坏笑，"跟住，她还没男人呢！"

杨桃头也不回，"滚。"

杨桃胖胖的，眼睛不大，嗓门大，说话很脆，一笑俩酒窝，别有一种韵味。

"请问尊姓大名？"

"免贵，姓刘名乾。"远离了是非之地，刘备还是希望留着大汉之姓。

"哪里人士？"

"河北人。"

"家中还有什么人啊？"

"父母双亡，孤身一人。"

"也是个可怜人，以何为业？"

"织席贩屦为生。"

"为何来到这里？那边可是东吴的屯田营地。"

刘备知道，这是在摸自己的底细。他决定，把境遇编得惨一些，让他们深信不疑。"原本让我做织席编草鞋的活，后来人手不足，他们就强迫我去种田，还不给足工钱，稍有怨言，就往死里打，甚至被除掉，最近他们就杀了好几个，吓得我连夜逃跑，不敢在那里待了！"

"哦，原来如此。"杨桃道，"你还会织席编草鞋？"

刘备点头，"聊以为生。"

"都用什么材料啊？"

"竹条、麦秸都行，这些材料多的是。"

"看你那双大手，没想到还会做这些。"杨桃感叹，"饿了吧，我带你吃饭去。"

杨桃领着刘备来到一个厅堂，一张桌子上，已摆好饭菜，"快吃吧。"杨桃说罢走了出去。

是福不是祸，是祸躲不过，刘备也想开了，先吃饱再说。只一会儿工夫，桌上的东西全被消灭干净，吃罢，刘备伸了个懒腰，这才发现，杨桃在窗口望着自己呢。

刘备有些不好意思，杨桃一招手，有人给他端上茶。"尝尝我们的新茶。"

刘备端起茶，呷了一口，温和不浓，独有的清香。"好茶！"

"看刘先生的品茶之姿，不像是织席编草鞋的人啊？"刘备一惊，杨桃不动声色，其实仍在观察他的一举一动。

"爱喝茶而已。"

"那好，请刘先生跟我来吧。"

刘备一出门，被眼前的一幕惊着了！

第四十八章
露一手鼎司托孤

外面站立一群人，当中摆放着竹条、麦秸等物。

"我们这里正缺你这样的匠人，请刘先生露一手吧！"杨桃道。

刘备心道，你们缺匠人，我就得做？转念一想，初到山越，前途未卜，不好直接回绝，自己刚吃完人家的，还有一群人围观，索性给他们展示一下。

看着竹条、麦秸，刘备的眼前不禁往事重现。

刘备是汉景帝玄孙、中山靖王刘胜之后，刘胜之子刘贞曾被封侯，因皇帝祭祀，没有及时交纳献金助祭，失去侯位，沦落到涿郡，刘备的父亲刘弘曾被推举为孝廉，不幸早逝，刘母带着刘备以织席贩屦为生。

刘备体谅母亲艰辛，从小就与她一起织席编鞋，只是好多年没做，已经生疏了。刘备在脑海中回忆当年与母亲一同劳作的日子，郑重其事编起竹席。经过初始的笨拙，过往的记忆被激发出来。刘备的手指灵活了，没多久，他就坐在自己编织的席子上了。当一张八尺见方的凉席编好时，有人点头，有人啧啧称赞，杨桃不言语，站在一旁静静观察。

众人捧场，刘备想迅速获得大家的好感，在他们松懈时趁机逃走。刘备拿起麦秸，大家不知他要做何物，只见麦秸在他的手指间缠绕转动，很快一只草鞋呈现在他的手上，他拿给尉迟武，尉迟武穿在脚上，立时竖起大拇指，"正合适，还挺舒服。"

刘备瞧杨桃，杨桃一撇嘴，"我可不穿那玩意。"

刘备不搭言，只见麦秸在刘备的双手间交错勾连，一会儿工夫，一顶漂亮的草帽就托在手中，前面还镶嵌一只蝴蝶，刘备走到杨桃面前，戴在她的头上，十分俏皮可爱。

"真看不出，你的手比女人还巧！"杨桃摘下来，仔细打量，爱不释手。她对刘备道，"你既然是孤身一人，就留在这里吧，发挥你的一技之长，教山越人织席、编鞋、编草帽，保你衣食无忧。"

尉迟武举着草鞋，"我这才一只，怎么穿？"

杨桃道，"安排你俩住一屋，想穿多少穿多少，穿手上都行！"

大家哈哈笑起来。

尉迟武一手擎着那只草鞋，一手搂着刘备的肩头，"谁要是想穿，就得求我了！"

刘备暗自思量，传言他们吃人，看来只是吓唬人的。想来可笑，自己逃到这里，竟然重操旧业，当起了织席编草鞋的匠人。

刘备跟随尉迟武来到房间，很想探一下他的口风，这里到底为何异族？是否归汉朝所管？尉迟武一直说个不停，"你的命真大，能从山崩里逃出来！苗相说你得了老天的照应，我得仔细瞧瞧，你有什么特别之处！"他围着刘备转一圈，"你这对耳朵可不小，耳大有福啊！"

刘备心道，有什么福？净给自己添乱了。

正在这时，杨桃急匆匆进来，"通知大家，跟随苗相进宫！"

刘备窃喜，他们一同离开，自己就可乘机逃走。

"何事？火急火燎！"尉迟武问道。

杨桃瞄一眼刘备，刘备明白，这是嫌自己碍事，欲出门回避。

"你上哪去？"杨桃问道。

"出去凉快凉快！"

"别凉快了，你也跟着去！"

尉迟武惊道，"带着他干吗？"

"你别管了。"

刘备有点蒙，难道是让自己给宫里人表演？这样急迫，又不像。不过，出了府门，更方便溜走了。

司徒文、尉迟武、公孙双、上官全四大护卫到齐，十个家丁已备好车辆，杨桃陪同苗相出来，苗相看见刘备，不禁露出惊异的神情，刚才的狼狈之人，现在干净清爽，仪表端正，她向刘备微微点头，快步上了车辆，杨桃坐在一侧。

司徒文安排刘备在十名家丁之间，"不要掉队！"说罢车辆疾驰而出，司徒文与尉迟武带领大家紧随其后。

不久，车辆来到一座雄伟的建筑前，一行人等直接进入院内，院内建有各种亭台楼阁，庄严肃穆，周边供奉诸多神像，香烟缭绕。他们在一座大殿前停下来，众人在外面守候。

苗相独自进入宫内，一股浓重的草药味飘来，苗相不禁皱眉，来到内室门前，她听到剧烈的咳嗽声。

山越鼎司梁采斜卧于床榻，面色土黄，十分憔悴，眼前放置几个药碗。听见脚步声，鼎司慢慢睁开双睛，颤声问道，"是一妹来了吗？"

苗相本名苗一妹。闻听此言，趋步向前，躬身于病榻前，"鼎司，是我。"

鼎司轻轻抬手，"坐。"

苗一妹声音颤抖，"几日不见，您怎么病得如此厉害？"

王宫总管李殊搬把椅子于病榻前，"苗相，坐下说吧。"

鼎司向李殊一摆手，示意宫人退下。众人退出门外，鼎司声音十分虚弱，"鼎后刚出宫，想必是去国舅那里了。她不在，我才召你进宫，有大事相托。"

苗一妹闻听此言，不禁潸然泪下，"鼎司一定会好起来的！"

鼎司摇头，"我这故疾多年，本想好好将养，还可痊愈，今早一起，突觉胸中剧痛，竟呕出血来，估计我是不行了，"说着一指床榻前手帕，上面殷红一片，苗一妹心中一惊。"我本欲将鼎司之位传于梁粉，可惜老天不佑，令我心痛不已。梁皮又太年幼，其母早逝，鼎后早欲除之，国舅汤图漠和大将军韦昌心怀叵测，欲行篡逆。遍寻山越，唯汝可托，于私，你是少鼎司夫人，山越梁氏兴亡事关于你。于公，一妹虽是女流，识大体，有谋略，为山越中兴殚精竭虑，在百姓中威望甚重，一妹就是山越的擎天柱，你要帮我照顾好梁皮，守护住梁氏灵塔，梁氏方可承继不绝。"说罢老泪纵横。

山越鼎司梁采这是在托孤！

鼎司对自己如此器重，苗一妹十分感动，泣道，"梁粉虽然不在，一妹仍是山越梁氏之人，定当肝脑涂地，竭尽全力，保护梁皮，守好灵塔。请鼎司善保身体，悉心调养，定能痊愈。"

鼎司十分哀伤，"望一妹不负我望，切记，切记！"说罢轻轻摆手，这时，李殊将幼鼎司梁皮抱出，梁皮只有五岁，十分顽皮，自顾跑来跑去，还是个不懂事的孩子。鼎司爱怜地望着梁皮，对苗一妹道，"让李殊与梁皮一起躲到你的府里去，除了他认可的人，一律不要相信，"稍停，"你要提防他们，包括鼎后，千万莫走漏了风声。"

苗一妹很激动，"我记下了，请鼎司多多保重。"

鼎司眼中含泪，"速去，鼎后快回来了。"

李殊马上抱起孩子，苗一妹不舍地回头，只见鼎司定定看着她，手指胸口，表明心意。

苗相进入宫内，其他人原地等候，众人围住杨桃，调侃说笑。

"杨桃，你都多大了？还不嫁人？"尉迟武嬉皮笑脸道。

"嫁人也轮不到你们！"杨桃斥道。

上官全笑了，"我们当然无福消受，庙太小！"

"是，小马拉不动大车！"公孙双接道。

"你们这群当哥的太不地道，"司徒文笑道，"人家是个大桃子，又不是颗小酸杏！"

杨桃性格爽朗，大家爱与她开玩笑。闻听此言，杨桃作势要打人。

"这么爱动手，谁敢娶你啊？"尉迟武转向刘备，"山越人你瞧不上，我看你与刘乾挺般配。"

刘备漫不经心地听他们斗嘴，正琢磨如何逃跑，不想竟扯到自己身上来了。

"一个卖草鞋的！"杨桃撇嘴。

"那还拿着人家编的草帽不撒手！"公孙双讥笑她。

杨桃一扬脸，"我就是喜欢呀！"

"是喜欢草帽还是编草帽的人啊？"尉迟武笑道。

大家都瞧刘备，上官全直言，"你们没感觉他来路不明吗？"

公孙双接茬，"来路不明还敢让他跟着？"

"他不是个吉人吗？山崩都躲得过。"杨桃解释。

司徒文哂笑，"什么吉人？真是吉人，还能遇到山崩？"

其他几人点头，"有道理。"

"有什么道理？"杨桃看着刘备，"咱们只顾玩笑，也不管刘乾的感受。"

刘备无意与他们辩驳，只是笑笑而已。

"我们这才说几句，你就心疼了？"尉迟武大笑。

这时，一个宫人招手，"车辆近前来！"

直接到寝宫，还是头一次。车辆旋即出来，看见众人，苗一妹道，"快，回府！"

"我们这是去哪儿啊？"车里传出孩童奶声奶气的声音，众人不觉一愣！

第四十九章
鼎后造访泄密事

"太累了。"尉迟武一回卧房，就倒在床上。

刘备好奇，"这么远，为何不骑马？"

"苗相说，城中骑马，会让百姓觉得高高在上，她规定，除非特殊情况，不能在城中骑马。"

"你们苗相真体察民情。"

"你们？"尉迟武疑道，"你不想留在此地？"

"哦，是咱们，怪不得咱们苗相有如此威望！"

"那是当然，苗相极受山越百姓拥戴。"

"我在屯田营地听说，山越民众喜吃活人，不知可有此事？"刘备欲一解心中谜团。

"胡说八道，我们都是后来的，哪个被吃啦？"

"你们也是后来的？"

"对啊，我们是跟随苗相一起来的。"

"我看你们都像汉人。"

"像什么？我们就是汉人。"

刘备正欲追问，苗相如何嫁到这里？尉迟武笑着问他，"说实在的，你觉得杨桃如何？"

刘备感觉尉迟武有为自己与杨桃做媒之意，心道，乱点鸳鸯，嘴上却道，"杨桃姑娘挺好啊！"

"有你这话就行。我们都成家了，杨桃不愿意嫁当地人，耽搁了。你别看她挺厉害，与她一深交，就知道她很会疼人的。"不待刘备回答，"有工夫我给你详细讲讲。"说罢往后一仰，很快传来了鼾声。

刘备哪里睡得着？这才几天，自己竟然流落到异邦，不知孙乾如何了？是否逃出了屯田营地？夜已深，听着尉迟武的呼噜声，知他睡得正酣，现在正是逃走的良机。

刘备悄悄起来，手捂肚腹，装作起夜的样子，轻轻推门出来，四下观察，没有看到任何人，快速向一侧墙边靠去，这时，他看见两个灯笼移动，原来府里有守夜的！刘备闪身躲在一块山石之后，待他们走远，正要行动，突然，刘备瞥见一个黑影，轻盈矫健，向墙边奔去，一看就是行武之人，刘备以为是窃贼，要翻墙而出，那人如鬼魅般，一到墙边迅速折回，消失在黑夜里。

刘备没明白，这是什么情况？等了一会儿，没见动静，才悄悄来到墙边，他发现，这里的竹墙很高，竹与竹间契合极好，没有可以攀爬之处，刘备只能继续向前摸索，突听一声断喝，"何人？"

刘备一惊，定睛一看是公孙双，"是我。"

公孙双盯着刘备，"半夜不睡觉，到这里干什么？"

"出来方便，找不回屋了。"刘备搪塞道。

公孙双半信半疑，对两个随从道，"送他回去。"

尉迟武还在酣睡，刘备缓缓爬上床，已惊扰府中人，今晚是走不成了，刘备只得躺下来，劳累了一天一夜，一着枕头，也沉沉睡去。

"快起来，鼎后到了！"刘备睡得正香，门口传来司徒文的声音。

"大清早的，老妖婆来做什么？"尉迟武打着哈欠，不情愿地坐起来。

"谁知道，杨桃叮嘱大家小心从事。"司徒文回道。

鼎后突然造访，苗一妹也一惊，她知道鼎后迟早会来，没想到这么快。

苗一妹虽与梁粉成亲多年，与鼎后交往并不多，最初，鼎后极力反对二人婚事，奈何梁粉十分钟情一妹。山越鼎司梁采对此也很支持，两人成亲后，他对苗一妹十分器重，见她在推行医术、农耕、文化上颇有建树，封她为山越女相，苗一妹自然与鼎司更亲近。

苗一妹带领杨桃等人出来迎接。鼎后头戴诸多饰物，身穿彩色裙衣，薄唇阔鼻，颧骨突出，看面相就是蛮横难缠之人。

"不知鼎后驾到，有失远迎，鼎后安康！"苗一妹上前施礼。

"多日不见，甚为想念，特来看望一妹！"鼎后说着，径直步入厅堂。

苗一妹请鼎后落座，亲自端上茶。

鼎后将茶杯放下，扫视周边随从仆妇，"你们都下去吧，我们娘俩唠点知心话。"杨桃看苗相，苗一妹点头，杨桃带众人退出。鼎后上前把门关紧，然后坐到苗一妹近前，"昨日是粉儿的忌日，听说你去祭奠，我在宫内，想起粉儿，也是心如刀绞。"

苗一妹含泪点头，这是她内心最柔软的地方。

"这些年，鼎司身体多恙，本想粉儿能早日承接大位，可惜他早逝，丢下你一个人好生可怜。"说罢，抓着一妹的手，落下两滴泪来。

"人死不能复生，鼎后不要过于悲伤。"苗一妹劝慰道。

"我心痛粉儿，更痛心鼎司大位就要旁落他人。"

苗一妹疑道，"不是还有梁皮吗？"

"那是个孽子，非鼎司之后。"

苗一妹知道，鼎后与梁皮生母后宫争宠多年，梁皮生母年轻貌美，甚得鼎司喜爱，后来突得急症故去，宫中传言，梁皮生母是被鼎后下毒所害。此时，鼎后直言梁皮非鼎司之后，大出苗一妹所料，"何出此言？"

鼎后稍作犹豫，"跟你实说，现今鼎司不能生育，当初，我与他成婚多年，都不曾有孕。"

这是绝对隐私，一下将苗一妹击晕了。"那——"

"实话告诉你，粉儿也非鼎司之后。"

苗一妹一时无言，梁粉岂不也成了鼎后所说的孽子？

鼎后直道，"所以说，你是我的儿媳，不是鼎司的！"

一切理所当然的事情，都失去了根基！看着怔怔的苗一妹，鼎后道，"鼎司已时日不多，你应当与我一同辅佐国舅，国舅文武兼备，是治国理政的大才。现在就是防范大将军韦昌，他乃一介武夫，如何能保山越在乱世中立足？"

尽管有鼎司叮嘱，苗一妹仍对变化始料不及。"鼎司为人宽厚，待我等不薄，今他身体有恙，岂能做这等忤逆之事？"苗一妹仅从为人上，更信任鼎司，不愿做对不起他的事。

"一妹，不需要你做什么，把梁皮交给我就行了。"

"梁皮？"苗一妹故作惊讶，"怎到我这里要梁皮？"

"一妹，与我还不说实话吗？"鼎后不满道，"昨日只有你的车辆进宫，梁皮就不见了踪影，你说他能到哪里去？"

苗一妹晓得，把梁皮交出去，以鼎后之狠辣，定然没命。即使他不是幼鼎司，也只是个孩童。

"您误解了，我只是进宫探看鼎司病情，怎就断定我带走了梁皮？"

"一妹，你还年轻，有些事情看不透，现在山越梁氏大势已去，你应当顺势而为。"

"一妹虽年轻，也谨记臣下之道。"

鼎后十分不悦，把脸一沉，"一妹执迷不悟，不肯交出梁皮，那就别见怪，我要挨屋走走！"

这是要搜府，一妹正色道，"搜查少鼎司府，当有鼎司将令。"

"身为鼎后，鼎司病重，我现在所说就是将令。"说罢，径直走出屋外，对府内人道，"好久没来，我看看大家。"然后一挥手，带领手下开始搜府。苗一妹虽对鼎后心中有气，也不便当众撕破脸皮，只是担心梁皮被发现。

从山越宫殿回来，苗一妹将梁皮置于府内地下密室。梁粉在世时，直言山越人事复杂，才造此密室。鼎后不仅挨屋察看，连墙壁都敲一敲，看到鼎后如此狡诈，苗一妹的心不禁提了起来。

走到尉迟武的卧房，鼎后注意到刘备，大声道，"这人我没见过，哪来的？"鼎后没来几次，竟有超凡的记忆。

苗一妹道，"新来的匠人。"

鼎后打量刘备，"有何技能？"

鼎后审视的目光让刘备如芒在背，他低头道，"编织技能。"

"能编什么啊？"

"织席编鞋编织草帽。"

"这不算什么，可以打发走人。"刘备很想逃离此地，但是鼎后的说话语气令人反感。"往后新来的汉人都要经我过目！"

苗一妹不想与其争执，只望鼎后尽快离开。刘备看鼎后各屋逡巡，苗相虽然陪着，却十分警惕，想到昨日车内孩童的说话声，刘备隐约感觉此事不简单。

鼎后没有发现梁皮，正要折返，突然听到孩子的说话声，苗一妹吓得魂飞天外。原来，地下密室距此不远，李殊与梁皮被安置在内，里面不开门，外面人进不去。梁皮顽劣好动，突然被圈起，一直想出来，李殊一个没注意，他竟然拔开门栓，打开了门，刚喊了一句"我要"，"出去"还没脱口，就被李殊一把捂住嘴，拽了回去。

鼎后停下脚步，"什么声音？"随即厉声道，"是孩子的叫声！"

气氛瞬间凝结，大家一时呆住。

第五十章
两大势力齐行动

刘备反应快，一指墙边跑过的猫，"是猫叫。"

苗一妹惊喜道，"对，是猫叫，还是您送给我的御猫呢！"

鼎后站定，仔细倾听，猫跑过去，梁皮的嘴被捂上，半天没有声响，她才将信将疑地向前走去。

苗一妹送走鼎后，再次看到刘备时，向他微笑点头，对司徒文与尉迟武道，"好生照顾刘先生。"

苗一妹回到屋内，内心难以平静。山越形势发生巨变，让她一时难以适应。

看来鼎司真的不行了，不然鼎后焉能如此放肆？给鼎司戴上一顶绿帽子，还有胆量说出来。以自己对鼎后的了解，她的很多话真假难辨，在此事上，相信鼎后所言非虚。

最亲近的梁粉，竟不是鼎司之子，自己受鼎司托孤的梁皮，也非鼎司骨肉，这对病入膏肓的鼎司来说，真是莫大的嘲讽！

既然如此，自己还有必要冒着风险，执意保护梁皮吗？转念一想，不管怎样，梁皮是鼎司的一个寄托，鼎司如此厚待自己，不应辜负他。

刚才梁皮出声的那一刻，真把自己惊着了，幸亏刘乾机智，才蒙混过去，看来，他真是个吉人啊！

杨桃进来，"苗相，鼎司派人来传密令。"

"请他进来。"说罢，苗一妹又止住杨桃，"来者何人？"

"副总管钱岳。"

"速去密室询问李殊。"然后对司徒文道，"先请钱岳到客厅等候。"

稍倾，杨桃回来，"李殊说，不要相信钱岳，他已是鼎后的人！"

苗一妹点头，"鼎后刚走，他马上到，这就不足为怪了。"

"如何接待钱岳？"杨桃问道。

"请他进来，看他有何话说。"

正在这时，尉迟武进来禀报，"苗相，大将军韦昌来访。"

苗一妹沉吟片刻，自己与韦昌素无来往，梁粉在世时，亦不喜欢韦昌，碍于他是鼎司身边的兄弟，敬而远之。昨日，听鼎司所言，他有篡逆之心，此时突然造访，不知所为何来？难道也是为了梁皮？

梁皮昨晚刚到，鼎后知晓，情有可原，她在宫中耳目众多。韦昌如何获悉的呢？府中之人都跟随自己多年，唯一的例外是刘乾，自己让他随同进宫，还是草率了。可是，他从山崩中逃出，是演不出来的，初来乍到，不可能与人串通。公孙双已来禀报，昨夜巡察，发现刘乾潜到墙边，似有逃离之意。

此时，不容她细想，有一点清楚，鼎后、国舅与韦昌是死对头，索性一同演出戏。

"司徒文，你陪钱岳到隔壁，莫要出声。"

"明白。"司徒文说罢，出去了。

苗一妹又吩咐尉迟武，"带人去迎接韦昌将军，我在此等候。"

一会儿工夫，山越大将军韦昌被迎进来，此人黑脸细目，连鬓络腮胡，一字通天眉，进得门来，满脸堆笑，"韦昌贸然来访，苗相不要见怪！"

苗一妹稍欠身体，"哪里话，韦将军来访，甚是荣幸，请坐。"待韦昌坐下，"韦将军今日到府上，定是有事。"

韦昌一拍手，"苗相真是聪明人，确有要事与您相商。"说罢一瞥四周。

苗一妹一挥手，众人退下，只留杨桃站在自己身后。

韦昌瞧一眼杨桃，欲拉把椅子到苗一妹近前，苗一妹止住他，"韦将军，这样就好。"

"听说幼鼎司梁皮在贵府上？"韦昌开门见山。

"听说？听何人所说？"苗一妹暗思，果然不出自己所料，也是为梁皮而来。

韦昌眼睛一转，"苗相如此问，梁皮定然在府上！"

苗一妹笑了，"鼎司身体有恙，作为儿媳，又是女相，于公于私，我都应前往探望，不知为何谣言突起，说幼鼎司梁皮在我府里，看来我是不承认都不行了。"

韦昌一脸谄笑，"在府里当然好，只是这里毕竟缺兵少将，恐遭人暗算，到我那里，就不同了。"

"韦将军说的对，您是鼎司创基立业的兄弟，掌握兵权，鼎司若不放心幼鼎司安危，理应托付于韦将军，我乃一女流，家丁不过三五个，如何能安心放在我这里？韦将军说是也不是？"

软中带硬，韦昌只得道，"那是。"

"韦将军保护幼鼎司的一片忠心，天地可鉴，我会禀告鼎司的。"

"多谢苗相美意。只是现在鼎司身染重病，朝不保夕，梁皮又年幼无知，况且，已有传言，其非鼎司血脉。此时，山越内有隐忧，外有劲敌，一些工于心计的小人已对山越大权蠢蠢欲动，任其篡权，将置山越于万劫不复，只有雄才伟略之人，方能撑起山越大业。"

苗一妹知其意有所指，"韦将军所言有理，但不知何人可以撑起山越大业？"

韦昌没有直接回答，"在下想与苗相携起手来，共同锄奸诛贼。"

"哦，奸贼所指何人？"

"国舅！"韦昌毅然道，"他早有谋反篡逆之心！据宫内人所言，鼎司病入膏肓，全因国舅与鼎后暗中下毒所致，现在山越一些臣下，已经倒向国舅，如不及时出手，必成山越大患！"

"竟然如此？"这些传言苗一妹也有所耳闻，"韦将军要我做什么？"

"当前，山越有三大势力，就是苗相、国舅与在下。我知苗相对山越一片忠心，绝不会坐视不管，如若现在你我联手，以苗相之威望，说服文臣，以我之勇猛，降服武将，咱们一同出手，当可擒下图谋篡逆的乱臣贼子！"

"果真如此，山越可兴！"苗一妹故作兴奋道。

韦昌见苗一妹认可自己的想法，趁机道，"鼎司病重，难理国事，梁皮尚小，不足以担当重任，到那时，就请一位德才兼具之人，重振山越雄风。"

苗一妹知道，狐狸的尾巴要露出来了。"不知何人可担此大任？"

韦昌眯着小眼睛，"以在下所见，非苗相不可！"

苗一妹微微一笑，"我乃一女流之辈，并无非分之想，也不堪担此大任！"

韦昌眼中一亮，"既然苗相如此谦让，请助我一臂之力，一举拿下山越大权，我为鼎司，你为鼎后，岂不美哉！"看着韦昌厚颜无耻的样子，苗一妹恶心至极，杨桃恨不能上去给他几巴掌。

见韦昌的底牌已出，苗一妹正襟危坐，凛然道，"我乃一汉女，嫁于少鼎司梁粉，梁粉虽不在，我仍鞠躬尽力，以报鼎司知遇之恩。韦将军乃鼎司的左膀右臂，鼎司对韦将军向来不薄，韦将军当谨守臣下之道，不应乘其身染小恙，起谋逆之心，那可是诛灭九族的罪过！"

韦昌被苗一妹说得满脸通红，忙道，"苗相莫怪，韦昌也是为山越未来大计着想，我本一武夫，怎敢起谋逆之心？我与鼎司视同兄弟，亲密无间，只因小人挑拨，鼎司对我多有猜忌，处处防范于我，令我心寒，今听苗相之言，顿开茅塞，我当谨守臣下之道，共保山越平安，也请苗相在鼎司面前多多为我开解。"

"那是自然，韦将军是山越栋梁，在此特殊时刻，应不负鼎司往日器重，竭尽所能，助山越渡过难关！"苗一妹知道，想扭转韦昌想法事比登天，当前就是要先稳住他。

"山越有苗相，乃鼎司之幸，在下受教了！"韦昌虔诚之下，难掩尴尬之情。"告辞了。"

韦昌一走，苗一妹让杨桃请钱岳进来相见。钱岳先施一礼，"苗相的忠诚大义令人动容，图谋不轨之徒已露出马脚，我当禀报鼎司，严惩这等恶人。"说罢拿出密令，双手奉上。

苗一妹展开一看，"为安全起见，由钱岳将梁皮带出，置于安全之所藏匿。"确似鼎司笔体，如果没有事前询问李殊，自己当信以为真了。

苗一妹故作惊讶，"梁皮不在这里，鼎司何出此言？"然后盯着钱岳，"昨日见鼎司，他对我言说，如传密令，必带一字准牌，拿来我看。"

钱岳一愣，"苗相，形势危急，忘带准牌了。"

苗一妹只是一试，钱岳中计，知李殊所言不虚，"近日鼎司身体欠佳，不知是否记忆有误，梁皮确实不在我府上，如若感觉宫中不安全，可将他带过来。"

钱岳已然气弱，只好喏喏退出。

这时，上官全怒气冲冲拉着刘备进来，后面跟着尉迟武。

第五十一章
私自外出闻诡计

少鼎司府进进出出，大家忙于迎送，刘备看到没人注意自己，决定趁机逃离。

他发现，少鼎司府后门少有人出入，只有一个家丁看守，刘备装作若无其事走过来，家丁知道苗相视其为吉人，主动打招呼，"刘先生。"

"怎么就你一人？"

"今日客人多，都去前面照应了。"

"哦。"这正是逃跑良机，刘备看家丁有些坐立不安，问道，"你怎么了？"

"吃坏了肚子，我想方便一下。"家丁不好意思道。

刘备窃喜，"去吧，我替你守候片刻。"

家丁喜出望外，当他走出视线，刘备迅速溜出了府门。

可是，没走多远，刘备就发觉了异样，跟随尉迟武迎接韦昌时，街上熙熙攘攘，如今却空无一人。

刘备小心向前，突然，前面冒出四人，皆手持长刀，挡住刘备去路，其中一人大声道，"你们府上可有一个新来的小孩？"

刘备清楚，他们也是奔那个孩童来的，"没看到。"刘备摇头。

"不说实话，可就没命了！"一人将刀架在刘备的脖子上，"告诉我，他藏在哪里？"

刘备见此，猛一低头，随后一脚踢出，那人应声倒地，刘备扭头就跑。

四人持刀追赶，刘备想找件应手的东西当兵器，哪承想，斜侧又冲出五人，这是要两面夹击！刘备急忙闪躲，眼看两侧的人迫近，动手已在所难免。

突然，刘备听到兵器相交之声，回头一看，他们竟然打了起来，原来是两伙人！

刘备哪能放过这个机会，他迅速拐进一条街巷，街口有人把守，刘备急忙从庭院之间小路穿过，来到另一条街，这个街口也有人把守，他在其中穿插多时，发现每个街口都有人看守，难怪见不着行人！

既然已出府，刘备希望寻个缝隙逃出去。不知不觉，他转到了少鼎司府正门方向，这里街口把守的人更多，少鼎司府实际已被包围，他们没有直接封门，看来还是有所忌惮。

刘备看得明白，现在很难脱身，若是贸然动手，打斗起来，对方人多，没有胜算，一旦被盯上，就休想出城了。刘备无奈，决定先回府。少鼎司府正门看守众多，突然出现，不好解释，刘备准备原路返回。这时，前面跑来五人，正是刚才追击自己的家伙，刘备急忙闪身到墙后，眼看着他们过去，正要离开，突听墙内有人说话。

"现在，你不宜进去。"一人道。

"对，您刚出来，我就到，她会怀疑的。"一个尖细的声音回道，"而且，我发现周边有一些可疑之人，应是国舅所派，他们在，我行动起来多有不便。"

"我马上派人，将他们抓起来。"

"那是最好。"

"苗一妹不好对付，你要多加小心！"刘备一听，果然与少鼎司府有关。

"在下明白。"

刘备想离开，又担心惊动两人，这时，一人走出，刘备偷眼一瞧，竟是大将军韦昌！现在看来，少鼎司府也不安全，可是自己没有别处可去，只能先返回暂避。

刘备来到后门，希望那个家丁还没回来。他推开门，不仅家丁在，旁边还站立一人，是四大护卫之一的上官全。

他一见刘备，厉声道，"刘乾，你去哪儿了？"

"出去逛街。"刘备回道。

"逛街？如此特殊时刻，你还敢擅自出门？"

"我准备买些编织所用器物。"

"器物在哪里？"

"没有买到。"

"没有买到？还是去干别的勾当了？"

刘备讨厌上官全这般咄咄逼人，"何出此言？"

"别揣着明白装糊涂！"

尉迟武闻声赶来，上官全道，"二哥，刘乾私自出门，动机令人生疑。"

刘备辩道，"我就是想买点东西。"

尉迟武笑了，"上官兄弟，他就是一卖草鞋的，刚到新地方，见什么都好奇，逛逛街，能有什么动机？你夸大了他的本事！"刘备感谢尉迟武替自己说话，四大护卫中就他是个热心肠。

"鬼鬼祟祟，我感觉他不正常。"

被上官全怀疑，刘备准备把刚才所见所闻说出，帮助尉迟武立功。"是不正常，咱们府已被包围！"

"什么？"尉迟武惊道，"真的吗？"

"各个街口都有人把守，府中人已出不去。"

"那不早说！"尉迟武道，"赶快禀报苗相。"

"慢着，"上官全爬上墙头，向远处张望，"街道畅通，百姓活动自如，哪有人把守？"

尉迟武忍不住上去一观，一切如常。

刘备一惊，"不可能。"

"瞪眼说瞎话，"上官全道，"走吧，让苗相见识一下。"

"小题大做了吧。"尉迟武欲拦阻。

上官全正色道，"二哥，你若包庇他，就是坑苗相！"

尉迟武很失望，"刘乾，你不应该撒谎啊。"

刘备纳闷，转瞬之间，怎会有如此变化？

就这样，刘备被拉来见苗一妹。她一看此景，疑道，"这是怎么了？"

上官全直道，"苗相，刘乾擅自出府，被我抓住，他就造谣咱们府被包围，我刚看过，街道畅通，根本没有的事。"

"哦。"苗一妹听罢一震。

上官全接道，"苗相，您没发现韦昌来的蹊跷吗？我怀疑刘乾是内鬼！"

韦昌突然造访，苗一妹确已生疑。她凝视刘备，"刘乾，到底怎么回事？"

"我想出府买些器物，发现街口都被封堵。"刘备答道，"现在即便畅通，也不证明我撒谎，派人打问一下周边百姓，就知晓实情了。"

苗一妹点头，令两个家人速去打听。

"这个时候，就不应出门！"上官全不依不饶。

刘备欲尽快解脱，于是道，"我想家了！"

尉迟武接道，"你不是孤身一人吗？有什么可想的？"

刘备回道，"慈母冢冢尚在，不想长久离开。"

"我看他是暴露了，想要逃跑！"上官全继续追击。

苗一妹皱起眉头，"请刘先生给我们讲讲，在府外都看到什么了？"

刘备开始讲述出府经过，刚说到被人追赶，两个家丁返回，"禀告苗相，周边百姓说，刚才确有人封堵街口。"

苗一妹点头，杨桃直言，"有人胆敢如此，问题就严重了！"

这时，司徒文跑进来，"鼎司派人来传密令！"

苗一妹问道，"来者何人？"

"副总管侯岑。"

苗一妹一点首，杨桃出去了。很快回来禀报，"李殊说，侯岑是鼎司的人。"

刘备突然似有所悟，"苗相，我怀疑侯岑与封锁之人是一伙的，解除封锁，是为他放行。"

苗一妹眼中一亮，惊异于刘备的见解。她吩咐道，"杨桃、尉迟武、刘乾带人把他迎进来。"

尉迟武对刘备一笑，苗相选择相信你！

几人来到门前，侯岑不枉姓侯，细长的脖子，水蛇腰，见到几人，面沉似水，"如此怠慢，耽误大事，拿你们是问！"刘备一惊，这不是刚才那个尖细嗓子吗？他偷偷拉一下杨桃的衣襟，杨桃心领神会，落下几步，刘备凑到杨桃耳边，轻声道，"他是韦昌的人。"杨桃吃惊地望着刘备，刘备郑重点头。

杨桃快步向前，"请侯副总管先到客厅休息片刻，苗相马上前来，请护卫陪好。"

看他们进入客厅，杨桃带刘备来见苗一妹。

"苗相，刘乾说侯岑是韦昌的人。"

苗一妹十分诧异，"你怎么知道？"

刘备就把刚才听到韦昌与侯岑密谋之事讲述一遍。

"李殊可说他是鼎司的人。"杨桃提醒。

刘备直言，"他定是被韦昌收买了！"

苗一妹若有所思。

司徒文进来，"如何接待侯岑？他已不耐烦。"

"请他进来吧。"苗一妹道。

侯岑看到苗一妹，昂首道，"请苗相接密令。"

苗一妹接过密令，不出所料，还是要带走梁皮。

她抬起头，审视侯岑，侯岑不觉摸一下鼻尖，鼻尖已渗出汗珠，苗一妹突然高声道，"侯副总管，街口已封，你是怎么进来的？"

侯岑吓一跳，随口道，"不是撤走了吗？"意识到自己失言，马上改口，"鼎司不放心，派人护送，我让他们先走了，定是你们看错了。"

"好，我立即派人询问鼎司，你若撒谎，知道是何后果！"

侯岑当即瘫软在地，"韦昌将军逼迫，实非得已，请苗相发发善心，饶恕我吧。"

"韦昌逼迫你做什么？如实交代。"杨桃厉声道。

"韦昌让我配合他，将幼鼎司梁皮弄到手，其他我并不知情。"

苗一妹看到侯岑汗流浃背，知他不敢隐瞒，让家人将他拉了下去。

此时，苗一妹感觉形势愈加严峻，自从接手梁皮，自己就麻烦缠身，少鼎司府成了风暴中心。苗一妹急令公孙双通晓查炳将军，务必守好山越灵塔，任何人不得靠近。

苗一妹凝视刘备，如若不是他听到恶人对话，自己就被蒙蔽了，他真是个吉人，现在真不想放他走，"刘先生，你一定要离开山越吗？"

"我是思乡心切。"刘备回道。

苗一妹沉吟道，"现在山越形势紧张，不便外出，等安定了，我派人送你出城。"

刘备拱手，"谢谢苗相。"

第五十二章
人生苦旅困佳人

晚上，杨桃执意宴请刘备，让尉迟武作陪。

杨桃是少鼎司府总管，刘备看出，她是苗相最信任的人，不知为何突然要请自己？

"杨桃在咱们府，是一人之下万人之上，她可没请过谁。"尉迟武打趣道。

"我很荣幸。"刘备一副受宠若惊的样子。

"气死他们三个，连作陪的份都没有。"尉迟武笑道，刘备看出，四大护卫中，杨桃与尉迟武关系最近。

尉迟武为刘备倒酒，又给杨桃与自己满上。杨桃举起酒，"刘先生来此两天，两次帮了苗相大忙，我代苗相谢谢你。"说罢一饮而尽，刘备不知杨桃葫芦里卖的什么药，只抿一小口。杨桃不乐意，"大男人如此饮酒，让人笑话。"

尉迟武乐了，"杨桃都如此说了，哪个敢不干？"

刘备只得把酒喝掉。

杨桃道，"尉迟武处处护着你，你也给他长脸，你俩得互敬一盅！"

尉迟武举起酒，"我现在脸上老有光了！"

转眼工夫，已喝三盅。刘备暗道，这是想灌醉我？杨桃又给三人满上酒，刘备推脱，"我实在不胜酒力。"

杨桃道，"我代苗相敬你一盅，你是不是也得回敬她一盅？"

"苗相对你如此器重，理所应该！"尉迟武在旁边帮腔。

刘备一仰脖将酒喝下，杨桃道，"你帮了咱们府，我作为管家，敬你一盅。"

刘备想到自己要顺利离开，少不了她的支持，于是道，"杨桃如此豪爽，有大丈夫之风！"

本是恭维之词，杨桃不高兴了，"我就是一小女子，不想做什么大丈夫，刘先生说错话，罚酒一盅！"

"杨桃不愿听什么，你说什么，该罚！"尉迟武笑道。

刘备没法，只得将酒喝下。

杨桃道，"让我管理府宅，实是强人所难，苗相对你如此信任，你若留下，将来就由你管了。"

尉迟武大笑，"别谦让了，就由你们两口子来管。"

杨桃"呸"了尉迟武一口，瞄了一眼刘备，竟露出一丝羞涩之情。

刘备暗想，不让自己走，是要撮合与杨桃的好事？"我实是故土难离。"

"故土有这么好的姑娘吗？"尉迟武道。

"好像谁稀罕似的，莫与他废话，"杨桃手指刘备，"我敬你了，你是不是也该敬我一盅？"

刘备求饶，"再喝就多了。"

尉迟武忙劝，"看你面不更色，应是好酒量，不差这一盅。"

刘备面有难色，杨桃"啪"地将酒盅蹾在桌上，"刘乾，臭卖草鞋的，你装什么？苗相如此信任，为何还要执意离开？"

尉迟武语重心长道，"苗相不会亏待你的！"

刘备才明白，应是苗一妹要挽留自己。"看来苗相对你们都很好。"

"不仅对我们好，她还救过我们。"杨桃手指尉迟武，"他当家丁时，被污偷盗，气不过打伤人，要吃官司，被苗相救下来。"

尉迟武接道，"杨桃给人家当丫鬟，遭老爷调戏，被夫人诬陷勾引主子，差点被打死，也是被苗相解救下来的。"

"苗相仁义，我们都死心塌地跟着她。"杨桃激动道。

尉迟武点头，"苗相很欣赏你，准备提拔你当护卫呢。"

"有你们足够，我一个卖草鞋的帮不上什么忙。"

"不管你是干什么的，在苗相眼中，你就是个吉人、大福星。"杨桃道。

"也是红人，我们都忌妒你了。"尉迟武笑道。

刘备直言，"苗相不应迷信于此。"

"那是你不知道她经历了什么。"杨桃动情道。

"哦，"刘备很好奇，"到底是怎么回事？"

"那就请杨桃给你说一说。"尉迟武道。

杨桃为难，"苗相不愿谈及家世。"

尉迟武开解，"不便说的人隐去姓名就行了。"

杨桃点头，"这话说来就长了。"

苗一妹的母亲芳名叫苗萍，虽生于乡间，因父亲苗沐是当地名医，家境很好。

苗沐只此一女，视为掌上明珠，倾其所有，请人教其琴棋书画，女儿渐渐长大，生得落落大方，窈窕美丽。

一位年轻人臂膀受伤，前来医治，赶上苗萍给父亲上茶，被其撞见，从此年轻人隔三岔五前来就医，医过也不走，站在附近聆听琴声。一日，年轻人寻得机会，悄悄塞给苗萍几页纸，苗萍含羞收下，回到闺中，轻轻打开，竟是古时琴曲。

苗沐好奇，年轻人的伤明明好了，为何还来医治？后来发现，年轻人一到，女儿出来的也频繁，他看出了门道。

苗沐让人私下打听，知道年轻人家境殷实，爱好武艺，常与人舞刀弄剑为乐。

苗沐不想女儿嫁给纨绔子弟，更不希望女儿将来为夫婿的伤痛忧心，悄悄将苗萍送到亲戚家中，不让两人谋面。

年轻人再出现时，竟是提着聘礼，前来求亲。苗沐告诉年轻人，女儿已经出嫁，欲断了他的念头。

不想，年轻人直接说出了苗家亲戚的住址，实言相告，"我与苗小姐两情相悦，请您成全。"

　　苗沐听说，女儿在亲戚家中，茶饭不思，神情落寞，知道女儿也是动了芳心，看两人年纪相当，终是爱女心切，就同意了两人婚事。令苗沐感到欣慰的是，两人成亲后，十分恩爱。

　　东汉末年，民不聊生，黄巾军造反，年轻人将苗萍送回娘家，散尽家财，参与到汉军的清剿行动中。

　　此时，苗萍已身怀有孕，在她生下一妹后，终因社会动荡，苗沐不能正常行医，为了躲避战乱，他带上苗萍母女，边逃难，边行医，养活苗萍与一妹。尽管居无定所，苗萍还是没有停下教授女儿诗书，一妹聪明伶俐，十分讨人喜欢。

　　不想，苗沐被黄巾军掠去，要他为军卒治病疗伤，从此失去音信。

　　苗萍被迫拾起了家庭重担，帮人洗衣做饭，母女两人艰难度日。后来，苗萍听说，丈夫剿匪有功，被提为将军，喜不自禁，多年等待总算有了盼头，正当她要带上女儿前去认亲时，却传来了丈夫被贼人所害的噩耗，苗萍悲痛欲绝，为了保护女儿，让她随自己的姓，改名苗一妹。

　　几年后，苗萍惊悉丈夫没有死，只是受伤而已，带上一妹兴冲冲去认亲，结果听说，丈夫已娶妻生子，苗萍很伤心，我们母女吃尽苦头，你找也不找，只顾自己逍遥自在，当年的山盟海誓哪里去了？

　　苗萍赌气带着一妹返回，继续帮人做工。由于长年劳累，她变得体弱多病，此时，一妹已经十多岁，明眸皓齿，端庄秀美，亭亭玉立。有歹人看见母女俩独自生活，常来滋扰，苗萍担心女儿受辱，万般无奈，找到将军府。将军看到苗萍活着，还给自己生了一个女儿，十分愧疚，本想加倍补偿母女，苗萍早已心灰意冷，请将军好生照顾女儿，执意出家为尼了。

　　一妹见到将军，没有兴奋，她实言相告，"这些年，母亲十分不易，您辜负了她，如果让我留在府中，我还叫苗一妹。"

　　将军心中有愧，只得答应了。为了弥补自己的过失，将军倍加疼爱一妹，一妹对他很是冷淡。尤其每次去庵中看望母亲后，一妹就对将军愈加不满，苗萍不希望自己成为父女间的阻碍，留下一句"我去云游"，从此不见踪影。

　　将军牵挂苗萍，派出大量人马四处打听，一妹慢慢觉察到将军之诚，父女关系才有所缓和。夫人见将军如此疼惜一妹，她的身世确实可怜，也对一妹很是关心。

　　转眼一妹到了谈婚论嫁的年龄，将军发誓，一定要给她找个称心如意的郎君。他让夫人询问一妹，想嫁个什么样的人？

　　"有情有义。"一妹道。

　　一句有情有义，让将军心中很是酸楚。他暗中下了功夫，挑选多位品行俱佳的文士武将，结果一妹都没瞧上。

　　将军让夫人出言试探，"可是有了中意之人？"

　　"有情有义，还要有学问！"一妹回答。

　　这是意有所指啊！夫人马上追问，"一妹心中何人有学问？"

　　一妹直言，"秦旗！"

　　将军叹道，"一妹好眼力！"秦旗不仅长得玉树临风，更是博学多才，擅长作画，画功深厚，点墨成景，栩栩如生。那时他正为当地修史，多次到府上呈报修史内容，被一妹撞见。

　　只是秦旗已有婚配，嫁他只能为妾。

　　一妹回话，"心意相投，做妾也无妨。"

　　一妹如此痴心，将军请人做媒，把一妹嫁给了秦旗。

　　一妹读过很多书，正史、野史皆感兴趣，与秦旗很是聊得来，两人感情甚笃，一妹日渐开朗起来，她与秦旗在一起，总是笑声不断。起初，秦旗夫人对一妹很是抵触，碍于将军，不敢得罪。

　　一妹爱把民间所见所闻，讲与众人听，丫鬟仆从都愿意围在她的旁边，不久，秦旗夫人也放下架子，在一起说笑了。

　　一日，秦旗作画，一妹悄悄靠近，远山、清雪、梅花，忍不住道，"有意境！"

　　"还是一妹懂我。"

　　"太清冷，感觉少点什么。"

　　"加上才子佳人。"

　　一妹点头，"一个背影即可。"

秦旗轻轻几笔，一对才子佳人跃然纸上，貂帽轻裘，携手远眺，赏雪观梅。

"有意境又有情境。"一妹叹道。

两人正在品味，夫人过来，探进头，"怎么不露个正脸？"

秦旗与一妹相视一笑，夫人看到，"笑什么？被我说中了吧？"一转身，砚台被她的衣襟扫到地上，碎成几块。

秦旗心一紧，"我的好砚。"

夫人不以为意，"先生整日与一妹研学，也得休息，新来的塞北核桃，最益脑了，都来尝尝。"

秦旗摇摇头，遗憾被打搅。

一妹拉着秦旗一同来吃核桃。

"核桃补气、润肺、健脑、益智，这是来自太行山的，特别香！"夫人晓得自己才学不如一妹，就从关心秦旗的身体上下功夫。

"太行、王屋二山，方七百里，高万仞。本在冀州之南，河阳之北。"

秦旗道，"愚公移山。一妹提起，难道跟核桃有关？"

一妹道，"那是当然。"

"真有学问。"夫人感叹。

一妹道，"一日，智叟听闻，愚公一家不挖山，只顾打下核桃卖掉，雇人运石，十分生气，当众谴责愚公得了移山好名声，不务正业，已不配移山了！"

"又是野史吧？"秦旗问道。

一妹没理会，"上神被愚公精神感动，派大力神二子来帮他背山，闻听此言，大力神长子道，'愚公学会投机取巧，失了愚公精神，我们还用帮他背山吗？'大力神次子道，'他若还像原来那般，山移得慢，挡住百姓出入，上神还得派我们来背山。'大力神长子道，'智叟说得义正词严，移山重任就交给他吧。'智叟闻听，吓得连连摆手推脱。大力神次子道，'你头脑睿智，移山快，省得我们背山了！'智叟忙道，'愚公吃了核桃，已比我睿智了。'大力神长子道，'这样正好，你比他愚笨，就代表愚公精神了。'智叟听罢，跌倒在地，'我来声讨愚公，如何把移山任务讨来了？'大力神次子道,'智叟愚笨,山若移得慢,我们岂不是还会被派来背山?'"

"这等故事,你杜撰的吧?"秦旗笑言。

苗一妹接着讲,"愚公道,'我倒有个法子。'大力神长子感慨,'看来核桃没白吃,愚公真是变睿智了。'愚公不紧不慢,'让智叟买我们的核桃!'大力神次子不断点头,'脑力不够,智叟是该吃些核桃啦。'临了,愚公执意送大力神二子一些核桃,大力神次子叹道,'愚公不仅睿智,竟还如此大方!'这时,智叟发话了,'他是让你们哥俩也得补补!'"

大家听罢,笑得前仰后合,秦旗指着一妹笑,他张着嘴,似乎欲说什么,没有说出,他的脸变红,变紫,秦旗竟因一个核桃噎死了,或者因为一个笑话笑死了。

第五十三章
连失真爱痛断肠

秦旗的猝然逝去,让苗一妹难以承受,她如一朵鲜花,还没完全绽放,就枯萎了。

苗一妹回到了将军府,常常发呆,整日不说话。

看着日渐消瘦的一妹,将军很是心疼,夫人帮着解劝,宽慰的话说尽,一妹仍难以从悲伤中走出。

如此下去,身体怎吃得消?夫人兄弟是一位郡守,了解情况后,邀一妹到他那里散心。郡守夫人出主意,"你那里不是有个爱说笑的将军吗?何不叫他来讲讲笑话,逗一妹开心。"

郡守手下有一将,名叫翁铁,为人十分风趣。

"一妹饱读诗书,翁铁是个粗人,他讲的笑话,怎能入一妹的耳?"

"粗不粗人,能让一妹开心才是关键。"

郡守听从夫人建议,以犒劳为名,请翁铁几位将军来府上吃酒,郡守夫人陪一妹在隔壁静候。

翁铁生得一张圆脸，眼睛不大，是个浑不吝，几杯酒下肚，笑话信手拈来。"有一次，我与敌将交战，怕打不过，提前挖了陷坑，哪知敌将骑了骆驼来，我的战马没见过，吓得体似筛糠，掉头就跑，哪知敌将骆驼比马跑得还快，上来就是一刀，我急忙一带马缰，你们猜怎么样？"

"没砍中。"有人接道。

"我掉进了陷坑。"

众人一听，都笑起来。

翁铁问道，"猜结果如何？"

"你被抓了。"有人回答。

翁铁摇头，"敌将被抓了。"

大家不信，"怎么可能？"

翁铁吧嗒吃口菜，又举杯来口酒。大伙催他，"你倒是说啊！"

"我连人带马掉进陷坑，敌将的骆驼受惊，直接将他掀下来，岂不被我们抓了？"

大家笑起来，"胡编！"

郡守道，"再讲个有意思的。"

翁铁点头，"小时候，我家里养了一头猪，准备长大吃肉。哪想到，那头猪特别聪明，自己能打开栅栏出去，吃完还知道回来。"

有人道，"瞎掰，猪有这等聪明的？"

翁铁不以为意，"那时，我爹利用各种机会教我识字，他在地上写个'狗'字，让我认，我忘记了，结果，猪过来，把狗拱醒了，狗一叫，我说难道念'狗'？猪就点头，我爹气道，你都不如猪！那头猪连连点头，你说气人不气人？后来，那头猪长大要被杀掉，我不忍心，这么聪明的猪，吃了太可惜，就把它带到荒野放生，没想到，我还没回来，它先到家了。第二次，我把它赶进密林，结果，我迷路了，是它把我领回来的。我爹生气，说准备教这头猪习文，你这脑袋只配去习武了！"

大家哄堂而笑，有人回过味，"这不是嘲讽咱们习武的不如猪吗？"上来锤翁铁。

翁铁求饶，自己罚酒三盅。

屏风后面，苗一妹捂嘴笑。

大家没过瘾，催他多讲几个。翁铁道，"你们听笑话，我还被罚酒。"

看他卖起了关子，有人揭他老底，"翁铁最爱打赌，就让他说说跟人打赌的事吧！"

"今天，不说跟别人打赌，就讲我和自己打赌吧。"翁铁道。

郡守一愣，"怎么和自己打赌？"

翁铁正襟危坐，"前几日，我带士卒外出训练，马一颠，突感腹胀难忍，我的赌性上来了，我赌它是个屁，结果，我输得老惨了！"

众人大笑，有人笑弯了腰，郡守拍着大腿笑，"恶心，太恶心了！"这时，大家听到剧烈的咳嗽声，原来后面两个女人一直强忍着笑，最后憋成了咳嗽。

之后，郡守常请翁铁来吃酒，一妹心情慢慢好起来。说话中，还聊起翁铁的笑话，郡守让夫人试探，感觉翁铁这人如何？一妹直言，翁铁十分风趣，是个很可笑的人。

这样，苗一妹就嫁给了翁铁。

成婚后，两人感情很好，一妹教翁铁习文，看翁铁习武，翁铁对一妹俯首帖耳，两人在一起笑声不断，原来的一妹又回来了。

将军想不通，一妹如此心高气傲，怎会看上翁铁这般粗俗之人？欣慰的是一妹又找到归宿，为了一妹，将翁铁从偏将提拔成主将。

翁铁对将军自是感激，一次，他从乡间淘得一把宝剑，言说削铁如泥，准备赠予将军。赠送之前，要在夫人面前显摆一下，他指着一块顽石，"一剑下去就将两断！"

苗一妹打量宝剑，笑道，"是石断？还是剑断？"

"你不相信？敢打赌吗？"

"有何不敢？"苗一妹笑道，"你说赌什么？"

翁铁认真道，"我若赢了，打呼噜时，不准再捂我的嘴了！"

一妹乐了，"我若赢了，连你的鼻子一起捂！"

翁铁哈哈大笑，"闪开！"他摆好架势，一剑劈下去，只听"当"的一声，石头未开，剑却断了，更不幸的是，断剑崩起，划破翁铁脖颈，爱讲笑话的翁铁就这样没了。

连失两夫，让苗一妹痛断肝肠，她将自己关在屋内，不愿与他人接触。

这时，苗萍回来了，一妹依偎在母亲身旁，读书，抚琴，慢慢疗伤。

苗萍对女儿道，"自古红颜多薄命，你命硬，只有比你命更硬的人，才是长久姻缘。"

一妹对母亲道，"您既然看得如此透彻，就不要再走了。"

苗萍摇头，"看别人容易，看自己难。"还是悄然离去。

此时，南方的山越逐渐强大，将军与其交战多次，都未讨到便宜。山越鼎司梁采考虑到双方交恶，对谁都没有益处，主动求和，为了表达诚意，为其子梁粉求亲，希望以联姻方式，稳固关系。将军乐见其成，奈何家中没有合适姑娘，他想到寡居的一妹，只是要远嫁他乡，恐其不会同意。不想一妹看淡世事，她对此并不排斥。

一妹与梁粉一谋面，山越少鼎司就为一妹的美貌倾倒，两人对话，一妹不卑不亢，落落大方，梁粉更是被她的才华所折服，直接表达了爱慕之情，一妹见梁粉英俊爽朗，印象很好。一妹实言相告，自己嫁过人，还年长他几岁。梁粉不以为意，执意娶一妹为妻。这时，将军犹豫了，他担心苗萍会埋怨自己，一妹直言，"只要自己愿意，母亲一定会应允。"

这样，就成全了苗一妹第三段姻缘。

山越鼎司梁采虽正当壮年，但是近年体弱多病，其有两子，幼鼎司梁皮尚小，他把全部希望寄托在少鼎司梁粉身上。梁粉勇猛健壮，喜欢读书，擅长骑射。苗一妹来到山越后，积极推广汉文化，还请来中原农夫与医术高超的大夫，为山越人治疗病痛，教授农耕技术，深受当地百姓拥戴。

梁粉与一妹成亲后，十分恩爱。略有遗憾，过去几年，一妹没有为梁粉诞下一儿半女，山越男人可以一夫多妻，一妹入乡随俗，并不反对，只是梁粉坚决不娶。

没有征战，近几年，山越风调雨顺，百姓都说是苗相带来的，一妹在当地人心中威望甚高，梁采有意提前隐退，让梁粉承继鼎司之位。

这一切，都在十月的一天结束了。连续阴雨多日后，终于放晴，梁粉按捺不住，带领士卒外出练习骑射，再没回来。

梁粉被人从山崩中挖出时，没有伤痕，如同睡着一般。一妹昏死过去，她最怕的魔咒再次出现！她醒来后，紧抱梁粉不忍放开，她没命地哭，哭成了泪人，她恨，是自己害了梁粉，她自责，是自己的不幸连累了梁粉。

好在鼎司待她如初，这对苗一妹还有些许安慰。她打算在此推广农耕与中原文化，厚待山越百姓，终老一生。

前天是梁粉的周年祭，苗一妹打算到那里痛哭一场，寄托哀思，告诉梁粉，自己挺过来了。结果又遇山崩，她不敢相信，有人能从中逃出来，如此命硬，有这般运气，令苗一妹吃惊。她曾怀疑过刘乾的身份，当杨桃把那顶草帽拿给她看时，她相信了刘乾的身世。

苗一妹认为，自己是个不幸甚至不祥的女人，将刘乾留在身边，希望这个被老天眷顾的人，能平衡消解自己的厄运。

鼎后搜查时，幸亏刘乾反应快，及时转移到猫身上，化解了危机。

刘乾真是个幸运之人，即使他要离开，都能听到韦昌与侯岑的密谋之言，不然自己就上当了，后果不堪设想。

看到刘乾执意要走，她才让杨桃与尉迟武宴请他，设法将其留在山越。

讲完苗一妹的身世经历，杨桃对刘备道，"苗相一路走来，饱经坎坷磨难，她视你为吉人，在这个特殊时刻，自然不愿你离开。苗相十分仁义，她对你如此器重，希望你不要辜负她。"

刘备感叹苗一妹命运多舛，只是，逃亡至此，赵云与孙乾一定在千方百计寻找他，自己还要中兴大汉，怎能在此逗留？看刘备面有难色，尉迟武"啪"地一拍桌子，"刘乾，你就是有天大的理由，我也不让你走了！"

两人的护主之情，令刘备感动。他看出，苗一妹为人善良，乐于助人，经历如此磨难，还要在异族之地独当一面，殊为不易，既然现在自己不便出城，索性帮她一次，"好吧。"

尉迟武与杨桃同时拍掌，"这就对了！"

第五十四章
进宫被困巧应对

"鼎司病危，急召苗相进宫！"

一早传来消息，令苗一妹伤心又震惊。上次见到鼎司，他已吐血，尽管有预感，还是没想到这么快。

李殊证实，前来通报的哈莫是鼎司的人。苗一妹决定带上梁皮，马上进宫，李殊劝道，"梁皮年幼，顽劣不懂事，鼎后早欲除之，回宫怕是有去无回。"

苗一妹想到，自己曾否认梁皮在府上，现在带他进宫，难以自圆其说。只是父子不能见上最后一面，恐留终生遗憾。

苗一妹让杨桃与司徒文留守府中，她带上三大护卫与刘乾一同前往宫中，刘乾是吉人，她希望能在自己身边。

杨桃不放心，把果酋将军派来保护少鼎司府的士卒，拨出五十人，随同前往，并叮嘱四人，时刻不离苗相左右。

出府前，苗一妹特意安排刘乾坐在车边，他不会武艺，避免太过劳累。

上官全小声道，"这才几天，我们跑着，他坐着了。"

公孙双一指车内，让他噤声。

刘备隐约感到，这绝非寻常之旅。想来可笑，逃亡路上，竟又揽进新的危险之中。

车辆疾驰，很快来到山越王宫，苗一妹下车，护卫与士卒跟随，鼎后带人从宫内出来，挡住众人，苗一妹上前施礼，"听说鼎司病情加重，特应召前来探望。"

鼎后面无表情，"探望鼎司，为何带如此多的护卫与士卒？"

"他们皆是我的随从，虽是凡夫俗子，不忘鼎司隆照之恩，诚心祈福探望。"苗一妹话中有话。

鼎后一眼望见刘备，"此人新来，有何恩惠所言？"

"此乃一位吉人，希望能给鼎司带来吉祥。"

"吉人？一派胡言。"鼎后大声道，"鼎司正在治病，你们且到宝红殿等候。"

"鼎司召我来相见，您出手阻挡，有悖常理。"

"这是鼎司手谕。"

苗一妹生疑，"可否让我一观？"

鼎后不屑，命人将手谕展示于苗一妹面前，苗一妹细看，像是鼎司笔体，只是歪歪扭扭，苗一妹怀疑是伪造，看鼎后身旁甲士林立，硬闯易生冲突，恐伤及鼎司，"何时让我进去？"

"等候鼎司口谕。"

苗一妹只得带领刘乾、三大护卫及两个士卒进入宝红殿。

尉迟武不满道，"鼎司病重，没见她有些许伤心，还如此嚣张。"

"鼎司不会——"公孙双小心道。

"不要胡思乱想！"苗一妹道，其实，她心中亦怀疑，只是不愿面对。

上官全皱眉，"老妖婆到底耍的什么花招？"

刘备沉思道，"不会是调虎离山吧？"与诸葛亮待得久，刘备长了见识，他直觉这里有问题。

苗一妹一震，这很像鼎后的做派。听说鼎司病重，自己急于进宫，忽略了鼎后的狡诈。"尉迟武火速带领果酉士卒回府，看住府门，任何人不得进入！"又对公孙双道，"出去打听，如果还没口谕，我们将直接觐见鼎司。"

现在，苗一妹既怕有人闯进府，抢走梁皮，又担心鼎后无情，对鼎司痛下杀手。

尉迟武与公孙双来到殿口，无论如何打不开门。公孙双急道，"苗相，殿门被堵，我们被困在这里了！"

苗一妹极为震惊，看来鼎后要对自己下手了！这时，外面腾起火苗，浓烟透入大殿，宝红殿已被人从外面点着，公孙双惊道，"这是要烧死我们啊！"拽出镔铁戟，要破门而出，怎奈殿门极为厚重，没有成功。

烟越来越浓，眼见火苗从四周蹿进来，情况万般危急。刘备暗道，自己逃得孙权抓捕，又钻进异邦牢笼，难道就要葬身于此吗？苗一妹被呛出眼泪，咳嗽不止，刘备终究历经磨难，此时尚能保持镇定，上前安慰，"苗相，莫慌。"

"好恶毒的女人！"苗一妹悲愤道。

此时，大家四处寻找出口，危急之中，刘备瞥见殿中大茶几，由一根粗树雕刻而成，虽经裁剪，依然足够粗壮，这不就是攻城所用的撞木吗？刘备叫过两个士卒，让他们到殿门前大声呼喊，"开门，放我们出去，我们要见鼎司！"越声嘶力竭越好，然后喊过其他三大护卫，四人抱紧大茶几，刘备将他们引到另一侧，这里有个侧门，他们一同用力撞击，只有几下，侧门被撞开。

公孙双率先冲出，抢起镶铁戟，打散门前纵火之人，其他三人加上两个士卒保护苗一妹逃出。

这时，一群人手持刀枪冲过来，三大护卫急忙上前抵挡，刘备正要上去帮忙，苗一妹拉住他，"你不会武艺，快走！"

刘备护着苗一妹往宫门方向撤去，追兵太多，转眼两个士卒被砍倒，三大护卫难以抽身，众多追兵直奔苗一妹而来，苗一妹吓得花容尽失，刘备正要殊死一搏，这时，旁侧冲出一拨人，将追兵挡住，双方厮杀在一起。苗一妹诧异，这是哪里来的援兵？果酋士卒听见喊杀声，从外面冲进来，将苗一妹等人救出，请她坐上马车，匆匆赶往少鼎司府。

一进府门，现场情景令人一惊，府内剑拔弩张，国舅汤图漠带人正与司徒文、杨桃及果酋士卒对峙。

不出刘备所料，鼎后与国舅用的正是调虎离山之计。

苗一妹等人刚离开少鼎司府，国舅带人马上赶到，他手持鼎司手谕，要带走幼鼎司梁皮。杨桃与司徒文知道，国舅意欲除掉梁皮，篡夺山越大位，只说梁皮不在府上。国舅要带人强行搜府，杨桃不同意，她命果酋手下士卒挡住，士卒见国舅有鼎司手谕，不敢阻拦。国舅带人搜府，里里外外，忙活半天，一无所获，杨桃请他们立即撤出府门。

没有搜到梁皮，国舅本就恼火，如今又被驱赶，不禁火冒三丈，喝令手下将杨桃与司徒文抓起来，正在这时，苗一妹赶到。

"谁要抓人啊？"

突见苗一妹归来，国舅大为吃惊，硬撑着道，"我奉鼎司手谕，前来接走梁皮。"

"拿来手谕我看。"

国舅无奈让人呈上。

明显是仿照鼎司笔体，苗一妹直道，"国舅大人，你可知伪造鼎司手谕该当何罪？"

国舅故作镇静，"苗一妹，你敢违抗鼎司命令？"他知道已不可能带走梁皮，"我要禀告鼎司，给你治罪！"说罢，带人灰溜溜地退出了少鼎司府。

赶走国舅，苗一妹仍后怕不已。她明白，鼎后与国舅明火执仗，现在已到生死关头。她诧异的是，刘乾料事如神，识破鼎后与国舅的诡计。危急时刻，还知声东击西，巧用茶几冲破殿门。更令她不解的是，已被鼎后控制的王宫，竟然冲出一群人搭救自己。不过，有一事得到验证，自从遇见刘乾，虽历经凶险，最终都化险为夷。难道是老天可怜自己，派他来相助？苗一妹让杨桃请刘乾来，她要问个清楚。

刘备进来，苗一妹站起相迎，"刘先生请坐。"

刘备施礼毕，坐在椅子上。苗一妹这时看刘乾，只见他面如冠玉，鼻直口阔，大耳有轮，仪表堂堂，气度不凡。

刘备拱手道，"不知苗相找在下何事？"

"刘先生太过神秘，我要一探虚实。"苗一妹开门见山，"你究竟是谁？"

刘备低眉道，"刘乾，一个卖草鞋的，这您知道。"

"仅从刘先生走路与坐姿看，你没说实话。"

刘备抬眼瞧见墙上所挂草帽，"苗相，那就是我编的。"

"这个我很喜欢，"苗一妹将草帽托在手中，"可是，编草帽的知道调虎离山？声东击西？还晓得撞木轰门？"

刘备知道，苗一妹已怀疑自己的身份，"天下大乱，诸侯纷争，我行走各地，道听途说，长些见识罢了。"

苗一妹摇头，"遇事不慌，从容以对，这是一个编草帽的能做到的吗？"

"做不到。"刘备点头。

苗一妹以为他要说实话，"好，说来我听。"

"苗相不要忘了，除了编草帽，我还会织席编草鞋。"

苗一妹给他气乐，"敢与山越女相玩笑，不怕被治罪吗？"

刘备心道，我还是大汉皇叔呢，"以苗相在山越之威望，定能明辨是非，岂会轻易治罪他人？"

"还晓得恭维人，为自己开脱，就凭你这般说辞，我就断定，你编的不是草鞋草帽，是谎言，把手给我。"

刘备只得伸出手，感觉不妙。

"摊开手掌。"

"粗手笨脚，有何可看？"刘备欲将手缩回。

苗一妹捏住刘备两根手指，只瞄一眼，"即便刘先生编过草鞋，也是好多年前的事了。"

刘备暗道，不愧是山越女相！

"不承认也罢，我相信你总会跟我说出实情的。"苗一妹说完站起，向刘备深深一揖，"不管你是干什么的，今天我都要谢谢你！"

正在这时，杨桃在门外喊道，"苗相，上官全有要事禀报。"刘备欲起身告辞，苗一妹制止了他，"刘先生不用回避。"

上官全急匆匆进来，瞟一眼刘备，火急火燎道，"苗相，不好了，山越灵塔倒塌了！"

第五十五章
灵塔倒塌又遭袭

山越灵塔倒塌，令苗一妹极为震惊，她急忙召集众人商议。

上官全皱眉，"不祥之兆啊！"

公孙双若有所思，"鼎司可能真的凶多吉少了。"

作为护卫中的大哥，司徒文说话了，"苗相，我们知道您对山越一片忠心，可是，现在鼎司病入膏肓，生死未卜，灵塔已没有保护的必要。韦昌与国舅为争夺鼎司大位，已经红眼，我们干脆就坐山观虎斗，不要参与其中了！"

苗一妹摇头，"鼎司让我保护灵塔，有它在，山越就在。现在灵塔出现问题，我若不管，如何对得起鼎司信任？更对不住故去的梁粉，我相信梁氏山越不会亡！"

尉迟武点头，"苗相说得好，我也相信梁氏山越不会亡！"

苗一妹问身旁的刘备，"刘先生怎么看？"

刘备看出，苗一妹对梁氏山越感情很深，不愿放弃，于是道，"按自己的心意做吧。"

苗一妹当即吩咐，"杨桃留在府中，其他人跟随我去灵塔！"

苗一妹上车，仍旧请刘备坐在车边。车辆冲出少鼎司府，跑上街巷，穿过一段密林后，在一处高冈停下来。

一座高塔从底部倒塌，地上瓦砾一片。从四周的围栏、石狮、高柱看，可知这里是一个庄严之地，寻常百姓难以靠近。

果酉将军迎过来，"禀报苗相，灵塔突然倒塌，下面出现一个暗洞，该当如何处置？"

"可曾有人进来蓄意破坏？"苗一妹问道。

"在下按照苗相吩咐，一直带人严守灵塔，不会放进任何人，实在不知灵塔为何倒塌。"

"暗洞是怎么回事？"

"灵塔倒塌后，才露出了暗洞。"

苗一妹穿过瓦砾，来到塔身近前，无风无雨，灵塔如何就倒了呢？难道真的是梁氏山越气数已尽？众人一同观察暗洞，暗洞十分幽深，隐隐约约，无法看清其内部情形。

苗一妹回首问刘备，"刘先生，是否发现可疑之处？"这时的刘备俨然成了她的主心骨，刘备观察灵塔倒塌之处，捡起瓦砾，仔细察看，又向暗洞内扔下一颗石子，判断深浅。"太过诡异，一时难以判断。"

公孙双与司徒文对望一眼，摇摇头，苗相太信任这个卖草鞋的，他人都被忽视了。

苗一妹询问果酋，"你可知灵塔下面有此暗洞？"

"不晓得。"果酋回道，"听一老叟说，大家关注灵塔，其实真正的秘密在暗洞，据说当年鼎司祖上，发觉山越涧溪旁风水极佳，有帝王之气，遂将先人骨灰藏匿于暗洞之中，后来梁氏果真成了山越鼎司，他们担心秘密泄露，才在上面修建了灵塔。"

苗一妹道，"把那老叟请来我见。"

果酋直言，"我欲了解详情时，老叟已不见踪影，派人寻觅，也未曾找到。"

苗一妹感觉蹊跷，她吩咐果酋，"果将军，请你带领士卒好生把守，不得懈怠，待我与鼎司商量后，再做定夺。"苗一妹心里很乱，灵塔是梁氏山越的象征，它的倒塌确实不祥。现在鼎司梁采病危，鼎后把持王宫，她要拜见鼎司，都不知能否如愿。

苗一妹满腹心事，车行不远，前面传来吵闹之声，"出了什么事？"苗一妹问道。

公孙双上前禀报，"两个僧侣与百姓发生争执，动了手！"

"去劝解一下！"苗一妹吩咐，她对山越百姓的事都很关心。

公孙双带领一些随从赶过去，没说几句，竟与两个僧侣动起手来，僧侣武艺十分了得，几个照面，随从全被打倒，公孙双舞动镔铁戟，仍被打得十分狼狈，眼看兄弟要吃亏，尉迟武冲上去，两两对打，公孙双与尉迟武仍被逼得频频后退，司徒文看不过对手嚣张，抽出判官笔，对上官全道，"好生保护苗相！"冲上前助阵，四大护卫里面，司徒文的武艺最好，以三打二，终于缓解劣势。

苗一妹牵挂三大护卫安危，探出身子观望。这时，大批士卒手举刀枪，向这里奔来，刘备本就感觉僧侣滋事不寻常，一看形势不妙，喊道，"苗相快走！"

苗一妹闻言，正要抽身，突然，一道寒光向她劈来，苗一妹万没想到，就在眼前，有人偷袭，瞬间愣住。

这一变故也惊呆了刘备，好在他见惯凶险，说时迟，那时快，刘备双手疾出，正击在刺客肩头，刺客一个趔趄，这一刀从苗一妹的身前划过！

俩人看清，袭击之人竟是上官全！

苗一妹惊愕万分！"上官全，你！"刘备看到上官全跳起来的姿势，陡然想起，初到少鼎司府当晚，他想逃走，看到一个黑影向墙边靠去，那人就是上官全！

上官全没想到，好不容易觅得的良机，被这个卖草鞋的破坏！他怒不可遏，刀一转，向刘备劈来！苗一妹吓得一声尖叫，刘备一闪躲过，这身手不仅惊到苗一妹，连上官全也大吃一惊，这个卖草鞋的竟然会武！他岂肯就此罢休，冲上前，左劈、前刺、右砍，使出连环三刀，疆场上，刘备战那些成名上将吃力，对付一名护卫还是绰绰有余，刘备左躲右闪，一抬腿，正踢在上官全的胯骨上，上官全应声而倒。

这时，几十名士卒冲上前，刘备顺手抄起上官全的刀，瞬间砍倒五六人，一下震住他们！上官全爬起，恨得咬牙切齿，他抓起一把剑，跳上去，直刺刘备咽喉，刘备最恨这种卖主求荣的小人，他一拨宝剑，回手一刀，正砍在上官全的大腿上，上官全一声惨叫，士卒心惊，没想到苗一妹身边还有这等厉害高手，在他们一愣之际，刘备对准马的屁股，猛拍一刀，马匹吃痛，载着苗一妹向前奔去。

司徒文、尉迟武与公孙双见苗相遇险，丢下两个僧侣，向这里奔来，两个僧侣带着一众人等紧追不放。

情况危急，刘备急忙追赶车辆，他刚搭到车边，突然射来十几支冷箭，刘备挥刀拨打，偏两支漏掉，一箭射中马夫，摔下车来，另一支射在马的屁股上，马匹受惊，拉着车辆向前急蹿，刘备只能一脚踩在车轴上，一手搭住车沿，任凭马匹没命地跑起来。

现在，刘备既希望马匹跑得快一点，远离危险，又担心车辆失去控制，酿成事端。自从他知晓苗一妹的身世，就对她平添了一份同情。追兵终于被甩下，刘备几次试图拉住缰绳，都没有成功。

车辆在极速颠簸中飞驰，苗一妹不时发出尖叫声，"苗相莫慌。"刘备安慰道。

"刘乾，刘乾！"苗一妹像抓住了救命稻草，"快救我下来！"

怎奈道路凹凸不平，车辆愈加起伏震荡。这时，刘备发现，车辆跑到了涧溪边，涧溪不宽，却深不见底，掉下去，将粉身碎骨。

眼见马匹跑累了，刘备利用车辆放慢的机会，跳下车轴，伸手欲抓缰绳，不料，轮毂被一块石头垫起，车辆瞬间倾斜，直奔涧溪而去。刘备大喊，"苗相，跳车！"

苗一妹抓住车内一侧，勉强站立，"往哪儿跳？"她举目一望，遍布怪石荆棘，完全被吓蒙了。

"往下跳！"

"啊——"苗一妹只剩下尖叫。

形势万分紧迫，刘备疾步跟上，眼见车辆就要冲下涧溪，急得大叫，"闭上眼，跳！"

苗一妹透过缝隙一看，前面是立陡深渊，她一闭眼，跳了下去。

随着轰隆一声，车辆与马匹尽皆掉入涧溪。

此时，只见刘备张开手臂，躺在地上，苗一妹伏在他的身上。

刘备用手臂示意，现在安全了，苗相可以起来了。

苗一妹没动，她的脸贴在刘备的胸前，两只手紧紧箍在刘备的腰上，全身战栗，她被吓坏了。

"苗相。"刘备提醒她，您是山越女相，这样伏在一个男人身上，被他人看到，有损仪表。刘备更担心敌人追上来，就危险了。

刘备连叫几声，苗一妹方抬起头。

"你真是老天派来拯救我的吗？"苗一妹说罢，又把脸埋在他的怀里，刘备看到一群人向这里奔来，"苗相，当心恶人赶到！"苗一妹抬起头，刘备扶起她，此时苗一妹柔似弱柳，刘备一手揽在她的腰上，带着她潜身于灌木之中。

第五十六章
推心置腹献妙计

"苗相,苗相!"那些人大声呼喊。

"是司徒文他们!"经历生死,终于见到自己的人,苗一妹的声音颤抖。

刘备扶她站起来,司徒文、尉迟武、公孙双与果酋带领一群士卒,来到两人面前。几人一齐躬身施礼,"属下保护不力,让苗相受惊了!"

"你们都尽力了。"苗一妹眼中含泪。

"苗相,您所乘车辆呢?"尉迟武问道。

"掉进涧溪了。"刘备回答。

"多亏刘先生救了我。"苗一妹挺直身体,"上官全呢?"

"我已将其抓住,"果酋回道,"还有两个僧侣和袭击苗相的士卒。"

"好,"苗一妹感慨道,"不枉鼎司对你如此器重!"

果酋面有愧色,"韦昌将军赶来,说这些人是他派来保护灵塔的,发生误会,他将僧侣与士卒带回处置,本来还要将上官护卫带走,被我拒绝了。"

苗一妹点头,"上官全必须留下,其他暂且不必计较。"

随后,果酋要来的车辆赶到,苗一妹临上车,叮嘱果酋,"即使灵塔成为废墟,也不准任何人靠近。"

回到少鼎司府,苗一妹又成了指挥若定的苗相。

"今日大家共同经历生死,你们都立了功,请坐!"

尉迟武对刘备道,"你是大哥,你坐在这儿!"他把刘备请到上首。刘备原本要客气一下,苗一妹道,"坐吧!"

劫后余生,想来让人心悸,最令苗一妹愤怒的是,自己从中原带来的亲随,竟然出现了叛逆之人。"上官全如何了?"苗一妹问道。

"他的大腿被砍伤，"公孙双回道，"我气不过他背叛苗相，痛骂了他，他一直不言语，最后说想见您！"

"我不想见，我没脸见他！"苗一妹很是伤心。

"上官全真不是人，竟敢暗通韦昌！"尉迟武气道。

"一会儿你与杨桃去问话，让他交代实情！"苗一妹说罢，又补上一句，"他的伤该治就治！"

杨桃道，"苗相还是太仁慈了。"

"他对您痛下杀手，可是一点没手软，如此狠毒，还能留吗？"尉迟武接道。

这时，一个家丁跑进来，"苗相，上官全自杀了！"

大家一惊，都站了起来。

杨桃急道，"如何这般不小心？"

"他突然撞了石柱！"家丁回道。

苗一妹手捂额头，眼中含泪，颤声道，"我本没想杀他，毕竟跟随了我这么多年！"

司徒文气道，"苗相不要难过，他是罪有应得！"

家丁递上一张纸，"上官护卫所写。"杨桃接过来，交与苗一妹，只见上面写着，"我是您最不想见的人，也是最愧对您的人，最后提醒苗相，小心身边的人！"

苗一妹将纸递给杨桃，"传示众人。"

"临走留个哑谜，"杨桃说着，流下了眼泪，"我实在想不通，咱们当中有人会暗杀苗相。"

"平时没看出他有什么可疑之处啊。"尉迟武叹口气。

司徒文皱眉道，"他爱喝点酒，心事有点重。"

公孙双接道，"听说他老家孩子多，二老又有病。"

"苗相已尽力相帮，这不是背叛的理由！"杨桃怒道。

"是啊，他留这话什么意思？说明我们之中还有内奸？"公孙双沉吟道。

"他是不是觉察到了什么？"司徒文疑道，"为何不直说？"

"谁能像他？临死还搬弄是非！"公孙双气道。

尉迟武不禁摇头，"相处这么久，没想到他隐藏得这么深。"

杨桃心情沉重，"我们这些人，哪个没有受过苗相的恩惠？谁再有二心，上官全就是他的下场！"

"事已至此，"苗一妹叮嘱杨桃，"派人到他的老家，告诉他的家人，上官全为山越征战而死，给其家人做好抚恤，让其老小衣食无忧。"

杨桃含泪点头，"我知道了。"

看到天色已晚，苗一妹道，"大家都累了，回去好好休息吧。"然后对刘备道，"请刘先生稍候。"

尉迟武冲刘备点头，那意思是，你现在地位可是不同了。

几名护卫退出，苗一妹道，"留下先生，是要感谢今日搭救之情。"说罢，深施一礼。

刘备还礼，"苗相客气了。"

"跟随十几年的人害我，才相识的却救了我。"苗一妹感慨不已。

刘备亦感叹，"相识不在长短。"

"先生料事如神，对上官全所说做何感想？"

问到机密事，杨桃欲撤出。

"你不用回避。"苗一妹对杨桃放心。

"我去倒茶。"杨桃借故离开。

获赞料事如神，刘备苦笑，真能料事如神，就不来东吴相亲，不会遭受这般磨难了。当然，也不会遇到苗一妹。今日经历大劫，由上官全的背叛，让苗一妹对身边人也起了疑心。

"上官全所言，未必是真，还需要辨识。"

"你对其他几人怎么看？"

这个问题很难回答，"其他三人，我与尉迟护卫同室，最为熟络，"想到他几次帮忙，"他为人真诚，对苗相当年相助，念念不忘，我感觉他不会有异心。至于司徒文与公孙双两位，相交甚少，不敢乱下断言，但看今日他们舍生忘死拼杀，还是值得信任的。"

"我也不信他们三个还有异心。"

"或是上官全有意挑拨，苗相不要上当。"

苗一妹点头，"涧溪边，颠车旁，让刘先生见笑了。"苗一妹的脸上浮现羞涩之情。

颠簸中的尖叫，伏在身上的战栗，珠连玉落泪湿自己的衣衫，那时，她就是一个楚楚可怜的娇弱女子。"身在异邦，独撑危局，苗相在我心中，已是女中豪杰。"刘备道。

"说豪杰，你才是真豪杰，一直深藏不露，一露就一鸣惊人。"苗一妹凝视刘备，"刘先生，还说自己是卖草鞋的吗？"

身份特殊，不便泄露，刘备只得道，"家乡人有练武的习俗，权作防身，不足为怪。"

"还不与我说实话？"苗一妹嗔道，"一身武艺，满腹韬略，你还要瞒我到何时？"

"苗相，非是我故意隐瞒，"刘备平静道，"在下就是一个凡人。"

"其实，凡人没什么不好。"苗一妹叹道，"我一直自命不凡，结果命运不济，屡遭不顺，我以为自己是个不祥的女人，在我最心灰意冷时，刘先生出现了，几次帮我渡过难关，我甚至怀疑，这是老天可怜我，特意派刘先生前来相助。"

"只是我碰巧赶上了。"

"现在，我算明白了，学士、将军、少鼎司，都是上上人，又能如何？你绝不是凡人，我更希望你是个凡人，就是一个卖草鞋的！现在，你就是个要饭的，我也不放你走了。"

闻听此言，刘备心中也委实感动。

苗一妹望着刘备，"我这里需要你，我也需要你——给我带来好运。"

苗一妹说得忘情，这一刻，刘备的内心也泛起波澜。苗一妹是一个好女子，她现在需要帮助，可是自己又必须离开，他甚至幻想苗一妹能跟随自己回荆州，也不负东吴相亲之名了，那才是两全其美！只是，她能舍得山越的地位与功名吗？想到此，刘备主动转移话题。"既然苗相说，这里需要我，我就帮苗相想一想应敌之法。"

苗一妹努力平复激动的心情，"你有何妙计？"

"敌人已经出手，今日能暗杀，明天就能打上府来，我们不能坐以待毙！"

听到刘备说"我们"，苗一妹莞尔一笑，"硬来不行，我们没有兵权，果酉能派人保护少鼎司府，与韦昌直接对抗，他未必干！"

"现在主要敌人是韦昌与国舅，让他们打起来，苗相就安全了！"

"办法虽好，关键是如何让他们打起来？"

"我观山越有众多寺庙，这里的人一定笃信神灵。"

苗一妹点头，"山越有广大信众。"

"既然老叟有言，灵塔真正的秘密在暗洞，我们不妨在此做文章。"

"如何做文章？"苗一妹追问。

"过去我也常听老人说，将先祖的骨灰安放于风水宝地，后人就能封妻荫子，如今可以放出话去，暗洞内发现了梁氏先祖的神灵存放之处，谁能亲自将先祖骨灰放到那里，就能当上山越鼎司。"

"好计谋，我料他们早有此意，对此深信不疑。"

"他们会争着把先祖骨灰放置暗洞内，就可能打起来，这样，除掉一个是一个，即使除不掉，他们争斗起来，就顾不上打苗相的主意了。"

"这样对梁氏先祖是否不敬？"

"现在梁氏江山风雨飘摇，能为山越除奸，梁氏先祖会体谅的。"

"好！"苗一妹拍手，"明日一早，我就派人放出风去！现在就让果酉带人撤出。"

"果酉不能撤，果酉一撤，他们就会怀疑动机，让果酉少留一些士卒，挡常人靠近，韦昌与国舅人多势众，挡不住他们正常，就是虚挡实放！"

苗一妹叹道，"你个臭卖草鞋的，怎么有这么多歪主意？"

第五十七章
剿灭强敌又生变

第二天一早，苗一妹让杨桃请刘备一同用膳。

一路上杨桃很沉默，她可是快言快语之人，"杨桃，怎么一句话没有？"

"你让我说啥？"杨桃瞥一眼刘备，"隐藏得这么深！"

"我们每天见面，能隐藏什么？"

"能文能武，太神秘，我们都不晓得你的底细，敢跟你说什么？"杨桃淡淡道。

刘备道，"这可不像你。"

杨桃站住，"那就来个像我的，我看出你是个有本事的人，不管你来此是何目的，"她盯着刘备，"我警告你，不能欺骗我们苗相，你要敢伤害她，我绝饶不了你！"说罢，做一个抹脖子的手势。

刘备道，"好吓人！"

杨桃笑了，只是笑容很快消失。

见到苗一妹，刘备上前施礼，苗一妹摆手，"以后不用这般客气了。"

刘备坐下，苗一妹马上道，"我一早就让人放出风去，还派尉迟武、公孙双、司徒文分别到国舅府、韦昌府和灵塔附近，监视那里的一举一动。"

刘备点头，"很好。"

"你感觉这个主意行吗？"苗一妹心中不托底。

"饵下好，就等鱼咬钩了。"

"他们都很狡诈！"

"希望他们傻一回。"

"但愿如此，"苗一妹问杨桃，"国舅府那边可有动静？"

杨桃禀报，"国舅府有人进进出出，只是没见他的身影。"

"韦昌府呢？"

"大门紧闭，悄无声息。"

"消息放出，不知他们是否获悉？"

刘备安慰道，"等等看。"

苗一妹笑道，"你倒沉得住气。"

少顷，杨桃快步进来，"禀告苗相，国舅坐上车辆，带一群人出府了！"

苗一妹站起来，"往哪里去了？"

"灵塔方向！"

苗一妹一拍手，吩咐道，"他到灵塔，马上来报。"

杨桃刚出去，又回来了，"刚有人来报，韦昌府有人出入。"

"好啊！"苗一妹高兴道。

"希望韦昌慢一些。"刘备接道。

"这是为何？"

"韦昌行动，必是骑马，如果他赶到前面，绝不许国舅进入暗洞，就没好戏看了。"

"有道理。"苗一妹赞道，"你怎想得如此周到！"

等了一阵，苗一妹忍不住问杨桃，"韦昌那里可有动静？"

杨桃摇头，"没有。"

"难道他没有得到消息？"苗一妹不放心，她问刘备，"可用派人到韦昌府四周放风？"

刘备沉吟道，"不要打草惊蛇，以免暴露。"

"为稳妥起见，我认为还是应该派人去。"

"对鼎司大位如此垂涎之人，一定对灵塔的讯息十分敏感，不会轻易放过。"

"为何没有反应？"

"也许被何事耽搁了。"

这时，杨桃跑进来，"韦昌骑马带人匆匆出府。"

"可是灵塔方向？"

"正是。"

"太好啦！"苗一妹兴奋地看着刘备，"真让你言中了。"

这时，尉迟武与公孙双回来，他们监视的人都已离开府宅，赶往灵塔。

一个亲随跟着杨桃进来，"启禀苗相，国舅已到灵塔，赶走了附近守卫，身背一物，让人用绳索将他放入暗洞内。"

刘备与苗一妹相视一笑，"一个上钩了。"苗一妹喜道。

"关键是另一个。"

"尉迟武，你带人赶去灵塔，"苗一妹吩咐，"韦昌如果进入暗洞，派人速来禀报。"尉迟武马上出发了。

一直没有回音，苗一妹不免焦急，她又令公孙双前往打听。

一个亲随进来，"禀告苗相，韦昌将军赶走了国舅的人，他也下到暗洞里去了！"

"太好了，"苗一妹望着刘备，兴奋之情溢于言表，"真像你设计的一样！"

刘备问道，"国舅上来了吗？"

"没有。"亲随回道。

苗一妹喜道，"他们在暗洞里遇到，一定会打起来。"

"两虎相斗，必有一伤。"

"估计国舅凶多吉少，他打不过韦昌的！"

"听到打斗声了吗？"刘备问道。

"没有。"亲随回答。

"这倒怪了。"苗一妹不解，"两虎抢一肉，还能相安无事？"

"密切关注他们的动向！"刘备命令。

亲随答应一声，退下去了。

少顷，又一个亲随返回，"启禀苗相，国舅与韦昌进入暗洞里，一直没有动静，他们的随从无论如何呼喊，暗洞里都没有回应，几个随从下去寻找，都没上来，没人敢再下去了。"

"这是为何？"苗一妹疑惑。

"结果也许超出想象。"

"真的吗？"苗一妹喜不自禁，一下抓住刘备的手，凝视着他，"以后不准再称苗相，叫我一妹好了。"

从苗一妹的眼中，刘备真切地感受到，一个饱经磨难的女人，找到依靠后的幸福与柔情。刘备现在也情不自禁，不过，想到自己终将离开，不能像杨桃说的那样，再次伤害她。

两人静静地站着，苗一妹不知不觉靠在了刘备的肩头，"卖草鞋的，我不许你走！"

刘备凝望苗一妹俊俏的脸庞，他感觉自己的信念在动摇，甚至怀疑自己已经点了头。

这时，杨桃匆匆进来，"苗相，有要事禀报。"

一看此景，好不尴尬，正要退出，苗一妹脸一红，"说吧。"

"国舅与韦昌的儿子赶到暗洞，他们都急疯了，只是没人敢下去。听说，他们去请驱邪的道士了。"

苗一妹闻听此言，高兴道，"杨桃，让人准备膳食，我们饿了。"

这一顿饭，苗一妹吃得极其香甜，她不断给刘备夹菜，请他多吃些。刘备想起这一路逃亡，都在为填饱肚子犯愁，如今，山越女相能对自己如此，让他感叹不已。

杨桃直接冲进来，"喜讯，喜讯啊，国舅与韦昌都死了。"

苗一妹直接跳起来，"真的吗？"

"道士让人把洞口扩大，好一阵才下去。最后，他们把国舅与韦昌背上来，两人早已没了气息，道士上来也都瘫倒在地，直呼喘不上气。"

苗一妹惊喜道，"太好了！太好了！"

"有人说他们意欲图谋不轨，才遭如此报应。"杨桃笑道。

苗一妹兴奋地对杨桃道，"你说刘先生是不是会点歪门邪道？想让他们自相残杀，除掉一个是一个，最后竟然一箭双雕！他不仅是个吉人，简直是神人了！"

杨桃赞道，"刘先生真是神乎其神啊！"

两个最主要的敌人除掉，山越的隐患没了，苗一妹激动的心情难以言表。

人们不禁要问，刘备为何这般厉害？其实，用现在的知识，不难理解，暗洞不通风，里面严重缺氧，国舅与韦昌下去不久就窒息而死。刘备能想出这个主意，与他的过往经历有关。幼年，他与伙伴在山中玩耍时，发现一个洞穴，推开洞口的石头，下去探看，没走多远，就喘不上气，只得快速返回洞口，过了些时日，就可以自由进入了。刘备认为，刚打开的洞穴里有瘴气，暗洞隐于塔下许多年，瘴气一定极重，才想出这一计，没想到效果出乎意料。

这时，宫里传来手谕，"鼎司召苗相觐见。"苗一妹一看，字迹工整，正是鼎司笔体。

国舅与韦昌一除，真是满天乌云散去。"司徒文陪我去就可以了，你们在此饮酒，好好庆祝一番。"她还悄悄对刘备道，"等我回来有话跟你说。"

众人知道，正是刘乾的主意，一举铲除两大逆贼。大家很兴奋，纷纷向他敬酒，刘备也很高兴，不觉多喝了几盅。

再说苗一妹，一见鼎司，不觉一惊，鼎司梁采的气色好了很多。他感谢苗一妹，为山越铲除奸佞立下大功！两大叛乱集团都已平定，鼎后也被囚禁，鼎司封苗一妹为山越大丞相，协助鼎司处理各项事务。苗一妹实言相告，能够铲除逆贼，全仗一位吉人相助，此人足智多谋，她请鼎司重用此人，鼎司十分高兴，让苗一妹改日带他来见，一定重重封赏。

苗一妹心情愉悦，她急匆匆赶回来，要把这个喜讯告诉刘乾！请他出山，帮助山越鼎司治国理政，自己从此安心内府，再不抛头露面了。

可是，刘乾却不见了！尉迟武道，"吃过酒，是不是一时兴奋，出去逛街了？"

苗一妹心中一凉，有个不祥预感：难道他走了。

刘备确实走了！

喝过酒，刘备回到住处，躺在床上，正在琢磨，以现在苗一妹对自己的信任，如果亮明身份，她将做何反应？能放弃这里的一切，跟自己走吗？

这时，尉迟武来请刘备，说苗相在宫中，请他前往议事。刘备知道，如今苗一妹对自己十分依赖，不知她是否又遇到了难事？他有意结交鼎司，将来兴复汉室，山越可做外援。尉迟武准备了两匹马，他告诉刘备，"今日事态紧急，只能骑马前往了。"说罢，让亲随打开后门，两人直接冲了出去。

尉迟武没有引他入宫，而是向城外疾驰！刘备一直想逃离山越，这样出城，不免生疑。尉迟武看出来，故作神秘道，"就是为了给大哥一个惊喜，出了城，你就知道了！"

可是，一出城门，尉迟武就不见了，一群士卒手持刀枪奔袭过来，刘备一看不好，打马就跑！那群人在后面大喊，"再回来，就要了你的命！"

真是个"惊喜"！有人主动将自己送出城，还给了一匹马，这不正是自己想要的吗?

可是——

刘备在山越的一段传奇经历就这样结束了。

第五十八章
仗义驱贼双初识

离开诸葛瑾府宅，赵云由黄豆引路，两人匆匆赶往龟狐狱。

几近绝望之时，黄豆又带来了希望。

来自荆州，还是要犯，赵云想不出，除了主公刘备，还有谁符合这个条件。激动之余，心中也不免忐忑，生怕希望落空。

黄豆边走边介绍，龟狐狱建在山峦之上，十分隐秘，外面是陡崖，极难进入；里面无法观察，听说机关重重，由周瑜的师父澹台野甲设置，如贸然进去，恐插翅难逃。

两人行走大半晌，来到一处客栈，黄豆道，"此处离龟狐狱不远，可在此饱餐一顿，再做行动。"

赵云点头。

"这家客栈老板的女儿生得跟天仙一般，"黄豆双眼放光，"听说很多人来此吃饭，就是为了一睹姑娘芳容。"

赵云皱眉，现在哪有心思关注这些。

黄豆沉浸其中，"姑娘名字也好听，公仪雪晴。"

赵云生气，"你留这里做上门女婿好了！"

黄豆尬笑，"我怕是高攀不到。"

赵云对他屁股就是一脚，黄豆叫道，"哎哟，踢瘸了，人家更瞧不上了。"

两人走进公仪客栈，客栈一楼是酒肆，生意十分红火，时值中午，都是食客。黄豆碰一下赵云，用下巴示意，让他看柜台后面，那里站着一位姑娘，只见她面若皓月，齿白唇红，一双俊眸似朗星，两弯酒窝是天生，嘴角含笑嵌美意，惹得神颠凡人疯。姑娘果有倾国倾城之容，难怪人们纷至沓来。

公仪雪晴上前招呼，"两位稍等，里边客满了。"

"没关系。"黄豆满脸堆笑地盯着姑娘，姑娘被他瞧得不好意思，转身离去。黄豆不甘心，站在门口观望，正巧看到两人站起，他马上赶过去，"我们坐这儿了。"赵云暗笑，这方面黄豆反应最快。

黄豆很满意，此桌正在柜台旁。公仪雪晴麻利地收拾完桌子，"两位吃点什么？"

赵云让黄豆点菜，黄豆望着姑娘，眼珠子要掉人家身上了。

"一盘酱牛肉，一盘清炒瓜片，一盘辣炒羊肝，一碗肉汤丸子，再来一盘——"

公仪雪晴道，"你们就两位，这些足够了。"

赵云诧异，以为客栈靠姑娘的美貌，让客人多吃多用，她的话出人意料。

"两位可喝酒？"公仪雪晴问道。

赵云道，"谢谢姑娘，我们不喝酒。"

这时，后面有人大喊，"一来这里就胃口大开，再来两盘牛肉。"赵云瞥见一个大汉，满脸麻子，旁边几人应是他的手下。

"我先给他们上菜。"姑娘抱歉道。

黄豆气道，"一看就不像好人！"此时，麻脸大汉正盯着公仪雪晴，满脸色相，十分下作的样子。

利用上菜间隙，赵云不动声色地观察酒肆内的人。这里有十多张饭桌，他们桌子前侧，坐有三位，皆紧身打扮，与自己对向的是一位姑娘，一身黑衣，生得端庄秀丽，只是双眉紧锁，心事重重。旁边几桌，似是来往商贾，大概是赚到了钱，酒兴正酣。整个屋内，叫得最响的就是麻脸大汉一桌，推杯换盏，喝得满脸通红。反倒映衬出拐角两人与众不同，他们在那里安静吃喝，向外那人像个书生，对面之人应是他的随从。书生不时看一眼进进出出的人，似乎很享受喧嚣之外的悠闲惬意。

这时，一位老者端上饭菜，放在赵云、黄豆面前，"这是老朽亲自做的肉汤丸子，也叫跳丸炙，是我家特色，"老者瞧着赵云，"我看您是头一次来，尝尝吧。"

麻脸大汉叫道，"给我也来两碗跳丸——就是那个丸子尝尝。"

老者回道，"好嘞。"

黄豆小声道，"这是老板公仪岑。"

赵云不知是该笑还是该气，连老板的名字都晓得，下一步大概是认岳丈了。"在荆州，"黄豆脱口而出，赵云一瞪眼，在此怎能随便说出'荆州'两字？黄豆知道自己说漏嘴，小声道，"我就没看过这么美的姑娘，天下无双。"

赵云品尝肉汤丸子，不禁点头，香而不腻，确是美味。

黄豆见此，更是高兴，嘴中嚼着牛肉，眼睛不离忙碌的公仪雪晴。

这时，进来一个毛贼，趁乱潜到柜台旁，一倾身子，看他脸上浮现笑意，应是得手了。

这家伙转身欲逃走，赵云正要阻止，只见黑衣姑娘一伸脚，毛贼没提防，被绊倒在地。毛贼竟是个狠角色，爬起来，一回手，从腰间拽出一把匕首，直接扎向黑衣姑娘，赵云脚尖一探，毛贼的匕首立时坠地，再一点他的胳膊，只听他"哎哟"一声，整个臂膀发麻，偷来的钱掉在地上，毛贼知晓遇到高人，飞也似的跑掉了。

不动声色，解决问题，黑衣姑娘大睁双眼，惊讶于赵云动作神速。公仪雪晴回来，正看到这一幕，忙给赵云作揖，"谢谢先生。"

赵云道，"你应该谢谢对面的姑娘。"

公仪雪晴又向黑衣姑娘道谢，这时，公仪岑出来，给几位作揖，"谢谢诸位帮忙，今天几位的饭菜我请了。"

赵云与黑衣姑娘都说不必，只有黄豆笑嘻嘻道，"谢谢老人家。"

风波过去，赵云决定，自己去龟狐狱搭救主公，让黄豆雇辆车，在此等候，一旦主公受伤，方便护送。赵云特意叮嘱黄豆，"莫要只顾打姑娘的主意，耽误了正事！"黄豆不好意思地笑了。

黑衣姑娘临出门，向赵云微微点头，算作辞别。此刻，那个书生已不知何时离开，只有麻脸大汉仍与手下尽情吃喝。

赵云让黄豆坐着别动，自己悄悄离开。公仪雪晴送他到门外，"您要走吗？"

赵云点头，"朋友在这里，我先行一步。"

公仪雪晴望着赵云，躬身作揖，"多谢您刚才仗义相助。"

"姑娘客气了。"赵云还礼。

"先生有凛凛正气，非同常人，去哪里都可以，莫去龟狐狱。"赵云一愣，姑娘接道，"那里抓了荆州要犯，我听闻先生来自荆州，万不可到那里冒险。"

她也知晓龟狐狱有荆州要犯，看来主公真的被他们抓到了这里。能觉察自己要去龟狐狱，赵云惊讶于公仪雪晴的细致入微。赵云很想打听，她还了解什么情况。听到里面有人大喊结账，公仪雪晴忙与赵云作别。

赵云感谢她的好心，前面纵有刀山火海，自己也不能退却。

按照黄豆介绍，赵云行走约两里路，在人们向右拐时，他悄然向左而行。

赵云疾行半个时辰，远远望见山梁上似有旌旗，一条山路蜿蜒向上，四周是十来丈高的崖壁，天色渐暗，他决定马上行动。

崖壁虽陡，仍有一些棱角和缝隙，这对赵云已足够，他扒住棱角，迅速向上攀去。爬到一半，崖壁愈加光滑，攀爬难度加大，他刚要扣住一个棱角，发现那是埋在此处的剑尖，赵云马上搭向一个崖缝，不想崖缝是安好的机关，迅速闭合，几乎将他的手指夹住，赵云急忙横向移动，那里正好有一块突出的石头，赵云顺手一搭，准备借力而上，不想所抓之物如同棉花，一下扒空，如是常人，定然掉下来，摔成重伤。赵云反应快，下坠过程中，一把抽出宝剑，抵住崖壁，顺势搂住一处棱角，才停止下行。赵云再次来到虚石前，挥动宝剑，将其砍掉，这次，赵云愈加小心，仔细寻找棱角、崖缝，终于攀上崖顶。

面前是一堵围墙，有一丈高，这难不倒赵云。他扒住墙头，发现一队巡逻士卒走来，急忙隐身墙后，待他们走过，轻轻一纵上墙，借着月光，只见崖顶上分布一栋栋奇形怪状的房屋，有圆形、方形、筒形，甚至还有上粗下细之形。黄豆说的没错，此地确实奇特，需得小心谨慎。

赵云手持宝剑，悄无声息落下。他看到附近有一栋筒形房屋，门前有两个士卒看守，正有一句没一句地闲聊，赵云蹑足潜踪，悄然来到两人近前，乘其不备，将两人打晕在地，看到再无其他士卒，赵云冲入室内，只见中间设置一个铁笼，笼中关有一人，他看到赵云，大叫，"快来救我！"

赵云看清不是刘备，问道，"你是何人？"

"我乃李形，李典是我的兄长。"那人答道。

赵云知道，李氏兄弟皆是曹操手下猛将，不晓得为何被关在此地？但是由他可知，这里关押的都是东吴要犯。只是，主公在哪里呢？

第五十九章
撞破恩怨怒出手

突然，赵云听到叫喊打斗之声，急忙退出囚屋，李形见状，大叫，"快来救我！"

来到室外，赵云发现打斗声来自龟狐狱正门方向，今夜不知还有何人造访，对自己来说，正可趁乱营救主公。

这时，赵云瞥见一个士卒走过来，他一闪身，跟在其后，一把捂住其嘴，宝剑按在他的脖子上，"别叫，叫就没命了！"

士卒吓得魂飞魄散，一个劲地点头。

赵云松开手，"这里关的都是什么人？"

士卒哆哆嗦嗦道，"什么人都有，赤壁大战抓住的曹将，西凉派来的细作，还有东吴犯罪的文臣武将。"

"可有荆州来的？"

"有，刚抓来一个。"

赵云心中一动，"关在哪里？"

士卒一指远处，"就在那边。"

赵云无法判定是哪一栋，"领我前去。"

士卒无奈，战战兢兢领着赵云赶过去，待赵云确定具体囚屋。"委屈你了。"赵云说罢，一掌将其击晕，拖到隐蔽之处。此时，赵云的心情难以形容，相隔数日，不知主公现在如何了？

赵云悄悄来到囚屋近前，发现只有两个士卒看守。没想到，关押主公的地方，如此松懈，难道守卫藏在暗处？还是里面设有埋伏？不管怎样，都要先解决门前两人，赵云捡起两颗石子，猛然出手，两个士卒没哼一声，栽倒在地，赵云快步上前，将两人拖到草丛中。

赵云蹑足潜踪来到门前，向里面探看，借着小窗透进的月光，赵云看到，这栋囚屋与前面所见并无二样，中间设置一个大铁笼，笼内竖一木桩，木桩上捆绑一人，头部低垂，披头散发，浑身血迹，看不清面目，凭体态，确像主公刘备。赵云的心立时揪起来，东吴竟对主公动刑，赵云极为自责，他快步进来，"主公。"他连叫几声，里面的人没有回应，难道是被打晕了？

赵云冲到铁笼门前，注意到，铁笼上方有一块挡板，挡板上挂有一物，不知做何所用？

赵云抽出宝剑，正要劈开门上铁锁，突听门外有响动。他瞥了一眼高处挡板，常人难以企及，赵云轻功冠绝，一个箭步，踏上铁笼，飞身一纵，搭住挡板边沿，再一翻身，上了挡板，缩身撤步，隐于其上。

"怎么门前连个看守都没有？"有人说话。

"估计都到前面迎战了。"另一人道。随后两个黑衣人手持刀剑，飞身而入，赵云看着眼熟，其中一人竟是公仪客栈遇到的黑衣姑娘！

“快！”门口传来声音，看来还有一人望风。

进来的黑衣男子对笼内之人喊道，“三弟！”黑衣姑娘手扶铁笼，哭道，“三哥！”

赵云一惊，笼内被捆者是他们的亲人？从上面看，确实不像主公。

无论两人如何喊叫，笼内之人都一动不动。黑衣男子上前，连砍几刀，斩断铁锁，两人冲进去，一起搀扶受伤之人。

突然，两人同时号啕大哭起来，门口之人一愣，“怎么啦？”

黑衣男子哭道，“老三没了。”

外面望风的男子闻言，也冲进笼内，抓住被绑之人，此人早已没了气息。

赵云确认，笼内被关之人不是主公，是他们的兄弟，已然没命。

正在此时，赵云感觉挡板一动，一物迅速滑落，只听咔嚓一声，此物正挡在铁笼门口！赵云为之一震，原来这是设计好的机关。笼内三人慌忙跑到铁笼口，挥动刀剑猛砍猛削，都无济于事。

这时，听到有人哈哈大笑！

随着话音，一群士卒打着火把，簇拥着一人进入囚屋，赵云从挡板上偷偷一瞄，又是一惊！这人竟是坐在客栈角落的书生。“我来得正是时候！小小调虎离山之计焉能骗得了我？我只将计就计，就把你们一网打尽！”说罢一挥手，三个黑衣人被推上来，看来是先被擒住的！“这回你们黄氏七雄算是凑齐了！”书生十分得意。

“与你无冤无仇，为何陷害我们？”黑衣姑娘怒道。

“无冤无仇？”书生冷笑一声，“我们有不共戴天之仇！”看几人十分吃惊，“想知道我是谁吧？”书生在笼前连踱几步，似乎无法扼制激动的心情，他猛然回头，“我乃祢衡之弟祢平是也！明白了吧？我的兄长被黄祖老儿杀害，此仇焉能不报？现在黄祖虽死，我要让他的儿女血债血还！”

赵云才清楚，东吴所抓荆州要犯，原来是黄祖之子。

对于祢衡与黄祖的恩怨，当时天下尽人皆知，还留下了“击鼓骂曹”的著名典故。

话说曹操攻占大半北方后，欲借威名，不动兵马，招降荆州之主刘表。他知刘表喜交名流，欲派孔融前往游说，孔融推荐好友祢衡，给他一个展才之机。怎奈两人一见面，曹操看祢衡十分自负，很是反感，为灭他的傲气，连个座位都没让，还当着祢衡的面，将自己的文臣武将肆意夸赞一番。

曹操的轻慢，激怒了祢衡，你的手下真有本事，还找我来此作甚？遂将曹操的文武官员逐个数落羞辱一遍。有人劝曹操杀掉祢衡，曹操知祢衡素有虚名，恐世人笑自己不能容人，又咽不下这口气，大宴宾客时，令祢衡击鼓，祢衡裸身而立，曹操斥之，"庙堂之上，何太无礼？"祢衡道，"欺君罔上才谓无礼，吾露父母之形，显清白之体耳。"

曹操生气，又不愿背负害贤之名，他强令祢衡前往荆州。祢衡见刘表，看其徒有虚名，虽颂德，实讥讽。刘表不悦，知曹操欲借刀杀人，不上其当，命祢衡去江夏见黄祖。

黄祖听闻，在祢衡眼中，仅孔融与杨修算是能人，问道，"似我如何？"

祢衡直道，"汝似庙中之神，虽受祭祀，恨无灵验！"

黄祖大怒，"你当我是木雕泥塑！"遂将祢衡杀了。

祢平恨曹操借刀杀人，阴险狡诈，更恨黄祖不明是非，乱杀无辜，本欲为兄长报仇，听说孙权攻打江夏时，把黄祖剿灭，算是替兄长解了恨，自此，他对孙权大为称道，决定前往投奔。

投奔之前，他赶往荆州。听说黄祖被杀后，刘表善待其后人，将他们迁往荆州。如今，刘备成为荆州之主，不知黄祖后人如何了？

本来黄祖已死，祢平仇恨渐消，怎奈实地一看，黄家仍是大户，衣食无忧。想到兄长死后，祢家每况愈下，吃穿都成问题。祢平恨意陡升，决定报复。他夜探黄宅，发现黄祖七个儿女，都有一身好武艺，自己一人断然不是对手，偏在此次夜访中，听闻黄氏兄妹意欲为父复仇，先派黄戟、黄锤兄妹扮作夫妻，前往南徐探路。祢平心生一计，正好借东吴之力，将黄氏一族剿灭，当作投奔孙权的见面礼。

孙权听说他是祢衡之弟，就收留了他。祢平把黄祖儿女要来复仇一事，实言相告，孙权一惊，祢平慨然道，自己有擒敌之法，孙权见他如此自信，派人全力辅助。

结果，他带人擒住黄戟，故意跑掉黄锤，他料定，黄氏兄妹必来营救。此时孙权正被刘备相亲之事弄得焦头烂额，不想再生事端，孙权看出祢平展才心切，遂提供龟狐狱让其施展。

祢平让人放出风，传言抓住一个荆州要犯，被关押在龟狐狱。引诱黄氏兄妹前来营救，才有了眼前一幕。

黄氏大哥黄刀愤然道，"要杀害你兄长的实为曹操，我父只是中计，况且他已不在人世，你还要赶尽杀绝，实在天理难容！"

"东吴为我兄长报了仇，我要感谢吴侯孙权，他是世间少有的名主，早晚称霸天下，比奸诈的曹操和虚伪的刘备强多了。你们要杀吴侯，我要投桃报李，为他消除威胁，现在，我是既报仇又立功！"说罢狂笑不止。

黄氏小妹黄锤气道，"恶毒之极，你不得好死！"

"不得好死的是你们，可以一同追随黄祖老儿了！哈哈！"祢平无比得意，"你们不要怪别人，要怪就怪你父无故杀害我家兄长，要怪就怪你们太愚蠢！哈哈哈！"

黄刀痛心疾首，恨自己一时疏忽，让祢平得逞。黄锤气愤已极，猛然掷出宝剑，祢平见眼前一亮，急忙闪身，只听一声惨叫，身后一个士卒被刺个正着。祢平恼羞成怒，"死在眼前，还敢逞能，弓箭手，给我将他们乱箭穿身！"

千钧一发之际，上面突然飘下一人，只见寒光一闪，宝剑已经出鞘，赵云动手了！

第六十章
探险地再救佳人

赵云藏在挡板之上，听得明白，这是黄祢两家私人恩怨，自己是局外人，不应参与其中。

后来，赵云越听越气。原本，他对祢衡遭黄祖枉杀很是同情，黄祖已死，祢衡大仇已报，祢平却为讨好孙权，要将黄祖儿女赶尽杀绝，做得就太过分了。

在公仪客栈，黑衣姑娘能阻挡毛贼行窃，有此义举，定是善良之人。最让赵云不满的是，祢平贬斥曹操奸诈、刘备虚伪，褒扬孙权是明主，他若真是明主，焉能拿自家妹子当诱饵，欺骗主公前来相亲？

黄氏兄妹要杀孙权，替父报仇，以孙权所为，该杀！祢平设下毒计，不仅骗了黄氏兄妹，还害得自己白跑一趟。现在，他要下毒手，赵云实在看不下去，在他们就要开弓放箭时，赵云飞身而下，只见他一挥宝剑，那些士卒的弓全被斩断，这般身手，惊呆所有人。

祢平眼见自己妙计被破坏，怒不可遏，挺剑直刺赵云，赵云轻轻一拨，顺势削来，祢平横剑相挡，赵云一进身，连出三剑，赵云的剑太快，迫得祢平慌忙撤步，呼喊士卒上前，士卒哪挡得住赵云，被他杀得纷纷逃出囚屋，赵云趁机跳过来，劈开挡门机关，里面三人立即冲出铁笼，黑衣姑娘早已认出赵云，激动道，"多谢救命之恩。"

"快走！"赵云说罢，直奔人群，祢平一见，命令士卒马上结果被擒的黄氏三兄弟，奈何赵云已冲上前，士卒未及动手，已被他打翻在地，削断绑绳，救下三人。黄氏兄妹六人一旦得救，如疯了一般，直扑祢平，要为死去的兄弟报仇。祢平被他们的气势所震，急忙指挥士卒抵挡，此时黄氏兄妹已杀红了眼，祢平且战且退，危急时刻，龟狐狱的主将冯朔带领士卒冲上来。

冯朔有些情绪，吴侯派他与副将陈冕、谭可协助祢平捉人，不想祢平与祢衡一样狂傲，臆想以最少的人马，抓住黄氏兄妹，彰显其超人本事。冯朔、陈冕、谭可担心参与多了，祢平疑心三人争功，参与少了，又怕他说三人不尽力。方才，他们在正门将黄剑、黄斧、黄钺生擒，本以为祢平能对三将表达谢意，可是，祢平的态度着实让三人气恼，那意思你们所做皆是应尽本分，擒住黄氏兄弟全靠我的妙计！陈冕、谭可很是看不惯，冯朔就派陈冕把守正门，让谭可巡视去了。

此时，眼见被捉之人获救，疯狂反扑，冯朔听说，祢平虽来东吴不久，却深得吴侯欣赏，如果祢平出事，自己也不好交代，遂带领三百士卒冲上来，化解了祢平之危。

祢平缓过劲，指挥士卒围剿七人。冯朔见这七人十分骁勇，士卒死伤众多，提醒道，"莫用强，不要忘了龟狐狱的妙处。"祢平畏惧黄家帮手武艺出神入化，只得同意。

赵云看对方来了援兵，时间一久，恐怕凶多吉少，他对黑衣姑娘道，"先撤吧。"

黑衣姑娘眼中含泪，"三哥还在里面。"

大哥黄刀见情况危急，六弟黄钺已经受伤，"听恩公的，撤！"他得为众兄妹负责。说罢，带领大家向外退去，赵云紧随其后。他们跑出好一段路，只见一幢幢囚屋矗立，就是不见尽头，不免焦急。这时，地上猛然绷起数根绳索，赵云一跃而起，黄氏兄妹都被绊倒，旁边囚屋冲出几十个士卒，上来擒人，皆被赵云杀退。

黄刀对赵云一拱手，顾不上多说，带领兄妹向前跑去。这时，眼前出现一扇木门，终于找到出口，黄戈与黄锤用力撞去，哪承想，门一碰即开，外面竟是立陡绝崖，两人收不住脚，就要掼下去，赵云一个箭步冲上前，扯住两人手臂，其他兄弟都惊呆，急忙止步，帮赵云拉住两人，好险，两人掉下，必死无疑！黑暗中，看不清表情，黑衣姑娘对赵云道，"多谢了！"

他们跑出不远，前方出现一座小桥，黄刀担心桥上设有机关，小心在前面探路，初始并无异样，走到一半，突然听到嗡嗡之声，赵云感觉不妙，这时黄氏兄妹已陆续下桥，着魔一般，直奔一个岩洞，那里面正燃着腾腾火苗。

赵云注意到，桥上挂有一面大个铜镜，他感觉，其中奥妙一定源于此，于是飞身一纵，砍断绳索，他以为破解了其中道法，没想到，黄氏兄妹无动于衷，直奔岩洞而去。情急之下，赵云一把抓起铜镜，用尽全身气力，甩将过去，正好挡住岩洞，黄氏兄妹六人撞在铜镜上，方才清醒过来，没有铜镜，他们必然丧命。

这时，他们才明白，龟狐狱内，暗藏众多机关，并非能轻易逃出。黄戈灵机一动，跑到一幢囚屋，准备抓个看守士卒，让其带路，可是，所见囚屋皆铁门紧闭，无法进入。

正在大家焦急万分之时，三人闯入视线，原来是龟狐狱的副将谭可，因不满祢平傲慢无礼，被冯朔派来巡视，谭可一气之下，带领两个士卒，准备回房休息，不想被七人撞见。

黄氏兄妹冲过去，谭可见势不妙，拽出长刀，拼死抵抗，时间紧迫，赵云冲上前，只用三个回合，将谭可打倒，两个士卒同时遭擒。黄戈用剑逼住他，"龟狐狱的出路在哪里？"

谭可脖子一挺，"要杀就杀，不要废话。"

黄剑生气，真要一刀斩了他，被赵云拦住，这时，一个士卒说话了，"为了祢平，值得吗？"

谭可略一思索，"放了我的两个兄弟，我带你们出去。"

黄刀有些犹豫，赵云看他比较仗义，点头道，"好。"

这样，谭可带着几人往外走，迎面撞上祢平与冯朔等人。祢平十分吃惊，他们竟然闯过多个关口，看到谭可，当即明白了。

祢平指挥士卒拦堵，双方混战在一起，祢平趁谭可不备，一剑将其斩了。冯朔大惊，恨祢平太过狠辣。

祢平看七人很是勇猛，一时难于就擒，急调更多弓箭手，欲将七人乱箭穿身。

赵云见此，擒贼先擒王，他飞身一纵，跳入士卒当中，直逼祢平，冯朔见状，抡刀上来，赵云一挥剑，砍断冯朔盔英，吓得他慌忙后退，祢平见状，只得挺剑抵挡，赵云招法一变，不到五个回合，就将祢平的剑挑飞，祢平吓得转身就跑，他俩一退，士卒更是潮水般后撤。

黄氏兄妹紧追不放，赵云瞥见围墙，有意撤出，怎奈黄氏兄妹誓杀祢平，不肯放弃。

这时，一队吴兵赶来，原来是陈冕带人赶到。陈冕虽看不惯祢平，却与冯朔感情深厚，听说这里战事焦灼，急忙赶来相助。赵云见吴兵越来越多，劝说黄氏兄妹撤离。黄刀看到敌众我寡，时间一长，必然吃亏。"撤！"他对弟妹喊道。

赵云独自挡住冯朔、陈冕、祢平三人，掩护其他人撤离。看到黄氏兄妹跳出墙去，赵云虚晃一剑，飞身一纵，跃上墙头，附着崖壁，顺势而下。

眼见自己的妙计落空，祢平失去理智，对冯朔、陈冕大吼道，"快追！"

冯朔、陈冕烦透祢平，对方领头之人武艺太高，两人出去，就是送死！冯朔更恨他剑斩谭可，怒道，"要追你追！"

陈冕急对冯朔一使眼色，得罪他干吗，"追，马上追。"两人带着士卒，向正门方向跑去。

祢平气得一屁股坐在地上，只剩下满肚子的懊恼。

黄氏兄妹跳出围墙，下面是陡峭石壁，好在他们带着挠钩套索，轻松下得地面。

跑到一处密林，赵云站住，与他们道别，黄氏兄妹一起跪下，黄刀向上叩首，"多谢义士救命之恩，我们兄妹感激不尽！"

赵云将他们扶起，"莫要客气。"

"我们乃黄祖后人，我叫黄刀，这是我的弟弟、妹妹黄剑、黄戈、黄斧、黄钺、黄锤，他日若有机会，定当报答！"

赵云想，黄祖不愧是武将，用兵器为儿女起名，黑衣姑娘竟然叫黄锤。赵云摆手，"幸会几位，不必了。"

黄锤问道，"还不知恩公尊姓大名？"

"免贵，在下姓焦名龙。"

黄剑上前，"焦义士武功盖世，在下有一事不明，刚才您本可一剑斩了祢平，为何手下留情？"

黄锤替赵云解释，"焦义士乃外人，不想参与我们两家恩怨。"

"祢平阴险毒辣，不除他，将来必定贻害他人。"黄剑道。

赵云也不掩饰，"我是看在祢衡击鼓骂曹的份上，才饶他一命。"

黄刀直言，"我们现在恨祢平胜过孙权，誓杀此贼！"

几个兄弟咬牙切齿道，"一定杀了他，为老三报仇！"

赵云道，"南徐防卫严密，诸位还是小心从事。"

"多谢提醒。"黄锤点头，"不知焦义士为何来到此地？"

"我在寻找一位朋友。"这时，龟狐狱方向传来叫喊声，赵云道，"我们还是尽快离开这里吧。"

双方就此别过，黄锤不时回望赵云，直到他消失在月色中。

赵云急忙赶往公仪客栈，他要带上黄豆一同离开。

没有找到主公，意外插手黄祢两家恩怨，赵云失望之余，不禁感叹，世事难料。

来到公仪客栈近前，赵云发现，深更半夜，客栈门口竟然站着两人，很不寻常。

他悄悄来到客栈侧面，捅破窗纸向里一瞧，着实吓一跳。客栈酒肆内，站着一屋子的人。十多个男子手提利刃，虎视眈眈，其他人尽被捆绑双手，包括黄豆，躲在后面，眼珠子乱转，几个男子正挨个搜身，原来客栈遭遇抢劫。

一个男子把搜来的钱，拿到一人面前，竟是麻脸大汉！

只见他把钱往桌上一丢，"兄弟们，钱财并不是今晚最重要的事！"

手下齐声道，"明白！"

这时，两人将公仪雪晴拉出来，她不断挣扎，麻脸大汉装腔作势道，"怎么这样对待公仪姑娘？松绑！"

手下给公仪雪晴解开绑绳，麻脸大汉把脸凑到公仪雪晴面前，"自从见了姑娘，我就睡不着觉，茶不思，饭不想，你可害死人了。"

公仪雪晴扭过头去。

"这张脸你是躲不掉了，我们是天赐之缘，你跟了我，从此吃香喝辣，再不用抛头露面了。"

这时，公仪岑奔过来，一个劲地求他放过女儿，麻脸大汉笑嘻嘻道，"岳丈，这是好事，您怎么不情不愿的？"

"我们乃本分人家，要娶也得明媒正娶。"公仪岑欲用缓兵之计。

"明媒正娶？好，"麻脸大汉一拍桌上的钱，"这就是聘礼，至于媒人，就是我自己啦。"

"我就这一个女儿，您应当请人来说媒，才合常礼。"

"当我不明白，派了人来，你们早跑没影了。"麻脸大汉突然变脸，一把推倒公仪岑，"少跟我啰唆，我是带你的女儿去享福，别不识好歹！"

公仪雪晴看到父亲摔倒，哭着去搀扶，麻脸大汉伸手就拉公仪雪晴，公仪雪晴回手给了他一记耳光。

麻脸大汉恼羞成怒，拉住公仪雪晴，抱起就走，公仪雪晴不断挣扎踢打。

赵云哪受得了这些，直接冲破窗棂，跳进屋内，屋中人为之一震，黄豆几乎叫出来，他一直惦记赵云营救主公怎样了？为何还没回来？没想到，最危急的时候，子龙将军出现了！

麻脸大汉见有人搅了自己的好事，撇下公仪雪晴，抽出腰刀就砍，赵云闪身躲过，举剑就刺，这个家伙没在赵云面前走上三个回合，就被赵云飞起一脚，踢出几丈远，几个随从手持兵刃上来帮忙，只见赵云一近身，他们皆栽倒在地，麻脸大汉见赵云太厉害，捂着屁股，带着手下逃跑了。

公仪岑与公仪雪晴望着赵云跪下，感谢他救了众人。

赵云感觉，这帮恶人不会善罢甘休，他扶起公仪雪晴父女，劝他们尽早离开。父女俩对赵云千恩万谢，决定遣散伙计，即刻收拾东西回家。

赵云、黄豆与他们作别，黄豆一步三回头，"公仪姑娘望着我们呢。"赵云扭回头，看到公仪雪晴还远远地站在门口。

黄豆叹口气，不无遗憾道，"我要是有子龙将军这身本事就好了。"

第六十一章
悲催失马遇神巫

伴着马蹄声响，山越渐渐远去。

刘备怅然若失，一个女人的一颦一笑萦绕于脑海，挥之不去。他暗下决心，一旦回到荆州，定要想方设法将苗一妹接过去，她必能稳定后府，让自己专心安汉兴刘。

刘备稍感欣慰，胯下多了一匹青鬃兽，征战多年，一上身，他就知这是一匹良马。尉迟武说过，府上马匹皆从西凉购进，为增加辨识，少鼎司府的所有马匹皆剪成短尾。

刘备一路扬鞭打马，来到一个集镇。夕阳西下，饭菜的味道飘来，刘备决定找家饭庄，饱餐一顿，天黑前再赶一程。

举目一望，不远处有一酒家，刘备翻身下马，将青鬃兽系在门前的拴马桩上，进得酒家，坐在靠窗位置，随时可以看到马匹。刘备点完饭菜，大口吃起来。

"你说邪性不邪性？"旁边桌上一位胖大食客道，他的对面坐有两人，看样子，像是买卖人，长途跋涉经过这里。

"怎么个邪性？"对面一人问。

"大船在江上，说翻就翻了！听说船上全是兵，没有一个活下来的！"胖大食客接道。

刘备闻听，心头一震。

"那可够瘆人的！"对面另一人道。

"可不是，"胖大食客叹道，"据说船上有'刘'字大旌旗。"

"'刘'字大旌旗？难道是刘表来了？"

胖大食客笑了，"刘表已死，是他就见鬼了！"

"不会是刘备吧？"

"把荆州取了去，那本该是咱东吴的，听说把周瑜都督气坏了，他们哪好意思来，哪敢来啊？"

胖大食客点头，"孙刘已经闹掰，刘备有诸葛亮出谋划策，照理不应来东吴涉险。"

"那能是谁呢？又是谁弄翻的船只？"

"天下水军哪个最厉害？除了咱们东吴，还有谁能让船只说翻就翻？"

胖大食客沉吟道，"如果船上真是刘备，那倒讲得通了。"

刘备苦笑，常人都看明白，就是孙权、周瑜想害我啊！如今，逃亡至此，只能靠自己了。

想到此，刘备起身结账，不经意一瞥，他直接跳起来，自己的青鬃兽呢？

刘备匆匆跑出，老板跟过来，"我的马呢？"刘备急道。

老板愣在那里，"刚才还在这儿呢？"

刘备向周边人打听，都说没注意，老板见人家爱马丢失，也不好意思要饭钱了。刘备四处搜寻，哪里还有青鬃兽的踪影。

刘备好不懊恼，本以为凭借这匹快马，尽早逃回荆州，刚骑半日，马就丢失，身上这点盘缠，哪够再买一匹？天色渐暗，前方不知是否还有落脚之地，见路边有一家客栈，只能暂且住下。

刘备进得客栈，柜台前的伙计迎上来，"欢迎来到福来客栈，到福来福就来。"刘备想，若能找到马匹，就算福来了！伙计上下打量刘备，"客官，一楼已住满。就是有地方，您也住不了，都是大通铺，那是下等人住的地方。"

"还有什么客房？"刘备问道。

"您当然得住二楼。"说着领刘备来到楼上。"二楼是给贵客住的，您听客房名子就知道，从里到外一共五间，分别是墨子、孟子、孔子、孙子、老子。里间的墨子房和孟子房已经有了住客，人家来得早。现在剩下孔子、孙子、老子三间，请您选一间。"伙计道。

刘备扫了一眼客房，选了孙子这间。

"一看您就非同常人，有些人偏爱老子这间，感觉占了便宜，那就俗了，谁要是有孙子那本事，还不平定天下了？"

刘备没心思听奉承，他选孙子，还真是想沾沾《孙子兵法》的光，找到马匹，逃离险境。

刘备进得房间，和衣躺在床上，没了马匹，他准备早睡早起，抓紧赶路。

"您两位算是来着了，就剩两间房了。"伙计的声音，这是又来客人了。

"一间就成。"一个少年的声音。

"孔子与老子两间，请选一间。"

"当然是孔子这间！"

"一看您二位就是有学问之人！一个是孔夫子，一个是子路，有何要求尽管吩咐。"伙计说罢，下楼去了。

"真想说一人一间！"只听少年道，"先生，咱们啥时能阔绰了，可以随心所欲啊？"

刘备一惊，隔壁说话听得真切，房间竟然这般不隔音！刘备提醒自己，说话当心，而后笑了，自己一人，与何人说话？

"随心所欲？小小年纪，为何总想享受？咱俩住一间，不是有个照应？"

"您的脚太臭，熏得我睡不着。"

"小梭，你嫌弃我？"那位长者道，"是男人脚都臭。"

"我也是男人，为何不臭？"叫小梭的少年道。

"你太小，不算男人。"

"多小我也是男人，长大脚也不臭！"

"脚不臭有何了不起？你也不瞧瞧自己？咬牙、放屁、打呼噜、说梦话、流哈喇子，脚还乱蹬，你以为我愿意跟你睡一起？就你这样，将来都讨不到媳妇！"刘备听两人斗嘴，甚是好笑。他感觉这位长者说话声音有些耳熟。

"这都是小毛病，一娶媳妇全好了。"小梭笑道。

"你那一堆都是小毛病？我这一个就是大毛病？"

"还不承认？就您凭感觉做事就是大毛病。每天从早上开始，像个没头苍蝇乱撞，何时是个头？那个刘皇叔到底在哪儿啊？"

刘备一怔，怎么一下说到自己身上来了！他们到底是何人？

"我总感觉，他离咱们不远，应该很快就见到了！"那位长者道。

"总当自己是半仙，害得我跟着四处奔波，吃尽苦头，您真是被神抽了！"

"在家，嫌闷，出来，嫌累，我看你是欠抽了！"

小梭听罢，咯咯地笑起来。

刘备思量，他们找自己，还称刘皇叔，不像有恶意。他准备到柜台打听一下，隔壁房间住的是何人。

这时楼梯传来脚步声。

"委屈两位，就剩一间房了！"门外传来伙计的声音。

"老子！这个我喜欢！"一人瓮声瓮气道，刘备一听，这个声音如何这般熟悉！

"一看二位就是道行高深之人！"伙计恭维道。

只听一个少年问道，"就没有别的房间了吗？"

"晚来一会儿，这个也没有了。"

"唉，"少年叹道，"房间太小，我怕影响师父休息。"

听到两人的说话声，刘备猛然想起，这不是岭南神巫姜元姜神仙和他的弟子小车吗？不知两人又到哪里行骗去了。自己真心不喜欢他们，没想到在此又碰到。

"伙计，给我们做几个菜，烫壶好酒。"小车的声音。

"好嘞！"伙计应道。

一会儿工夫，隔壁酒菜上来，香气弥漫，随后传来大快朵颐的吧唧声。两人酒足饭饱后，小车出门喊伙计，也就是收拾杯盘碗筷的工夫，呼噜骤然响起，这是刘备领教过的，在吉祥庄院，尽管他们住在走廊两侧，都大受其扰，现在仅一墙之隔，只听姜神仙的呼噜时而似雷鸣，时而如海啸，刘备捂着头，坐起来，这岂不是要为他的呼噜守夜了？

第六十二章
噪声扰神巫发威

"什么东西在嚎叫！"隔壁小梭大声道。

"心静就好了！"那位长者不紧不慢道。

"耳朵不静，如何心静？您要能睡着，我就服您了！"

"又要跟我打赌？"

"说话不算数，我再跟您打赌，就是被神抽了！"

"小梭，你是个子越长越高，胆子越来越小啦！"

"又用激将法！不过，这次我还跟您赌，装睡不算数啊！"

姜神仙的呼噜实在扰人，刘备睡不着，索性去打听一下孔子房内住的是何人。经过老子房时，呼噜震耳欲聋，感觉整个屋子都在颤动！

刘备下得楼梯，望见一人正站在柜台前，看背影，身材魁梧，似在询问什么。那人听到楼梯响，很警觉，回身往楼上走，刘备看清，此人生得一张方脸，两道剑眉，擦肩而过时，瞄一眼刘备，目光犀利，从他的身板和走路姿势看，应是习武之人。

这时，一楼房间伸出多个脑袋，一副看热闹的样子。

刘备来到柜台前，"刚才这人也是二楼的？"刘备明知故问。

伙计点头，"孟子房的，与您隔一个门。"

刘备借题发挥，"被吵下来的？"

"看来您也是，真对不住了。"伙计很无奈。

刘备本想打听隔壁住的是何人，看到一楼的人凑过来，只得道，"你们得管一下，不然谁都别想睡觉了。"

伙计满脸歉意，"我马上去提醒。"

刘备刚回来，伙计就敲响了老子房的门。

小车出来，很不满意，"这么大声，小心把我师父震醒了！"

刘备暗道，你师父还怕震醒？全客栈都被他震得没法睡觉了。伙计告诉小车，"您师父呼噜太响，影响客人休息，大家都有意见。"

"我怎么睡得着，还是不困！"小车回道。

"你是他的弟子，别人受不了！"伙计大声道，像是说给大家听的。

"大不了今晚我们把客栈包了！"小车说话很冲。刘备心说，毕竟是小孩子，如此露富，不知江湖凶险。

"本镇就我们一家客栈，多数人都是回头客，撵走他们，客栈还怎么开？"

"你是要撵走我们？"小车说话，颇有姜神仙的做派，"你知道我的师父是谁，说出来吓死你！"

这时，一群人上楼来，想瞧瞧打呼噜的到底是何许人也！听到此话，纷纷表达不满。

"什么人物，如此牛性？""你们是人，我们就不是人了？""再胡说八道，抽你！"

唬不住众人，小车怕自己吃亏，冲房里喊道，"师父！"里面没有回音，"师父，师父！"小车提高了声调，仍一点反应没有。看大家都对他吹胡子瞪眼，他冲进屋内，使劲推搡姜神仙，"师父，师父！"姜神仙哼了一声，翻一下身，接着沉沉睡去。

围观的人都笑了。也许是翻身的缘故，呼噜声消失了。

"这就行了。"伙计对大家道，"都散了吧！"

就在大家回屋的工夫，呼噜再次响起来。刘备一生经历无数磨难，纵是如此，也被搅得心神不宁。

他忍得住，有人忍不住了，就是小梭！

大家一定看出，刘备隔壁住的是庞统与他的小童子！小梭跟随庞统出来，起早贪黑，寻找刘备，他早就想家了，再让姜神仙的呼噜搅扰，感觉自己就要疯掉了，他撞开门，从屋里蹦了出来。

小梭是庞统捡的一个弃婴，当儿子一般，极为疼爱，悉心培养他。现在他冲动而出，庞统躺在床上没动，这正可考验他随机应变的能力。

"大晚上，还让不让人睡觉了？"小梭嚷道，"这是何种怪物，也不圈好？"他说出了大家的心声。

小车从屋里冲出来，把师父说成怪物，他岂能忍得了？"你说谁是怪物？吃了熊心豹子胆？"

小梭与小车年纪相仿，个头差不多，两人脸对脸瞪着眼，相映成趣。

"谁不发人声，谁就是怪物！"小梭怒道。

"敢说我师父，不要小命了？"小车出言威胁。

"搅扰大伙休息，还如此嚣张，就冲你这德行，你师父也不是什么好人！"

"我师父乃夷南教大法师，人称姜神仙，道行高深，可以呼风唤雨，撒豆成兵。我师父医术高明，救过无数人，万民景仰，你敢说我师父不是好人？"

"呼风唤雨，撒豆成兵？还医术高明，万民景仰？我看你就是吹牛哞，当我是小孩子啊，不吃这一套！"

"不吃这一套，就吃我一拳！"小车说不过小梭，恼羞成怒，直接出手。

小梭早有准备，向后一闪，躲过拳头，抡起胳膊就是一巴掌，打在小车的脸上，又响又脆。

庞统在屋内听两个孩子吵架，知道一般人吵不过小梭。一听两人动手了，担心小梭吃亏，连忙跑出来。

刘备拉开一条门缝，他一眼认出，这人正是那日卖艺时所遇之人，他像是在找自己，听其言，观其行，不似有敌意，有必要结识一下。

客栈老板听得吵闹声，也上得楼来，老板福来四十来岁年纪，留着短须，精明强干的样子。

庞统强行把两个孩子分开，小梭没说什么，一巴掌解了气，他舒服多了，小车不干了，扑上来，要打小梭，庞统连忙阻止。

小车对庞统大喊，"你拉偏架！"气呼呼赶回老子房内，疯狂摇晃姜神仙。

姜神仙终于醒过来，他翻身坐起，"何事？"

小车语带哭腔，"就知道睡，我被人欺负了！"

"谁敢欺负我的弟子？"姜神仙霍地站起，冲出门外，他那庞大的身躯一出现，地面都在颤动，吓得众人纷纷后退。

老板上前道，"小孩子玩闹，没啥大不了的！"

"不行，"姜神仙对小车道，"告诉师父，谁欺负你了？"一副要替弟子出头的架势。

"就是他们俩！"小车手指庞统和小梭。

庞统见此人如此健壮，有些发怵，躬身一揖，"您的呼噜太响，影响大家休息，两个孩子才吵起来。"

姜神仙眼睛一横，"是我吵了大家，为何打我的弟子？有本事冲我来！"闻听此言，刘备真想揍他，这时，他注意到，剑眉方脸男子暗自握紧了拳头。

"小孩子的事，犯不着大动肝火。"老板打圆场。

"不行，谁欺负我的弟子，必须打回来！"姜神仙不肯罢休。

"吵得大家睡不着，还如此蛮不讲理，你要如何？"剑眉方脸男子发话了。他说话，自带一种威严，大家都随声附和。

"打了我的弟子，你们还有理了？"姜神仙往前一步，大声道。

"是你的弟子先动的手。"有人道。

老板赶快接茬，"两个孩子都有毛病，这事就不要深究了。"

姜神仙急了，"你这老板，装模作样，明明我的弟子吃了亏，你却为他们说话，我看你也不是什么良善！"

老板摊开手，"客官，可不能如此说话。"

姜神仙手指客栈，"我到你这里嗅一嗅，就知道这是个黑店，藏着太多见不得人的事，等我明日到官府，揭了你的老底！"

老板被他的话吓一跳，连忙作揖，"在下只是开家小客栈，客官如此信口开河，是要害死人的。"

"不要装可怜，如若我的弟子不能捞回面子，我就踏平你的客栈！"

大家一时被他的气势震慑，刘备受不了姜神仙故弄玄虚，近前道，"不要大话欺人！"

姜神仙一看到刘备，先是一愣，不自觉地摸一下鼻子，上次从吉祥庄院房顶摔下来，还没好利索。他虽不晓得刘备的姓名，却知道此人了解自己的底细。

"难道我的弟子白挨打了吗？"嘴虽硬，嚣张的气焰已下来。

庞统瞧见刘备，喜出望外。当着众人，不便说话，只是点头示意。

老板赶快上前，"老神仙天赋迥异，仙气重，声响大了些，这样吧，今晚我不睡觉了，把房间腾出来，让老神仙睡个好觉，大家也得到休息。"

姜神仙瞥一眼众人，装作很不情愿的模样，"好吧。"他还算识相，不然真要动起手，还得出丑。"房间在哪里？"

"就在客栈旁！"老板道。

姜神仙一挥手，"带我去看一下！"老板急在前面引路，小车忙跟在后面。

大家都松一口气，就在刘备扭头的工夫，他看见一人，不禁又惊又喜！

第六十三章
逢陶珍又遇意外

刘备所见之人，竟是陶珍！

陶珍自与孙乾分开，按他所说，前往荆州。

逃婚出来，虽经历风险，也长了见识，还遇见了孙大哥，两人从偶遇，到相识、相帮、相知，感情不断加深，陶珍沉醉其中，对未来无限憧憬。

今日，她来到此地，见天色将晚，就到福来客栈投宿。独自一人，陶珍很谨慎，选了最里面的墨子房。

姜神仙师徒来到后，刺耳的呼噜，让陶珍也深受其扰。后来，小梭与小车动手，引发冲突，陶珍透过门缝窥视，待问题缓解，她忍不住出来围观，被刘备看见。

刘备识得陶珍，陶珍并没认出刘备。之前，两人虽见过，陶珍的注意力都在孙乾身上，之后，刘备奔走逃亡，人也消瘦许多。

刘备疑惑，她来到此地，孙乾呢？两人如何分开了？刘备真想立即上前询问。

庞统看见刘备，很是激动，准备邀其进房，畅叙一番，发现刘备正盯着一位年轻姑娘，原来他也是个好色之徒！逃亡路上，还有这等闲心？庞统最瞧不起这种人，多少英雄豪杰栽在女人手里，如此刘备焉能成就兴汉大业？想来好生失望，一气之下，拉上小梭回了房间。

陶珍见事情解决，扭身回了房。毕竟男女有别，刘备也不能跟了去，只得先返回房间。

庞统情绪低落，小梭以为因自己而起，小心翼翼道，"您生气了？不与他们争执，还消停不了！"

庞统没有责怪小梭，不过，他的话倒是提醒了庞统，不能意气用事。

刘备不知自己是何人，逃亡时，自是要加倍小心。刘备盯着那位姑娘，也许是错觉，自己久思明主，岂能轻言放弃？他决定主动出击，去刘备房内与其深谈。

庞统出屋，往右一拐，就是刘备房间，他正要敲门，身后传来声响，庞统回头，气不打一处来，刘备正敲那位姑娘的门。

刘备回到房间，思前想后，担心姑娘离开，错过打听孙乾的机会，于是，他出来找陶珍。

"谁？"陶珍在房内问，这难住刘备，他不知陶珍名字，又不便报自己与孙乾的名号，这边有人盯着，只得道，"敲错了门了。"

庞统气恼，以为错怪刘备，现在看来，他就是这样的人，骚扰的还是陌生姑娘。

刘备欲上前解释，趁机了解其是何许人也？为何要找刘皇叔？偏在这时，剑眉方脸男子出来。刘备本对此人多有顾忌，见他敢于在姜神仙面前直言，印象大为改观。剑眉方脸男子更是因刘备当众斥责姜神仙，颇有好感，上前道，"怪物一去，清静多了！"

刘备点头，"终于可以睡个好觉了。"

庞统看他们聊上了，一回身，气哼哼回了房间。小梭已经睡着，走一整天，他累坏了，庞统也躺下休息。

剑眉方脸男子毕竟是陌生人，刘备担心言多有失，拱手道，"明天还要早起，告辞了。"

这时，小车回来了。他们师徒跟随老板下楼，来到客栈旁一栋房屋，老板卧房很讲究，屋大窗宽，通风很好，老板亲自给姜神仙沏茶，姜神仙对此甚是满意，小车很高兴，终于可以自己睡一个房间了。

小车上楼时，孟子房的人正在廊道踱步，估计是嫌房内闷热，他瞥一眼小车，满是斥责，小车心中一凛，师父不在身边，没有依靠，就直接溜进房间。

正在这时，传来吵嚷声，"怎么就住满了，我就不信找不到个睡觉地方？"

"早来一会儿，就让您睡我的房间了，可惜刚住了人！"老板的声音。

"你要让我露宿街头啊？"

随着腾腾脚步声，上来一人。

"实在不行，您只能与他人将就一晚了！还得看人家愿不愿意。"老板道。原来，老板想把这人与小车安排在一起，姜神仙不好惹，就准备把他与刘备安置在一房。

这人上楼，剑眉方脸男子不经意回头，上楼之人看到他，不禁大叫，"淳于将军，真的是你吗？"

剑眉方脸男子一愣，"你认错人了！"

这人不高兴了，一把抓住他的肩头，"淳于烈，当了将军就不认老乡了？"

剑眉方脸男子不情愿地转身，"哦，原来是胡汉兄弟，我已解甲归田。"

胡汉疑道，"为何要解甲归田啊？"

剑眉方脸男子没说什么，直接将他拉进房间。

胡汉临进门，对老板道，"这是我的朋友，我俩睡一个房间了！"

"好，好！"老板忙道。

老板下去，不一会儿，亲自给二位端上了两盘牛肉和一坛酒，"胡先生是我们的老主顾了，二位慢用。"剑眉方脸男子道，"谢谢，放桌上吧。"

剑眉方脸男子原来叫淳于烈，曾是将军，难怪腰板溜直，既然当过将军，应是东吴的。刘备叮嘱自己，须得谨慎应对。突听有人开门，传来淳于烈的喝斥声，"你在门口鬼鬼祟祟干什么？"

"您二位是贵客，我在此可以随时伺候。"伙计的声音。

"不必！"淳于烈直道。

伙计下楼，一切归于平静，折腾大半夜，大家都累了，各屋很快传来了鼾声。

也是该着出事，后半夜，一个黑影顺着客栈边的树木，从窗户爬进二楼，原来是一个窃贼！今日，他注意到客栈顾客盈门，一楼是通铺，没有油水，就把偷窃目标放在了二楼。

他轻轻跳进来，先摸到第一个门，门插得很紧，这里住的是陶珍。他又摸到孟子房门外，用手带门，没有打开。他正要去摸孔子房的门，这时，楼下传来脚步声，盗贼很警惕，快步来到窗边，一旦有人上来，立即跳窗逃走！

过了一会儿，没有声响，想来应是有人起夜。窃贼来到楼梯口，向下张望，没有发现异常，又伸着脖子仔细倾听，大概感觉风险已过，再次开始行动。

这一次，他从楼梯口的房间开摸，第一个摸到的是老子房！他轻带房门，不禁窃喜，这个门竟被他轻松打开。

这里住的是小车。今晚与同楼的人起过争执，一进屋，小车就把门插严。独睡一屋，不再受师父呼噜打扰，小车躺在床上，四肢张开，享受这种难得的惬意！不知不觉，睡了过去，半夜他被尿憋醒，迷迷怔怔去方便，回来时，潜意识里，师父还在房间，倒在床上便睡，忘了插门。

窃贼摸进门，仔细倾听，确认屋内就住一人，听声息，像个孩子，睡得正香，窃贼更放心了。他轻轻来到床头，在桌上摸索，真是幸运，他一把抓到师徒所带行囊，往里一探，都是钱，拿手一掂量，心中乐开了花。

姜神仙外出，行囊都是小车背着，这次，他下楼休息，自然没有想到拿走行囊。

窃贼直接把行囊背在肩上，悄然退出房间。本来见好就收也就罢了，可能这钱来得太容易，窃贼贪心不足，想到这一户如此有钱，会不会还有更大收获？他决定接着试试。

窃贼摸到孙子房，这里住的是刘备，他在逃亡路上，十分警觉，睡觉前，把房门与窗户都关得严实。

发现无机可乘，盗贼准备就此罢手，当他经过孔子房时，习惯似的顺手一带门，这里住的是庞统与小梭。姜神仙的呼噜扰人，小梭没忍住，给了小车一巴掌，硬是把呼噜扇下了楼！小梭心情愉悦地睡着了。庞统因刘备的事，生了闷气，时间一长，迷迷糊糊也睡过去了，结果忘插门，他们疏于防范，还有一个重要原因，身上没啥钱财，不怕偷。

窃贼心中大喜，今晚要发大财了。

第六十四章
窃贼失手神巫亡

窃贼悄然进门，侧耳倾听，他判断屋内睡着两个人。

刚才轻易得手，窃贼愈加胆大，他慢慢向里摸去，不小心碰到小梭的鞋，窃贼一惊，定在屋中不敢动，发现屋中人没反应，才向床头桌上摸去。

窃贼哪里知道，碰鞋那一下，惊醒了庞统。庞统是典型的文人，爱熬夜看书，睡觉本来就轻，他一睁眼，借着微弱的月光，惊见一个黑影，身背行囊，正向里边走来，知道遇上了窃贼，自己的宝剑就在身边，他本可大喊一声，惊走窃贼，偏偏庞统起了捉弄窃贼的心思。

窃贼摸到桌上，找到他们的行囊，里面除了干粮，什么也没有。窃贼不甘心，继续摸索，他找到了庞统的衣衫，庞统不干了，如果被窃贼顺走，自己连穿的都没有了。他暗中伸手，只抓住了丝绦，窃贼拿着衣衫摸索，丝绦从上面滑落，窃贼全然不觉，庞统暗道，这个窃贼的胆子也忒大了，在窃贼专注寻找钱财时，他悄悄用丝绦一头，绑在窃贼一条腿上，另一头攥在自己手里。

窃贼又摸小梭的衣衫，在他弯腰之际，庞统瞥见窃贼腰部别着匕首，为防窃贼狗急跳墙伤人，庞统一伸手，将匕首从窃贼的身上拔出，窃贼全神贯注，毫无觉察。

窃贼摸个遍，一无所获。估计是太沮丧了，一边摇头，一边感慨，"真是个穷鬼！"不想竟然说出了口。

庞统一听嘎嘎笑了，"那你还偷！"

窃贼吓得一哆嗦，有人醒着！伸手去拔匕首，结果搂个空。

"在这呢！"庞统说着，向前一送。

窃贼直接来抓，一把握在刀刃上，"嗷"地一声惨叫，撒腿就跑，他哪里知道，腿已被丝绦绑上，一下摔个狗啃屎，肩上的行囊"啪"的一声，掉在地上，这一响，惊醒了小梭，他看到屋内多个黑影，一瞧不是先生，肯定是坏人，直接来一脚，正踹在窃贼的太阳穴上，窃贼"哎呀"一声，猛劲一挣，庞统没拽住，窃贼带着丝绦，撞门而出，奔到窗前，一纵身，跳了出去。

"下手太快，一出好戏让你搅了！"庞统一边点着油灯，一边埋怨小梭，"丝绦还被窃贼带走，明天我就用你的！"

"先生，这是何物？"小梭看到地上的行囊。"窃贼带走丝绦，给您留下一包东西！"小梭笑着，把行囊拿到庞统眼前。

庞统打开一看，里面全是成串的钱，还有金锭。两人就没见过这么多的钱！

小梭随手掐庞统一把，庞统叫道，"怎么掐先生？"

"我看是不是做梦！"小梭笑道，"啊，老天开眼了，我们被神抽了！"

偏在这时，小车醒来，先吓一跳，房门怎么开着？他下意识去摸行囊，桌上空空如也！立时慌了。

小车奔出门，刚要喊窃贼来了，赫然发现，孔子房内闪烁着灯光，他溜过去，探头一看，正瞧见那一老一小双眼放光，无比惊喜地盯着桌上的行囊，那不正是自己的吗？"好啊，你们两个原来是窃贼！来人，快来人啊，抓窃贼！"小车声嘶力竭地喊起来。

庞统与小梭听他这样喊，一时愣住。尤其是小梭，先生虽然穷点，却把声誉看得比命都重，敢如此污蔑先生，不禁怒从心头起，直接跳将过去，搂头就是一巴掌，打得这个瓷实。小车气极，随手一拳过来，两人就此扭打在一起，小车一边厮打，一边高喊，"抓窃贼，偷东西，还打人啊！"庞统跑上前，强行将两人拉开。

大家都被吵醒，纷纷从屋内出来。小车又没占到便宜，脸颊红肿，他已顾不得，手指庞统与小梭，"他们是窃贼，偷了我们的钱！"

小梭亦头发凌乱，急忙向大家解释，"我家先生是何等高人，怎会干偷鸡摸狗之事，是窃贼偷了东西，又来我们房中行窃，被我们发现，窃贼一着急，扔下东西逃跑了，谁承想是他们的！"

庞统点头，"窃贼抓在匕首上，还受了伤。"

"屋内还有血迹，"小梭摊开双手，"你们看我与先生谁受伤了？"

大家对姜神仙师徒没有好印象，都选择相信庞统与小梭。刘备道，"把东西还给他们不就完了吗？"

小车看大家向着对方说话，不满道，"他还打了我呢！"

小梭跳上前，"敢说我家先生是窃贼，打得轻！"

小车见状，直接蹿下楼梯，高声喊道，"师父，我们的钱被偷了！"

陶珍在后面道，"糟了，这对师徒一定不肯善罢甘休！"

刘备一看陶珍说话，接道，"公道自在人心，没偷就是没偷，他还想如何？"

庞统见刘备帮自己说话，对他微笑点头。就在这时，大家听到小车撕心裂肺的哭声，"啊——不好了，我师父被杀了！"大家一震，都跑下楼去，只见小车惊恐至极地缩在墙角，嘴中不停念叨，"我师父死了，我师父被人杀了。"

大家一同来到老板卧房，只见房门大敞四开，姜神仙庞大的身躯斜躺在床上，一把刀插在胸口，血还汩汩向外流，看来被杀不久，房屋的窗户开着，想来凶手应是由此进入。

小车双眼发呆，全身颤抖，他吓坏了。

小梭看他那个样子，不禁心生怜悯。

老板也受惊不小，此时，天已见亮，他回头对伙计一使眼色，"还愣着干什么，快去报官！"

淳于烈见状，悄悄靠边，准备溜走。

老板很警觉，上前拦住，"先生哪里去？"

"这里太不吉利，我得走了。"淳于烈道。

"小店有人惨死，我已派人报官，请您留下，做个证人。"老板道。

淳于烈道，"这么多人，谁都可以作证。"

老板摇头，"当然是证人越多越好。"

"你把我们当证人，还是当嫌犯了？"淳于烈不满道。

庞统捡根绳子，系在腰上，"此人号称神仙，我们这些人谁能害了他？"

老板马上宣布，"只要等到官府来人调查完毕，大家住宿费用全免！"

一楼的人大声附和，"不用花钱，还有热闹看，何乐而不为？"

老板道，"官府的人很快就到，大家稍安毋躁。"

淳于烈皱起眉头，"老板，我有急事。"

"我大哥断然不会滥杀无辜，他有事，让他先走吧！"胡汉出言相劝。

"出了杀人命案，官府人没到，我也无权让他离开！"老板回道。

"我的面子也不给了？"胡汉气道。

老板为难，"不是我不给您面子，实在是情况特殊。"

"那你也休想留下我！"淳于烈厉声道。

胡汉也怒了，"我们想走，看谁敢拦！"

刘备不动声色，暗自观察，他看出这两人来头不小，都是练武之人，老板想留也留不住。

不承想，老板慢条斯理道，"我说不能走，两位还真不能走！"

胡汉拔剑在手，"怎么，要造反啊？"

哪料到，一楼那些看热闹的人，瞬间抽出刀剑，他们竟有百人之多。

淳于烈与胡汉不禁一惊，刘备也为之一震，老板不简单，这个客栈更不寻常！

淳于烈反应很快，他拽住胡汉，"兄弟，别激动，咱们没杀人，多待一会儿也无妨。"

老板马上换成笑脸，"就是，我也不想难为诸位，只等官府来人，查明凶手，还客栈一个清白。"然后一拱手，"请诸位先回房休息！"

"这里的人呢？"有人问，大家回头一看，小车不见了，他的师父被杀，刚才还在这里瑟瑟发抖，他是最重要的证人，怎么跑了？

老板对伙计道，"还不快去将他追回来！"

姜神仙惨死于此，楼下人皆身带利器，客栈内气氛诡异，老板态度强硬，大家只得暂且上楼。

这时，胡汉挡在陶珍面前，"我看你眼熟，你是刚从屯田营地逃出来的！"说罢，伸手要抓陶珍。

"你认错人了，我没去过什么屯田营地。"陶珍且说且退，她想起来，此人是南营守卫头领，应该见过自己。

胡汉盯着陶珍，"我怀疑你是纵火之人！"

姑娘曾冒险相助，岂能坐视她被抓？刘备上前阻止，"哪有姑娘去屯田营地的？你定是搞错了。"

有人替自己解围，陶珍终于认出刘备，欣喜之余，不免替孙大哥惋惜，他要与自己在一起，就不用辛苦去寻人了。

胡汉看此人护着姑娘，不禁打量刘备，看到他的一双大耳，不禁眼睛一亮，这人不会就是两位都尉要抓的刘备吧？听说他武艺很好，胡汉没敢妄动，想着官兵一来，召集他们将两人一起抓住。

庞统暗中观察，发现刘备看姑娘的眼神并不暧昧，想来定有缘由，于是道，"这是个黑店，我们应尽快离开，先莫管其他。"

淳于烈点头，"我看这位姑娘也不像纵火之人。"

胡汉担心惊动刘备，眼睛一转，"是我认错人了。"

庞统趁机道，"对方人多势众，我们应一起商量个办法。"

此时，胡汉亦感觉，老板未必真去报官，待在这里徒增风险。他摆手拒绝，直接将淳于烈拉进房中，欲与其联手冲出，再带人前来捉拿刘备。

庞统见状，让小梭在楼梯口盯着，"咱们只能靠自己了。"说罢要拉刘备进他的房间，有屯田营的人在，房间又不隔音，刘备将他请到自己的房内。

庞统开门见山，"皇叔，我乃庞统庞士元。"

刘备闻听，一把抓住庞统的手，"您是凤雏先生？"

庞统也很激动，"正是在下。"

"太好了！"这可是意外之喜，东吴之行，如能得到大贤庞统，也不虚此行。"先生如何识得我？"

"皇叔长相清奇，乃涿郡人，我熟知那里口音，认出皇叔不难。"

刘备喜道，"不愧是凤雏先生。"

"我不仅识得皇叔，还知您在东吴遇险。"

刘备更是吃惊，"莫非先生能掐会算？"

庞统笑了，"你们的求救信落到我的手里了。"

"哦，"刘备点头，"先生为何来到此地？"

"专为找您。"

刘备深为感动，水镜先生说过，卧龙、凤雏得其一可安天下，这是老天要将庞统诚意相赠啊。刘备没有隐瞒，简要把相亲及遭遇实言相告。

庞统道，"此乃一计，皇叔不该来啊！"

刘备暗道，如果当时庞统在就好了。"我们现在怎么办？"他直接问计。

"无论官府是否来人，下面这些人绝非良善，皇叔必须先走。"

"你们如何脱身？"

"不必担心，我自有办法。"

"那是最好，"刘备想到陶珍，"逃离时，请带上刚才那位姑娘。"

"皇叔认得她？"

刘备道，"她和我与孙乾一同被骗去屯田，她与孙乾熟识，算是红颜知己，我逃离时，她曾帮过忙，我正要向她打听孙乾的下落。"

庞统恍然大悟，"姑娘可靠吗？"

她能为了孙乾去放火，刘备答道，"应该可靠。"

"我有办法了，请她进来吧。"

两人开门，陶珍与小梭正往楼下张望。刘备向陶珍招手，陶珍马上过来，刘备将她请进房间。"姑娘，你到了这里，孙先生呢？"

陶珍瞧一眼庞统，刘备道，"不碍事，自己人！"

"您一走，我们也逃出屯田营地，他去找您了。"

刘备一拍大腿，如果孙乾来到此地，两人就汇合了。转念一想，来此也是又遇凶险！

庞统道，"孙先生找不到您，就回荆州了。"

刘备摇头，"以我对孙先生的了解，他不会轻易回荆州，最有可能到南徐寻我了。"

陶珍道，"我去把他找回来吧。"陶珍不知几人间的关系，事关孙大哥，她都认为是自己的事。

刘备道，"楼下有人把守，窗外有人监视，现在很难出去。"

庞统对陶珍道，"我们必须先让刘先生出去，需要你帮忙，敢不敢？"

"帮孙大哥的朋友，有何不敢？"陶珍毅然道。

庞统对陶珍耳语几句，带着她与小梭下楼去了。

失之东隅，收之桑榆，此时遇险，刘备很想见识庞统如何巧施计谋。

楼下马上传来吵嚷声，声音越来越大，竟然撕扯起来。刘备从窗户往外看，楼下真没人了，庞统的声东击西管用了。他悄悄打开窗户，刚踏上窗沿，只听下面有人哈哈大笑，"早就料到有人要从此逃脱，扎他们！"

刘备瞥见，淳于烈也打开窗户，正要往下跳。这时，外面涌出很多人，举枪就刺，幸亏刘备躲得快，险些被捅个窟窿。

这时，庞统、陶珍、小梭回来了，陶珍头发凌乱，庞统与小梭的衣衫已破。老板警告，再闹就说他们是凶手，直接送往官府。

胡汉站在楼梯口喊道，"官府的人为何还没到？"

老板在下面应道，"很快了。"

淳于烈来回踱步，小梭见状，嘟囔道，"当过将军，这么着急，还做缩头乌龟！"

"小兔崽子，你说谁是缩头乌龟？"淳于烈要揍他。

"童言无忌，"庞统拦住，"不过，他说的也是实情，在江东地界上，有东吴将军，岂能让他们在此撒野？"

小梭瞟一眼淳于烈，摇摇头，不屑道，"一点将军的气魄都没有！"

胡汉提醒，"他在激你！"

"我真是等不及了。"淳于烈说罢，直接冲下楼，随后传来了打斗之声。

胡汉意识到，此时不走，可能没机会了，他也跑了下去。

淳于烈身形矫捷，剑法娴熟，胡汉挥舞长刀，十分勇猛，下面虽然人多，一时竟奈何不了两人。见此情景，外面的人进来助阵，双方激战在一起，老板看众人拿不下，只得亲自出手了。没想到，他竟是一位高手，形势瞬间改变，淳于烈与胡汉开始吃紧。

眼见下面打成一片，小梭与庞统相视一笑。庞统对刘备一使眼色，将他拉到廊道一侧窗口，往下一看，果真没了人，看来都到客栈内帮忙去了。

庞统道，"快走！"

刘备还在犹豫，庞统一扬胳膊，直接将他推了下去！没想到，伙计在下面放哨，"快来人，有人从窗户跳下来了！"屋内一下冲出二十多人，老板也在其中，一同向刘备围攻过来，刘备顺手抄起一根木棍，率先出手，直接打翻前面几人，向客栈大门跑去，老板带人冲过来，刘备也是急了，以棍为剑，连续使出杀招，老板躲闪不及，被打中手臂，吓得一撤步，刘备借机冲出院子。老板看出他武艺不凡，此时街上已有行人，只得喊住手下，退回客栈。

刘备跑出很远，发现没人追上来，才放慢脚步。庞统的声东击西没管用，小梭却用激将法帮了自己。想起庞统，又不免为他们三人的安危担忧。既然已经出来，只能一路向前了。

第六十六章
寻人亦被他人寻

离开公仪客栈，赵云带领黄豆匆匆返回，直奔诸葛瑾府宅，这是他最后的希望了。

赵云让黄豆守住后面，自己赶到正门，还是那位老者开门。这次，他的旁边站立一人，应是正要外出。此人中等身材，细眉朗目，白面短须。与诸葛亮军师颇有几分神似，"您是诸葛瑾先生吧？"赵云道。

此人正是诸葛瑾，字子瑜。他上下打量眼前之人，细腰乍背，剑眉虎目，只是面容憔悴，眼神中还透着一丝急迫。"您找他何事？"

赵云瞄一眼老者，低声道，"卧龙有事容禀。"

只此一句，诸葛瑾一摆手，"屋里请。"回头对老者道，"关门。"

诸葛瑾请赵云进屋，一个十多岁的少年正出来，看见陌生人来访，少年望了赵云一眼，诸葛瑾道，"恪儿，出去玩吧。"少年闻言，高兴地跑出去了。赵云听军师说过，大哥有一男，名叫诸葛恪，应是此子。诸葛瑾想到，家中来了神秘客人，应有要事相商，先把儿子打发走了。

一进室内，赵云给诸葛瑾施礼，"子瑜先生，我乃诸葛军师麾下之将赵云，冒昧打搅，请您见谅。"

诸葛瑾闻之一震，原来是赵云！"子龙将军，不在荆州，如何来到南徐？"

虽是初次谋面，因军师关系，赵云与诸葛瑾有种天然的亲近感。"一言难尽！"赵云不胜唏嘘。

"坐下慢慢说。"诸葛瑾给赵云倒上茶。

赵云喘口气，细述吕范到荆州说亲，为了孙刘联盟，在军师的支持下，主公刘备乘船前来南徐相亲，不料江中遭袭，主公侥幸逃上岸，又遭遇吴兵，现在音信了无，想来是凶多吉少。

"与孙小妹相亲？竟有这等事？孙小姐与皇叔相差年久，国太断然不会答应。况且，到荆州说亲，以我与你家军师的关系，不派我前去，也不应瞒我。"

"可见东吴提亲，实是包藏祸心！定是周瑜、孙权记恨我们拿下荆州，才以相亲为名，诓骗我家主公前来，欲以其为质，强行交换荆州！"

诸葛瑾疑道，"就子龙将军所言，皇叔进南徐，就是东吴囊中之物，何必在城外冒险袭击？皇叔若不在，还以何换取荆州？而且，孙刘结仇，岂不给了曹操可乘之机？依我所见，吴侯与周都督不会如此少智，做出这等事来！"

"先生所言不无道理，但它确实发生了。"赵云感觉，毕竟各为其主，诸葛瑾有为孙权与周瑜开脱之嫌。

"是否有人蓄意而为，妄图破坏孙刘联盟？"

"我家主公刚遇袭，孙权就封锁南徐，我料他早有预谋，所以在城外行动，实是为了欲盖弥彰！据我所知，我家主公应是被抓进南徐了！"

即使城外，也是东吴地界，终是难逃干系。见赵云如此笃定，"果真如此，是我最不愿看到的，孙刘联盟岂是一个荆州可比？"

赵云感叹，东吴只有鲁肃与诸葛瑾是明白人！"我只希望尽快找到主公，保他安然返回荆州！"

"待我打探一下实情。"

"烦劳先生。"诸葛瑾这样做，要冒很大的风险。"您也要当心。"

诸葛瑾点头，"我自会多加注意。"

赵云就此告辞。

诸葛瑾塞给赵云一些钱资，"你晚上来。"

现在身无分文，赵云也没客气。

诸葛瑾将赵云引到后门，仔细观察后，才请赵云出去。

赵云来到街上，不见黄豆踪影，他又去哪儿了？真是一点军规没有！赵云不便在此等候，只得向前走去，刚进街口，一人跳将出来，挡在他的面前，竟是孙绍！

孙绍如何在此？

自从赵云离开，孙绍是茶饭不思，大乔看着心疼，知道儿子拜师心切，听孙毅所说，似乎冤枉了焦义士，他毕竟救过孙绍的命，大乔也不免心生悔意。如今，只能让孙毅多多劝导孙绍。

孙绍伤心之余，依稀记得，焦义士提过诸葛瑾，看似随意，绝非偶然。从焦义士的眼神中，看出两人不像有何恩怨，以诸葛瑾先生的为人，也不应有什么仇家。他料想，焦义士可能去找诸葛瑾，他与诸葛恪交好，就把此事告诉了诸葛恪，"此人若去你家，一定想方设法通知我。"说罢，告诉他焦义士的相貌与穿着。

诸葛恪疑惑，"为何对此人这般关注？"

孙绍实言相告，"此人武艺出神入化，救过我的命，我要拜他为师。"诸葛恪知道孙绍是武痴，就满口答应下来。

今日，孙绍得到诸葛恪通风报信，马上赶过来，诸葛恪告诉他，父亲谨慎，一定请客人从后门出来。孙绍来此等候，将赵云堵个正着。

"师父，您为何不辞而别？"孙绍说着，几乎落下泪来。

"我有事在身。"赵云知晓孙绍的心意，"既然叫我一声师父，就得听师父的话，"赵云一指后面，"好像有人盯梢，你还是快回府吧！"

孙绍侧脸一瞧，确有个人影，一晃不见了。

孙绍气恼，"师父在此休息，我去看看。"不忘叮嘱，"您可别走啊。"

赵云点头，"切莫发生冲突。"

受师父指使，孙绍很高兴。他迂回过去，果然看到一人，在那里伸头缩脑。

"干什么的？"孙绍大声呵斥。

那人吓一跳，转过身子，此人一身短打扮，细长的脖子，"没干什么。"

"没干什么？在这里干什么？"

"你管我干什么？我愿意干什么就干什么！"

"这是南徐，岂能想干什么就干什么！"

"管得这么宽，你是干什么的？"细长脖子反问。

"我是干什么的你没资格问，就看你在这里鬼鬼祟祟，就不像什么好人！"

细长脖子眼珠一转，一指前面宅院，"欺负到家了，你到底想干什么？"

原来他住在此地，孙绍想，看来是师父多疑了。"哦，该干什么就干什么去吧。"孙绍说罢，急忙返回，哪里还有赵云的身影。

"师父骗徒弟，不带这样的！"孙绍很伤心。

赵云不忍骗孙绍，只是当下实在没空教徒弟，他支走孙绍，马上离开。

赵云行走不远，前面快步走来十几人，赵云记忆超群，仅从走路姿势看，就似曾相识，赵云闪身躲进墙角，只听一人道，"刚才看见他在此转悠，应该就在附近。"

这些人匆匆而过，赵云认出，竟是黑痣之人一伙！看来，他们还没有放过孙绍。

眼见他们拐过去，赵云不免担心起来。

孙绍正在寻找赵云，与这些人走个面对面，他们一见孙绍，二话没说，抽出兵刃围将过来，孙绍没想到，有人胆敢在此袭击，他没带兵刃，就吃了亏。一转眼的工夫，孙绍的衣衫被划破，正在这时，孙毅带几个家人赶来，他知道诸葛恪找过公子，才寻到此地，一见此景，当即大叫起来。

黑痣之人见此，厉声道，"快下手！"他们是刀刀致命，孙绍一不留神，肩膀被刺破，一时险象环生，危在旦夕。

恰在此时，赵云赶到。孙绍喜道，"师父！"凶徒中有几人认得赵云，一见是他，先自怯了。

赵云一近身，当即有人兵器脱手，有人被踢翻，黑痣之人见情况不妙，一声呼哨，带人急速遁去。赵云本欲抓住黑痣之人，偏这时过来一队巡逻士卒，孙毅当即喊道，"抓刺客！"士卒追了上去，赵云只得作罢。

孙毅很是激动，一再感谢赵云救了公子的命。

赵云看到孙绍肩膀殷红一片，直道，"快回府给公子包扎吧。"

"我没事。"好不容易找到师父，孙绍不愿与他分开。

"焦义士办完事，就请到府上来。"这话既是安慰孙绍，也是对赵云的诚意相邀。

赵云看出孙绍不舍，只得道，"好吧。"

这样，孙绍才随孙毅匆匆离去。

赵云寻黄豆未果，傍晚时分，又赶到诸葛瑾府宅，只看他的神情，赵云就猜到了结果，鲁肃与吕范皆不在家，此事又不能随意向人打听。

离开诸葛瑾府宅，赵云欲找个客栈住下，连走几家，皆有士卒巡查，一位老板告诉他，正在搜捕袭击孙绍的恶人。

说起孙绍，不知他的伤势如何了？赵云不觉来到了策王府近前。突然，他瞥见三人，一人趴在墙上，另两人在下面望风，赵云以为袭击孙绍的凶徒贼心不死，又来寻仇。哪承想，就在这一刹那，里边陡然腾起一团火来！

第六十七章
擒纵火人又亲释

只见墙上人连拍一个葫芦，几团火又喷进院内。

"什么人？"赵云一声断喝。

三人一惊，墙上之人翻身跳下，露出一侧的光头，此人身材高大，赵云认出，他们正是那晚潘璋府宅被焚所遇三人，不知为何又来此纵火？

高大之人眉毛一横，"与你何干？"

正是因为他们，自己被冤！"纵火还如此嚣张？"

旁边一位年轻人急道，"不要与他废话，我们快走。"

高大之人瞪一眼赵云，转身欲离开。

赵云快步上前，挡住他们的去路。

高大之人气恼，"找死！"说罢，一伸手，从腰中拽出一条软鞭，直奔赵云面门甩来，赵云闪在一旁，高大之人一回手，软鞭向赵云脚踝缠来，赵云一纵身，软鞭同时向赵云胸部、腹部弹来，赵云只得抽剑相挡，发出"当当"两声，赵云随即剑尖游走，一时让高大之人手忙脚乱，十几个回合后，赵云一招仙人指路，直接挑落高大之人所戴青巾，露出一个锃亮的光头，果真是个和尚！

这时，院中传来叫喊声，"着火了！"

两个年轻人看到大和尚被动，拉出兵刃，欲上前相助，怎奈武艺一般，根本插不上手，急得团团转。又斗十多个回合，大和尚已十分吃力，但见他一撤步，将葫芦对准赵云一拍，一团火直奔赵云喷来，赵云急忙纵身，大和尚见一击不中，又连拍两下，历经披发人的火球袭击，赵云对此已颇有心得，接连跃起，三击未中，大和尚气势顿消，又斗四五招，被赵云一剑扫中手臂，只听他一声嚎叫，跳将起来，自顾自地飞奔而去。两个年轻人大骇，正欲逃跑，赵云脚尖一探，踢在两人胯部，立时跌倒在地，动弹不得。

府中莫名着火，大乔赶出来，指挥众人扑火。听到打斗之声，孙绍跳出墙外，大乔不放心，让孙毅带几个家人跑出去照应。

孙绍看见赵云，喜出望外，"师父！"

赵云剑指地上两人，"这是纵火犯同伙，带回去吧。"

一个年轻人看到逃跑无望，拉过宝剑，抹向脖子，赵云一惊，宝剑一探，将他的兵刃打掉。"杀了我吧，我不想活了！"年轻人绝望道。

"姐夫，何必如此？看他们能将咱俩如何？"另一个年轻人道。

孙绍怒道，"蓄意纵火，你俩就是死路一条！"

孙毅指挥家人将两人绑上，快步来到赵云近前，"焦义士又帮了我们大忙，快往府里请。"孙绍抓住赵云的胳膊，"师父，这回我可不让你走了。"赵云听两个年轻人所言，似有隐情，担心他们因自己被伤害，就一同进了策王府。

由于发现及时，院内的火很快被扑灭。大乔见孙绍拥着焦义士进来，不觉一怔。孙绍喜道，"多亏了师父，发现有人纵火，还抓住了纵火之人。"

上次因为自己多疑，将焦义士遣走。不想今日他白天救过孙绍，晚上又帮忙抓住纵火之人，联想潘府被焚，损失惨重，大乔感激之余，不免更加内疚，"幸得焦义士相助，否则后果不堪设想！"

"我来探望公子伤势，不想撞见有人纵火。"赵云回礼。

家丁将两个年轻人押过来，孙毅道，"纵火主犯跑了，这是两个帮凶，明日押到官府严加审讯。"

赵云道，"他们由我擒获，我想问明原委，再送不迟。"

"今日晚了，明日再问吧。"孙毅道。

明日还要寻找主公，赵云道，"宜早不宜迟。"

此时夜已深，孙毅道，"请夫人、公子休息，我陪焦义士问话吧。"

大乔赞赏焦龙义士的做法，"我也正想了解内情，既不要放走恶人，也别冤枉好人。"

赵云暗自点头，大乔说出了自己的心声。

两个年轻人一瘸一拐，被推进屋内，他们昂首站立，怒目而视，赵云仔细打量两人，一人长得眉清目秀，另一人生得高大壮实。

孙绍见两人没有服软，喝道，"死到临头，还不思悔改！"

"只恨这火烧得不够！"眉清目秀的年轻人咬牙切齿道。

孙绍要去教训他，被赵云阻止，"你们有何仇恨，竟至上门纵火？"

"有何仇恨？"高大壮实小伙哼了一声，"他的父亲是许贡，知道是什么仇了吧？杀父深仇！"

大乔方才明白，原来是许贡之子前来寻仇！

此时，大家应已看出，说话的是闻凯，眉清目秀的年轻人是许映。

当年，传言吴郡太守许贡暗通曹操，被孙策所杀，许贡素爱结交朋友，他的三个家客趁孙策外出射猎之机，偷袭得手，致孙策伤重而亡。

"好哇，你们今日送上门来，就是自投罗网，正好为我的父亲报仇！"孙绍拔出宝剑，被赵云一把按住。

许映伸头过来，"杀吧！"

"杀，也得说清楚。"闻凯道，"当年许太守因潘璋诬陷，被孙策无端杀害！孙策没了，你们仍是东吴权贵，许太守乃朝廷命官，他死后，许家被抄，其子只能隐姓埋名，流落他乡。"

孙毅皱眉，"那是上一代恩怨，早已过去，为何还来纵火，挑起事端？"

许映怒道，"因为你们不给活路！"

大乔疑道，"何出此言？"

"潘璋恶弟潘开光天化日之下，抢走我家娘子，我们找他要人，他竟勾结吴兵，将我的义父杀害！"许映悲愤道。

孙绍忍不住道，"潘开真不是人！"

赵云问道，"这么说，潘璋家的火也是你们放的？"

"对，你们不让我们活，我们也不让你们好过。"许映恨道。

这就洗清了赵云的纵火嫌疑。"身背葫芦者是何人？"

许映扭过头，不愿言及叔叔。

闻凯恨许献丢下两人，只顾自己逃跑，直道，"说了也无妨，他乃许太守之弟。"

原来是许家与孙、潘两家恩怨，两个年轻人也是被逼无奈，赵云不希望冤冤相报，欲给两个年轻人寻条出路，"如今遭擒，你们还有何话说？"

许映头一昂，"我只求一死，"然后一指闻凯，"此事与他无干，放了他吧。"

"不要这样说，要死一块死！"闻凯激动道。

"还挺仗义！"孙绍感叹。

一切都已明了，孙毅吩咐，"把他们带下去。"

两人被押出，"如何处置他们？"赵云问道。

"两次纵火，我看还是交由官府处置吧。"孙毅回道。

这正是赵云最担心的，两人若被交到官府，必死无疑。

大乔问道，"焦义士有何想法？"

"许贡之子实是无辜之人，妻子被抢，亲人被杀，才奋起反抗。冤家宜解不宜结，希望您能宽恕他们。"赵云回道。

孙毅很犹豫，"毕竟是仇家之后，放走他们就是隐患，再来寻仇怎么办？"

大乔沉吟片刻，"若肯放下恩怨，我可以让他们走。"

难得大乔如此开通，赵云道，"他们并非恶人，我可以劝说。"

孙毅不无担心，"如果潘璋获悉此事，该当如何？"

大乔道，"我早就听说，潘氏兄弟作恶多端，不应再被纵容。"

孙毅提醒，"这两人已受伤，出去必然被抓，如果供出策王府，也不好交代。"

"可让他们先行养伤，待伤势好转后，再请他们离去。"大乔道。

赵云很感慨，"谢谢您的宽宏大度。"

"我只是同情他们罢了。"大乔看出，焦义士心地善良。

随后，赵云过来劝说许映与闻凯，"孙策与许贡都已不在，两家的恩怨理应过去。孙家夫人听过因由，动了恻隐之心，如果你们愿意放下恩怨，她就不再追究纵火之事了。"

"此话当真？"闻凯大瞪双眼，不敢相信。

"我已心如死灰，无所畏惧了。"许映痛苦道。

"不要纠结过往，要为希望活着。"赵云此话，也是在激励自己。

"好！"闻凯回道。本以为必死无疑，如今的变化，让他始料不及。

"现在外面风声紧，你们可养好伤再走，但要言而有信，莫要再生事端。"

闻凯连连点头，看许映低头不语，直道，"感谢您从中斡旋，我替他答应了。"

赵云随即给两人松绑。一切还算圆满，赵云甚是欣慰。

第六十八章
追宝马再入险地

刘备想不到，在这偏僻之地，遭遇如此凶险，更没料到，巧遇陶珍，结识庞统，只是不知他们现在如何了。

一阵急促的马蹄声，打断了刘备的思绪，一匹快马从他的身边疾驰而去，刘备不经意一瞥，马尾被剪去一截，这不是自己的青鬃兽吗？原来被此人偷去！刘备一跃而起，撒腿就追，那匹马跑得太快，转眼不见踪影，刘备好不气恼。

他只能举步向前，行走半个多时辰，来到一个岔路口，正要打问哪条道通往荆州，不可思议的是，那匹青鬃兽又出现了，似乎有意戏弄他，离得近了，刘备终于看清偷马贼的模样，二十多岁年纪，五官周正，并不像恶人。

那人下了马，大概是在路边草丛中方便。刘备看到机会，准备抢回马匹。还未等他靠近，那人一骗腿，上了马鞍，哼着小曲，悠然向前骑行，刘备真想一声断喝，"还我马来！"又担心惊动那人，打马扬鞭而去。

刘备小心跟随，欲在没人的地方，将马匹夺回来。那人很快到了一处柴扉前，下得马来。从外观看，这里就是一处普通农家，刘备改变主意，农夫都比较善良，年轻人偷马，应是一念之差，可见其父母，劝其归还。

那人牵着马匹径直走进去，刘备见四下无人，小心翼翼跟进来，只见院中堆有柴草，墙上挂着锄头、镰刀等农具。刘备瞧一眼茅屋，传统古朴，未见有人。刘备奇怪，那人将马牵哪里去了？他沿着茅屋一侧小径向前，两旁种有各种蔬菜，花红叶绿。往前是果树，果实已成熟，芬芳四溢。再往前是高大林木，青藤缠绕，遮天蔽日，那人到此喂马来了？刘备犹豫间，穿过绿荫，眼前一幕，让他大吃一惊，只见这里房屋林立，峰峦之中，竟暗藏一个山庄。

刘备立时明白，那些农家器物实是为了掩人耳目，此地绝非常人所居，他当即决定撤出，马匹不要了。可是，他赫然发现，归途中有两人持枪把守，他们正窃窃私语，没有注意到自己。刘备欲闯出去，发现院中还有很多人，冲突起来，恐将吃亏。瞥见有人过来，刘备只能装作若无其事，向前走去。

其实，窃马之人是这里的小管家彭柳，他识得刘备所骑青鬃兽是匹良马，趁没人注意，扔下自己马匹，将刘备的青鬃兽骑了去。

两个家丁见彭柳至此，知道他是夫人的红人，忙过来照应，一个牵过缰绳，一个接下东西，两人见他所骑马匹与往日不同，都夸是匹良马，彭柳好不得意，"这是匹千里驹！"

两个家丁一听，极尽奉承，"踢跳咆哮，鬃尾乱颤，好一匹骏马！""腿长脖细，一看就是马中赤兔。"

说罢，两个家丁要帮他牵到马厩去，彭柳道，"这匹马头次到山庄，我要亲自叮嘱马夫喂好刷好。今天是个重要日子，你们不得擅离职守。"两个家丁才回来。

刘备就是在此空挡进来的。他没办法，只得向墙边靠去，准备寻机跳出墙外。他发现，这里院墙极高，还有人巡逻，一时难以如愿。

这时，刘备听到马嘶之声，青鬃兽应该在那里，暂时逃不出去，就先寻到马匹，择机而动。

刘备循声找到马厩，他发现，这里喂养很多战马，还不断有马匹牵来，来人看见刘备，直接把缰绳丢给他，"一定给我们喂饮好。"

刘备不觉打量自己，先在福来客栈遭遇袭击，后又为追赶马匹，热得汗流浃背，落了一身灰尘，难怪被当作马夫。马夫以为刘备是来人随从，也没在意。

刘备借着帮他们拴马，找到自己的青鬃兽，上前抚摸，青鬃兽很有灵性，打了个响鼻。

有人走过来，"刚到的贵客，少庄主已备好酒宴，请大家到聚义堂用膳。"说罢引着众人向前，看刘备慢腾腾，直接喊道，"赶快跟上。"刘备在马厩里忙碌，终于引起马夫的注意，他们不断打量刘备，看来很难在此装下去了，刘备只得跟着往前走。

这么多人聚集于此，似乎要有何种行动。刘备发觉，客人成群结队，操有各种口音，应是来自四面八方，相互之间应不熟悉，自己混在其中，不易被发现，心中稍安。

刘备哪里知道，他是机缘巧合进得山庄，正门进来之人，都要手持虎牌，经过严格盘查。

众人被请进一个厅堂，这里聚集了二三百人，桌上已摆好饭菜，刘备没吃早饭，也不客气，拿起碗筷，先混顿饭再说。他发现，来人多数神情凝重，甚至没动碗筷，很是难过的样子。

"用过膳的诸位英雄，请直接到德王祠堂！"一人大声道。

刘备一愣，哪里来的德王？到他的祠堂干什么？一时摸不到头脑。

大家鱼贯而入，刘备本想悄悄溜走，发觉周边伫立众多家丁，皆手持刀枪，只得随同众人进来。

祠堂极为宏大，香烟缭绕，前方筑起一座平台，平台最前设置五个香炉，后方幔帐正中，挂有一幅画像，此人手按佩剑，目视前方，甚是威武，中间方桌之上，摆满香蜡纸马，庄严肃穆，上面竖立一块灵牌，上书八个大字"严氏白虎德王尊位"。

刘备恍然大悟，这么多人来此，原来是祭奠严白虎！

当年，十八路诸侯讨伐董卓，其他诸侯皆想投机取巧，不愿损耗自身实力，只有孙坚甘当先锋，主动出击，率先攻进洛阳，从枯井中打捞出玉玺，总盟主袁绍听说，向其索要，孙坚推辞不予，袁绍令荆州之主刘表在其归途截杀，最终孙坚被刘表手下黄祖伏击而亡。

当时，孙策尚年少，万般无奈，投靠了袁术。袁术用其攻城拔寨，并不信任他，孙策为此十分苦闷。后经朱治、吕范出谋划策，以解救被困家人为由，将玉玺押给袁术，从他那里讨得三千人马，从此如蛟龙入海，攻占江东大片土地。当时，严白虎亦盘踞于此，自称"东吴德王"。迫于孙策声势，派其弟严黑虎前去讲和，欲平分江东，孙策年轻气盛，闻之大怒，"你等草寇焉能与我平起平坐？"跳将起来，一刀斩了严黑虎。

双方结下大仇，几经交战，严白虎终不是孙策对手，在溃败途中，被东吴所杀。本以为严氏子孙已被孙策剿灭，哪承想，他们逃脱出来，隐匿于此。

众人进入祠堂，家丁马上关紧大门，刘备暗叫不好，如生事端，就是插翅难逃了。

大家站定，仪式正式开始。一位干瘦老者走上台，后面跟随五个年轻人，他们皆身穿重孝。有人小声道，"这位老者是严白虎的三弟严赤虎，后面五个是他们的儿子。"

严赤虎个子不高，声音洪亮，他面向众人拱手道，"今天是个特殊之日，也是个悲痛之日。大哥就是今日被恶人所害，从此德王不在，我辈少了领头之人。如今，将诸位召集至此，就是祭奠大哥沙场之英勇，悼念他创业之伟绩。今日也是誓师大会，我们韬光养晦多年，现今诸侯纷争，天下大乱，正是举事的千载良机！下面我来介绍到此的诸位英雄。"

刘备暗中观察，突然，他在人群中发现一人，不禁瞪大了眼睛！

第六十九章
携手抗敌进暗道

淳于烈！他怎么会在此？吴将竟是严白虎的人？难怪举止异常！淳于烈也看到了刘备，他比刘备更吃惊，双眉紧皱。

"我代表严氏家族，感谢诸位英雄，不辞劳苦，前来纪念我家兄长严白虎！"严赤虎说罢，带领五个年轻人面向众人拱手作揖！"成败在此一举，相信大哥在天之灵一定会护佑我们，下面有请王旗！"

三通牛皮大鼓响后，四名身着盛装的甲士，擎着一杆大纛旗，中间一个斗大的"严"字，严赤虎接过大纛旗，凝视片刻，用颤抖的声音对众人道，"这是德王用过的旗帜，曾带着它东挡西杀，攻城略地，取得无数胜仗，终成为一方诸侯，德王到哪里，纛旗到哪里！只恨他被孙策恶贼所害，今日誓师，就是要为德王报仇，夺回失去的领地！"

刘备旁边一人小声对同伴道，"一会儿，我们还要参观白虎台，那里有只老虎通身雪白，没有一根杂毛，你说奇不奇？据说，那是德王重生之虎，能助我们成就大业！"

严赤虎很激动，他深吸一口气，"好在德王后继有人！下面有请大哥长子、未来王者严龙接旗！"

五个年轻人中间走出一个，只见他身材魁梧，双目放光，另外四个年轻人紧随其后，严赤虎将旗帜高高举起，交与严龙，严龙手擎大旗，昂首喊道："誓杀江东恶人，为德王报仇！"台下群情激愤，一同高喊"誓杀江东恶人，为德王报仇！"他连续挥舞大纛旗，高声喊喝，"夺回江东，再树王旗！"下面众人跟着齐声喊道"夺回江东，再树王旗！"之后，严龙将大纛旗郑重插在灵台之上。

这时，严龙带领四个兄弟，捻了五炷香，分别插入灵台前的五座香炉之中，然后面对画像一同跪下，"爹，从此以后，我就是严龙，不是谭龙了，再也不用隐姓埋名！"另外四人道，"从此我们就是严熊、严狮、严豹、严鹰了！"说罢，五人已是泪流满面。"您与二叔被贼人杀害已经八年，如果我们再不举事，更无颜去见严氏列祖列宗！"严龙扭向众人，拜服于地，连磕三个响头，四个兄弟将他扶起，严龙眼中含泪，"万分感谢诸位叔叔、兄弟们，这么多年对我们严氏不离不弃，有你们鼎力相助，我们一定能共襄大业！今日来了二百余位英雄好汉，每位英雄手下有一百人，我们就有二万忠勇之士，只要同心协力，大业必成！"下面众人齐喊，"大业必成！大业必成！"

严龙一挥手，"大业成就之时，诸位就是开基立业的功臣，我们将共享荣光，同享富贵！"

为了寻马，意外撞破严白虎家族的秘密，他们纠集起来，要造东吴的反，刘备不知是该喜还是该忧？他深知，自己正身处危险之中，如此密事，他们若知道外人混进来，定会杀人灭口。如果东吴围剿，自己也将被当作叛贼消灭。

严龙扫视众人，"有人说，此时举事，非是最佳时机。赤壁大战后，东吴气势正盛，我们是以卵击石。我认为不然，东吴虽在赤壁击败曹操，自身也损兵折将，与刘备争夺荆州，又没讨到便宜。最关键，赤壁大战之后，东吴志得意满，难免松懈。今得线人通报，南徐盛传，孙策之子应接替孙权之位，其内部矛盾已露端倪，此时不举事，更待何时？"

大家闻听，不禁面露喜色。严龙接道，"只要我们一举事，曹操必然兴兵伐吴，一雪赤壁之耻，如此大事可成矣！近日我还听说，孙权最为倚仗的大江上，一条大船突然沉没，更说明东吴气数已尽，露出衰落之象！"众人听说，无不欢欣鼓舞。"此时，我们更需小心谨慎，不能走漏半点消息！"底下的人纷纷点头，刘备认为严龙不简单。"我们将于三日后行动，下面有请三叔公布各部的整合军令与行动步骤。"

在严赤虎讲话之时，一人悄然来到严龙身旁，对他耳语几句，严龙马上跟出去。

再进来时，他的身边跟随一人，刘备不看则已，一看吓一跳，竟是福来客栈老板！刘备忙低下头，以免被他认出，他注意到淳于烈也将头扭向一侧。

与此同时，一群家丁手持刀枪冲进来，将所有人围住。严赤虎停止讲话，严龙上前安抚众人，"大家不要怕，这里混进了东吴探子，抓住就没事了！"所有人一震，"此人乃东吴部将，必是前来刺探军情，另一人，应是他的同伙，他们敢来白虎山庄，真是胆大包天！"

"就是他！"老板一指淳于烈，"还有他！"刘备看到老板的手明晃晃地指向了自己。

严龙剑指二人，"你们是束手就擒，还是等我们动手啊！"

还没等他讲完，淳于烈不知从哪里拔出短刀，分开众人就走！那些家丁直接杀向他，另一部分人向刘备围攻过来。

刘备见有人冲上来，只一个照面，就从眼前家丁的手中夺过一把刀，刘备擅使双股剑，舞起刀来也不含糊，接连砍翻数人。

严龙气道，"真是找死！"率领严熊、严狮、严豹、严鹰冲下灵台。将举大事，混进吴将，这还得了，他们都红了眼。从各地赶来的人也明白，放走这两人，他们全都危险，于是，各自拉出兵器，加入激战。

在祠堂内，两人对战二三百人，纵使再能打，也十分凶险。这时，刘备与淳于烈才明白，对方不是白虎山庄的人。淳于烈看刘备刀法娴熟，武艺甚是了得，主动向他靠近，两人背靠背，以免腹背受敌。严熊冲过来，持剑就刺，刘备用刀一拨，顺势削过去，严熊躲闪不及，被扫中胸部，跌倒在地。严龙急了，上来就是一刀力劈华山，刘备向旁一闪，严龙随即一刀拦腰斩，刘备向后一撤步，转身就走，有人来挡，都被刘备砍倒，淳于烈以为他要抛下自己逃跑，只见刘备向上一纵，跳上灵台，严龙见此，急忙指挥众人冲上来，刘备一抬腿，一脚踢翻眼前香炉，香灰直接洒向众人，顿时烟尘弥漫，现场大乱。淳于烈见这招管用，他也快步向前，一纵身跳上灵台。

客栈老板十分气恼，眼见着两人从自己那里逃走，现在竟蹿进白虎山庄，闯下如此大祸！他看准机会，用力掷出宝剑，就在淳于烈踏上灵台之际，宝剑直向他后心飞来，淳于烈想躲已然来不及，刘备在上面看到，急忙一挥刀，只听"当"的一声，宝剑被磕飞，扎入旁边立柱之中，淳于烈顾不得言谢，他冲上前，抬脚将一个香炉踢下灵台。

这时，下面的人也要往灵台上纵，刘备与淳于烈又各自踢下一个香炉，吓得那些人纷纷躲闪。情急之下，严龙大喊，"一起投他们！"

严赤虎急叫，"慢！"上面有德王画像，一旦损坏，对先人不敬。

他叫迟了，许多人已掷出兵刃。与此同时，刘备与淳于烈一起踢向最后一个香炉，此时两人视野受限，面对掷过来的上百刀剑，不死也将受伤。

刘备与淳于烈的脚同时踢中香炉耳部，香炉纹丝未动，正诧异时，脚下木板突然塌陷，两人直接掉下去，正好躲过刀剑，外面的人一片惊呼，严氏兄弟则直拍大腿。

刘备与淳于烈以为中了暗算，直惊得魂飞魄散，就在此时，身旁的石门瞬间打开，外面众人已经跳上灵台，刘备与淳于烈顾不上许多，直接冲入，随后石门自动关上了。

原来这里设置了暗道！

严白虎被杀，他的族人只能隐姓埋名，逃往他乡。他们来到此地，发现这里十分隐秘，远离南徐，就安顿下来。严龙在此修建了多条密道，以备不时之需。这条密道一直通往白虎山庄外面的白神庙，他们万万没想到，密道被这两人先用上了！

第七十章
找出路遇野鸳鸯

刘备与淳于烈进入暗道，暂时躲避了追杀，内心不曾轻松半分，严龙修建暗道，定然熟悉其间构造，想抓他们不难，即便不追，堵住出口，两人就是瓮中之鳖。

现在，石门一关，里面漆黑一片，好在淳于烈准备充分，从怀中掏出火石，点燃一个火把，两人方看清道路，急忙往前赶，跑出一段路，奇怪后面没人追上来。

原因很是搞笑，两人一齐出脚，踢坏香炉上的机关，严龙无论如何也打不开石门。他气愤以极，命令严豹，"你带人在此开门，实在打不开，挖地道也要进去！"然后一挥手，"跟我来。"他带领一众家丁，飞速跑出白虎山庄，直奔白神庙而去。

刘备与淳于烈边走，边观察，既怕后面的人追上来，又担心前面设有机关，走得小心翼翼。

暗道内部十分坚固宽敞，可以隐匿大量人员。他们在这里发现了兵器库，刘备挑了一把宝剑，淳于烈选了一把长刀。再往前，两人还发现了粮食，甚至还有床铺和做饭用具，看来他们真是准备充分，为造反下足了功夫。

严龙心思如此缜密，他一定派人堵住出口，两人要想逃出势比登天。淳于烈很是气恼，"就派我一人，连个帮手都没有，这他妈的是让我来送死，"他望着刘备，"幸亏遇到大哥，不然我都没命了。"

刘备道，"没有你，我也完了。"

淳于烈郑重道，"还不知您尊姓大名呢？"

能否出去，还在两可之间，刘备道，"免贵，在下刘乾。"

"刘大哥，咱俩真是有缘，"淳于烈语带凄凉，"现在你我是生在一起，死在一块啊！"

刘备点头，两人是生死相依，只能共同应敌了。他突然扯住淳于烈，前面现出微弱光亮，"好像有人。"

两人驻足，仔细倾听，确有声音，刘备示意淳于烈熄灭火把，两人悄悄摸过去，来到近前，不看则矣，一看吓一跳，只见一张床上，一对男女正在颠鸾倒凤，也许是太投入，没觉察有人已到眼前。

"我们有救了！"淳于烈喜道。

那对男女正做得尽兴，听到说话声，一跃而起，两个大活人正站在床前，手中握着明晃晃的兵器！他们的魂都吓飞了，女的忙扯衣服，男的几乎要瘫掉，滚到地上，鸡啄米一样磕头。

"把衣服穿上！"刘备斥道。

两人惶恐至极，刘备看清，这个男的竟然是偷马贼！他恨得牙根痒痒，上前踹了他两脚。

"这是为何？"淳于烈不解。

"正是他偷了我的马，才跟到这里来！"

那小子不断磕头，"我知道错了！"

刘备看女子的装束，不像普通奴仆，"你们是什么人？"说着把剑举起来。

没等女的说话，男的先招了，"她是庄主夫人，我是这里的小管家。"

刘备与淳于烈对望一眼，两人在逃亡中，还撞破了一桩奸情。不可思议的是，严家祭奠严白虎的特殊时刻，严龙夫人竟与他人偷情！

他们哪里知道，严龙夫人也是个狠角色！

当年，严氏后人逃到此地，才安定下来。严龙长大后，发誓要为父报仇，重夺江东领地。

大丈夫岂能无妻，严家还要延续血脉。严赤虎看中了旧将董河之女董灵。他不知，董灵与自己的表哥早已暗生情愫，董河看准严龙能成就大事，硬逼董灵嫁给了严龙。

董灵长得十分标致，严龙对她甚是喜欢，见她时常发呆，就想方设法让她高兴，一次醉酒后，告诉她床下设有暗道，一旦遭遇不测，可以躲进去逃命，董灵一笑而过，并未放在心上。

近两年，严龙兄弟频频外出，联络严白虎旧部，发动乡亲，壮大实力。时间一久，董灵不免寂寞，多有抱怨，家丁彭柳十分机灵，懂得夫人的心，时常劝慰，最后两人竟好上了。董灵把暗道的秘密告诉了他，彭柳好奇，下去观察，发现有床铺，为了掩人耳目，在严龙外出之时，两人就去暗道内约会，感觉特别刺激。

近半年，严龙一心准备举事，更是冷落了董灵，她与彭柳时常进入暗道，爱得死去活来。

为此，董灵提拔彭柳当上了山庄副总管，行动更方便了。此次彭柳外出，就是专为董灵采买物品，顺带偷了刘备的青鬃兽。

今日，白虎祠堂举行誓师大会，彭柳悄悄将采买的物品拿给董灵，几日不见，董灵又邀彭柳暗道相会，彭柳害怕，"庄主在家，太危险了！"

董灵毅然道，"孤苦无依，出入被限，我受够了这个死气沉沉的院子，我恨他，我要报复他，大不了，我们就此逃出暗道，远走高飞，去过自由逍遥的日子，抓住我就认了，死了也干脆。"

"改日吧。"彭柳哀求道。

"怕了？就你这个熊样子根本不配跟我，你要是不如我意，我就说你勾引我！"

彭柳战战兢兢，只得同意了。就这样，两人被抓了现行。

淳于烈道，"出口在哪里？"

彭柳看着两人手中的利刃，向上一指，那里果然透过一丝光亮，刘备与淳于烈不禁大喜。

这时，灵堂一侧传来嘈杂之声。原来，严豹带人砸开了石门，他知道吴将武艺很高，不敢贸然向前，就让家丁大声叫喊，将他们撵向出口，那里有大哥严龙候着呢！

"不好，他们追来了！"刘备惊道。

淳于烈快步来到出口处，用力一推，打开上面挡板，仔细倾听，没有发现异常，马上跳将出去，然后一伸手，将刘备拽上来。逃出暗道，两人都长出一口气。这里是一间卧房，装饰考究，刘备与淳于烈明白，能与暗道相连，卧房应是严龙的。

董灵与彭柳也要上来，淳于烈一瞪眼，手指暗道另一侧，"快逃命吧。"说着将暗道挡板还原，压紧杠栓。

"不必吧。"刘备不忍心。

"那小子偷大哥的马，女人背着丈夫做苟且之事，都不是什么好人。"

听着白虎祠堂一侧的叫喊声，董灵也害怕了。严龙不在家时，彭柳曾经探过出口，他对暗道比较熟悉，拉着董灵没命地往前跑去。

严龙急匆匆赶到白神庙，在此守株待兔。家丁告诉他，暗道里有声响了，他立即跳到洞口倾听，确定只有两个人，不禁喜出望外。他让众人藏起来，以免惊动吴将，一旦退缩回去，想抓就麻烦了。严龙手持长刀，躲在一侧，他恨透了吴将，搅扰严家大事，他要手刃两人，方解心头之恨！

里面的人在洞口一露头，严龙一刀劈下去，直接将那人枭首，他一仰头，真是解气！

"是夫人！"家丁一声惊呼，严龙定睛一看，正是夫人董灵！不禁顿足捶胸，后面的追兵迫近，彭柳想出不敢出，被家丁拽过来，严龙一看两人，衣衫不整，羞愤不已，众目睽睽之下，他这顶绿帽子戴的是如此无遮无挡。他一回刀，直接将彭柳一分两段。

一切都明白了，吴将定是从卧房跑了，如果没有这两人，他们是万万发现不了那个出口的！严龙恨得咬牙切齿，马上带人返回白虎山庄。

此时，刘备与淳于烈已经跑出内宅，只是白虎山庄太大，在两人寻找出路时，竟被客栈老板撞见，他立即指挥众人围攻上来。双方正在激战，严龙带人返回，马上加入战斗。这时，严赤虎闻讯，带着严狮、严鹰赶过来，刘备与淳于烈在几百人中，左突右冲，毕竟人单势孤，两人被杀散，只得各自搏命奔逃。严龙、严豹、客栈老板追击淳于烈，严赤虎、严狮、严鹰追赶刘备。

刘备看他们追得紧，急忙绕过一座假山，拐进一个回廊，那些人马上赶过来，眼看这些人迫近，刘备看见旁边有两个巨大屏风，随手将屏风横在路口，借机向前跑去。当他跑到回廊尽头，往左一拐，眼前突然出现两人，他们看到刘备，同时抽出腰刀，"什么人？"

刘备二话没说，挺剑就刺，两人哪是刘备的对手，都被他刺倒在地，打斗中，房门被撞开，里面站着一人，惊恐地张着嘴巴，竟然是陶珍！

第七十一章
逃出虎穴巧救人

刘备料想，她定是被客栈老板带到白虎山庄，不知庞统是否来到此地？正要询问，听到叫喊声，刘备急道，"关门，别吱声！"说罢向走廊右侧跑去。

严赤虎带人赶来，看见倒在地上的家丁，直接推开门，向陶珍发问，"可曾听到打斗声？"

陶珍惊恐地点头。

"那人往哪里去了？"

陶珍向左一指，严赤虎带人向前追去。

陶珍捂着胸口，心怦怦直跳，刘先生说杀人就杀人，孙大哥不会也如此吧？孙大哥有情有义，他与刘先生关系密切，说明刘先生也是好人，杀的一定是坏人，想到此，陶珍心中方释然。

刘备向右跑去，一拐弯，被两个家丁挡住，刘备二话没说，持剑就刺，两个家丁瞬间倒地。刘备正要往前跑，突又停下来，他将门推开，不出所料，里面正是庞统与小梭！

庞统听到打斗声，正要扒开门缝观看，不想刘备冲进来，两人一见，又惊又喜。

"皇叔如何来到这里？"庞统感觉不可思议。

没等刘备回答，外面传来急促的脚步声，刘备正要出门，被庞统拽住，一指窗户，刘备明白，他一纵身，跃上窗台，说句"保重"，就跳了下去。这时，一群人追到门口，庞统伸出头来，严狮急道，"可曾听到杀人者往哪儿去了？"

庞统装作举棋不定的样子，"听声音好像往左，不对，应该是向右跑去了。"

严赤虎大声道，"两边追！"他与严狮分别带人追下去！

不出刘备所料，庞统、小梭、陶珍正是被客栈老板带到白虎山庄的。

刘备跳窗逃跑，老板带人追赶，分散了精力，淳于烈与胡汉借机向外拼杀，淳于烈靠着勇猛，杀出客栈，胡汉却殒命于此。

客栈内，只剩下庞统、小梭与陶珍，他们知道留在此地危险，执意离开。老板怕他们走漏风声，说他们有偷窃、行凶之嫌，实则欲杀人灭口。小梭看出苗头不对，急道，"你们怀疑我家先生？也不打听打听，我家先生是谁？"

庞统本想阻止，转念一想，且看他们知道自己身份做何反应。

"我倒听听，你家先生是哪位大神？"老板出言相诱。

"他就是大名鼎鼎的凤雏先生庞统！能为了这点东西，做个鸡鸣狗盗之徒吗？"

老板一震，仔细打量庞统，看他相貌清奇，不似常人，"您是凤雏先生？"

庞统微微点头，"在下庞统庞士元。"

老板眼珠一转，忙上前施礼。"原来是凤雏先生，失敬失敬。我哪敢怀疑您？只是小店出了人命，得麻烦您到官府作证，绝不会为难先生。"

庞统清楚，这是群恶人，自己带一孩子和一姑娘，硬来不行，只能见机行事，他手指陶珍，"这位姑娘是我的朋友。"

老板点头，请三人坐到车上，旁边一众人等跟随，言说一起赶往官府，实则直奔白虎山庄。老板是严白虎的旧部，福来客栈只是严龙用来敛财和联络旧部的暗哨。老板担心留下证据，让人一把火烧了客栈。

老板听说过，卧龙、凤雏二人得其一可安天下，严龙要举大事，正缺智谋之士辅佐，现在凤雏送上门，岂不是天赐？老板把庞统、陶珍、小梭拉到白虎山庄，怕三人逃跑，安排专人看守。他赶去白虎祠堂，参加誓师大会，老板在山庄的地位非同寻常，他来到现场，先躲在暗处仔细观察，不禁大吃一惊，他发现了淳于烈与刘备。马上禀告严龙，才发生了刚才的一幕。

刘备从窗户跳出，暂时甩掉了追兵。他悄悄向墙边摸去，这里院墙极高，他希望找到借力之物，正四下观察，突然脚下一软，直接掉了下去，刘备以为中了埋伏，心道，完了！当他摔到地上，好一阵才缓过神来。他发现，这不是陷坑，而是一个宽大地穴。这时，视野中出现一个白色之物，随着视线逐渐清晰，刘备的寒毛都炸起来！

一只全身雪白的老虎正在不远处望着他！

刘备下意识摸剑，哪承想，人下来，剑没下来。他向上瞧，顶棚只有两块横木搭在那里，其他地方都是蓬草覆盖，难怪自己掉下来。

刘备感觉很悲凉，堂堂大汉皇叔，最后竟是命丧虎口，连个全尸都留不下。

这时，那只白虎昂起头，刘备一激灵，手中没兵器，也不能坐以待毙，刘备欲支撑起来，刚才摔得腿脚发麻，竟然没有站起，刘备将双拳护在胸前，老虎若扑过来，准备殊死一搏。他紧张地盯着老虎，老虎也瞧着他，如同相面一般。

刘备怀疑，这只老虎是不是被吓着了？他告诫自己，不要妄动，老虎喜食活物，自己一动，它定会扑将过来！只是，时间一长，老虎越来越饿，自己还是难逃一劫。刘备四下打量，发现周边立陡，向上有几丈高，绝无可能攀爬上去。斜侧有一平台，大概就是所说的观虎台。今日，这是要观看自己被吃啊！现在老虎很安静，是吃饱犯困了？正在刘备胡思乱想之时，哪料到，老虎弓身而起，刘备毛骨悚然，以为它就要扑过来！刘备踉跄着后退，一屁股坐在地上，不禁暗叫，我命休矣！

"来人！快来人！"哪想到老虎说话了！刘备惊悚至极，难不成老虎真是严白虎转世再生？

见刘备定定望着自己，"老虎"急道，"还不快走？一会来人了！"说罢，"老虎"挺直身子，来到墙边，推开一扇门。

刘备方才明白，老虎是人扮的！

刘备没管前面是否设有埋伏，直接蹿了出去，他很是庆幸，逃出了"虎"口。

原来，严龙带人打猎时，捕获一只白虎，严龙与严赤虎为了俘获人心，对手下人说，此虎乃德王转世，要大家给他报仇。天算不如人算，偏偏誓师大会前，或许由于照顾不周，白虎死掉，时间紧迫，无处再弄只白虎回来。严赤虎鬼主意多，他建议，剥掉虎皮，用人假扮白虎，混淆视听。结果，刘备慌不择路，掉进虎穴。虎门本有人把守，听到山庄内乱作一团，出去察看，才至扮虎之人喊叫半天，无人回应，他担心一会客人前来观虎台，看出破绽，才将刘备放走，以免坏了大事。

刘备出得虎穴，正在苦寻逃跑之路，淳于烈冲将过来，此时，他浑身是血，不知是自己受伤，还是杀人所至。刘备看出，淳于烈已精疲力竭，这时，一群人追赶过来，最前面的正是严龙，淳于烈看到刘备，如同见到救星，"刘大哥救我！"

刘备拾起一根木棍，让过淳于烈，挡住严龙，严龙已杀红了眼，见到刘备，挺剑就刺，刘备用棍一挡，接着一招横扫千军，严龙等人急忙向后一闪，刘备趁机拉起淳于烈就跑，可是，此时淳于烈已然跑不动，刘备灵光一闪，低声告诉淳于烈，跟住自己，家丁紧追不放，刘备直接把这群人引到虎穴，他清楚记得虎穴上面横木位置，扯着淳于烈快速通过，那群追上来的人，就没那么幸运了，只听"哗啦"一声响，一同掉进虎穴，包括严龙与严豹，他们也是被刘备气晕了，才在自家着了刘备的道！那一刻，淳于烈有些发蒙，追兵一下全没了，像施了法术一般！淳于烈惊喜异常，"哎呀，刘大哥，真有你的！"

白虎山庄乱了套，两人趁机跑向正门，这里只有十几人把守，淳于烈胳膊已受伤，刘备拾把宝剑，冲锋在前，打跑了门旁守卫，带着淳于烈，冲出了白虎山庄。

这真是死里逃生！两人都长出一口气，淳于烈辨别一下方向，带着刘备向前奔去，直到感觉后面没有白虎山庄的人追上来，才放慢了脚步。这时，他们来到三棵高大杨树前，淳于烈环顾四周，"我们在此休息片刻。"

刘备也累了，坐在一块青石上。淳于烈手扶刘备肩膀，"刘大哥，今天没有你，我就被他们祭旗了！"

刘备也很感慨，两人患难相助，真是生死之交啊！想到淳于烈终究是东吴将领，还是赶快分开的好。"兄弟，你我已安全，我还有事，就此别过！"

"你哪能走？"淳于烈一把抓住刘备，刘备一愣，淳于烈激动道，"得让兄弟好好报答你！"

就在这时，刘备瞥见有人靠近，他马上持剑在手。

第七十二章
报恩被绑进吴营

淳于烈举目一望，"大哥，我们的人来了！"刘备一惊，那就是吴军到了！

一人骑马赶到近前，此人生得一张大圆脸，一双细眯小眼睛。淳于烈怒道，"他娘的，怎么才来，等着给我收尸啊？"

"按计划行事，分毫不差。再说，你不给我们信号，我们哪里敢行动？"那人道。

"里面都打冒烟了，你们是死脑袋瓜子，非得等信号？信炮早跑丢了！"

"火气这么大，卧底不顺啊？"

"有本事你去试试！"

"我有自知之明。"

"你的意思是我没有自知之明了？"

"那谁敢说？"

"别跟我废话了，"淳于烈没好气道，"千真万确，他们是严白虎余孽，正要起兵造反。"

一人骑马过来，金盔金甲，甚是威武。"淳于将军辛苦了，你立了大功！"

淳于烈直道，"若说立功，刘大哥才是首功，没有他，你们都见不到我了！"

"哦！"此人好奇地打量刘备。

淳于烈介绍，"这是我们的主将朱然，那位是霍苗将军，"然后对两人道，"这是刘乾大哥。"

刘备听说过朱然的名字，知道他是孙权手下一员大将，向其躬身施礼。

"好，抓住叛贼，一并报于吴侯重赏！"朱然道。

"淳于将军，还有什么抱屈的？"霍苗笑道，刘备却嗅出了一丝酸溜溜的味道。

"再啰唆，叛贼都跑了！"淳于烈急道。

朱然命令霍苗，"速去围剿！"霍苗带领人马向白虎山庄疾驰而去。

朱然对淳于烈道，"我看你受伤了，先回营休息吧，我们来抓叛贼。"

淳于烈望着霍苗远去的烟尘，有些不放心，"这帮家伙穷凶极恶，把我们害惨了，我要亲眼看着他们束手就擒，方解心头之恨！"

刘备想起屯田营的孙权密令，朱然也应收到，与他们在一起，太危险。于是道，"你们剿贼，我告辞了。"

"不行，怎么也得拿了封赏再走。"淳于烈拦住刘备，对朱然道，"刘大哥一身武艺，我希望咱们能重用他。"

"是人才，必须重用！"朱然慨然道。

淳于烈握住刘备的手，"走，跟我们一起抓叛贼去！"

"请吧。"朱然笑道。

现在硬走，淳于烈没面子，还可能引起朱然的怀疑。刘备还惦记庞统、陶珍、小梭三人，看他们的心思都在抓捕叛贼上，刘备决定救出三人再走。

淳于烈很高兴，吩咐自己手下士卒，"你们负责保护刘大哥，他若有任何差池，我拿你们是问！"

这样更不便逃跑了，刘备摆手，"不必不必。"

"不行，他们必须像待我一样待你。"淳于烈说罢，带领手下簇拥着刘备，一同赶往白虎山庄。这时，白虎山庄方向已是浓烟滚滚，淳于烈急道，"不好，他们在毁灭证据！"

当他们赶到白虎山庄，大火仍在熊熊燃烧，众多房屋变成了残垣断壁，霍苗赶到朱然近前，无奈地摇头，"一个人没找到。"

淳于烈一瞪眼，"不可能！"

"我们翻遍了院内所有地方，"霍苗道，"淳于将军，你到底见没见到叛贼啊？还是把他们惊走了？"

"都怪你行动迟缓，错失良机。"淳于烈气道。

霍苗不以为然，"是否淳于将军信息有误？"

"放屁，我们参加了誓师大会，还被他们没命追杀！"淳于烈眉头紧锁，"暗道仔细搜查吗？"

霍苗一惊，"到处是火，没有发现暗道。"

淳于烈看也不看霍苗，对自己手下道，"跟我来！"

朱然瞥一眼霍苗，跟了去。

淳于烈带人来到白虎祠堂，这里已是一片废墟。

刘备提示，"咱们逃离的出口可能还在。"

"对啊！"淳于烈喜道，他带人急忙赶到严龙卧房，也许是逃得匆忙，这里房子没毁彻底，淳于烈很快找到出口。

他手持长刀，正要跳进去，刘备叮嘱，"兄弟小心！"

淳于烈点头，带领士卒进入暗道。

大家紧张地盯着出口，刘备也很担心，不知庞统、陶珍、小梭是否藏在其中。

霍苗凑到刘备近前，"刘先生对此挺熟啊？"

"我与淳于将军曾经被困于此。"

"两位初来乍到，怎么就轻易找到了他们的暗道？"霍苗追问。

"打斗中，误碰机关，露出暗道。为了躲避追杀，我们才逃了进去。"

霍苗面带笑容，刘备却能感觉到他笑里藏刀。

"刘先生如何到了白虎山庄？"霍苗问道。

"马匹被偷，追马误入其中。"

"您以何为生啊？"

刘备瞟了一眼霍苗，"做点小买卖。"

"做买卖怎有一身好武艺？"

"没点武艺，兵荒马乱，何以防身？"

"淳于将军极力保举，如果抓住叛贼，你就飞黄腾达了。"

刘备隐约感到，霍苗与淳于烈不睦，他对自己很是提防，似乎担心淳于烈多个帮手。"我不会从军，更喜欢做自己的小买卖。"刘备试图打消霍苗的顾虑。

霍苗还要追问，刘备掉头就走，霍苗跟上来，"刘先生哪里去？"

"看我的马匹是否还在。"

霍苗对手下一使眼色，让人跟着刘备。这样，加上淳于烈的人，几十个士卒寸步不离刘备左右。他们赶到马厩，刘备不仅找到青鬃兽，其他马匹也在，看来他们是被惊着了，没顾得上骑马。

刘备返回时，淳于烈刚好从暗道中出来。他很沮丧，"里面的东西都没动，绝不是从这里逃走的，他们怎么就凭空消失呢，难道飞了不成？"

"淳于将军，怎么样？我没有骗你吧？"霍苗喜滋滋地道。

刘备提醒淳于烈，"只要暗道内的兵器和粮食还在，这就是他们要造反的铁证！"

"对，"淳于列道，"谁家有如此多的兵器？"

"他们的马匹也在。"刘备接道。

淳于烈点头，"常人哪有这些战马！"

"说的是，"霍苗仿佛突然醒悟，"刘先生不是做买卖的吗？"

霍苗真阴险，要把刘备绕进去。"你怀疑刘大哥勾连叛贼？"淳于烈怒道，"我们出生入死，差点把命搭上，你他娘的竟说这等混账话！"

"我相信你们，但是毕竟没有抓住叛贼。"朱然命令士卒继续搜寻打探。"回营！"他扔下两个字，直接骑马走了，看来他也好生失望，霍苗扫一眼淳于烈，上马跟过去。

种种迹象表明，这就是个贼窝，应该全力抓捕，怎就这样放弃了？刘备感觉，朱然也是徒有虚名。

淳于烈很窝火，自己搏命卧底，竟然换来这样一个结果。

刘备尽管同情淳于烈，无论如何也得离开了，他向淳于烈拱手，"我还有事，咱们就此别过，后会有期。"

"刘大哥，你不能走。本来我想剿灭叛贼，让大哥立功受赏。大哥一身武艺，我还要举荐你，算是报恩。现在叛贼一逃，你再一走，有些事我一人更说不清了。关键是让严龙跑了，我不甘心！你空手而归，我更不甘心！"

吴营就是龙潭虎穴，绝不能去。"兄弟，我什么也不要，你也别与他们计较了。"

"当下兵荒马乱，买卖不好做，我与刘大哥投缘，一定让你有个好归宿，英雄有用武之地！"

刘备看出淳于烈是一片真心，他还是准备坚辞。这时，飞奔过来一队骑兵，一名旗牌官近前道，"奉朱然将军之命，晚上宴请淳于将军与刘先生，为两位压惊！"

"朱将军还是体谅咱们的，"淳于烈对手下道，"今日刘大哥累了，给我将他抬回营，就是绑架，也得请他进营喝酒去！"

就这样，刘备被他的好兄弟淳于烈"绑"进了吴营。

第七十三章
探查禁地遇佳人

　　尽管孙绍不舍，赵云还是一早就离开了策王府。

　　孙毅内心复杂，焦义士多次搭救孙绍，帮助策王府，他自是感激不尽。焦义士过于神秘，行踪不定，又令他多了一丝忧虑，这也是大乔担心的。孙毅曾劝大乔，为保万全，派人跟踪焦龙，了解他到底在做什么。"何人能跟得了他？"大乔轻轻摇头，"焦义士一身侠骨英风，相信他不会做伤天害理之事。"

　　赵云直奔吴侯府，他认定，自己早晚还要对此一探究竟，即便主公不在，孙权一定知晓主公下落，万般无奈，就挟持孙权，逼他交出主公。

　　赵云故作闲逛，在吴侯府周边细细观察，希望找到疏漏之处。突然，他看到一个熟悉的身影，黄戈！看来黄氏兄妹仍没放弃为父报仇。赵云不愿与他人搅在一起，正要躲开，只听有人轻声道，"焦义士。"赵云回头，一张俊俏的面庞映入眼帘，不出所料，正是黄锤。"黄姑娘。"

　　"想不到又见到了您。"黄锤眼含笑意。

　　黄戈过来，甚是亲热，拉着赵云执意请他喝酒，赵云没吃早饭，也是盛情难却，只得应允。

　　三人来到一家饭庄，未到中午，里面没有其他客人，他们找一角落坐下来。

　　"我说过，咱们还会见面的，"黄戈道，"怎么样，七妹？"

　　黄锤撇嘴，"你有先见之明。"

　　"还是我们有缘，是不是焦义士？"

　　赵云点头，"是。"

　　"有的人见一面就别想再见到，有的人你想躲都躲不开，这人啊，谁和谁见面，都有定数。"黄戈叹道。

"别信口胡说了。"黄锤道。

赵云道，"说得有理。"

"你看，焦义士都说有理。"黄戈笑道。

酒菜上来，黄戈亲自把盏，与黄锤一同站起敬酒，赵云推辞，黄锤轻声道，"救命之恩不敢忘。"

黄戈道，"以后多多报答就是了。"

赵云道，"不用这般客气。"

黄戈直言，"都不用客气了，这酒一定喝下！"赵云看黄锤眼中泛着泪光，兄妹是诚意相谢，只得喝下这一盅。

黄戈道，"如果我没猜错，您还没有找到朋友。"

赵云点头，"还没有他的音讯。"

"我感觉，您这朋友非同一般。"

"何以见得？"

"前有夜闯龟狐狱，现又探看吴——"黄戈说罢，一指吴侯府方向。

赵云没有直接回答，"看来你们也要——"

黄锤咬牙道，"旧仇未报，又添新恨，我们咽不下这口气。"

气氛一下凝重起来，黄戈道，"感觉您来此不止一次了，莫非朋友关在这里？"

赵云很感慨，"只知他在南徐，不晓得具体在哪里。"

"你的朋友长何模样？姓甚名谁？我们可以帮您寻找。"黄戈直道。

虽然希望有人相帮，但这岂能随意往外说？赵云只得道，"朋友乃修行之人，长相普通，没甚特点，就不烦劳两位了。"

黄戈皱眉，"看来焦义士还是信不过我们。"

"焦义士不便说，你就别难为人家了。"黄锤接道。

"不会是位姑娘吧？"黄戈突然脑洞大开。

此话倒把赵云说得脸都红了，连忙否认。

"不是最好。"黄戈举起酒，"喝尽兴了，您就什么都跟我们说了。"

黄锤提醒，"莫要忘了正事，四哥也不要喝了。"

"正事当然记得，"黄戈道，"焦义士的武艺出神入化，不知您是哪里人士？师从何方高人？"

赵云知他们没有恶意，"我乃河北常山人，师从一位高山隐士。"

"不是修行之人，就是高山隐士，焦义士真够神秘的。"黄戈笑了，"我等想报恩，都找不到地方，七妹，你说是不是？"

"四哥，怎么问起我？"黄锤道。

"七妹关心焦义士，我替你问问。"

黄锤的脸立时绯红，岔开话题，"四哥轻声，来人了。"

赵云不经意一瞥，前面来者不认识，后面之人竟是黄豆！

赵云气恼，这家伙莫名消失，现在竟有闲心陪人喝酒？

黄豆也看到了赵云，他稍一愣神，不动声色地将那人邀到一角，要了吃喝。赵云没有打搅他们，只是暗自打量与黄豆一同进来之人，此人整装素衣，似官人又不似官人。

黄锤借给赵云倒茶之机，轻声问，"您认识进来的人？"

赵云一怔，惊讶于黄锤的明察秋毫，他微微点头。

"是敌是友？"

赵云抬起手中右边筷子。

"哪个？"

赵云又抬起左边筷子，此时黄豆正坐在左向一侧。

黄戈不明所以，"你们在说什么？"

黄锤道，"四哥，吃饭。"

黄戈笑道，"好，吃饭。"

饭后，黄戈去结账，黄锤与赵云一同走出饭庄，"也不知我们的大仇能否得报？"黄锤轻声道。

"南徐把守严密，吴侯府戒备森严，你们应先保护好自身，莫要轻率行事。"

"您也人单势孤，岂不更危险？"

赵云叹口气，"我自会当心。"

"我真想帮您，可是能力有限，也不知怎么帮。"

人在难中，黄锤的话很暖心。赵云望着黄锤，她也消瘦许多。

黄锤被赵云瞧得不好意思，"就是想报答您的救命之恩。"

这时，黄戈赶过来，赵云道，"希望我们都得偿所愿。"

"请您多多保重。"黄锤郑重道。

黄戈接道，"我们一定还会见面的。"

作别黄氏兄妹，赵云在此等候黄豆。

少顷，黄豆出来，与那人作别。赵云也不言语，走在前，黄豆跟在后，来到一个没人的地方，未等赵云说话，黄豆先交代。"子龙将军，您一定要责问我，那天为何离开诸葛瑾府宅。"

"算你有自知之明。"

"我看见了破庙中审问我的青衫人，他的武艺太高，我打不过他，只得先躲起来。"

"此话当真？"

"千真万确，后来，我几次赶到诸葛瑾府宅，都没找到您。"

赵云点头，"与你吃饭者何人？"

"他是吴侯府的内侍，在赌馆认识的，我们聊得投机，他请我喝酒，我从他这里知道，吴侯府抓人常有，但没听说最近抓了什么大人物。"

赵云不免失望，黄豆马上道，"我还有一事禀报。"

"快说。"

"我发现，有人监视诸葛瑾府宅，您要当心。"

赵云一怔，那日，他就发现有个人鬼鬼祟祟，还让孙绍去盘问。"可知那人来头？"

黄豆摇头，"还不了解。"

赵云心情沉重，不知是否由自己引起。天一暗，他们就赶到诸葛瑾府宅，先在周边转一圈，没有发现那个可疑之人，赵云让黄豆在远处守候，自己从后门进入。

诸葛瑾刚回来，他了解到，荆州船只出事时，副将毛猛曾随丁奉、徐盛赶到江边。毛猛原是看家护院的，因有一身好武艺，拜诸葛瑾推荐，成为一名将军。毛猛实言相告，当天东吴士卒四下搜寻，不曾抓到一个人。

这虽是赵云所望，但他直觉，诸葛瑾还没打探到内情。赵云本想提醒诸葛瑾被人监视一事，转念一想，没有确认之前，贸然相告，只会让他担惊受怕。

赵云出得诸葛瑾府宅，黄豆又不见了，他在周边转一圈，没有找到黄豆，不禁怀疑，他又去赌馆了？

赵云真冤枉了黄豆。他进入诸葛瑾府中，黄豆一直在暗处观察，他又发现了那个监视之人，只是不能断定此人是否看见赵云进府。

此人离开时，黄豆尾随，那人很谨慎，黄豆更小心，直到那人进入一个府门。黄豆看见上面有"张府"两字，一打听，方知是张昭府宅。张昭监视诸葛瑾？黄豆感觉不可思议。

此人确是张昭所派。张昭虽学识渊博，心胸却狭隘阴暗。

赤壁大战前，诸葛亮被鲁肃专程请来南徐，劝说孙权，联合抗曹。张昭为首一干文臣极力主降，刘备有何资本与东吴联盟？他已穷途末路，只会将东吴拉下水。结果，诸葛亮舌战群儒，将他们贬得颜面尽失。张昭忌恨诸葛亮巧舌如簧，周瑜虽主战，没有诸葛亮游说，此事未必能成。赤壁大战后，周瑜等一干主战武将鸡犬升天，他们这群主降文官则是灰头土脸。

诸葛瑾因孙刘联盟，志得意满，张昭就把对诸葛亮的怨恨，转移到诸葛瑾身上了。他认为，诸葛亮极受刘备器重，诸葛瑾早晚要投奔过去。他欲抓住诸葛瑾把柄，向孙权邀功，才派家人何六暗中监视。没想到，赵云首次登门，就被何六看个正着。

第七十四章
战强敌大乔谢恩

何六发现，诸葛瑾家的门房不认识那人，让其在门口等候，那人很小心，将脸朝里，不时瞄向街面。后来一人从此经过，将其引走，诸葛瑾开门时，那人已离开。那人第二次来访时，正赶上诸葛瑾外出，看样子两人不熟，不知那人说了什么，诸葛瑾立即将其请进府。

那人好久没出来，何六转到后门，恰巧看到诸葛瑾送客，诸葛瑾格外谨慎，想来那人绝非寻常之辈。

何六悄悄跟踪，发现一个少年来接那人，何六认识，少年是孙策之子孙绍。

那人似乎有所察觉，派孙绍前来试探，幸亏自己反应快，才蒙混过去。

何六把所见所闻如实禀报，张昭为之一震，他的第一反应是诸葛瑾投靠了策王府，已押注在孙绍身上。原本，张昭对此还有所顾虑，孙策毕竟是吴侯兄长，很快他发现，吴侯已对策王府多有防范。诸葛瑾勾结策王府，必不被吴侯所容，他的麻烦大了；大乔暗中壮大策王府力量，这是吴侯最忌惮的地方，自己提前发现隐患，当是立了一功。如果由大乔牵扯小乔、周瑜夫妻，怀疑他们是孙绍继位传言的幕后推手，那才是最如意的结果。

想到此，张昭难掩兴奋。只是，不知上门找诸葛瑾者是何人？最近，东吴连出事端，气氛诡异，他让何六继续盯着，寻找更多证据。

赵云离开诸葛瑾府宅，没有寻到黄豆，见天色不早，只得先回策王府。赵云敲门，无人应声。孙毅曾当面告诉门房，焦义士可以随时出入，他加重敲门力量，仍没有任何回应。

这时，赵云隐约听到喊杀声，知道里面出现意外，他一攀墙，跃入院中，向喊杀声跑去，路上，他见一人倒在地上，竟是门房，"快救少爷！"门房喊道。

原来，策王府又遭人上门寻仇！孙绍带领几人，全力应敌。这几个帮手，是朱治为策王府请来的高人，他们极力保护孙绍，奈何两个强人太过生猛，四个帮手被打翻在地，仅剩两人与孙绍苦苦支撑。

"今天，我让你们死个明白！"一个又矮又胖的强人道，"明人不做暗事，我们乃于麋、樊能之子于不麋、樊大能，当年，我们父亲被孙策所杀，孙策一举成名，妄称小霸王。我们从小被人嘲笑，受尽屈辱，现在，我们要为父报仇，一雪前耻，让你们知道于麋、樊能之子的厉害！"

孙毅要出门喊人，被樊大能一脚踹倒。两个丫鬟搀扶着大乔，她只恨自己不会武艺，眼看孙绍越来越凶险，不禁含泪道，"两位英雄，孙策已不在人世，你们的恩怨已了，为何还要对一个孩子赶尽杀绝，就不怕被天下人耻笑吗？"

"我们从小被人嘲笑，还怕多一次吗？不能为父报仇，才会被人耻笑！"樊大能道。

"母亲，不要向贼人示弱！"孙绍急道。

"小东西，死到临头，还嘴硬？"于不靡怒道。

这时，最后两个高手也倒在地上，大乔喊道，"绍儿，你打不过他们，快跑！"

孙绍担心他们伤害母亲，奋力抵抗。

于不靡咬牙道，"今天谁也别想逃！"

就在这时，孙绍胸前被划出一道口子，鲜血迸出。大乔花容尽失，满眼的恐惧与绝望。"绍儿，莫要硬撑了！"

"何人如此嚣张？"随着一声断喝，赵云赶到。

"师父！"孙绍惊喜异常，大乔抬起头，看见赵云，瞬间泪眼婆娑，孙毅从地上爬起，激动得嘴唇颤抖，"焦义士，您，您可算回来了！"仿佛即将沉入水底的人，摸到一根绳索。大乔还有所担心，两个强人武艺太高，恐焦义士打不过。

于不靡、樊大能见策王府来了帮手，听孙绍叫师父，他年纪虽小，武艺已相当了得，他的师父定当更厉害，不过，两人十分自负，未将赵云放在心上。

赵云往前一站，让孙绍退下，来了主心骨，孙绍乖乖回到大乔身边，大乔要察看儿子伤口，孙绍推开母亲的手，只盯着前方。

于不靡、樊大能直面赵云，被一股凛凛威风所震，衣衫向后摆动，不禁后退一步。

两人感受到了来人气势，他们抖擞精神，一前一后，将赵云夹在中间。于不靡与樊大能同时进攻，于不靡的峨眉刺一招双龙吸水，直点赵云面门，樊大能一招秋水逐叶，大棍直扫赵云双腿，只见赵云宝剑出鞘，轻轻一拨峨眉刺，宝剑顺势削过去，于不靡忙撤身，赵云轻抬双腿，躲过通天棍，回手宝剑直点樊大能咽喉，樊大能向后急仰，赵云轻松化解两人的致命杀招。

于不靡、樊大能一惊，知晓遇到了劲敌。于不靡的峨眉刺马上来个双锋斩腰，樊大能挥棍立劈华山，赵云抽身，一挥宝剑，直接将大棍压下，看似没用力，却力道惊人，通天棍正击在峨眉刺上，于不靡的峨眉刺几乎脱手，樊大能也震得双手发麻。

来人确实厉害，于不靡、樊大能感受到了紧迫，大仇将报，岂能善罢甘休？于不靡手持峨眉刺分点赵云前胸与下腹，樊大能通天棍举火烧天，直击赵云后心，在两人兵器就要击中赵云时，他突然抽身，于不靡的峨眉刺扎向樊大能前胸与小腹，樊大能的通天棍直戳于不靡的前心，两人一愣，急忙收手，哪想到，赵云轻施猿臂，宝剑一带，于不靡与樊大能的兵器如同被吸一般，向对方袭去，两人大骇，于不靡的峨眉刺正扎中樊大能的软肋，樊大能的通天棍也戳中于不靡的肩头，两人同时尖叫一声，甚是痛苦狼狈。

两人并不肯就此放弃，他们咬紧牙关冲上来，欲一举拿下赵云，双方又战了二十几个回合，赵云寻得机会，一招醉守斜阳，脚踢樊大能前胯，反手一拳，击中于不靡后背，两人同时栽倒在地，对手太强，他们知道再战就危险了，从地上爬起，仓皇而逃。

一出策王府，于不靡就哭了，很是悲痛，樊大能疑道，"我挨了你一峨眉刺，也不至于哭成这样。"

"我还以为咱俩天下无敌，今日俩不敌一，方知我们就是井底之蛙，还闯什么天下！"说罢放声大哭。

赵云击退强人，孙绍奔过来，很是兴奋，"还是我师父厉害吧？"

大乔望着赵云深施一礼，"快给师父跪下，谢谢救命之恩！"

孙绍拜倒于地，赵云一把将他拉起，"不用如此。"

孙毅一边让人禀报城内守军，抓捕两个强人，一边带领家丁，救治受伤之人。

大乔欲给孙绍包扎伤口，孙绍摆手，"不碍事。"

"还逞强，明明在出血。"大乔无法淡定。

赵云见状，说道，"马上包扎。"

"好吧。"孙绍应道。

他就听师父的话，大乔见此，不禁微微点头。

他们一同进入室内，大乔拿来药箱，赵云拨开孙绍的衣服，仔细检查伤口，确认没有伤及筋骨，大乔才放心，赵云亲自为孙绍敷上药，叮嘱他安心养伤。

"今日幸得焦义士及时赶到，策王府才免遭灭顶之灾，"大乔激动道，"我们无以为报，听孙绍说，您像是在找人，不知找的是何人？我们可以帮忙，您毕竟只是一个人。"

赵云见大乔说得诚恳，只得道，"我要寻者，乃是一位得道高人，不熟不会相见，一旦惊扰，再难找到。"

大乔一心报答焦义士，看他似有隐情不便说，只得作罢。

第七十五章
请进吴营遭嫌疑

淳于烈揽着刘备手臂，直接将他请进自己的大帐。逃亡路上，竟然"逃"进了吴营，刘备不禁哑然失笑。

"今日劳乏，我就不参加你们的酒宴了。"刘备尽力推辞，规避风险。

"朱将军为我们压惊，你不去，我怎么交代？"淳于烈希望刘大哥与朱然多接触，获得他的认同。

"我看霍将军多有敌意，还是算了吧。"

"我也烦霍苗，既然大哥不想见他，咱也不勉强，"淳于烈吩咐士卒，"替我回禀朱将军，我们累了，宴请之事改日吧。"

不与朱然、霍苗谋面，刘备心中稍安。

"不管他们，今晚我要与大哥痛饮，抵足而眠。"淳于烈对刘备道，"军营有军营的快活，这里除了女人，什么都有。"刘备感觉，淳于烈是真把自己当大哥了。

酒菜上来，淳于烈让两个亲随陪同喝酒。"刘大哥本与我们毫不相干，就为他仗义相助，每人先敬他一盅！"

两个亲随极恭敬，请刘备饮酒。刘备担心喝酒误事，极力推托，淳于烈道，"大哥，咱俩差点把命丢了，还有什么放不开，喝了，今晚要一醉方休。"刘备看淳于烈一腔赤诚，只得把酒喝下。

淳于烈又亲自为刘备把盏，他对两个亲随道，"不管是否抓到叛贼，我都要给你们说说这次卧底有多凶险。"

他开始讲述，吴兵夜查，从一可疑人身上，查获一封信函和一块白虎山庄虎牌，信函极简单，只言及到达时间，并未说明事由。欲了解详情，可疑人竟咬舌自尽。意识到此事不简单，朱然派人暗中观察白虎山庄，发现那里十分隐蔽，常有神秘人出入。为探实情，才派他前往白虎山庄卧底。

不巧，在福来客栈偶遇同乡胡汉，暴露吴将身份，之后客栈发生命案，老板以作证为名，不许众人离开，就是在这里，他与刘大哥初次谋面。为了不耽误卧底，他与胡汉联手突围，他虽杀出，胡汉却把命丢在那里。

凭借虎牌，他进入白虎山庄。发现这里聚集众多贼人，他们欲借祭奠严白虎之机，起兵造反。在白虎祠堂，他与刘大哥再次相遇。开始，两人都以为对方是叛贼，哪承想，客栈老板是白虎山庄的暗哨，直接认出两人，群贼一拥而上，两人才清楚，错怪了对方。刘大哥因马匹被偷，追赶偷马贼，误入白虎山庄。两人一起携手应敌，激战中，误打误撞，踢中机关，一同跌入暗道，本以为被困其中，没想到，撞破贼首夫人与偷马贼的奸情，借助他们，才侥幸逃脱。不料，才出暗道，又撞见大批叛贼，两人被冲散，只能各自搏命拼杀，奈何贼人太多，在他命悬一线时，刘大哥出现，将众贼引到虎穴上方，贼人尽皆掉下，两人方得逃脱。

切身经历，淳于烈讲得惊险刺激，两个亲随眼睛都听直了。"几次遭遇凶险，都是刘大哥救了我！"淳于烈不胜感慨。

这时，朱然派旗牌官再次相请，淳于烈直道，"谢谢朱将军的好意，我到白虎山庄舍命卧底，有人还说风凉话，这酒不喝也罢！"

旗牌官为难，"这样说好吗？"旗牌官敬重淳于烈为人仗义，不希望他意气用事，因小失大。

刘备本想劝阻，终没开口，如果淳于烈应邀，自己也要赴宴，那将置自己于危险之中。

"照我的原话说。"淳于烈命令。

旗牌官离开，刘备不免为淳于烈担心，"莫要得罪主将，当心给你小鞋穿。"

淳于烈一摆手，"大哥，不必多虑，喝酒。"

少顷，朱然与霍苗走进大帐，"不喝我的压惊酒，哥俩对饮上了？"

两名亲随赶快站起，淳于烈低头不语，刘备请两人就座。

"淳于将军，还生气呢？"朱然笑道，"没抓住叛贼，毕竟找到了贼窝，搅了他们的大事，也立了一功！当然也包括刘先生。来，给我倒酒，敬两位一盅！"

淳于烈对霍苗有气，朱然毕竟是主将，主动上门，也算给足了面子，他瞧一眼刘备，勉强举起酒盅。

"这就对了嘛。"朱然道，"我们既然发现贼窝，就要想方设法将他们抓住，莫让他人抢了功劳！"

"那是，"霍苗搭言，"在下言语有失，实无恶意，淳于将军不要见怪。"

淳于烈没搭理，刘备打圆场，"这次淳于将军进入白虎山庄，真是闯龙潭，入虎穴，豁出命去，才把贼情送出，望你们不要错失良机。"

朱然点头，"刘先生说的对，我们要好生谋划，擒住这群严白虎余孽。"

霍苗道，"我们来，就是想听听详细经过。"

淳于烈瞥一眼霍苗，打心眼里看不上他，但是剿贼是大事，"我刚给他们讲过，"他一指两名亲随，"来，把我刚才说的复述一遍。"

两名亲随你一言我一语，介绍淳于烈在白虎山庄的冒险经历。没讲多久，淳于烈嫌他们说得不到位，不够精彩，接过话茬自己开讲。

刘备看霍苗低头吃菜，想来探营定是他的主意。此人看似不动声色，实则甚是阴险，刘备叮嘱自己，要对其多加小心。

淳于烈讲罢，朱然拍手，"真是惊险至极，淳于将军、刘先生辛苦了！"

朱然喜欢霍苗办事圆滑，八面玲珑；他也知道谁是干将，冲锋陷阵离不开淳于烈，两员副将斗法，他从中调停，方显主将权威。

霍苗这种人，刘备最不喜欢，若在自己手下，早打发他走人了。越是这般想，刘备越感觉，霍苗一直暗中窥视自己。

"此次卧底，刘大哥真是出力不少。"淳于烈有意突出刘备的作用。

朱然点头，"两位一同出生入死，结下深厚情谊，淳于将军鼎力推荐，我想听听刘先生的见解，这些逆贼如何就消失了呢？"

淳于烈冲刘备点头，"大哥说说吧！"

刘备深知，言多必失，"我就是一个做小买卖的，实在看不出什么门道。"

淳于烈很期待，鼓励道，"大哥，放开了说，朱将军很惜才的。"

刘备只得道，"我们应全力寻找暗道，判断他们的逃向。"

霍苗笑了，"现在追查暗道已没意义，他们早跑得无影无踪了。"

刘备只是敷衍，听霍苗所言，也不辩解。

淳于烈接道，"我也感觉他们还另有暗道，甚至可能隐身其中。"

朱然点头，"两位说的有道理，我们就是掘地三尺，也要找出他们逃跑的暗道。"

朱然认可，霍苗就不在此纠缠，"刘先生一身好武艺，不知师从哪位高人啊？"

霍苗偏离主题，又把目标对准自己。刘备只得编个理由，"我的武艺乃自家叔父相授。"

"刘先生的老家在哪里啊？"

"说正经的，别问没用的！"淳于烈不满道。

朱然说话了，"我也想了解。"

刘备对此已有准备，"我家住在陇东，那里的人都爱好习武。多谢淳于兄弟推荐，我吃不了戎马之苦，只想做点小买卖为生。"

"刘先生具体做何买卖啊？"霍苗问道。

"问点靠谱的行吗？"淳于烈不耐烦道。

"我很欣赏刘先生，问下也无妨。"听朱然如此说，淳于烈也不好反对。

刘备道，"卖些杂货，赚点小钱而已。"

"都卖什么杂货啊？"霍苗继续追问。

淳于烈感觉，霍苗如此盘问，是对刘大哥不敬，对自己不信任。朱然既然要问，是想了解大哥的底细，说明他真想留下大哥。

"主要是倒卖各地的特产，陇东的核桃，西凉的大枣，东吴的花生。"

"这些地方相距甚远，如何贩卖啊？"霍苗打破砂锅问到底。

"按季节，沿途一路走来，收这种卖那种。"刘备如何懂得这么多？他先后依附公孙瓒、陶谦、曹操、袁绍、刘表，哪里的风土人情不知道？

"为何什么都没带，进入了白虎山庄？"霍苗疑道，"听说进庄需持虎牌，还要经过严格盘查。"

这种问话口吻，终于激怒淳于烈，"说几遍了，马匹被偷，追踪偷马贼，误入了白虎山庄。"然后转向朱然，"我与刘大哥虽是初识，却是过命之交，怀疑他就是怀疑我，刘大哥本对参军没兴趣，是我硬要拉他来领赏，也为东吴荐一栋梁，如今这般盘问，像审犯人，我不接受，今日到此为止，我们不伺候了！"淳于烈真是刚烈，说得朱然与霍苗面面相觑，酒宴不欢而散。

那两位一出大帐，淳于烈赶紧道歉，"真对不住大哥！"

刘备挺喜欢淳于烈，爱憎分明，与三弟张飞相似，又不禁暗喜，正好借故离开，"既然如此，我还是做自己的小买卖，免得引起你们不睦。"

淳于烈满怀歉意，"大哥，你越是如此说，我越是过意不去。本是拉你来领赏，现在却无端遭疑。我看霍苗盯上大哥，若是派人跟踪，于兄不利。大哥若是实在要走，权且忍耐几日，等我抓住叛贼，领了赏再走。"

淳于烈的话警醒了刘备，如果被霍苗缠上，实在麻烦，淳于烈是诚意相待，与他在一起还是安全的。

第七十六章
假周瑜使诈丢丑

第二天一早，淳于烈被朱然请去议事。

刘备很不安，淳于烈不在，自己就失去保护。当然，也就没人阻止自己离开，刘备现在顾不了太多，他决定先逃出吴营再说。

刘备佯装闲逛，悄悄往营门溜去。在门口，他被人挡住，淳于烈的手下跑过来二三十人。

"我随便走走，不用陪同。"刘备故作茫然不懂。

"您都要出大营了，如果淳于将军回来，找不到您，我们就摊事了。"一名亲随道，"请您还是回大帐好好待着吧！"

悄然离开已不可能，硬闯会惊动很多人，淳于烈没在身边，发生冲突，恐将吃亏。刘备只得重回淳于烈大帐，刚坐下，昨日传令的旗牌官来到，"刘先生，朱然将军有请！"

"请我？"刘备一愣，"淳于将军可在？"

"他们在一起。"旗牌官回道。

刘备担心这是一计，淳于烈亲随见刘备迟疑，说道，"我送您去吧。"

路上，刘备心中打鼓，脚步沉重。到大帐门口，刘备往里一瞄，他打定主意，如果淳于烈不在，他绝不会进入大帐。还好，淳于烈坐在其中，刘备才来到帐里。

朱然请他坐在淳于烈下首，刘备觉察淳于烈脸色不自然，眼神飘忽，不敢与自己对视，很是奇怪。

朱然道，"淳于将军视刘先生为大哥，我也不把你当外人，现在我们共同分析一下，严白虎余孽逃出去，是从此隐匿起来，还是继续造反闹事？这对我们下步的行动非常重要。"

刘备奇怪，看样子，他们一定是谋划过了，为何还要把自己加进来？真就如此重视一个买卖人意见？淳于烈不是一个会掩饰的人，他的神态值得警惕。

"发现叛贼老巢，也打草惊蛇了，"霍苗扫一眼淳于烈，"他们知道我们追剿，定然隐匿起来，我们应该停止行动，引蛇出洞，方能一网打尽。"

淳于烈道，"刘大哥对此有何见解？"

众人瞧着，刘备只得道，"这些人都是严白虎的亲信，一心为严白虎报仇，他们定会聚集赶来，兴风作浪！"刘备欲将他们的注意力，引到抓捕严白虎余孽上，以便自己逃离。

朱然点头，"有道理。"

淳于烈道，"他们差点要了我的命，就由我把他们抓回来吧！"

刘备松口气，好在他们的心思还在抓捕叛贼上。

"周瑜都督驾到！"

外面传来旗牌官的大声通报，刘备一惊，周瑜如何来到这里？难道是为了剿灭严白虎余孽？转念一想，周瑜是东吴三军大都督，哪里不能去？自己实在不走运，竟被周瑜撞上！

周瑜是什么样的人，刘备最是心知肚明。赤壁大战，孙刘联合抗曹，诸葛亮多次相助，先是舌战群儒，坚定孙权抗曹信心；后又草船借箭，帮其补充兵器；最后作法借东风，助东吴火烧曹营。只因诸葛亮才学胜于他，周瑜就不顾联盟之谊，多次加害诸葛亮。其间，还以议事为名，将自己骗到三江口，欲行不轨，幸有关羽相陪，周瑜惧其虎威，未敢动手。此次相亲，十之八九是周瑜诡计，船只倾覆，也极有可能是周瑜所为。因自己用诸葛亮计谋，巧取荆州，周瑜对两人恨之入骨，如今在此撞见，当是凶多吉少！惊心之余，刘备霍地站起来！

站起瞬间，刘备醒悟，自己上当了！周瑜驾到，帐中另外三人不是目视帐口，起身恭迎，而是齐刷刷转向自己，说明他们事先商量好，联合起来试探自己，淳于烈脸色不自然，就有了答案。

这时，一人昂首阔步进来。只见他头戴金盔，身穿素罗袍，肋下佩剑。刘备与周瑜虽只见一面，却印象深刻，谁不知周郎资质风流、仪容秀丽誉满江东？此人论身形，与周瑜有几分相似，内在气质却相差甚远。此周瑜进得大帐，直呼，"朱然将军。"未等众人施礼，先与朱然打招呼，第一步已露出破绽。

但是，真正露出破绽的是自己！现在大家盯着，淳于烈更是张大了嘴巴。好在刘备反应够快，直接向假周瑜抱拳拱手，兴奋道，"这难道就是名震天下的周瑜周都督吗？"说罢，忙不迭地从座位处跑过来，几乎带翻桌子，冲到假周瑜近前，握住他的手，"久仰都督大名，不想在此遇到，我真是太激动了！"

刘备演得逼真，其他三人看着发蒙，假周瑜更是一时没缓过来，大概提前预演，没有想到对方有如此发挥，只能硬往下装，"哟，这不是刘备刘皇叔吗？您如何来到这里？"

"小人刘乾，都督说我叫什么？"刘备佯装没有听清。

"刘皇叔，咱俩前不久才见过，你怎么如此健忘？"假周瑜道。

"刘皇叔？您是说孙刘联合的那个刘备吗？都督真会开玩笑，我真希望自己是皇亲国戚啊！"刘备无比惋惜道。

"如此大耳，世上少有，您不是刘皇叔还能是何人？孙刘是盟友，到我们江东还客气什么？"

"周都督说我这耳朵啊，"刘备已有准备，"在我们老家，耳大之人多的是，我这还是小的呢！"

"一听您就是河北涿郡人，咱俩是老乡，刘皇叔，您就别见外了！"刘备听出，这个假周瑜真是河北人，他们真是下足了功夫！可是，他们只顾前面，不想后面露了怯。"周都督，您是哪里人？河北涿郡？都督大名人尽皆知，您不是吴郡人吗？我做买卖到过那里，当地百姓皆以都督为豪，如今都督成了涿郡人，难道还有人冒充不成？"

假周瑜被问得张口结舌，瞧着朱然与霍苗直吸气，朱然只得出来救援，"都督与刘先生开玩笑呢。"霍苗看得明白，假都督根本不是对手，他愈加认定此人就是刘备！

主意是他出的，霍苗对假周瑜一使眼色，假都督道，"以为在此幸会刘皇叔，是我认错人，见笑了！"

刘备躬身，"得见都督尊容，乃我三生之幸！"

假周瑜道，"我还要到各地巡营，你们好生带兵，莫要荒废军事！"

三将同时应道，"喏！"

他们一同送假都督出去，淳于烈最先回来，"刘大哥。"他无奈地摇摇头，不好意思地笑了。

昨晚酒宴不欢而散，霍苗跟随朱然回到帐中，他喜滋滋道，"朱将军，我们可能遇到比剿灭叛贼更好的事！"

朱然瞥了一眼霍苗，"就会想美事。"

"您应该记得，几日前，主公来过密令，刘备流窜到东吴，让各地关口注意，发现当即抓获。"

"有这么回事，"朱然若有所思，"你是说这个刘乾是刘备？"

"对，"霍苗兴奋道。"大耳长臂，我见他第一面就注意到了，试想，一个做小买卖的，哪能有这般好武艺？"

"他的耳朵确实不小，"朱然也不禁兴奋起来，"现在我们就把他抓起来？"

"机不可失啊。"

"不行，现在动手，淳于烈会拼命！"朱然道。

"拼命？私通刘备是什么罪过？擒住刘备又是何等功劳？这事不妨跟他直说！"

"你能断定此人是刘备吗？"

霍苗伸出手指，"十之六七。"

"我们不妨想个万全之策，若是刘备，当然抓了。如果不是，也不至于惹恼淳于烈。"

霍苗眼珠一转，马上想出一个鬼主意，朱然点头称赞，"妙计。"

第二天一早，他们先将淳于烈请了来。

"刘备？怎么可能？"淳于烈听后，不敢相信。

"十之八九是刘备！"霍苗坚称。

"还有一二呢！"淳于烈嘴上这般说，心中也犯起嘀咕。他看过主公密令，经霍苗提示，再一想刘大哥的长相，与其中的描述很是相似。他既希望有幸结识刘皇叔，又怕因自己将他拉进大营，没有报恩，反害了他！

霍苗看淳于烈犹豫，"淳于将军，你可不能为了兄弟情谊，置主公大业于不顾，其实你们也没认识多久。"

"咱们可以一试，如果不是，最好，我就将他留下任用，也不枉淳于将军鼎力相荐。"朱然道。

"如果是，就更好了，咱们都立了大功，刘备可是咱家主公，特别是周瑜都督的心头大患！"霍苗掩饰不住内心的兴奋。

淳于烈心情复杂，现在事情摆在这里，如果自己强硬拒绝，恐难说得过去！"就是刘备，也不要伤害他，毕竟救过我的命！"

朱然点头，这也是他比较欣赏淳于烈的地方，有人情味。"那是，我们就把他交给主公处置。"

事已至此，淳于烈只得同意。

这才有了假周瑜探营之事。只是假周瑜演技太差，什么都没诈出，还被弄得灰头土脸，只有淳于烈暗自窃喜。

第七十七章
逃离不成又生变

朱然与霍苗一回大帐，刘备像是突然想起什么，"周都督探营，为何不将剿贼之事相告？他足智多谋，可请他出谋划策。"朱然与霍苗面面相觑，露出尴尬之色。

主意是霍苗出的，他要给自己找台阶，"叛贼逃脱，都督知晓，定然不快，待我们抓住叛贼，再说不迟。"然后岔开话题，"周都督都认错人，看来你还真像刘备啊！"

"我得回家仔细查查家谱，看我是不是皇亲国戚。"刘备此时也放开了。

"话说过来，刘备大名鼎鼎，孙刘还是盟友，我们若能见到他，也是三生有幸！"霍苗自我开解道。

"刘备不在荆州，如何能来到这里？"刘备明知故问，借题发挥。

淳于烈道，"刘备外出，岂能没有大将保护？"

朱然与霍苗亦感觉蹊跷，不过，两人拿定主意，不会让刘乾轻易离开，是不是刘备，早晚水落石出。

"鲁肃参军驾到！"帐外有人大声通报。

刘备一愣，随后笑了，为了套出自己的身份，他们真是煞费苦心！刚麻烦周瑜，又折腾鲁肃！看来，他们知道鲁肃与自己相熟，"周瑜"已败退，"鲁肃"也让他无功而返！刘备坐在那里，纹丝不动，且看他们如何演戏。

其他三个人都站起来，这时，一人走进大帐，峨冠博带，气质出众，一派雅士风范。

原本刘备笑对帐口，看见进来之人，他的笑容瞬间凝固，来人竟然真是鲁肃！

原来，鲁肃受孙权委派，前往三江口，向周瑜问计，同时一解心疑。

闻听荆州船只倾覆，刘备不见踪影，周瑜大吃一惊，"怎会如此？"

"这正是最诡异的地方，有渔人说，江上突现怪风，好像看到有人作法。"

"何人能有如此道行？"周瑜叹道，"难道是老天看不下去，惩罚他们窃取荆州？"

"还有人猜测是都督所为。"鲁肃直道。

周瑜闻听，平静道，"我虽恨极了刘备、诸葛亮，但在拿回荆州之前，绝不会擅自而为。"

鲁肃点头，他相信周瑜不会逞一时之强。

"可否是诸葛亮耍的诡计，欲陷东吴于不义？"周瑜沉思道。

"张昭大人曾有此担心，我料诸葛亮不会出此下策。"

"诸葛亮之诡诈超乎想象，"周瑜道，"我马上派人打探，刘备是否还在荆州。如果真来南徐了，有两种可能，一是被淹死，沉入江底，东吴将少一劲敌；二是趁乱逃跑了，刘备素怀大志，终是东吴一患！"

"如若荆州人认为，船沉人失乃东吴所为，孙刘联盟则危矣。"

"赤壁大战过后，有无此盟友已不重要。他们窃取荆州，又岂是盟友作为？我以为，将来刘备的威胁甚于曹操。若是刘备一除，虽然诸葛亮多谋，关张赵骁勇，群龙无首，亦不足为虑。"

鲁肃看出，周瑜已不把孙刘联盟放在心上，这是他最忧心的地方！周瑜建议，"请吴侯下令，加大关卡盘查，严防刘备逃脱！"

鲁肃内心很矛盾，孙刘联盟是自己与诸葛亮一手促成，只要孙刘联盟在，曹操就不敢妄动。如今突发事端，刘备生死不明，自己都无法对诸葛亮交代。赤壁大战后，曹操虽败，只凭东吴一己之力，仍不是对手，周瑜过于自信了！

"一旦得悉刘备逃跑，我将亲往捉拿。"周瑜毅然决然道。

此番交谈，虽然消除周瑜偷袭荆州船只的嫌疑，鲁肃并没得到应对良策，失望之余，他也不急于返回南徐了。鲁肃与朱然关系不错，准备到他那里探望叙旧。

鲁肃突然造访，大家毫无准备。朱然与霍苗暗自庆幸，鲁肃多次前往荆州，与刘备熟悉，当可一辨真假。

刘备看鲁肃进来，十分惊异。吃惊的还有鲁肃，他一进门，就认出了刘备！

千寻万找，刘备竟藏身于吴营之中，好你个刘备，真会捉弄人！

"刘——"鲁肃随口而出。

刘备此时反应更快，他霍地站起，大声道，"刘乾给鲁大人施礼了！"

一句话惊呆鲁肃，刘乾！鲁肃的大脑飞快转动，刘备如何进入吴营，还改换了名字？虽不知其中经过，想来一定曲折。现在一切皆因刘备而起，只有带走他，问题才能破解。他希望，既能解决问题，又不破坏孙刘联盟。朱然等人立功心切，心向周瑜，如果将刘备交给周瑜，结果可想而知。在大家张口结舌之时，鲁肃马上追问道，"你如何来到这里？"

"买卖货物，巧遇淳于将军，一起进入白虎山庄，共同经历生死，才随他来到了吴营。"刘备言简意赅，讲明自己到此的因由。

朱然好生失望，鲁肃虽认得此人，却不是刘备！淳于烈很高兴，上前施礼道，"硬说我大哥是刘备，想立功也不能疯魔了！"

话虽针对霍苗，朱然听着刺耳，不禁皱起眉头。霍苗一直在琢磨，鲁肃刚进大帐时，一见刘乾明显一惊，是刘乾抢过话来，自报家门，像是主动给鲁肃递送暗号。可是，鲁大人为何要配合他？鲁肃极力主张孙刘联盟，听说他与刘备、诸葛亮交情莫逆，两人莫不是在演戏吧？

在东吴，鲁肃的地位仅次于周瑜，朱然请鲁肃上座。霍苗发现，鲁肃表面平静，实则心不在焉。

看到鲁肃还没回过神来，刘备马上道，"给鲁大人送的老山参吃完了吗？现在不太平，买卖不好做。"

鲁肃明白，刘备两次提及买卖，是提醒自己现在的身份，莫要说破了。

"你上次送的我很中意，还得给我置办些！"鲁肃灵机一动，他要借此将刘备带走。

朱然与霍苗好奇，刘乾只是一送货商贾，鲁大人何至于对其如此亲热？难道其中另有隐情？吴侯对鲁大人无比信任，他与刘备再要好，也不应置东吴大业于不顾，难道真是搞错了，此人不是刘备？

"刘先生，你还卖过人参，之前没听你讲啊？"霍苗疑道。

"人参是药材，让军爷知道，岂不把我抓起来？"

淳于烈见刘大哥认识鲁参军，很是高兴，霍苗乃势利小人，看你还能如何？于是点头道，"刘大哥说的是。"

"刘先生，看样子您与鲁大人很熟了？"霍苗试探着问。

"对，我们很熟，你有什么疑惑吗？"鲁肃质问道。

"岂敢岂敢。"霍苗急忙回道。

"他为人守信，从不以次充好，我很信得过，准备将他带走，给我再弄些好山参来。"

"您得问淳于将军，那是他的大哥，正全力保荐呢！"霍苗鬼得很，见鲁肃不高兴，及时将话题转移到淳于烈身上。

淳于烈很实在，"鲁大人，我确有此意，刘大哥一身好武艺，不为东吴效力可惜了。"

鲁肃欣赏淳于烈为东吴大事着想，于是顺势道，"我会将他引荐给吴侯，让他好生施展。如此，我要吃好山参，也更便利了。"

刘备有些犹豫，鲁肃毕竟是孙权近臣，把自己带走，必然要去见他，不还荆州，绝不会放自己走。转念一想，诸葛亮说过，东吴最值得信赖的就是鲁肃，他心怀大局，最是支持孙刘联盟！与他在一起，总比在此安全，还可一同商量个妥善解决之法。朱然与霍苗已对自己产生怀疑，此时不走，更待何时？"我会为鲁大人尽快弄些好山参来。"

"刘乾一身武艺，我是真不舍得他走啊。"朱然违心道。

"认识鲁参军，岂不是想走就走？"霍苗看拦不住，不忘讨好鲁肃。

只有淳于烈不舍刘备，"刘大哥，多多保重！若是不如意，就来找我，有我吃的，就有你的！"

淳于烈的话，说得刘备也动了真情。"兄弟，行军打仗危险，你更要多多保重！"

还算顺利，鲁肃不禁长出一口气，刘备扫一眼众人，终于可以大大方方离开了。

正在此时，听到帐外有人朗声道，"我来看老友，不用通报。"随着话音，一人昂首走进大帐，他一见众人，第一句话就是，"哎呀，刘皇叔，您怎么在这里？"

所有人都愣住！

进来之人原来是吕范！

搏命缉凶 恩怨反转 幕后还有幕后
生死劫难 善恶变换 成就多段奇缘

玉出江湖 ◎ 著

缘来相亲劫

下

YUAN LAI
XIANGQIN
JIE

百花洲文艺出版社

目录
CONTENTS

第七十八章
再遇冤家起争端

　　昨晚激战，消耗大量体力，奈何主公至今杳无音信，连点线索都没有，赵云只睡两个时辰，再也无法入眠。

　　他走出屋子，昨晚策王府遭遇不速之客袭扰，如今又恢复了平静。人们还在睡梦中，此时晨雾微起，偶有蛐蛐低鸣，更显清冷寂寥。晨星缀于天边，漠然注视着这个满腹心事的人。

　　赵云仰望天空，真想大喊一声，主公，你在哪里？他现在惆怅满怀，感觉很是无助，唯一可用的黄豆又消失了，大乔母子有意相助，事关重大，如何对他们说？

　　"师父。"一声轻叫，惊扰了赵云的思绪。他回过头，是孙绍。焦义士行踪不定，孙绍担心他悄然离开。

　　"哦，你也这么早。"

　　"师父，您想您的，我不吱声好了。"

　　"你的伤还好吧？"

　　"不碍事。"孙绍说罢，甩臂踢腿。

　　赵云很喜欢孙绍，生在富贵人家，没有沾染骄奢之气。才十三四岁，不惧强敌，很是刚毅，说明大乔教子有方。转念一想，孙权贵为东吴之主，策王府却连遭旧敌侵袭，看来孙家内部关系复杂，孤儿寡母也殊为不易。赵云念及孙绍诚心拜师，此时尚早，不妨指点一下他的武艺，增强他的御敌本领。"来，我教你几招！"

　　"真的吗？"孙绍兴奋得搓手。

　　赵云郑重点头。

　　孙绍高兴地原地转个圈，"师父，这里难于伸展，请到练武场。"

"好。"赵云点头。

穿过树丛，绕过假山，两人来到了练武场。这里十分宽敞，各种兵刃一应俱全。

"咱们悄悄练，不要惊动他人。"赵云提醒孙绍。

"都听师父的。"这时，孙绍是有求必应。

"想学拳脚还是兵器？"赵云让孙绍选择。

孙绍想到师父的宝剑使得出神入化，"我想先学剑法。"

"好，我就教你一套冲霄剑法，防身御敌很管用。"这套剑法是赵云揣摩多年所得。

"太好了！"孙绍拍手。

赵云选一把宝剑，漫步来到练武场中央，掖了掖衣襟，只见他身形一晃，宝剑探出，直点前方，然后眉分左右，分而击之。孙绍初看，剑招很慢，剑法也没啥稀奇，当他与师父相对时，赫然发现，竟是三个剑尖。这正是赵云的厉害之处，看似简单，却颇为玄妙。当赵云的剑招变快时，如一条游龙，让敌手近身不得。突然赵云人剑合一，极速向前，只见一团白光迫来，令人胆寒。

赵云停下来，气不长出，面不改色，孙绍看呆了。赵云告诉孙绍，冲霄剑法共二十一剑，分三层，初霄七剑看着慢，实是迷惑敌人，暗藏杀机；中霄七剑突然变快，杀敌手一个措手不及；末霄七剑是糅合混元之气，趁机斩杀敌手，三层之间，根据实情，自行变换。

听得孙绍频频点头，赵云将剑法拆解，告诉他要领，再一招一式相授，不时纠正他的动作，叮嘱他，学习武艺，不能一味用强，要虚实相和，才能游刃有余。看着孙绍演练，赵云感觉他很聪明。

练武场上的声响，惊动一人，就是大乔。近期，策王府屡遭袭扰，孙绍多次深陷危险之中，致其心神不宁，早早醒来。

危难之时，全靠焦义士解困，他就是策王府的救星。最初，因潘璋府宅被烧，自己曾经怀疑他，让孙毅将他遣走，他不计前嫌，仗义出手，不仅武艺高强，还有侠士之风。

大乔静静地站在窗前，看焦义士在场上游走，那英俊的面庞，潇洒的身姿，在她的眼中朦胧起来，不觉浮现出了孙策的身影。

孙策凭一身武艺和舍我其谁的霸气，打下东吴基业。当姑娘时，正是看了孙策的习武英姿，才拨动了自己的心弦。成亲后，孙策常在府中练剑，那时她已身怀有孕，在一旁观看，孙绍如此痴迷武艺，该是那时熏陶的。

看着焦义士一招一式指点孙绍，她仿佛看到孙策在悉心教导儿子，可惜那不是孙策，是另一个年轻而富有朝气的男人，他对孙绍的认真态度，让大乔心中既感动，又温暖。

孙绍在慢慢长大，文武俱进。原本十分乖巧的他，现在很叛逆，有时自己的话也听不进，打又打不得，让她无可奈何。如今，在孙绍眼中，只有焦义士，就听他的话，如果焦义士在府上，帮助管教孙绍，自己就不用如此操心了。焦义士一身本领，有他在，甚至不用担心外人寻仇了。大乔站在窗前，默默看了许久。

这时，几个家人见公子学艺，围拢过来，看到精彩处，不禁叫起好来。大乔才注意，此时天已大亮，孙绍与师父也练了好一会儿，一定饿了，儿子如此执着，终于感动焦义士，大乔决定亲自为他们做顿可口的饭菜。

听到家人叫好，孙绍想起师父不让声张，就对他们说，"快去忙你们的吧！"几个家人悻悻而走，嘴中念叨，"公子为何不让看呢，前几个师父来时，我们越叫好，公子与师父越兴奋。"

正是他们的叫好声，引来一人，孙小姐！

原来，她听说孙绍再次遇袭，还受了伤，特地一早赶来探望。

她进府门，不用通报，自顾自地走进来。听到练武场上有人叫好，孙绍一定在那里，看来他的伤势并无大碍。

望见孙绍正与人学剑，想来他又新请了师父。越走越近，这人怎么如此眼熟？这不是那个见死不救的人吗？他曾当众磕飞自己的宝剑，孙小姐顿时柳眉倒竖，杏眼圆睁，拔出宝剑，冲将过来。

赵云看到，一人举剑直奔自己而来，不觉一愣，定睛一看，竟是那位刁蛮姑娘，她如何赶到这里？

孙绍看到姑姑来了，突然拔剑怒向师父，急忙拦住。赵云见此景，退后两步，宝剑归鞘，从容以对。

孙绍惊道，"姑姑，这是为何？"赵云一听，她是孙绍的姑姑，不会主公来相看的就是她吧？

孙小姐剑指赵云，"他是何人？"

"这是我新拜的师父。"孙绍回道。

"拜他为师？"孙小姐急道，"你可知道？上次在竹林中，就是他见死不救，让我们遭一晚的罪，丢尽了人！"

孙绍明白了，"噢，你说没进竹林把我们领出来的人，是焦义士啊？"

"对，就是他，可恨之极！"孙小姐厉声道。

"焦义士哪是见死不救？去凤凰寨的路上，就是他救的我，其后又几次出手相助，昨晚就是他赶走强敌，不然你哪有机会再见到我？"

"哦，有这等事？"孙小姐不敢相信，虽然怒气未消，终不似要拼命了。

"再说，焦义士并非没有帮你，他不是把你领出来了吗？"

"可是他为何不能好人做到底，帮我把你领出来？那样我们还用挨训吗？"孙小姐仍愤愤不平。

"姑姑不能求全责备，人家又不认得你，帮你一次也该领情了。"

"好你个孙绍，拜了师父，就胳膊肘儿往外拐，他多次救你，我谢谢他。"说罢向赵云作揖，"但是我俩的事还没完。"

孙绍瞧一眼赵云，"你跟焦义士还有什么事？"

孙小姐有些不好意思，咬牙道，"他在你三叔门前，当着众人，不知使了什么妖法，将我的剑弄飞了。"

孙绍笑起来，"那是人家厉害，现在我已拜焦龙义士为师，姑姑就不要胡搅蛮缠了。"

"刚拜师父，就敢说姑姑胡搅蛮缠？看来他也没有教你什么好东西！"孙小姐手握宝剑，"我要与他再次比试比试！"

"姑姑，你不知道偷袭策王府的恶人有多厉害，都被师父打败，他是当今绝顶高手，武功卓绝，举世无双，姑姑武艺虽强，与他相比，还差了点，真比免不了宝剑还要飞。"孙绍半开玩笑道。

姑侄本来没大没小，只是今日当着对方的面，孙小姐很是下不了台，"不行，我偏要与他比试一番，看他如何再弄飞我的剑！"

赵云终于明白，那日在竹林所遇之人，就是女扮男装的刁蛮姑娘。见两人为自己争执，赵云欲息事宁人，"上次是一时疏忽，姑娘剑法娴熟，焦某甘拜下风。"

"不行，你越是这般说，我越要与你一试高低！"孙小姐不依不饶。

孙绍知道，姑姑较起真来，令人头疼。正思谋如何让她消气，家丁领进一人来，只见此人一派仙风道骨，气宇轩昂。

孙小姐看到此人，心中暗喜，来得正是时候！

第七十九章
挑唆争斗欲拜师

孙绍上前介绍，"这位也是我的师父，天重山敬阳宫结石道长！"赵云抱拳拱手。孙绍又给结石道长介绍，"这位是我新拜的师父焦龙焦义士！"结石道长凝眉，微微点头。他见孙绍对焦龙十分尊敬，两人见面，还是先将自己介绍给他，有种被轻慢之感，心中已有不悦。

孙小姐注意到结石道长的神情，知他妒忌孙绍对新师父的态度，灵机一动，计上心来！

结石道长一到，暂时平息了刁蛮姑娘的纠缠。孙绍的姑姑，当是孙权的妹子，听说吴国太只有一女，如果说刚才还是猜测，现在赵云已笃定，她就是主公来相看的孙小姐！如此任性难缠，主公若是娶了她，就有罪受了！赵云担心她再起么蛾子，准备离开。

结石道长一扬脸，"焦义士所学武艺，不知以何见长啊？

赵云听出，结石道长的话中已有挑衅意味，于是道，"无以见长，防身而已。"

孙绍忙道，"两位皆武艺精湛，都是高人。"

"这位焦义士可不一般，拳脚、兵器样样精通，多次击退强敌，救下孙绍，乃当今绝顶高手，武功卓绝，举世无双！"孙小姐大声道。

赵云一怔，只见孙小姐嘴角暗含笑意，知她在搬弄是非。

孙绍瞪一眼姑姑，这虽是自己原话，此时说出，无异于挑拨离间。

结石道长闻听，更是生气，他若真有本事，大乔夫人为何还要请自己前来相助？应是中看不中用，糊弄小孩子而已！"既然武艺如此之高，焦义士，可否让贫道领教一二？"

赵云不想多事，"领教不敢，道长仙风道骨，武艺定然不凡，焦某拜服了！"

孙绍怕生事端，连忙道，"都是我的师父，哪能一见面先动手？"

焦龙示弱，孙绍又从中调解，结石道长不想大动干戈，准备罢战。

面子找不回，热闹也看不到，孙小姐急道，"道长大名鼎鼎，刚说完讨教，就要罢手，莫不是怕输？"

孙绍气道，"姑姑！"

"切磋而已。"孙小姐笑道。

赵云明白，孙小姐是在报复，欲让自己出丑。"在下无意比试切磋，还请见谅。"说罢扭头就走。

孙小姐跑上前挡住，大声道，"你也太目中无人，连我都看不下去了！"然后得意地瞧着赵云，小声道，"得罪了我，哪这么容易溜走？"

赵云气道，"你要怎样？"

孙小姐一笑，"给我赔不是！"

赵云皱眉，帮过你，还要给你赔不是？世上哪有这个道理？孙绍过来，"姑姑，你们在说什么？"

孙小姐大声道，"焦义士说，拳脚兵器任选，不比是怕道长输了难堪！"

赵云气极，这不是睁眼说瞎话吗？他手指着孙小姐，"你——"

"只是比武，不能伤了对方，我给你们做评判。"孙小姐大声道。

结石道长不知孙小姐与赵云也是刚见面，更不晓得两人此前过节，怒道，"狂妄至极！"说罢举剑直奔赵云而来。

赵云摆手，想说你莫要信她。结石道长不听解释，"不必多言，拿兵器来说话！"

结石道长并非没听出孙小姐的用意，他看赵云年纪轻轻，能有多厉害。欲借机打败对方，在孙绍面前立威。

结石道长举剑就刺，赵云闪身，结石道长回手一招犀牛望月，剑削其颈，赵云仰身，结石道长急使一招风雷急转，赵云向后一撤身，轻松化解三招。

"为何不还手？"结石道长怒道，这有藐视自己之意。

孙小姐抢道，"明显没把道长放在眼里。"

赵云瞪一眼孙小姐，"实在不想与道长交手。"

"他是不屑与你比试。"孙小姐继续拱火。

"那就让你见识一下！"结石道长气道。

孙绍欲分开两位师父，被孙小姐拽到一边，孙绍没再阻止，他想看焦义士施展更多绝技，趁机多学几招。

赵云很是气恼，孙小姐太可恶，凭空给自己添乱子。

结石道长不由分说，冲上前来，挥动宝剑，誓要战胜赵云。赵云看到结石道长招招凌厉，只得抽出宝剑迎战。

孙小姐暗笑，两人终于打起来了！

孙绍不免担心，刀枪无眼，生怕伤到哪位师父。

一经交手，结石道长方知，此人绝非等闲，看来孙绍没有夸张。话已说出，事关颜面，必须将他拿下，平常功夫难以取胜，他使出了太始剑法，太始剑法是其恩师顽石真人独创，依靠内在丹田气，运用于三尺宝剑，攻法奥妙，在宝剑撞击中，扰其心智，摄其元气，乘势攻杀取命。

在兵器相交中，赵云听出结石道长剑声奇异，有绕梁之音，迷惑人心，更不敢怠慢，他使出了冲宵剑法，有意给孙绍现场演示如何御敌。

孙小姐幸灾乐祸，强手过招，终于逼出了对方真功夫。

只见赵云剑法一变，剑招变得十分缓慢，结石道长欲以快治慢，被赵云的宝剑缠绕，无法发力。赵云的宝剑又突然变快，两人照面时，他赫然发现三个剑头奔自己而来，顿时手忙脚乱，向后急撤。赵云趁机使出末霄七剑，结石道长大惊，仿佛七剑晃于前，眼中全是剑尖，在他一愣之际，宝剑已然脱手，这时赵云的剑已到眼前，结石道长不禁"啊"的一声，仰倒于地。

"好！"孙小姐拍手。

赵云上前，"道长承让了。"孙绍急忙跑过来，欲搀起结石道长。

结石道长羞愧难当，刚才自己肆意叫嚣，现在输得如此彻底，实在没脸见人，他从地上爬起，扭头就走。

孙绍拉住结石道长，道长是母亲请来相助的，就此离开，如何向母亲交代？

孙小姐直奔赵云而来，"哎呀，你真是太厉害了！"赵云面沉似水，不予理睬，尴尬之时，大乔出现了。

她看到，结石道长面红耳赤，被孙绍拉住，一把宝剑甩于远处。另一侧，焦义士宝剑垂于手，默不作声，小妹站在他的近前，看到自己，摊开双手，好像说这事与她无关。

大乔料定出了意外，"道长，怎么刚来就要走？您可是我们请的贵客。"现在看来，定是结石道长与焦义士比武吃了亏。小妹假装无辜，她任性顽皮爱嬉闹，很可能就是她从中挑拨，引起争斗。于是道，"道长不在时，绍儿总念叨您，这一身武艺大多都是道长教的。"然后望着赵云，"焦义士多次搭救孙绍，也是劳苦功高，我已经准备好早膳，大家一起来吧。"

"请吧，师父。"孙绍拥着结石道长往前走，大乔明白，此时，如果自己去陪焦义士，结石道长更觉没面子，可能负气而走，但也不能冷落焦义士，就对孙小姐道，"小妹别愣着，陪焦义士一起来用膳。"

孙小姐见赵云沉着脸，知他生自己的气，大嫂的话正好给个台阶，她来到赵云近前，"焦义士传授孙绍武艺，辛苦啦，请吧。"

大乔道，"两位师父都很辛苦，请。"

结石道长见大乔始终把自己放在前，心情略回转，随孙绍往前走。孙小姐在后面道，"焦义士请。"赵云不好回绝，只得跟随。

孙小姐偷瞄一眼赵云，"之前我们多有误会，"闻听此言，赵云感觉，这位刁蛮姑娘终于有所醒悟。觉察赵云脸色有所缓和，孙小姐不禁问道，"你的武艺如此厉害，怎么练的？"

"我的师父都老厉害了，"孙绍接茬，"不然哪能教我啊？"

"真能吹牛！"孙小姐道，大家都笑起来，结石道长也不似刚才那般尴尬了。

大乔准备的早餐，虽只是些小菜，却十分可口。孙绍坐在结石道长一旁，不停地给他夹菜，让他充分感受徒弟的热情。孙小姐借机给赵云夹菜，孙绍笑道，"头一次见姑姑如此主动，原来你也这般会照顾人！"

孙小姐被说得不好意思，只见她一咬牙，眼望赵云道，"你已收孙绍为徒，我也想拜你为师！"

赵云仿佛被蜇到，骤然定住，愣愣地望着孙小姐，他真的被吓到了。

第八十章
小乔来访泄秘密

"不行，不行。"赵云缓过神来，急道。

"能收孙绍，为何不能收我？"孙小姐撅起嘴。

"姑姑，没搞错吧？"孙绍道，"刚才还找人家算账，现在就要拜师了？"

赵云心道，这种没心没肺的话，只有她能说出，看来，这位孙小姐真是被娇惯坏了。

"之前，我是没看出焦义士如此厉害，"孙小姐望着大乔，"大嫂，这样不行吗？"

大乔笑道，"这得焦义士同意，哪有强行拜师的？"

"万万使不得。"赵云连连摆手，孙小姐喜怒无常，他怕被缠上。

"莫说师父，你都让我为难。"孙绍笑了，"如果咱俩拜了同一个师父，我是叫你姑姑，还是叫你师姐啊？不对，你在我后面拜师，应该叫师妹才对！"

孙小姐瞪眼，"在姑姑面前装蒜，那咱俩不是平辈了吗？怎么也得叫师姑啊。"

"拜同一个师父，怎么能叫师姑？"孙绍笑道，"你要感觉吃亏，干脆我叫你师娘算了！"

"乱说！"大乔见赵云如坐针毡，面露尴尬之色，说道，"焦义士不要介意，他们是信口开河。"

"怎是信口开河？我是认真的。"孙小姐眼望赵云，"真生我的气了？你的心眼也太小了！"

精心准备的早膳被搅了，孙小姐也不好意思，匆匆离去，向吴国太回禀孙绍的伤情去了。

赵云依旧出府办事，孙绍陪着结石道长叙旧。

屋内又恢复往日的平静，大乔已习惯了这种安宁。她拿出针线，展开衣料，继续缝制衣衫。只是，大乔的内心并不平静。

孙绍连续遇袭，至今没有抓住一个凶手，她不禁怀疑，孙权是否真的采取了行动。坊间已有传言，这些袭击与孙权有关，这让大乔更是夜不能寐。

几次遇险，都是焦义士击退强敌。如果他不在，后果难以想象。

今日小妹来府，方知竹林中"见死不救"的是焦义士，常人都知这事怨不得人家，小妹刁蛮任性惯了。

大乔敏锐地觉察到，小妹望着焦义士的神色有异，双眼放光，暗含笑意，那笑意有内容，想到此，大乔的心情不禁复杂起来。

这时，丫鬟进来禀报，小乔夫人前来探望。

定是妹妹听说昨晚的事，前来看望自己与孙绍。大乔忙将衣衫叠起，准备放入柜中，听到外面叫一声"姐姐"，知道小乔到了，匆忙将衣衫藏于古筝幔帘之下。

小乔奔进屋，握住大乔的手，"姐姐，你如何了？"姐妹情深，只此一句话，大乔眼睛已湿润。

"还好，我与绍儿都无大碍。"

"哦。"闻听此言，小乔才放下心来。

"贼人甚是穷凶极恶，幸亏绍儿师父及时赶到。"

"绍儿这个师父真是拜对了。"

大乔请妹妹坐下，将遇险之事叙述一番。

小乔道，"三番五次袭扰，一个凶手没抓到，这事也是奇了。"

大乔摇头，"我怀疑根本没有追查！"只有与妹妹在一起，她才敢将心里话说出来。

"我马上给周瑜写信，让他督促孙权缉凶。"

"别麻烦周瑜，他在三江口处理军务，本就事务繁忙。"

姐姐对孙权很失望，怀疑他不尽力，甚至是他指使，让小乔愧疚不安，孙权承继大哥基业，周瑜又是他的股肱之臣，从哪里说，都不应该如此，但是，现在的情形令人不得不生疑。平时，她与周瑜从不谈及政事，现在，她担心这样的袭扰再次发生。

这时，小乔突然有了新发现，"姐姐，怎又做起了针线？"

大乔发觉，自己只顾藏起衣衫，忘记收针线了。

"这是什么？"小乔眼尖，她注意到筝帘下的衣衫一角。小乔轻轻掀起筝帘，将还没做好的衣衫捧了出来。

"给绍儿做的。"大乔有一丝慌乱，解释道。

"不对吧？这明明是件大人衣衫！"小乔拿在手中比量。

"孙绍长得快，我又闲来无事，提前给他做一件。"大乔轻描淡写道。

小乔摇头，"不对，有情况！"

"能有啥情况？"大乔故作镇静。

"姐夫过世多年，我真希望姐姐有情况。虽然现在不愁吃喝，终究缺个疼自己的人。"她搂着大乔肩膀，"姐姐，告诉我，这是给谁做的？"

大乔看瞒不过，"孙绍的师父，"说罢不免脸上发热，"他几次搭救孙绍，帮策王府渡过难关，做件衣衫谢谢人家也是应该的。"

"下人做就好，为何要自己动手？"小乔乘胜追击。

大乔被小乔追问得脸都红了。

小乔凑到姐姐脸前，盯着她的眼睛，"他长什么样？我现在就想看看。"

"莫要胡乱猜想，"大乔轻声道，"他出门去了。"

"他不安心传授孙绍武艺，怎么还出去了？"

"他有自己的事。"

"他自己有什么事？"小乔很警觉。

"他救了绍儿多次，我哪好意思盘问？"

"他何时回来？"

大乔望着窗外，"其实，我都不知他会不会回来。"

赵云再次来到诸葛瑾府近前，正要赶往后门，突听一声咳嗽，赵云回头，是黄豆！赵云还没追问，黄豆转身就走，赵云也不搭言，跟在后面。两人来到一背静处，"你这个东西，又去赌了？"

黄豆摇头，"我去跟踪监视诸葛瑾府的人了。"

"可曾发现他的底细？"

"他进了张昭府宅。"

"张昭的人？"

"千真万确，刚才还在附近晃悠呢。"

张昭监视诸葛瑾？同为孙权手下文臣，没道理啊！赵云心头一震，难道是自己的行踪被发现，连累了诸葛瑾？那就更对不起军师了。"我马上通知诸葛瑾先生。"

"现在不能去，有危险。"

"不行，我必须将此事告诉他，让他做好应对。"

"我替您去吧。"

"门房不认识，不会让你进去。"

正说着，诸葛瑾从府中出来，应是出门办事。赵云看到，摘下剑穗，上面绣一个"龙"字，交给黄豆，黄豆点头，"您等着。"

少顷，黄豆把诸葛瑾领过来，自己到不远处望风。

以这种方式见面，诸葛瑾感到了形势的紧迫。

"您的府宅可能被人盯上了。"赵云单刀直入，又恐惊到诸葛瑾，只能说得委婉一些。

"什么？"诸葛瑾大吃一惊。

"监视之人来自张昭府，"赵云饱含歉意，"大概是跟踪我，波及到了您。"

诸葛瑾听罢，稍一沉吟，"子龙别自责，这事可能不像你想的那样，张昭应是冲我而来。"

"这是为何？"赵云不解。

"自从你家军师舌战群儒，劝得吴侯联合抗曹，赤壁大战后，张昭等人受到吴侯冷落，他就对我耿耿于怀，总想抓我的把柄。"诸葛瑾气道，"好你个张昭，竟敢使用这等卑劣手段！"

军师舌战群儒，还给其兄带来了麻烦！听诸葛瑾所说，有此可能，赵云不放心，"请您做好防范。"

诸葛瑾点头，"实不相瞒，最近吴侯比较烦躁，大家都是小心从事。"

"定是为了我家主公之事。"

"也不尽然，现在东吴内外都不平静。"诸葛瑾说到此犹豫一下，"坊间传言，孙策之子孙绍文武兼备，应由他承继吴侯大位。近日，孙绍连遭袭击，据传与吴侯有关，让其不胜其扰。此外，消失多年的严白虎余孽开始造反，打得吴兵溃不成军，已连克多地，令其十分不安。"

赵云实话实说，"几次搭救孙绍的就是我，现在我就住在策王府，是孙绍的师父，他们不知我的真实身份，只知道我叫焦龙。"

诸葛瑾闻听此言，"你帮过他们，大乔深明事理，你在那里是安全的。我儿诸葛恪与孙绍是从小玩伴，如有紧急情况，我让他去通知你。"

连孩子都用上，赵云很感动，又担心连累诸葛瑾一家。

这时，下起了雨，雨水一淋，赵云一激灵，他猛然想到，张昭的手下会不会顺着自己，监视到策王府？现在孙权因为继承人之事，可能与策王府已有嫌隙，不要因为自己，再连累孙绍母子。自己必须马上提醒大乔，让她有所准备。

赵云辞别诸葛瑾，拉上黄豆，直奔策王府。

第八十一章
施援手大战神徒

刚才还晴好的天，突然阴云密布，冷风夹杂雨丝，仿佛夜晚提前来临。

街上行人稀少，赵云与黄豆行色匆匆。他们来到策王府近前，赵云冷眼观察，策王府并无异常。

赵云近前敲门，却被一股无形的力量推开，赵云为之一震，仔细观察，发现一股凛凛之气正笼罩策王府，赵云知道一定出事了！他要冲进去，如同撞在墙上，赵云惊异于这种神功的存在。

他听师父公伯尊崖说过，这门绝艺叫冲灵天地罩，世上没有几人会此神功，有人毕其一生，也难于参透其中玄妙。此时，策王府定是又遇强敌，赵云不想黄豆冒险，让他在外面望风，黄豆聪明，可以随机应变。

如何进得冲灵天地罩？师父未曾遇到会此神功之人，只是听说，冲灵天地罩都借阴雨之天发力，当属阴鸷之功，师父想到以阳刚之气应对，不知是否管用。今日，赵云要冒险一试。

赵云使用师父所授的运气吐纳之法，默念口诀，集太合之功于周身，聚混元正气于丹田，待阳刚之气至极充盈之时，霍然出手，以霹雳之势直击凛凛之气，赵云感觉如同打在水面上，萤光飞溅，他看到眼前的凛凛之光变暗，失云光泽，赵云不敢怠慢，抽出宝剑，奋力挥去，一剑划破薄弱之处，他顺势穿入。不想，一人冲将过来，几乎撞到赵云身上。

赵云定睛一看，竟是结石道长！只见他头上流血，身上衣衫扯成一条条，不知是被对手所伤，还是撞击冲灵天地罩所致，他的眼神中充满恐惧，看到赵云冲入，声音颤抖道，"与你无干，快跑吧！"

"道长，没想到你还有这本事，逃命去吧。"一个阴森之声传来，应是强敌说话了，听其意，他误以为是道长穿破了冲灵天地罩。

结石道长对这种声音过敏，他在吉祥庄院遇过一次，没想到至此又经历第二遭！看到出口，他顺势冲出，狼狈而逃。

赵云感到策王府有股极重的杀气，他循声直奔过去。

这时，阴森之声再起，"孙绍，你的师父都逃命去了，以你的本领，不要做无谓的抵抗了。今日，孙家的人，休想逃出去。"

赵云心道，孙策当年为打下东吴江山，定是杀人无数，结仇众多。

赵云望见远处假山上站立一人，一身黑衣，形销骨立，头发披散，遮住半边脸，手执一把方形扇，口中念念有词。

此时，策王府的家人多躺倒于地，动弹不得。只有孙绍手持宝剑，使用冲霄剑法，围着黑衣人进攻，却无法伤其一根毫毛。

"剑法虽好，只是功夫未到家！"黑衣人不屑道。

大乔夫人被孙毅搀着，对孙绍喊道，"绍儿，你不是他的对手，服个软吧！"

"服软？服软我师父就能复活吗？"黑衣人大声道。

"他只是个孩子，求您发发善心！"大乔哀求道。

"孙策当年为何不发善心？但凡他有一点怜世之心，我的师父何至于身首异处？孙策是非不明，善恶不分，我师父于吉乃人人景仰的大善人，如果他在，不知会医治多少百姓的病痛？他忌惮我师父的威名，非置其于死地，善恶有报，他死得早，是老天有眼，但是不足以赎罪，今日只能由你们来偿还了！"

说罢，一抖方形扇，孙绍直接飞了出去，跌进树丛中。

大乔哭喊着跑过去，搀起孙绍。"我们知道当年孙策杀错了人，求您饶过无关的人吧。"

"莫要求他！"孙绍说罢，抓过宝剑，跳起来，继续追杀黑衣人！

"绍儿，你不是他的对手，"大乔绝望道，"你的师父在哪里啊？"

黑衣人疑道，"他的师父不是跑了吗？就那点胆量，教不出好弟子！"

孙绍朗声道，"我最厉害的师父到了，马上让你束手就擒！"

赵云听明白，这是于吉的弟子。他早有耳闻，当年孙策宴请宾朋，有人说于神仙来了，众人都跑出去拜伏于地，孙策恨他笼络人心，非欲杀之，众人求情，孙策让其求雨，求来雨方可饶他。于吉现场作法，本来晴空万里，瞬息风雷骤起，乌云遮日，暴雨倾盆。众人欢呼雀跃，孙策看到愈加生气，有人趁势道，"坊间传言，于吉乃黄巾军余孽，不可留也。"孙策闻听，毅然决然杀了于吉。关于此事，孙策做的确实过分，不过，事隔多年，于吉弟子要杀孙策全家，更是过分。

赵云听孙绍所言，自己就是大乔母子的所有指望，不禁心头一热。

此时，孙绍使出末霄七剑，功力虽未到，却也十分犀利，黑衣人怒道，"如果你求饶，我心一软，可能放过你，你如此不知深浅，就别怪我了。"只见他一挥方形扇，孙绍直接向假山飞去，撞上不死也得重伤。

大乔尖叫一声，在这最危急之时，有人一闪而过，只见他轻舒猿臂，一带孙绍的臂膀，孙绍在空中一转，恰好站在地上。

大乔满脸泪痕地抬头，朦胧中看见了赵云，"啊，焦义士，真的是你吗？"她双手合十，"老天保佑，你终于回来了，快救救绍儿！"

"母亲，我没事。"孙绍看见师父，陡生无穷力量。

大乔拭去泪水，快步上前，看到儿子无恙，要带他躲起来，孙绍急道，"我要看着师父打败魔头！"

大乔抓住孙绍的手，再也不松开，他们紧张地观看赵云如何御敌。

赵云一纵身，来到假山上，目视黑衣人，"前人所做之事，为何让后人还债？于吉善人的徒弟岂能作恶人？"

赵云一出手，黑衣人就感到来者不凡。"你是何人？"

"这是我师父！"孙绍傲气道，他现在底气十足。

"希望你能放下恩怨。"赵云道。

黑衣人直道，"你有多大本事，阻我为师报仇！"

"人生天地间，不论本事大小，要胸怀正气，除暴安良！"

"好，我就给你个除暴安良的机会！"黑衣人说罢，直接甩出方形扇，这股劲风太强，直接将赵云带下假山，惊得大乔一声尖叫，赵云的脚还没落地，方形扇又旋转过来，势如闪电，赵云只得在空中急转，稍慢一点，扇边扫中赵云左肩，大乔与孙绍同时惊呼，赵云的肩膀立时流出血来，方形扇还不停地围着赵云旋转，赵云生气，看准时机，手中运力，猛出一剑，将其击飞，黑衣人一惊，赵云一纵身，再次来到假山上。

赵云道，"尊师威名我早有耳闻，乐善好施，名满天下，你为何要对一个孩子下手？"

"孙策杀了我的师父，父债子还！"

"冤有头，债有主，其父已不在，何苦要难为一个孩子！"

"此仇不报，焉能对得起师父？师弟已将当年进谗言者擒来，为其守墓，我岂能无动于衷？"

"冤冤相报何时了？于吉先生乃得道高人，此事已过去多年，如果他在，定然早已放下。"

"放下？"提起师父，黑衣人眼中含泪，"师父多次托梦，要我为他报仇，我怎能有违师命！"

"世人皆知于吉乃大善人，绝不会让你乱杀无辜！"

黑衣人神情黯然，"师父修炼这么多年，四处行善积德，孙策才是乱杀无辜，我的师父死得太冤！"

赵云道，"当今汉室倾颓，奸臣当道，天下分崩，战乱不断，世上冤死的人太多，你既然是于吉弟子，身怀绝技，当为天下苍生计，抛弃个人恩怨，为国出力，为民造福，才是于吉善人所愿。"

黑衣人沉默半晌，"你说得有理，我原本早应前来复仇，拖到今日正是如此。"

赵云趁势道，"那就到此为止吧。"

"这样我如何对得起师父？"黑衣人摇头，"既然你要救徒弟一家，我要为师报仇，现在就看你有没有本事阻止了！"

赵云感觉他并非恶人，劝说无效，只能小心应对。

黑衣人说罢，双掌拍出，赵云感觉一股劲风扫来，如利剑一般刺骨，赵云知道此人道行极深，向后急闪，以中霄剑法护体，黑衣人双手一立，如刀一样，横着向赵云腰间斩来。赵云抽身力劈华山，黑衣人收手，接着疾风贯耳，赵云闪身，分心就刺。

两人很快斗了三十多个回合，赵云感叹黑衣人武艺精湛，自己以兵刃对其双掌，仍处下风。他望见孙绍母子与孙毅还在下边观战，大声道，"你们先走吧！"他的意图明显，自己与黑衣人比试胜负难料，让他们先躲到安全之地！

大乔与孙毅明白赵云意思，两人要拉走孙绍。师父为策王府抵挡强敌，自己岂能离开？孙绍坚持观战，两人也只得陪同。看到黑衣人以双手对师父的宝剑，仍盛气凌人，孙绍心中着急，攥紧拳头暗中使劲，大乔的心更是悬了起来。

第八十二章
被搭救语出惊人

黑衣人身形飘忽，招法精妙，这样下去，自己必败无疑。赵云使出了本门绝学蜂蝶三十六剑，剑招突然慢而飘忽，如蝶飞舞，突然又快如闪电，如蜂出刺，于吉弟子先是一愣，不禁赞道，"好剑法！"只见他身形一抖，袖筒中伸出两件兵器，判官笔长短，都带有棱角。

逼出黑衣人的兵刃，说明他感到了紧迫，双手已胜不了自己。赵云挥剑就劈，黑衣人右手兵器向上，看似简单一挡，还没碰到，宝剑就被弹回来，赵云大惊。黑衣人的左手兵器打来，赵云挥剑相挡，更惊悚的是，宝剑被无形的力量吸过去，赵云只能以吸力为轴，直接向黑衣人脸上刺去，黑衣人闪身躲开，才卸掉其力，赵云惊出一身冷汗！暗道，此人功力高深，所用兵器也是匪夷所思。

赵云加倍小心，既怕宝剑被弹回来，伤着自己；又担心宝剑被吸去，失了兵刃！两人斗了几十个回合，赵云愈加被动，直累得通身是汗。如此下去，自己将命丧此人之手，大乔、孙绍母子也必死无疑。

这时，赵云听到了黑衣人的喘息声，看来，与自己交战，同时控制冲灵天地罩，对他的体力也消耗甚大。赵云身经百战，能洞悉战场上的一切，他马上来了精神，只须与他僵持，就有胜机。

不出赵云所料，随着两人对抗的焦灼，黑衣人兵器的力度悄然变弱，在假山上跳跃，也不似刚才那般轻灵，人更是变得气喘吁吁，黑衣人的消耗比赵云预料得还快。赵云愈发从容，在两人鏖战正酣时，赵云使出了本门绝学星云十四剑，这十四剑中十剑为虚，只有四剑为实，但这四剑是招招致命。

第一招先是轻点，然后剑尖一晃，直刺黑衣人咽喉，黑衣人快速撤步。赵云晃身来到黑衣人的身体左侧，削耳、斩臂连续两剑，黑衣人赶忙闪身，此时，赵云已然来到他的右侧，横扫千钧，宝剑直奔黑衣人的颈部削去，黑衣人一仰身，宝剑擦着他的鼻尖而过。赵云马上出手第三招，分刺黑衣人面门、前胸、下腹，黑衣人急抽身躲过。赵云已来到黑衣人身后，举剑就刺，黑衣人向前疾纵，才躲过这一剑。仅凭此，赵云感觉，黑衣人的武艺应在披发人之上。这时，赵云向前一进身，使出最后一招，在黑衣人的身前身后，连续虚晃四剑，直晃得黑衣人眼花缭乱，赵云才使出最后一剑——石破天惊，他纵身向上，宝剑直接从上向下劈来。黑衣人感觉凶险，方形扇与兵器同时掷出，赵云一侧身，黑衣人方躲过这一招，不过，衣袖还是被赵云削去一截。黑衣人向后一纵，对赵云摆手，示意休战，他喘着粗气，虽然落寞，并不显得多么伤心，只听他淡淡道，"打不过强敌，我终于找到未能报仇的理由了！"

说罢，一纵身，跳下假山，再一纵，跃出了策王府。

于吉弟子的离去，似乎也带走了满天阴云。

"焦义士，快下来吧？"孙毅喊道。

眼见于吉的弟子消失得无影无踪，赵云才一纵身，落到地面。

大乔上前，俯身便拜，孙绍与孙毅也都跪下了。"多谢焦义士救命之恩！"

赵云上前搀起大乔，看到她满眼是泪，身体还微微发抖，连遭生死劫难，对一个女人来说，自是饱受惊悸折磨。之后，伸出双手，又将孙绍与孙毅拉起。

孙毅忙道，"焦义士，屋里请。"孙绍则直接搂住赵云的臂膀。

"慢点，师父的胳膊受伤了。"大乔提醒孙绍。

"好，师父小心。"

一进屋内，"快准备饭菜。"大乔吩咐孙毅，"再请个大夫来。"

"不用如此麻烦。"赵云道。

"师父，我给你检查一下吧。"孙绍自告奋勇。

"你这么毛躁如何能行？"大乔将儿子推到一边，对赵云道，"我常给孙绍包扎，药理也懂得一点，我来看看吧。"

赵云摆手，"真的没事。"

"大丈夫何必拘于俗礼？"大乔说罢，伸手就要察看赵云伤口。

赵云一急，随口道，"对武将来说，这不算什么。"

"武将？师父，您当过武将？"孙绍惊道。

赵云为自己的失言吓一跳，"我说的是练武之人，这点划伤，不算什么。"

大乔不由分说，将赵云肩部的衣服拨开，被方形扇划过的地方，已血肉模糊。大乔仔细察看赵云的伤口，好在不深，她轻轻擦去血迹，麻利地打开药箱，涂上红伤药粉，小心给他缠上绷带。

大乔的玉手轻触赵云臂膀，他只感觉脸红心跳，不敢抬头。除了母亲以外，没有第二个女人触碰自己的肌肤。

"好多了吧。"孙绍道，"比给我上药都细致。"

"焦义士刚救了我们，能不仔细吗？"大乔道。

这时，饭菜端上来，大乔请赵云就座，孙毅在旁作陪。

大乔吩咐道，"绍儿，给你的师父斟酒。"

孙绍恭恭敬敬为赵云斟满一盅酒。

"给我也斟满。"大乔接道。

孙绍疑道，"母亲，你也喝酒？"

大乔眼含热泪，"焦义士几次大战强敌，救了绍儿，也救了策王府，请让我代故去的孙策将军敬您一盅。"

赵云闻听此言，也很激动，"孙绍叫我一声师父，你们遭遇劫难，我当义不容辞。"说罢干掉这一盅酒。

见师父喝下，孙绍马上给赵云倒上，然后像模像样给自己满上一盅。"母亲，我也要敬师父一盅。"

大乔点头，"应该。"

孙绍站起身，郑重道，"师父，没有您，我的命都没了，现在我要郑重敬您一盅酒，请您正式收我为徒。"

孙毅道，"公子一片赤诚，焦义士就收下他吧。"

"此乃师门大事，我要禀报师父，方能正式收徒。"赵云回道。

"不知尊师是哪位仙人？"大乔问道。

赵云的师父乃清禅散人公伯尊崖，"恩师隐居深山，逍遥自在，他老人家有言在先，不愿为外人道也。"

"师爷也这么神秘，我已等不及了。"孙绍急道。

"那也得耐心等待，师父尊重恩师，你就得听师父的话。"大乔道。

"那是当然。"孙绍忙道。

吃罢饭，孙绍正要陪师父回住处，大乔对赵云道，"请焦义士留步。"又对孙绍道，"焦义士武功修为极其高深，我要向他请教一下，你的资质到底如何？"

孙绍一听，几乎蹦起来，难道至此，母亲还有阻止自己习武的念头？正要插言，只听大乔道，"如果焦义士认可你是习武的材料，我将与你的师父商量，让你远离纷扰，跟随师父专心习武。"

孙绍闻听此言，方平静下来。"只要能跟师父学艺，到哪儿都行。"

"不过，你若在，焦义士不便直言，你要回避一下。"大乔对孙毅道，"绍儿今日也累了，早点休息吧。"

孙毅道，"好，我陪公子去卧房。"

孙绍不好违拗，对母亲与赵云同时作揖，希望自己能早日实现拜师的愿望。

赵云不明所以，大乔夫人所说之事，三言两语就讲得明白，为何还要将自己留下来？赵云与女人在一起，就会十分不自在，更何况眼前的人是江东第一美女！不过，想到此行的目的，自己可能被人跟踪，正要提醒大乔母子当心。

"我留下您，并非要问习武之事。"大乔一句话，让赵云更加疑惑。"自认得焦义士以来，您一直心事重重，想来一定遇到了什么麻烦事，您多次搭救孙绍和策王府，我们感激不尽，希望您信得过我，把您的事说出来，我们定当竭尽全力相助。"

赵云知道大乔的话是发自肺腑，怎奈事关孙刘两家恩怨，只能违心道，"并无什么大事。"

大乔见此，追问道，"不会是碍于我们的身份，不便直言吧？"

赵云惊讶于大乔的敏感，自己真需要帮忙，可是，你的小叔子是东吴之主孙权，您的妹夫是东吴大都督周瑜，整个事件极有可能就是这两人一手策划，让我如何说？赵云还担心，因为此事，将大乔与孙绍牵扯进去。"您多心了。"

"您不肯说，是信不过我，还是怕连累我们？"

赵云大瞪双睛，难以置信大乔有如此洞察力。只得道，"确有不便之处，请您见谅！"

"既然您不肯说，我就替您说了吧。"大乔平静道，"您是赵云赵子龙，所找之人乃是刘备刘皇叔。"

闻听此言，赵云霍地站起来！

第八十三章
述因由赵云敬服

大乔直接叫出自己的名字，连主公的名号也脱口而出，直惊得赵云目瞪口呆。

大乔面带微笑，"从您的神情看，我猜对了答案。"

既然揭开了谜底，赵云不再遮掩，"在下正是赵云，请问您是如何知晓的？"

"子龙将军不要吃惊，"大乔悄然改变了对赵云的称呼，"前几日，一艘大船在南徐附近江中沉没，想来就是你们所乘船只。"

"您如何这般笃定？"

"船上有'刘'字旗帜，当今，敢书'刘'字大纛旗的，只有刘备、刘表、刘璋，刘表已亡，刘璋远在西川，不可能从水道来。所以，是刘备的可能性最大。"

赵云点头，"有道理。"

"子龙将军搭救孙绍之处，距江边不远，我听孙绍说，当时你一身戎装，我怀疑你是从船上下来的。"

"确实如此。"

"刘备贵为荆州之主，外出必带大将保驾，关羽、张飞武艺超群，还是刘备的结拜兄弟，不过把守荆州也需猛将，他俩一个是红脸英雄，一个是黑脸大汉，十分好认。除此二人，最有可能陪同刘皇叔的就是赵云。长坂坡舍生忘死救阿斗，忠勇无双，赤壁大战前，来东吴接应诸葛亮，有勇有谋，如此怎能不被信任？最初，我并没想到这些，潘璋府宅被人纵火，我曾对子龙将军多有怀疑，还让孙毅将你请走。"大乔不好意思道。

"策王府境况特殊，我能理解。"

"当你再次回到府上，不经意说出诸葛瑾的名字，对我来说，这是一个重要线索。随后，于麋、樊能之子上门寻仇，朱治先生所请高手都被轻松击败，但他们在你的面前不堪一击，我虽不懂武艺，也能看出你的武艺非凡，当时我只有一个模糊的感觉，你提到诸葛瑾，极有可能去找他，诸葛瑾与人为善，显然不像有何恩怨，定是有事相求。诸葛瑾其弟是大名鼎鼎的诸葛亮，这时，我就联想到了那艘沉船，想到你举止神秘，频频外出，可能在找寻某个重要人物，只是当时还没有确定。"

这些细节与细微之处都被大乔捕捉到，出乎赵云意料。

"我听小妹说，你曾找过吕范，这让我一度怀疑自己的判断，因为吕范与荆州没关系，你不知道，吕范是跟随孙策多年的老臣，与先夫感情深厚，我曾派人去吕范府上打听，吕范先生虽没在家，我也了解到，前些时日，他曾去过荆州。这就对上了，他一定是到荆州办事，很可能与这个重要人物有关。今日，子龙将军劝说于吉弟子，当今天下分崩，战乱不断，为天下苍生计，当抛弃个人恩怨，为国出力，为民造福，这些都是刘备的主张。你还无意中说出'武将'两字，让我坚信，你就是赵云，所找之人乃是刘备。"

思路清晰，分析有理有据，令赵云十分敬服。

"如今，我虽知晓子龙将军身份，也请放心，在策王府里，不用担心安全，你毕竟多次搭救绍儿性命。"

赵云很感动，一时不知说什么好。

大乔接着道，"我所以如此做，有一个重要原因，当今，孙刘两家因荆州之事，出现不睦，大乔虽为一女子，我认为，从大事计议，孙刘联盟不能破。"

赵云感慨万千，站起躬身一揖，"大乔夫人深明事理，许多男儿不如也。"

这时，赵云把吕范到荆州保媒，他陪同主公来东吴相亲，船只行至南徐附近遇袭倾覆，自己下船缉凶，被困竹林，从此主公不知所终，自己多方寻找，至今下落不明，如实相告。

"噢，"大乔明白了，"孙刘联姻是好事。"

"孔明军师也这般说。"

"只恐年龄相差太大，国太不能应允。"

"我家主公对此也多有怀疑，料定此乃周瑜、孙权之计。"

"我不能妄下断言，仅从国太与小妹表现看，她们应不知情。"

"这就一目了然了。"

此事牵扯周瑜，那是小乔夫君，大乔不便多说。她明白，孙绍第一次遇袭，她找国太，要求孙权捉拿凶手，正是荆州船只遭遇劫难之时，难怪孙权如此心烦意乱。至于后来，是否抓获刘备，无从可知。"孙权骗刘皇叔来东吴，意在荆州，即便抓了刘皇叔，也是为逼他交出荆州，未必一定要害他，如果子龙将军冒险营救，还可能伤及刘皇叔。"

赵云道，"我何尝不知啊！"

"鲁肃大人最是支持孙刘联盟，他深得吴侯信任，可请他从中斡旋，劝说孙权以大局为重，莫要伤了两家和气。"

大乔确实睿智，赵云道，"我找过鲁大人，他一直外出未归。"

大乔若有所思，鲁肃此时外出，难道是前往三江口，找周瑜问计去了？"我可派人打听鲁肃行踪。"

"我只望主公平安，早日返回荆州。"

"孙刘联盟是大局，孙策将军若在，也会全力支持。我将尽己所能，帮子龙将军找到你家主公。"

"多谢大乔夫人，您也要当心。"赵云随即告诉大乔，在诸葛瑾府门前发现可疑之人，追查之后，发现那人来自张昭府，现在，他不能确认那人是在监视诸葛瑾，还是跟踪自己来到诸葛瑾府宅。一旦发现自己来过这里，可能殃及策王府，才急着赶来相告。

"谢谢子龙将军提醒。"大乔沉吟道，"这未必是孙权授意，张昭监视诸葛瑾，可能源于对诸葛亮的怨恨，谅他不敢如何策王府，我帮子龙将军，也不会做对不起东吴之事，让诸葛瑾先生小心就是了。"

这一番谈话，十分投机，赵云已不似原来那般拘束。

看到天色已晚，黄豆还在外面等候，赵云起身告辞。

大乔劝说，为了安全起见，请他仍旧住在府上。

赵云清楚，大乔帮忙寻找主公，已是冒险相助，自己若还住在这里，可能给策王府带来隐患，赵云决定带上黄豆到客栈投宿。

大乔见赵云执意而为，"稍等。"说着，从里面捧过来一件做工精致的锦衣。

"天气已凉，子龙将军的衣衫破了，我看你与先夫身形相仿，就缝制了一件，不知是否合身？望子龙将军不要推辞。"

看着上面细密的针线，经历深谈，赵云没有推托，"好，我收下。"准备带上锦衣去客栈。

"子龙将军可否试穿一下？如不合身，还可以改动。"大乔轻声道。

赵云望着大乔，此时她虽面露憔悴，却有种遮不住的美，肤如凝脂，唇红齿白，明眸弯眉，浅窝秀发，那是击碎一切的美，而其内在的聪慧睿智，超过绝世容颜，更加打动人心，赵云没有犹豫，点头答应。

赵云小心换上锦衣，大乔站在一旁，仔细帮他正衣，不留一个褶皱，衣服宽松得体，质好不奢，只有母亲才能做出如此合身的衣衫，也只有母亲帮自己正过衣，赵云内心泛起微澜，当大乔来到赵云正面，他不禁脸红心跳，无处安放的手只能也去正衣，不小心碰到大乔的玉手上，她的手指修长，甚是冰凉，大乔的心一抖，仰起了脸。

赵云低头凝视大乔，两人四目相对，大乔仿佛瞬间被击中，身子一摇，赵云伸手，扶住了她。此时，这个绝世美女是如此之近，那娇美的脸颊就在眼前，能看清每一根睫毛，近得让人窒息，赵云深吸一口气，努力定一下心神，"您也累了，早点休息吧。"

大乔露出少女般的羞涩，"请子龙将军多多保重。"

这些时日，赵云如同一个乞丐，从内到外饱受煎熬，此时，一件锦衣让他体会到了阵阵暖意，他抚摸着那细密的针线，一种异样的感觉涌遍全身。

第八十四章
追踪帮凶遇高人

　　赵云找一家客栈住下，躺在床上，不禁想起黄豆，不知他又跑到哪里去了。这小子不务正业，不然早就不是一个士卒了。

　　想着黄豆，黄豆回来了，还把老娘领回。老娘看到赵云，先落泪了，抚摸赵云的脸，"我的儿，如何瘦了这么多？"赵云鼻子发酸，无论多大，在老娘面前都是孩子。"有什么难事都得往开想，要不身体如何吃得消？"

　　"您也多保重。"

　　"衣衫谁做的？怎么这样好看！"老娘摸着锦衣，"这针线比我的好，哪位姑娘的手艺？"

　　赵云不好意思，老娘笑了，"有意中人了？这就对了，不能总是疆场厮杀，你也不小了，告诉我，让娘高兴高兴，到底是哪家的姑娘？你可不能瞒着娘啊！"赵云一急，醒过来，原来是个梦！

　　此时，天已大亮，赵云急忙起来。他打定主意，前往鲁肃府宅，看他是否归来。

　　街上人群熙来攘往，赵云脚步匆匆。突然，赵云放慢步伐，他看见一个似曾相识的面孔，待那人走近，尖嘴猴腮，两眼鼓出，披发人的帮凶！

　　上次，在吕范家附近，披发人为对付自己，找来两个帮手，其中一人就是尖嘴猴腮，正是三人联手夹击，自己才被蓝烟所熏，好在当时打伤他们，方得逃脱。

　　赵云发现，今日尖嘴猴腮身旁还有一位姑娘，个头不高，圆脸，圆眼，未施脂粉，天生丽质，甚是美丽动人。

　　如今，吕范躲起来，披发人也不见踪影，却意外撞见了尖嘴猴腮，岂能放过？抓住他，应该就能找到披发人，或许他就知道披发人袭击荆州船只的内幕。

　　街上行人众多，不便动手，赵云悄悄跟踪，希望找一个偏僻之地，将尖嘴猴腮擒住。

　　尖嘴猴腮与圆脸姑娘边走边聊，不像要办何大事，更多时候是尖嘴猴腮在说笑，极尽讨好之态。赵云着急，难道要陪他们一天不成？这时，他们改变路线，加快了脚步，赵云发现，他们直奔甘露寺方向而去。上次，赵云跟踪吕范夫人到过甘露寺。今天不是大日子，路上行人稀少，赵云暗想机会来了。

　　只听圆脸姑娘问道，"师兄，你怎带我来这里？"

　　"出来一趟不易，给师父祈福去。"尖嘴猴腮笑嘻嘻回应。甘露寺主要是求子求姻缘，为师祈福似乎言不由衷。

　　赵云想到，一旦进入寺院，那里还有僧众，打斗起来，有诸多不便，也对神灵不敬。看见离甘露寺已然不远，正好四下无人，赵云快步上前，尖嘴猴腮很警觉，一抬头，不禁全身一颤，他认出了赵云。

　　尖嘴猴腮倒退一步，立即抽出宝剑，他的异常举动，惊得圆脸姑娘一愣，"师兄，你这是——"

　　尖嘴猴腮已经出手，当时，师兄弟三个没从这人身上讨到便宜，以自己与师妹的身手，很难战胜对方。先下手为强，宝剑一出，直指赵云面门，赵云一闪身，随即拔出宝剑，举剑就刺，尖嘴猴腮武艺不弱，两人你来我往很快斗了十多个回合，赵云没有时间与他纠缠，直接使出冲霄剑法，尖嘴猴腮猛然看见面前晃动三个剑尖，顿时慌了。为脱险境，他一摁绷簧，一枚暗器射出，打向赵云咽喉，赵云知道他们擅使暗器，急挥宝剑，只听"当"的一声，被赵云磕飞。尖嘴猴腮本就底气不足，再看赵云凌厉的剑法，更是失了锐气。他欲马上逃跑，奈何今日带了师妹，就此落荒而逃，颜面上挂不住，正在他犹豫之际，赵云恨他助纣为虐，宝剑一用力，尖嘴猴腮的虎口立时被震裂，惊恐之中，他连续射出三枚暗器，赵云早有防范，飞身一纵，躲过暗器，直接使出末霄七剑，尖嘴猴腮哪里抵挡得了。发簪直接被削去，头发立时披散下来，尖嘴猴腮吓得灵魂出窍，一捂头，大喊，"师妹救我！"

　　圆脸姑娘对师兄武艺很自信，没想到他如此不堪，只得挺剑而上，赵云横剑相挡，尖嘴猴腮方得脱险。

"你是何人？竟敢偷袭？"圆脸姑娘斥道。

"你问这厮！"赵云怒指尖嘴猴腮。

姑娘见此，望着尖嘴猴腮，"师兄，你如何得罪了人家？"

尖嘴猴腮狡辩，"定是认错人了，不要信他！"

赵云见尖嘴猴腮不认账，对他接连进攻，尖嘴猴腮心虚，不断后退，圆脸姑娘上来接应。"莫要冤枉了好人！"

"他是什么好人？"赵云怒道，直接使出杀招，尖嘴猴腮头发披散，内心已崩溃，一个不小心，被赵云一脚踢中屁股，不觉惊叫一声，向前一溜滚翻，姑娘上来帮忙，尖嘴猴腮从地上爬起，"快跑！"说罢，向前奔去。

赵云欲追赶，被圆脸姑娘拦住，她哪是赵云的对手？十几剑后，已难以支撑，"三师兄！"她大喊，"三师兄！"哪里还有尖嘴猴腮的踪影。

赵云想，尖嘴猴腮、披发人与圆脸姑娘应是同出一门，尖嘴猴腮跑掉，只能将圆脸姑娘拿下了。赵云手中一用力，圆脸姑娘的宝剑立时飞到半空，她吓得大叫，"三师兄，庄渎子！"

在她一愣神的工夫，赵云剑指其喉，"别动！"

圆脸姑娘惊恐至极，"你要如何？"

赵云道，"莫怕，你只需要如实回答我几个问题。"

圆脸姑娘愣愣地望着赵云。

"刚才跑掉的那人是你的师兄？"

"他不是我的师兄！"圆脸姑娘扭过头去。

"刚才还听你叫他师兄，现在就不承认了？"

"我没这样的师兄！"圆脸姑娘气道。

"他叫庄渎子？"

"你问这个做什么？"

"你另两位师兄叫什么？长何模样？"

"与其他师兄何干？"圆脸姑娘瞪大眼睛。

从言谈举止看，赵云直觉，圆脸姑娘很单纯，没有什么江湖经验。于是道，"你的师兄做了恶事，我要把他送往官府。"

"不可能。"

"你还有一位披发师兄吧？"

"那是我的大师兄。你怎么知道？"

"他叫什么名字？"

"我为何要告诉你？"

"他闯了大祸！"

圆脸姑娘不相信，"他若闯了祸，自有师父惩处。"

"这事你的师父管不了。"

"胡说，哪有我师父管不了的事情？"

一句话，道出师父在其心中的分量。"你的师父是哪位？"赵云想，若知道了披发人的师承，有助于了解整个事情的来龙去脉。

"我家师父有门规，不能说出去。"

"什么都不能说，我只有将你带到官府了。"赵云吓她。

姑娘一惊，利用赵云与其说话的工夫，突然飞身一脚，直踢赵云手腕，赵云见她如此境遇，还敢反抗，比刚才那位师兄顽强多了。只是她赤手空拳，哪能威胁到赵云？赵云一翻手，宝剑向前，圆脸姑娘急退，被脚下石头一绊，跌倒在地，赵云用剑抵住她的咽喉，"再动，我就不客气了！"

圆脸姑娘大喊，"你敢伤我？可知我的师父是谁？"

赵云暗笑，刚才问你不说，这时，偏装作不想知道，"管你的师父是谁？"

"你敢藐视我的师父？"圆脸姑娘怒道。

"就这等武艺，你们的师父能有何本事？"

"有何本事？我的师父乃天下第一高人，他就是风雷不惧倒转乾坤的车前子车仙人！"

赵云摇头，"没听说过。"赵云清楚，很多世外高人，如自己师父公伯尊崖一般，并不为外人所知，却道行高深，从披发人的武艺修为看，他的师父道行当深不可测。

"没听说过？他有九大弟子，就是九条龙，各个武功卓绝。"

赵云正想了解披发人的真实姓名，于是道，"九条虫吧！"

"你敢小看他们，我的大师兄是长发飞仙武风子，二师兄是原始尊者廖挑子，三师兄是遁天入地庄渎子，"赵云听明白，袭击主公船只的那人叫武风子，他们师兄弟共九人，师父叫车前子！自己没有空闲听他们的师兄弟都叫什么，故意笑道，"你那个三师兄不愧名号叫遁天入地，确实逃得快！"

见赵云嘲笑师兄，圆脸姑娘急了，"如果你不晓得他们，我再说一个人你一定知道，他是我师父最得意的弟子！"

"哦，"赵云来了好奇心，"我倒要听听他是谁？"

"他就是博望用兵，烧得夏侯惇吓破胆，新野焚城，惊得曹仁失掉魂，火烧赤壁，逼得曹操急北还的诸葛亮子！"

赵云一听博望坡、新野，还提到了赤壁，本就吃惊，最后竟听到了"诸葛亮子"，他惊愕到了极点，看赵云张着嘴巴，圆脸姑娘高声道，"怕了吧？"

赵云听明白了，尽管军师大名改成了"诸葛亮子"！赵云也懵了，袭击主公船只的人竟是军师的师兄！"不可能！"他不禁喊道。

"不可能？"有人搭言，赵云惊愕地发现，身后站着一人，他何时来的，自己竟浑然不觉，此人个头矮小，头戴一顶蓑笠，遮住了大半面容。

圆脸姑娘惊喜道，"师父！"

赵云也认出，此人正是竹林蓑笠翁！自己抓了他的女徒弟，师父焉能不怒？赵云马上横剑在手，只见老者一抖身，眼前树叶瞬间横飞，赵云急忙舞出一片玲珑壁，转眼树叶散尽，圆脸姑娘与老者已然不见了踪影。

赵云看出竹林蓑笠翁有神鬼莫测之功，好在自己提前护身，这时，他感觉头上有异，顺手一摸，竟从头发中抽出一把竹剑，赵云不禁骇然。

这时，一位姑娘小心翼翼走上前来，竟是黄锤，这个情形被她看到，赵云好不尴尬。

黄锤来到赵云近前，关切地问，"焦义士，你没伤着吧？"

赵云的脸红了，"我没事。"

"在我心中，焦义士的武艺已登峰造极，没想到，世间还有这等高人！"黄锤道。

赵云摇头，"人外有人，天外有天。"

"我的武艺低微，都没看清那位老者如何到的，又是如何走的。想帮您都伸不上手。"

"我也没看清。"赵云实话实说。

黄锤望一眼赵云，"既然姑娘有这么厉害的父亲，焦义士还要多些耐心！"

赵云一愣，大概黄锤离得远，没听清，于是道，"那不是姑娘的父亲，是她的师父。"

"哦，那个逃跑的人是她的师兄？"

赵云点头，"对。"

"危难之时，师兄跑了，姑娘看清他的面目，您就能赢得她的芳心。"

黄锤明显会错了意，赵云道，"那位姑娘与我没有一点关系。"

"她不是您要找的人吗？"黄锤疑惑。

"她只是与我要找的人相关，那人是她的师兄，不是你见到的这个，是另一个。"赵云极力解释。

黄锤不好意思，"我以为——"

为了化解尴尬，赵云转移话题，"你如何来到这里？"

"听说很多南徐达官贵人来此上香，不知能否碰到我们要找的仇家。"

"怎么就你一个人？"

这时，黄戈从不远处转了过来。

第八十五章
探虚实孙权审案

大乔一早赶往吴侯府。她打定主意，先找国太，策王府连续遭袭，作为孙家长者，她应主持公道，借此了解刘备的消息。

大乔认为，孙刘联姻是好事，小妹也曾有话，非人中之龙不嫁，刘备就是人中之龙，两人虽有年龄差异，若是国太相中，也不失为一桩美事。

刘备来东吴相亲，孙权秘而不宣，已说明问题。拿小妹当诱饵，瞒着母亲设计这种圈套，大乔从心里瞧不起。

孙权所为，若被国太知晓，定然大怒。大乔怀疑这个主意是周瑜出的，若是国太迁怒周瑜，周瑜毕竟是小乔夫君，得不偿失。孙权被国太责骂，虽然解气，他若追问消息来源，总不能将赵云说出，那将置自己于尴尬之地，无益于了解刘备下落。大乔思量再三，决定采用迂回战术。

大乔进入寝宫，给国太请安。国太拉着大乔坐在身边，疑道，"绍儿如何没一起来？"

大乔眼中含泪，"他在家养伤。"

国太疑道，"小妹回来说绍儿无恙，难不成受了内伤？"

"前天是于麋、樊能之子寻仇，昨日是于吉弟子索命，孙绍刚又受伤，小妹不知情。"大乔想到昨日凶险，不觉落下泪来。

"绍儿伤到哪里了？大夫如何说？我要去探望他。"国太知道，一个女人顶家立业不易，何况近日连遭劫难，"恶徒如此嚣张，这还了得！"

"孙绍被凶徒从高处打下，摔得很重，"大乔努力控制自己的情绪，"他多次遇袭，凶手至今逍遥法外，岂不更加肆无忌惮？"

"我的儿，你们受委屈了。"

"如此下去，孙绍早晚要毁于恶人之手！"大乔悲愤道，"孙策虽不在，孙绍毕竟是孙氏一脉，遭此境遇，外人知道也会笑话的。"

国太听大乔泣诉，很难过，责怪孙权不够尽心，她对身边亲随道，"去，把孙权给我叫来！"

国太亲随来到议事大厅，孙权正怒气冲冲审讯。

孙权最近烦透了。刘备失踪，至今杳无音信。偏偏此时，消失多年的严白虎后人，突然出来造反，不断攻城拔寨，让他十分震惊，只得派大将前往围剿。更令他困惑的是，夷南教也聚众闹事，据传因其大法师被杀，夷南教分布广，人数众多，处置起来很是棘手。

在他最焦头烂额之时，东吴最大的屯田营地又着火，损失大批粮食，两个屯田都尉相互推诿，都指责是对方之过。这事本不该自己处理，因一人是张昭侄子，一人是孙匡妻弟，无人愿意评判其中是非，最后推到孙权这里。

"曹子高，大火从你那里烧起，你还有何话说？"孙权怒道。

看到孙权脸色铁青，曹子高心中打鼓，辩解道，"大火虽从南营烧起，放火之人却来自北营，定是受人指使！"

"血口喷人！"张焱气道，"吴侯，他故意引诱北营的人，是蓄意栽赃！"

"你那里的人还用引诱吗？张焱肆意克扣工钱，稍有异议，就大开杀戒，屯农是被逼无奈，才逃到我这里。"

老底被揭，张焱急了，"吴侯，哪里是我逼迫？曹子高为了敛财，在屯田营地开起妓馆，屯农哪经得起这般诱惑？"

"都是人才啊，一个乱扣工钱，一个私开妓馆，看来我是大材小用了！"孙权冷笑，"只为牟利，敢把屯田大业当儿戏，看来你们都活腻了！"

两人一哆嗦，曹子高抢先辩解道，"吴侯，这一切都是张焱撵人造成的！"

"他要是直接把人交给我，何至如此？"

"追个屯农，造成重大损失，我岂能饶了你们？"孙权愈加气恼。

"不是屯农，"张焱看到自己有性命之忧，急道，"那人可能是刘备，不对，应该就是刘备！"

"什么？"孙权一震，"再说一遍！"

"您发的密令我仔细看了，此人耳大臂长，与密令所述一样！"

孙权不敢相信，刘备能在这么短的时间，跑到屯田营地？孙权盯着张焱，判断他是否欺骗自己。

"吴侯，那人面貌并无特别之处，他这是明目张胆骗您！"曹子高争辩道。

孙权手指曹子高，"闭嘴。"然后对张焱道，"你给我详细说说，此人如何到的你那里？"

"屯田招募来的！"

孙权摇头，刘备老谋深算，只能往荆州逃窜，如何能去荒芜之地？

张焱见此，忙道，"招不满时，也可能强迫来屯田！"为活命，张焱只得把秘密和盘托出，他必须抓住刘备这根救命稻草。

"此人还有何异常之举？"

"一伙屯农受到蛊惑，蓄谋闹事，"张焱刚说到此，曹子高忍不住插言，"都是他克扣工钱逼的！"

孙权上去给曹子高一巴掌，"再插嘴，打掉你的牙。"然后对张焱道，"接着说。"

"我让一个兄弟盯着，当晚他挨欺负时，那人曾出手相助。"

"那人会武艺？"

"对，武艺甚高，一出手，就震住所有人。"

"哦。"孙权不住点头。

"因其相助，兄弟把他引至我的大帐来，我看到他的长相，就想起了主公密令，拿言语试探，说他长得像大汉皇叔刘备。结果，他以上茅厕为由，慌慌张张离去。"

孙权急道，"他可报上姓名？"

"刘乾。"

孙权顿足，此人也姓刘，他极有可能就是刘备！"既然已怀疑，为何不抓住他？"

"他很警觉，立即逃往南营，我们追过去，曹子高不让进入，才致错失良机！"张焱趁曹子高不敢言语，把责任全推给他。

曹子高闻听，想插话，又怕孙权打掉他的牙，终于没忍住，捂嘴道，"吴侯，不要听他胡说八道，张焱没来前，南营一直平安无事，他一到，南营就着火了，我看他抓刘备是假，纵火才是真！"

"愚蠢，那定是刘备放的火，趁乱逃跑！"孙权气道。

眼见孙权的注意力全到刘备身上，曹子高只得道，"其实，我是动员了全营抓捕那人的。"

孙权厉声责问，"为何还让他跑了？"

张焱接道，"曹子高目光短浅，三番五次去救火，才致刘备逃脱！"

孙权痛心疾首，抓住刘备的大好时机错失了！曹子高忙道，"屯田营地三面有人把守，一面是深山，当晚下大雨，天冷路滑，刘备若跑进山里，不被冻死也会饿死！"

张焱马上道，"山高林密，野兽出没，也有可能被吃了。"

孙权摇头，他怀疑，刘备可能还是跑掉了，不免十分沮丧，张焱与曹子高只会互相诋毁，耽误了大事。"既没抓住刘备，还把粮食烧了，你俩都难脱干系，必须严惩！"

两人被拉下去，不停大声喊冤。这时，孙权看到国太亲随在门口候着，问道，"母亲找我？"

亲随点头，"国太找您有要事相商。"

孙权皱眉，虽然一肚子的气，国太找也得赶过去。

第八十六章
为还情大乔探秘

孙权步入国太寝宫，看到大乔在，知道国太找他，必与大嫂有关。说心里话，孙权在一众文武面前，一言九鼎，说一不二。对大乔，比较发怵，她太聪慧，孙权感觉，自己所有女人加一起都没有她的头脑。更何况，袭击孙绍的凶手一直没抓到，孙权心中发虚。

他先给国太施礼，后问候大乔，"大嫂也在这里，听说孙绍又遭凶徒袭扰，我十分挂念，现在无碍吧？"

大乔坐在那里没动，"恕大嫂才疏学浅，不知二弟所言无碍是何模样？没有丢掉性命应该算无碍吧？"

这句话噎得孙权一时语塞，"小妹回来，说孙绍无碍，"半晌方道，"孙绍又伤到哪儿了？"

"先有恶徒半路劫杀孙绍，后有许贡后人到府纵火，前天于麋、樊能之子上门寻仇，昨日于吉的弟子又来索命，每次孙绍都危在旦夕，可怜孙策疆场浴血拼杀，打下东吴大片江山，如今，竟连他的唯一血脉都保护不了，孙策如果在天有灵，如何安息？"

大乔说得如此悲怆，国太对孙权道，"不怪大乔生气，我听了都气恼不已，仲谋，这事你难辞其咎！"

"这阵政务缠身，对绍儿关心不够，请大嫂见谅。"孙权也过意不去，

"现在正全力缉拿凶徒。"

"我不听这些，只看抓住凶徒。"国太说罢，对大乔道，"最近东吴不安生，严白虎余孽造反，夷南教闹事，屯田营地又失火，仲谋忙得焦头烂额，请你体谅。"

大乔说过重话，深知与孙权不宜闹得太僵，那样国太也为难，"二弟，你是东吴之主，孙绍出现差池，你也没面子。"

孙权立时表态，"如果再抓不住凶手，就让他们提头来见！"

国太道，"那边全力抓捕凶徒，这边派人把策王府保护起来，免得再遭恶人袭击！"

孙权道，"好，我马上派人，日夜守卫策王府。"

大乔闻听，这样虽保护了策王府，赵云进出就难了。国太提议，孙权答应，还是出于好意，大乔不便违拗。

"其实，有些事我也想说几句，当年伯符真是不该杀了于吉，那是个大善人，他若听从众人劝阻，哪有于吉弟子复仇啊？"

孙权连连点头，大乔明白，国太刚训斥了孙权，如今是在找平衡。

大乔道，"孙策当年征战，很多事也是身不由己，现在他已不在，我只望家中平安。"

"大嫂，我保证策王府以后再不会出现疏漏。"孙权誓言。

大乔无奈道，"但愿如此吧。"

大嫂的气消解，孙权准备告辞，大乔见孙权要走，这岂不是什么都没了解到？恰在此时，外面传来孙小姐与女随的嬉笑声，大乔趁机道，"其实，不仅孙绍需要关心，小妹也需要关照。"

国太深以为然，"小妹不小了，整日舞枪弄棒哪能行？该找个合适人家了。"国太本要追问吕范回来没有，想到孙权刚被责问，当着大乔的面，不想事态扩大，让他难堪。

"小妹的婚姻大事，我怎能不挂在心上？"孙权忙解释，"只是她心太高，要嫁人中之龙，那岂是轻易能找到的？"

"张昭之子满腹经纶，有意小妹，也不失为一个好的人选。"大乔明白，这样很难获得想要的结果，她只得借题发挥。

孙权一愣，难道张昭为了联姻，又求到了大嫂这里？她原本可是反对小妹嫁于张文的。"母亲知道，张昭之子文绉绉，小妹不喜欢。"

"整天刀光剑影，就她这个样子，有人敢娶就不错了。"国太自嘲道。

"咱家小妹品貌端庄，文武双全，我看整个东吴都难找到配得上她的人。"

这话国太爱听，"既然提起小妹的终身大事，我正有事要问，孙绍几次遇险，都是他的师父所救。我听小妹的随从说，孙绍的师父武艺极高，年纪很轻，一表人才，小妹都要拜他为师呢，她服过谁？这倒勾起了我的兴趣，他日领来让我一见。"

大乔一震，如何扯到了赵云身上？他怎能来见国太？"孙绍师父只是一个江湖武师，门不当，户不对，哪配得上小妹？"

国太看得开，"难得小妹如此上心，他既然武艺高强，让仲谋多多提拔就是了，东吴正是用人之际，一举两得。"

大乔心道，他是刘备大将，还用得着孙权提拔？

孙权本对策王府的人多有排斥，还让自己提拔，如果成了自己妹夫，岂不更麻烦？于是道，"别被江湖术士骗了。"

这话不中听，大乔也没争辩，她不希望赵云引起孙权的注意。

国太不高兴了，"人家几次救了孙绍，小妹还对他如此佩服，是不是骗子，我一见便知。"

见国太不高兴，孙权转念一想，孙绍师父武艺高强，自己应该了解他的底细，做到心中有数，"是人才，就不能埋没，哪天让人试试他的武艺，再定如何提拔。"孙权言不由衷道。

"这就对了，当哥哥的，理应替小妹仔细相看，好生把关。"国太道。

孙权立时回道，"我尽快找员大将与他过招，看他的武艺到底如何。"

"你看，我只为小妹着想，相看孙绍的师父，也没与你大嫂商量。"国太笑道。

"我高兴还来不及呢。"大乔违心道，"只是，我还不晓得孙绍的师父是否婚配。"大乔知道，这定是国太关心的。

国太点头，"对，这可得给我问清楚。"她绝不会接受女儿做妾。

离开吴侯府，大乔又赶到周瑜府上。

到妹妹这里，自与吴侯府不同，不用那般小心翼翼，但也不是什么都能说，小乔毕竟是周瑜的夫人。

小乔很吃惊，昨天刚看过姐姐，今日姐姐又来访，定是有事，她挽着大乔的手，进入内室。小乔打量大乔，"姐姐神色憔悴，难不成没休息好？"

"昨日策王府再次遇袭。"

"啊？"小乔大惊。

"这次是于吉的弟子前来寻仇！"

"这到底是怎么啦？"

"幸亏绍儿师父及时回来，不然，策王府将被血洗！"

小乔长出一口气，"现在恶徒太猖狂了！我已给周瑜写好了信，让人带给他，最好他能回来，策王府频繁遇袭，事出偶然，还是有人背后操纵？"

"我已禀报国太，她责令孙权派人保护策王府，就别打扰周瑜了。"

"吴侯早该如此。"

"今日还说起小妹的亲事，她已不小，国太着急。"

"我看还是孙权不用心，手下文臣武将众多，给小妹找个称心如意的有何难？"

"可曾听说周瑜为小妹保媒？"

小乔有些吃惊，"周瑜手下武将，吴侯了如指掌，小妹相中哪个，不是他一句话，还用得着周瑜做媒？"

"你可曾听说，他为外人保媒的事？"大乔不能明说为刘备保媒，周瑜对他恨之入骨。

小乔疑道，"姐姐如何说起这些？"

"我是替小妹着急。"

小乔感觉，这里一定事出有因，她有意逗姐姐，"孙绍的师父武艺高，小妹又喜欢勇武之人，他还是孙绍的救命恩人，促成他俩，岂不是两全其美？"

"两人身份相差太大，不适合。"

"你不问绍儿师父意愿，就给做主了？"

"我哪能替人家做主啊？"大乔感到小乔的话不怀好意。

小乔凑上前，搂着大乔的肩膀，盯着她的眼睛，"姐姐孤单这么多年，孙绍还这么喜欢师父，干脆让他做孙绍的继父算了！"

大乔摇头，"不可能。"

"怎么不可能？姐姐是江东第一美女，他不喜欢？姐姐虽上了几岁年纪，以姐姐的贤淑聪慧，天下就没有几个男人配得上你。"

大乔无奈道，"我终究是孙策之妻，孙绍之母。"

"难道姐姐要苦守一辈子？"

"别说这些不着边际的了。"

"怎么不着边际？周瑜回来我让他与吴侯说，策王府连续遭袭，有孙绍师父照顾，就高枕无忧了。姐姐为孙策守寡这么多年，嫁人也正常，父亲可劝说国太，她是个通情达理之人！"

大乔从心里感谢妹妹，她哪里知道，那是赵云，找到刘备会马上离去，找不到，也要向诸葛亮复命，如果回来，恐怕也是向东吴复仇来了！"莫要玩笑了。"

"哪里是玩笑？我是认真的，周瑜回来，我就与他说。"

"周瑜何时能回来？"

小乔笑了，"姐姐口是心非，你也盼着周瑜回来呢！"

大乔笃定地摇摇头。

"为什么？"小乔凝视大乔，"姐姐，你是不是有事瞒着我？"

"你我姐妹情深，哪能有事瞒着你？"大乔有些慌乱，她是周瑜夫人，话到嘴边，又咽回去，在一丝慌乱中，大乔告辞了。

第八十七章
探内府孤影投湖

赵云真是蒙了。

袭击主公船只的人是军师的师兄？这怎么可能？

此次东吴相亲，是军师力主来的，主公并不情愿，那——，赵云不敢想象。

过去，主公一直东奔西走，颠沛流离，直到请来军师，取下荆州，才有了自己的一方领地。此后军师亲赴江东，联合东吴，在赤壁大败曹操，渐成鼎足之势。

有了立足之本，本该高兴，君臣之间却出现一些微妙的变化。主公不讳言，能有今日，全靠军师妙计巧安排。

当下在荆州，军师威望甚高，他的克敌之法被传得神乎其神。主公常伴在军师身边，虚心请教。关羽、张飞与赵云饮酒时，不免唠叨，"大哥这般低三下四，长此以往，还不被诸葛亮取代了？"张飞还劝说赵云，莫与诸葛亮走得太近。

赵云平时爱与军师聊天，长见识。为此，关羽、张飞还与他产生了些许隔阂。赵云认为，军师未出山，先为主公谋定三分天下，每战必殚精竭虑，苦思良谋，对主公绝不可能有异心。

可是，这次乃自己亲眼所见，武风子作法，掀翻主公船只。张飞常道，"军师肠子弯弯太多，我们几个都绕不过他！"难道自己被军师骗了？此前一切都是假象？军师知天文，懂地理，通晓奇门遁甲。这些与武风子，包括他们的师父，确有相似之处。军师曾透露，师从一位世外高人，他不说，自己不便问，生逢乱世，是非对错很难评判，很多人不愿言及师门。难道是军师与他们合谋，刻意为之，要取代主公之位？

赵云摇头，他发现了很多疑点。无论是武风子、庄渎子，还有他的师父车前子，甚至连那位圆脸姑娘，都有一身武艺，可他从未见过军师舞枪弄剑，他是不会武艺的！这些人有一特点，名号都带一"子"，圆脸姑娘虽提到"诸葛亮子"，可他从未听军师说过此名。如果军师有这等厉害的师兄弟，当前主公正是用人之际，为何不请来相助？圆脸姑娘明显涉世未深，不像撒谎，难道这里藏着什么秘密？

还有一点，赵云没想明白，武风子把自己骗进"管若虚九子伏魔阵"，车前子为何不帮徒弟，还用大犍牛将自己领出来？刚才自己打跑庄渎子，还抓了他的女弟子，他能把竹剑插入自己头发，取自己性命当易如反掌，为何没有动手？赵云如堕雾中，百思不得其解。

最后，赵云还是选择相信军师。这就是一个圈套，蓄意栽赃。尤其想到，武风子与吕范相连，仅凭此，就足以说明，孙权才是这一切的幕后主使。

尽管疑窦重重，赵云索性不想了。他决定去找诸葛瑾，看他是否有主公的音讯。同时，了解一下军师的师承。

赵云来到诸葛瑾家附近，他敏锐地发现，周边有多个可疑之人，他不知诸葛瑾是否在家，自己是不能上门了。

诸葛瑾遇到麻烦，现在唯有指望大乔了。赵云匆匆赶到策王府，眼前情景，更是让他一惊，策王府已被士卒包围，赵云十分懊恼，看来还是自己连累了他们。其实，这是孙权听从吴国太建议，派来士卒保护策王府，被赵云误解了。

此时，天色渐暗，赵云一天没吃饭，已是饥肠辘辘，他找到一家饭馆，点了饭菜，却难以下咽，他不知诸葛瑾与大乔那里到底发生了什么。难道是为自己打听主公下落暴露了？

赵云想起上午之事，这一切，仿佛是设计好的，往军师身上栽赃，转移自己视线。黄豆说过，主公与孙乾爬上岸，后面有大量吴兵搜寻，那个光头黑胖子也提到，吴兵吴将围上来，主公被东吴所抓无疑，赵云决定再探吴侯府。

此时，天色已完全暗下来。经过两次观察，赵云发现吴侯府东北部较为僻静，决定从此进入。他悄然来到墙边，仔细倾听，一纵身上墙，轻轻一跃，来到地面。

刚一落地，远处来了四人，提着灯笼，应该是巡逻士卒，赵云躲在一棵大树后，一不小心，带倒一把扫帚，赵云眼疾手快，用脚尖擎住，没让它发出一点声响。

赵云可以观察吴侯府外貌，内部他是不了解的。正彷徨之际，看到一人哼着小曲过来，赵云躲在拐角，待那人走近，一回手，捂住他的嘴，将剑架在他的脖子上，"动一动，就要你的命！"

那人惊恐万分，赵云看他像个家丁，厉声问道，"近日可曾有重要人物抓进府？"

那人颤声道，"没听说过。"

赵云感觉，偌大个吴侯府，找主公太难了，既然确定主公被东吴所抓，索性一不做，二不休，干脆生擒孙权，逼他交出主公。"孙权在哪里？"

那人一愣，赵云剑顶其喉，"快说！"

"这是外府，吴侯只在正府办公，后府休息。"

"此时他在哪里？"

那人哆哆嗦嗦道，"应该在正府，听说最近他很晚才离开。"

"正府在哪里？"

那人用手一指，赵云一掌将其拍晕，拉进草丛之中。

赵云小心躲过巡逻士卒，向前摸去。最后，他被一堵墙挡住，原来这里与正府是相隔的，赵云一纵身，翻墙而过。

正府院落很大，赵云悄悄攀上房顶，小心来到主殿上方，他发现，主殿门前站着四个护卫，证明孙权还在里面，赵云不禁暗喜。这时，只听下面一人道，"你进去看一下，主公是否还在？他若已回后府，咱们还在这里傻站什么？"

一个护卫点头，进入殿内，赵云担心孙权离开，从上方甩出三粒石子，打在三人脑门上，他们没吭一声，倒在地上，赵云悄然飘下，迅速将三人拉到暗影之下，然后一闪身，进入殿内。

恰在此时，一人出来，正是刚才进来的护卫，赵云怕他出声，躲在石柱之后，等那人走近，捂住其嘴，一掌将其击晕，拉到墙角。

赵云瞧见前面议事厅内映出灯光，直奔过去，轻轻拉开一条门缝，只见屋内有一人，身材魁梧，背对门口，正弓身察看桌案上的信件，赵云十分激动，孙权还在！

赵云悄悄进入，随手关上门，迅速向那人靠去，那人听到声响，一回头，赵云虽没见过孙权，看举止装束，应是一个内侍，正在收拾桌案，还未等他叫出，赵云上去一掌，将其拍晕。

赵云看到龙书案上，摆满书信、奏折，他快步上前，一不小心，踢到龙书案，一些奏折书信掉在地上，赵云急忙翻看，是否有主公的消息。他发现，这里有严白虎后人造反的奏章，夷南教闹事的报请，还有曹军的动态，其实，有两个信件是张焱与曹子高的最新辩解之词，那里提到追捕刘备的细节，赵云运气不佳，他若没有碰到龙书案，就会最先看到，获悉刘备没在南徐，命运就是这般捉弄人。

赵云看出，孙权应该是刚走，他沿着廊道向前，也许是为了弥补刚才的背运，赵云轻松找到通道，快步来到后府。

他发现，这里极为宏大壮观，种有各色奇花异草，遍布亭台楼阁，中间还有一个观景湖，可谓应有尽有。赵云正思量，上哪里寻找孙权时，他发现一个窈窕身影，正站在湖边顾影自怜，突然，他听到"扑通"一声响，那个女子竟然跳湖了！

赵云一惊，急忙躲在暗处。"不好了，吕夫人投湖了！"只听有人大喊，后府内顿时一阵大乱。

第八十八章
佳人丧孙权被袭

孙权最近心气不顺，加之政务繁多，近几日，一直没回后府安寝。今日在国太那里，又遭大嫂奚落，心中很是窝火。他不禁感慨，如果自己有位如大嫂般聪慧的夫人，后院何至如此？他想起了吕颖孜，她是夫人中最聪明的，又是新来的，与其他夫人没有瓜葛，如果她能管好后府，自己就省心了。

吕颖孜多才多艺，长得极美，是孙权新近迎娶的，其实是夺来的，还是从一位兄弟那里夺来的，说起来孙权不免惭愧。

吕颖孜自从进得府来，终日郁郁寡欢，对自己很是冷淡，孙权想，还是对她关心不够，就直接去了吕颖孜那里。

孙权特意带上一名乐师，为两人助兴，其间，孙权还请吕夫人弹奏一曲，吕颖孜没有推辞，弹了一曲《琴瑟瑶池》，韵律悠远婉转，令人忘情。

此曲不仅打动了孙权，也"打动"了众位夫人，孙权离开后，徐夫人与王夫人醋意大发，在自己遭到幽禁时，没想到被吕夫人抢了风头。两人本是对头，此时竟联合在一起，尤其是徐夫人，凭借与孙权的特殊关系，有恃无恐，拉着王夫人前来挑衅，"装什么清高？一个小贩家的贱人！"

"贱人就是贱人，有本事一直装下去！"王夫人在后面帮腔。

"听说要让你管理我们，现在就来吧！"

屋内的吕颖孜气得脸色发白，贴身丫鬟碧玉赶快安慰。看到两位夫人顶门叫嚣，欺人太甚，碧玉听不下去，来到门口，"两位夫人这般叫喊，小心伤了身体，你们有何不满，对吴侯说去，犯不着来我们这里。"

徐夫人哪受得了这个，上前一巴掌，"一个贱婢，哪有你说话的份儿？"

吕颖孜出来，"两位凶神恶煞为哪般？还跟一个下人计较上了！"

王夫人道，"别以为吴侯赏识一次有何了不起，我们什么没有经历过！"

徐夫人的话更狠，"不知吴侯怎么想的，跟别人好过的，不知干净不干净，还当个宝儿似的！"

"你说什么？"吕颖孜气得全身颤抖，手指两人，"你们再说一遍！"

徐夫人叉腰，"再说十遍又能如何？"

未等她开口，吕颖孜就倒在了碧玉的怀中，王夫人一看不妙，拉起徐夫人就走。

碧玉将吕颖孜扶上床，要去禀报吴侯。

吕颖孜制止了她，"找他能如何？又逃不出这个牢笼！"想起那个同样遭苦受难的人，更是泪流不止，痛不欲生，直到泪水哭干，昏昏沉沉睡去。

　　待吕颖孜醒来，天已大黑，她慢慢坐起，缓缓地来到琴旁。秀指轻动，曲韵自来。曲子时而呜咽悲伤，时而铿锵激昂，时而寂寥无依，听得很多人都落了泪。

　　就在此时，碧玉一个没注意，吕颖孜跑出屋，投了湖。

　　孙权刚回到后府，急忙跑出来，指挥侍从营救。吕颖孜被人从湖中打捞上来，孙权上前抓住她的手，眼中含泪，"颖孜，颖孜，"他大喊，"叫御医，快叫御医！"

　　只是，吕颖孜已没了气息。

　　吕颖孜自被娶进吴侯府，眼见得她日渐消瘦，孙权看着心疼，请吕母进府劝说，这是心病，劝皮劝不了瓤。

　　原来，吕颖孜听说他病了，病事沉重，想到他的痛苦，内心饱受煎熬，更感觉没了希望。她早有向死之心，只是顾虑自己一死，会牵连父母。今日，孙权一到，引发徐夫人、王夫人妒忌，两个没脑子的女人冲上来，正中她的下怀，她借受两人之气，为自己一心向死找到一个恰当的理由。只是，可惜了这样一位痴心的女子。

　　赵云在暗处，听到有人喊"吕夫人跳湖了！"在这里，能称为夫人的定是孙权的妻妾，赵云看到一群人跑出来，其中一人身材魁梧，在众人之间十分突出，面对打捞上来的女人，更是痛彻心扉，赵云断定，这人就是孙权。

　　此时，乘其不备，一举将其擒住，就能换回主公。只是，在其夫人自尽之时出手，似乎不够仁道，还有一群人在其左右，动起手来多有不便。赵云稍一犹豫，孙权已经带人将吕颖孜抬入屋内，赵云好不懊恼，他趁乱跃上屋顶，伺机而动。

　　徐夫人与王夫人知道自己闯了祸，正要藏起来，被孙权找到，每人重重赏了两记耳光。让她们跪在吕颖孜的尸身前，反省三天。平时飞扬跋扈惯的两人，此时连看一眼吕颖孜的勇气都没有，只剩下了战战兢兢。

　　孙权悲痛欲绝，曾经令人如此陶醉的姣美容颜，此时变得惨白，一绺烦恼丝沾在额头，孙权轻轻替她理到耳边，看到她微合的二目和张开的嘴巴，似乎述说着她的愤懑与不甘。

　　孙权为了得到她，可谓煞费苦心，甚至使用了一些见不得人的伎俩。孙权能感觉到她的抵触，没有直接用强，先晾着她，使其冷静。她很聪明，在锦衣玉食中，让她感觉到吴侯夫人的尊贵，再给她关爱，享受恩宠，定能收服其心。没想到她如此决绝，以这样一个事由寻了短见，一朵冷艳的鲜花这么快在自己手中凋零，早知她如此刚烈，还不如放手，现在既觉得对不起自家兄弟，人又没了，人情两空。

孙权独自走出屋子，来到湖边的凉亭内，坐在长椅上，看着平顺如镜的湖面，刚才就是在这里，一个鲜活的生命被冰冷的湖水吞没，现在孙权肝胆欲裂，痛苦难当。他闭上眼睛，痛苦不曾少半分，他仰望星空，天空晦暗，月亮在云中漫行，时隐时现，似乎也是满腹心事。

赵云看得清楚，迅速跳下房顶，直奔孙权而去。在孙权最心痛之时，猛然瞥见一个黑影向自己扑来，手中是明晃晃的宝剑，孙权大惊，"来人！"站起就跑，赵云飞身赶到，举剑向前。孙权身上没带兵器，只能一转身，躲在立柱后，大喊，"护卫何在?"

孙权虽然身材高大，却很敏捷，他在几个立柱中，左躲右藏，与赵云周旋，赵云几次近击，都未得手。赵云着急，一旦护卫上来，想抓孙权就难了。

此时孙权早已魂飞魄散，忘记了痛苦，眼见这把宝剑在自己面前飞舞，吓得寒毛都炸了起来。

孙权有八大护卫，蔡森、霍利、袁木、海戴、葛三、那六、武须、杨伟，每日有两大护卫跟随，今天是蔡森、霍利。吕夫人投湖，主公痛心，两人也不敢上前规劝，只是远远地跟着。哪承想，偏在此时出现了刺客！两人吓得蹦起来，大喊来人，惊扰刺客，同时扑将过来，刀剑并举，直刺赵云，赵云回击，孙权抓住这个机会，仓皇逃跑。

赵云闪身追击，蔡森、霍利上前阻挡，两人是孙权的贴身护卫，武艺自然不弱，但与赵云相比，还相去甚远。只几个回合，赵云飞起一脚，将霍利踢翻，直追孙权。

孙权也算是马上将军，当年曾带兵攻打合肥，只是逍遥津一战，差点被张辽一刀劈了，输得惨痛。自此，孙权再不带兵。孙权与孙策最大的不同，就是孙策痴迷疆场厮杀，是三国时期排进前十的勇将，孙权即便拿刀佩剑，也只是做做样子。论武艺，孙权与孙策相差太远，更遑论与赵云比拼了。

赵云三步并作两步，赶上孙权，横剑挡在他的面前，孙权暗叫不好，扭头就跑，赵云一近身，"再跑我就要了你的命！"说着，将宝剑架在孙权的脖子上，"啊！"孙权一声惊叫，就在此时，一把宝剑将赵云的剑磕起，赵云一震，那把宝剑直刺赵云的咽喉，赵云横剑一挡，那人又连出三剑，刺、砍、削，剑法娴熟，"大胆狂徒，竟敢夜闯吴侯府，拿命来！"赵云一听是女人声音，定睛一看，竟是刁蛮的孙小姐！

赵云大吃一惊，怎会遇到她！如果孙小姐认出自己，告诉孙权，定会连累大乔与孙绍！好在今晚月高天黑，赵云不愿与她纠缠，尽力用衣袖挡脸，然后一近身，连出几剑，逼退孙小姐，再追孙权，这时，蔡森与霍利赶上来，与孙小姐一同缠住赵云，孙权乘机逃进府内。

赵云宝剑飞舞，迫得三人纷纷撤身。赵云回头一望，孙权已没了踪影。这时，众多护卫冲将过来，孙小姐手指赵云，"大胆狂徒，援兵已到，我看你往哪里跑？"

此时要擒孙权势比登天，孙小姐的话提醒了赵云，再打下去，已经无益。

赵云一用力，磕飞了蔡森、霍利的兵刃，孙小姐一愣，赵云借机冲出包围，向一侧高墙飞奔而去，大批护卫呼喊着赶来，赵云一纵身，跃上高墙，此时，外府周围已经聚集大量士卒，见赵云冲下，众士卒手持刀枪围拢过来，赵云挥动宝剑，瞬间撂倒十几个士卒，杀出一条血路，他来到墙边，一跃而过，众士卒大声叫喊，却无法跟出。

第八十九章
觅实情屯田追责

第二天一早，孙小姐来到策王府。一见大乔，开门见山，"大嫂，焦龙在吗？"

前日小妹欲拜师，昨日国太要相看，今日小妹又直接登门来找，这是真要将赵云当作相亲之人了？大乔原想拿此开玩笑，看小妹表情严肃，直呼"焦龙"大名，不禁问道，"这般急迫，找他何事？"

"要紧事！"

"怎么像他又惹了你，昨日他没有回府。"

"他何时回来？"

"说不好，他可能访朋问友不回来了。"大乔出言试探。

"他是孙绍的师父，怎能不辞而别？"

"焦义士乃江湖人士，不能按常人理解。"

"大嫂，你和孙绍知晓他的底细吗？"

大乔心中一动，"如何问起这个？"

"这很重要。"

发现小妹神情异样，大乔道，"他几次救了绍儿，我们对他十分感激，绍儿才要拜他为师，他还没答应，你也见过焦义士，要拜他为师的。"

"我们都被他骗了。"

"何出此言？"

"昨晚二哥遇袭。"

"竟有这等事？"大乔一惊，"你怀疑他——"

孙小姐没有直接回答，"我与刺客交手了。"

"昨晚天色晦暗，莫不是你认错人了？"大乔虽如此说，心中已怀疑赵云去冒险了。

孙小姐郑重道，"我对谁也没说，包括母亲。"

大乔很感动，她明白，小妹怕连累自己。"没道理啊，焦义士为何无缘无故去行刺仲谋？"

"这正是我想问的，大嫂就没发现他的可疑之处？"

大乔摇头，"未见其有何异常。"

"孙绍还是另请高明吧，他太危险，大嫂千万不能再收留他，免得惹祸上身。"

"谢谢小妹提醒，仲谋怎么样了？"

"死里逃生，算是捡条命吧。"

"那就好。"大乔点头，"孙绍已经历过几遭了。"

送走小妹，大乔心中难以平静。赵云本该昨晚回来，了解自己打听的情况，应是策王府被"保护"，无法进来，失去了耐心，无论如何，他都不应去吴侯府冒险。

小妹说不会对外人讲，她率真仗义，大乔相信她。此时，大乔本应待在府中静观其变，想到赵云昨晚激战，不知他是否受伤。孙权遇袭，定然进行全城搜捕，赵云能找到落脚之地吗？思量再三，她决定赶往吴侯府，一探究竟。

大乔来到国太处，正巧孙权也在。

国太先落泪了，"大乔，你说这是怎么啦？先是策王府连续遇袭，现在吴侯府也招来了刺客。"

"我也是刚听说，看到母亲与二弟安好，我就放心了。"大乔道。

"凶徒太嚣张了。"国太气道。

孙权道，"让母亲与大嫂忧心了，我一定要捉住他！"

"依我看，还是赤壁大败后，曹操贼心不死，用这等手段，搅乱东吴人心。"大乔道。

"别管受谁指使，抓住刺客全清楚了。"国太道，"不然，连我这个老太婆都睡不踏实了。"

孙权咬牙切齿，"捉住他，我要把他五马分尸！"

大乔道，"现在正是用人之际，二弟把保护策王府的士卒撤了吧。"

国太道，"现在南徐不消停，安全起见，还是让他们守在那里吧。"

孙权也道，"不在乎那点士卒。"

"现在二弟全力抓捕凶徒，他们哪敢再作恶？躲还来不及呢！关键是，策王府总围着一群士卒，容易引起他人非议。"大乔不无忧虑道。

孙权明白，大乔这是从大处着想，不想给人搬弄是非的机会。

国太沉吟片刻，对孙权道，"大乔如此说，是体谅你的难处，就听她的吧。"

孙权顺势道，"谢谢大嫂理解，我就把人撤了。"

国太忧心忡忡，"今年的年头不好，伯符过世这么多年，还沉渣泛起，多个仇家前来报复；仲谋也是烦事众多，严白虎后人造反，夷南教闹事，屯田营地着火，昨晚更是府中遇刺。我还听说，有条大船在江中莫名沉没，仲谋，最近东吴不太平，诸事不顺，你明日去祖庙祭拜一下吧！"

孙权点头，"母亲说的是，我正有此意，明日一早就去祭祖！"

国太望着大乔，"我的儿，你也带绍儿一同去拜拜吧。"

大乔不愿与孙权同行，"母亲，现在孙绍有伤在身，待他康复后，我一定带他去祖庙拜祭！"

国太道，"好吧。"想起昨晚的事，她仍心有余悸，叮嘱孙权，"出府得小心，多带些护卫。"又对大乔道，"我的儿，你与绍儿就不要轻易出门了。"

孙权与大乔点头称是。

孙权刚回议事厅，四弟孙匡来了。"听说府里遭遇刺客，特来看望二哥。"

"凶险至极，我差点把命丢了。"孙权眉毛紧锁，"你负责南徐城防，必须加强戒备。"

"好。"孙匡看孙权脸色不佳，欲言又止。

"你我兄弟之间，有话直说，是为曹子高的事吧？"孙权直接挑明。

"二哥遇袭，我还来给你添堵，"孙匡很是过意不去，"映琴担心兄弟被惩处，不好对父母交代，催我来向二哥求情。"

"曹子高损毁大量粮食，还在屯田营地开设妓馆，理应严惩！"

孙匡心中叫苦，"他主要受张焱牵连，不然哪会闯下如此大祸。"

"他俩都罪责难逃！"

孙匡心中发凉，"能否给他个将功补过的机会？"

"饶了他，张昭的侄子如何治罪？"

孙匡一听，颤声道，"两人都要问斩？"

"其罪当诛！"

孙匡一听，冷汗马上下来，这可怎么向夫人交代？

孙权见孙匡脸都白了，才拍了拍他的肩膀，"曹子高毕竟是弟妹的兄弟，我会酌情考虑的！"这时卖个人情，四弟才会更领情。

孙匡急忙站起身，给孙权作揖，"谢谢二哥，曹子高不争气，让二哥费心了！"

"你做好准备，明早陪我一同去祭祖！"

"好好好。"孙匡连声应道。

孙匡刚走，张昭又来。

这是孙权预料到的。"张先生请坐。"孙权站起，以示尊敬。

"听说，昨晚有人行刺主公，特来问候。"张昭躬身道。

"多劳先生牵挂。"

"主公乃天赐之子，岂是恶人轻易能伤得了的？看到主公无恙，果真不出我之所料。"

"先生来此是有事吧？"

张昭凑到孙权跟前，"确有要事禀报。"

孙权想，不就是为张焱的事吗？何必故弄玄虚？"先生请说，这里没有外人。"

"主公，此事只能说与您一人听。"张昭很是神秘。

孙权一挥手，示意左右退下。

张昭再次将嘴凑到孙权跟前，"告诉主公一件密事，诸葛瑾私下常与一个陌生人来往，那人是孙绍的师父。"

孙权听罢，不觉一惊。都说自己将来应把大位传于孙绍，难道诸葛瑾这么早就投靠了过去？"如何知晓？"

"家人偶然发现。"张昭绝不能让人知道自己监视诸葛瑾。

"你的意思是——"

"我怀疑他们暗中联合。"

看着张昭贴过来的脸，孙权有些反感。张昭善于投机，现在禀报，说明他摸准了脉，知道自己对策王府多有提防，孙权不喜欢别人看透心思。

张昭是当年大哥举荐之人，他现在却来揭发大嫂，从内心来说，孙权不喜欢这样的人。赤壁大战前，张昭力主投降曹操，如若听从他的建议，自己不是被囚，就是被杀了。

孙权自认对诸葛瑾还是比较了解的，确切地说，他对诸葛瑾的印象好于张昭。张昭能言善辩，过于强势，让一些人反感，诸葛瑾、鲁肃就在其中。鲁肃深得自己信任，他不敢如何鲁肃，诸葛瑾就不同了，一场舌战群儒，令张昭十分窝火，总想把在诸葛亮那里丢的面子，在诸葛瑾身上找补回来。议事时，他经常嘲讽诸葛瑾见识短浅，让其难堪。诸葛瑾忍气吞声，不与其计较，获得不少文武的同情。

"孙绍与诸葛恪是从小玩伴，应是一起习武吧。至于你所说的孙绍师父，他几次救了孙绍的命，小妹也见过，印象不错，就不劳张先生费心了。"

本想借此讨好孙权，抵消张焱屯田失责，没想到孙权不感兴趣，张昭只得悻悻地离开了。

第九十章
探真心奇袭孙权

赵云十分沮丧，夜闯吴侯府，孙权近在眼前，功败垂成。惊扰了他，再难找这样的机会了。

诸葛瑾已被监视，无论来自孙权还是张昭，自己都不想再给他带来麻烦。赵云感觉，诸葛瑾已经尽力，现在只能把希望寄托在大乔身上，策王府被围困，他不知哪里出了问题，难道真的被自己连累了？赵云忍不住前往探看，他惊奇地发现，策王府周围的士卒已经撤走。

赵云怀疑其中有诈，他在周边逡巡一圈，向附近百姓打听，方知那是孙权派来保护策王府的，至于为何突然撤走，没人知道原因。

赵云悄悄来到槐树桩旁，侧耳倾听，他隐约听到孙绍的习武之声，赵云放心了，一跃而进。

赵云来到练武场，不出所料，孙绍正在练习冲霄剑法。

孙绍看到师父，很是激动，赵云走进场内，对孙绍的招式一一指正，这时，孙毅赶来，"夫人有请。"

"师父刚到，就给叫走！"孙绍不高兴。

"你且练习，我随后就来。"赵云安抚道。

听闻大乔请他，赵云不免心跳加速，难道是她打听到了主公的消息？孙毅将赵云送到屋内，轻轻退出。大乔站在窗前，"你为何要刺杀孙权？"大乔头也不回道。

赵云一惊，"孙小姐告诉你的？"

"不管谁告诉我的，可有此事？"

"有，不过——"

大乔打断他，"如果没了孙权，东吴必出乱子，最终被曹操所取，那样，刘皇叔也是孤掌难鸣。"

"我没想杀他，只是要逼他交出我家主公。"

大乔回过身来，"吴侯府护卫众多，戒备森严，你这是拿命开玩笑。"

"为了救出主公，我别无选择。"

大乔走到赵云近前，"难得你对刘皇叔如此忠心，他就真那么不可替代吗？"

赵云郑重点头，"我家主公乃当世明主。"

"如果将来遇到更好的人呢？"

赵云摇头，"不可能。"

"一旦遇到呢？"

"我非三心二意之人。"

"我听说你曾保过公孙瓒。"

"我确实跟随过公孙瓒，发现他非明主，我即离开，他与我家主公不可同日而语。"

"如果找不到刘备，你当如何？"

赵云脸色骤变，以为大乔获悉了噩讯。

大乔知道赵云会错意，"我只是假设，子龙将军莫多心。"

"如果我家主公返回荆州，另当别论，若是被东吴伤害，必让他们血债血还。"

大乔凝视着赵云的眼睛，"如此决绝，南徐就没有值得你留恋的吗？"

赵云默然无语，半晌方道，"我会记住所有帮过我的人。"

大乔轻轻叹口气，"现在还没有你家主公的确切消息，我会继续打听他的下落。"

赵云摆手，"孙小姐已认出我，你就不要再冒险了。"

"除了我以外，小妹不会告诉任何人。我相信她，这是为了保护我，保护策王府，也保护了你。"

赵云不置可否。

"小妹不仅善良，也很仗义。"

赵云知道，自己错看她了。

"子龙将军，不知你是否感觉到，小妹可能喜欢上了你。"

赵云一怔，"不可能。"

"完全有可能，我现在有个两全其美的办法。"

赵云沉吟道，"如何两全其美？"

大乔望着赵云，"既然小妹喜欢你，你就留下来做东吴的女婿，让孙权放刘皇叔回荆州，东吴总比他的势力大，你在这里，更有前途。"

"绝无可能。"赵云态度坚决。

"是碍于刘皇叔吗？"

"无论什么，都不可能！"赵云毅然决然道。

大乔若有所思，"不管怎样，希望子龙将军不要再冒险了，现在南徐风声鹤唳，到处捉拿凶手，你且待在府中吧。"

"我还是去客栈吧。"

大乔明白，赵云担心连累策王府。因为夜探吴侯府，两人变客气了。一时无语，赵云就此告辞。

一出门，孙绍跑过来，"我实在等不及了。"

赵云看孙绍学艺心切，"走，我再指点你几招。"

两人一同来到练武场，孙绍兴奋道，"师父，冲霄剑法太厉害了，越练越感觉奥妙无穷，也发觉很多不明之处。"

赵云点头，"说明你用心了。"

"师父别走了，最近南徐不太平，本来奶奶让我明早随二叔去祭祖，母亲说让我养好伤再去，这样正好，可以随时得到师父指点，尽快掌握冲霄剑法。"

赵云心中一动，说者无心，听者有意。孙权去祭祖，这是一个难得的机会，孙权离开吴侯府，更便于擒住他。自己已到山穷水尽的地步，这个机会必须抓住。他对孙绍一番细心指教后，叮嘱道，"我不在时，你更要认真体会练习，待我回来检查你是否熟练掌握。"

出得策王府，赵云目标明确，孙氏祖庙。

赵云没费气力，就打听到了孙氏祖庙的位置。孙氏祖庙在南徐东南郊区，赵云疾步赶到，他在周边转一圈，选择一个没人的地方，悄然跃入祖庙院内。

孙氏祖庙宏大巍峨，雕梁画栋，赵云躲在暗处，看到祖庙内，有人在擦拭石柱，还有人在打扫地面，说明有重要人物即将到来。赵云轻舒猿臂，上了屋顶，很快找到了祭祀之处，它在四个大殿之中，这里矗立两尊巨大雕像，皆金盔金甲，高大威猛，栩栩如生，赵云猜测，这一定是孙坚与孙策了。雕像前放置三个香炉，香烟缭绕。赵云清楚，明日一定在此祭祀。

摸清环境与地形，赵云悄然离开，选择一家小客栈休息。

第二天一早，天刚放亮，赵云就赶到孙氏祖庙。

与昨日不同，祖庙周围有一些士卒巡逻，看来已提前做出防范。赵云瞧准机会，利用士卒巡逻间隙，飞身一纵，跃进院内。

此时，祖庙内已有钟磬之声，赵云看四周无人，悄然攀上立柱，再一纵身，跃上屋顶，向前奔去。

离钟鸣之声越来越近，祭祀之所就在眼前。不经意间，赵云赫然发现，前面屋脊之后，趴着一人！赵云一惊，在此偷窥，必是有所图谋，他是何人？要干什么？转念一想，亦有可能是东吴护卫，凭高观察四周动静，一旦发现危险，及时通报。

那人也发现了他，只见此人黑布遮面，身背虎皮囊，正用犀利的眼神盯着他，本已拉出的宝剑，又送回剑鞘，手指放在嘴边，示意赵云莫出声，随后扯下黑布，赵云看得清楚，竟是栾朋！

上次与武风子争斗，为了躲避追兵，逃到野外，栾朋曾款待自己一顿兔子肉！那时感觉他比较神秘，似乎与沈友有某种关系。

此时，他身带兵器，来到孙氏祖庙，意欲何为？能轻松上得了房顶，证明他的武艺不弱。沈友是被孙权所杀，难道他要为沈友报仇？自己要劫持孙权，换回主公，如果他得手，主公就别想救了！

赵云担心两人目的不同，发生争执，他对栾朋抱拳拱手，然后悄然来到一侧大殿上，这里距离祭祀中心更近。

赵云在此静候不久，孙氏祖庙的大门敞开，一群士卒簇拥着一个人进入，此人身材高大，穿着锦袍，赵云认出，正是孙权。

大殿内，顿时钟鼓齐鸣，众士卒分列两边。这些人当中，赵云赫然看到了一个熟悉的身影，祢平！

尽管在龟狐狱发生了意外，孙权没有责怪祢平，毕竟杀了黄祖一子，还骗得黄祖儿女上当，孙权认可祢平的能力。

孙权还发现，祢平懂阴阳，会八卦，善卜吉凶，据其所言，龟狐狱之事本被他预料到了，没有大功告成，主要是三将配合不力。孙权很欣赏他，就把祢平留在了身边。

孙权让他算一下，刘备是否还能抓回来？祢平仔细掐算，告诉孙权，"刘备不仅能回来，还是不费刀剑被带回来！"孙权高兴之余，有些不敢相信。

昨日，孙权在府内遇袭，他让祢平帮助破解。祢平淡然道，"主公不经历磨难，刘备焉能顺利回来？"

孙权很是佩服，祢平还懂吉凶平衡，"刘备多久能回来？"孙权着急。

"不日当归。"

"是吗？"孙权大喜，"近日东吴发生诸多事端，母亲命我去祭祖，请祢先生卜一下吉凶。"

祢平掐指算了半天，说了两字，"无碍。"

就这样，孙权带三百士卒，前来祭祖！他感觉，祈求祖辈保佑，终归有损颜面，才悄悄行动。再者，他也是相信了祢平之言。

这时，乐器响起，江南丝竹之声，婉转而庄重。

孙权先净手，整理衣冠，缓步来到两尊雕像前，仰望父兄，感慨不已，父兄创立基业不易，本以为赤壁大战后，东吴迎来发展良机，没想到荆州先被刘备取了去，如今将其骗来，欲以其为质换回荆州，他却没了踪影。之后，恶事不断，自己同孙绍连遭袭杀，让人寝食难安。

孙权手持三炷香，上前点燃，左手在上，右手在下，高举过头，深深一揖，然后郑重插在香炉内。孙权缓步来到蒲团前，跪于上面，双手合十举过头顶，口中念念有词。

赵云观察，孙权周围护卫众多，不适合马上动手，正在此时，赵云听到弓弦响，他久经沙场，早已练就了一双极其敏锐的耳朵，只见金光一闪，三支箭分上中下，直奔孙权后脑、后心、后腰致命之处。栾朋动手了！

当时，孙权祷告完毕，俯首跪拜，恰恰躲过射向脑后的第一支箭！随后赶到的两支箭，"啪啪"两声，都射在孙权的后背上，只听他大叫一声，栽倒在地。

第九十一章
祖庙袭击两相难

赵云大惊，这两箭如果要了孙权的命，虽然解恨，却无法换回主公了。

这时，只见孙权一个高蹦起来，两支箭掉在地上，原来他穿了护身宝甲，箭支无法穿透！"有刺客！"孙匡大喊，带领护卫冲上来。

栾朋一抬手，又是三箭！栾朋的箭又疾又准，两名护卫躲避不及，应声倒地，另一箭被蔡森击飞。

今日，孙权让霍利、海戴守护吴侯府，他带六大护卫蔡森、袁木、葛三、那六、武须、杨伟前来，其中袁木带领一百人看守祖庙大门。

这时，栾朋的三支箭又射来，一名护卫被射倒，另两支箭被葛三、那六击落。

祢平根据箭支射来的方向，往对面一指，"刺客在房上！"

闻听此言，众护卫往上冲，欲围住前面大殿，只见栾朋一张手，射下多支箭，箭支全带着烟，射中哪里哪里着火，下面顿时烟火一片！这时，只听得刀剑齐鸣，一片喊叫之声，"誓杀孙权！""莫要跑了孙权！"似有无数人杀将过来！孙权大惊，原来刺客如此之多！孙匡大喊，"保护主公，撤进大殿！"赵云一愣，明明只有栾朋一人，他猛然想起，栾朋擅长口技，他学鸟鸣，能将百鸟引来，技艺十分了得。

栾朋从屋顶飞身跃下，直扑孙权！

烟气之中，看到一人冲将过来，蔡森、葛三、那六迎上去，四人打斗在一起！

赵云见孙权正在慌乱之际，此时不动手，更待何时？他从侧面屋顶悄然跳下，直奔孙权，此时，孙匡、祢平、武须、杨伟带领众多护卫，保着孙权正欲撤进大殿。

赵云飞身赶到，上次功败垂成，此时焉能再放过孙权？赵云挥动宝剑，断后的武须、杨伟及十几名护卫瞬间倒地，赵云一探身，直取孙权，孙权突觉身后护卫躺倒一片，一愣神之时，只见一只大手向自己抓来，孙权一眼认出，此人正是前晚袭击自己的刺客！"啊！"他大声惊叫，急忙躲闪，他哪能快过赵云的身手，赵云一把扣在孙权的肩头，只需往回一带，就能生擒孙权！

就在即将得手之际，斜侧一刀直向赵云手臂劈来，猝不及防，赵云只得收手，孙权趁机逃脱！

原来是祢平出手！他已认出赵云，正是此人坏了自己的大事，不禁怒火中烧，挥刀就砍，才救了孙权。

赵云生气，上次在龟狐狱，本可一剑要了他的性命，念及其兄祢衡击鼓骂曹，才手下留情。没想到，即将抓住孙权之时，被他袭扰。赵云举剑就刺，祢平哪是赵云的对手，只几剑就乱了方寸。蔡森见主公遇险，弃了栾朋，赶来增援。栾朋以一敌三，十分吃力，堪堪不行时，突然少一劲敌，立时缓过手来。

赵云一发力，围上来的护卫又被他打倒一片，孙匡见刺客太厉害，大喊一声，"保护主公后撤！"葛三、那六丢下栾朋，奔到孙权近前，一并退入殿内。

栾朋赶过来，向赵云点头示意，然后用力踹开殿门，正欲冲将进去，里面突然飞出两把剑，栾朋一愣，幸亏赵云反应快，一挥手，将剑击飞！

栾朋直向孙权扑去！想到栾朋屋中的沈友诗集，再看栾朋长相，与沈友愈加神似，赵云断定，两人即便不是兄弟，也有血脉之亲。

孙匡呼喊护卫上前抵抗，栾朋继续往里面释放烟火，孙权等人顿时被呛得喘不过气，睁不开眼。赵云经历披发人所放蓝烟的考验，对他并无影响。孙匡、祢平保着孙权直接撤离大殿，从祖庙后门逃出。

此时，孙权带来的三百护卫，一百人守在祖庙大门，进来的二百名护卫已折损近半。他们如丧家之犬，慌慌张张逃窜。

赵云与栾朋追出，离开祖庙，来到空旷地带，栾朋所放烟火迅速散开，两人就暴露在众人面前。

一看只有两个刺客，这些护卫胆子又大起来，祢平尤恨赵云，指挥众护卫捉拿两人。正在此时，斜侧冲过来几人，赵云一愣，只见他们挡在孙权、孙匡等人面前，赵云发现一张熟悉的面孔，黄锤！原来是黄氏兄妹六人！

自从上次中了祢平的诡计，黄戟命丧龟狐狱，黄氏兄妹对祢平恨之入骨，他们开始跟踪祢平，见他频频出入吴侯府，知他已经巴结上了孙权。祢平谨慎，从不单独出行，闹市又不便行动，黄氏兄妹持续跟踪，这次竟然一举两得，他们誓要杀了祢平与孙权。

祢平认出，来人是黄祖儿女，不觉心有余悸。孙匡见刺客来了援兵，大喊，"保护主公！"这些护卫将孙权围在当中，且战且退。

祢平在外围，成为黄氏兄妹的主要攻击目标，先后被黄刀、黄剑砍伤，忍痛跟着败退。孙匡带领蔡森、葛三、那六等人舍命拼杀，怎奈他们完全被八人气势压倒，很快就折进去五六十人，形势愈加紧迫。这时，袁木率领一百人从祖庙赶过来，暂时缓解了危机。袁木、葛三、那六带着几十名护卫誓死挡住八人，孙匡、祢平、蔡森护着孙权向前逃窜。

这时，一侧房子后，又冲出十多个人，皆黑布遮面，为首者是一位青衫人，挡在孙权等人面前。仅凭装束，赵云感觉，他们极像破庙中审讯黄豆之人。

蔡森带人冲上去抵挡，青衫人剑法精妙，仅几个回合，就将蔡森刺伤，这时，葛三、那六已殒命黄氏兄妹手下，袁木受伤，退了回来。

现在，形成四拨人合围孙权残余的态势。赵云看出，其他三伙人，都是奔着要孙权命来的，只有自己想生擒他，这当如何是好？

这时，孙匡、祢平、蔡森、袁木带领几十人拼死抵抗，护卫越来越少。黄氏兄妹气势更盛，他们心中暗暗叨念：父亲与兄弟的大仇将报！栾朋两眼喷火，恨不能吃了孙权！转眼间，孙匡负伤，蔡森、袁木被砍倒，祢平又挨黄锤一剑，孙权身边仅剩十几个护卫，心中已极度绝望。

就在此时，祢平被黄剑、黄刀砍倒，黄戈上去一刀，号称能掐会算的祢平，就这样算丢了性命。

孙权已是在劫难逃，孙匡砍倒了青衫人的两个手下，拉着孙权就跑，黄戈跳过来，照着孙权搂头一刀，孙匡见形势万分凶险，一把推开孙权，这一刀正砍在孙匡的肩头，他的宝剑立时落地，栾朋、黄刀与青衫人同时举剑向孙权劈来，孙权眼睛一闭，完了，自己将身首异处！只听得兵器相交的声音，孙权一睁眼，发现三剑同时被震开，原来是赵云替他挡开了追命之剑，黄刀、栾朋与青衫人皆大吃一惊，孙权更是难以置信。

"这是为何？"黄刀大声吼道。

"要活的！"赵云知道，如果孙权被杀，主公在东吴人手里，必死无疑！大乔说过，孙权在当下东吴无可替代，没了他，东吴将被曹操吞并，主公也将孤木难支。

在大家一怔的工夫，孙匡满身是血地从地上爬起，疯狂地挥动宝剑，带着仅剩的几名护卫，保着惊恐的孙权，往前跑去，赵云等人急忙追赶。

偏在此时，前方冲出来一彪人马，原来是吴将马忠带领五百士卒赶到，将孙权围在当中。

看到自己的人马，孙权才如梦方醒。马忠十分机灵，极擅投机，关羽走麦城，最后就是被其所擒。

救了主公，马忠得意之余，不免忘乎所以，欲乘胜追击，一举擒下所有刺客，他一挥手，带领士卒冲将过来。

黄氏兄妹失望至极，栾朋也是百般不解，青衫人更是怒不可遏。赵云心中不免愧疚，见马忠耀武扬威冲过来，快步上前，马忠挥刀就砍，赵云往旁一躲，纵身就是一剑，这一剑太快，直接将马忠的头盔削掉，吓得他一缩头，拨马就跑。主将一败，士卒的气势也泄了，跟着往回跑，孙匡见此，担心再生意外，大喊，"马将军，快回来，保护主公！"

马忠借此赶回，保护孙权退去了。

"要活的？这下好，跑了！"黄剑咬牙切齿道。

青衫人对赵云怒目而视，他知道，围剿的人马很快就到，带着人迅速离开。

栾朋看一眼赵云，想到他刚才替自己挡剑，终于忍住怒气，转身而去。

黄刀一挥手，"走！"

黄锤看着赵云，想他这样做一定事出有因。黄剑扭过头，"七妹，还傻站着干什么？"黄锤只得跟着走了。

只剩下赵云一人定在那里。

第九十二章
审诸葛瑾试己妹

又是死里逃生。

肩膀被抓，差一点遭擒。三剑同时袭来，几乎身首异处！箭支射中的位置，虽有宝甲护佑，仍隐隐作痛。

前有吴侯府夜晚遇袭，后有祖庙大白天劫杀。如此密事，竟出现这么多刺客！

孙权盛怒之下，不经意瞥见桌上的棋盘和棋子，很久没下棋了，现在他需要冷静"复盘"。

近日，东吴诸事不顺，国太建议自己去祭祖，当时在场的只有国太与大嫂，当天，自己告诉孙匡和祢平明早一同前往，六大护卫是清晨出发前，才知所去之处，他们跟随自己多年，这次遇袭，四死两重伤，没有他们拼死护驾，自己早成刀下之鬼，他们用行动证明值得信任。

知情人的范围大为缩小，连同自己，只有国太、大乔、孙匡、祢平五人，令人生疑的只有后三者，祢平勇斗强敌，被人所杀，忠诚可鉴。孙匡为自己挡剑，全身受伤，让人甚是感动，终归是亲兄弟。

剩下一个就是大乔，孙权对这个结果深感震惊。

早前，坊间传言，东吴大位将来应由孙绍继承，自己正当壮年，确定继位人尚早，此事蹊跷，他怀疑这是大嫂让人放出的消息。当年大哥孙策遇袭，身受重伤，按常理应由孙绍继承他的位置，当时孙绍年幼，但是历朝历代，幼子继位者不在少数。大哥从大局出发，让自己接管东吴，自己感谢大哥的无私提携，大哥亡故后，大嫂带着孙绍深居简出，行事低调，有意避嫌。

从内心来说，自己很是感激大嫂，避免孙家出现内部纷争，给人以口舌之机，这正是大嫂的聪明之处。如今，她是看到孙绍成长起来，要为儿子争回位置？那么，她之前的所作所为是在韬光养晦？大嫂非同常人，她的聪慧超过一流谋士，好在她无兵无将，虽有几个大哥旧人与策王府来往，终究兴不起风浪。

最近，策王府连遭袭击，自己派人捉拿凶手，一直没有结果。不是没尽力，自刘备失踪后，东吴事端频发，实是力不从心。退一步说，自己不采取行动，国太不允许，群臣与百姓也会说三道四。

没有抓住凶手，大嫂对此多有怨恨，几次到国太那里告状，但不至于痛下杀手，要自己的命吧？

最近，孙绍新拜一位师父，武艺高深莫测，几次遇险都被此人化解。听说，他一身锦衣，十分俊朗，以至于国太有意让自己提拔此人，成就他与小妹的好事。吴侯府遇袭与祖庙行刺都有一锦衣人，他不会就是孙绍的师父吧？大嫂知晓自己去祭祖，难道他是受大嫂指使？想到这里，孙权不寒而栗，几乎控制不住自己的情绪。

尽管极度怀疑大乔，孙权也没敢贸然行动。大乔的妹妹是小乔，小乔的丈夫是大都督周瑜，其父是乔国老，在江东威望甚高。大哥去世早，国太与小妹对大嫂多有同情，众臣也时常念及兄长创业之艰难，孙权对此多有顾忌，担心捅了马蜂窝。

前日，锦衣人夜袭吴侯府，小妹曾与其交手，如果是孙绍的师父，小妹当识得此人，难道是因为当晚夜黑没看清，还是另有其人？不过，那晚锦衣人一见小妹，有一个遮面的动作，他是怕小妹认出来？小妹与大嫂感情甚笃，不会是故意隐瞒吧？

这时，孙权想起张昭的话，孙绍的师父多次前往诸葛瑾府宅，他们一定相识，不会诸葛瑾也是同谋吧？想到此，孙权不禁为之一震。

诸葛瑾在文武群臣中口碑甚好，孙权担心对诸葛瑾直接动手，引起群臣震动。再者，他担心这种举动，会惊动诸葛亮，刘备失踪，一旦他们怀疑是自己所为，必来报仇，荆州人马虽不多，诸葛亮却是智谋过人，他一人不知顶上多少人马，实在不好惹。

孙权决定从诸葛瑾下手，先礼后兵。他吩咐一名亲随，"去把诸葛瑾请到这里来，要客气。"

亲随暗笑，主公何时对诸葛瑾这般恭敬了？

亲随来到诸葛瑾府上，说主公有请，诸葛瑾心中咯噔一下。听说今日主公祭祖，被人行刺，他担心是赵云所为，正想打听情况，亲随到了。

诸葛瑾不免紧张，他了解孙权，如果对谁态度突然有变，就是信任有变。出发之前，他悄悄对儿子诸葛恪耳语几句。

路上，诸葛瑾的双腿仿佛绑了沙袋，心中七上八下。孙权刚遇袭，就让人找上门来，难道是自己与赵云来往被发现了？

诸葛瑾缓步进入议事厅，上前施礼，"参见吴侯。"

孙权一直审视着他，"子瑜请坐。"

"听说主公遇袭，在下好生牵挂，主公还好吧？"

"你也看到，我并无大碍，只是虚惊一场，"孙权面无表情，"好在刺客已被抓到。"

赵云被抓了？诸葛瑾一惊，他从孙权的平静中，读出了凛凛杀气。"刺客被抓，太好了。"

"真是太好了？"孙权盯着诸葛瑾，"子瑜，感觉我待你如何？"

诸葛瑾听孙权如此问，心中发毛，"主公对在下有知遇之恩。"

"但是，"孙权拉长声音，"你可做了什么对不起我的事？"

诸葛瑾一愣，"在下忠心耿耿，精心做事，主公何出此言？"

孙权轻声慢语道，"好好想想。"

诸葛瑾摇头，"子瑜不会做对不起主公的事，不会做对不起东吴的事，更不会做对不起良心的事！"

"这话说得好轻巧。"孙权一拍虎胆，"诸葛瑾，好大的胆子！老实说，你私下跟谁来往了？"

诸葛瑾闻听此言，心中一颤，这是孙权都知道了？他心一横，敢作敢当，自己的所作所为，并非为一己之私。如果赵云被抓，自己一定要设法营救他。"我只与赵云见几面，为了孙刘联合大局，请求主公不要伤害他！"

"谁？赵云？"孙权不敢相信自己的耳朵。他竟然从诸葛瑾这里诈出了干货！赵云是刘备的护驾，刘备失踪，他定是找到了南徐，更诡异的是，他竟成了孙绍的师父，难怪可击退各路强敌！赵云能去祖庙袭击，定是大嫂告诉他的信息，现在一切都已明了，如果赵云被大嫂所用，后果不堪设想。

诸葛瑾看见孙权的惊异表情，明白自己上当了。他没有从赵云那里得到口实，甚至根本没有捉到赵云！既然已经说出，诸葛瑾倒解脱了。"对，是赵云，他跟随刘皇叔来东吴相亲，船只江中遇袭，刘皇叔失踪。孙刘联合，本是盟友，若能联姻，更是亲上加亲，赵云见我，是想打听刘皇叔的下落，我所做的一切，皆是为了孙刘联盟。"

一句一个刘皇叔，孙权生气，"你是谁的臣下？竟敢私见赵云？他说来东吴相亲，你就相信？我们天天见面，为何不禀告于我？"

"以我与诸葛亮的关系，孙刘联姻，必不会瞒我，我不知赵云所说真假，才没有贸然禀报。"

"狡辩！孙刘虽然联合，毕竟是两家，他们强占了荆州，我们已然失了和气，赵云来找，你知情不报，是对东吴有二心啊！"

"子瑜一心为东吴，从不曾有二心！"

"既然没有二心，我且问你，你都对他说了什么？"

"当时，我对此事一无所知。"

"那你一定找人打听了。"

"我只找了鲁肃、吕范两人，他们都没在家。"

孙权很警觉，"为何找这两人？"

诸葛瑾担心连累鲁肃、吕范，解释道，"鲁大人多次被主公派去荆州，他支持孙刘联盟；听赵云说，相亲之事是由吕范保的媒，他可能知晓此事。"

孙权略作思索，"赵云是孙绍的师父？"

诸葛瑾一惊，这是要牵连策王府的架势，"我没听说。"

"你送赵云出来，孙绍将他接走，你能不知？"

诸葛瑾明白，定是张昭告的密，他恨极了张昭。

"为何不说话？我知你是忠厚之人，你告诉我，大乔与孙绍可知他是赵云？"

"我听赵云说，他救过孙绍，只是暂且安身在策王府，大乔与孙绍当不知他是赵云。"诸葛瑾努力为大乔母子开脱。

"如何断定赵云所说不假？"

诸葛瑾想，这是要定下大乔暗通赵云之罪啊！"赵云乃大丈夫，不应是妄言之人。"

"刚才还说不知赵云所言真假，不敢向我禀报，现在赵云就成了大丈夫，不是妄言之人，巧舌如簧，都是诡辩，"孙权气恼，"你私通荆州，该当何罪？"

"我为孙刘联盟，一片赤诚，主公明察。"

"你勾结刘备，这是重罪！"孙权眼珠一转，"不过，我给你一个机会，抓住赵云，就免了你的罪责！"

诸葛瑾明白，他们没有抓住赵云，这是让自己配合诱捕他。"我没提供有用信息，赵云很失望，言说不会再打搅我了。"

孙权面色阴沉，"诸葛瑾，你要思量明白。"

诸葛瑾迎着孙权的目光，"我想明白了。"

"那就别怪我了。"孙权一挥手，护卫将诸葛瑾带了下去。

孙权在屋内来回踱步，然后来到小妹的房间。

因为孙权再次遇袭，国太坚决不让女儿出门了。

孙小姐站起，"二哥，不好好休息，如何出来了？"

"我哪有心思休息。"

"这帮刺客真是胆大包天。"孙小姐咬牙道。

"我定要将他们抓住，万刃分尸！"孙权稍顿，"前晚闯进府的刺客，曾与你交手，感觉他的武艺如何？"

孙小姐一震，"武艺极高，不然他如何能闯出去？"

"祖庙刺客中仍然有他！"

"此人真是穷凶极恶！"

"有人认得，他像极孙绍的师父，你在策王府见过他，可是如此？"孙权盯着小妹的眼睛。

孙小姐一惊，"谁如此胡说，必须治罪！"

"你可确认？"

"当然。"

孙权心中发冷，"不是一个人最好。"

有赵云相帮，诸葛瑾、小妹相助，还有朱治等人守护，周瑜又是大嫂的妹夫，这让孙权如坐针毡。如今证据确凿，自己不能再无动于衷，孙权马上派人前往策王府，说国太有急事请大乔夫人前去。然后让一个内侍将张昭请来，最后，孙权派一个亲随盯着小妹，看她到哪里去。

第九十三章
抓走大乔费思量

自从赵云夜闯吴侯府，大乔就心神不宁。今日听说孙权祭祖遇袭，险象环生，几乎丧命。自己是知情人，难免不被怀疑。

这时，吴侯府副总管卢辉来到，言说国太有要事相请。国太有事，皆是让贴身女随通禀，卢辉前来，令人生疑。

"卢副总管，为何带这些人来？"

卢辉躬身道，"今日吴侯遇袭，他担心您的安全，特意让人护送您前往吴侯府。"

卢辉说漏嘴，大乔本可追问，"你到底是受国太所遣，还是吴侯指派？"甚至以怀疑为名，派人到吴侯府询问国太，是否有请。大乔没有，她让卢辉在门外稍候，把管家孙毅叫到近前，叮嘱他，照顾好公子，遇事要冷静，并对他耳语几句，"速办。"然后径直走出门，坐上车，随卢辉一同赶往吴侯府。

大乔随卢辉离开，孙毅当即将许映与闻凯从小门放走，他俩刚离去，策王府就被包围了。

孙小姐赶到时，看见策王府门前有很多士卒，问道，"你们在此做甚？"

守将付宏道，"保护策王府。"

孙小姐心中生疑，嘴上却道，"好。"说罢要进府。

"吴侯有令，任何人不得擅自出入策王府。"

孙小姐上去给付宏一个耳光，"你这是保护策王府吗？"

付宏捂着脸，赶忙让开。

孙小姐见到孙绍与孙毅，"大嫂在哪里？"

"刚有人来传话，国太有急事请夫人前去。"孙毅回道。

"我刚从母亲处来，不曾听说有事找大嫂。"

"什么？"孙绍瞪大眼睛，"卢副总管刚才来说的。"

"卢辉？"孙小姐疑道。

"他敢假传奶奶的话？"孙绍大感不解。

"我回府一问便知。"

"我也去！"孙绍道。

孙小姐安慰他，"好好待在府中，不会有事的。"

一听此话，孙绍更紧张，"怎么听着好像有什么大事似的，我要去见奶奶！"

孙小姐劝道，"你是男子汉，做大事的人，要沉得住气！"孙绍急得直跺脚，孙小姐又道，"不信姑姑，你还不信奶奶吗？"

形势发展出乎意料，从二哥的问话，说明他已经怀疑大嫂，难道他能对大嫂动手？孙小姐匆匆返回，来见国太。

"什么？卢辉打着我的旗号，把大乔带走了？岂有此理！"国太极为震惊，"速把卢辉叫来！"

亲随很快回来复命，"卢副总管出去办事，一直未归。"

"出去办事？他是躲出去了！"国太手指一名亲随，"去把孙权给我叫来！"想到他今天刚遇袭，"把孙权请来。"

孙权预料要面对国太，没想到这么快。卢辉是孙权派往策王府的，也是孙权让他躲起来的。

连遭刺杀，幕后主使明晃晃地指向大乔，盛怒之下，孙权才让人找来大乔，由张昭问话。

对于大嫂，孙权已由最初的防，变成恨而怕了，他恨大乔，因为孙绍的事，频频到国太那里告状，让自己不胜其扰。刚才，亲随回来禀报，小妹到策王府去了。孙权十分气恼，说明小妹完全倒向了大嫂，他拿捏不准国太心中到底是何态度，仅大乔背后这些人，小乔、周瑜、乔国老、小妹，包括朱治、诸葛瑾，都非等闲，若是这些人同时倒戈，自己的吴侯之位就将不保。现在必须控制住大乔，在他们还未成气候之前，予以扼杀，同时，震慑那些心意徘徊之人，巩固自己的吴侯之位；孙权也担心众人非议，引发东吴内乱，心中对此颇为忌惮。

现在国太让自己过去，定然是她已知晓了。本想一旦错怪大嫂，就将她悄悄送回，避免引起太大震动。转念一想，即使放回大嫂，以她的性格，也不会善罢甘休。既然无论如何都要面对，早见比晚见强，国太是孙家的长者，如今证据确凿，她还能支持大嫂谋反吗？

孙权进门，看见小妹，瞪她一眼，恨她站在大嫂那边。

"还敢瞪我？"孙小姐怒道，"你把大嫂弄哪儿去了？"

"你急急忙忙跑去策王府做什么？通风报信？"

"你监视我？"孙小姐火气上来，"对，你把我也抓起来好了。"

"都住嘴，"国太喝道，"仲谋，你好大的胆子，竟敢打着我的名义把大乔骗走？"

"是把大嫂抓起来了！"孙小姐气道。

国太怒视孙权，"你给我老实说。"

"我有话要问大嫂。"孙权解释道。

"什么话不可以问？为何把她抓走？"国太怒道。

"两次遇袭，凶徒中都有一锦衣人，"孙权咬牙道，"那人是孙绍的师父！"

国太惊道，"孙绍的师父是刺客？"

"胡说八道。"孙小姐斥道。

孙权生气，"前脚要与人比武，后脚又要拜师，晚上竟说没认出来！"

"夜黑事急，我就是没看清刺客的面目，怎么着？"孙小姐气不打一处来，"救你还惹来一身毛病，我就不该出手！"

孙小妹牙尖嘴利，孙权想到那晚若不是她及时出手，自己可能已被赵云所杀。感觉话说得过分了，"是二哥一时着急，失言了！"

"着急？着急就能冤枉人？就敢抓起大嫂？"孙小姐越说越气。

国太制止了她，"事关东吴的大事，意气不得，也马虎不得。"

孙权频频点头，"还是母亲识大体！"

孙小姐气道，"我就不识大体了，倒要看你如何对待大嫂。"

国太感觉此事非同寻常，"仲谋，你怎知他是孙绍师父？"

"他曾找过诸葛瑾，诸葛瑾招出了实情。"

"还事关诸葛瑾？"国太更震惊，"难不成他也参与了此事？"

"我听说诸葛瑾为人十分忠厚，二哥为了抓大嫂，开始肆意栽赃了！"孙小姐道。

国太语重心长道，"仲谋，你可不能胡乱猜疑啊，如果错抓了忠臣，会伤了一批人的心，你父兄打下东吴江山不易啊！"

"二哥现在急火攻心，连大嫂与诸葛瑾都敢抓，这就是胡作非为了！"孙小姐急道。

"什么胡作非为？"孙权气往上撞，"那人是赵云！"

"赵云？"孙小姐无比惊讶，"赵子龙？"

"赵云不是刘备的大将吗？他来东吴做甚？"国太疑道，"孙刘是盟友，他为何要暗杀于你？"

孙权说罢就后悔了，只得装糊涂，"我也不晓得他来东吴做甚。"

孙小姐暗道，原来孙绍的师父是赵云，难怪武艺出神入化，无人能敌！想到大嫂被抓，如果她与赵云有关联，就更麻烦了，"我看此事有假，赵云不帮刘备守荆州，平白无故来南徐干什么？"

孙权心想，他是保护刘备来南徐与你相亲，还是被骗来的，你若知晓那还了得？国太更得急！"孙刘因荆州出现不睦，他应是刘备、诸葛亮派来打探消息的。"

国太盯着孙权，"赵云是名将，怎会无缘无故伤人？"

"仲谋也未弄清楚。"孙权搪塞道。

"你是否有事瞒着我？"国太盯着孙权，"可与吕范所说保媒之事有关？"

孙权吓出一身白毛汗，惊异于国太的感觉。"仲谋岂敢有事瞒着母亲。"

国太看女儿在，担心她在此事上闹将起来，没有马上深究，"听你的意思，已坐实诸葛瑾勾结刘备了？"

孙权想，如果说大嫂与大臣都与荆州勾连，自己也没面子，"还未可知。"

"那个不清楚，这个未可知，仲谋，现今办事怎如此糊涂？那好，你将诸葛瑾带来，我一问便知。"

此话说得孙权直冒汗，"我已派人将他押到龟狐狱，改日让人将他带回，任由母亲询问。"

"莫不是如吕范般，从此就不见了吧？"

"不会，不会。"被国太看透心思，孙权面露惭色。

孙小姐更关心大嫂，"即使是赵云，大嫂也未必知晓，他曾几次搭救孙绍，大嫂才厚待于他，赵云袭击你，与大嫂何干？"

"母亲让我去祭祖，当时只有母亲、大嫂和我三人知晓，袭击我的人当中，就有赵云，他是孙绍的师父，大嫂不值得怀疑吗？"

孙小姐道，"你带几百人前去，谁知道是哪个走漏了消息？"

"护卫与士卒赶往祖庙前，根本不知去祭祖，其他人就是季佐与祢平，季佐为保护我身受重伤，祢平更是连命都搭上了。"

"四哥当然不可能有二心，祢平神神道道就难说了。"

孙权心中不是滋味，祢平命都没了，还遭怀疑。

国太道，"仲谋，我不希望你受到伤害，也不希望大乔被冤枉！"

"我请张昭先生问话，希望大嫂与此无关。"

"张昭？"孙小姐道，"让母亲问话岂不更好？"

国太知道，女儿与大乔母子感情深厚，她也需考虑孙权的感受，"张大人是托孤老臣，由他问话未尝不可。"

"大嫂在哪里？不会是审讯吧？我要去听听。"

国太拉住女儿，"你就不要添乱了，我相信大乔没事的。"然后对孙权郑重道，"万不可为难大乔，此事也绝不可传扬出去，不管最终是何结果，都先报与我知！"

孙权点头，看小妹还想说什么，孙权急忙退出，他更关心张昭的问话情况。

尽管怀疑大乔，孙权仍不愿直面大嫂，他请张昭问话，因为大哥曾有遗言，"内事不决问张昭"，由他出面正当。诸葛瑾、大乔与赵云勾结，是张昭告的状，问不出明确口供，他有诬告之嫌。孙权相信，以张昭的老谋深算，定能得到明确口实，那时抓起大乔，也让他人无可辩驳。

第九十四章
张昭提审遇尴尬

听说主公让自己向大乔问话，张昭很是踌躇，说是问话，其实就是提审，孙策当年对自己十分赏识，审问其夫人，于心不安。张昭本意是躲在幕后，不想孙权把他推到台前来了。

想来派他人，以大乔的聪慧，孙权不放心，作为托孤老臣，出面也名正言顺。只是真正面对大乔时，心中不免忐忑。

张昭来到大乔所在的屋子，大乔正低头沉思，自从被带到这里，她明白自己被软禁了，想来应与孙权遇袭有关，自己未做过对不起东吴的事，当然没什么好怕的。听到有人进门，她连头都没抬。

张昭暗想，勾结他人刺杀吴侯，无论是故作镇定，还是内心足够强大，都要剥下你的伪装，让你服软，痛哭流涕请我向吴侯乞求原谅。

张昭上前施礼，十分恭敬。

大乔想到，孙权不会直面自己，她甚至料到会是张昭，能言善辩，在江东群臣中资格最老，现在地位动摇，急于表现自己。

大乔原本对张昭十分敬重。她发现，自孙策过世后，张昭对他们母子的态度有变，大乔理解，毕竟是孙权主政。赤壁大战后，张昭失宠，他想与国太攀亲，挽回颓势。张昭过于势利，缺少名仕之风，大乔反感，为小妹着想，大乔不赞同这门婚事，张昭家规甚多，小妹单纯仗义，嫁入张氏门中，恐不快乐。同时，她对张昭欺侮诸葛瑾看不惯，在诸葛亮那里受辱，对其兄撒气，还派人监视诸葛瑾，实乃小人做派。

大乔一言不发，张昭再次施礼。"我本不愿意来，受吴侯所派，实不得已！"他为自己开脱。

大乔很平静，孙权敢于软禁自己，她能想到，事情应是源于赵云，到底是何情况，她希望从张昭这里得到答案。"张先生请回，不干你的事，让孙权来！"

"为何让吴侯来？"张昭出言诱导。

大乔不动声色，"你有权利囚禁我吗？"

"大乔夫人地位尊贵，仅仅是问话而已。"张昭为孙权辩解，试图消除大乔的抵触情绪。

"把我带到这里来，限制我的出入，不是囚禁是什么？"

"您应该知道为何这样做。"

"我不知道，"大乔瞥一眼张昭，"莫要与我打哑谜，有话直说。"

张昭见此，直道，"吴侯遭遇刺杀。"

"孙权遇刺，将我囚禁，听你的意思，此事与我有关？"

张昭点头，面带微笑，这正是他等的话。

"这是恶意诬陷，让孙权来，我要当面质问他。"

"谁来都一样，说清楚就可以了。"

"说清楚？要我说清楚什么？"

张昭不再迂回，"最近常有一个陌生人出入策王府，您做何解释？"

看来与赵云相关无疑，只是不知他们了解多少。"陌生人出入？你跟我们孤儿寡母说这等话，是何居心？"

张昭一怔，躬身道，"张昭言语不周，此人是孙绍的师父。"

"孙绍的师父如何成了陌生人？他教授孙绍武艺，出入策王府不正常吗？"

"有人认出他是袭击吴侯的刺客。"

"一派胡言，孙绍的师父皆是德高品正之人，怎会刺杀孙权？"

"这得问您了。"

"问我何来？"

"坊间传言，应由孙绍承继吴侯之位。"张昭审视大乔的脸色。

"心怀叵测之人放出这等消息，小肚鸡肠之人就信了，抓住妖言惑众之人就应斩首示众。"

"无论您如何辩驳，孙绍的师父就是刺杀吴侯的凶犯。"

"有证据就拿出来，不要拐弯抹角。"

"此人举止神秘，还曾与诸葛瑾来往。"张昭抛出线索。

"这些我都不知，张大人如何晓得？"

"诸葛瑾已向吴侯全招了！"张昭见大乔不卑不亢，直接扯出孙权，还借机给诸葛瑾栽赃，意指诸葛瑾供出的她，将自己摘除。

大乔一愣，诸葛瑾真的招供了？她盯着张昭，发现他的眸子乱动，想来是在试探自己，"以我对诸葛瑾先生的了解，绝不会乱言，比某些人的品行强多了。"

张昭不觉脸一热，但他也敏锐觉察到大乔一怔，"直说吧，孙绍的师父是赵云！"

"赵云？哪个赵云？"大乔为了保护策王府，只能装糊涂。

"荆州的赵云，刘备的手下大将。"

大乔不知道诸葛瑾到底说了什么，"不可能，孙绍的师父叫焦龙。"

"他就是赵云！"

"赵云不在荆州，来南徐做什么？"大乔试探张昭，是否知晓赵云来南徐的原因。

"这个在下不知，"张昭也装糊涂，"也许就是为了刺杀吴侯。"

"孙刘是盟友，他为何无缘无故刺杀孙权？看来定是有人故意造谣生事。"

张昭不想被大乔牵着鼻子走，"他在策王府住了这些天，常常深更半夜出入，您就没有发现他的异常？"

"深更半夜出入？你怎么知道的？难不成张大人监视策王府了？"

"我哪敢监视策王府？"张昭凝视大乔，"不管怎样，就是他两度暗杀吴侯。"

大乔点头，"怀疑他暗杀孙权，就把我抓起来了？"

"确与此有关，需要您说清楚。"

"要我说清什么？捉住凶手不就一目了然吗？"大乔料定他们没抓到赵云，又有些许担心，借此一试。

"您不要回避问题。"

"我有何回避的？他仅是孙绍的师父，你们要搞株连吗？"

张昭暗喜，大乔虽然嘴硬，气势已弱，于是乘胜追击，"吴侯去祭祖，是国太当着您的面说的，没有外人知道。"

"怀疑我指使他刺杀孙权？"

"您是知情人，自是难逃嫌疑。"

"我要提醒张大人，不要忘记东吴是谁打下的？是孙策！我要做这等事，孙策都不会答应，只有蠢人才这般想！"

"我能理解您，"张昭感觉大乔说得有理，只是现在孙权与策王府关系微妙，"您得证明与此事无关，才能还您清白。"

大乔已清楚因由，不想再与张昭废话，"我的清白，还用向你们证明？要问，让孙权来问！让他看看东吴的大好山河，那都是孙策浴血拼杀出来的！还有张大人，也要想想，东吴的安宁是谁护佑的？是小霸王！去，叫孙权来！去，请国太来！你没有资格在此与我说话！"

张昭被批得灰头土脸，"您不能这么说，当年孙策将军是留下话的——"

"是，孙策说过'内事不决问张昭'，可是你该问的不问，该说的不说，是非不辨，助纣为虐。我可以告诉你，大乔上对得起苍天，下对得起孙氏，问心无愧。你要问，就去孙氏祖庙当着孙策的面问一问吧，你的地位、荣光哪里来？现在，你为了巴结孙权，在这里装模作样，冤枉欺侮他的寡妻，怎对得起孙策的信任？又如何告慰孙策的在天之灵？"大乔越说越激动。

张昭本是辩臣，此时无言以对，只得讪讪而退。

张昭无功而返，孙权甚是失望。他现在是骑虎难下，如果放了大乔，就是放任隐患的存在。孙权一咬牙，索性一不做，二不休，先把大嫂关起来，再想办法撬开她的嘴。

第二天一早，一位老者来到策王府，此人须发皆白，气度不凡，正是乔国老。

孙绍自上次遇袭后，很久没去凤凰寨。大乔怕父亲担心，言说孙绍新拜一位师父，专心习武，没把实情相告。老爷子想外孙，也想看看女儿，就亲自来策王府了。

看到策王府有士卒把守，乔国老好生奇怪，他来到门前，被拦住了。"吴侯有令，任何人不得擅入！"守将付宏道。

乔国老大惊，"连我都不让进？"心中焦急，抬手给了付宏一巴掌，打得他满眼冒金星。之前已挨孙小姐一耳光，这下倒好，两边全肿，对称了。付宏恼羞成怒，一下拉出宝剑，被旁边士卒一把抱住，悄悄告诉他，这是大都督周瑜的岳丈乔玄！付宏一听，立刻软了，周瑜谁惹得起。

乔国老二话没说，直接进府。孙毅正拉着孙绍，他要闯出去。见国老来到，孙绍哭着告诉他，"母亲昨日被叫走，一夜没归。听姑姑的意思，可能与二叔遇袭有关。"

乔国老没想到，自己的宝贝女儿竟然被她的小叔子带走了。乔国老急了，孙权遇不遇袭，与大乔何干？

他领着孙绍，马上出府，走出不远，又折回来，吩咐孙毅几句，然后带上孙绍赶往吴侯府，要找吴国太当面理论。

第九十五章
救大乔双方交锋

二哥软禁大嫂，让孙小姐愤愤不平。她才知道，孙绍的师父是赵云！

开始因他帮忙不彻底，再见又击飞自己兵刃，对他耿耿于怀，哪想到是他救了孙绍，还成了孙绍的师父。后来，自己挑拨他与结石道长较量，被他的高超武艺折服，为他的飒爽英姿着迷。不惜放下自己的高傲，要拜他为师。因为之前的无理取闹，他对自己很是抵触。越是如此，越激起取悦于他的念头，在自己正踌躇如何接近他时，发生了夜袭吴侯府之事。

赵云是刘备手下大将，为何两度刺杀二哥？他们取下荆州还不知足，竟想要二哥的命，一举拿下东吴？孙小姐不免怀疑，难道赵云救孙绍是预谋好的？先打入策王府，再借助大嫂之力行刺二哥！可是，几次袭击策王府的人，袭扰原因各异，不可能是提前安排的。听说刘备很仁义，诸葛亮计谋超人，赵云也是侠肝义胆，即使孙刘两家出现不和，也不至于对盟友痛下杀手，其中定有因由。

现在看来，赵云既帮了策王府，也害了策王府！二哥认定，赵云行刺，是大嫂透露的消息。她知道，因为追凶不利，大嫂对二哥很不满。但她不相信，大嫂会指使赵云行刺二哥，她应不知那是赵云，一定是被冤枉的。

自己要求释放大嫂，母亲顾及二哥的情绪，大嫂就要受些委屈，需要自证清白。母亲十分喜爱孙绍，对大嫂也多有同情，相信母亲不会坐视，自己才勉强答应。

母女正谈论此事，外面传来喧哗声，直接闯进两人，一个是孙绍！一个是乔国老！

国太一看，这事麻烦了！她怪孙权做事不周，如此一闹，岂不尽人皆知了？

乔国老进得厅堂，一屁股坐在椅子上，胡子直抖，老头内心正气流翻涌。孙绍泪如雨下，"奶奶，我娘被二叔抓走了。"

国太拉过孙绍，"听谁瞎说，哪个敢抓你娘，只是问个话。"

"问个话，怎么现在还没让回来？"孙绍泣道。

国太想轻松一点，"你又不吃奶，还离不开娘了？"

乔国老轻松不起来，"我倒听听，有何要命话必须问！"

国太看这情形，不直说是过不去的，"国老别生气，这事都赖我，最近南徐不太平，连出事端，我劝孙权去祭祖，祈求平安，哪承想，孙权一去，就遭遇暗杀，几乎把命都丢了！"

乔国老没好气道，"那是他的仇人太多了！"

"当时只有大乔知晓此事。"

"孙权外出，必带大量随行，谁知哪个心怀叵测？"

"刺客中有孙绍的师父，那人是赵云！"

乔国老与孙绍皆一惊，"啊，我的师父是赵云？"孙绍大声道。

"我闻赵云忠勇无双，定是何人做了不义之举，才致他出手袭击。"乔国老话中有话，"无论怎样，大乔是我的女儿，绝不会做对不起孙家之事！大乔在哪里？我要见她！"

吴国太安慰道，"国老莫激动，大乔不会有事的。"

"不会有事？她一个弱女子，出现差池怎么办？"乔国老急道。

"有我在，国老尽可放心。"国太尽力安抚乔国老。

"可是如今她在孙权手里！"乔国老感觉，孙权敢抓起大嫂，已是疯了。

国太不禁皱起眉，"国老，孙权遭遇行刺，疑点重重，怎么也得让他弄清原委，他毕竟是东吴之主。"

乔国老怒道，"东吴之主？别忘了他的东吴之主哪里来？如此对待其嫂，亏心不亏心？无论如何，我要先见到大乔！"

孙绍泣道，"我要见我娘！"

"孙绍莫哭，此事会妥善解决的。"国太劝道。

"妥善解决？那就先放了大乔。"乔国老急道。

这让国太犯了难，"我们不能意气用事。"

"敢情关的不是您家女儿！"乔国老气道。

"是非曲直终有定论。"国太解释道。

"那得等到何时？"乔国老摇头，"国太若一味偏袒儿子，不要忘了孙绍也是您的孙子！他已经没了爹，您还想让他没娘啊？"

孙小姐上前，"我也想看看大嫂。"

国太瞪一眼女儿，心道，你不帮我安抚，还跟着起哄！

乔国老道，"既然怀疑大乔，我就当着你们的面质问她，她若有了歪心，我都饶不了她！"

国太劝道，"国老最明事理，凡事还要以大局为重。"

"以大局为重，就让我的女儿含冤受屈？"乔国老气愤至极，"如果国太不能主持公道，我就找孙权理论！"说罢，拉起孙绍就走，直奔正府议事厅，国太一看，乔国老在气头上，百牛拉不回，只得与女儿快步追出去。

此时，孙权正与张昭商量对策，乔国老闯进来，旁边跟着孙绍，后面是国太与小妹。

孙权一惊，策王府已封，乔国老如何这么快得到消息？看来是有人通风报信，此事比自己想象的还糟。

乔国老进得议事厅，往中间一立，举目向上，视孙权如无物。孙绍站在乔国老一侧，双眉紧蹙，握紧拳头。

孙权忙起身，"国老来了，请坐！"

"坐？东吴还有我们坐的地方吗？"乔国老怒道。

"国老戏言了。"孙权满脸堆笑。

"我是老朽了，知道这是你们孙家的江山，可是孙家不是只有孙权，还有个孙策！当年，他不肯屈身于袁术之下，献出玉玺，才得逃出樊笼，聚揽江东旧部，击退刘繇，挟死于糜，喝死樊能，收服太史慈，消灭严白虎，打退王朗，方得东吴大片土地。可惜英雄老天不佑，留下孤儿寡母被人欺侮！"为了女儿，乔国老也是豁出去了。他直指孙权要害，别忘了，东吴的江山是谁打的。你坐享其成，还敢为难自己的嫂子！

孙权被乔国老呛得脸一红一白，孙小姐赶快让人给乔国老与母亲搬来椅子，"国老坐下慢慢说。"

"我坐不坐不重要，只要你们记得有个大哥就行，他还不在了。"乔国老的话说得很重。

孙小姐忙道，"当然记得。"

张昭见孙权太尴尬，他理应出面，缓解当下的紧张气氛。"国老息怒，实在是事出有因。"

"有什么因？我女儿是能杀人，还是能造反？砍了我的头我也不信。我看是赤壁大胜后，有些主降的没机会投降了！有人江山坐稳了，不攘外，先打压内部！可惜了周瑜，驻守三江口，替主子图谋天下的一片苦心了！"乔国老掐着半个眼珠都看不上张昭，对他说话一点不客气。同时，也在点孙权，大女婿孙策出生入死为你打下江山，二女婿周瑜殚精竭虑保你东吴安全，不然你早就成为了曹操的阶下囚。

张昭立时满脸通红，羞愤不已，见孙权不便直言，他实在憋不住了，"国老此言差矣，昨日吴侯祭祖被袭，知情者只有大乔夫人，刺客中的赵云，又是孙绍的师父，大乔夫人当然难脱嫌疑。王子犯法与庶民同罪，国老即知东吴江山来之不易，为江东基业着想，有嫌疑还不能问话了？难道要放任乱子做大吗？"

"那就把大乔叫来，我们当众问她，她若真的图谋不轨，杀剐存留自便。"乔国老大声道。

孙权想，大乔心思缜密，张昭单独问话都没有结果，当着国太与乔国老的面，问不出因由，岂不更难堪！于是，对张昭一使眼色。

张昭马上道，"当着众位亲人相问，实在不便，也有失公允，交给有司秉公问话，不落口实，才能真正还大乔夫人清白。"

"交给有司就是提审，不是还大乔清白，那是在羞臊大乔，羞辱孙策！"乔国老气极，"放又不放，问又不能问，把我也抓起来算了。"

孙绍接道，"把我也抓起来吧！"

僵持不下时，小乔来到。孙权心中咯噔一下，都来得真快啊！他让人给小乔搬把椅子，她毕竟是周瑜的夫人。小乔没坐，她先给国太施礼，然后站在乔国老身旁。看见小女儿来了，乔国老感慨万千。

小乔扫视在场的诸位，然后给孙权施礼，"听说策王府被围，吴侯有令，任何人不得出入。小乔不明，特来向吴侯了解内情。"

孙权不便回答，张昭出来打圆场。"小乔夫人听我细说，吴侯祭祖遇袭，有人认得刺客是赵云，他现在是孙绍的师父。吴侯祭祖，大乔夫人是知情人，自是易被怀疑。"

小乔一惊，原来孙绍的师父是赵云！"怀疑姐姐指使他人袭击吴侯？张大人，您是孙策将军的托孤老臣，当年是姐夫让吴侯接替他的位置，姐姐如何能违拗其意？以我对姐姐的了解，她只能保护孙家江山，岂能从中作乱？更不会伤害吴侯！周瑜常跟我说，吴侯乃有德明主，最能明辨是非，此次所为，定是受到小人鼓噪，才让姐姐蒙受了不白之冤，肯请吴侯明断。"好个小乔，引周瑜之言，表明忠心，拉近周瑜与孙权的关系。最后，暗示有小人，从中挑拨，欲坏东吴大事。

言简意赅，不愧是周瑜夫人，乔国老都暗自赞叹。

小乔的话刺痛了张昭，口口声声说孙权被小人挑拨，不是影射自己吗？孙策当年有话，外事不决问周瑜，内事不决问张昭，两人分主内外，现在自己被周瑜抢去风头，还被他的夫人冷嘲热讽，将来还如何在东吴文武中立足？孙权抓起大乔，有自己的怂恿，谁让她曾阻止自己与国太联姻了？如果大乔这样放出来，不仅孙权没面子，自己更被他们瞧不起，既然如此，就要扛到底！

"主公，在刺杀之事没有查清之前，不应让大乔夫人离开。大乔作为孙氏长媳，即使蒙受不白之冤，等查清了，还她清白，总比现在不明不白离开好。"

孙权不禁点头，乔国老气坏了，简直要跳起来大骂张昭！"大乔绝不会做任何忤逆之事，有何不明不白？"

孙权如坐针毡，周瑜毕竟是自己的大都督，御敌全靠他。于是道，"事已至此，只需大嫂说清，不是她向赵云泄露的消息就行了。"

这时，孙绍毅然上前，"二叔，你放了我娘，把我抓起来吧，是我告诉师父，二叔要去祭祖的。"

所有人一愣，孙权急道，"你为何要告诉他？"

国太上前，"这可不能乱说！"

孙绍低声道，"母亲告诉我，因为受伤，没让我随同二叔去祭祖。我说与师父，是想让他晓得，我有空闲，可以多传授一些武艺。"

孙小姐忙道，"绍儿是无意之失，以后可得当心了。"

孙权为难了，即便孙绍是无意中说出去的，他的师父毕竟是刺杀自己的要犯！孙权担心，这是孙绍为了救母，仗义揽责。如果现在放了大乔，自己既遭赵云致命袭击，还被乔国老父女弄得颜面尽失，实在心有不甘。

正在此时，周善快步进来，"主公，我有要事禀报！"孙权真是喜欢周善的机灵，给自己一个脱身之机，于是站起道，"国老稍候，等我议完大事再说。"

乔国老见孙权没释放大乔之意，还要借故离开，欲上前扯住孙权，被小乔拦住，她听清楚，这一切都与孙绍的师父有关。

前些日子，策王府遭袭，自己上府探视，意外撞见姐姐为孙绍师父做衣衫，由姐姐的神情，她看明白一切，能让姐姐动心之人，绝非常人！他的几次生死相救，帮了策王府大忙。但她感觉，孙绍的师父过于神秘，最后竟惹出这么大麻烦！更想不到，他是赵云！

因为荆州的事，周瑜对刘备与诸葛亮恨之入骨，她对荆州人也没有好印象。看到父亲不依不饶，她不希望双方闹得太僵，于是拉住乔国老，"父亲冷静，相信姐姐没事的。"

国太与孙小姐也来规劝，乔国老不糊涂，无论是谁透露的孙权行踪，总归是有责任的，在大家的劝说下，暂且到国太处休息。

第九十六章
斥孙权奇女声援

祖庙没能得手，栾朋、黄氏兄妹与那伙蒙面人迅速离开，不知去向。

赵云知道，南徐必定血雨腥风，可是，他已无路可退，主公失踪时间越长越危险，赵云决定返回，这也许是最后的机会了。

赵云小心避开路上所有吴兵，来到策王府近前，他看到，门前有士卒把守，四周有人巡逻，赵云断定，策王府真的被包围了。

发生何事，竟至如此大动干戈？难不成真受自己牵连了？这个念头一出，让赵云的心情十分沉重。不知孙绍母子如何了？赵云正自思量，"焦义士！"有人喊他，声音低而急促。赵云一侧身，是老管家孙毅。"请跟我来。"赵云知道孙毅颇受大乔信任，他正想找人打听，就跟随孙毅来到一个角落。

"策王府怎么啦？"赵云急切地问。

"夫人昨日被人叫走，一夜未归，公子随国老进吴侯府理论去了。"孙毅没说，他是按乔国老吩咐，向小乔报信，才回来。

"这是为何？"

"听说是因为吴侯遇刺，夫人是知情人，遭到嫌疑，此事——"孙毅犹豫一下，"不知是否与焦义士有关？现在策王府被围，您还是躲起来吧，越远越好。"

离开孙毅，赵云的心头如同压一块巨石，自己的消息来自孙绍，现在看来，当时只顾擒住孙权，换回主公，还是考虑不周，连累了大乔。

赵云马上联想到诸葛瑾，他会不会也受到波及？赵云急匆匆赶往诸葛瑾府宅，来到附近，他正在观望，一个少年出现在面前，赵云认得，这是诸葛瑾之子诸葛恪。

"您是要去我家吗？我在这里等您很久了！"诸葛恪道。

赵云急问，"找我何事？令尊呢？"

"父亲已被关押，我逃了出来。他在离家前，特意叮嘱我，如果他被抓，让我一定想方设法通知您，别去我家，那里危险。"赵云脑袋"嗡"的一声，所有担心，都变成了现实。最不想连累诸葛瑾，还是殃及了他！自己太对不起军师！赵云的心情糟透了，诸葛瑾被抓时，仍不忘让儿子冒险相告，以免自己上当，想到此，他更是悔恨交加，痛苦难当。

"您快走吧。"诸葛恪催促他。

"那你呢？"赵云担心诸葛恪的安危。就在此时，一群人向他俩奔来，赵云知道，两人已被发现！

诸葛恪急道，"父亲说，你找的人不在了，快回荆州吧！"

"什么？"赵云犹如五雷轰顶，主公不在了？这是他最怕的结果。赵云感觉胸口发闷，一阵天旋地转，脚步踉跄，一个绊蒜，栽倒在地。赶来的人吓一跳，稍一停顿，旋即刀剑并举向赵云扑来。

也许还没完全清醒，看到刀剑，赵云本能地立起眉毛，身子也旋了起来。

眼前有五百来个士卒，这是孙权按照张昭的主意，派来捉拿赵云的。为首之人是个偏将，名叫王勇海，此人非常狡诈，到诸葛瑾府上抓人时，故意放走诸葛恪，让人盯着，把他当饵，诱捕来此的人。

赵云站起身，发现诸葛恪被抓，他一纵身，欲上前营救，王勇海一挥宝剑，"抓住他！"士卒一拥而上。

赵云把满腔怒火都发泄在这群士卒身上，只见他一弓身，如同猛虎冲进羊群，所到之处，刀剑纷起，血肉横飞，士卒被震住，他们没见过如此神勇之人，吓得各自逃窜。

王勇海听说，最近吴侯连遭袭击，眼前之人有极大的嫌疑，这是自己的立功良机，此时，他发了恨，"再有逃跑者，斩！"

士卒被迫围上来，赵云挥舞宝剑，左突右冲，士卒直接倒向两侧，有人看赵云太厉害，他还没到，就已躺下，王勇海生气，大声喝令士卒，无人反应，赵云见状，向他一点首，"你过来！"王勇海吓得一哆嗦，当着手下的面，只得咬牙站住，赵云挺剑就刺，王勇海横剑相挡，哪想到这是虚招，赵云的剑直向他的脑袋挥来，王勇海马上缩头，这剑来得太快，只听"咔嚓"一声，王勇海的头盔被砍掉，连带头顶之发全被削去，王勇海的魂都吓飞了，带着士卒潮水般撤去！赵云再寻诸葛恪，已没了踪影。

此时，赵云神情恍惚，头痛欲裂。

诸葛恪的话对赵云打击太大了。他现在满腔仇恨，这一切都拜孙权所赐，没有他的假意相亲，哪有如此磨难？没有他的暗算，主公焉能命丧东吴？主公有匡复汉室的雄心，那是拯救大汉的希望，如今由于自己不慎，更因孙权歹毒，主公再无施展雄才伟略的机会了！自己还怎么回荆州？关羽、张飞兄弟见了，非跟自己拼命不可！诸葛瑾父子被抓，自己有何颜面再见军师？还连累了大乔，她有情有义，却因自己身陷囹圄，想到此，他愈加痛恨孙权，誓要手刃此贼。

一些人从他的附近走过，见他目露凶光，宝剑滴血，都躲开了。

"手持利刃，你是何人？"有人大喊一声，挡在赵云面前。

此人是南徐的一名巡城副将，名叫葛琛。最近南徐事端频出，吴侯十分震怒，虽派出众多人马，都一无所获。为了抓住凶徒，葛琛带领随从，乔装成寻常百姓，混于街市之中，以便寻找他们的蛛丝马迹。当葛琛在南徐广场看见赵云，立时上前拦住他。

赵云瞥一眼葛琛，"汉人！"

"汉人？我看你不像好人！"葛琛斥道。

"不像好人的是孙权！"赵云怒道。

百姓听到有人骂孙权，好奇地围过来。

"大胆狂徒，竟敢辱骂我家吴侯！"葛琛喝道。

"孙权就是一个无耻小人，阴险卑鄙，连盟友都不放过，我不仅骂他，还要杀了他！"

"东吴的盟友，就是荆州的刘备了，那可是个仁德之君！"有人小心道，"你是谁啊？"

"大丈夫行不更名，坐不改姓，我乃赵云是也！"

啊！人们一阵惊呼，这就是长坂坡大杀四方的赵云赵子龙！人的名，树的影！当时赵云已名满天下！

葛琛一听，此人是赵云！他如何来到了南徐？还当众辱骂吴侯！葛琛急忙指挥手下围上来，"给我将这大胆狂徒拿下！"吴兵一拥而上。

赵云现在血灌瞳仁，无所畏惧，葛琛看到赵云太勇猛，准备偷袭，他悄悄来到赵云身后，看准机会，挥刀就砍，赵云侧身，一脚飞出，正踢在他的脑门上，葛琛"嗷"的一声，连滚带爬地逃走了，他的手下也跟着退去。

多数百姓吓得跑开了，有些胆大地留下来。他们议论纷纷，"还是赵云，真厉害！""再厉害，也不能到咱南徐来闹事啊！""刘备是有德名君，咱家吴侯也是雄霸之主，哪受得了这个？"

赵云怒火难平，"雄霸之主？我倒要让你们看看，孙权是个什么东西！孙刘联合，打败曹操，本该共结盟好，孙权却以相亲为名，将我家主公骗来，又暗使诡计，弄翻船只，要人性命，如此卑劣，他不仅得不到天下，还必被天下人唾骂。"

有人道，"原来江中沉船是刘皇叔的！"有人禁不住问道，"刘皇叔要相看的是哪位啊？"

"就是那孙权的妹子！"赵云回道。

"原来是相看咱们孙小姐的！"有人道。

"拿自家妹子当诱饵，实在是卑劣至极！"赵云嘲讽道。

百姓也不禁叹道，"这手段确实不高明！""传扬出去，孙小姐还如何嫁人？""吴侯怎么是这样的人啊！"

"就看他的手下所为，他也不是什么好人！"人群中一位姑娘大声道，她的身旁还站着另两位姑娘。

众人瞪大眼睛，现在还有人帮腔啊？连赵云也一愣。

只听这位姑娘大声道，"东吴官兵强征百姓去屯田，还任意克扣工钱，稍有不满，就被除掉。他们还以洗衣做饭为名，欺骗良家女子前往，然后逼良为娼，真是天理难容！"大家听罢，也是愤愤不平。姑娘接道，"他的大将潘璋，不仅害死同父异母的兄弟，还纵容其亲弟强抢人家新娘，更是丧尽天良！"

此女面色黝黑红润，一双大眼睛，明亮灵动，说起话来，嗓门又高又脆！

大家一定猜到，这人正是陶珍。她的旁边站着的两位姑娘，一位是闻梅，一位是潘月。

第九十七章
誓死如归遇救星

陶珍如何来到了南徐？

白虎山庄誓师大会被搅，严龙意识到危险剧增，一刻没敢耽搁，带领众人，借助一条不曾启用的密道，仓皇逃窜。路上，严龙看陶珍生得俊俏，有意娶她为妻，刘备曾告诉庞统，陶珍与孙乾交好，如果被严龙据为己有，自己如何向刘备与孙乾交代？庞统对严龙说，特殊时期，带一个女人多有不便，成就大事后，美女多如牛毛，严龙听从庞统的建议，把陶珍放走了。

陶珍离开后，按照孙乾所说，赶往荆州。一日，她来到了一处尼姑庵，名曰静心庵，见天色已晚，准备在此借住一宿。

静心庵住持恩丛见她孤身一人，便让她在此留宿。简单吃过斋饭，陶珍准备休息。这时，她隐约听到哭泣声，十分悲切，忍不住悄悄走出来，发现声音是从禅房传出，陶珍好生奇怪，来到近前，透过门缝一看，只见两位年轻女子跪在中央，几个尼姑站在两侧，原来要为两人剃度。

两位女子端庄俊美，不知为何要遁入空门。陶珍看出，两人略有不同，红衫女子态度坚决，绿衫女子似乎心有不甘。

只听恩丛道，"如果尘缘未了，就莫要与青灯为伴，擅入空门，孤苦终生，老尼也于心不忍。"

"我已想明白，请师父剃度吧。"红衫女子毅然道。

"若他还在，姐姐就此出家，岂不辜负了他的一番情意。"绿衫女子劝道。

红衫女子摇头，"难了。"说罢泪水夺眶而出。

恩丛很是同情，"两位定是历经尘世磨难，如不嫌弃，可否说与老尼听？"

绿衫女子看着红衫女子，"事已如此，请师父帮助开解。"

两位女子不是旁人，正是闻梅与潘月。原来，她们跑到这里，闻梅病倒了，恩丛让人将她抬进庵内，悉心照顾，闻梅身体一好，执意出家，才出现了刚才的一幕。

直到此时，她俩才把所有经历讲述一遍。讲到伤心处，两人都泪湿衣衫。如今想出家为尼，了却尘世。

恩丛点头，"世事皆有定数，我等凡人，无力改变，两位如果走投无路，可在此剃度修行，能否静心，全靠自身造化。"

闻梅咬牙点头。潘月默默无语，似也无奈接受。

陶珍听明原委，气不过，推门进来。"出家就能躲了清静？一肚子心事，清静得了吗？被人欺负成这样，要死也得咬恶人两口！"

原本跪在地上的闻梅与潘月，惊得站了起来。

"有什么可哭的？"陶珍道，"我被人骗去屯田营地，差点逼良为娼，幸亏遇到一位大哥相助，才逃出来，临行前我还放把大火，不能便宜他们！"

恩丛双手合十，"罪过啊，罪过。"

"罪什么过？我心直口快，住持莫怪。"陶珍道，"对待恶人，他们让我们难受，我们也不能让他们痛快！"

闻梅与潘月瞪大眼睛，瞧着这位不速之客！陶珍长相俊秀，言谈泼辣，穿着虽普通，却干净爽利。

两人沉默半晌，闻梅点头道，"姑娘说的对，逃避苟活，内心得不到清静。"

潘月毅然道，"我们去南徐，找吴侯孙权告状！"

她俩并非真想出家，只是为世道所迫，经陶珍一说，激起了内心的反抗意识，牵挂的人生死不明，就此遁入空门，实在内心难安。

"这就对喽，"陶珍道，"你们要去南徐？那也算我一个！"

闻梅与潘月闻听，也是一愣。

"咱们一起去告状！"陶珍接道。陶珍感谢孙大哥好意，让她到荆州安顿下来。只是自己贸然前去，无名无分，岂不尴尬？还可能被人小瞧。在客栈，听刘先生无意说起，为了找他，孙大哥可能去南徐。于是，她当即决定，与两姐妹一同前往，状告那帮坏蛋。如果让他们得逞，不知还要坑害多少姐妹！陶珍想，到了南徐，没准还能撞见孙大哥呢！

恩丛感觉，闻梅与潘月尘缘未了，留下也难静心修行，出去走走，也许就想通了。于是，第二天一早，陶珍与闻梅、潘月一同离开了静心庵。

经历此事，三个姑娘亲近了许多，闻梅与潘月见陶珍敢作敢当，仔细一叙，三人年龄相仿，陶珍年长一岁，闻梅、潘月都称她为姐姐，叫得陶珍意气风发。

没用几日，她们来到南徐，看是三个姑娘，守门士卒就放她们进来了。一到城里，潘月就听说，潘府被焚，已成灰烬，陶珍、闻梅感觉很解气，恶有恶报。潘月心情复杂，那是父母留下的宅院，有她太多的美好记忆。只是大哥太贪心，大嫂又过于歹毒，烧了也干净。不过，想起潘成的惨死，她还是决定与两姐妹一起讨要说法。

三人找到南徐的府衙告状，府衙的人看是三个俊俏姑娘，不问冤情，只打听三人身世，言语轻浮，三人见他们不怀好意，急忙逃了出来。

他们找到吴侯府，准备连府衙一起告！结果，因为有人夜闯吴侯府，总管周善放话，不能让任何陌生人进府，"快走吧，现在连只鸟都不会放，更别说三个大活人了。"守卫道。

"世道就是这样，也许我们应该留在静心庵。"闻梅很是失落。

"唉！"潘月无奈地叹口气。

陶珍摇头，"不能就这样认输！"

"那又能如何？"潘月与闻梅道。

"我也不知道能怎样，反正不能就此罢休！"陶珍道。

三人漫无目的游走在街上，这时，过来几个地痞，上前纠缠，陶珍连踢再打，带着二人就跑，几个地痞追过来，陶珍、闻梅、潘月只得往人多的地方去，才来到了南徐广场。

正巧看到赵云怒打吴兵，痛斥孙权无耻。更令她们吃惊的是，这个武艺高强的人，竟然是名震天下的赵云！她们既震惊又激动，尤其是陶珍，想到三姐妹的过往遭遇，刚才又被恶人欺侮，受到赵云感染，忍不住搭话，一起声讨孙权。

陶珍说得兴奋，闻梅担心引起麻烦，忍不住拉陶珍的衣襟，陶珍根本没注意到。

赵云没想到，有人声援他，还是三位姑娘，很是感动。听得出，她们受了不少委屈，难能可贵的是，她们敢于在大庭广众之下说出来。

正在此时，葛琛带领一队士卒归来，他手捂脑门，那里已长出一只"角"，忍痛指挥士卒围捕赵云。

赵云将孙权的老底掀开，出了胸中恶气。对这些闯上来的士卒，视他们如无物，只见宝剑飞舞，直杀得他四散奔逃。

这时，王勇海也带着士卒赶过来。他被赵云教训后，好一会儿才缓过神来，没有抓住人，还带头逃跑，吴侯知晓，定然怪罪。王勇海与葛琛一打照面，看到对方惨相，都不禁苦笑。

葛琛命令王勇海带领士卒往前冲，王勇海已被吓破胆，听说这人是赵云，更是不敢靠前，但又怕葛琛告他畏敌，只希望赵云赶快逃跑，赵云偏不逃，他拿出了视死如归的气魄，定要杀个鱼死网破。

王勇海恨葛琛，你这是逼我去送死，你怎么不上？他知道，葛琛是周瑜提拔的，自己惹不起。赵云看得清楚，葛琛与王勇海是士卒头领，他一个箭步，打倒对面士卒，冲到王勇海近前，王勇海一愣，举剑就刺，赵云使了一招蛟龙出水，王勇海的宝剑立时脱手，还未等它落地，赵云飞起一脚，宝剑"嗖"地飞向葛琛，葛琛吓得急忙躲闪，终归还是慢了，耳朵直接被豁开。

葛琛惊叫一声，大喊士卒挡住。利用士卒围上去的工夫，王勇海跑到葛琛靠前，"赵云太厉害，赶快调兵吧，不然就跑了！"

葛琛知道，孙刘两家已然闹僵，刚才赵云当众辱骂吴侯，已挑明了双方关系。周瑜都督恨透了荆州的人，自己又两次被赵云打伤，疼痛难忍，赵云是刘备手下大将，放走就是大患，他一声令下，"调二百弓箭手！"同时令人，"速报吴侯！"

王勇海提示，"只怕等报信人回来，赵云已经跑了。"

葛琛咬牙道，"那就直接射杀！"

看到众多士卒赶来，闻梅、潘月怕惹出事端，欲拉着陶珍离开，陶珍不愿走，她为赵云捏把汗，"稍等一会儿。"闻梅与潘月也就留下观看。

此时，赵云若想逃走，无人能挡。现在的赵云，心中根本没有"逃走"两字，他怒目圆睁，青筋暴露，已经杀红了眼。

二百弓箭手赶来，从陶珍前面跑过，有人小声说道，"这是要把赵云乱箭穿身啊！"

陶珍闻听，忍不住大声提醒赵云，"他们要用箭射你。"

葛琛刚才就注意到，陶珍响应赵云，声讨主公，此时，见她又出言提示赵云，心中恼怒，对身旁人一努嘴，十几个士卒奔过去，要把陶珍抓起来，陶珍极力反抗，潘月与闻梅上来帮忙，士卒哪能放过她们，将三人一并抓了！

赵云听到陶珍好言提醒，很是感激，看到她们被抓，急忙挥剑赶过去，葛琛以为他要逃走，凭这些人的本事，根本拦不住，虽然吴侯的命令还没来，他知道，只要抓住赵云，无论活的还是死的，周瑜都督都会高兴！他一挥手，那些弓箭手上前，搭上箭，拉满弓，将赵云围在当中。

尽管赵云的宝剑能舞出玲珑璧，那是正面御敌，如果面对四方弓箭手，再厉害的大将也难以防范！此时，只待葛琛一声令下，就将乱箭齐发，在这千钧一发之际，只听得有人大喊一声，"住手！"

第九十八章
小妹出手刘备归

葛琛与王勇海一惊，赵云在南徐闹市作乱，当众辱骂吴侯，打伤众多将士，要射杀他，还有人敢阻止！

定睛一看，两人一愣，竟然是吴侯之妹孙小姐！

孙小姐如何来到这里？

众人将乔国老劝到国太处，乔国老余怒未消，小乔愁眉不展，孙绍暗中落泪，国太心情郁闷。孙小姐明白，此时说什么也不管用。这一切都拜赵云所赐，他惹了麻烦，却躲了清闲！孙小姐能想到，赵云不会无缘无故来到南徐，直觉他还没有达到目的，说不准还在南徐，孙小姐决定，去找赵云算账。

趁国太与小乔安抚乔国老与孙绍之际，她带上几名贴身女随，悄悄出了吴侯府。

茫茫人海，到哪儿去寻赵云？她漫无目的游荡，就要泄气时，看到一个熟悉的身影，吕范！

上次，正是赵云找吕范，搞错地方，才与自己撞上。到吕范府上讨人，他竟说刚给自己保了一桩大媒。母亲追问此事，二哥不承认，再找吕范，他却没了踪影，如今碰到，焉能放过？

吕范正急着赶路，猛然被人挡住，抬眼一看，如同见了瘟神。

"吕大人，藏哪儿去了？让我们找得好苦！"孙小姐道。

吕范故作不明，"找我做甚？"

"你与恶人来往，给东吴添了大乱子！"

吕范知道，孙小姐所说恶人不是好友武风子，心已放下大半。不过，上次不慎说出给她保媒之事，他已看出，吴侯非真心结亲，自己祸从口出，怕孙权怪罪，才躲了出去，哪想到刚回来，又碰上她！吕范只得装糊涂，"在下不知小姐说什么。"

亲随小青直道，"劝吕大人还是老实交代的好。"

"吕范没什么可说的，现在家中有事，请小姐见谅。"说罢要走。

孙小姐上前拦住，"又想躲起来？"

"家中确有急事。"吕范直搓手。

孙小姐看出，不挑明，吕范会装下去，"你与赵云什么关系？"

吕范一震，怎么问起赵云？想起那晚与武风子聊天，有人在窗外偷听，武风子出门击敌未归，难道那人是赵云？吕范强作镇定，"他是荆州大将，我与他素无来往。"

"那他为何不找别人，偏找你？"

吕范确信那晚窗外之人就是赵云，嘴上却道，"这得问赵云，在下不知。"

孙小姐生气，"找不到赵云，就得问你了。"

孙小姐缠着不放，吕范哀求道，"家中独子生病，请容我回府救急。"

小青气道，"又要故伎重演？上次拿小姐的婚姻大事说笑，这次又用儿子生病蒙事，小姐不要信他！"

这时，吕范的家人匆匆赶来，一看这种情形，急道，"先生，不好了，公子晕过去了！"

"商量好了，联手骗人！"小青担心吕范跑掉，几人抽出宝剑，将他围在当中。

吕范真急了，"我怎敢拿小姐的终身大事说笑？"想到孙权派自己去荆州说媒，又不透露实底，才致自己如此被动！他极为担心儿子的安危，眼见这个烫手山芋甩不掉，一狠心，"我没骗人，说的就是那荆州之主刘备！"

孙小姐闻之一怔，小青大声道，"刘备都多大年纪了，又是信口开河！"

吕范也是豁出去了，"刘备就在馆驿，不信你们去看！"

大家闻听，都瞧孙小姐，吕范利用这个机会，拉着家人就跑。

小青欲追吕范，孙小姐制止了她。她一直感觉赵云到南徐蹊跷，若是刘备来相亲，就讲得通了。前些日子，听说有船只江中沉没，上面有"刘"字大纛旗，难道那是荆州的？要知道吕范所说真假，到馆驿一探便知。

她带领亲随赶到馆驿，与往日不同，馆驿周围出现很多士卒。

其实，大家看到吕范，应该猜到，刘备已被鲁肃、吕范、朱然、霍苗"陪"回来了！

当时，鲁肃、朱然前往吴侯府，向孙权禀报，吕范回府探望突发急症的儿子，只剩霍苗带人在此看守刘备。

有人禀报霍苗，孙小姐来到馆驿。

霍苗听说，孙小姐是国太的心头肉，正为她物色佳婿，自己模样还算周正，霍苗不免想入非非，即使不能入赘，讨好孙小姐，也就取悦了吴侯。

他马上带人出来迎接，霍苗知道孙小姐爱好武艺，如今一睹她的芳容，竟一下愣住了。

小青见霍苗茶呆呆看着小姐，甚是无理，大声道，"这里可有来自荆州的客人？"

"有，荆州之主刘备刚到，正由在下看管，"霍苗感觉此话不周，"正由在下照顾。"

看来，吕范所言不虚，自己只是打探消息，若被他人误解急于想见刘备，就成笑话了。孙小姐一挥手，带领手下就走，霍苗是丈二和尚摸不着头脑，怏怏而回。

孙小姐离开馆驿，越想越生孙权的气，刘备已年近半百，你让我与他相亲，到底安的什么心？母亲最了解，自己要嫁之人，必定武艺高强，心气相投。自从在策王府再见孙绍的师父，感觉就与竹林初见不一样了，内心变得柔软，他不仅武艺高，还那般英俊潇洒！那几日，自己在梦中都曾遇到他，谁能想到，他竟然袭击二哥！更没想到，他是赵云！现在，她明白了，刘备来东吴相亲，必是赵云保驾，船只倾覆，他应是料定东吴所为，才来找二哥兴师问罪，此事与大嫂何干？说她有意泄露二哥行踪，怎么可能？

最令孙小姐气恼的是，相亲大事，二哥竟然不与母亲商量，太不把我们母女当回事了！上次你抵赖，这次你还有何话说？我定要借你理亏，逼你放了大嫂！

孙小姐带着亲随，急匆匆往回赶。经过南徐广场时，发现这里聚集很多人。孙小姐叮嘱手下不要声张，她悄悄走过去，不看则已，一看又惊又喜，中间站着的人竟然是赵云！

赵云正在控诉孙权，斥责他不讲信义，以相亲为名，欺骗盟友，狡诈狠毒，要致刘备于死地！孙小姐这才清楚，二哥让吕范去荆州提亲是假，袭击荆州船只，抓捕刘备才是真。相亲就是一计，拿我当诱饵，可曾顾及我的声誉？赵云保丢刘备，怎能不找你拼命？连我都想给你一剑！

这时，从赵云的眼神中，孙小姐深切体会到，此事对赵云的打击太大，他现在满腔仇恨，极度绝望，已不准备逃生，誓与东吴将士拼杀到底。

原本，孙小姐出来时，十分怨恨赵云，听过吕范讲述，尤其听罢赵云的控诉，她的气已全消。如今看见赵云被折磨至此，很是心痛，正在这时，葛琛调来弓箭手，要将赵云乱箭穿身，孙小姐再也忍不住，大喊一声，快步来到赵云面前。

此时阳光正足，赵云站在中间，手持利剑，视死如归；四周是东吴士卒，张弓搭箭，虎视眈眈！

葛琛上前施礼，"孙小姐，这是为何？"

孙小姐看到葛琛与王勇海的惨相，几乎笑出来，"孙刘联盟，怎能箭射盟友大将？"

"他是赵云，打伤了众多东吴将士！"王勇海提醒道。

孙小姐直言，"还是学艺不精，功夫未到！"

围观的人笑起来，"他还辱骂了吴侯！"葛琛接道。

孙小姐轻描淡写，"这是个误会！"

葛琛与王勇海面面相觑，半晌方道，"现在如何处置赵云？"

"交给我吧！"

葛琛与王勇海四下瞅瞅，众多百姓围观，就此放人，实在不甘心，可又惹不起孙小姐。转念一想，骂的是你的兄长，打伤的是他的士卒，损失也是你们家的。你不在乎，我们也无所谓了。听赵云说，刘备来东吴就是与你相亲，你能救刘备大将，看来这桩亲事有门，人家都要成就好事，我们还当什么恶人？只是这顿打白挨了！

孙小姐不忘安抚一句，"你们尽职尽责，我会说与二哥的。"

两人嘴上说着感谢的话，悻悻而退。

赵云愣愣地望着孙小姐，一时不知说什么好。

孙小姐走到赵云近旁，赵云不免尴尬，毕竟自己刚骂过孙权。之前，多次见识了她的刁蛮任性，大乔曾说，孙小姐很是直爽仗义，自己还半信半疑，如今，在自己最无助、最灰心丧气、最绝望透顶、一心向死之时，她却出手救了自己。

"骂够了，也打够了，跟我走吧！"孙小姐道。

"去哪里？"赵云满脸疑惑，不知她葫芦里卖的什么药。

"去见我二哥。"

"你戏要我？"赵云扭头就走。

孙小姐上前挡住，笑道，"孙刘联盟，你还怕见吴侯？"然后小声道，"要走别后悔啊。"

赵云凝眉看着孙小姐，"我有什么可后悔的？"

孙小姐道，"双方有误解，说开就行了。"然后放低声音，"你在找刘备吧？想见就跟我走！"

第九十九章
赵云获救欠人情

赵云不敢相信，盯着孙小姐。

"你不信？"孙小姐一撇嘴，"那就自己找去吧。"

这点到了赵云痛处，现在没人相助，到哪里去找主公？

"走吧，别犹豫了，"孙小姐似笑非笑，"甭管多大的英雄，现在都得听我的！"

围观者笑了，赵云脸一热，自己已走投无路，只能选择相信她。

出得人群，赵云迫不及待问道，"我家主公在哪里？"

孙小姐仿佛没听到，继续往前走去。

赵云知她难缠，努力控制自己情绪，上前一抱拳，"请问孙小姐，我家主公在哪里？"

孙小姐见此，很是得意，这可是鼎鼎大名的赵云赵子龙！上次自己要拜师，他还爱搭不理，忍不住打趣道，"你别跟我来啊。"

赵云没心情说笑，"真的见到我家主公了？"

"没有。"孙小姐摇头。

赵云立时站住，瞪起双眼，"你骗我？"

"瞪什么眼？是你要见刘备，又不是我要见？"

"什么意思？"赵云一时没明白。

孙小姐道，"没什么意思。"

"不可理喻！"赵云生气，扭头就走。

孙小姐笑了，"没看到，不见得不知道。"

赵云想，自己是急糊涂了，只要她知道主公在哪里，就足够了。

小青笑道，"小姐与您开玩笑呢。"

孙小姐佯装生气，"脾气挺大，不要劝他。"

赵云被弄得无可奈何，只得讪讪上前，"真知道我家主公在哪里？"

孙小姐脸一扬，"信得过，就跟我走！"

"好，好！"赵云真服了这位刁蛮小姐。刚走几步，他又站住，"刚才吴兵抓了三位姑娘，孙小姐可否将她们救出来？"

"她们是你带来的？"孙小姐疑道。

"不是，她们遭遇不平事，受了委屈！"

"受什么委屈？跟着你一起骂我二哥！"

赵云尴尬，只得道，"都说孙小姐仗义，相信你不会不管。"

"哟，想不到赵子龙也会说恭维话，是因为她们长得好看吧？"

赵云无奈摇头，"好不好看与我何干？"

孙小姐歪头望着赵云，"想不到疆场上的大英雄，还如此怜香惜玉？"孙小姐对小青耳语几句，她带着几个女随迅速返回。

"谢谢你。"赵云抱拳拱手。

"这算不算帮你？"

"我与她们素不相识。"

"反正是你求的我，欠我一个人情。"

赵云只得点头，"行。"

"如果找到你家主公，算不算帮你？"

"当然算，当然算！"赵云马上道。

"这样，你就欠我两个人情了！"孙小姐盯着赵云，"可是我困在竹林，你为何不帮？"

赵云想，怎么又扯回到这个事上来了。"我不是把你领出来了吗？"

"你帮得不彻底，"孙小姐气道，"害得我和孙绍被困竹林一天一夜！"

"当时我家主公遇险，实在无暇他顾。"

"那我不管，你欠我三个人情了！"

赵云感觉孙小姐挺可笑也挺可爱的，"只要能见到我家主公，欠几个人情都可以！"

"说话算数？"

"算数！"

"不对。"孙小姐突然站住。

孙小姐一会儿风一会儿雨，赵云实在琢磨不透。他现在急于见到主公，就怕她起幺蛾子。只听孙小姐道，"刚才在大庭广众之下，你说什么了？"

赵云不好意思，"我没说什么。"

"没说什么？想不到赵子龙这般不老实！"

赵云气短，不知她听到多少，"真没说什么。"

孙小姐生气，"你不说实话，就到此为止吧！"说罢扭头就走。

刚看到希望，不能就此破灭，赵云急忙挡住她，"我只是说我家主公被孙权骗来东吴相亲——"

孙小姐手指赵云，"你告诉我，相看的是谁？"

"孙权就一个未嫁胞妹，那还用说啦。"赵云堆起笑脸。

"你嚷嚷得尽人皆知，让我将来如何嫁人？"

"我家主公胸怀大义，定能成就伟业，嫁于他，绝不会委屈了孙小姐。"赵云好言相劝。

"刘备曾与我父一同讨伐董卓，他已是个老头子，我岂能嫁他？"

"这是你家兄长派人上门提的亲。"赵云言外之意，我家主公还老大不愿意呢！

"他事前没与母亲商量，我怎能同意相亲？如今，你给我昭告天下，要为自己的话负责！"

赵云闻听不妙，这是要往自己身上赖的架势，只得道，"是我说话不慎，一时疏忽了。"

"你欠我四个人情了！"

赵云暗叫不好，按孙小姐这样算，自己欠她的人情越积越多，她可不是善茬，若让自己还，她不是金钱能打动的，这岂不成了自己的负担？他赶紧岔开话题，"听说诸葛瑾先生与大乔夫人被抓了？"

"还好意思问，他们不都是受你连累了！"

赵云心情沉重，"孙小姐可否把他们也救出来？"

"这个我可无能为力，谁让你闯的祸太大了！"

赵云闻听，一时无语。

"我正要问你，为何两次暗杀我二哥？"孙小姐气道。

"我没准备杀他，只是想逼他交出我家主公。"

孙小姐盯着赵云的眼睛，"我看看你说的是不是真话？"

赵云能感受到孙小姐的呼吸，为证明自己没说谎，他不能回避。

孙小姐点头，算是相信了他的话。"大嫂与孙绍可知你是赵云？"这是她最想了解的。

"我岂能让他们知道身份？他们毕竟是孙权的至亲，那不是自投罗网吗？也会给他们带来麻烦。"赵云故作镇定，只能如此解释。

好在孙小姐没有深究，"我相信大嫂不会指使他人行刺二哥的！"

"你既然相信她，就应帮她脱离困境。"

"你挺关心大嫂啊？"孙小姐凝视赵云。

赵云被她说得脸一热，"还有诸葛瑾先生，他们都是受我拖累。"

"算你义气，我会想办法的。"

"多谢了。"赵云躬身道。

"你可就欠我五个人情了！"

赵云突然皱眉，"你会不会因为帮我，也受到牵连？"

孙小姐望着赵云，眼中蒙上一层温柔又热烈的光，"亏你还想着我，受连累我也不在乎了。"

赵云被她瞧得不好意思，"快些走吧，我希望尽早见到主公。"

孙小姐加快了脚步，"找到刘备后，你得来见我！"

"为什么？"

"你欠我五个人情，不会这么快就忘了吧？"

"你找我何事？"

"紧张什么？我还能吃了你？"孙小姐笑道，"就算来教我武艺吧！"

赵云松口气，想起她曾要拜自己为师，这个要求不过分。现在看来，孙小姐虽任性，心地很好，赵云点点头。

孙小姐很开心，"一言为定！"说着举起手。

赵云见四下无人，才与她击掌。

"这可是赵子龙击过的手掌，"孙小姐仔细打量自己的手，"你要言而有信！"

"一定，"赵云忍不住问道，"我家主公到底在哪里？"

孙小姐用手一指，"就在馆驿里！"

赵云发蒙，自己千辛万苦寻找主公，他竟然在馆驿！一直困在这里？还是刚刚来到？赵云见馆驿周边有很多士卒，猛然一震，孙小姐别是故作单纯，要将自己领进埋伏吧？转念一想，若如此，刚才就没必要搭救自己了。

"还迟疑什么？你若担心，我陪你进去！"

赵云闻听此言，惭愧之余，还有些感动。他们步入院内，发现这里一片混乱。孙小姐看到驿丞，"怎么回事？"

"刘备跑了！"驿丞惊慌道。

"什么？"孙小姐惊呼，看着赵云疑惑的眼光，她很是委屈，"我刚来此问过的。"

赵云看她的神情，不像欺骗自己，但是，说定的又出变故，不免好生失望。

孙小姐急道，"管事的何在？"

驿丞往前一指，"霍苗将军带人追捕刘备去了！"

赵云二话没说，向前奔去，这时主公更需要保护。

孙小姐站在那里，十分懊恼，她一跺脚，"怎么会这样？"

第一百章
欲杀赵云起纷争

刘备确已回到了南徐。

归途中，气氛微妙。朱然与霍苗自是窃喜，主公密令已说得很清楚："荆州主刘备擅自潜入江东，被发现后逃窜，望各处严加防范，一旦发现，立即缉拿，必有重赏！"这是把刘备当逃犯来抓，但看鲁肃对其毕恭毕敬，两人不敢放肆，他们知道鲁肃与刘备、诸葛亮要好，就暗中加强了防范。他们也感到，刘备来东吴很蹊跷，欲向吕范打听内幕。

吕范深知此事干系重大，主公对此讳莫如深，他与朱然关系虽好，也只能装糊涂。

刘备有心中途逃走，奈何鲁肃寸步不离，朱然与霍苗又盯得紧，一直没得到机会。来到南徐后，鲁肃将他安置在馆驿内，毕竟以相亲之名前来，不能失礼。周围有大量士卒看管，刘备只能忍耐，伺机而动。

鲁肃内心最矛盾，既想要回荆州，免于自己夹在中间受气，又希望双方莫伤和气，最好能将相亲进行下去，孙刘联姻，才是最好的结果。鲁肃去见孙权，朱然要一同前往，他有自己的私心，欲借机表功。

鲁肃与朱然来到吴侯府，正赶上乔国老、小乔为大乔之事，前来理论。

鲁肃听得清楚，刘备失踪，赵云来南徐寻人，两次袭击孙权。大乔因有泄密之嫌，竟至主公拘禁大嫂。

看到双方激烈交锋，鲁肃有心进屋解劝，乔国老正在气头上，未必听得进去。刘备来东吴相亲，国太一直蒙在鼓里，如果知晓，定会雷霆大怒，解围不成，还可能火上浇油。看到孙权处境尴尬，鲁肃灵机一动，让周善进去禀报，说有要事急告，孙权何等激灵，果然借机逃出来。

孙权一见鲁肃，很是生气。让你去趟三江口，为何这么久才回来？现在，南徐让赵云闹个地覆天翻，自己差点把命搭上。正要发火，看到朱然，甚感意外，"朱将军，不在外驻军，如何突然返回？"

见孙权有责怪之意，朱然忙道，"主公，我把刘备给您带回来了！"

孙权几乎蹦起来，"当真？"

"千真万确。"朱然一见主公举动，就知他对此多么渴望。

孙权看鲁肃，鲁肃点头，心中不禁摇头。鲁肃本想将计就计，促成双方联姻，没想到，赵云两次袭击孙权，仇恨越拉越深，说和的难度骤然加大。

孙权大喜过望，"快说，如何抓住的刘备？"

朱然把经过述说一遍，没提白虎山庄，只说副将与刘备在黑店相遇，联手杀出，被带进吴营。再说他看到密令，断定此人就是刘备，在刘备百般狡辩之时，鲁肃与吕范赶到，揭了他的老底。他当然不能说鲁肃曾想瞒天过海，被吕范戳穿的事。

孙权抹一把额头的汗，既紧张又激动。刘备还是没有逃出自己的手心，荆州有望了！孙权不禁感慨，祢平曾掐算出刘备不久将回，可惜他不在了。

正在此时，侍卫进来，说巡城副将葛琛派人有事急报，孙权正在兴头上，"我有正事，让他等会吧！"

侍卫补充一句，"他说，发现赵云在广场闹事！"

孙权一下站起来，一提赵云，他就脑后直冒凉风。"好啊，刘备回来，赵云也出现了，快让他进来！"

葛琛手下进入，已急得满头是汗。

"怎么回事？"孙权问道。

"葛将军看见有人在广场行凶，率领士卒将其围住。"

"怎知他是赵云？"

"他自报家门，还当众辱骂主公。"

"他骂我什么？"

报信人犹豫，没敢直言。

孙权怒道，"说！"

报信人只得道，"他骂您以相亲为名，将刘备骗来，却袭击荆州船只，暗害他家主公，是无耻小人。"

孙权狠狠将茶杯摔在地上，骂他是无耻小人，孙权无所谓，将相亲之事公之于众，国太与小妹一旦知晓，那还得了！"两次袭击，还敢当众辱骂于我，给我拿下！"抓住赵云，就晓得是否为大嫂泄的密。

"众将士拿他不下，葛将军担心他跑了，询问主公，可否将他射杀？"

孙权想到，当年在长坂坡，曹操手下猛将如云，都奈何不了赵云，只因曹操严禁手下放箭，意欲抓活的，收于麾下，让赵云逃脱。自己若重蹈覆辙，放走赵云，必成东吴大患！"抓不住就要死的，绝不能让他逃掉！"

鲁肃上前阻拦，"主公，万万使不得！那将结下大仇，毁了孙刘联盟！"

张昭搭言，"赵云有万夫不当之勇，如果知道刘备回来，必定前往保驾，刘备将如虎添翼。赵云两次暗杀主公，置孙刘联盟于不顾，我们何苦还受困于此？可以作乱为名，将其射杀，折去刘备一臂，借此警告他，若不交还荆州，与赵云一般下场！"

"张大人说得有理，如果刘备不还荆州，连他都杀，何况赵云？"不等鲁肃说话，孙权直接命令朱然，"你带人前去，拿不下，直接射杀！"

鲁肃急道，"不可轻率，如能收降，东吴将添一员虎将！"鲁肃知道，赵云对刘备忠心耿耿，他以收降为名诱导孙权，欲给赵云留个活口。

孙权想到两次暗杀，咬牙切齿道，"射杀！射杀！万箭穿身！"

鲁肃看孙权如此暴躁，十分震惊。现在主公要射杀赵云，得不到荆州，连刘备也杀，自己失信是小，与诸葛亮苦心经营的孙刘联盟就完了。

鲁肃一急，欲拉住朱然，孙权怒道，"鲁肃，你如此庇护荆州的人，是何道理？难不成有二心？"

鲁肃一愣，直接给孙权跪下了，"鲁肃忠心老天可鉴，我只是不希望孙刘联盟破裂，给曹操可乘之机。"

朱然趁机出去，孙权拉起鲁肃，"我相信鲁大人，绝不会背叛我，只是你太过忠厚，易被刘备、诸葛亮欺骗。"

鲁肃挂念赵云安危，又无力挽回，心情极糟，颓然地坐在椅子上。

孙权拍拍鲁肃肩膀，"要不回荆州，我心有不甘，赵云两次暗杀，我更是咽不下这口气！"

鲁肃道，"一个赵云就能搅乱南徐，主公想想，关羽、张飞、诸葛亮等人皆是刘备死忠，如果我们杀了刘备与赵云，他们必来报仇，若再与曹操联合，东吴危矣！我们不能意气用事，因小失大啊！"

孙权若有所思，他对此不是没有顾虑。

鲁肃趁热打铁，"刘备来东吴相亲，既然已尽人皆知，不如——"

孙权连连摆手，"不行，断然不行，那岂不成了天大笑话！"

鲁肃还欲劝说，朱然回来，身后跟着一个士卒，"主公，我在路上碰到这个报信士卒，他说赵云被孙小姐救走了！"

孙权气得全身发抖，"这就是我的好妹子，吃里爬外！"他突然意识到什么，"给我看好刘备，别让赵云救走了！"

正在这时，有人急匆匆进来禀报，"主公，不好了，刘备从馆驿逃跑了！"

第一百零一章
刘备逃出遇宗亲

鲁肃、朱然前往吴侯府，留下吕范、霍苗看管刘备。

偏吕范的儿子得了急症，夫人听说吕范回来，马上派家人来馆驿告知吕范。吕范老来得子，视若命根。听说儿子发病，急于回府探视，怎奈看管刘备责任重大，他请霍苗小心谨慎，自己尽快返回。

在霍苗心中，吕范是一个无用之人，有他没他一样，对于吕范离开，不以为意。

吕范不放心，叫来一个老卒，贴身照顾刘备，实则是近距离监视刘备的一举一动。

刘备预料，一到南徐，鲁肃必然向孙权禀报，他不知朱然也跟了去。如今吕范离开，只剩下霍苗在馆驿坐镇。

鲁肃不在近前，刘备心中无底，自觉无时无刻不在危险之中，必须想办法逃离。只是，老卒端茶倒水，总在近前，没有机会逃跑。

刘备躺在床上，冥思苦想逃脱之法，只恨诸葛亮不在身边，没人帮自己出主意。

老卒借给刘备送茶之机，看他是否睡着，刘备睁开眼睛，吓了老卒一跳，刘备猛然发现，老卒有四十来岁，留着与自己相仿的胡须，高矮胖瘦也差不多，不禁灵机一动。

刘备坐起来，端着茶杯，在屋内踱步，借机倾听外面动静，门外有八个士卒，霍苗让他们打起精神，好生看管，他们心中诧异，此人与淳于将军交好，鲁参军对其十分尊敬，看面相也很是和善，不免有些松懈，坐在不远处闲聊。

刘备看准机会，乘老卒不备，捂住其嘴，一拳将其打晕，悄然换上老卒衣衫。刘备没有贸然逃跑，他仔细观察外面，士卒很多，不易逃脱。

偏在这时，孙小姐来到馆驿，众士卒早就听过她的大名，只是无缘一睹芳容。霍苗出来见孙小姐，众士卒也跑来围观，看管刘备的八个士卒，只剩下两个，也伸长脖子，向前面张望。

刘备借此机会，拎着茶壶，看似出来加水的样子，两个看管士卒根本没有留意，就这样，刘备在大家的眼皮底下，大摇大摆地溜出了馆驿。直到被击晕的老卒醒来，霍苗才知道刘备已然逃跑！

霍苗几乎吓晕，还想立功领赏，主公知道，脑袋都得搬家。他没敢禀报，带领士卒四处搜寻，希望能将刘备捉回。

再说刘备，逃出馆驿，还在极度危险之中，他本欲混出城外，看南徐巡逻士卒众多，感觉还是应该先躲起来。

刘备逃到一个街巷，前面过来一群人，竟是霍苗带人搜到这里，他们已知刘备乔装成老卒，一下认出来，"抓住他！"

刘备转身就逃，他对南徐不熟，霍苗所带士卒也是头次来到这里，转眼就被刘备甩掉了。他刚松一口气，发现前边赶来一群士卒，这时，后面也传来追兵叫喊声，其实，前面只是南徐的巡逻士卒，刘备现在是惊弓之鸟，满眼都是抓他的人。

他闪身躲进一个院子，院内种植了一些时令蔬菜，藏不住人，他急忙往里走，这时，刘备发现，蔬菜当中竟蹲着一人，是位姑娘，身着绿色衣衫，才没被发现。刘备怕惊到她，发出尖叫，招来追捕之人，急忙快行几步，藏在门旁立柱后，正是这几步疾行，姑娘感觉到了，不禁"啊"的一声，一位老者从屋中赶出，这时，外面的叫喊声由远及近，老者与姑娘急忙赶到大门旁察看，刘备借机拐进屋内。老者问姑娘，"女儿，怎么啦？"

姑娘惊恐道，"我好像看见一个人影，一晃不见了。"

"人影？我怎么没看到？是不是你蹲得久，眼花了？"

姑娘犹豫着，"不会吧？"

老者安慰道，"没事，干你的活儿吧。"

刘备进屋，想找后窗逃出。由于急切，被脚下板凳一绊，肩膀重重撞在墙上，没想到，墙上开了一扇门，这里竟有一个壁屋，设计精妙，掩藏极好，想来应是刚才老者出去急促，没有关好门。这时，刘备注意到壁屋内的设置，正前方有一张供桌，上面供奉一个灵牌：汉高祖刘邦。刘备一愣，仔细一看，下首摆放一椅，一尊雕像坐于其上，头戴冕旒冠，愁眉苦脸，旁边矗立三座雕像，他竟然发现了自己的大名，还有刘表、刘璋的名字。想来那个坐着的人定是汉献帝刘协了。两侧各立一个条幅，左为：铲除奸佞，右为：中兴大汉！

看到此景，刘备心中一动，这时，他听到脚步声，急往木柜后一闪，老者进屋，看见壁屋门开着，急忙来观察，刘备一伸手，从身后捂住老者的嘴，老者一哆嗦，刘备压低声音道，"不要出声，我只是借道，不会伤害您。"老者缓缓点头。

刘备慢慢放开手，老者看到刘备，见他不像穷凶极恶之人，才稍稍放松一些。

刘备问道，"您姓刘？"

老者知他看到了壁屋内的祭牌，仔细打量刘备，见他长相清奇，气度非凡，尤其看到他的一双大耳，下意识问道，"您也姓刘？"

两人相互凝视，刘备郑重点头。

"汉室倾颓，刘氏遭殃。"老者道。

"汉室倾颓，百姓遭殃。"刘备接道。

老者眼中一亮，"您莫不是刘皇——"

"在下刘备，刘玄德。"

老者直接跪下了，再抬眼，已是老泪纵横。"在下是刘氏的不肖子孙刘岑，今日得见皇叔，不胜欣喜。"

刘备连忙扶起刘岑，"你怎知我是刘备？"

"我虽没见过皇叔，但凭您征战四方，早已名闻天下，您的长相我更是铭记于心。您的一句'汉室倾颓，百姓遭殃'，如此体察民情，除了皇叔还能有谁？"

刘备拉住刘岑的手，十分激动。两人一论，还是同辈，刘岑年长刘备两岁，刘备甚是高兴，危难之时，还能遇到汉室宗亲，直称刘岑为兄长。

刘岑握着刘备的手，激动道，"汉室中兴全靠您了！"

这时，外面传来一阵吵嚷声，只听姑娘大声道，"你们为何擅闯民宅？"

"我们正抓捕要犯，他刚才在附近一晃不见了。"有人大声道。

刘备闻声，欲冲出去。刘岑示意他止声，请他进入壁屋。刘备想到，打斗起来，必然惊动更多士卒，很难逃脱，只得在此暂且隐藏。

刘岑刚将壁屋门掩好，就听到有人进了屋，随后是屋内东西接连倒地的声响。刘备心中紧张，如被发现，自己遭擒，还将连累刘岑父女。他双手合十，对着祖上祭牌，默默祷告。

少顷，声响消失，刘岑打开壁屋门，请刘备出来。"他们走了，我让女儿看着大门呢。"

"我还是走吧。"刘备担心给刘岑带来祸端。

"您现在不能走，听说最近孙权接连遇袭，正在全城搜捕凶犯，等风声小了，再走不迟。"

"孙权遇袭？"刘备一惊，"可知何人所为？"

"我一直在打听，还没确切消息，只是南徐已经十分紧张了。"

刘备想，自己遭到孙权袭击，与赵云、孙乾分开，到处亡命奔逃，如此说来，也是孙权的报应，不知此事可否与子龙有关。

刘岑很快准备好饭菜，两人边吃边聊。刘岑打听刘备来南徐的原因，刘备简单向他做了说明。

刘岑道，"别看孙权表面礼贤下士，实则心狠手辣，待风声一过，您还是尽早离开。"

刘备点头，问起刘岑如何来到此地，他告诉刘备，自己与女儿隐姓埋名，避难于南徐，现在叫公仪岑，女儿叫公仪雪晴。

不错，两位正是公仪雪晴父女！

自从在客栈遭遇恶人骚扰后，父女就搬回南徐家中居住。今日，雪晴在园里摘菜，脑海中不禁想起客栈惊魂之夜，年轻义士及时出手，救众人于危难。他那英俊的面庞和挥剑击敌的身姿又浮现在眼前，一时走神，恍惚感觉有人进入院中，父亲出来查看，没有发现异常。后来，士卒上门搜查，空手而归。没想到，家中竟多了一位陌生人，士卒没有发现，定是被父亲藏于壁屋之中了。

父亲对其十分尊敬，她忍不住问此人是谁？父亲悄悄告诉她，这是一位失散多年的兄弟，要她好生看门，莫要放进任何人。

担心士卒回来，雪晴不时在门口张望一眼。不想，竟被一人看到了，这人就是黄豆。

自从在策王府分开后，黄豆一直在寻找赵云。今天游荡到此，正巧看到雪晴姑娘，不禁喜出望外，马上凑上来。

雪晴惊异在此见到他，"是你。"

"这是你的家啊？"黄豆笑嘻嘻道。

雪晴点头，今天家中情况特殊，不能让外人进来。但是，他的朋友毕竟救过自己，赶走不合情理，雪晴还想通过他，了解那位义士的去向。

黄豆见雪晴姑娘有些迟疑，试探道，"也不邀我进屋坐坐？"

雪晴为难，"今日父亲不在家。"

　　按当时习俗，青年男女不宜同在一室，易生闲话。"那我不进屋了，就在这儿说说话吧。"

　　雪晴担心自己与外人聊天，父亲看到生气。"可是——"

　　"你不欢迎我？"黄豆佯装生气，"既然如此，我走了。"

　　雪晴急道，"你先别走。"

　　黄豆眼睛一亮，"我猜你也不会赶我。"

　　雪晴笑了，"赶也得先知道你叫什么名字。"

　　黄豆一扬脸，"我姓黄，名叫豆。"

　　"黄豆？你可笑死我了！"

　　"黄豆，好听，又好记！"

　　"那好，黄豆，我问你，跟你在一起的那人哪去了？"

　　黄豆一听，这是问子龙将军啊！不免失望，"你说的是哪个？"他明知故问。

　　"就是那个使剑的义士。"

　　黄豆撅起嘴，"你问他干吗？"

　　雪晴正色道，"上次救了我们，见到你，自然想起他。"

　　"他啊，我也不知在哪里。"

　　"我不信。"

　　"你还不信？我正在找他。"

　　"哦，是这样，请问他姓甚名谁啊？"

　　"你问这个干吗？"黄豆心想，赵云将军的名号岂能随便告诉他人？即使是雪晴姑娘，黄豆在大事上不糊涂。

　　"你告诉我他的名字，我帮你找，没准哪天我就看到他了，就像今天看到你一样。"

　　"他可是鼎鼎大名，"黄豆把手放到雪晴耳旁，"就是不告诉你！"

　　黄豆竟敢戏弄自己，雪晴正要打他。"何人在此无礼？"听到一声断喝，两人同时一震。

第一百零二章
出乎意料巧相见

两人回头，是雪晴父亲。

刘岑在屋中细心照应，对刘备甚是恭敬，刘备过意不去，"你我是兄弟，不必如此。"

刘岑激动道，"当今汉室江山风雨飘摇，曹操挟天子以令诸侯，献帝在曹操手中难有作为，刘表已亡，刘璋躲于西南一隅，既不体谅皇上之苦，也无匡复汉室之心。我观当今刘氏，除了兄弟，尽皆难成大器。我乃一介草民，手无缚鸡之力，惜哉不能上场拼杀，空有一腔兴汉热血。今日上苍眷顾，降兄弟于寒舍，令我身心激荡，我当尽心竭力，助兄弟逃离南徐，扫平奸佞，恢复汉室，以告慰高祖创汉之不易！"

刘备抓住刘岑的手，十分感动。"兄长报国之心令人动容，我当不辜负兄长所望。"

两人越聊越投机，刘岑与刘备说着话，亦时刻注意着门外的动静。

突然，他听到外面有说话声，急让刘备藏于壁屋之中，掩好门，匆忙出来。

当时，黄豆面对雪晴，正说得来劲。刘岑生女儿的气，这时还有心与人闲聊，当即一声断喝。

黄豆一见刘岑，吓一跳，他不是没在家吗？刘岑看是黄豆，也是大感意外。

黄豆忙上前施礼，他把刘岑当作未来的岳丈了，自是要留下好印象。"在下黄豆，没想到在此遇到您和雪晴姑娘，真是缘分啊。"

刘岑回礼，"原来是您啊，"难怪女儿没揍他，只是屋内藏着刘备，为安全起见，今天就算失礼，也得把他支走。"感谢之前相帮，本应请您屋中一坐，怎奈亲属得了急症，我们正欲前往探望，只得他日再行宴请了。"

黄豆何等聪明，对方没有请他进门之意，他还从雪晴父亲的眼神中，感受到一丝犹疑之色，似乎有事不便直言，话已经说到这个份上，黄豆虽不舍雪晴，也得离开了。他在心中暗自盘算，等找到子龙将军，再来看望雪晴姑娘。

黄豆离开不久，又有三人来到雪晴家门口，为首之人一脸横肉，横肉上布满麻点。他看到雪晴，满脸堆笑，"雪晴姑娘，可见到你了，叫我找得好苦！"

雪晴大惊，麻脸汉子正是那日在客栈绑架他们的恶匪！此人名叫崔久，本是个买卖人，靠着头脑灵活，迅速暴富，从此，愈加贪财好色，行为无忌。刘岑没有搬离之前，他常带手下到客栈吃饭住宿，因垂涎雪晴姑娘的惊天美貌，曾拿出十锭大金，让手下向刘岑透话，要娶雪晴为妾。刘岑就一个宝贝女儿，内心还有汉室宗亲的高贵，怎能看上崔久这等货色？原本，以刘岑的家世，不需要雪晴抛头露面。刘岑心怀兴汉抱负，惜哉膝下无子，但也不希望女儿养尊处优，才让她在客栈帮忙，了解人生百态与世间疾苦，没想到被这个恶人缠上，前有客栈出手绑架，现又找上门来，真是无法无天！

"想躲起来？就没有我找不到的人！"崔久嬉皮笑脸地要进院。

雪晴急忙阻止，"你要干什么？"

崔久觍着脸上前，"我把丑妻休了，嫁给我，进门就当家。"

雪晴又羞又躁，如果是平常，她早跑进屋内去了，今日家中有位神秘客人，东吴士卒要抓他，父亲极力保护，自己不能将他们引到屋里去。雪晴后悔放走黄豆，如果他在，可以帮助抵挡，现在只能靠自己了。

"你们是不是没挨够打？"雪晴想到英俊义士，出言震慑。

崔久后退两步，他盯着雪晴，"吓唬我们？上次那人就是多管闲事，他根本不认识你们！"

"看来是打得轻了！"雪晴努力保持镇静，这里毕竟是南徐中心。

崔久不以为意，欲往屋里硬闯，雪晴竭力挡在面前，"我喊人啦！"她大声给父亲送信。

"我们不进了，你跟我们走就行。"崔久一把抓住雪晴手臂，雪晴挣脱不成，大喊父亲。

刘岑听到女儿的叫声，冲出屋来。一看是崔久，心中咯噔一下，这个恶人怎么找到这里来了？边鞠躬边道，"放开小女，有话好说。"

崔久堆起笑脸，"岳丈，今日我正式来求亲，这是聘礼。"说着一手举起袋子。

刘岑怒道，"哪有如此求亲的？"说着要拉回雪晴，崔久忙往后拽，他的两个手下，上前拉住刘岑。

雪晴手臂被崔久攥得疼痛难忍，父亲还被他们控制，真是急了，照着崔久臂膀就是一口。崔久"嗷"的一声，松开了手，雪晴马上过来帮父亲。

崔久恼羞成怒，一使眼色，两个手下直接摁住刘岑臂膀，让他动弹不得。雪晴欲救父亲，崔久上前，再次抓住她的手，雪晴大喊救命，崔久马上捂住她的嘴。他对刘岑道，"岳丈，得罪了，告诉你，今日就是天塌下来，我也得把雪晴带走，见不到她，我活不了。"他一努嘴，示意手下把刘岑捆起来。

雪晴见此，一口咬在崔久的手上，崔久的肉差点被咬下来。他疼痛难忍，一甩手打在雪晴的脸上，雪晴立时栽倒在地。

刘岑要跟他们拼命，就在这时，屋内冲出一人，正是刘备！壁屋虽然隐蔽，并不隔音。刘备听到刘岑父女的叫声，急忙出来，一看父女俩正被欺负，岂能坐视？

崔久吓一跳，手下打听到雪晴的家，没想到这里还有第三人。一见来了帮手，三人同时抽出兵刃。

刘备空手，上去先给崔久一脚，崔久闪身躲过，挥刀就劈，刘备向后一撤，崔久手下立时从两侧砍来。刘岑一看惊动刘备，内心十分不安，心道，您不应该出来啊，我们受伤是小，您要是暴露就糟了。

刘备的武艺虽在他们之上，怎奈手上没有兵刃，面对三个亡命之徒，有些吃亏，双方一时僵持住。刘岑抄起个棍子，却无处下手，雪晴急得眼泪直流，她知这位叔叔神秘，不敢出门喊人。

正在这时，门口冲进一人，竟是黄豆！

　　黄豆离开雪晴，在街上漫无目的寻找赵云。突然，他对雪晴父女的异常表现产生怀疑，难道他们又遇到了麻烦？不会是要离开此地吧？那样自己还上哪儿找雪晴姑娘？即便离开，也应问个去处。于是，他又折了回来，还没到门口，就听到打斗声，只是奇怪未听见有人大喊大叫。刘岑为保护刘备，没敢呼救，崔久强抢民女，自然不敢声张。

　　一看雪晴父女遇险，又是那个麻脸恶凶，只见一人正与三人打斗，当时刘备穿的是老卒衣衫，黄豆没有认出主公。他二话没说，随手抄起一把锄头，冲上前帮忙，战事因为黄豆加入骤变，一分神，崔久被刘备一脚踢倒，刘岑终于逮住机会，抢起棍子，把满腔的仇恨都使上了，一下擂在崔久头上，这家伙当即昏死过去。这个工夫，刘备与黄豆联手将崔久的两个手下打翻在地，一并捆上，塞住嘴巴，黄豆担心他们挣脱，照这两人脑后分别来一脚，将他们踢晕。

　　雪晴激动道，"谢谢你，黄豆！"

　　一听黄豆二字，刘备定睛一看，还未等他说话，黄豆先认出刘备，不禁惊喜万分，"主公！"

　　刘备忙让他噤声，"进屋说话。"

　　刘岑长出一口气，立刻关上了大门。他没注意到，墙上探出一个头，看到了院内发生的一切。

　　几人将崔久三人抬到屋内一角，刘备急不可耐地问黄豆，"你如何来到南徐？子龙将军呢？"

　　"咱们船只遇袭，子龙将军料定是东吴所为，担心您被孙权所擒，就赶来南徐营救。"

　　刘备追问，"他现在哪里？"

　　"前两日我们分开，应该还在南徐。"

　　刘备很欣慰，"你能找到他吗？"如果赵云在身边，心中自然踏实许多。

　　看着主公企盼的目光，黄豆斩钉截铁道，"能。"

　　"烦劳你把子龙找来。"

　　主公都用"烦劳"两字对自己说话，这是将官的待遇，黄豆胸脯一挺，"得令。"

刘备忙道，"小声。"

黄豆一吐舌头，他没想到，子龙将军千辛万苦寻主公，竟被自己找到了，他兴奋地冲出了雪晴家门。

在他冲出之前，一个身影正在窗前偷窥，听到有人出来，一翻身跃出了墙。

第一百零三章
为相亲孙权受责

刘备逃跑！赵云被救走！

孙权气愤至极，他命朱然带人全力追捕，生要见人，死要见尸！

孙权最难接受的是小妹救走赵云！她可是亲眼看见自己被赵云袭击，现在想起，仍心悸不已。

曾经，他与小妹关系最好。那时，大哥孙策承继父亲使命，东征西讨，家中剩下他们兄妹四人，三弟孙翊武艺好，略显莽撞；四弟孙匡最聪明，却有些瞻前顾后；小妹虽年幼，快人快语，十分爽利可爱。

兄妹在一起说笑，孙权道，"依我看，三弟武艺好，适合看家护院，四弟脑瓜灵，可做个账房先生。"

孙翊道，"二哥除了下棋，就是喜欢美味，干脆当个厨子算了！"大家都笑了。

孙权从小爱看家中厨子做菜，瞧出门道，把厨子往旁边一推，亲自动手，小妹跟在后面，孙权做好，她先尝个鲜。

孙权道，"你们哪里懂得，人生有两大技艺，一是下棋，不计局部一时得失，要有大局观；二是做菜，生的不能吃，熟过不好吃，要掌握好火候。"

孙翊笑道，"刚从书上学的吧？又来卖弄！"

"厨子、护院、账房都有了，"孙匡笑道，"还有小妹呢。"

孙小妹头一昂，"我就勉为其难当个老板吧。"

孙翊笑道，"又刁又馋，野心还不小，既然喜欢舞刀弄剑，干脆给二哥打下手切墩儿吧！"

兄妹几个哄堂大笑，那时他们是多么无忧无虑。

自从孙策遇刺身亡后，他们安稳的日子就一去不返。孙权匆忙接替孙策之位，成为东吴之主，孙翊外派守城，孙匡负责南徐城防，兄妹间交流的机会就少了。

由于孙绍痴迷武艺，小妹时常和他切磋，与大嫂交往就多起来。大嫂年纪轻轻守寡，小妹很是同情，大嫂与孙绍每当遇到难处，她都仗义执言。策王府几次遇袭，没能及时捉住凶手，引起大嫂不满，自己并非没有尽力，可是她终始站在大嫂一边，如今，竟然吃里爬外，救走赵云，实在可恨，正当孙权琢磨如何处理此事时，两个家丁将孙匡抬进来，后面跟着曹映琴。

孙匡斜躺在一把椅子上，这次祭祖，他为保护孙权，身受重伤，孙权快步上前，"四弟，不在家中休养，如何来到这里？有事让人说一声就行了。"

孙匡喘着粗气，"我必须亲自来说。"

"四弟不用说，我答应把曹子高放了。"

"非是曹子高之事，"孙匡强忍疼痛，"二哥，为何将大嫂抓起来？"

孙权皱眉，"我去祭祖，大嫂是知情人，偏刺客中有赵云，他是孙绍的师父，大嫂有勾结赵云之嫌。"

"你冤枉大嫂了！当年大哥有遗言，谁对孙家不忠，都将严惩，大嫂绝不会背弃大哥誓言。"孙匡知道，二哥与大嫂心生芥蒂，他欲从中调解。孙匡与孙策感情深厚，当年大哥把朝廷赏赐的爵位让于自己，如今大哥不在，自己岂能坐视大嫂受委屈？如果不是受伤太重，他早就赶过来了。"二哥，你要冷静，莫上了坏人的当！"

曹映琴为孙匡擦汗，"终归是自家人，不能让外人看笑话。"

众人都与自己作对，让孙权更加恼怒。"我再冷静，你就得给我收尸了！"

"既然怀疑大嫂，二哥不便出面，就由我来与大嫂沟通吧。"

"大嫂心机颇深，你不会问出什么的。"孙权心道，张昭都在她那里碰壁了。

"我相信，晓之以理，动之以情，大嫂会说出实情的。"

孙权思忖，你本就是来帮她求情，让你参与，大嫂那边又多一人，他冲孙匡摆摆手，"四弟，回去好好养伤，我自有决断。"

曹映琴接道，"我在家就劝说他不要来，二哥这样做，一定有他的道理。"

孙权点头，"弟妹是个明白人！"

孙匡看孙权主意拿定，无奈地摇头，"二哥，你——"刚说到此，门一响，孙小姐扶着国太闯进来。

孙权看到小妹，气不打一处来，你还敢来见我？再看国太满脸怒气，暗叫不好，小妹见了赵云，莫不是知晓了相亲底细？

国太看见孙匡，暂时收起满脸怒气，上前关心道，"我的儿，你伤的这般重，如何还要出来？"

如果母亲知道四弟专为大嫂而来，定然更加生气，孙权急道，"四弟与我有事商量。"暗指曹子高之事，说罢欲扶国太坐下，国太一甩手，瞧也不瞧孙权。

孙权见形势不妙，用手一指孙小姐，"好你个孙小妹，你竟敢私自放走赵云！"

孙小姐冷眼看着孙权，"他帮过我的忙，救过孙绍的命，还是盟友的大将，有人要射杀他，置孙刘联盟于不顾，东吴的江山不是某个人的，是整个孙家的，我不能不管！"

"他帮过你？赵云包藏祸心，多次暗杀于我，你当时就在场，装什么糊涂？"

"装糊涂？我正要问你，赵云来南徐做甚？"

"他想杀了我，让刘备永远赖在荆州！"

"你才是装糊涂，将刘备骗来，袭击人家船只，抓走人家主公，他不找你找谁？"

"胡说，我何时袭击他们的船只了？"孙权极力辩解。

"敢做不敢当，你只配当个厨子！"孙小姐直道，"我现在让你当着大家的面，告诉母亲，刘备来南徐干什么？"

孙权确认，小妹知道刘备来东吴相亲的事了！当着众人，他只得抵赖，"我哪知道刘备来做什么？"

"刘备来南徐，你会不知道？看来赵云骂你无耻没错，骗人家主公来相亲，还不敢承认，连个厨子都不如！"

国太声音颤抖，"仲谋，你给我说明白，刘备来东吴相的哪门子亲？"

孙权暗暗叫苦，国太知晓，此事更不好收场了。孙权一时语塞，鲁肃忙上前，"孙刘本是盟友，若再能联姻，岂不好上加好？"

孙权瞪鲁肃一眼，你是一门心思要促成孙刘联姻啊！

国太气道，"鲁大人，我当你是个明白人，没想到竟也说出这等话来！刘备与先主公一同讨过董卓，他多大年纪了？让小妹嫁于刘备，岂不坑了她？我要问问，谁出的这个混账主意？"

这是周瑜设的计，如何能说？鲁肃看孙权不便搭言，赶忙道，"刘备胸怀锦绣，曹操青梅煮酒论英雄，都视其为豪杰——"

未等鲁肃说完，"我是不会嫁给刘备的！"孙小姐怒向孙权，"给我相亲，却瞒着母亲，孙权，你这个大孝子，到底是何居心？"

孙权被问得哑口无言。

"相看我的女儿，都不与我言说，你就给做主了？我明天就去拜祭老主公，问问他，谁给你这么大的胆子？"国太气得全身发抖。

孙权无奈，只得跪下，实话实说，"母亲息怒，我非真心要将小妹嫁与刘备，这只是周瑜为讨回荆州的无奈之举。"

国太闻听，更加震怒，"你们这群没用的人，取不下荆州，竟然用这种丢人手段，老主公啊，你英雄一世，没想到儿子如此不中用，如今此事弄得尽人皆知，你让小妹将来如何嫁人啊？"

这话戳中了孙权痛处，他也觉得周瑜此计不周，才造成这般后果。张昭见此，上前劝道，"周都督也是为了东吴好，才出此妙计！"

孙权这个气，这哪是解劝，分明在拱火。国太果然大怒，"这是什么妙计？拿自家主公的妹子当诱饵，全然不顾后果，更表明他和主子的无能！"

事情激化，孙权不知如何收场，这时，有贴身护卫在门口张望，孙权问道，"何事？"

"主公，发现了刘备的行踪。"护卫回道。

孙权像抓住了救命稻草，他对国太作揖，"母亲，我有急事要办，请您相信，小妹的婚姻大事一定让您满意。"他对张昭使个眼色，拉着鲁肃快步出了议事厅。

国太虽气恼，念及孙权刚遭袭击，不想他在臣下面前太过难堪，暂且将怒气压一压，等他回来再做责问。

孙小姐不愿这样饶过孙权，听说他们发现刘备的行踪，赵云正在找他，自己带他去馆驿扑了空，好像有意欺骗似的，如今有了刘备的音信，她也跟着跑了出去。

第一百零四章
仗义救人追元凶

赵云疾步向前追去。

馆驿慌乱的情形，不似有假，主公应是从此逃脱了。

这时，他看到一群吴兵，四处搜寻，看样子，不似平常巡逻士卒，赵云悄悄上了房顶，在后面跟踪，如果他们搜到主公，自己可及时出手相救。

这群吴兵不断闯进百姓家中，弄得鸡飞狗跳，看来他们也是瞎撞。赵云正准备离开，前面一阵混乱，显然是打了起来。赵云急忙赶过去，只见他们围住一男一女，正在激烈打斗。赵云定睛一看，竟是黄锤、黄戈！

看来黄氏兄妹还没放弃为父报仇，现在南徐风声正紧，时机不佳。

黄氏兄妹何尝不知，他们无法出城，黄刀才让黄锤与黄戈扮作夫妻，打探孙权的行踪，了解南徐开城的消息。

没想到，他们与霍苗这群人撞个正着，吴兵让他俩站住接受检查，两人身藏兵器，怕被发现，掉头就走，霍苗见他们形迹可疑，带人追赶上来，黄锤与黄戈只得抽出兵刃，与他们厮杀斗起来。

霍苗专注抓捕刘备，没把两人放在心上，不想两人甚是能战，迟迟拿不下。他听说，这几日，吴侯连续遭袭，难道他们是其中的刺客？霍苗指挥手下将两人围在当中，黄氏兄妹越战越凶险，赵云见此，拾起房上瓦片，瞄准领头之人，一甩手，就飞了出去。

霍苗武艺稀松，遇刀剑之争，都是躲在一旁指挥，眼看两人就要遭擒，突觉一物飞来，未及闪身，已然打在嘴上，霍苗一声尖叫，血先喷出，一张嘴，两颗门牙掉下来，手下惊得四处张望，察看哪里飞来的暗器。

霍苗捂着嘴，不知何人出手，慌乱中大喊一声，"他们是刘备同伙，给我抓住！"嘴巴漏风，说成了"哈们是刘嘿同合，给鹅瓜护。"

士卒不敢乐，就在他们寻找暗器出处时，赵云连续掷出瓦片，吓得士卒四处躲闪，赵云趁机从房顶跳下，打跑黄锤、黄戈近前士卒。

黄锤一看是赵云，眼中含泪，危难之时，又是焦义士相救。"真是太感谢了！"

赵云一摆手，"快走！"

霍苗强忍疼痛，指挥手下追赶，赵云随手向后甩出石子，士卒急忙躲藏，等他们追上来，哪里还有三人的踪影？

这时，朱然带着人马赶过来，看到霍苗被打的熊样，没有一句安慰的话。朱然恨他太没用，连一个刘备都看不住，难怪淳于烈说他只会耍嘴皮子。"磨蹭什么，还不赶快去追人！"

赵云带着黄锤、黄戈跑出一段路，嘱咐他们尽快隐藏起来，黄锤才与赵云依依惜别。

赵云继续在街巷中穿插，努力寻找刘备的行踪。

赵云哪里知道，此时，刘备躲在刘岑家中，正在商量如何处置崔久等人。刘备有心除掉他们，尸体不好处理，一旦被发现，必给刘岑父女带来麻烦。如果放了三人，刘岑担心他们再来纠缠，崔久穷凶极恶，什么事都能做出来。刘备想到，刘岑父女搭救自己，若被东吴知晓，必给二人带来祸端，他有心劝说刘岑父女收拾行装，赶往荆州，现在又难于出城，一时比较踌躇。

雪晴才明白，父亲让她叫叔叔的人，竟然是当今皇叔刘备！想起他让黄豆去寻子龙，忍不住问道，"黄豆所找之人，难道是赵云？"

"正是，"刘备点头，"如何说起他？"

刘岑简要介绍客栈被救之事，刘备问过义士长相，"那就是赵云。"

雪晴情不自禁，"怪不得——"

刘备见雪晴姑娘双眼放光，微微一笑，"怪不得什么？"

雪晴想说"怪不得如此英俊洒脱！"嘴中却道，"怪不得如此厉害！"

刘备暗笑，子龙青春年少，引姑娘倾慕，自己一把年纪，还来相亲，真是贻笑大方！也不知黄豆能否找到子龙，何时能将他带到此处。

此时，天已完全暗下来，街上行人稀少，追捕的士卒估计也收兵了。打斗奔袭一天，赵云已是饥肠辘辘，他想找个饭庄，填饱肚子，一抬头，感觉这里似曾相识，仔细一看，这不是吕范的府宅吗？上次找吕范算账，他逃之夭夭，不知现在是否回来？

赵云悄悄跳入吕府，慢慢靠近吕范书房，可巧窗户开着，赵云往里一望，不禁大喜，吕范正在屋内踱步呢！

吕范儿子得急症，他匆匆赶回，请来大夫，吃了药，孩子终于安静下来，夫人揪着的心放下，陪着儿子在卧房睡着了。

吕范很不安，自己离开馆驿，刘备成功逃脱，霍苗太没用！刘备真狡猾！吕范担心孙权怪罪，心绪难平，夜不能寐。

他踱到窗口，刚转过身，一把冰凉的宝剑架在他的脖子上！随着一声"别叫！"一人跃入屋内，吕范一抬眼，大吃一惊，正是赵云！他到荆州保媒，两人见过。

赵云怒气冲冲，剑指吕范，吓得他一直后退，赵云将他逼坐在椅子上，"吕大人，为何与孙权合谋暗害我家主公？"

吕范瞥一眼面前的宝剑，"子龙将军冷静，我真不曾害过刘皇叔。"

赵云瞪起双眼，"好个吕范，事到如今，还不承认？"

"您真的冤枉我了！"

"冤枉你？我是亲眼所见，你与那披发人在一起饮酒，就是他弄沉的荆州船只！"

事实已清楚，那晚窗外偷听的是赵云，掀翻荆州船只的是武风子！"可是——"

"可是什么？还想抵赖？披发人是凶手，你是帮凶，孙权就是元凶！告诉我，你们是如何密谋加害我家主公的？"

吕范连连摆手，"这真的不干我家主公的事。"

赵云本已放下宝剑，闻听此言，又将宝剑架在吕范的脖子上，"还敢替孙权开脱？我看你是不要命了！"

吕范连忙作揖，"子龙将军，你就是杀了我，这事也与我家主公无关。"

"披发人袭击荆州船只，不是受孙权所派，难不成是你指使？"

吕范不断摇头，"我哪敢指使旁人伤害刘皇叔？"

"那他为何袭击荆州船只？"

"据我所知，这里应是事出有因。"

"事出有因？"赵云怒视吕范，"有什么因？"

吕范犹豫一下，缓缓说道，"个人恩怨。"

"个人恩怨？"赵云一愣，"他与我家主公有何恩怨？"

"不是与皇叔。"

"那与谁？"

"诸葛亮。"

赵云一惊，"我家军师远在荆州，与他何干？"

"披发人名叫武风子，他是你家军师的师兄，他们之间有些矛盾。"

赵云若有所思，上次抓住圆脸姑娘，她曾说过，披发人是她的大师兄，军师是她的师弟，当时自己怀疑她的说法，认为她是有意栽赃，正待盘问时，竹林蓑笠翁出现，救走了她。"既然是同门师兄，本该相互扶持，为何对我家主公下毒手？"

"这也事关你家主公。"

赵云十分诧异，"这关我家主公何事？"

"子龙将军请坐，容我与你细细言说。"

第一百零五章
溪翁山习武论道

溪翁山，很是神秘，据传因一位老翁在此修行，最终坐化而成。

溪翁山不高，四周成岭，中间平坦。山岭林木密置其中，数条溪流，穿插林间，潺潺而动，击石穿木，似断非断，早晚自然生成雾气，袅袅而起，犹如仙境。其间空气，沁心沥脾，居其间，醉而忘忧。

如此佳境，仅一小路可通，小路位于山石夹缝之间，树木掩映之下，常人实难见到，只是有缘人方得上山。

在此山中，矗立一观，名为观，又与道家之观不同，此观四角皆为坚木，坚木之头指向苍穹，坚木之尾，俯拾于地。坚木上刻有异文，少有人识得，更难解其意，大门上书有三个大字：求异观。

其间有一位老者，身量不高，气色红润，不知何时来到此地，也不知此观是否为其所建。近些年，到此的人逐渐多起来，打破了山中的寂静。

众人称老者为师父，师父姓车，名前，尊曰车前子。众弟子亦按其规俗，皆在名字后加一"子"。

"顶数！"车前子道。

师兄弟按顺序报名，"武风子！""廖挑子！""庄渎子！""韦军子！""蔡苞子！""赵竟子！""孙侯子！"

他们在此修行，学文、习武、攻读谋略、演练阵法，达到一定层级，再探究奇门遁甲等异术。师兄弟在一起切磋，倒也相安无事。

直到有一天，叶猫来到。众弟子诧异，原来师父也收女弟子！叶猫一拜师，就成了叶猫子。

叶猫子圆脸，红中透白，一双圆眼，大而呆萌，长相似猫，其父就以猫命其名。叶猫子来到的那年，才十二三岁，对什么都很好奇，眼睛瞪得溜圆，凡事想问又不敢问，甚是招人喜欢。

自从她来到后，溪翁山的氛围发生了微妙变化，师兄们突然爱干净起来，难怪，荒原上突然生出花朵，百草怎能不随其而动？

叶猫子被师父划归三师兄庄渎子代管，庄渎子表现积极，非常关心她，"小师妹，山上环境还适应？可不要乱跑！""小师妹，吃住可习惯？你得多吃点！""小师妹，师父教的剑法学会没有？不会也没关系，我来教你！"说着抓起叶猫子的手，一招一式练起来。

看着庄渎子色眯眯的样子，师兄弟都用眼睛剜他，又嫉又恨。孙侯子忍不住，偷偷告诉叶猫子，"别让三师兄的黑爪子握你的手，他不怀好意。"

"哦。"叶猫子似懂非懂，从此就对庄渎子有了防范。大家暗笑，庄渎子不以为然，大有先下手为强，他人不许靠近的意思。孙侯子因为与叶猫子走得近，被庄渎子罚去清扫茅厕了。

徒弟中，只有二师兄廖挑子不以为然，他总是眯着眼，我行我素，凡事不放在心上。

车前子教授功法，都是口诀，习武，也是点到为止，让弟子们去感悟。

有时，他会让所有弟子坐成一排，一整天不动不食，观察前方两处山峦，傍晚告诉他最大不同，还道，"这就是你与他人的最大不同。"

弟子们眼睛盯着山峦，不敢松懈，直累得眼睛发直，晒得头昏脑胀，饿得晕头转向，回答师父问题时，也是五花八门，甚至答非所问，车前子对众弟子的回答不褒不贬，一笑了之。

他还会将弟子带到一株桑树下，让每人盯着一片树叶，使它落下，再飞起来。众弟子看天，"一丝风没有，怎么可能？"孙侯子道。

车前子轻轻坐下，两个食指相连，闭上眼睛，嘴中念念有词，突然两个食指相合，直指一片树叶，只见那片树叶一抖，轻轻飘落，车前子用左手食指在空中划圈，那片树叶就在车前子的左手上方转动，又用右手食指划圈，树叶就在右手上方转动，最后手指向上，那片树叶就向天空飘去，直到从视线中消失。"每个人都有无穷的潜质，只要你足够用功，细心体会，就能使树叶随心飘动，让兵器任意袭敌，如能与符咒相和，更能迫使战车倒行，舰船摇摆沉没。"

众弟子又惊又喜，十分向往。

车前子多数时间在山中修行，有时他也外出云游，一去月余，师父不在时，徒弟由三位师兄代管，大师兄武风子负责山中一切事务。

有人向武风子反映，庄渎子对新来的小师妹过于亲密，叶猫子已露出反感之意，他还抓住小师妹的手不放，嘴都要贴到人家的脸上了。

这一切，武风子早已看到眼里，他二话没说，直接来找庄渎子，"有人说你对叶猫子图谋不轨，人家还是个小姑娘！"武风子把问题说得很严重。

"好心不得好报！叶猫子新来，功夫不济，我才给她补补课。"庄渎子颇为愤愤不平。

"赵竟子、孙侯子都刚来不久，功力也不济，如何没见三师弟给他们补课？"

"这是有人看不惯我对小师妹好，心存嫉妒！"庄渎子气道，"难不成是赵竟子、孙侯子告的状？"

"这是众人意见，看来，我只能让廖挑子接管叶猫子了。"

"二师兄一见小师妹就脸红，哪适合带叶猫子？"庄渎子不死心，想方设法留下叶猫子。

武风子似乎正等这句话，"那只能勉为其难，由我亲自带了。"庄渎子大瞪双眼，明白自己上当了。

第二天，武风子当众宣布，"过去小师妹由三师弟代管，最近出现一些议论，三师弟为了避嫌，主动让贤，我原打算请二师弟带小师妹，三师弟说，他一见小师妹就害臊，不适合带她，那就由我暂时代管吧。"

孙侯子接茬，"二师兄多带带小师妹就不害臊了！"

"你这个臭猴子！"廖挑子要打孙侯子，叶猫子看到因为自己，闹起纠纷，很是不好意思。

"说正经的呢！"武风子皱起眉头。

"谁不正经了？"廖挑子回道。

"小师妹这么可爱，谁不想带？"蔡苞子插言。

庄渎子点头，"五师弟说了句实话，大家都一样。"

韦军子建议，"我看还是由大师兄带，众人放心。"

这是暗讽自己带叶猫子，大家不放心！庄渎子狠狠瞪了韦军子一眼。

廖挑子接道，"我也建议由大师兄带小师妹，他是最正经的！"

"既然这是大家的心声，小师妹就由我来带吧。"这样，叶猫子就归大师兄武风子代管了。

叶猫子聪明可爱，对大师兄武风子很是崇拜，总是向他讨教，庄渎子眼巴巴地看着，心中很不是滋味。

习武、修行之余，叶猫子与孙侯子走得最近，孙侯子比她大不了两岁，两人最能聊得来。闲暇时，孙侯子带着叶猫子在山里转，熟悉环境。

"这么大的山林，怎么连个动物都看不到？"叶猫子疑道，"哪管有个小猴子也行啊！"

"要什么猴子？眼前不就有一个！"

叶猫子咯咯笑起来，"我说是真的！"

"我又不是假的。"

叶猫子笑得更厉害了。

"嘘。"孙侯子将手指放在嘴上。

叶猫子不笑了，小声问道，"怎么啦？"

"小师妹，你可得注意了！"孙侯子一本正经道。

"啊？"叶猫子张着嘴等他下面的话。

"你笑得太好看了。"

被孙侯子吓了一跳，一听他这般说，叶猫子上来掐他。

孙侯子挡住她的手，"他们见你长得好看，都打你的主意。"

"你没有就行。"

"我也喜欢——和你一起玩。"孙侯子小声道。

"都喜欢我，不也挺好的吗？"叶猫子不以为然。

"哦。"孙侯子沉默了。

叶猫子笑了，"不过，他们都大，我与他们玩不到一起去。"

孙侯子又高兴起来，"你不是要找动物吗？"

"我只是好奇，连个动物都没有，多没意思。"

孙侯子二话没说，拉着叶猫子的手，沿着小径，穿过密林，来到后山。

"这是哪儿啊？"叶猫子小心问。

"往那儿瞧！"孙侯子手指下方。

叶猫子一看，立时吓得花容尽失。

只见下面有一个很大的围场，里面有各种动物，老虎、狮子、狼，还有犍牛、山羊！它们都卧在那里，一动不动。

"做得跟真的似的，吓我一大跳！"叶猫子嗔道。

孙侯子直接将她领下来，站在围栏外，"看它们的眼睛。"

叶猫子仔细打量，分明在动！"都是真的？它们怎么不叫？"

"都被师父施了咒法！"

"老虎、狮子、狼怎么不吃牛和羊？"

"也是被师父施了咒法。"

"哇！"叶猫子赞叹，"师父他老人家真是太厉害了！"

第一百零六章
小诸葛初露锋芒

在山中，习武修炼很是辛苦。刚刚破晓，十分清冷，众弟子排成一行，"顶数！"

"武风子""廖挑子！""庄渎子！""韦军子！""蔡苞子！""赵竟子！""孙侯子！""叶猫子！""诸葛亮子！"

溪翁山又来新人，诸葛亮到了！诸葛亮来时，只有十一二岁。

车前子将诸葛亮领上山，匆匆外出。诸葛亮从此成了诸葛亮子，天天早起，跟随师兄们一起晨练。

此前，叶猫子成功逃出庄渎子魔掌，庄渎子手下只剩赵竟子一人，师父就把诸葛亮子交给他代管。

庄渎子这阵心情不佳。上有大师兄武风子，师父信任，指使谁都管用。

二师兄廖挑子与世无争，看淡一切，自己做不到那般洒脱。小师妹叶猫子一来，她的一颦一笑，仿佛都浸到了自己的骨头里。借由自己代管，准备好好培养感情，可是师兄弟妒忌，大师兄借口有人告状，趁机代管小师妹，让自己情何以堪？

由此，庄渎子痛感自己之失势，关键时刻无人帮自己说话。他准备拉拢师弟，壮大自己的势力，小师弟无足轻重，他决定从韦军子入手，上次就是因为他率先发声，叶猫子才被大师兄接管。

庄渎子把韦军子请来，告诉他一个私密练功之地，还把自己的练功心得说与韦军子。韦军子见庄渎子主动接近，料其必有图谋，只作不知，以热情之态呼应，他悄悄告诉庄渎子，不能小瞧二师兄廖挑子，看其一天半梦半醒，凡事看得最明白。

其实，韦军子也有不满，前三位师兄都能代管师弟，唯独到他这里，成为被管，说明在师父心中，他与前三位师兄相比，是差一层的。师父说过，无论多少徒弟，仅三位师兄有权代管师弟，他需要去争取。韦军子感觉，他与前两位师兄的功力还有差距，唯一能替代的就是庄渎子，正巧庄渎子来拉拢，他就顺势而为。

庄渎子怀疑是赵竟子、孙侯子告自己的状，孙侯子经常与叶猫子一起，他最看不惯自己与叶猫子走近。赵竟子由自己管理，与叶猫子相比，他定是记恨自己厚此薄彼，谁让他嘴笨脑子也笨呢。他把这事告诉了韦军子，在他的协助下，庄渎子成功实施报复，罚他俩收拾茅厕、练功场一月。庄渎子心满意足，有了得力盟友，还惩戒了对自己不满的师弟。

这些都没有逃过武风子的眼睛，他告诉庄渎子，"莫要胡乱惩戒，你冤枉了赵竟子、孙侯子！"

庄渎子下意识问道，"那是——"

武风子头也不回，"沙场点兵，兵不厌诈。"

庄渎子恍然大悟，难怪叫韦军子，阳奉阴违，害得自己冤枉了两位师弟，弄得里外不是人，自此远离了韦军子。这样，武风子成功瓦解了庄渎子与韦军子的联盟。

师父外出，庄渎子告诫自己，要像廖挑子那般洒脱，凡事看淡，可是，一看见叶猫子在武风子手里，心里就很不是滋味。

偏偏回来时，看到诸葛亮子正在擦拭桌子，边干边哼唱《梁父吟》，庄渎子心中不爽，唱的什么破玩意，劈头盖脸地训斥他干活不专心，直接罚他去担水，担满为止。诸葛亮子甚是委屈，什么也没说，挑着木桶出去了。

这事让叶猫子知道，她对武风子道，"大师兄，亮子师弟太小，哪干得动这般力气活？"

武风子感觉这阵庄渎子太嚣张，决定杀杀他的威风，直接将诸葛亮子交由廖挑子代管。

庄渎子很后悔，诸葛亮子刚来，还没正式亮相，不知他与师父是何关系，自己先行处罚，有些过分，如今想挽回也没机会了。

来到廖挑子手下，诸葛亮子自由多了，孙侯子与叶猫子一有空闲就带他去山里玩，赵竟子也想参与，碍于庄渎子，只能眼巴巴地看着他们离开。

在这里，诸葛亮子见到了兵刃房、火器亭、悬空洞、驱兽林、天象隐、兴阵图。两人还带他到山里采野果，"可甜了！"孙侯子说罢，将一枚野果塞进诸葛亮子嘴里，诸葛亮子马上咧开嘴，"太苦啦！"

孙侯子笑弯了腰，叶猫子上前踢他，"太坏了！"孙侯子装模作样道，"这算什么？到这里，都有苦头吃呢！"

半月后，车前子返回，诸葛亮子才上了第一堂课。

师父车前子站在众人面前，一派仙风道骨，潇洒飘逸，又不失师者之尊，庄重威严。

车前子开口道，"每当有新徒弟来，我都要说一遍，溪翁山是培养大才之地，你们都要有指挥千军万马和治国安邦的雄心，在这里，就要潜心修行，专心苦练，谁修炼出来，谁就先出山，挽国家于危难，救万民于水火，谁不成器，就只能留在此地陪师父了。"

众人齐声道，"是。"

"先来温习上次所教的通袭拳法。"

众弟子开始上前过堂，第一个要求上场的是韦军子，他希望在师父面前好好表现，舞起拳来，虎虎生风，确实娴熟。庄渎子见韦军子抢了先，立即跟上，一顿拳脚后，也是气不长出。之后是武风子，舒展自如，灵动敏捷，不愧是大师兄！其他师弟师妹不是力道不足，就是不够连贯，车前子也不训斥，耐心指点！最后一个是廖挑子，出拳、击腿，闪展，腾挪，既快如风，又尽显力道。

"看来廖挑子真下了功夫，也悟进去了，很好！"车前子赞道。大家鼓掌，廖挑子平静地回到队伍。

"今日，我接着传授驱兽诀！"车前子对诸葛亮子道，"你刚来，落下的前三诀，由三位师兄武风子、廖挑子、庄渎子教给你。"

车前子开始上课，"畜萌毛溢，身休皮动。嚇然燎心，孜毫胡应。天漾宜晕，地潜无缝。堵赫突葛，放起留更。泰辞渺忌，纠源为灵。生而视引，亦率亦晴。路胡冒倒，夫竟中风。膜弃屏整，股骇过坑。头幻上调，足乃窍精。横其窦可，坚至考通。陡载成源，各酋其弓。散由酷己，刻摆抱空。飘随构毯，驳冈料争。辜竭献苛，探企走登。寒擎表恶，默造网兵。扑损倒次，悯其寡丁。岂敢表投，贸黄歹翁。难及风陀，渎辽齐崩。云盟脍月，山齐水冲。始尊透雅，天地仰中。"车前子边说边讲解，洋洋洒洒讲了一通，然后又将新学复述两遍。

师父开始背手走动，诸葛亮子看大家比较紧张，很奇怪，师父并不严厉，怎么都有些惴惴不安？原来师父要考大家了！

"谁先来背？"见没人应答，"从武风子开始！"

"畜萌毛溢，身休皮动。嚇然燎心，孜毫胡应。天漾宜晕，地潜无缝。堵赫突葛，放起留更。泰辞渺忌，纠源为灵。生而视引，亦率亦晴。路胡冒倒，夫竟中风。膜弃屏整，股骇过坑。头幻上调，足乃窍精。"武风子冥思苦想，他背不下去了。

车前子直道，"廖挑子！"

"畜萌毛溢，身休皮动。嚇然燎心，孜毫胡应。天漾宜晕，地潜无缝。堵赫突葛，放起留更。泰辞渺忌，纠源为灵。生而视引，亦率亦晴。路胡冒倒，夫竟中风。膜弃屏整，股骇过坑。头幻上调，足乃窍精。横其窦可，坚至考通。陡载成源，各酋其弓。"廖挑子背到此，直道，"下面记不住了！"

"庄渎子！"

"畜萌毛溢，身休皮动。嚇然燎心，孜毫胡应。天漾宜晕，地潜无缝。

堵赫突葛，放起留更。泰辞渺忌，纠源为灵。生而视引，亦率亦晴。路胡冒倒，夫竟——师父，我是不是背得够长了？"庄渎子讪笑道。

"韦军子！"

"畜萌毛溢，身休皮动。嚇然燎心，孜毫胡应。天漾宜晕，地潜无缝。"韦军子前面背得挺顺，后面一字一蹦，"堵——赫——突——葛，放——起——留——更，泰——辞——渺——忌，纠——源——为——灵。"

车前子直接打断他，"蔡苞子！"

"身休皮动，嚇然燎心，孜毫胡应——"蔡苞子背道。

"第一句哪儿去了？"车前子问道。

"让蔡苞子吃了。"孙侯子搭言。

大家都笑了，"赵竟子！"车前子直接叫了下一位。

"畜萌毛溢，"赵竟子紧张得不行，只背一句，就卡住。

车前子鼓励他，"再想想。"

赵竟子小声道，"天地仰中。"

车前子乐了，"只记得头尾，中间都被你吃了！"接道，"孙侯子！"

孙侯子开口就背，"畜萌毛溢，身休皮动。嚇然燎心，孜毫胡应。天漾宜晕，地潜无缝。堵赫突葛，放起留更。泰辞渺忌，纠源为灵。"车前子点头，不愧叫猴子，确实聪明。

孙侯子接着背道，"生而视引，路胡冒倒，膜弃屏整，头幻上调。"

"停，"车前子打住孙侯子，"背一句，落一句，你倒省事。下一个，叶猫子！"

叶猫子小声背道，"畜萌毛溢，身休皮动。嚇然燎心，孜毫胡应。天漾宜晕，地潜无缝。堵——"叶猫子也卡了壳。

"堵赫突葛，"有人轻声提示。

"堵赫突葛，放起留更。"叶猫子接道。"泰——"她又卡住。

"泰辞渺忌，"有人又轻声提示。

"哦，泰辞渺忌，纠源为灵。"

庄渎子扭头，"师父，有人提醒。"

车前子道，"站出来吧。"

诸葛亮子战战兢兢走出来。

武风子斥道，"刚来就违反门规！"

诸葛亮子没敢吱声。

车前子没生气，走上前问道，"诸葛亮子，你听会了？"

诸葛亮子不敢看师父，庄渎子见状，斥道，"不会还装会！"

"畜萌毛溢，身休皮动。嚇然燎心，孜毫胡应。天漾宜晕，地潜无缝。堵赫突葛，放起留更。泰辞渺忌，纠源为灵。生而视引，亦率亦晴。路胡冒倒，夫竟中风。膜弃屏整，股骇过坑。头幻上调，足乃窍精。横其窦可，坚至考通。陡载成源，各酉其弓。散由酷己，刻摆抱空。飘随构毯，驳冈料争。辜竭献苛，探企走登。寒擎表恶，默造网兵。扑损倒次，悯其寡丁。岂敢表投，贸黄歹翁。难及风陀，渎辽齐崩。云盟脍月，山齐水冲。始尊透雅，天地仰中。"诸葛亮子声音不大，一气呵成。

孙侯子十分欣喜，叶猫子更是惊叫道，"诸葛亮子，你好厉害！"

韦军子、蔡苞子、赵竟子都惊得张大了嘴巴，廖挑子微笑地看着诸葛亮子，频频点头。武风子皱起了眉头，庄渎子直勾勾盯着诸葛亮子，不敢相信。

车前子背手踱步，陡然回过头，手指诸葛亮子，"可造之才！"

第一百零七章
起纷争矛头明确

诸葛亮子上山晚，没有学到驱兽诀前三诀，师父车前子让三位师兄帮其补上。

诸葛亮子先找到武风子，兴奋地问，"大师兄，驱兽诀真的那么神吗？"

"那是当然，师父闭关多年，才有如此成就。"

"一念驱兽诀，狮子、老虎就行动吗？"

"得先从山羊、犍牛开始。"

"太好玩啦！"诸葛亮子高兴道，"大师兄，快给我讲讲驱兽诀第一诀。"

武风子看着诸葛亮子，"莫急，莫急。"然后开始给他讲做人的道理，"比如师父考问时，自己会也不应插言，做人要谦逊，卖弄会让人反感。比如你一出手，就比赵竟子、孙侯子、叶猫子强，他们与你不在一个层次上，你应该多与庄渎子、韦军子几位师兄在一起，才有长进。再比如，不要在山中乱窜，山中未知的东西很多，以免遭遇不测，师父设置了一些机关，一旦触碰，有性命之忧。"诸葛亮子暗忖，怎么没听孙侯子、叶猫子说过？武风子特别告诉他，师父的门规很严，绝不能私自下山，不能与他人斗殴，不能私下记录师父所教口诀，只能记在心中，一旦违反，将会受到严惩。大道理讲了很多，直到诸葛亮子困倦了，"现在教你也听不进去了。"

诸葛亮子睁大眼睛，"我能听进去。"

武风子拍拍诸葛亮子的肩膀，"早些睡吧，正是长身体的时候。"

第二天，诸葛亮子来到二师兄廖挑子住处，廖挑子正眯着眼睛，端详一幅画，横条竖条，像画又不像画。廖挑子见诸葛亮子到来，没有寒暄，直接开讲，诸葛亮子问，"二师兄，这是驱兽诀的第一诀吗？"

"这是第二诀，"廖挑子不解地问，"第一诀不是大师兄讲吗？"

"他只给我讲做人的道理了。"

廖挑子点头，"咱们就从第一诀开讲。"

第三天，诸葛亮子来找庄渎子，庄渎子客气地请他坐，耐心地询问起了诸葛亮子的身世。

诸葛亮子是汉朝司隶校尉诸葛丰的后人，司隶校尉是负责京都及其周边地区行政、治安、军事的长官，也是名门之后。诸葛亮子的父亲叫诸葛圭，任过太山都丞，诸葛圭早逝，诸葛亮子兄弟被叔叔诸葛玄收养，诸葛玄被袁术任命为豫章太守，后来他的位置被朝廷任命的官员取代，只好投靠刘表，全家人跟他过着大起大落的生活。

庄渎子很同情诸葛亮子的遭遇，"你是怎么来的？"庄渎子进入主题。

"坐车来的。"

"我是说，通过谁来的？"

"通过师父，他领我来的！"

"你们家谁认识师父？"这是庄渎子心中最大的疑问。

诸葛亮子摇头，"师父到家中就把我领来了！"

了解了诸葛亮子的身世，没有套出他与师父的渊源，能去他的家中，关系自是不一般，诸葛亮子虽小，竟装糊涂，不简单。正像师父所说，他是可造之才，那还有我们的出头之日吗？庄渎子煞有介事地告诉他驱兽诀威力，并没给他讲驱兽诀的内容。

武风子安排韦军子、蔡苞子辅导诸葛亮子武艺，诸葛亮子没有习武功底，练起来有些吃力，两位师兄对诸葛亮子有气，韦军子想，按诸葛亮子的聪明劲，他带师弟的时候，都轮不到自己。蔡苞子不满，练了几年，都没有他在师父心中的地位。从大师兄的安排，他们就明白怎么做了。

诸葛亮子马步站姿不正，出拳力度不足，他们直接击其臂，踢其胯，弄得诸葛亮子身上青一块紫一块。诸葛亮子不愿遭罪受气，他来见车前子，"师父，我不想习武了。"

"武艺，乃防身杀敌之技，不学，岂不少一技？"车前子劝慰他。

"治国安邦，在腹有良谋，防御敌寇，在胸有韬略。为首者，非要与敌近身而战，指挥有方，定能以兵将之力，克敌制胜！"

"好一个为首者，有气魄！"车前子同意了。

其实，诸葛亮子所以如此，有一主因，在随家人颠沛流离之时，身受潮寒侵袭，腿脚没有常人灵便，后来他出山，也是一直坐车，很少骑马。

孙侯子因为太瘦，又多嘴爱说，习武常遭欺负，师兄下手重，让他痛苦难当。于是，他照方抓药，对师父言明不想习武了，结果，遭到车前子当众训斥，"不照照镜子，你以为自己是诸葛亮子呢？"

赵竟子接荏，"师父，怎么把我扯上了？跟赵竟子有何关系？"

大家都笑了。

诸葛亮子不用习武，比别人多出一些闲暇时间，有时，他就跑到驱兽林，一待就是半天。叶猫子、孙侯子感叹，驱兽诀已经够折磨人，实在不想再看那些兽畜了，挨晒不说，味道也不好。武风子好奇，派蔡苞子前去探看，蔡苞子回来禀报，诸葛亮子时而来到围栏旁，念念叨叨，时而坐在附近，托着腮帮发呆。

武风子一笑，不以为意。

诸葛亮子还时常泡在阵形室，演习各种阵法。有时，就坐在那里，冥思苦想。

叶猫子与孙侯子跟过去，他们高兴身边有个智力超群之人。

阵型室原本很冷清，除了车前子讲演阵法，大家很少来。自从诸葛亮子光顾这里，其他人好奇，也来凑热闹，车前子趁机提高大家对阵法的兴趣。

"孙子早有八阵法，孙膑在《孙膑兵法》中也有《八阵》篇，八阵又是一阵分八阵，就是八八六十四阵，每个小阵为天、地、风、云、龙、虎、鸟、蛇阵，其中奥妙无穷。"车前子看着众人，"你们都摆一下阵法，看谁布的好！"

车前子挨个观看，不是阵型不整，就是顺序出错。最后到诸葛亮子摆的阵前，武风子也跟过来，看罢眼中一亮，"阵型不对吧？"

车前子看诸葛亮子，"你摆得是八阵法吗？"

"师父，我稍稍发挥了一下！"诸葛亮子解释道。

"古人的阵法岂能随便更改？"武风子大声道。

"阵法不是一成不变，不然如何推陈出新？"车前子对诸葛亮子道，"说说你的想法。"

"我觉得八阵法也有缺点，阵法过于固化，我就在六十四阵里多布一阵，暗藏其中，扰乱敌兵，起到突袭之效。"

"那就不是六十四阵，阵型必然自乱。"武风子道，其他几位师兄也纷纷点头。

"看阵型还是六十四阵，人数也不变，不影响外观，只有阵形变动时，那一阵才会显现。"

车前子点头，"增加了排阵难度，但是不拘一格，敢于大胆演练，想法值得称道！"

"噢！"叶猫子与孙侯子高兴地叫起来。

后来，诸葛亮出山辅佐刘备，从蜀国实际出发，在原有的古八阵基础上，创新阵法，绘制阵图，最终形成了新"八阵图"，用以训练蜀军。据说当年刘备猇亭惨败，陆逊追击到鱼腹浦，见杀气冲天而起，派人打探，只见江边有乱石八九十堆，一打听，方知是诸葛亮所摆八阵法，陆逊不敢进入，撤兵而走。到了宋代，曾将八阵图叫做九军阵。后人根据诸葛亮所遗留的八阵图，进行模拟演练，现代兵家认为，八阵是一种集团方阵，每阵都具有八个小阵，分布在中央中阵四周的八个方向上，具有很多变化。

"完喽，师父心中只有一个诸葛亮子，他的每一根寒毛都能开出花来！"蔡苞子感叹。

"不要胡说！"武风子斥道。

师父外出云游访友，大家在山上修炼之余，常在一起下棋。大师兄武风子棋力最高，极少输棋，久而久之，他就只看不下了。一日，孙侯子与蔡苞子弈棋，众人在旁边围观，关键时刻，孙侯子下出疑问手，看得诸葛亮子着急，廖挑子见此，问道，"你也会下？"

诸葛亮子想起大师兄武风子教导自己要谦逊，说道，"会一点儿。"

很快孙侯子败下阵来，廖挑子鼓励诸葛亮子，"跟蔡苞子来一盘。"

蔡苞子道，"我不跟刚学棋的下，耽误工夫。"

廖挑子道，"别小瞧人，下一盘试试。"

诸葛亮子对蔡苞子拱手，"请五师兄指点一盘。"

蔡苞子看诸葛亮子很客气，他现在是师父的红人，蔡苞子很享受他如此毕恭毕敬。

诸葛亮子像模像样往蔡苞子对面一坐，蔡苞子想，不管你是否刚学棋，你的年龄在那儿，能多厉害？既然交手，正好借机杀一杀你的威风，让你知道天外有天，人外有人！从布局开始，蔡苞子招招用狠，恨不能将诸葛亮子的棋全部吃掉。诸葛亮子很镇定，避其锋芒，蔡苞子以为诸葛亮子被自己的气势吓住，大举进攻，多次下出无理手，孙侯子看不下去，"这也太欺负人了吧？"

诸葛亮子微微点头，看一眼蔡苞子，对着他的薄弱之处，开始反攻，眼见着蔡苞子的棋一块块死掉，蔡苞子的汗都下来了，最后满盘竟没活出一块棋。

蔡苞子的脸涨得如猪腰子，好不尴尬地站起身。孙侯子高兴道，"小师弟深藏不露啊，来，我领教一盘。"之后，诸葛亮子面前不断换人，几位师兄都成了他的手下败将。

廖挑子连输两盘，"棋力不及啊！"他拍拍屁股起身让座，此时只有武风子还未与诸葛亮子交手。"就看大师兄的了。"

庄渎子刚被诸葛亮子杀得大败，好没面子，极力怂恿武风子出战，"大师兄算路精准，只有你能赢了小师弟！"若是武风子赢了诸葛亮子，他亦解气，若是输了，大家都一样，也就没什么可气馁的了。

武风子偷偷观察半天，没有看到诸葛亮子有什么惊人招法，大家就是下不过他。师弟们的话已说到这个份上，武风子只能上场了，他也想借机挫一挫诸葛亮子的锐气。

结果，他连输三盘。第一盘，武风子看诸葛亮子气势盛，不与他交战，狠捞实地，本以为赢了，结果输了一子。"大师兄疏忽了。"庄渎子出言安慰。

第二盘，武风子围住超级大空，大家以为他将轻松取胜，只见诸葛亮子在他的大空中，蜻蜓点水般地下了几手棋，武风子极力攻杀，诸葛亮子冷静治孤，硬生生瞪出两只"眼"，活出一大块，破掉了武风子的实空，大胜。

第三盘，武风子彻底怒了，一路追杀诸葛亮子的"大龙"。叶猫子偷偷拽一下诸葛亮子的衣襟，暗示他要给大师兄留点面子。诸葛亮子根本没感觉到。最后，他利用武风子追杀中露出的破绽，手起刀落，反杀了武风子横亘满盘的超级"大龙"，逼迫他中盘认负。

大家一阵叹息。"就差那么一点点，杀了小师弟的'大龙'！"庄渎子很是惋惜。

"我看是大师兄没有用全力！"韦军子不忘给武风子找台阶。

叶猫子与孙侯子对诸葛亮子推崇至极，也不免为他担心。

"大师兄承让了！"诸葛亮子拱手道。

"厉害，厉害。"武风子嘴上如此说，脸上却写满了尴尬。

"小师弟太聪明，我们不睡觉，都赶不上他！"赵竟子说起来很无奈。

"那是你太笨。"庄渎子笑道。

"他也不是全靠聪明！"蔡苞子神秘兮兮道。

"什么意思？"武风子问道。

"他还靠作弊！"蔡苞子直道。

"怎么回事？"武风子急道，大家一下围拢过来。

蔡苞子压低声音，"我发现，他偷偷记东西，藏在床下。"

庄渎子闻听很兴奋，"师父有明确规定，所有口诀、术语记在心里，不能有文字记载，他这是明知故犯啊！"

"可知他记了什么？"韦军子追问。

蔡苞子道，"他背着人，还是让我看到了一个字，就是庄渎子师兄的'渎'字。"

"他记我干吗？"庄渎子道，"不对，定是'渎辽齐崩'，这不是驱兽诀吗？"

"他那脑瓜还用作弊吗？"赵竟子感觉不可思议。

韦军子接道，"脑瓜再聪明，也不是所有的东西都能记下来。"

"为何不禀告师父？"武风子问道。

蔡苞子一摊手，"他现在是师父的心尖，谁去自讨没趣！"

"小小年纪就作弊，他原来是靠这招压我们一头啊？"庄渎子大声道。

韦军子认为机会难得，"明目张胆作弊，师父他老人家不会护短，一定能主持公道！"

"我们去禀告师父！"庄渎子来了精神。

韦军子点头，"对，让师父知道诸葛亮子是什么样的人！"

庄渎子兴奋道，"我们应该请出师父，诸葛亮子就在屋内，抓他个现行！"

"走，我们一起去请！"几人齐声道。

"还真要请师父啊？"蔡苞子有些懊悔，"我就是随口一说。"

第一百零八章
遭陷害初次驱兽

诸葛亮子正坐在床上看书，几个师兄突然闯进来，后面跟着师父车前子，着实被吓一跳，急忙跳下床，小心翼翼地问，"发生了何事？"

"何事？"庄渎子道，"自己做了什么不知道？"

诸葛亮子不明所以，"我做什么了？"

"装糊涂？"韦军子道，"是自己拿出来？还是我们帮你拿出来？"

诸葛亮子摇头，"我没明白。"

"不要装了，"庄渎子道，"有人告你偷记师父所授绝学！"

诸葛亮子用乞求的眼神望着车前子，"师父，我没记，他们瞎说！"车前子冷眼旁观，不动声色。

一看诸葛亮子的神情，几位师兄更有底气了。见师父不置一词，武风子一使眼色，蔡苞子与赵竟子两人直接掀起了诸葛亮子的床铺。

果真在床板上发现一张纸，赵竟子来了机灵劲，一把抓在手中，"看你还如何抵赖！"说罢捧到车前子面前。

车前子接过来，扫一眼，直接甩到赵竟子脸上，"这是绝学吗？"

武风子捡起一看，上面哪有什么驱兽诀？只是所有师兄师姐的名字：武风子、廖挑子、庄渎子、韦军子、蔡苞子、赵竟子、孙侯子、叶猫子。

诸葛亮子瞄一眼众人，小声道，"刚来时，怕记不准师兄师姐的名字，就写在了纸上！"

"师父，他撒谎，以诸葛亮子的脑瓜，能记不住我们几个人的名字？"庄渎子说罢，对诸葛亮子大声道，"把你藏的东西拿出来！"

诸葛亮子倒平静了，"不信，你们就搜吧。"

事已至此，几个人也没客气，把诸葛亮子的屋子翻找个遍，一无所获。蔡苞子有些发蒙，这说明他是谎报，必受处罚，捎带师兄师弟一同挨训，以后还如何在他们中立足？"不对啊，小师弟说刚来时写的，可我昨日还看见他把记得东西放床下了！"不打自招，是他告的状，此时他也顾不了那么多了。

"你说他能记什么？"不知何时，廖挑子来到近前。

"驱兽诀、兵法谱、奇门遁甲术！"蔡苞子硬撑道。

"你说哪个难记，就让小师弟给你背一下。"廖挑子道。

诸葛亮子很是感激，点头道，"考住我就认了！"

"考他，你自己也得会背！"廖挑子道。

蔡苞子闻听傻了眼，廖挑子又对其他几位师兄道，"别人也可以！"庄渎子和韦军子直往后闪，赵竟子直接蹲在大家身后，没人敢应战。

车前子见此，说道，"不要因诸葛亮子聪明，就嫉妒他！当师兄的要大度！"看武风子似有不甘，"你要来？"

武风子道，"诸葛亮子把我们的名字放在床下，是要把所有人压在身下啊！"

"还有小师妹叶猫子，多邪恶啊！"韦军子道。偏在这时，孙侯子、叶猫子赶到，说得叶猫子满脸通红。

廖挑子道，"小师弟最小，还不懂男女之事，心术不正的人才往歪处想。"

诸葛亮子解释，"师父有规定，不能将所授绝学记录下来，我岂敢违反门规？我写下师兄师姐的名字，一是怕记错，二是我来得晚，看谭子所著《梦择》中说，做梦也能为学，我希望借此跟师兄、师姐学习切磋，快点撵上来。"

车前子叹道，"看看，诸葛亮子最小，好学上进的精神可嘉，蔡苞子、赵竟子，你们若有小师弟的一半劲头，就不会是现在的样子！"

武风子、庄渎子、韦军子好不尴尬，原本要抓诸葛亮子的现行，如今变成了对他的褒奖现场。

车前子接道，"蔡苞子，就你最爱搬弄事非，这次又是你蛊惑的几位师兄吧？"然后扭向其他几位，"你们以后要明辨是非，不能偏听偏信，基于今天之事由蔡苞子引起，就罚你打扫茅厕两个月！"

武风子、庄渎子、韦军子默然无语，赵竟子缩在最后，不敢瞧师父，蔡苞子垂着头，双腿哆嗦，冷汗直流。

车前子说罢，一甩袍袖离去。武风子、庄渎子、韦君子、蔡苞子、赵竟子灰头土脸地走了，蔡苞子回去后，蒙头痛哭一场。

孙侯子激动得直拍巴掌，"真解气，切磋时，他下手最狠，我身上青一块、紫一块都是他踢的！"

叶猫子直言，"小师弟也没少挨他欺负。"她盯着诸葛亮子，"你是不是故意的？"

孙侯子笑道，"我真怀疑你的动机！"

　　诸葛亮子连连摆手，三人笑作一团。

　　"笑过之后，可能就是哭了！"廖挑子扔下一句话，走了。

　　果不其然，没过几天，武风子带领大家一同来到驱兽林，代表师父检验驱兽效果。

　　面前围栏中，关着虎、狮、狼、牛、羊。被测试者，要将围栏中的兽畜驱赶出来，向前行走百步后，绕过树桩，原路返回。

　　"二师兄，这些兽畜听话吗？出了围栏会不会咬人？"诸葛亮子不安地问廖挑子。

　　"你不是总跟它们聊天吗？"廖挑子笑道。

　　"那时隔着围栏呢！"

　　"它们都被师父施过咒，不会咬人，放心。你是头一次参加，只是体验，不会让你下场驱兽的，你也驱不动，在一旁认真揣摩就行了。"

　　听说不用自己驱兽，诸葛亮子才放下心来。

　　"诸葛亮子！"他被武风子的喊声吓一跳。"下场驱兽！"

　　"他头回参与，怎么让他驱兽？"廖挑子不解。

　　"师父说他是可造之才，他的驱兽诀又背得好，当然不比寻常。"武风子道。

　　廖挑子还想辩驳，武风子道，"二师弟，莫要多虑，不会有危险的。"

　　廖挑子看出，武风子已拿定主意，心想，不妨让小师弟一试，于是指点道，"站在围栏后，单手放于眼前，默念驱兽诀！"

　　看见诸葛亮子站得远，庄渎子笑道，"他不是常来吗？怎么现在怂了？"

　　"再往前十步，"廖挑子喊道，诸葛亮子一步一步往前挪，已然走顺拐了，庄渎子、韦军子、蔡苞子、赵竟子都笑出了声。

　　"念驱兽诀！"廖挑子继续指点。

　　"他的嘴唇都哆嗦了。"蔡苞子笑得前仰后合。

　　叶猫子对孙侯子道，"小师弟真害怕了！"

　　"不要怕！"廖挑子大声道。

　　大家看着诸葛亮子嘴中念念有词，好一会儿，围栏中的兽畜还是懒洋洋地躺在原地，没有一个挪动的。

"看来光背得好不行，还得修炼到位！"韦军子喜滋滋道。

诸葛亮子脑门渗出了汗。他想起廖挑子的话，告诉自己要镇定。看到兽畜不动，他索性闭上眼睛，心口合一，默念驱兽诀。

这时，他听到轻微的声响，诸葛亮子睁开眼，心中一喜，那只老山羊慢慢爬起来，很不情愿地走出围栏，诸葛亮子很激动，第一次看到自己的功力显现，他顾不上再驱动其他兽畜了。看着老山羊磨磨蹭蹭，诸葛亮子跟在后面，继续叨念口诀，催它往前走。

"怎么像是赶羊？"赵竟子笑道。

"明明是驱动的嘛！"叶猫子气道。

不知是否因为诸葛亮子功力不足，老山羊走几步，停下来，低头啃吃路上的青草。诸葛亮子费了好大的劲，才把老山羊驱到尽头，可它不进围栏，竟然卧在地上，这不前功尽弃了吗？诸葛亮子再次闭上眼睛，努力平复心情，专心驱兽。老山羊果然又站起来，扭动着往前走，只是走得心不在焉，诸葛亮子都快碰着它了。

庄渎子道，"给小师弟一把鞭子就好了！"大家都笑起来。

"第一次，不错了！"廖挑子道。

武风子有些失望，直接喊道，"下一个，叶猫子！"

结果，叶猫子、孙侯子、赵竟子、蔡苞子也都是将老山羊驱出来，只是走的没有那么费劲而已。"今天这些兽畜怎么回事？有点反常啊？"蔡苞子道，他与师弟师妹一个样，心中不免郁闷。

廖挑子道，"看清没有？你们跟诸葛亮子一个水准，谁也别笑话谁，小师弟还是头一次！"蔡苞子瞟了一眼廖挑子，没有言语。

韦军子登场了。韦军子是除了三位师兄之外，功力最深的，他的目标就是超过三师兄庄渎子。前些时日，庄渎子主动拉拢自己，还将练功心得相告，大师兄怕两人抱团，竟将自己告密的事泄露给了庄渎子，让两人反目成仇，不然，获悉庄渎子的练功心得，超过他岂不是易如反掌？大师兄表面公平，其实很阴险。现在轮到自己驱兽，当然要在众人面前露一手。

第一百零九章
练驱兽突现变故

韦军子开始驱兽，只见他口中念念有词，老山羊先咩地一声走出围栏，大犍牛甩甩尾巴站起来，连那只赤尾狼也跟在后面出来了。韦军子不断反复叨念驱兽诀，长毛雄狮和斑斓猛虎毫无反应。

"今天，有点邪性，两个家伙不听使唤！"下场的韦军子不断摇头，感觉不可思议。

"只能看前三位师兄的了！"蔡苞子道。

庄渎子踌躇满志地上场了。上场之前，他瞥了一眼韦军子：别为自己找借口，看我的。

他的结局更惨，费尽心力，只驱动了老山羊和大犍牛，庄渎子实在不甘心，不断地叨念驱兽诀，要驱动另外三只野兽，结果大犍牛转过头，要返回围栏，那就剩一只老山羊了，岂不是跟诸葛亮子等人一个样了，他急忙驱动老山羊和大犍牛向前。回来时，韦军子满脸笑意，是遮不住的嘲讽。

廖挑子出场，他平静如常，自如叨念驱兽诀，只见老山羊、大犍牛、红尾狼，连同那只始终没动的长毛雄狮都站起来，仅有斑斓猛虎卧在原地。

最后，只剩下武风子，他是大家公认实力最强的。武风子很自信，昂首挺胸走上前去，那意思不言自明，还得看我的！

他来到围栏前，先是来个白鹤亮翅，然后一个标准马步，单手擎指向前，慢慢收于胸前。此时，随着武风子念动驱兽诀，老山羊、大犍牛、红尾狼排队出来，连长毛雄狮和斑斓猛虎都站了起来。

"嚯！"大家同时赞叹。

长毛雄狮与斑斓猛虎一出来，震得树叶哗哗作响。

此时，武风子意气风发，五个兽畜十分驯服，没有一个走样的，它们很快来到树桩，转身折回。

"不服不行，还是大师兄厉害！"蔡苞子赞叹。

武风子心中洋洋自得，加速叨念口诀，狮子与老虎陡然加快步伐，大犍牛行动迟缓，狮子与老虎的头直接撞到大犍牛臀部，不知是不是受到惊吓，大犍牛一转身，直奔长毛雄狮与斑斓猛虎抵来，狮子与老虎往两边一闪，大犍牛就向武风子冲来，突如其来的变故，令武风子猝不及防，急忙一个高蹦起来，哪承想，刚一落地，老山羊的角直接顶在他的小腿上。大犍牛不依不饶，又一头抵来，武风子闪身避开，这时，红尾狼张口向武风子大腿咬来，众人吓得惊叫，武风子只得躲在一棵树后，一回头，霍然发现长毛雄狮扑将过来，武风子吓得真魂出窍，一把拽住树枝，往上一蹿，好在长毛雄狮跳得不高，武风子稍松口气，只听一声虎啸，斑斓猛虎向上扑来，老虎蹿得高，直向武风子咬来，武风子只能拼命往上爬，偏此树不够粗壮，树枝颤颤巍巍就要折断，"快喊师父！"武风子大叫。

四散奔逃的师兄弟一同大喊"师父！"只有诸葛亮子站在远端，一动不动。

树枝终于支撑不住折掉，武风子摔下来，腰部正好硌在一块石头上，一时动弹不得，长毛雄狮跑过来，武风子一闭眼，心想完了。长毛雄狮低头瞅瞅，从他身上迈过去了。斑斓猛虎在他的脸上反复嗅了嗅，武风子眼睛发直，寒毛都竖起来，老虎一甩头也过去了。

红尾狼走过时，与武风子对一下眼神，口水直接滴在他的脸上。老山羊从他身上迈过时，似乎突然内急，在他的身上留下一堆粪蛋。大犍牛也过来了，很是同情地望着武风子，伸出舌头，使劲地舔着武风子的头发，像是安慰他，把他的头发舔得都竖起来。当它从武风子身上过去时，许是身体太重，迈得不利索，一脚踏中武风子的裆部，武风子"嗷"地一声惨叫，这时，车前子急匆匆跑了过来。

对于此事，师父给出的解释是，咒法施得久，可能已经失效。

"好在没有酿成大事故！"韦军子道。

车前子点头，"就是你大师兄遭了罪！"

武风子想踢韦军子，真是伪君子，为讨好师父，不顾他人感受。

武风子怎能释怀？他可能断子绝孙！虽然宝贝蛋没被踩碎，可是过了好一阵还隐隐作痛。

"本来是为让他难堪，"庄渎子叹口气，"唉！"

武风子无奈地摇摇头。

"大师兄，你感觉正常吗？"庄渎子道，"上次我轻松驱动五个兽畜，这次只有两个。大师兄虽驱动五个，差点把命搭上，这是从来没有过的。"

"哪里不正常？"

"过去我们驱兽，都没问题。为何诸葛亮子一参与，就出事了？"

"师父不是说是咒法失效了吗？"

"那只是个托词，"庄渎子小声道，"过去师父最信任大师兄，现在眼中只有诸葛亮子，连韦军子都敢对大师兄不敬了。"

这话戳到了武风子的痛处，他有一种深深的失落感。

"诸葛亮子一到，师父把心思都用在他的身上了，咱们跟着师父练了这么久，现在倒好，全成陪衬！他不习武，不是在布阵室，就是在驱兽林，听孙侯子说，诸葛亮子很厉害，能跟兽畜聊天。"

"那是孙侯子夸大其词。"

"大师兄太善良，你不知道，五个兽畜发疯时，大家都四散奔逃，只有诸葛亮子站在原地不动，口中念念叨叨，我怀疑是他捣的鬼！"

"能吗？他才多大功力？是被吓傻了吧？"

"你没感觉他有些妖吗？谁能看一遍就过目不忘？你还替他辩解，这次就是他故意给你难堪！"

"难道他驱兽时的恐惧是装的？"

"当然！"庄渎子一拍桌子，"别小看他，野心很大，他不是把我们的名字都压在身下了吗？他把你干下去，才能取而代之。"

武风子若有所思，心中不是滋味，只是苦于没有证据，师父又那么喜欢诸葛亮子，只能暂时将胸中的不满压下来。

难怪师父喜欢诸葛亮子，大夏天，闷热难耐，诸葛亮子在器械房一阵忙活，将几片特制的叶子嵌在一个木轴上，安置在窗旁，叶子就转动起来，为屋内送来徐徐凉风，这大概就是早期风扇的雏形。

"诸葛亮子，真有你的！"车前子把蒲扇一扔，"还用它干吗！"

下午，诸葛亮子又忙活半天，弄了一把椅子，还能摇晃，车前子往上一躺，舒服至极！他定定地瞧着诸葛亮子，"你这个小脑袋，真是不简单！"

诸葛亮子这方面的才华后来显露无遗，他制作木牛流马运送粮食，还曾制出弩匣，重伤曹军，如果他活到现在，当是个发明家。

这样，车前子索性将器械房和布阵室交给诸葛亮子管理。

"过去可都是大师兄管的，这不是削权吗？"庄渎子道。

"你有他那本事吗？没有就别争了。"武风子道，他也认为，诸葛亮子弄的那些东西确实好。

"不就是为了讨好师父吗？"

"要不你也弄个给我们看看？"武风子有时也讨厌庄渎子搬弄是非。

弄不出来，不妨碍大家体验。师父一外出，大家都跑来试个够。晚上闷热，武风子索性躺在摇椅上休息。

他刚躺上，师父回来了，"这是你应该躺的地方吗？"武风子闻听，急忙起身，可是怎么使劲也站不起来，师父一挥手，诸葛亮子跑过来，手中拎个大木桶，一抬手，将水全泼在武风子身上。武风子一激灵，醒过来，原来是一个梦，却发现自己身上湿漉漉的。

原来外面下雨，那叶子不仅能导来风，还能导进雨，将他浇个透心凉！

诸葛亮子未必是故意的，可是，自他来到后，自己失势是显而易见的。过去由自己掌管的器械房和布阵室，已交由诸葛亮子管理。最让人忧心的是，曾经引以为傲的专长，在诸葛亮子面前都失去了优势。过去自己布阵，常被师父拿做典范，如今，诸葛亮子总能倒腾出新花样，反倒映衬出自己的墨守成规；自己本是师兄弟中棋力最高的，现在无论自己如何精心布局，巧于算计，都不是他的对手；背诵口诀，原本自己最受师父推崇，现在无论背诵什么，诸葛亮子都是那么流畅，自己有心压过他，反而打乱了节奏，不觉结巴起来。越想快，越快不起来，一着急，结巴反而愈发严重了。

庄渎子直言，大师兄的口吃就是被小师弟气出来的。

车前子在传授弟子本事的同时，也会带他们到各地踏查，他们在外面修建了多处练习之地，其中就包括南徐城外的"管若虚九子伏魔阵"，最上面那一关，就由诸葛亮子设计。武风子承认，诸葛亮子确有很多过人之处。

在山上，诸葛亮子始终对廖挑子很尊重，感激他在自己危难之时，出手相助。后来，廖挑子的兄弟廖化成为他手下一员大将。

因为脾气秉性相投，廖挑子、孙侯子、叶猫子与诸葛亮子相处融洽，常在一起交流心得，尽情说笑。

由于师父欣赏诸葛亮子，武风子感觉，其他师弟都有向那边靠拢的意思。现在，赵竟子对自己不冷不热，韦军子为了讨师父欢心，主动去与他们交流，他们好像对韦军子爱搭不理。庄渎子、蔡苞子也曾向那边示好，只是他们没有呼应而已，武风子算是看透了世态炎凉，而这一切都是拜诸葛亮子所赐。

好在，自己要出师了，略感不平的是，诸葛亮子与自己同时出师，他可比自己晚入师门好几年。

出师前，车前子让他与诸葛亮子各自下山游历三个月，浏览名山大川，观察地形，考察民情。相当于现在的毕业前实习，没被诸葛亮子落下，早于廖挑子出师，武风子想来，又略感欣慰。

就是此次游历，武风子有了一次艳遇。

第一一零章
救弱女实施报复

武风子游历时，一天傍晚，来到一家客栈投宿，听到隔壁两个男人争吵，还有女人的哭泣声，武风子常年修炼，耳朵极敏锐。

原来，有两个浪荡公子哥，合谋将一位富家小姐骗到此地，商量将她卖到何处时，产生分歧，一人主张卖到乡村，难以被发现。另一人认为，卖到妓院，方能得个好价钱。

武风子听明白，这不是坑害良家女子吗？他略施手段，两个恶人正要喝茶，茶杯突然飞起来，热茶泼在他们脸上，疼得两人大叫。两个恶人做贼心虚，随即拔出匕首，匕首竟然脱手，在屋内飞动，始终不离两人的脖子周围。他们本已十分恐惧，以为报应来了，马上抱头鼠窜。

那位小姐早已吓得面如土色，抖成一团，武风子给她松开绑绳，小姐跪地磕头，直呼，"谢谢仙人搭救！"

武风子道，"我不是仙人，只是一个路人。"

小姐看武风子，长相清瘦，颧骨略高，虽不英俊，也不似恶人，就长跪不起。

武风子道，"快回家吧，免得恶人再来！"

"我不敢走。"

武风子见小姐柔柔弱弱，说道，"我送你回去吧。"

"我已没脸回家了！"小姐低下头。

"那——"武风子为难了。

小姐仰起脸，满是泪痕，"如果您不嫌弃，我愿意追随先生，做牛做马都可以。"

武风子才发现，这世上，可以有叶猫子那样笑起来明艳迷人的，也有小姐这般哭起来楚楚动人的。

武风子常年在山上修行，在男女之事上，没有世俗偏见。他问起姑娘的身世，姑娘告诉他，自己的名字叫程倪，生于富贵人家。见程倪眼泪汪汪，武风子动了怜爱之心，自己年纪已不小，于是问道，"我非有钱有势之人，你能吃得了苦吗？"

程倪匍匐到武风子近前，抱住他的腿，"跟着先生，我什么苦都吃得了。"

武风子被感动了，"为何跟定了我？"

程倪含泪道，"先生救了我，是我的恩人，我应知恩图报。先生愿意送我回家，说明先生没有乘人之危，是善良之人。先生惩恶扬善，是有本事的人，跟着先生不会被欺负。"

武风子闻言，胸中立时腾起保护姑娘的豪侠之气，程倪这些日子受尽屈辱，此时，看到武风子有意接纳自己，便扑在他的怀中痛哭不已，武风子捧起她的脸，为她轻轻拭去泪水。这样，武风子就收留了程倪。

他在樊城租下一间房子，算是成了家。程倪虽是富家女，此时也放下过往，洗衣做饭，十分勤快。武风子看在眼里，喜在心中。他下定决心，一定要让程倪过上好日子。

游历结束，武风子与诸葛亮子同时回到溪翁山，拜见师父，车前子当众表示，他们学有所成，可以下山，闯荡江湖，报效国家，师门的所有东西如果需要，都可以使用。

武风子实言相告，自己已经娶妻，需要养家糊口。临行，车前子送他八个字"山突于水，水吐于山。"

诸葛亮子告诉师父，他将回到隆中，继续静思修行。车前子也送他八个字，"峰穿于空，空流于风。"诸葛亮子回到故里，会客访友，读书论道，琢磨师父所赠八字的深意。

武风子没有诸葛亮子那般自在，待他赶回樊城，程倪堪堪就要挨饿了。此时，程倪已怀有身孕，武风子松了一口气，说明大犍牛那次踩踏，不足以要"命"。

程倪躺在武风子的怀中，因为有孕在身，丰腴许多，武风子低头凝视程倪，夫人比叶猫子好看多矣，叶猫子的脸太圆。多年枯燥修炼之后，武风子才感觉，原来生活可以这般美好。

美好之后，随之而来的是现实压力。他必须尽快出世，找到用武之地。武风子想到荆州之主刘表，这里距家不远。

他亲往拜访，对刘表甚是恭敬。刘表喜好结交文人雅士，武风子籍籍无名，又其貌不扬，所述本领过于荒诞，一旦追问，说话还结结巴巴，如此怎登大雅之堂？他连一观武风子平生所学的兴趣都没有，就将武风子打发了。

第一次求仕碰壁，对武风子打击不小。他以为凭借自己的武艺修为，必得重用，哪承想遭此冷遇。自己还好办，怀孕的程倪需要吃喝，他想到自己的同乡吕范，吕范是东吴的谋臣，听说孙权爱才如命，通过吕范引荐，以自己的才学，当能给予施展之地。

武风子来见吕范，吕范念及同乡之情，对武风子十分热情，将其当作大隐之士，郑重推荐给孙权，孙权对武风子倒也客气。

在刘表那里，武风子低三下四，不被重视。此次见孙权，担心再被看低，武风子一改卑微之态，以高踞之姿示之。孙权见其倨傲，以为定有大智。一经交谈，武风子想到程倪在家中等待自己的消息，不免紧张，又结巴起来。越想控制，结巴越厉害。

孙权暗思，真正有本事之人，何至如此？定是纸上谈兵的庸庸碌碌之辈，倨傲也是装出来的，想罢，一甩袖子走了。

武风子原本对未来十分自信，结果又一次铩羽而归。

吕范百般安慰，以后再寻机会，还资助他一些钱财，让他们夫妻得以平安度日。

就是这时，武风子在南徐城内发现一大片竹林，正是苦闷之际，他索性按照管若虚九子伏魔阵的设置，在此重新建造一座，借此磨炼自己的心性。他有种感觉，两阵内外呼应，早晚能用得上。

修炼之余，他也常常思索，两次求仕受挫，皆因口吃。常人无所谓，自己要见的都是权贵，说话不利索就很致命。庄渎子曾断言，自己结巴的毛病，就是被诸葛亮子气的。造成现今般境遇，他自是难辞其咎。

这时，他听说诸葛亮子成亲了，不是叶猫子，他好生奇怪。后来听孙侯子讲，叶猫子说过，诸葛亮子太聪明，与他成婚，你看不透他，他把你看得一清二楚，岂不让人害怕。

诸葛亮子所娶姑娘，乃黄承彦之女黄月英，以他的才学，如何屈就一位丑女？后来，武风子才明白，黄承彦是当地名士，他的夫人是荆州大将蔡瑁的姐姐，蔡瑁的妹妹做了刘表的续弦。诸葛亮子自视清高，为了攀附权贵，也得委曲求全。黄月英不是一般的丑，其父曾言，娶小女者白送嫁妆，可见一斑。

程倪肤白貌美，是黄月英不能比的，她三年为武风子生了一儿一女，都十分俊俏可爱。黄月英嫁给诸葛亮子，一直没有生育，武风子曾当着师兄弟面，嘲笑其妻之丑，不能生养，至于黄月英后来怀孕，已是刘备取下西川以后的事情了。

令武风子感觉不平的是，刘备三顾茅庐请诸葛亮子出山，自己主动上门，却被刘表、孙权忽视。武风子细思量，找到原因，刘表、孙权家大业大，不缺人才。刘备虽然名声响，并没有什么家底，只能谦卑来请。

只是，武风子不明白，诸葛亮子为何将师父所授"子"字去掉，回到了原来的名字。

后来，叶猫子告诉他其中原委，诸葛师弟出山前，担心参与诸侯纷争，殃及同门，经禀明师父，将"子"去掉，隐去师承。后来，也印证了师弟的先见之明。

诸葛亮一出山，几把大火烧得曹军焦头烂额，曹操对其恨之入骨，派人到隆中抄家，诸葛师弟已让夫人黄月英与弟弟诸葛均搬离，曹操扑了空。如若没有隐去师门，家人可以出走避祸，师父与师兄师姐们如何轻易搬离溪翁山？师弟真是料事如神。因此，除了同门，极少有人知晓师弟曾叫诸葛亮子。

武风子明白，论聪明才华，自己比不过诸葛师弟，思前想后，他决定放下所有不快，不再与诸葛师弟斗气，妻子儿女住在樊城，兵荒马乱，他们的安危令人忧心。当时刘备正管理此地，武风子就给诸葛亮写了封信，请他照应。诸葛亮接到信后，派人给他们修葺房屋，送去肉食与果蔬。

武风子甚是感动，虽然学艺时有些不快，毕竟同门多年。关于结巴之事，他亦想起，父亲一急，也有口吃的毛病，看来与诸葛师弟无关。他甚至想到，实在不行，就通过师弟引荐，自己也保刘备算了。

"我感觉，此时两人已冰释前嫌，高兴之余，才把刘皇叔要来东吴相亲之事相告。"吕范道。

赵云怒道，"既然如此，他为何还要出手袭击？"

"这应与曹操举兵攻打刘皇叔有关。当时，刘皇叔带着百姓一起出逃，听说他们大多惨死在路上。"吕范小心道，"既然子龙将军亲见武风子作法弄翻荆州船只，我料想，必是武风子妻儿命丧其中，他怨恨诸葛亮对他们照顾不周，自己家人全没了，刘皇叔却来东吴相亲，才有了这般报复之举。"

第一一一章
再遭袭离奇搭救

听完吕范讲述，赵云才恍然大悟。

这一切，原来是军师大师兄武风子一人造成的，起因是他与军师的个人恩怨。平心而论，武风子胸襟太小，容不下师弟超过自己，多次求仕受挫，更恨不着军师，还是自己修为不到。

武风子怨军师对他的妻儿照顾不周，实是过于偏执。自己是亲历者，对此最清楚。当时，曹操大兵压境，主公兵微将寡，无力与曹操正面抗衡，只能撤退，新野与樊城百姓听说刘皇叔要走，念其仁义爱民，德善施政，皆是主动跟随。主公不忍弃掉百姓，轻装而行，才致身陷险境。那时兵荒马乱，在曹兵追杀中，确有很多百姓死伤，武风子妻儿殒命于此，令人痛心，难道主公损失小吗？自己负责保护主公家小，车仗被曹军冲散，自己七进七出曹营，杀个翻江倒海，才找到糜夫人，她身负重伤，担心影响自己突围，将阿斗交给自己，毅然跳井。自己也是多处受伤，豁出命才救出阿斗。武风子将气撒在主公身上，弄翻船只，致一船人性命于不顾，罪莫大焉！至今自己还没找到主公，其罪当诛。

想到根源，赵云更恨吕范，明明知道武风子对军师有成见，还将主公来东吴相亲的消息透露给他，"我怀疑你是受孙权指使，有意为之！"赵云怒道。

吕范连连摆手，"实在冤枉，我虽知武风子与你家军师有些矛盾，但是后来他将家小托付于诸葛亮，两人已恢复同门情谊，才将皇叔要来东吴相亲之事说与他听。我奉吴侯之命前往荆州提亲，也是诚意而为，一心想促成孙刘联姻，哪想到——"吕范想说"这是一计"，那就将孙权出卖了，只得道，"是这般结局。"

赵云怒目而视，"我怎知你所说真假？"

吕范指天发誓，"我若有半句假话，天打雷劈！"

赵云想起诸葛瑾的话，他曾到吕范府中打听情况，吕范虽不在，也说明两人关系不错。他也听军师说过，吕范非孙权近臣，再看吕范神情，相亲之计，他应是不知情，"即便不是有意，后果也太过严重！"赵云气道。

吕范知道，由于自己失言，酿成大错，心中追悔莫及，他坦言，刘备确已回到南徐，是他与鲁肃陪同回来的，只是又从馆驿逃跑了。

赵云方明白，船只遇袭后，自己在南徐费尽心力寻找主公，其实他根本没在这里。如今虽被带回，又已逃掉，主公一定还在南徐。

此时已至深夜，吕范看出赵云满脸疲惫，定是奔波一天，就请他住在家中，赵云看出吕范真心悔过，就留宿在了吕范府上。

吕范一晚辗转难眠，自己没看住刘备，还收留了赵云，如果孙权知晓，绝不能轻饶。不过，思量再三，他顶住了压力，希望能用行动，弥补自身过失。

早上，简单用膳后，赵云要出门继续寻找主公。门房告诉吕范，发现一可疑人，一直在不远处观望。赵云从门缝一瞧，不禁大喜，原来是黄豆！

黄豆离开刘备，出来寻找赵云，他追随赵云这些日子，大体知道赵云的行踪，策王府被封，诸葛瑾被抓，黄豆想起，赵云曾找鲁肃、吕范未果，昨晚，他一直盯着鲁肃府宅，没有发现赵云，一早又赶到吕范府门外，希望能撞见赵云登门，想到主公正在雪晴家等待，不免心中焦急，突然有人拍他的肩膀，黄豆吓一跳，一回头，不禁喜出望外，竟是子龙将军。

"你又跑哪去了？"赵云喝道。

"别问我上哪去了？我找到主公了！"黄豆喜道。

赵云一把抓住黄豆的肩膀，"真的吗？主公在哪里？"

黄豆咧嘴，赵云知道抓痛了他。黄豆拉着赵云就走，路上简单介绍找到主公的经过。经过千般难，终于要见到主公了！

两人很快来到雪晴家近前，黄豆感觉不对，主公藏于内，大门怎么开着？他俩刚来到门口，就听到了哭泣声。

黄豆与赵云急忙奔进去，只见雪晴姑娘正抱着父亲痛哭，此时刘岑已经昏死过去。

原来，今日一早，刘岑家中闯进十多人，气势汹汹，声称来抓捕要犯。刘岑故作镇静，"怎到我们寻常百姓家中抓人？"

为首者让手下四处翻腾，在另一屋内，他们发现了被捆的崔久三人，"这是怎么回事？"

刘岑只得辩道，"这是几个劫匪，欲抢我家女儿，被我们抓了起来！"

"就凭你俩，能抓住他们三人？"

刘岑一时语塞，雪晴忙道，"邻居帮助抓完坏人，回家去了，我们还没来得及将他们送往官府。"

崔久三人已醒过来，此时被堵住嘴，不断扭动，满满的求生欲。为首者掏出崔久堵嘴之物，崔久立时喊道，"救命啊！"

为首者问道，"何以如此？"

崔久急道，"我们来求亲，他们不允也就罢了，却将我们捆绑起来，欲谋财害命！"

"何人将你们打伤？"为首者来了兴趣。

"此人从屋内跑出来，武艺高强，应该还在。"

这些人马上紧张起来，将屋内搜个遍，一无所获。他们开始殴打刘岑，雪晴上前阻挡，他们就抓住雪晴，逼她说出要犯的藏身之处。

雪晴喊道，"你们一定搞错了，我们这里哪有要犯？"

为首者怒道，"不交出要犯，就将你卖到妓馆去！"说罢拉起雪晴就走，刘岑上前解救，被打翻在地，刘备在壁屋中听得真切，不忍心刘氏父女为自己受罪，直接从里面冲出，这些人一愣，原来藏在这里！刘备上前一脚，踢倒眼前之人，随手抢过一把刀，瞬间砍倒两人，夺门而出。他料想，这些人是奔自己来的，只要自己离开，他们就会追出，解了刘氏父女之危。

这些人正要往外冲，刘岑担心刘备人单势孤，急忙挡在门口，为首者见状，一脚踹过去，刘岑立时栽倒在地。

刘备跑到街上，这些人追赶出来，眼见他要拐进一个街角，这些人一着急，竟然掷出兵刃，刘备是躲过去了，可巧一人拐过来，面对飞来的兵刃，吓得"哎哟"一声，急忙躲闪。

这些人上来，只顾捡起兵刃，见此人愣在面前，嫌他挡道，直接推到一旁。

此人气道，"差点就要人性命，还如此无礼！"

为首者直道，"再啰嗦，连你也抓了！"

此人怒道，"真是欺人太甚！"说罢将他们拦住。

"找死。"为首者一挥手，就带人冲上去。

刘备回头，见他们打起来，不禁感慨，自己逃跑，还给无辜路人带来祸端！

没想到，此人身手矫健，武艺十分了得，转眼就将这些人打得四散奔逃。他快步赶上刘备，好奇地问，"他们为何抓你？"

刘备装糊涂，"我也好生奇怪。"

"看你也不像坏人啊。"此人上下打量刘备，"孙权遇刺，吴兵已开始胡乱抓人了！"

说话的工夫，那些人又追上来。此人一把拉过刘备，"跟我走。"

此人领着刘备，左拐右转，不时观察那些人是否追来，最后，来到一处茶庄，径直绕到其后，在树木与藤蔓掩映下，隐藏着一个小院，进入其中，里面十分整洁安静，"这里很隐蔽，他们找不到，您可以在此暂避。"

"多谢义士搭救，"刘备抱拳拱手，"敢问尊姓大名？"

"在下张京，"这人回礼，"你我也算有缘，但不知道您姓甚名谁啊？"

"刘乾。"

张京点头，"幸会。"

这时，刘备打量张京，二十多岁的年纪，细腰乍背，十分俊朗，危难之时，有人相帮，自是感激不尽。待仔细观察，刘备感觉张京面相有些眼熟，尤其是眉宇间，与某个人神似，刘备突然想起，就是曹操手下大将张辽，他现在正镇守合肥。

张辽本是吕布手下，吕布兵败，张辽遭擒。一见曹操，张辽破口大骂，曹操气极，欲杀张辽。当时，刘备、关羽、张飞三兄弟还在曹营，关羽感念张辽忠义，甘心一跪，为他求情。就此，张辽投降曹操，他对关羽很是感激，与刘备也就多有接触。听说此人也姓张，不禁问道，"请问您是哪里人士？"

"我乃洛阳人。"张京答道。

刘备心道，只是相像而已，张辽是雁门马邑人！"你我素昧平生，为何出手搭救？"

张京毅然道，"我虽是平常百姓，却心怀大义，最看不得恶人行凶。"

"真乃侠义之士。"刘备点头称颂。

正在此时，屋内上方的一条藤蔓轻轻抖动，发出"沙沙"之声，张京叮嘱刘备莫出声，然后走出门去。刘备透过门缝，只见张京打开院门，迎进一位俊俏姑娘，"如何这时过来了？"张京问道。

姑娘撅起嘴，"这时怎就不能过来？"说着径直走向刘备所在的屋子。

"我们到这里吧。"张京要把姑娘引到另一屋。

"不让我进，"姑娘笑道，"莫不是里面藏人了？"

张京有些紧张，"来了一位朋友。"

"朋友？"姑娘很诧异，"什么朋友？"

"生意上的朋友。"张京解释道。

姑娘闻听，推门而进，刘备刚回到座位，急忙站起。张京上前介绍，"这是我的朋友刘乾，这位是孙姑娘。"

刘备施礼，姑娘仔细观察屋内，不时打量刘备，"既然是朋友，请坐。"说罢走出了门。

刘备看到张京搂住姑娘的肩膀，说些什么，刘备没听清。原来，他们进到另一间屋子，姑娘道，"怎把陌生人领到此地？"

"让他帮忙倒腾茶叶，也是为咱们将来着想。"张京赔着笑脸，"我让他尽快离开。"

"马上，莫要惹来麻烦。"姑娘道。

"好，"张京话锋一转，"你这般急着赶来，可是有事？"

"听说荆州之主刘备从馆驿逃脱，孙权下令全城抓捕，请你留意，自己也要保重。"

张京点头，"这个消息很重要。"

送走姑娘，张京返回刘备所在屋子，不好意思道，"她是我的相好，怕我外面有人。"

刘备询问张京，在此以何为生？张京告诉他，主要是经营茶叶。刘备感觉，张京没说实话，贩卖茶叶，何至于如此神秘。想到此，不禁加了份小心。

再说那位姑娘，离开此地，若无其事在街上转两圈，最后拐进一座大门，此门高大威严，甚是气派，只见上面有四个大字：乌程侯府，原来是孙匡的府宅。

第一一二章
夫抓刘备夫人放

姑娘叫孙凤，是曹映琴的贴身侍女。

孙凤长得端庄秀丽，落落大方。府里人说，看举止她不像下人，倒似富人家小姐。人长得漂亮，就不乏爱慕者，孙匡的护卫葛雄就是一个。葛雄不善表达，暗暗喜欢，连孙匡都看出来了，鼓励他，"喜欢就跟她说。"

葛雄在门口堵住孙凤，脸憋得通红，张不开口，孙凤道，"夫人有事，派我出去！"绕过他走开。

还有一次，他看见孙凤在照顾小公子，凑过去，孙凤瞥见他，"多可爱的小家伙！"见孙凤主动与自己搭话，葛雄鼓足勇气，正要表白，夫人曹映琴出现，话到嘴边，吓得咽了回去。

葛雄知道自己嘴笨，给孙凤买了一对耳环，直接塞给了她。第二天，夫人另一侍女孙凰来找葛雄，满脸娇羞地问他，"我戴着好看吗？"

葛雄一眼认出，这不是自己给孙凤的礼物吗？葛雄知道孙凰对自己有意，可他喜欢孙凤。孙凰嗔道，"为何不直接送给人家？"

葛雄很失落，孙匡看着不忍，他很欣赏葛雄，忠心耿耿，武艺也好，嘴笨人不笨，忍不住对曹映琴道，"葛雄勇武善战，哪点配不上孙凤？"

曹映琴笑了，"孙凤不喜欢，你还想拉郎配啊？"

孙匡毅然道，"这事我做主，就把孙凤配给葛雄了。"

"你能做自己手下的主，做不了我手下的主。"曹映琴道，"那个葛雄，我这一关都过不了。"

孙匡瞪起眼睛，"葛雄哪儿不好？"

"让我说啊，"曹映琴瞥一眼孙匡，"与你一样，做事不爽快，缺少男人气概！"

"这话太伤人！连我一起糟践！"孙匡故作生气，举起手，却一把抱住了曹映琴。

这话传到了葛雄耳朵里，他很生气，连带孙匡将军被一起嘲笑！他想知道，孙凤为何不喜欢自己。就悄悄观察孙凤，结果，他发现孙凤很神秘，常常一个人行动，有时天黑还出去，不知是否得到夫人允许。葛雄忍不住偷偷跟踪，发现孙凤常去茶庄，那是由乌程侯府开设，孙匡无暇顾及，应是孙凤代夫人管理。本已释怀，可他发现，孙凤的心思并不在茶庄，而是后面的小院，他暗中窥探，发现那里住着一位年轻人，细高英俊，葛雄明白，孙凤外面有人了。与这人相比，葛雄自愧不如。他本想就此放弃，却发现那人常常昼伏夜出，行踪不定，十分诡异。

葛雄不晓得夫人是否了解此事，他断定孙匡将军肯定不知。他一直犹豫是否将此禀告孙匡，说出来，自己暗中盯人之事就会败露，关键，他还喜欢孙凤，担心伤到她。

孙权祭祖，葛雄陪同孙匡一同前往。结果，孙权遇袭，孙匡身负重伤，葛雄冒死御敌，才侥幸逃出。他总感觉，其中一个刺客，虽然黑布遮面，从身形上看，很像茶庄后院的年轻人。

今日，孙匡的伤好一些，葛雄在旁边小心侍候。孙匡道，"这次袭击太蹊跷，消息到底是怎么泄露出去的？最近二哥太烦躁，没心思听，你来帮我分析分析。"

葛雄不吱声，只是听着。

"刺客中，有一个是赵云，已经确定，还有一个弓箭手，与赵云一起出动，应是赵云同伙。赵云是孙绍的师父，听孙绍讲，二哥祭祖是他无意说出去的，刘备在东吴船沉人失，赵云找二哥算账，也算合理；还有一伙人明显是奔祢平来的，他们对二哥下手，应是临时起意，据说祢平曾设计擒下黄祖后人，他们既与孙家有杀父之仇，又与祢平有弑兄之恨，若是跟踪祢平而来，道理也讲得通；难以理解的是最后一拨人，全都遮面，一直躲在暗处，说明他们与前面的人不是一伙的，那个带头的十分厉害，他们是从哪里得到的信息？实在令人不解。"

葛雄犹豫再三，还是对孙匡说了。"将军，最后一拨领头的，我知道他在哪里。"

"什么？"孙匡一下坐起来，又疼得躺下了，"那不早说，告诉我，他在哪里，马上抓起来。"

葛雄又迟疑起来，"还不是很确定，我想再观察一下。"

孙匡见状，急道，"难怪夫人说你做事不痛快，不管怎样，抓起来再说。"

"此人就藏在咱们茶庄后院，我见孙凤到那里，就跟了去。"

孙匡一下坐起来，顾不得疼了。"孙凤与此人有关？"

"还不好说。"

孙匡手指葛雄，"莫不是因为孙凤拒绝你追求，报复她吧？"

葛雄摇头，"绝对不会。"

孙匡闭目深思，他本想立即捉起孙凤审问，想到她是曹映琴的红人，贸然抓起她，夫人非得急了。他命令葛雄，"速带家丁，把刺客给我抓过来，注意从后门走，不要声张！"

"家丁恐怕抓不住，那人武艺很好。"

"拿我令箭，带二百士卒，速去！"

葛雄带人飞快赶到茶庄，直奔后面小院。此时，张京正与刘备聊天，屋内上方藤蔓突然开始剧烈抖动，发出"咯吱咯吱"之声，张京一震，快步出屋，来到院门旁，透过门缝一瞧，不禁大惊失色，随后蹿到另一侧，飞身出了院墙。

刘备已对张京生疑，能专门设置藤蔓，为自己报信，这种超乎常人的手段令人警觉。他还感觉张京的口音有些耳熟，只是一时想不出像何人。刘备正欲一看究竟，刚打开门，不想一群人冲过来，张弓搭箭对准了他。

刘备没敢妄动，葛雄一挥手，士卒一拥而上，将他捆绑起来。

"为何抓我？"刘备喊道。

葛雄挨屋搜一遍，不见那个年轻人，一指刘备，"此处的人呢？"

刘备低声道，"刚出去。"

"干什么去了？"

刘备摇头，"他没说。"

葛雄马上让士卒散到四周，隐藏起来，守株待兔。

张京在远处看得清楚，情况紧急，他火速赶到乌程侯府，让孙凰叫出孙凤。

两人来到一个背静之处，张京告诉她，自己住处已暴露，千万不能再去。孙凤闻听，也是吃惊不小。

葛雄来到刘备近前，剑指其喉，"你给我老实交代，干了什么不法勾当！"

刘备直觉，他们的目标应该是张京，故作害怕道，"我只是做点买卖，能干什么不法勾当？"

葛雄厉声道，"不说实话，给我往死里打。"

"别打，我交代。"刘备哆哆嗦嗦道。

葛雄一喜，"快说。"

"就是经常旧茶代新茶，以次充好。"

"跟我装糊涂，可就没命了！"

"能说的我都说了。"刘备可怜巴巴道，"我就是倒腾点茶叶，养家糊口。"

葛雄将剑压在刘备的脖子上，"我看你们就是行刺吴侯的凶犯。"

刘备哀求道，"我连鸡都不敢杀，哪敢杀什么吴侯？"

"你与此处人什么关系？"

"生意伙伴，刚认识不久。"

葛雄看刘备面带忠厚，衣衫陈旧，与此处年轻人的穿着相去甚远，单凭他丢下此人，独自逃窜，也不像关系密切之人。现在已经打草惊蛇，葛雄无奈，只得留下一百士卒继续盯守，他则带上刘备回府，准备进一步审问。偏被一人看见，就是黄豆。

　　赵云与黄豆赶到雪晴家，得知刘备遭人抓捕，逃出不久。赵云惦念主公，看刘岑倒在地上，生死未卜，留下黄豆帮忙照顾，自己匆匆去寻主公。

　　黄豆把刘岑背到床上，用手反复按压刘岑胸部，雪晴不停呼唤父亲，刘岑慢慢醒来。看见黄豆，用微弱的声音道，"快去寻找你家主公，我这里没事。"

　　雪晴也道，"父亲有我照顾，你快去吧。"

　　黄豆出来，正巧看到刘备被抓，对方人多势众，他就一直尾随到乌程侯府，知道主公去处，才反身寻找赵云。

　　孙凤离开张京，从后门折回，正巧看到葛雄等人押着一人进府，定睛一看，这不是张公子的朋友吗？难道去抓张公子的是府内人？那么发号施令的人一定是孙匡将军。刘乾若知道张公子底细，后果就严重了。

　　孙凤火速禀报曹映琴，曹映琴闻听一惊，马上赶过来。"哟，刘乾，你怎么来到了这里？"

　　刘备一愣，只见一个女人，穿戴雍容华贵，看样子应是这里的女主人，虽然不明所以，听她如此问，顺势答道，"我是被他们抓来的。"

　　葛雄见曹映琴赶到，不禁一愣，本能地问道，"夫人，您认得他？"

　　"当然，他是我的一个老乡。"曹映琴望着葛雄，"为何抓他？出了什么事？"

　　葛雄见到曹映琴就发怵，"他——"，葛雄欲说，他与一个重要嫌犯相识，想到那人与孙凤相关，孙凤是夫人的心腹，背后不知隐藏着什么秘密。正犹豫时，曹映琴道，"没什么事，就把他交给我吧，我们叙叙旧。"

　　葛雄不想放人，一时又找不到恰当的理由。曹映琴不由分说，向刘备一招手，"跟我来吧。"

　　刘备很诧异，不知这位夫人为何帮自己？看到孙凤，他才明白。

　　刘备被带进一个屋子，曹映琴上下打量他，质问道，"你是张公子的什么人？"刘备正琢磨如何回答，孙凰匆匆进来，"孙将军急着请您去呢！"

　　曹映琴叫过孙凤，低声道，"让他马上消失，免得惹来麻烦，不行就——"说罢，一挥手，刘备瞥见，心头一紧，这分明是要杀人灭口。

　　随后，一辆马车从乌程侯府疾驰而出，此时刘备手脚被捆，嘴巴被堵上，坐于一侧，两名家丁将他夹在中间，孙凤坐在三人对面，不时看一下车外。刘备感觉前路凶多吉少，他暗中运力，试图解开绑绳，费好大劲，没松半分。刘备有意求助孙姑娘，她毕竟是张京的相好，又无法发声。孙凤面无表情，似乎已置身事外。这时，车停下来，两个家丁将刘备拖下车，刘备发现，眼前是一个乱冈之地，难道这就是自己的葬身之处？孙姑娘没下车，是怕溅到身上血啊！

一个家丁拽下刘备的塞嘴之物，另一个拉出腰刀，刘备喘口气，"两位兄弟，为何要杀我啊？"

"阎王喊你去，就别问因由了！"一个家丁答道。

"要杀也应解开绑绳，不然我死得多憋屈啊！"刘备希望为自己觅得最后一线生机。

"当我们是傻子，解开绑绳你不跑了？"两个家丁笑了，"少废话，砍完头，自会为你解开绑绳。"说罢，举起了刀。

刘备闭上眼睛，心道，完了，叱咤江湖几十年的刘玄德，竟死在两个家丁手里！半天没声响，这时，他感觉有人为自己解开了绑绳，睁眼一看，只见孙姑娘站在面前，"远离此地，不要再出现了。"说罢，走向车辆。

与此同时，孙匡与曹映琴有了一段特殊对话。

"你我夫妻多年，感情深厚，"孙匡目不转睛盯着曹映琴，"你跟我说实话，可曾将二哥祭祖之事泄露给他人？"

"如何问出这等话来？"曹映琴急道。

"我一直在想，二哥遇袭，他怀疑大嫂，以致大嫂被拘禁，这事我曾与你说过，其他没人知道。"

曹映琴立时泪水盈眶，"我为你们孙家生儿育女，不曾有过二心，你竟怀疑我？"

"有人发觉，咱家茶庄后院所住之人，与袭击二哥的刺客十分相像。"

"谁说的？葛雄吧？他追求孙凤不得，我也反对，他竟然学会了造谣生事。那人只是我的同乡，帮忙贩卖茶叶，你怕冤枉大嫂，就不怕冤枉我吗？"

孙匡眉头紧锁，"今日葛雄抓来一人，你为何将他带走？"

"那也是我的同乡，你让人当众审问，是我有面子，还是你有面子？"

"咱家有茶庄，你还让他人折腾什么？全是托词！"

"曹子高不学无术，刚被二哥惩治，不好意思再回许都，他要在南徐成家立业，哪里不需要花费？你再不喜欢他，我这当姐的不能不管啊！"

孙匡脸色有所缓和，"仅是这些？"

"那还有什么？谁让他不争气？说给你听，只会让你烦心，你又受了伤。"

孙匡松口气，"咱们绝不能做出对不起东吴的事啊！"

"我一个妇道人家，能做什么对不起东吴的事？葛雄就是给咱们添乱，看我怎么收拾他！"

孙匡担心曹映琴惩治葛雄，"如果委屈了夫人，我代他给你赔个不是。"

"你不能轻信他人，"曹映琴上前搂着孙匡，"夫君正在养伤，哪里用你赔不是。行了，大人不记小人过，我饶过葛雄了。"

第一一三章
又遇险掉进洞穴

被孙凤释放，刘备跑出好远，才趴在草丛中喘口气，仍觉脊背发凉，好一阵后怕。

一只小蚂蚁进入视线，在草叶上缓缓爬动，刘备感慨，自己都没有它活得自在。现在，他需要做出抉择，隐藏在郊野，相对安全，出不了南徐城。回到繁华城镇，必将面临危险，但是赵云一定在那里寻他。

刘备盯着那只蚂蚁，决定将命运交给它。他把蚂蚁放在手心，如果它爬向手腕，自己就在附近隐藏，如果它爬向指尖，就返回城镇。

蚂蚁在刘备的手心打个转，向手腕爬去，看来还是在附近隐藏更为稳妥，蚂蚁突然掉转头，爬向指尖，刘备点头，还是应该回到城镇，毕竟赵云在那里。

刘备由郊野潜入，很不走运，他刚进城镇，就碰上潘璋带人巡城。

潘璋这阵很窝火，自家府宅被烧，至今没有抓住纵火嫌犯。今日，他带人巡逻至此，看到前面有一人，穿着像是老军装束，他已听说，刘备从馆驿逃跑，正是乔装成一个老军，他示意手下，将前面那人拦住，如能抓住刘备，自己就立下大功，完全可以抵消府宅损失。

刘备十分警惕，发现有人围拢过来，急忙拐进一个胡同，潘璋本来只是生疑，看他一跑，不禁大喜，带领士卒追上来。

刘备穿街走巷，累得气喘吁吁。他知道，追赶士卒众多，时间一长，必被发现。

这时，他看见一个院子，大门正好开着。在追兵上来前，他一闪身，躲了进去。

刘备发现，这家院落很大，正值中午，太阳当空，刘备想找个藏身之处，待追兵过后，再寻机出去。

这时，有两人从屋中出来，看装束像是家丁，手中拿着东西，应是要出门，只听一人道，"不是你丢三落四，我们还用折腾回来吗？"刘备担心被发现，急忙躲进凉亭，凉亭中间铺着一张草帘，他刚踏上，草帘塌陷，刘备猝不及防，掉了下去。

有那么一瞬间，刘备想到掉进虎穴一幕，好在那只白虎是假的，虎穴还有出口。

在他胡思乱想之际，已然落在地上，从烈日下，骤然进入洞穴，只觉眼前漆黑一片，慢慢适应后，透过洞口光亮，他方看清，洞穴有三丈深，四周立陡，没有梯子，断难上去。如果被发现，就是瓮中捉鳖。刘备暗叹，自己这个命啊！他定一下心神，一扭头，赫然发现，靠墙站立一人，头发披散，遮住了面目，恍恍惚惚，不知是人是鬼？刘备一抖，双腿弹地而起。

"呵呵，吓着了吧？"听到声音，刘备确认这是个人，仍不禁后退两步。那人接道，"你掉到洞里，与我做伴来了？正好，闲极无聊，陪我下盘棋。"

刘备忙摆手，示意自己不会下棋。也许是适应了里面光亮，刘备看清，这是一个四四方方的洞穴，入口在其中一角，洞穴里侧被垫高，上面铺有被褥，应是床铺。地上横七竖八丢了一些书籍，还有很多散落的棋子。

刘备不明白，这么大个宅院，怎么有人住在洞穴？"棋都不会下，真是没用。"那人手指地上棋子，"给我捡起来。"

刘备怕他大喊大叫，招来追捕之人，瞥他一眼，蹲下身子，将棋子捡起放入棋盒，连同书籍也拾起放在床上。

"你好像不太情愿。"那人一甩手，将书籍与棋盒又打到地上，"去，给我捡起来。"

刘备心中不是滋味，真是虎落平阳被犬欺，听他说话，不像正常之人。刘备没计较，又将地上的书籍与棋子捡拾一遍，重新放在床上。

那人抓起一把棋子，送到刘备眼前，"你一定饿了吧，吃了它。"

刘备感觉，他应是个痴傻人，难怪被关在洞穴，刘备向他摆手，"棋子是下的，怎能吃？"

"那好，跟我下一盘。"

刚否认，就与他对弈，岂不食言？刘备又一想，他已如此，还较什么真？应先稳住他，再想办法出去，他四下搜寻，没有发现棋盘。

"找棋盘？"痴傻人往墙上一指，"那不是吗？"

看来是真傻了，刘备无奈地摇头。

"摇什么头？棋盘都在脑子里，来，我先'小飞'！"说着，将一颗棋子甩在墙上。

刘备诧异，这是下盲棋，他不简单啊。

这时，外面传来敲门声，刘备一惊，不自觉地往里面挪动，痴傻人一指床铺，刘备急忙坐上去。他发觉，从入口应是看不到自己。刘备暗想，他好像还没傻透，不知受到什么打击，变成这般模样。

只听外面有人大声道，"可曾看到陌生人进府？"

刘备一惊，知道是追捕的人到了！

"没有，我们府上不曾有外人进来！"有人回答。

"打搅了！"随后是关门的声音，刘备稍稍松口气。

"你是涿郡人？"痴傻人问道。

刘备十分诧异，他怎知自己是涿郡人？又没与他说几句话。

不待刘备回答，痴傻人接道，"你还在许昌、荆州待过。"

刘备极为震惊，涿郡是自己老家，从小在那里长大；自己追随曹操时，曾在许昌住过一段时间；荆州是现在的属地，他是如何知晓这些的呢？

"我说对了吧？"痴傻人很得意，"你还是个习武之人。"

刘备忍不住问道，"何以见得？"

"你起身时，没有扶地。"

刘备点头，刚才着急，自己是一跃而起。刘备不禁怀疑，痴傻人怎有如此洞察能力？

这时，外面传来了剧烈的敲门声。

只听有人从屋内出来，打开大门，一个老者的声音，"潘璋将军，大驾光临，有何贵干？"

"孙老将军，可曾看到一个大耳之人进入贵府？"潘璋问道。

刘备一震，原来追捕自己的是潘璋！孙老将军？这里难道是个将军府？他一时想不起这是东吴哪位孙姓将军。

"府中一直闭门谢客，不曾有陌生人进来。"孙老将军回道。

"本不想打搅您，主要是有人看见要犯在您家附近出现了。"

"哦，"只听孙老将军冷冷道，"既如此，那就请吧。"

"我们察看一下，也是为了贵府安全。"潘璋解释道。

随后，听到一群人进府的声音。

刘备无比紧张，如果被发现，他是在劫难逃。

这时，刘备听到脚步声由远及近，他的心一下提起来。

"这是干什么的？"潘璋站在洞穴出口问道。

"小儿傻了，关在这里。"

潘璋仔细观察，他发现了端倪，草帘被人踩坏了。"可否让我们的人下去看看？以免要犯隐匿，伤及公子。"

"不怕潮湿污浊，请便！"

潘璋一挥手，上来两个士卒，"下去检查一下！"

刘备闻听，心都要跳出来了！

这时，痴傻人站在出口下面，仰头向上，"下来，下来，快到我的洞里来，跟我玩会儿！"

两个士卒见状，回望潘璋，意思是还有必要察看吗？潘璋不愿放弃，对两个士卒喝道，"下去！"几个士卒把绳子绑在两人身上，正要放入洞穴，这时，听见一个女人道，"潘璋将军，怎对孙府如此无理？"

潘璋低声道，"请您见谅，我是奉吴侯之命前来搜捕要犯。"

"吴侯让你搜查他的叔叔家？要犯往这里跑，不是自投罗网吗？"

潘璋瞄了一眼洞穴，无奈道，"撤！"

院子又恢复了平静，刘备不禁擦了一把冷汗。原来这里是孙权叔叔的府宅，听潘璋的口气，这个叔叔似乎不太得势。不过，刚才进来的女人倒是大有来头，连潘璋在他面前都得低声下气，这个女人是谁呢？

原来是曹映琴。

第一一四章
曹映琴游走四方

昨日夫妻密谈后，孙匡将自己关在屋内，一直寡言少语。曹映琴让孙凰仔细照应，她则带上幼子，前往吴侯府，看望国太。

国太很是郁闷，她无法原谅孙权拿女儿终身大事当儿戏。软禁大乔，也让她难以释怀。最让国太气恼的是，孙权竟躲到馆驿去了，这是逃避啊，你是东吴之主，能躲得了吗？

震怒之余，国太也知道，只有孙权能撑起东吴大局，在众人面前，还要竭力维护他的权威。

姐姐去世早，自己视他们如己出。几个孩子中，孙策说话不绕圈子，只是有时做事太过直接。孙权少年老成，一般人摸不透他的心思。孙翊从小崇拜父亲孙坚，就爱上场厮杀，简单得可爱。国太最喜欢孙匡，与世无争，活得自在。

曹映琴来时，尽管心情不佳，国太还是强装笑脸，抱起小宝观鱼看鸟。

"母亲气色不佳，莫不是没休息好？"曹映琴关切地问。

孙小姐哼了一声，"出了这么多的事，母亲如何能休息好？"

"二哥是一时糊涂，大嫂没事的。"

"一时糊涂？他现在这个样子，简直像中了邪！"

国太闻听，还得为孙权找台阶，"仲谋这阵纷扰太多，做事难免思虑不周。"

"思虑不周？您就别替他开脱了。"孙小姐气道，"相亲之事，他可是处心积虑，瞒着您，坑的是我。"

国太皱眉，"别说了，陪小宝玩一会儿吧。"

孙小姐知道，说多了，母亲更加生气上火。她抱起孩子，"只有跟小宝在一起，才是快乐的。"

曹映琴看出，两人火气都很大，小妹的火在表面，噼啪作响烧个痛快；国太的火积聚在内，一旦爆发，才更吓人。

见国太情绪不佳，"孩子太闹腾，让奶奶好好休息，我们改日再来。"曹映琴及时将孩子带走，让国太静心。

时候尚早，曹映琴直奔鲁肃府宅。

曹映琴与霍水十分要好，两人是无话不说的闺中密友。

霍水与鲁肃成婚多年，一直没有生育。起初，曹映琴携子登门，霍水心中不悦，我不生养，你带着孩子来气我吗？两人一聊，竟成了好友，曹映琴告诉霍水生子的秘密，霍水也是真心讨教，希望尽早当上母亲。结果，曹映琴越生越多，霍水的肚子就是不见动静，她甚至生出收养曹映琴一子的想法。

鲁肃不同意，曹映琴来自许昌，是曹氏家族的人，他不想与曹操有任何瓜葛，霍水也不甘心，只是时间越久，她愈加暴躁，一旦心不顺，就把气撒在鲁肃身上，又掐又打，鲁肃也不还手，至多躲起来，霍水更生气。

当时，女人不生养，男人可以休掉。霍水任性强势惯了，她认为，生不出孩子，主要赖鲁肃无能。久而久之，鲁肃也以为怨自己了。孙权看不下去，劝鲁肃续娶，新夫人生了，看她还如何嚣张。霍水听说，十分气恼，"你倒是没少娶，连晚辈都不放过，自家兄弟未婚之妻也敢抢，什么人性！孩子生的不少，没有一个赶上孙绍的，难怪大家说，应将大位传与孙绍。"

说到气愤处，更是大骂孙权无耻！鲁肃吓一跳，告诉夫人，不可胡乱说，鲁肃怀疑，夫人是受了曹映琴影响，让她俩少来往，霍水不以为然。

鲁肃不是没动过续娶的心思，他总感觉那样对不住师父。孙权笑他将夫人当祖宗一样供着，"你再纵容，她就骑你脖子上了！"鲁肃不辩解，他已习以为常，如果霍水一段时间没作妖，他还不习惯。

鲁肃陪孙权到了馆驿，孙权派人全力抓捕刘备与赵云。第二天，鲁肃没去，阻止不了孙权的冲动之举，他灰心至极，不愿再去讨主公的厌了。

听到孩子嬉笑声，鲁肃知道曹映琴来了。他提防曹映琴，对孩子还是喜欢的。鲁肃出得书房，与曹映琴打过招呼，蹲下身，摸摸小家伙的头，掐掐小家伙的脸，霍水道，"眼馋吧？"

曹映琴笑道，"鲁大人，别总闷在屋中运筹帷幄，多接触孩子有好处的。"

鲁肃一把抱起孩子，"虎头虎脑，小宝越来越招人喜欢啦。"

"鲁大人今天怎这般清闲？"曹映琴问道。

鲁肃笑道，"今日在家陪夫人。"

"一直愁眉苦脸，闷在书房，哪像陪我的样子？"霍水不满道。

鲁肃向她使眼色，霍水没往下说，夫人间唠知心话，鲁肃就撤出来了。

"知道吗？出大事了！"曹映琴低声道。

"什么大事？"霍水瞪大眼睛。

"鲁大人没跟你说？"

"他回府就进书房，什么都不跟我说。"

"大乔被抓起来了。"

霍水一惊，"啊？"

"听说她找人暗杀吴侯。"

"怎么会？"

"国太、小妹、我家孙将军、你家鲁大人向吴侯求情，全碰了壁，都说鲁大人是吴侯的红人，这次也没管用。"

"怪不得回来一声不吭，闷闷不乐，看来是花无百日红啊。"

"不能如此说，主要是吴侯急了。"

"你看孙将军多好，什么都与你讲。鲁肃回家就是个哑巴，我得好好拷问他了。"

曹映琴笑了，"可别欺负鲁大人。"鲁肃是孙权的左膀右臂，力主孙权联合，与诸葛瑾交好。孙权抓起诸葛瑾，又在搜捕刘备与赵云，已将孙刘联盟抛于脑后。如今孙权坐镇馆驿，鲁肃没去，看来两人已有离心离德之势。

曹映琴离开时，小宝扯住霍水的衣襟不肯撒手，霍水很激动，"我会去看小宝的！"

离开鲁肃府宅，曹映琴将孩子交给孙凤带回家，她马上赶往策王府。她晓得，围困的士卒已撤走，乔国老、小乔都在那里。

闻听曹映琴来访，小乔一怔。此前孙匡曾为姐姐求情，小乔挺感动，但她知道，孙权、孙匡兄弟现在走得很近，孙匡为保护孙权，身负重伤。现在正是姐姐落难的时候，不知曹映琴前来所为何事，小乔礼貌地接待了她。

"我来看望孙绍。"曹映琴开门见山。

乔国老现在看见孙家的人就生气，"抓起他娘，还看望什么孙绍？我们不需要这样的虚情假意。"

"父亲说的哪里话来？又不是季佐拘禁的姐姐。"小乔恐曹映琴多心，解释道。

乔国老没好气，"别管是谁？这事传出去，都是孙家出丑！"

"父亲有所不知，姐姐被抓，季佐受伤，还曾前去求情呢。"

"是我气糊涂了，这说明季佐有情义，伯符没白疼他。"乔国老感慨不已，"映琴，你说说，孙绍母子多次遭袭，孙权连个凶手都抓不住，若说用心了，谁能相信？此番轮到他遇袭，找不到刺客，竟然怀疑大乔，这不是疯了吗？"

"季佐不相信，我也不相信，大嫂秀外慧中，最是知书达礼，她把心思都放在绍儿身上，怀疑谁，也怀疑不到大嫂。"

乔国老点头，"映琴的话切中要害，孙权连个女人都不如啊！"一想到大乔的境遇，乔国老就气不打一处来。"孙权不想想，为何那么多人行刺他？他杀害无辜贤士沈友，抢夺亲人未婚之妻，不讲信义破坏孙刘联盟，现在竟将自己的大嫂抓起来，实在是丧心病狂！"

小乔担心气坏父亲，更怕他说出不当的话来，忙让孙绍把乔国老请进内室休息。

小乔解释道，“父亲一时气急，才说出这般话来，莫要当真。”

曹映琴表示理解，她告诉小乔，自己与孙匡对大嫂遭遇十分同情，孙匡正找机会，希望能帮助大嫂尽快回府。最后，她不经意地问起周瑜的动向，小乔对此有所提防，“他镇守三江口，哪容得下半点马虎，想来还是在操练水军吧。”

曹映琴明白，小乔担心自己目的不纯，帮孙权打听这边动静，这更表明她们对孙权的不满。

最后，曹映琴去探望孙静，赶上潘璋进府搜人，她没想到，自己解了孙静之围，还解了刘备之危。

第一一五章 洞穴傻人现奇举

曹映琴赶走潘璋，孙静与夫人请她进屋。

孙静，字幼台，乃孙坚三弟，是孙权的亲叔叔，潘璋之所以不把孙静放在眼里，也是事出有因。

孙坚刚举事时，孙静曾集合乡邻几百人前往支援，说明他在乡亲中很有威望。后来，孙策攻打固陵时，久攻不下，孙静为其出谋划策，奇袭成功，表明孙静很有谋略。孙策为此表奏孙静为奋武校尉，《三国志》中说，“欲授之重任，静恋坟墓宗族，不乐出仕。”孙静不喜欢砍砍杀杀，孙坚了解兄弟，任由其便。到孙策时，对叔叔很尊重，不愿违其心意。孙权执掌东吴后，喜欢为他的基业拼杀之人，见叔叔不愿靠前，也就疏于联络。时间一长，孙静府前就日渐冷落。孙匡性格温和，与孙静性格相近，孙匡、曹映琴夫妇还偶有登门，令孙静别有一番感触。

曹映琴进得厅堂，细心询问孙静夫妇的身体情况，孙静道，“孙奂那个

样子，我们是不敢不好啊！"

"奂弟的病还是没有好转吗？"

"时好时坏，让人忧心啊！"孙静夫人愁眉不展。

"真是可惜了，那么有才华的人。"曹映琴安慰道，"好好静养，会好起来的。"

"只要他能像常人一样生活，我们就是死也瞑目了。"

"瞧二老说的，何至如此！季佐派人刚访到一位名医，专治疑难杂症，一到南徐，就请过来，为奂弟治病。"

"还是先为他医治吧，伤得那般重。"

"同时医治也无妨。"

"还是季佐最有心。"孙静夫人眼中含泪，"一娘生九子，九子大不同啊！"

"莫说那些了。"孙静道。

之后唠起家常，曹映琴说起大乔被软禁之事，孙静摇头，"大乔哪是谋反之人？"

曹映琴点头，"国太也不相信。"

"嫂子还是能明辨是非的。"孙静道。

曹映琴叹口气，"还有更让她生气的呢。"

孙静夫人奇道，"那是何事啊？"

"二哥让人给小妹保媒，国太都不晓得。"

"给自己妹子说亲，瞒着母亲，他到底意欲何为？"孙静夫人气道，"哪有这样当儿子的！"

"他就不是真心。"孙静皱眉，"不知背后暗藏着什么勾当呢！"

曹映琴想听孙静说下去，他却点到为止。曹映琴了解孙静，看似远离尘世，实则洞若观火，他把情绪都埋在心中，不会轻易表露出来。

听到送客声，刘备知道，帮孙府解围的女人走了。

虽然暂时渡过危机，但也不能这样躲在洞穴里，还是与一个痴傻人在一起。想到白虎山庄虎穴还有出口，这里四壁光滑立陡，可如何逃出啊？

"想出去？"痴傻人问道。

"你有办法？"刘备说罢，自己也笑了，他有办法，岂不早出去了。

"有，不告诉你。"痴傻人嘿嘿笑着，"你走了，谁与我说话？"

"我有要紧事。"刘备随口道。

"有何要紧事？说来听听，我帮你。"

"你能帮我？那就帮我上去吧。"刘备一边观察洞穴，一边应付道。

痴傻人手指洞口，又指指自己的手心。

刘备没明白，"什么意思？"

"我可以把你扔上去。"

刘备摇头，暗想，终归是脑袋坏了！

"你不信？"

刘备苦笑，"我信我信。"

"要我帮你，得让我知道你是不是好人，是否欺负别人。"痴傻人拨开头发，歪头凝视刘备。

刘备才看清，头发里竟是一张十分俊秀的脸，"这能看出来吗？"

"我能。"痴傻人一拍胸脯。

"怎么样？"

痴傻人点点头，又摇摇头。

这倒把刘备弄糊涂了。

痴傻人很是不屑的样子，"是不是好人？"他点一下头，"是。是否欺负别人？"他又摇一下头，"不是，知道谁傻了吧？"

刘备感觉好笑，痴傻人思路清奇，跟他聊天，一不小心还把自己绕进去了。

"他们为何抓你？"痴傻人突然问道。

刘备一怔，正想否认。

"你敢说他们不是来找你？"

刘备见此，只能哄骗他，"我在路上，碰到恶霸欺负百姓，打抱不平，伤了人。"

"打抱不平？好啊！我也遇到恶霸，你要替我打抱不平！"

刘备想，他一定是受了何种委屈，才致痴傻起来。"好。"刘备点头。

痴傻人竖起大拇指，"你有侠义心肠，一看就非等闲之辈。"

刘备苦笑，"若非等闲，还能掉到你这里来？"

"你不就是想出去吗？这有何难？我来帮你！"

刘备看他说得轻巧，"你都窝在这里，还能帮别人？"

"小瞧我？"痴傻人说着，来到洞口下，"与你一聊，我清醒许多，关了这么久，我也要出去透透气。"说罢，随手向墙壁上甩出数颗棋子，口中念念有词，只见他飞身一纵，连续蹬踏墙壁上的棋子，竟然轻松跃出洞口。

刘备看呆了，这时，不知他从哪里弄来一副梯子，顺洞口而下，刘备喜出望外，踏着梯子迅速出了洞穴。

刘备长舒一口气，看见痴傻人笑呵呵地瞧着自己，他感觉，这真是个异人，令人难以琢磨。不过，有一点他清楚，这里是孙权叔父家，必须马上离开。想罢，刘备直奔门口，抬手打开门栓，痴傻人反应过来，"你还没帮我打抱不平，怎能说走就走？"上前一把扯住刘备的胳膊。

刘备不想在此逗留，他一甩手臂，随手推开门，正欲冲出去，没想到门外站立两人，双方一打照面，都愣在那里。

第一一六章
紧要关头庞孙回

来者何人？庞统与小梭！

誓师大会被搅，行动败露，严龙带领手下，裹挟着庞统等人狼狈出逃。

一日，他们正向前急赶，突见十多人纵马而来。严龙一声令下，"把马抢下！"他们从地道逃走，未将马匹带出来。

随从冲上前，挡住来人去路。马上一人怒道，"我们是屯田营地吴兵，抓捕纵火嫌犯，你们也敢打劫？"他们才发现，马上捆绑一人。

"劫的就是你们！"严龙一挥手，随从一拥而上，将这些人打下马来，开始围歼。

在他们激烈打斗之际，庞统悄然来到被捆者身旁，此人虽然面容憔悴，文质彬彬的气质仍在，"您是孙乾先生吧？"庞统小心问道。

庞统听刘备说过，他、孙乾和陶珍一同被骗去屯田，借助陶珍麦田纵火，制造混乱，他才逃出屯田营地。在缘来客栈，刘备遇见陶珍，曾当面询问孙先生去向，陶珍直言，孙大哥去找他了。胡汉曾要抓捕陶珍，怀疑她是从屯田营地逃出来的，有纵火嫌疑。庞统直觉，这人可能是孙乾。

被捆者闻听，不觉一愣。

此人正是孙乾。

孙乾与陶珍分别后，准备在周边寻找刘备。不料，被南营的人撞到，认出他是屯田营地跑出来的，有纵火之嫌，不由分说，将他捆绑起来，准备带回审问。

看到孙乾神色，庞统已心中有数。他低声道，"我乃庞统庞士元，刚见过刘皇叔和陶珍姑娘。"

孙乾不禁一喜，连连点头。

严龙等人除掉吴兵，正思量如何处置被捆者，庞统兴奋道，"真是太巧了，这人是我的朋友。"

严龙一听，"好，那就跟我们一起干吧！"严龙担心孙乾离开，走漏风声，有意留下他。

严龙对庞统十分尊敬，视其为师，庞统恨孙权不识人，连严龙都不如。他给严龙出谋划策，严龙的人马连下多个城镇，队伍迅速扩张到四五千人。

随着了解深入，庞统发现，严龙虽野心勃勃，并无真才实学，难成大事，终将被剿灭，意欲离开，严龙很警觉，许以重金拉拢，还加强了对他们的看管。庞统为了脱身，只得使用计中计，使其陷入吴兵重围，方得带着孙乾和小梭逃离。

孙乾早闻庞统大名，看他心向刘备，意欲劝说庞统，跟随自己一起寻找主公。

庞统告诉孙乾，如此寻找，太过盲目。他准备赶回南徐，只有那里能得到刘备的准确消息，即使刘备被抓，也一定押往南徐，还可设法营救。

小梭闻听，不禁窃笑，您就凭感觉找人，现在倒说教起了别人，不过，听说回南徐，他还是高兴的。

孙乾认可庞统所说，就随同他与小梭，赶回南徐。

他们来到城门，守门将领名叫牛奔，甚是无礼，不准他们进城。

庞统气恼，"周瑜见我都得毕恭毕敬，你敢这般待我？"

口气如此大，牛奔一震。仔细打量三人，只见庞统嘴大鼻阔，眼睛细长，甚是丑陋，虽然峨冠博带，衣衫已有多处破损。再看孙乾，头发凌乱，满眼疲惫，甚是落魄。小梭追随庞统一路风尘，饥饱不定，如街上乞儿一般。看三人打扮，像逃荒似的，想他以大欺人，用都督吓自己，牛奔瞥一眼庞统，伸出手，"拿都督将令来！"

庞统哪有周瑜将令？唬他而已。庞统又搬出鲁肃，这是自己挚友，牛奔更是不屑，"拿鲁参军的军令来！"

庞统当然拿不出，牛奔嘲讽道，"是不是该说认识吴侯了？拿不出证据，我就告你个欺诈之罪！"

小梭见此，蹦到前面，"庞统也敢拦，你要瞧好了，这可是大名鼎鼎的凤雏先生！"

赤壁大战后，因对孙权不满，庞统悄然离去。牛奔并不晓得庞统大名。"我管他凤雏还是鸡雏？庞统还是饭桶！"

当着孙乾的面，庞统臊得满脸通红，正要发作，一人出现在眼前，大声道，"不得无理！"

原来是阚泽！

刘备失踪，周瑜心中焦急，自己镇守三江口，不便脱身，他派阚泽回南徐，协助孙权捉拿刘备。

赤壁大战中，除了周瑜、诸葛亮两位主角外，还有三人不得不提，一是使用苦肉计的黄盖，二是到曹营下诈降书的阚泽，三是巧献连环计的庞统，他们共同成就了赤壁大胜。

阚泽对庞统十分敬重，见他受辱，当众训斥了牛奔，"没有庞统先生的连环计，牛将军哪有机会在此守门？"

牛奔感觉不可思议，扫一眼三人，拱手道，"请进城！"

进得南徐，阚泽请庞统一同去见孙权。庞统婉言谢绝，阚泽见庞统执意而为，不再勉强。

双方别过，庞统带孙乾与小梭直奔孙静府宅。庞统为人孤傲，南徐他能看得上眼的只有两人，一是鲁肃，二是孙静。庞统深知，此番刘备来东吴相亲，鲁肃定然知晓，他事务繁多，此时应在吴侯府议事。孙静隐于南徐，却对诸事了如指掌，此时他一定在家，便于了解刘备的动向。

孙乾跟着庞统，脚步匆匆。突然，他瞥见一个熟悉的身影，这不是赵云的手下黄豆吗？

孙乾如何对黄豆这般熟悉？原来，黄豆嗜赌，被赵云赶走，黄豆无颜回家，恰巧碰见孙乾，他知孙乾为人最是热心，上前跪下，请他向赵云求情。孙乾动了恻隐之心，亲自为其讲情，赵云看在孙乾的面子上，饶过他，就此孙乾与黄豆熟识。

黄豆怎在这里？孙乾想起来，船只遇险时，正是他帮赵云将浮木划到岸边。他会不会与赵云在一起？如果赵云在，主公就多一臂膀。孙乾曾迟疑，他会不会已投降了东吴？随即否认，黄豆虽然顽劣，心地不坏，还很机灵。孙乾想到此，喊了一声"黄豆"，快步赶上去。

此人正是黄豆，自从他看到主公被带进乌程侯府，一直在寻找赵云。

黄豆隐约听到有人喊他，回头看见三个人。孙乾剪去胡须，这阵逃亡，又消瘦许多，黄豆没认出来。现在南徐城内正在抓人，他得加倍小心。黄豆左躲右藏，欲甩开三人。

庞统是个书虫，很快累得上气不接下气，孙乾不想错过机会，他对庞统道，"你们先去找孙静，我随后就到。"

就在两人说话的工夫，把黄豆追丢了。孙乾忍不住大叫，"黄豆，黄豆！"

黄豆见追赶的人变成一个，他暗中观察，终于认出孙乾，马上跑过去，"孙乾先生！"

孙乾很激动，"黄豆，你怎么到了这里，子龙将军呢？"

"我也正找他，我知道主公——"

没等黄豆说完，呼啦上来一群吴兵，把俩人围当中，"什么人？"

孙乾与黄豆一惊，"闲人。"黄豆随口道。

"闲人？闲人喊'子龙'！还说'主公'？"领头之人大声道。

"什么子龙？是耳聋，哪有主公？是祝公！"黄豆诡辩。

"分明是胡扯，给我抓起来！"

黄豆见势不妙，一旦自己遭擒，就没人将主公被抓的消息告诉子龙将军了！想到此，他突然飞起一脚，踢倒前面士卒，撒腿就跑。这些吴兵领头的不是别人，正是霍苗。刘备从手中逃走，他一直胆战心惊，生怕受到孙权责罚。所以，在抓捕刘备的过程中，最为卖力，刚才寻到这里，他听到有人喊"黄豆，"看此人风尘仆仆，不像南徐人，就跟踪上来，正巧听到孙乾与黄豆对话，立时围上来。

见黄豆要逃跑，霍苗一伸脚，欲将黄豆绊倒，没想到黄豆反应更快，一抬腿，躲过这一绊，一溜烟地向前跑去，士卒追赶过去，黄豆跑得飞快，眼看着他在街巷中三拐两转，没了踪影。孙乾也要趁机逃走，霍苗一把抓住他。虽然跑掉一人，好在擒住一个。

第一一七章
强抢弟妻失道义

庞统、小梭与孙乾分开，直奔孙静府宅。

两人来到府门前，庞统正要敲门，门却开了。

门前站立两人，正在拉扯，庞统定睛一看，真是喜从天降，"哎呀，刘皇叔，你怎么在这里？"

痴傻人惊喜道，"这是刘备刘皇叔？"

刘备急忙示意庞统止声，庞统意识到自己失言，随手关门，请刘备往里走。

见到庞统，刘备很高兴，身边有了出谋划策之人。不过，这里是孙权叔叔府宅，焉能进去？

正在这时，孙静从屋内跑出来，"士元，哪阵风把你吹来了？"说着，就把庞统往屋里请。刘备看出，两人很是亲近。

庞统请刘备前面走，刘备推让，不想暴露自己身份。孙静以为刘备随庞统而来，看他气度不凡，说道，"幸会，屋里请！"孙静注意到儿子，"你怎么出来了？"

痴傻人辩解道，"与刘皇叔一聊，我的病好多了，就一同来到上面。"

"什么？刘皇叔？"孙静对庞统道，"奂儿又犯病了，把你的朋友当刘皇叔了！"

"刘皇叔不是庞先生领来的，他一直与我在一起！"孙奂急道。

"胡说八道！"孙静摇头。

庞统扫一眼四周，"进屋说。"

孙静想到刚才潘璋来抓要犯，让一个家人在门口守候，若有人来，马上禀报。

进得屋内，庞统介绍，"这位确是刘备刘皇叔，他真不是随我而来，我们是在贵府门口遇到的。"

身份已然暴露，刘备看孙静夫妇面带忠厚，与庞统交好，只得实言相告，"我是被人追赶，误入贵府，不慎掉进洞穴，有幸与公子结识。"

"我没说谎吧？"孙奂很兴奋。

庞统喜道，"看来公子的病真是好多了。"

孙奂不断点头，"庞先生好眼力。"

孙静向刘备施礼，"刘皇叔，久闻大名，今日幸得一见！"孙奂跟着拱手，"幸得先见！"

孙静请几位落座，献茶，"刘皇叔如何来到这里？"

刘备闻听，稍一迟疑，庞统道，"孙静兄虽是孙权叔父，却与他大不相同，皇叔不必多虑。"

刘备见庞统如此信任孙静，才把来东吴相亲及船只遇袭之事讲述一遍。

"我也听说孙权给小妹做媒，还不与国太商量，原来如此。"

庞统道，"这就是一计。"

"皇叔如今做何打算？"孙静问道。

刘备直言，"我只想尽快返回荆州。"

孙静表情严肃，"南徐把守严密，皇叔想走不易啊。"

刘备心中一沉，本要请他与庞统协助自己逃离，想到潘璋对其态度，即使有心，也应无能为力。

"我倒有个建议，"孙静道，"皇叔既是来相亲，事已至此，不如把相亲进行下去，如能成就好事，对孙刘联盟大有裨益。"

"我正有此意，"庞统道，"刘皇叔遭受这般磨难，不把孙权妹子娶回去，岂不亏大了？"

孙奂乐了，"要娶谁？小妹？那刘皇叔岂不成了我的妹夫？"

"不行不行，"刘备连连摆手，"相亲只是孙权、周瑜的诡计，原非他们本意，现在更无可能。"

庞统将着胡须，"事在人为。"

孙静点头，"仔细筹谋，我看此事还有机会。"

庞统道，"孙静兄，你有何建议？"

"我可去国太那里，探一下她的口风，她若不反对，此事才有戏。"

"我马上去找鲁肃，他最支持孙刘联盟，如果他竭力撮合，就有更大把握。"

刘备犹豫，"如若暴露，就危险了。"

孙静沉吟道，"只要孙权不放，您就休想离开南徐。若是娶了小妹，就大不一样了，您是国太佳婿，孙权有心加害，也不敢下手，二者权衡，还是相亲有利。"

"还是相亲有利。"孙奂点头，"刘皇叔要是娶了小妹,就是我的弟弟喽！"

庞统笑道，"只能是妹夫，怎又成了弟弟啦？"

刘备看孙奂眼睛发直，"公子怎么啦？"

"又犯病了。"孙静无奈道，"还得将他放入洞穴。"

孙奂一听，急道，"与刘皇叔和庞先生在--起，我就没事了。"

孙静直道，"不行，你若犯病，我们控制不住。"

孙奂大喊，"把我放回，就得让刘皇叔陪着！"

"那里阴暗潮湿，味道不佳，别让公子下去了。"刘备劝道。

孙奂马上应道，"就是，就是。"

孙静夫人亦劝道，"我看奂儿今日表现不错，就让他留下吧。"

孙静爱怜地看着儿子，"你可以不下去，但要马上去休息。"

"好，好。"孙静夫人满口答应，把孙奂拉走了。

孙静出去让人准备饭菜。庞统马上道，"皇叔有所不知，我是与孙乾先生一同回来的，他刚才去追一个叫黄豆的人，稍候就到。"

刘备很激动，孙乾归来，还遇到黄豆，不知他能否找到赵云，最好他们一起归来。刘备又问起庞统，"您是如何来到这里的？"

庞统简要介绍了逃离严龙掌控的过程，刘备感慨，他们果然另有暗道，自己与淳于烈的判断没错。

庞统还告诉刘备，自己让严龙放了陶珍。刘备点头，陶珍很聪明，应该去荆州了。

孙乾一直没有动静，刘备不免惦记，想请孙静派人寻找，又担心打草惊蛇，庞统安慰道，"孙先生定能随机应变，不用多虑。"

晚上，庞统与刘备同住一室，刘备好奇，问起庞统是如何结识的孙静，孙奂为何变成了这个样子。

庞统叹道，"这对父子很是不一般。"

孙静虽在东吴，却有正统思想，他认为，汉室江山就是刘氏的，当年，其兄孙坚攻进洛阳，从井中捞得玉玺，有觊觎帝位之念，他就不赞成。后来，孙权主政东吴，有称霸天下之意，他更是敬而远之。

原本庞统只与孙静交好，偶然接触其子孙奂，庞统大吃一惊，发现他有罕见之才。琴棋书画，三韬六略，玄门异术，极有天赋，因他年少，庞统把他当成半个朋友。只是后来，发生事端，精神遭到打击，人变得痴傻疯癫，令人唏嘘不已。

原来，孙奂外出，途中听到优美的琴声，忍不住下马，循声而去，在梨花丛中，惊见一姑娘正在抚琴，她太过专注，没发现有人到来。孙奂驻足细听，琴声悠扬婉转，如梨花带雨，似空山鸟鸣，只听得孙奂心荡神驰，如醉如痴，忍不住拿出长箫和之，姑娘镇定相应，共奏一曲。

曲罢，孙奂缓缓来到姑娘面前，只见她俊脸粉腮杏核眼，嘴角含羞可倾城，太美了！不禁深施一礼，姑娘看到眼前年轻人，儒雅俊朗，不觉脸红了。

姑娘名叫吕颖孜，并非大户人家小姐，其父是个生意人，只此一女，视若珍宝，倾尽所能，请人教她琴棋书画，姑娘极为聪明，一学即会，尤其琴瑟更胜一筹。

吕颖孜渐渐长大，因其美而贤，引得无数富家公子倾慕，却无人能打动她。她告诉父亲，自己要找个能与其琴瑟相和之人。

今日，与孙朵相遇，两人一见钟情。其父闻之，亦欣喜不已。当他知道，孙朵乃东吴之主孙权表弟时，却犹豫了，"咱们小户人家，承受不了这么大的福分，侯门公子多薄情，劝你断了这个念头。"

吕颖孜直道，"除了孙朵公子，再难找到如此知音了！只望与他共谱琴箫曲，乐得心相通。"

父亲看女儿心意已决，只得同意了这门婚事。

有如此知心佳人相伴，孙朵自是心满意足。

孙静看在眼里，乐在心中。孙朵师从高山隐士左慈，连凤雏先生庞统都视其为大才，如今儿子再得佳偶，人生也是完美了。

在孙静紧锣密鼓为儿子准备婚事时，不想出现了变故。

常言道，不怕没好事，就怕没好人。孙权手下有个极会钻营的人，名叫任图。听说孙朵相中一位绝世美女，悄悄赶去一观，惊其不亚于当年的二乔，回去禀告了孙权。孙权不相信，世间哪还会有二乔般惊世之颜？出于好奇，他想，嫁给孙朵，就成了自己的弟媳，不如现在趁机看一眼。

这一看，孙权视吕颖孜为天人，顿感后府妻妾如草芥。孙权回来后，很是苦恼，任图知道主公对吕颖孜动了心，碍于孙朵就要成婚，心中苦闷无法言表。

于是，任图对孙权悄声道，"只要主公点头，我有办法。"

"那是我兄弟，说出去不好听。"

"您是谁啊？吴侯！他是谁啊？您的兄弟，即便生点气，吃点亏，为了孙氏江山，不能也不应该出去乱说，等您再遇到贤淑之女，指给孙朵为婚，不仅还他人情，更是高看他一眼，他还不感恩戴德啊？"

孙权没言语，任图知道主公默许了。

任图悄悄找到孙静，告诉他，吴侯早就听说吕颖孜之美，派人前往提亲，不想被孙奂捷足先登。

孙静明白，这是让孙奂主动退出，他怕儿子受不了，即将成婚，任谁也难以接受！看着满心欢喜的孙奂，孙静不知如何将此事告诉儿子。

孙静了解孙权，为充实后宫，他甚至连自己的晚辈都敢娶，其他还能在意吗？

我们追寻孙权的人生轨迹，发现他有一大特点，对外施恩，留下美名，对内，包括自己最亲近之人，手段凌厉，毫不手软。他先后废掉自己所立的太子孙登、孙和、孙霸，三人死得都很冤。陆逊曾为东吴立下大功，因其劝说孙权不要轻易废立太子，被孙权发书怒斥，忧愤而死。

孙静本欲找吴国太劝说，希望孙权回心转意。哪承想，孙权已将吕颖孜接进吴侯府。吕父本就胆小怕事，何况面对的是东吴之主孙权！吕颖孜坚决不从，任图告诉她，"不从，就将你父母送进牢狱，不好好侍候吴侯，立即将他们斩首！"吕颖孜被迫应允，只是从那梨花琴瑟处，留下一路悲泣声。

此事一出，再也瞒不住。孙奂本对孙策、孙权两位兄长十分敬重，哪想到，孙权竟来抢自己心爱的姑娘，孙奂悲愤不已，"二哥，你怎能做出这等事？"此时，孙奂已从左慈那里学得一身本事，如果换作别人，他可以将吕颖孜夺回来，做出此事的是孙权，纵有通天本事，无处可使。他把自己关在屋内，三天三夜，不吃不喝，孙静夫妇着急，在门外不断解劝，孙奂突然号啕大哭，声音沙哑，撕心裂肺！最后哭得嗓子发不出声，孙静夫妇心如刀绞。

孙奂哭累了，和衣而睡，孙静夫妇稍放宽心，盼儿子发泄过后，醒来能少些痛苦，慢慢好起来。没想到，第二天醒来，孙奂开始大笑，其声恐怖又揪心。笑过后，孙奂大骂孙权，骂他无情无义，欺男霸女，败坏人伦！孙静夫妇惊呆了，一把没拉住，孙奂跑出宅院，到街巷中痛骂孙权。

孙奂就这样疯癫了，似乎也没全疯，有时，他会静下来，愣愣地问孙静，"父亲，我这是怎么了？"孙静夫妇不知为此流了多少眼泪。孙静担心他跑出去，找孙权算账，惹出事端，更担心此事传扬出去，事关孙权的尊严，也事关东吴的体面。

为避免家丑外露，孙静没办法，在自家宅院内的凉亭下，挖掘一个洞穴，将孙夬安置于内，这其实是无声的控诉。

孙夬的遭遇，被委身于孙权后府的吕颖孜知晓，更是痛不欲生。她从孙权一次醉酒后得知，这一切的罪魁祸首是任图，她恨得咬碎钢牙。从此用了心，掐准任图活动的时点，及时出现，被任图撞倒，吕颖孜大喊来人，怒责任图意欲侵扰。

此事闹大，吕颖孜向孙权控诉，任图心怀歹意已久，自己未嫁时，他就常来滋扰，把自己弄到吴侯府，也是另有所图。孙权生气，好你个任图，让我背负骂名，原来是为自己。其实，孙权早已忌惮任图知道太多，为讨好吕颖孜，把任图杀了，恶人终于有了恶报。

只是，吴侯府内室的尔虞我诈，让吕颖孜难以适应。孙权越是喜爱，她越成为众矢之的。尤其想到心爱的人被关在洞穴中，她就更加绝望，最后跳湖了却一生，以示反抗。

第一一八章
三女勇闯吴侯府

赵云没有黄豆的运气，他一直在寻找刘备，他能想到，如果主公没被东吴抓到，一定隐藏起来，不会轻易抛头露面。赵云仍不敢稍有松懈，唯恐错过找到主公的机会。

时值中午，赵云又饥又累，他买两个面饼，躲在一个背风的角落，坐在一块青石上，咬一口面饼，嗓子冒烟，咽不下去。

突然，他发现有人向自己靠近，赵云十分警惕，急忙起身，那人已快步来到近前。

竟然是孙小姐！

赵云很吃惊，不禁扫视四周。

"不用看，就我一人。"孙小姐望着他，"吃什么呢？"

赵云抬起手，"面饼。"

孙小姐见赵云嘴唇干裂，递上一包东西，赵云不知何物。孙小姐亲自为他打开，是一包酱牛肉。

赵云摇头，"吃不下。"

孙小姐从身后解下一个皮囊，递给赵云，"你的嗓子哑了，喝点水吧。"

赵云接过来，打开塞子，一仰脖，喝了大半。

"不怕我在里面下药？"

赵云头也不抬，"下药，我也认了。"

"这么信任我？"

"你救过我，没必要那样做。"

"记得救过你，还记得欠我几个人情吗？"

赵云低下头，没有言语。

"说好来找我，为何不守信？"

"我得先找到主公。"

"我能告诉你的是：你没找到，我二哥也没找到。"

赵云眼中一亮，郑重道，"谢谢你。"

"不用谢，记住自己的承诺就行。"

"你怎么知道我在这里？"

孙小姐笑盈盈道，"凭感觉。"

如果她事先告诉孙权，自己还跑得了吗？感觉真是个奇妙的东西，上次主公在馆驿也是她告诉的。"你感觉我家主公如今能在哪里？"

孙小姐瞥一眼赵云，"我对他没感觉。"

"哦。"赵云又陷入沉默。

"上火没用的，人是铁，饭是钢，饭还是要吃的。"孙小姐递上酱牛肉。

孙小姐的话，起码证明主公没有遭擒。赵云顿感轻松许多，他伸手接过牛肉。

"哎呀，忘了带筷子。"孙小姐急道。

"没关系。"赵云在身上擦了一下手，孙小姐挡住他，"你的手太脏，我拿给你吃吧。"说着，掐起一块牛肉，送到赵云嘴边。

赵云哪好意思吃，他伸手接过来，放在嘴中。

"这哪能行？"孙小姐拿过皮囊，"先洗洗手。"

待赵云洗净了手，孙小姐将牛肉捧到他的面前，此时赵云感觉自己真的饿了，抓起牛肉吃起来，孙小姐望着他，很是开心。

赵云暗忖，大乔说的对，孙小姐看似刁蛮、任性，实则爱憎分明，有情有义。"上次搭救我，孙权没难为你吧？"

"他哪敢难为我？"孙小姐满不在乎道，赵云哪里晓得，因为放走他，兄妹间发生多么激烈的争吵。

"你现在见我，孙权知晓，一定会责怪你的。"

"不用惦记我，"孙小姐深情地望着赵云，"我只担心你。"

"他们抓不到我，而你是要回府的。"

"回府又能怎样？他私自给我保媒，拿我的终身大事当儿戏，我还要找他算账呢。"

"你好厉害。"

"我厉害什么？有人还敢欺负我。"

赵云疑道，"谁敢欺负你？"

"你呀，当众把我的剑磕飞，虎口都被你震裂了！"说着举起手。

赵云低头看，孙小姐的手指细长白嫩，完好无损。

"不是这只手。"孙小姐笑着换成另一只手。

赵云仔细观察，哪有什么破裂之处。

孙小姐哈哈大笑，"时间过得久，长好了。"

孙小姐很是天真可爱，只是现在赵云没心情说笑。"你快回去吧，免得让孙权知道，我得去找我家主公了。"

"我跟你一起找，行吗？"孙小姐望着赵云，十分向往的样子。

赵云需要帮手，若与孙小姐在一起，应是畅通无阻，但也直接暴露，"孙权知道，你不好交代。"

"如果我不在乎呢？"

主公来南徐相看孙小姐，自己与她在一起，好说不好听，赵云连忙摇头。

孙小姐凝视赵云，"你难道看不出来吗？我喜欢和你在一起！"说罢，脸先红了。

这般直白，吓了赵云一跳，不自觉地后退一步。

孙小姐向前一步，"你可以为别人去死，我可以为你而死。"

赵云分明看见了孙小姐亮眸中的盈盈泪光，他现在亦心潮澎湃，却只能努力平复下来，"我得走了。"说罢落荒而逃。

孙小姐回到吴侯府，径直来到闺房，把脸埋在被里，好一阵脸红心跳。她既羞涩，又激动。赵云虽然跑掉，她分明看到他的脸红了，孙小姐不自觉地将双手捂在发烫的脸上。

这时，她猛然想起，赵云曾拜托自己救过三位姑娘，自己让人把她们带进府中，最近家中烦事众多，竟给忘却了，不要因为怠慢了她们，让赵云不高兴，她急忙让贴身女随前去探看，一会儿工夫女随回报，三位姑娘不见了。

陶珍、潘月、闻梅三人被领进吴侯府，有人送吃送喝，却没人向她们打问一句。

三人观察这里的建筑，亭台楼阁、雕梁画栋，假山、树木别具一格，哪怕是一根草，都与外面大为不同。三人中，陶珍来自乡野，对这里的一切都好奇。闻梅是小户人家女儿，衣食无忧，却没见过这些。纵是潘月，生于官宦人家，也未到过如此富丽堂皇之地，真是大开眼界。

一打听，方知这里是吴侯府，救她们的人是吴侯之妹孙小姐。

"这回好了，有她帮忙，还愁惩治不了恶人？"陶珍兴奋道。

"希望能找到我家相公和弟弟。"闻梅想起许映与闻凯，不知他们在哪里？是否还在人世？

潘月心情复杂，闻梅要告的人是自己二哥，潘开确实混蛋，受何惩罚都不为过，可他毕竟是自己的哥哥，其实，她更恨潘璋，害死自己亲哥，将自己赶走。

"如何不言语？"闻梅对潘月道，"我弟弟可好啦，若找到他，你就做我弟媳吧！"

潘月的脸被臊红，她知闻凯对自己有意，只是他与许映若被潘开抓住，恐将凶多吉少。想到此，不觉轻轻摇头。

“不同意？反正我认定你是我弟媳了。”

“说着说着，你俩成一家的了？”陶珍笑道。

“如果我再有个哥哥，就让他把你娶了，咱们三人成一家，岂不更好！可惜我就一个弟弟，要不你俩都嫁他算了。”

“贪得无厌，有潘月收留他，你就知足吧！”陶珍嗔道。

潘月道，“听你这话，定是有人啦！”

陶珍略带羞涩，“我也不知道他是不是一定会娶我，不过，我觉得这婚没有白逃。”

“快讲一讲！”潘月与闻梅凑到陶珍近前。

“其实，到现在我也不知他是做什么的，”陶珍托着下巴，“不过，我能看出他很有学问。”

“是吗？”闻梅与潘月露出惊喜之色。“接着说。”

“我见到他时，他正落难，我帮了他；后来我遭殃时，他又帮了我。”

“你俩真有缘分！”潘月与闻梅感觉不过瘾，“快给我们详细讲一讲。”

陶珍就将她与孙大哥相识、相帮的过程讲述一遍。

“好波折，好惊险啊！”闻梅道。

潘月不解，“你们为何要分开？”

“他要去找朋友。”

“你应该跟着他啊！”闻梅道。

“他说路上危险，不让我去。后来我听说，他可能来了南徐。”

“我以为你来这里，是为帮我俩，现在看，你是来找意中人啊！”潘月说罢，与闻梅一齐笑起来。

陶珍不好意思，“两个没良心的，没有我，你俩说不准正敲木鱼呢！”

闻梅默默点头，陶珍见触动了她的痛处，忙道，“等我们把恶人告倒，就能找到想见的人啦。”

“哪有那么容易？”闻梅道。

“我们如今在哪儿？吴侯府啊！”陶珍道。

潘月一惊，“你要找吴侯告状？”

“带我们进来的是她的妹子，理应找她，她一直不露面，估计把我们都忘了。"闻梅道。

"那咱们就直接找吴侯，他最管用！"陶珍道。

闻梅提醒，"你在广场上可是当众骂过他的。"

陶珍笑了，"那是气话，他是吴侯，得为百姓做主。"

潘月道，"如果见不到吴侯，不是还有吴国太吗？听说她人好心慈，很是体贴下情。"

"女人同情女人，我们就去找吴国太！"陶珍道。

"他们能让我们见吗？"闻梅面露难色。

"这就得靠我们自己了。"陶珍出身低微，心中没繁文缛节，还有种与生俱来的无畏，从庵中出来后，闻梅、潘月已习惯听陶珍的了。

"好！"潘月道。

"好吧。"闻梅也就点头。

陶珍满怀豪情，"那我们三姐妹就要勇闯吴侯府了！"

第一一九章
机缘巧合遇佳人

东吴的缔造者孙坚是吴郡富春人，孙坚、孙策父子征战多年，占领大量州县，随即定都吴郡，后来从战略考虑，迁址到南徐。其后又因战事，经历数次迁都。虽然在南徐时间不长，但其建筑很有特色，尤其以吴侯府的设计与构造最为经典。

据史料记载，吴侯府外观近似长方形，分为前后两部分，前面为正府，主要用于孙权办公、众臣议事、接待贵客、大宴宾朋。后面住的是家眷，专门设置了外府，宽度一里以上，男役、女侍、护卫多住在外府，这里规矩森严，不能随便走动。外府既承担后府供需之责，又起到屏障保护之用。

后府也分两部分，前面大半是孙权的寝宫，历史有载，孙权重色，妃嫔众多，为后来诸子争夺大位，乃至纷争不断埋下伏笔。余下部分为吴国太寝宫与孙小姐闺房，孙权还为国太建造了花园，让她在此修养身心。这里当然少不了孙小姐的练武场地。吴国太直言，"她们整天叮当作响，我如何能清静的了啊！"这当然是笑话。

孙小姐手下将三位姑娘领进吴侯府，没有留下明确的话，就被安置在了外府。

三位姑娘拿定主意，开始行动。陶珍打头，她们一同出了屋子。陶珍虽胆大，何曾进过如此宏大的府邸，心里也发蒙。只见这里人来人往，栽花种草的匠人，运送物品的仆人，整装巡逻的护卫。正当她们四处张望时，一个婆子走上前，"鬼鬼祟祟，干什么的？"

三人心头一紧，潘月毕竟见过世面，"我们是孙小姐请来的客人。"

婆子一听，不敢得罪，低眉笑道，"原来是小姐的朋友。"

见婆子说话客气，陶珍马上问道，"请问吴国太住在哪里？"

婆子一怔，小姐请来的客人，找国太还需问路？不禁上下打量三人。

潘月急道，"我们要看望国太，给她老人家一个惊喜，不想让小姐知晓。"

陶珍也觉得自己问话过于唐突，好在潘月反应快，将话圆过去。

婆子道，"国太哪是说见就见，得找人引领。"

"好，好。"潘月忙道。

"谁在照管你们？"婆子疑心未消。

"是我，"看护她们的女侍过来，"禀报领侍，她们是小姐安排进来的，就住在那里。"说罢一指三人住处。

领侍道，"把她们请回房间，好生照顾，不要在这里乱撞了！"

女侍领命，"三位姑娘跟我来吧。"

她们又被带回了住处。

闻梅有些泄气，"这里管得严，我们还是离开吧。"

"已经进了吴侯府，哪能打退堂鼓？"陶珍不想错过机会。

"你说怎么办？"潘月问道。

陶珍道，"还得去找吴国太，大不了把我们撵出去。"

潘月点头，"好！"

闻梅道，"女侍就在门外，不会让我们出去的。"

陶珍对潘月、闻梅耳语几句，随后，三人出得房间，女侍上前问道，"三位姑娘哪里去？"

"小姐不在，我们有事，先走了。"潘月说道。

"出去就进不来了。"女侍提醒。

"知道。"三人回答。

"我送你们。"女侍道，三人明白，这是监视她们离开。

出屋不远，陶珍惊道，"我的簪子落在屋里了。"说罢往回返，女侍看得清楚，这位穿得最差，却是三人的主心骨。怕她起么蛾子，马上跟过来。回到屋内，看陶珍很着急的样子，女侍也床上床下帮助寻找，听不到陶珍的声音，她才警觉，一推门，发现门已从外面顶上，"来人呢！"她大声叫喊，这是内门，外面还有一层门，他人根本听不到。

此时，三位姑娘已汇合，潘月、闻梅都夸陶珍机灵。

三人往前走，不敢轻易问路，也不能漫无目的硬闯，她们看见一个老仆侍弄花草，潘月小心上前，打问国太住处。老仆笑了，"国太哪能住这儿？当然在后府了！"潘月正要询问如何走，过来四个巡逻士卒。"你们是哪儿来的？要做什么？"

闻梅一下扯住陶珍的衣襟。"小姐派我们出来办事。"陶珍道，她学会了潘月的做法。

士卒态度立时变化，"哦，请便。"

离开士卒，陶珍道，"国太在后府，我们就到后府去。"

闻梅为难，"这儿都如此，后府更不好进了。"

"管不了那么多了。"陶珍毅然道。

潘月点头，"试试也无妨。"闻梅想起丈夫与兄弟，一咬牙，"那咱们就试试！"

三人边说边走，拐过一个墙角，陶珍只顾说话，不想撞在一人身上，双方都一惊。

她们哪里知道，陶珍撞的是外府副总管葛灯，随从喊道，"大胆！瞎了眼了！"

葛灯看三位姑娘打扮，不是府内人，斥道，"什么人？到此做甚？"

三人看葛灯的气势，料定是个头目，潘月忙道，"我们是小姐的朋友。"

葛灯审视三人，"小姐的朋友？小姐的什么朋友？"

陶珍心道，我们是在广场痛斥孙权时，被孙小姐领回来的，谁知这算什么朋友？随口答道，"这话你得问小姐去！"

陶珍嗓门大，听着挺冲，说得葛灯一愣，他知道，因大乔夫人被软禁，小姐与吴侯闹得不愉快，火气正大，别招惹她。"多大的事，还要问小姐。"他满脸堆笑，"这边是要地，不能进来，那边是花坛，几位姑娘可以随便逛。"他吩咐手下，"领三位姑娘过去。"

陶珍、潘月、闻梅三人又被请到了花坛处。

闻梅很沮丧，陶珍道，"越不让去，越说明那边通往国太住处。"

潘月、闻梅点头，认同她的判断。

三人刚转过一座假山，潘月用手一指，那个被关起来的女侍不知何时已经出来，正带侍从寻人。

"她们在找我们。"闻梅颤声道。

三人急忙往前赶，"绝不能让她们在此乱窜！"她们看到那个女领侍，带着几名侍卫，叫喊着各处搜寻，这个女人很难缠，三人急忙躲在山石后。

待女领侍过去，三人加快向前奔。陶珍猛然发现一队整装的士卒走过来，三人匆忙隐身墙角，闻梅战战兢兢道，"看来是抓我们的！"

士卒一出视线，陶珍一挥手，"跟我走。"说罢，往前疾行，她们走出很远，也没发现后府通道。

潘月喘着粗气，"吴侯府怎么这么大？"

正说着，陶珍一把扯过两人，躲在花丛后，三人偷眼望去，看到葛灯正带着一群士卒四处搜查。原来，葛灯见到吴侯府总管周善，说起此事，周善大吃一惊，听说赵云在广场滋事时，有三个女子帮腔，辱骂吴侯，小姐搭救赵云时，连带救走三个女子，可能就是这三人！她们在府中，就是巨大隐患，葛灯马上带人赶回来。

三位姑娘看见士卒手握利剑，朝她们这个方向冲过来，陶珍的手心也出了汗，潘月吓得闭上眼睛，闻梅已体似筛糠。突然，远处发出一声响动，这些士卒掉转回头，快速赶过去。

陶珍直起身，拉起两人就跑，不知跑了多久，直累得上气不接下气。

"务必找到她们，不然闯出祸就麻烦了！"这是葛灯的声音，似乎就在附近，三个姑娘实在跑不动了，她们看到旁边小院十分隐蔽，直接推门而进，陶珍担心被发现，随手把门关上。这时，闻梅猛一哆嗦，举起了手，潘月缩着身子，直往后退，陶珍也吓得一凛，只见地上斜躺四个护卫，陶珍注意到，他们的脖子上都有齿痕，"这是被毒蛇咬了！"她往前凑两步，低头观察，闻梅哀求，"快走吧。"

就在她们说话之际，一个蒙面人手持钢刀，悄悄向三人靠近，恰在此时，墙外传来嘈杂之声，蒙面人闻听，顾不上行凶，身形一晃，翻墙而出。

陶珍看到，惊得倒退两步，吴侯府真是凶险啊！

三人来到大门前，仔细倾听外面动静，没有声响，那些人应是已经过去，陶珍打开门，让潘月、闻梅先出，当她一脚门里一脚门外时，"蛇！毒蛇！救命啊！"里面突然传出呼救声。

陶珍停下来，闻梅与潘月同时催她，"快走！"

"有人喊救命。"陶珍道。

闻梅声音颤抖，"吓死啦，快走吧！"

"我看一下。"陶珍道。

"走吧。"潘月也紧张。

陶珍没说话，循声而去，潘月拉着闻梅只得跟进来。

"来人，快来人啊，有毒蛇！"三人听清，是一个女人在呼救！

陶珍走近，发现外面有木棍顶门。她抬脚将其踢掉，一把拉住门，没有打开，其他两人见状，也忘了害怕，一齐帮她拽门，门开了，三位姑娘同时掼倒在地。

陶珍站起，一把拾起顶门棍，向屋内探看，地上都是蛇，吐着毒信，一些蛇正往屋中方桌上爬！两条已上了桌子，桌上站立一位绝世美女，花容尽失，正在大呼救命。

竟是大乔！

第一二零章
救大乔三女告状

一切恍惚在梦中。

自己带着孙绍，深居简出，隐忍多年，没有等来安宁，却跌入无妄之灾中。陡然生出的谣言，使人猝不及防。孙绍多次遇袭，孙权只是惺惺作态，令人疑窦丛生。孙绍还是个孩子，已然成为别人的靶子，隐忍也许是错的。

迫于形势，自己不得不出手，欲借孙权遭袭失智，以退为进，甘心被囚。希望用自己含冤受屈，激起东吴各方势力反弹，逼孙权让步，为孙绍拼出成长空间。

自己相信，有父亲、小乔、小妹在前，国太、周瑜在后，孙权不敢如何自己。结果，自己被冤枉，乃至被软禁，国太毫无作为。此时，自己是如此无助，父亲年迈，小乔终是女人，周瑜镇守三江口，又无法脱身。

大乔思前想后，只是小憩一会儿，她还做了一个梦，梦见一只有力的臂膀，揽在她的腰身，大乔太疲倦，倚在那人的肩膀上休息，只是她无论如何努力，都看不清那人的面庞。

朦胧中，一物在眼前晃动，大乔一下醒来，她看清了，竟然是一条蛇，已然爬上床！她一跃而起，跳到地上，地上全是蛇！看到吐出的紫色信子，她知道都是毒蛇！

她扑向门口，使劲推门，大门纹丝不动，她知道，门外有守卫，"毒蛇！"外面没有一点动静，群蛇开始向门口聚集，她急忙跳开，群蛇摇摆着追来，她四处躲藏，无比恐惧。这时，她注意到屋中的方桌，只得绕过毒蛇，爬上桌子，有一条毒蛇咬住她的裙摆，她使劲抖动，方将它甩掉。

她大喊救命，依然没有回音，大乔已然绝望，她不敢想象，孙绍没有她的照顾将会怎样。

群蛇聚集在方桌下，竭力向上爬，它们越来越近，张开的大口，吐出的毒信，大乔甚至从它们褐色眼睛中，看到了自己的影子。她曾对未来有那么美好的期盼，如今一切都将成为泡影。她无助地喊"救命"，泪水不自觉地流下来。

这时，门开了，强烈的光线透过来，光线中是一个熠熠生辉的人！那一时刻，她以为自己又回到了梦中。

陶珍闯进屋，冲到大乔近前，随手扯住爬上方桌的毒蛇尾巴，一抖手，那条蛇重重撞在墙上。

群蛇被震住，纷纷掉过头，陶珍抡起顶门棍，只听噼啪作响，眼前的毒蛇瞬间堆在了墙边，好似缰绳。

潘月、闻梅立在门口，看傻了，大乔站在桌子上，惊呆了！

陶珍伸手，大乔方清醒过来，搭着陶珍的手，下了方桌，陶珍感觉到，面前的美女还在瑟瑟发抖。

"多谢姑娘救命之恩！"大乔俯身便拜，陶珍忙扶住。大乔看到潘月与闻梅，又向两人作揖，潘月与闻梅还礼，"都是陶珍的功劳。"

陶珍不知这位美若天仙的女人是谁，为何被关在此地，想起翻墙而出的黑影，毒蛇定是有人故意为之！于是道，"我们快走！"大乔站立太久，又惊吓过度，腿脚发麻，三人搀扶着大乔出了屋门。

四人刚来到院中，不想闯进一群护卫，为首之人是周善。他一看这种情形，立时拽出腰刀，"敢伤害大乔夫人，给我拿下！"

"慢着！"大乔正色道，"她们刚救过我的命，你怎看出要伤害我？"

周善施礼，"大乔夫人，我怀疑她们杀了守卫，要将她们带走！"

"我看谁敢动？"大乔怒对周善，"要抓她们，先杀了我吧！"

"大乔夫人，您也得回到屋子里，没有吴侯允许，不能离开。"

大乔立起眼睛，"吴侯？哪个吴侯？没有孙策豁出命，打下东吴江山，那个上不了马，拎不起枪，不曾打下一寸土地的人，哪有机会当上吴侯？凭兄长护佑，却欺负寡嫂幼侄，他配得上吴侯之位吗？"大乔越说越气，"让我回到屋内，是要毒蛇咬死我吗？我怀疑就是你放的毒蛇！"周善闻听，吓得一哆嗦，大乔手指周善的鼻子，"若不是孙策提携，你不过一军中走卒，还有何颜面在我这里指手画脚？"

周善被批得满脸通红，当年孙策看中他为人忠诚稳重，才带在身边，最终成为吴侯府总管。

"走吧，周大总管，跟我一同去见国太！"大乔怒道。

看着怒火中烧的大乔，周善没有勇气阻拦，他头一低，向后一撤。

陶珍、潘月、闻梅恍然大悟，她们所救之人，竟是江东第一美女大乔！虽不知大乔被关原因，但见她言辞如此犀利，无不佩服。

"走，跟我去见国太！"大乔说罢，拉起陶珍的手，带着三人就走。陶珍、潘月、闻梅对望一眼，真是有心栽花花不开，无心插柳柳成行，竟以这样的方式，去见吴国太。

看着四人离去的背影，周善只能无奈地摇头。

大乔又恢复了往日的风采，她紧握陶珍的手，大步向前。

"我们正有不平事，要找国太告状呢！"陶珍道。

"哦，"大乔点头，"那咱们就一起去告状！"

大乔带三位姑娘进入国太寝宫时，国太正闷闷不乐。

她刚把乔国老、孙绍好言送走，没见小乔，更说明她的愤怒，不日必将惊动周瑜。

这次，乔国老没闹，说话很是客气，"老亲家，我已经六十岁了，就大乔、小乔两个宝贝女儿，到这个岁数，还指望什么？就是希望她们平平安安，不要受了委屈。现在是非曲直我也不辩了，只求大乔平安归来。如今她被关在外面，我整晚睡不着，担心她遭遇不测。您是孙家的主事，算我求您，先把大乔放了吧。"说罢，要给国太下跪。

这话说得国太很心酸，急忙搀起乔国老。"国老莫要这般。"

"奶奶，您说话一言九鼎，让二叔放了我娘吧。"孙绍哀求道，"如果再不放，我就跟他拼命去！"

"千万不能意气用事！"吴国太拉住孙绍，心如刀绞，儿大不由娘，孙权表面恭敬，其实做事武断着呢。"等你二叔回来，我马上跟他说。"

"孙权故意躲出去，等他回来？那得何时？"乔国老气道。

"唉，"国太叹气道，"要是知道大乔现在何处，我即刻将她放出来。"她哪里晓得，大乔被软禁在吴侯外府一间密室，孙权如此安排，就是担心被国太和小妹发现。

送走爷孙俩，国太想起女儿，儿女都是父母的心头肉，国老与孙绍到来，没见女儿，难道又出府了？

国太悄悄走进女儿闺房，孙小姐正坐在床上发呆，国太凑过来，"想什么呢？"

看见母亲，孙小姐惊道，"神出鬼没，吓死人了。"

"老虎也会害怕啊？"

"我哪是老虎？就是一只小猫。"

"小猫也不能大白天赖在床上啊。"

"小猫想睡个懒觉。"孙小姐耍赖道。

"在家就好。"国太爱怜地看着女儿，悄悄退了出去。

回到自己寝宫，还没坐定。一个窈窕的身影闯进屋，扑通跪在地上，"请母亲为我做主！"

国太揉揉眼睛，大乔！"我的儿，快起来！"国太很激动，伸手欲搀大乔，却没有扶起来。

"母亲，您几乎就见不到我了！"大乔泪如雨下。

国太直道，"他们不敢如何你的！"

"现在他们不仅有人要杀绍儿，连我的命也要害啊！"

国太大惊，"此话怎讲？"

"有人要用毒蛇害死儿媳！"

"啊？"国太不敢相信，"竟有这等事？"

大乔眼中含泪，"请外面三位姑娘进来。"

孙小姐听说大乔回来，匆匆跑进屋，喊了句"大嫂"，就扑过来，两人紧紧拥抱在一起，大乔与孙小姐都泣不成声，国太也潸然泪下。

"大嫂是如何回来的？"孙小姐问道。

这时，陶珍、潘月、闻梅进来，大乔一指，"是她们救了我！"

孙小姐一愣，"是你们？"

国太疑道，"你认识她们三个？"

"她们被士卒所抓，是我把她们救下的。"

陶珍、潘月、闻梅明白，这位就是孙小姐，三人一起作揖，感谢她仗义相救。

国太诧异，"为何把她们带进府？"

"她们受了委屈，要告状，"孙小姐省去三位姑娘与赵云一同声讨孙权的事。"家中出现这么多变故，我竟忘却了，实在对不住。"

三位姑娘摆手，"小姐客气了。"

大乔道，"她们晚来一步，我就命丧毒蛇之口了。"

孙小姐气道，"有人敢害大嫂，这也太瘆人了。"

国太眉头紧皱，对三位姑娘道，"给我讲讲，你们是如何救下大乔的？"

大乔明白，国太没问自己，是对她们的行为有所怀疑。

大乔望着陶珍，"这位就是国太，你给她老人家说说吧。"

陶珍明白，自己必须把事情讲清楚，让国太满意，三人的事，才有指望。

"我们被小姐的人领进来，一打听，这里原来是吴侯府，我们早就听说过，东吴有位吴国太，人美心善，大老远跑来，就是找她老人家申冤，给我们做主的。"

慕名前来，陶珍在有意无意间，消除了专为自己而来的嫌疑，大乔不禁暗暗赞叹。

"哦。"国太点头，"还有这档子的事。"

陶珍接道，"我们想来后府找您，丫鬟随从不让，到处撵我们。"

"府里不能乱撞。"国太严肃道。

"我们东躲西藏，实在没办法，就逃进了一个院子，哪想到地上躺着四个人，全都没命了！"

国太与孙小姐都"啊"了一声。

"我一看，他们脖子上都有牙印，一定是被毒蛇咬了，仔细一瞧，又不是。"

孙小姐好奇，"你怎么知道的？"

"被毒蛇咬伤，定会全身发青，他们脸色没变，就是先被打死，后让毒蛇咬上去的，为的是蒙蔽大家。"

孙小姐点头，"原来如此。"

"这时，一个蒙面人手执钢刀，向我们扑过来，幸亏外面传来响动，惊动此人，他才翻墙逃走。"

"府内太过松懈，竟然混进这等恶徒！"国太怒道。

"我们也被吓着，正要逃出院子，突听屋内有人大喊'救命'！"

大乔含泪道，"那时儿媳正被群蛇索命。"

"我儿受惊了。"国太安慰道。

"听到有人遇险，哪能见死不救？跑到近前，才发现门被封上，我们三个把吃奶的劲都使上了，才把门拽开，往里一瞧，真是吓死人，一屋子的毒蛇，每条都有这么粗。"陶珍将毒蛇形容到碗口粗，潘月与闻梅忍着不敢笑，国太与孙小姐都听进去了，很是紧张。"它们正在追赶里面的人，里面的人跳上桌子，蛇就爬上桌子，张开的嘴这么大，吐出的信子这么长！"陶珍用手比划着。

国太听到此，不禁一凛。

"我拽住蛇尾，左一把，右一把，将它们都摔墙上去了。"

大乔连连点头，国太长出一口气，"你这姑娘胆子咋这么大呢？"

"我从小在乡下长大，经常碰到蛇，干完活，就比谁抓蛇厉害，饿了还烤蛇吃呢！"

孙小姐掩嘴，"恶心！"

"不恶心，蛇肉还很香呢！"

孙小姐道，"谢谢你救了大嫂！"

"不止我，是我们三个。"

"那就谢谢你们三位。"

大乔很满意陶珍的讲述，形象生动，绘声绘色，有些夸张，也是实情。

"这还了得，项炳，"项炳是吴侯府副总管，"给我查个水落石出，不管查到谁，一定严办！还有，你要告诉周善，大乔之事，要他管好所有知情人，谁要是敢泄露半个字，我拿他是问！"然后转向三位姑娘，"谢谢你们救了大乔，有何不平事，说来我听。"

随后，陶珍、潘月、闻梅三人讲起各自的遭遇。国太闻听，不禁拍案而起，"潘开、潘璋、曹子高，还有衙役，这群混账东西，作恶多端，坏我东吴名声，我要告诉孙权，必须严惩！"

三人连忙施礼，感谢国太替她们主持公道。

大乔惊奇地发现，闻梅要找的人，应该就是许映与闻凯，可惜自己离开策王府时，让孙毅将他们放走了，大乔希望，尽快回到府中，派人将他们找到。

不料，国太道，"我儿受了委屈，先在这里住几日吧，我给你压压惊。"

大乔晓得，这是国太的缓兵之计，在没有完全排除嫌疑之前，要将自己留在吴侯府。大乔作揖，"谢谢母亲关心。"

孙小姐兴奋道，"大嫂就住我那里吧，让我亲近亲近。"

国太吩咐贴身女侍，"去给国老、小乔、孙绍送个信，就说大乔在我这儿，安全着呢。"

陶珍、潘月、闻梅要走，大乔道，"几位姑娘救过我的命，不能这样离开，我还要重谢呢。"

三位姑娘听罢，连连摆手。

大乔道，"你们的事有国太做主，是不幸中的万幸，你们权且到我府上暂住几日，等惩治了恶人再走不迟。"

"我正想听听乡间事，你们也住在这儿吧。"国太道，"只是不能乱跑了。"

大乔深知，留下三位姑娘，是给孙权了解情况的，她不便直言，只能如此了。

第一二一章
躲馆驿再生枝节

孙权躲到馆驿，亲自坐镇指挥，抓捕刘备、赵云。

纵使两人三头六臂，终究孤立无援，本以为两人很快束手被擒，没想到，刘备从馆驿逃脱，从此消失不见。赵云被小妹救走，也是再不见踪影。南徐四门紧闭，他们一定还在城内，孙权下了狠心，就是掘地三尺，也要捉住他们。

这时，外面隐约传来吵闹之声，孙权正烦，"何人喧哗？"

护卫霍利进来。上次祖庙护驾，八大护卫损失大半，孙权又组建了新八大护卫，以霍利、海戴为首。"禀报主公，有两人要住馆驿。"

孙权皱眉，"告诉他们，这里不接待外人，让他们找客栈去！"

"他们不干，非要住在馆驿。"

"赶走了事。"

"赶不走。"

孙权生气，"养你们干吗？这般废物！"

霍利为难道，"来人十分厉害，众护卫一时拿他不下。"

孙权一惊，"何人敢如此无理取闹。"

"此人打扮奇特，只说要找吴主孙权。"

孙权一惊，"他们如何知道我在这里？"孙权为躲避乔国老纠缠，才悄悄来到馆驿。

"不知他们是否晓得主公在此，他们说，来南徐就是为了找您理论！"

"找我理论什么？"

"他们的大法师在东吴被杀，要讨个说法。"

"他们是夷南教的人？"孙权听说过此事。

"对，他们自言是夷南教二道长和大法师弟子。"

孙权一震，夷南教在南部有很多信众，影响巨大，不能小视。

贾华闻言道，"谁杀了他们的法师找谁去，来馆驿闹什么事？待我将他们拿下！"

"慢着。"孙权拦住贾华，他一直有意收服夷南教信众，充实东吴实力，巩固南部边疆。"馆驿可暂且让他们住下。"

"他们要住最好的房间。"霍利回道。

孙权气道，"给他们找一间，就说是最好的，搪塞一下。"

"好房间都在您的附近，对主公安全不利。依我看，他们就是来挑事的，给他们住龙宫，也不会满意。"

孙权想，既然要收服这些人，就应该安抚其心，他们的大法师被害，就不要再激怒他们，"待我来看。"

"主公，您没必要出去。"两员大将贾华与凌统担心孙权安全，出面阻止。

"我还不能露面了？"孙权说罢，走出房门。贾华、凌统带着霍利等护卫跟出。

孙权出来，站在台阶上，只见前面站立一人，生得长鼻阔口，头顶无发，四周浓密，披散在肩头，两只大耳环，随着脑袋摇摆而晃动，他身着五彩衣，握着双拳，十分威武健壮。旁边站立一个孩子，很是清瘦，攥紧拳头，对众人怒目而视。

小孩不是旁人，正是南海神巫姜元姜神仙的弟子小车。众人围在秃发壮汉四周，已有多人受伤，躺在地上动弹不得，八大护卫之一的海戴，脸颊肿胀，想来是刚吃了亏。只听壮汉道，"打你们，就是让你们告诉孙权，夷南教二道长尖饼前来兴师问罪了！"

贾华忍不住道，"好大的口气，就凭你？"

尖饼扫一眼贾华，很是藐视，"对。"

小车朗声道，"我们尖饼二道长武功卓绝，道行高深，医术精湛，法力无边。"

"到南徐撒野，我看你们是不要命了！"贾华怒道。

孙权本要制止贾华，看尖饼如此狂妄，估计现在说什么也听不进去，索性看他有何本领，让贾华灭一下他的威风。

"我们不撒野，只撒恩惠。你要我的命？那就拿去，这也许是天注定。"

"说点人能听懂的话，你到底要如何？"贾华斥道。

"我就是告诉你，若还在我的面前叫嚣，"说着，一指地上躺着的人，"就与他们一般了！"

贾华是东吴一员猛将，"口出狂言！"说罢跳上前，双拳急出，直击尖饼面门，尖饼不慌不忙，一横单臂，挡起双拳，只震得贾华倒退两步，小车拍手叫道，"好！"

贾华气恼，抬腿就踢，贾华外号贾三脚，就是三脚之内必将对手踢倒，脚功十分了得。不过，今天他算是遇到对手了，致命三脚被尖饼轻松躲过。尖饼道，"你当我不会用脚？"说罢，一抬腿就还了贾华三脚，尖饼光腿没穿鞋，贾华只感觉，尖饼的脚快如闪电，又力道十足，纵是贾华这等身手，躲过前两脚，最后一脚闪得不利索，被尖饼扫中小腿，直接倒地。

当着孙权的面，贾华不禁恼羞成怒，翻身而起，从士卒手中抢过一把刀，冲将上来，想来两人必有一场恶战，没想到，尖饼直接向前，伸出脖子，"来吧！"

贾华惊住，这是什么打法？难道你长了铁头不成？正要挥刀，孙权发话了，"住手！"

贾华只得停下，尖饼转头看向孙权。

"为何束手待毙？"孙权问道。

"夷南教信众向来不怕死，你们杀害了我们大法师，现在又要杀我，证明东吴不仅滥杀无辜，还要杀人灭口，恶行昭然若揭，夷南教信众定然会为我们报仇！"

一波未平，一波又起。孙权不想招惹夷南教，把事情闹大。"尖饼二道长，莫激动，你们大法师到底遭遇何种不幸，你且进馆驿与我细说。"

尖饼打量孙权，"你是何人？"

"这就是吴侯孙权！"霍利慨然道。

"好哇，孙权，就是你们的人偷走我们的盘缠，还将我的师父杀害，我们告到官府，官府不管，我们要请回法师圣体，你们却把客栈烧了，销尸灭迹，可怜大法师，连个尸身都没留下。我们大道长尤条威望遍及四海，你们就等着他带人来报仇吧！"小车怒道。

孙权欲息事宁人，"好，我知晓了，待查实后，定当严办！"

尖饼与小车半信半疑，不知孙权出于真心，还是搪塞之词？

孙权为了表达热情，一挥手，"两位，请吧。"

就在孙权一抬手的工夫，三只冷箭同时射来！

凌统一直站在孙权旁边，突觉前面金光一闪，直奔孙权而来，此时抽剑已来不及，他毕竟久经疆场厮杀，急中生智，双掌疾出，直接将孙权推倒在地，纵是如此，仍有一箭射在孙权的帽子上，另二箭射在孙权后面的护卫身上，场面顿时大乱。

吃了败仗的贾华，垂头丧气回到孙权身边，一见有人行刺，大喊一声，"保护主公！"几人抽出兵刃，挡在孙权前面。凌统以为是尖饼与小车突施冷箭，就在这时，前面又飞来三箭，凌统与霍利急忙拨打雕翎，还是有一名护卫被射倒。其他护卫保着孙权向屋内撤退，随后又有三箭射来，尽皆被凌统与贾华击飞。

凌统一挥手，"将刺客抓起来！"众人一拥而上，围向尖饼，贾华一指馆驿前面房顶，"凶手在那里！"说罢带领一群人围追过去，那人急忙从房顶跳下。

尖饼见此，抬腿要走，凌统带人挡住，"你们里应外合，还想走？"

贾华边喊抓刺客，边带领士卒追上去。那人回头，连射几箭，几个士卒应声倒地。贾华挥刀疾追，刺客半天没放箭，贾华判定，"他已没有箭支，生擒他！"

士卒一听刺客没箭了，大胆追赶。他们离刺客越来越近，贾华暗喜，刺客将束手被擒！哪承想，刺客突然回头，连发数箭，离得太近，贾华躲闪不及，一箭射中肩头，长刀立时落地，多名士卒也被射倒。

眼看着刺客拐过街角，贾华捂着箭伤，好不懊恼。

正在此时，一队人马拐过来，当中押着一人，正是刚逃过去的刺客！为首之人是潘璋。

原来潘璋带人巡城到此，听到有人喊"抓刺客"，带人围上去，此时刺客身上已无箭支，只能抽剑抵抗，终因寡不敌众遭擒。

潘璋一听，此人是刚才刺杀主公的凶手，十分得意，押着他到馆驿请功，贾华站在旁边，手捂箭伤，又痛又恼！

孙权坐定半天，方缓过神来。潘璋带人将刺客推上来，只见此人三十来岁的年纪，十分清瘦，两侧青筋暴露，双眼几乎喷出火来。孙权认出，上次在祖庙遇刺，就是由其突发冷箭开始，此人胆大妄为，一再要置自己于死地！不禁怒道，"你这恶徒，为何多次暗杀于我？"

刺客咬牙切齿道，"你杀了我的兄弟沈友，此仇焉能不报？只恨没能手刃你这恶贼！"

"你是沈友的哥哥？"

"既然遭擒，明人不做暗事，我乃沈友兄长沈朋，没能为兄弟报仇，做鬼我也不会放过你！"

孙权明白了，原来此人是沈友的哥哥。当年，自己听信一面之词，言说沈友意欲造反，一怒之下，将其杀害，事后也不禁为自己的冲动后悔。

沈朋为弟报仇，不难理解，可是，自己来馆驿，包括之前去祭祖，都十分隐秘，他是如何知晓的？上次，他与赵云同时出手，自己怀疑他是赵云同伙，消息来自大嫂。周善已密告，大乔获释，正在国太处，母亲心思缜密，绝无可能让她与外人接触。如今赵云没出现，两人所求也大不相同，可以断定：他的消息绝不是来自大嫂！"谁告诉你我的行踪？"

沈朋置之不理。

"不说？那就大刑伺候。"

"给我来个痛快的吧！"沈朋毅然道。

第一二二章
抓刺客恶人被惩

潘璋出得馆驿，来到大街上，心情无比舒畅。抓住刺客，吴侯当众夸奖，一吐胸中恶气。

自家府宅被焚，纵火犯没捉到，听说很多人幸灾乐祸，让潘璋十分气恼。近来又闻言，有人来南徐状告自己，主公赏识，能奈我何？

今天本由陈武巡城，他主动请缨，出来相助。潘璋意识到，自己不出马，纵火犯怕是没着落了。哪承想，意外捉住刺杀主公的凶手，自己应是要时来运转了。

这时，一个人影跃入眼帘，只一晃，拐过街角。凭直觉，那人是有意躲避，仅凭这个动作，他判断那人定然会武。主公接连遇袭，今日抓住第一个刺客，难道还要给自己抓住第二个的机会？他一挥手，追！

潘璋运气太好，他这次碰到的是赵云！

与孙小姐分开，赵云继续寻找刘备，他不能向路人随意打问，如同大海捞针，在苦无方向时，被潘璋发现。

潘璋带领二百士卒赶上来，赵云迈开大步，欲甩掉他们，白日不便隐藏，潘璋人手又多，迟迟没有成功。

这时，又过来一队人马，原来是陈武赶到。两人是好友，他怕潘璋只顾抓捕纵火犯，疏于巡城，才带人出来。

潘璋用手一指，"那人极为可疑。"

陈武便与潘璋一同带领士卒追赶。陈武、潘璋是大将，两人很有经验，用合围之法，令赵云始终无法脱身，陈武担心所追之人跑掉，下令士卒放箭！

赵云看他们紧追不舍，还突施冷箭，辨别一下方向，不由心生一计。

赵云将他们引出城镇，带入一片竹林，这里就是管若虚九子伏魔阵。

他们冲入竹林，四处乱窜，很快尝到苦头。有士卒趟中地上暗线，被打翻在地；有士卒冲进竹林小屋，被毒蛇所伤；更有人被翠竹卷到空中，吓得魂飞魄散。

陈武、潘璋也没幸免，陈武掉入陷坑，潘璋被弹竹打中。陈武感觉竹林太过诡异，追赶之人又不见踪影，有意撤退，"潘将军，我们还追吗？"

"我料定，此人极有可能就是袭击主公的刺客，"潘璋道，"机不可失！"

潘璋不愿放弃，陈武只得与他继续搜寻。他们没找到赵云，还迷失了方向。

"小心中了埋伏。"陈武提醒。

潘璋贪功心切，"我们有这么多士卒，还怕他一人？"

赵云在暗处听得，既然吴将不知深浅，决定将他们引进内阵，教训一番。如果武风子在，将他惊出，借机擒住，就是意外之得。

赵云装作被发现，直接向内阵跑去。

"怎么样？"潘璋很兴奋，"还是被我们搜了出来！"说罢，向前追去，陈武只得带人跟上。

他们行走不远，一座宏大竹楼呈现在眼前，所追之人不见踪影，看来是潜入竹楼了。

潘璋与陈武带领士卒赶上来，他们发现，去往竹楼只有一条路，路旁长有两行翠竹，一经靠近，翠竹开始扭动，似勾肩搭背，似推搡嬉戏，潘璋不以为意，带人直接冲入，两行翠竹开始大幅摇摆，还发出嗡嗡之声，他们顿觉头脑发胀，陈武感觉不对，"我们误入敌阵，还是撤吧？"

他们已然撤不出，周边竹子竟然哈腰伸臂缠绕，两人大惊，急忙挥剑砍削，向前腾跃，却发现下面是一条深坑，只有一根长竹搭在上面，两人只得在空中一推手，借力跳开，士卒没这般武艺，一些人掉了下去，摔个骨断筋折。

潘璋下令士卒砍竹，他们很快在深坑上搭出一座浮桥，众士卒一同过了这一关。

他们气势汹汹来到第二关——生死罩人网！当上面竹网罩下来时，一些士卒被扣在下面，竹网砍不开，捅不破，他们只能掘地，挖个洞穴将里面人放出来。

人一逃掉，竹网弹起，又擎在空中，时刻准备罩下来，他们只得砍伐几根粗竹，撑住竹网，才来到竹楼前，"管若虚九子伏魔阵？"陈武道，"潘将军，这里果真是个阵法，危险，不要进了。"

潘璋打量竹楼，"难道还能眼睁睁看着他逃掉？我看前面阵法，不过如此。"潘璋一咬牙，挺身而进，陈武只得带领士卒跟进来。

这时，一个竹蒺藜从前面滚来，一个竹蒺藜从后面碾来，士卒一阵惊呼，还未等他们反应，一左一右两个竹蒺藜又打过来，只听得士卒连声惨叫，有人被扎成了血葫芦！潘璋与陈武十分惊恐，连忙躲闪，这时，两个竹蒺藜同时从半空袭来，陈武躲闪不及，被划伤手臂，他很狡猾，趁机向后一撤，逃了出来！潘璋身手敏捷，向旁一跃，不想上面一个竹蒺藜又砸来，潘璋只得向前急窜，才躲过一击！此时，他也感到了危险，有意退出，看着上下翻飞的竹蒺藜，不免畏惧，心一横，索性继续向前。

赵云已熟悉此阵，觅得缝隙，悄然抽身而出。他知道，如果吴将继续向前，就到了第四关，这里到处是陷坑，正在这时，里面传来一声尖叫，赵云判断吴将掉进陷坑，估计将亡命于此。

赵云正思谋武风子是否在阵中，竹楼上传出脚步声，说明吴将冲出竹坑，来到第五关。"哎哟"，一声惊呼，想来是被热水所烫，接着传来连声惨叫，应是被周边竹签扎中，赵云都不禁为吴将感到疼痛。

能闯到第五关，这名吴将武艺着实不弱，突然，上面传来一声大叫，接着是剧烈的咳嗽声，听着似乎要将内脏咳出来，看来吴将已到第六关，先被绳索绊倒，后被毒烟所呛。

中了毒烟，吴将必然晕倒在地。没想到，上面又传来竹板响声，吴将竟然到了第七关！赵云暗叹，这人倒真是能打！此阵是竹排纷至，不知他能否过了这一关？正在这时，他听到楼上吴将大叫，"陈武！陈武！"陈武听得心惊胆战，向上喊道，"潘将军，你怎么样了？"

赵云一听，下面是陈武，阵中潘姓将军定是潘璋了！赵云有所耳闻，潘璋为人极差，受此教训，也是罪有应得！

没有听到潘璋回答，整个竹楼陷入沉寂，陈武与众士卒张着嘴，望向上面，想来潘璋已然没命了！

赵云准备离开，猛然听到动物吼声，赵云十分吃惊，潘璋能到达第八关，真不愧是东吴一员大将。这时，上面传来潘璋的惨叫声，"陈武救我！陈武救我！"赵云想，潘璋应是遭到猛兽袭击，危在旦夕。

偏在这时，上面又传来了声响，潘璋竟然到达最后一关——鬼魅重生！能到此，着实令人惊叹。只听到里面一阵击打之声，接着是潘璋的哀嚎，"我不活了！"

陈武在下面大喊，"潘将军，潘将军！"正在这时，只见一个黑影，从楼内弹出，潘璋之勇大大出乎赵云意料。当时，自己也是纵身跃出，借助外面翠竹，方才安然落地。

只是，潘璋没有赵云的武艺，更无赵云的运气，当他在空中伸手，欲抓住前面翠竹时，吹来一阵风，竹子一摇，潘璋抓个空，直接从上面掼下来，陈武大惊失色，本能地欲接住他，结果，潘璋重重砸在陈武身上。

士卒正要跑过来，这时，从楼顶蹿出三个火球，滚动着袭来！随着"砰砰砰"三声响，都砸在二人身上，士卒反应过来，急忙上前扑打，待火扑灭，他们发现，陈武已经晕死过去，再看潘璋，更是惨不忍睹。

只见他满身伤口，处处流血。一只胳膊拧成麻花劲，一条腿脚跟在前，屁股更是没了遮挡，皮开肉绽，应是被动物撕咬所致。他的头发、眉毛、胡须几乎被火燎净，露着带血的皮肉，再看潘璋的脸，显然被热水烫过，皮肉模糊，左脸肿得像面饼，右眼突出有苹果大小，眼睛连条缝都不见了。这时，潘璋醒来，不断哀求，"我知错了，别打了，我知错了！"士卒惊惧不已。陈武也醒过来，看到士卒在眼前晃动，惊恐道，"闪开，闪开，潘璋跳下来了！"

士卒既惊又怕。赵云借他们慌乱之际，离开竹林，迅速返回，这时，他看到了一个人。

第一二三章

夫妻密语惊破天

虽然还行动不便，孙匡已在家中处理军务。他无法安心养伤，让他无法安心的还不止于此。

晚饭后，家人退去。"我实在难以理解，二哥竟会囚禁大嫂，即便怀疑，也不至如此。"孙匡若有所思道。

"我就佩服二哥这一点。"曹映琴直道。

"六亲不认？"

"做大事者不能耳软心活，杀罚决断就要冷酷无情！"

孙匡摇头，"我是做不到。"

"你现在确实做不到。"

"将来我也做不到。"

"这正是你不如二哥的地方。"

"我不否认。"

"对于此事，要看清内在玄机。"

"内在玄机？"

"这是一场心斗，二哥与大嫂都是聪明人。"

孙匡不解，"心斗？"

"二哥出手，不仅是针对大嫂，更是震慑那些同情大嫂的人，包括你！大嫂被抓，也许正合她的心意，这一点上，她甚至高于二哥，这正是大嫂令人生畏的地方。她是以退为进，以弱示强，为了孙绍，也是用心良苦。都是高人，一般人看不透。"

"是，我就没有看透，"孙匡自嘲道，"其实，我连你都没看透！"

曹映琴皱眉，"此话怎讲？"

孙匡目不转睛盯着曹映琴，"你告诉我孙凤是谁？"

曹映琴一愣，"孙凤就是孙凤！这个葛雄，孙凤不喜欢他，还没完没了了？"

"这与葛雄无关，是我让人深入追查的，她不仅私下与陌生人往来，身份也十分可疑。"

"她伺候我多年，尽心竭力，有什么可疑的？"

"我真希望，夫人什么都不知道。"孙匡叹口气。

"我能知道什么？不要疑神疑鬼。"

"她不是孙凤，是沈友之妹沈凤！"闻听此言，曹映琴一震，孙匡接道，"她还有个哥哥叫沈朋，精通箭法，已两次暗杀二哥！"

曹映琴定定地看着孙匡，"既然你已知情，还不赶快将沈朋救出来！"

"救沈朋？"孙匡声音颤抖，"不出我料，你竟敢指使他暗杀二哥！"

"二哥枉杀贤士，沈朋要为兄弟报仇，我只是助他一臂之力。"

"哪是助他一臂之力，你是要谋反啊！这是死罪，还要拉着我们一家陪葬！"孙匡手指曹映琴，嘴唇哆嗦，"你为何要如此？我们孙家哪点亏待了你？"

曹映琴昂起头，"我是不平，不平则鸣！"

"我们现在挺好的，你有什么不平？"

"你们没有亏待我，可是我愧对父亲与曹丞相。当年，丞相将我许配于你，为何？父亲告诉我，就是让东吴尽早归降曹丞相，助他一统天下。我不仅没有做到，孙刘还联合起来，在赤壁大败曹丞相。我对不起父亲，更对不起曹丞相。"

"你嫁给我，就是东吴的人！还管什么曹丞相？那是自寻烦恼！"

"你哪懂我的苦心？二哥是在大哥遇袭后，等来的权力！我希望你去争，争来权力！"

"我不会争，我没有二哥的本事！"孙匡道。

"能发现这些秘密，证明你也胸藏锦绣，腹有机谋！"

"我当不了东吴之主！"

"你不试，怎知不行！当年大哥在时，朝廷册封他，大哥留下武将之职，把乌程侯让与你，说明大哥更看中的是你！"

"那是因为我最小，"孙匡道，"即使没有二哥，还有三哥，也轮不到我。"

"三哥是一勇之夫，只爱弓马，让他治理国家，是强其所难。"曹映琴看得很准，孙翊有勇无谋，后来被自己的手下所杀。

孙匡手指曹映琴，"蓄意制造事端，你这是要毁了东吴啊！"

曹映琴摇头，"怎能毁了东吴？我希望你能争到大位，也不枉我给你生了几个聪明伶俐的儿子，将来他们可以继承东吴江山，一统天下，到那时，我也不管什么曹家了，都要一起灭掉！"

孙匡惊惧不已，他没有想到，自己的枕边人，一直柔柔弱弱的曹映琴，竟有如此野心！"映琴，我没有这等雄心，你还是饶了我吧！"

"瞧你这点出息。"

"我就这点出息，你也要悬崖勒马。"

"箭在弦上，不得不发，现在就是要你出马，把沈朋救了。"

"不可能！"孙匡大声道，"现在谁救沈朋，谁就是他的同谋！"

"不便救，干脆做掉，消除隐患！"

如此狠毒，孙匡简直不认识自己的夫人了。"现在没有人敢接触沈朋。"

"他一旦招了，咱们就完了。"

"既知如此，何必当初？"孙匡又气又恨，"沈朋为保护沈凤，什么都没说，不然你哪有机会坐在这里！"

"沈朋倒是条汉子！"曹映琴叹道。

"沈凤不能留了，一旦沈朋招供，我们就将大祸临头！她不在，你死活不认账，我再找国太说情，看在我舍身相救的份上，二哥应该不会深究！"

"现在不行，她还有用。"

"曹映琴，你是贼心不死啊？"孙匡气得全身发抖。

"现在是千载难逢的机会，你听我的，就能把你扶上吴侯之位。"

孙匡闻听，吓得从座位上滑下来。曹映琴上前搀扶，孙匡劈手一巴掌，

"你这是要置我们全家于万劫不复啊！"

"这方显出你的男儿本色！"曹映琴抚摸着红肿的脸颊，"只要我想做，没有达不到目的的。现在，刘备、赵云在南徐，弄得二哥心神不定，我们要做的，就是利用大嫂被软禁、小妹被提亲之事，搅乱南徐，咱们的机会就来了！你管理南徐城防守军，必要时，可做最后一击！"

孙匡哀求道，"夫人，咱们绝不能做对不起东吴的事，那是死路一条啊！"

曹映琴手指孙匡，"我一定要将你扶上吴侯之位，但你要记住，欠我一巴掌。"

"夫人，不行啊！"孙匡擦把冷汗，"如果让人知道，我们就死无葬身之地了！"

孙匡哪里晓得，他们所说，被一人听个正着，就是赵云。

赵云在管若虚九子伏魔阵中，教训了潘璋、陈武之后，返回城镇，他在大街上看到一个熟悉的身影，黄豆！黄豆告诉他，主公被捉到乌程侯府去了，于是，赵云火速赶来。

刚才，他在窗外听得清楚，不禁暗笑，孙匡的女人野心真是不小！这时，曹映琴出了屋门，赵云想，从她说一不二的样子，一定知道主公在哪里，说不准就是她抓来的。赵云正要动手，过来一位姑娘，曹映琴招手，姑娘径直跟她进入一间屋子。

赵云蹑足潜踪跟过来，捅破窗纸，只见姑娘进门就给曹映琴跪下了，"孙将军答应了吗？"

"你也看到，孙将军伤得这般重，他也不便马上出手。"

姑娘立时落下泪来，"他若不救，我大哥会被打死的！"

曹映琴拍拍姑娘肩膀，"不过，孙将军已答应想办法，用不了几日，你家兄长就会出来。"

由上次祖庙袭击孙权，再对比栾朋与沈友的长相，赵云早就怀疑两人的关系，如今听过孙匡夫妇密谈，赵云断定栾朋就是沈朋，这位姑娘是他的妹妹沈凤，听她们的意思，沈朋再次袭击孙权时，不幸遭擒。

"越快越好。"姑娘乞求道。

"放心，在南徐，哪有我们做不成的事情。"

"那是，那是。"

"那人料理完了？"

"料理完了。"

"好。"

赵云一惊，不知他们所说何人？一颗心立时悬了起来。

"现在事情紧迫，你不能住在府里了。"

姑娘答应，随后离开，赵云尾随其后，姑娘刚进屋，赵云将剑架在她的脖子上。"你是沈朋的妹子？"

姑娘一抖，"你是何人？"

赵云没直接回答，"你们府可是新抓进来一个人？"

姑娘惊恐，不置可否。

赵云看她的神情就明白了，"那人现在哪里？"

"我不知你在说什么，一定是认错了人。"

姑娘装糊涂，赵云直言，"我是沈朋的好友，他化名叫栾朋。"

姑娘一震，"我叫孙凤，不认识沈朋。"

"我曾到你们家中做客，看过沈友所著诗集，其中有诗名为《敬雅》：清风绕柴门，瘦犬堂中卧，我辈痴为谁？醉迎远来客。"

姑娘瞪大眼睛，仔细打量赵云，看他一身凛然正气，不禁问道，"您如何识得他？"

"我被吴兵追赶，来到荒野，你家兄长打猎归来，我们正好相遇。"

沈凤点头，确认他见过大哥，"你所说之人被我放了。"

赵云凝视沈凤，"此话当真？"

"我不想伤及无辜。"还有一个原因，沈凤没说，那人与张公子相识。

"在哪里放的？"赵云追问。

"郊野乱冈之地。"

"那不是杀人的地方吗？"

"不去那里，难以交代。"

"可知那人的姓名？"

"刘乾。"

赵云知道，主公不会报上真名，仅从"刘"姓看，可能是主公。"长何模样？"

"耳朵很大，手臂挺长。"

赵云确信，这人就是主公刘备！"这正是我要找的人。"

沈凤能感觉到，此人十分牵挂刘乾，两人应是关系匪浅。都认得刘乾，沈凤很想知道，此人是否识得张公子？又不便报上他的姓名。"您若想了解他的去向，我可以领您到乱冈之地。"

原本，赵云对沈凤的话还有所怀疑，见她如此说，赵云相信沈凤所言不虚。"你只要告诉我具体位置，就足够了。"

沈凤点头，"我还不知您的尊姓大名呢？"

"焦龙。"

不想，沈凤"扑通"给赵云跪下了，"焦大哥，我家兄长被孙权所擒，命悬一线，您是他的朋友，还会武艺，望您能设法救他一命。"

现在最紧迫的是寻找主公，赵云想起沈朋的好处，还是道，"我会尽力的！"

第一二四章
为促大事双出动

正像庞统所说，孙静有正统思想，他认为，虽然现在汉室颓危，江山还是刘氏的，应由刘家人继承。近几年，刘备声名鹊起，他就是汉室中兴的希望。今日刘备逃至家中，这是给自己一个报效国家的机会。

第二天一早，孙静直奔吴侯府，听说孙权住在馆驿，行动更方便了。

大乔获释，国太心情放松。她把大乔留在府中，无论是否消除嫌疑，只要在自己这里，一切都好说。她还可以近距离观察，大乔可有异样。大乔坦然面对，两人坐在一起，聊孙绍，聊针线，也聊往事，国太希望这对大乔也是一种安慰。

有人进来禀报，孙静将军来了。

国太一愣，这可是稀客！孙静不会趋炎附势，虽然门前冷落，却也安然处世。后来，孙权抢了孙朗相中的姑娘，致使孙朗疯癫，国太气愤孙权肆意妄为，狠狠训斥了他，孙权诡辩，说什么"好女百家求"，在东吴，你求谁还敢求？还说什么以后弥补，如今给孙朗个仙女，也于事无补。

接触吕颖孜后，发现她不仅人美，多才多艺，还很善良，更为孙权拆散一段美好姻缘惋惜。看到孙静把儿子关在洞穴，以免丑事外扬，暗叹孙静识大体，又对孙静父子多了一分愧疚。

孙静不会无原无故来访，大乔聪明，"我去看小妹。"说罢从侧门出去了。

孙静进来，国太起身迎接。

"三弟，今日如何这般有闲情逸致？"

"嫂子，这是怪我不来探望？"孙静笑道。

"可不是，一上年纪，就想找人聊天，年轻的嫌咱啰唆，聊不到一块啊！"国太请孙静就座。

"我就是来与嫂子叙旧的。"

"好啊，"国太点头，"不知朗儿可好些了。"这是绕不开的话题。

"朗儿已有好转，嫂子不要过于挂怀。"

"那就好，希望他早日康复。"国太点头，"三弟此番前来，是有事吧？"

"确有一事与嫂子相商。"

"不必客气，但说无妨。"

"我想问问，小妹年芳几何了？"

要给女儿做媒？这可不像孙静的做派。"多大了？十九了呗。"

"小妹的婚事得抓紧了。"孙静道。古时女人成婚早，十六七岁多已嫁人。

"可不是，正常我都应该抱外孙啦，你那儿要有相当的，别忘了小妹。"

孙静也没兜圈子，"如今我看上一位，很是适合她。"

国太马上来了兴致，"不知是哪家的公子啊？"

"小妹常说，非奇男子不嫁，非人中之龙不嫁，此人既是奇男子，又是人中之龙。"

"哦，快与我说说。"

"此人现在名满天下，人皆仰望。"

"是吗？竟有如此威望！"

"他还是当今皇裔，曹操都敬他三分。"

国太平静下来，"他是哪里人士？姓甚名谁？"

"他就是荆州之主刘备刘玄德。"

国太脸色当即沉下来，不禁冷笑一声。

"嫂子为何这般？"孙静疑道。

"刘备是不是人中之龙我不知道，倒让我见识了他的厉害。"

"此话怎讲？"

"仲谋费尽心机，将刘备骗到南徐，欲向他索要荆州，他却逃之夭夭，如今，他能惊动三弟为其做媒，你说他厉害不厉害？"

孙静没在意国太的语气，"刘备真是厉害，他以区区几千人马，纵横天下，人人惧曹，他敢与之抗衡，确是人中之杰。"

"他窃取荆州，把周瑜气得半死。你还替他说话，当真要将我也气个半死。"

"刘备乃汉室宗亲，当今皇叔，天下都是刘家的。荆州原本是刘表的，那是刘备兄长，他占据荆州，理所当然，还用什么窃取不窃取？"

"大道理我不想听，不管你找何理由，相亲之事我是不会同意的！"国太气归气，不忘叮嘱，"三弟，我告诉你，仲谋躲到馆驿，就是为了抓捕刘备，他若在你那里，赶快让他离开，仲谋正在气头上，莫要惹来麻烦。"

"刘备是东吴盟友，对其下手，有失道义。"孙静慨然道，"刘备乃仁义君子，小妹选婿，为何将其拒之门外？"

"你还好意思问我？"国太气道，"小妹正当妙龄，是嫁不出去了吗，非得配给一个老头子！我本就生孙权的气，要不回荆州，拿自家妹妹设计，我已骂了他多次！没想到，你也这般糊涂！我倒问你，使了他多少好处，专为他来说亲？换了旁人，我早就啐他一脸了！"

孙静笑了，"嫂子息怒，我没使刘备半分好处，只是仰慕他的大名，不希望孙刘联盟破裂。刘备此番前来南徐相亲，是由仲谋所提，如今闹得满城风雨，就此作罢，有损小妹声誉。美女配英雄，刘备虽上了几岁年纪，我感觉，也不失为一段良缘佳配。如果孙刘联姻，有姑老爷为东吴镇守门户，江东岂不从此高枕无忧？当今汉室倾颓，刘备乃盖世英雄，凭他的抱负，将来一统江山也未可知，到那时，小妹就是正宫皇后，嫂子还得感谢我这个媒人呢！"

孙静一席话，打动了国太。刘备来东吴相亲，已传得沸沸扬扬，不好收场，如果小妹与刘备结亲，不仅巩固了孙刘联盟，曹操的威胁也消除了。现在，小妹不小了，她的要求又高，刘备年纪是大了些，世间事，哪能尽如人意？此前，听说她喜欢孙绍的师父，谁知他包藏祸心，刺杀孙权，造成孙权与大乔叔嫂间的矛盾，后来才知他是赵云，虽与小妹年纪相当，终究是臣下，疆场厮杀，刀枪无眼，周瑜贵为大都督，仍被暗箭所伤。一旦有个三长两短，岂不害了小妹？"都说刘备一表人才，胸怀锦绣，我现在倒真想看看他是个什么样子，只是——"吴国太说到此，又犹豫了。

"嫂子担心孙权不同意？"

"仲谋一心要拿回荆州，恐难接受。"

"嫂子说的是，我准备请鲁肃出马，相信仲谋会以大局为重。"

国太点头，"事关小妹终身大事，当不得儿戏，你须谨慎行事。"

孙静一出府，庞统也马上行动。

鲁肃近几日很是烦闷，自己躲在家中，孙权已让阚泽随身陪同，就是表达对自己的不满。受点委屈不算什么，孙刘联盟破裂，才是最令人忧心的。

庞统来到鲁肃府上，不用通报，直接往里闯，鲁肃端起茶，猛见一人现于眼前，手一抖，"嚯，"鲁肃吸口气，"庞先生一来，先把我的嘴烫了！"

庞统拍拍鲁肃的肩膀，"说明你现在心中有事！"

"让您见笑了。"鲁肃也不掩饰。

"我还晓得所为何事。"

"哦，"两人毕竟许久未见，鲁肃摇头，"不见得。"

"这有何难？"庞统轻描淡写道，"不就是为了刘备东吴相亲的事吗？"

"神机妙算啊！"鲁肃抚掌，"说，怎么办？"

"周瑜能想出美人计，我们何不将计就计，假戏真做？"

"我也正有此意，只是如今他不见踪影，还相哪门子的亲？"

"问我啊！"庞统呷口茶。

"你知道他在哪儿？"

庞统微笑点头。

"快告诉我。"鲁肃急道。

"怎么谢我？"

鲁肃笑道，"随便你说！"

"我惦记你那一方古砚不是一天两天了。"

鲁肃有一方战国时期的古砚，视为珍宝。"你这是趁火打劫啊！"

"不答应？"庞统在屋内踱起步来。

鲁肃不置可否。

"一桩美事，稳固了孙刘联盟，还为鲁大人解了套。"庞统盯着鲁肃，"不说就是答应了！"说着就拿古砚。

"慢着，你得让我看到刘备才行！"鲁肃欲制止。

庞统二话没说，直接把古砚包起来，抄起就走。"跟我来吧！"

鲁肃跟在后面，"庞先生，你不会就为骗我的古砚吧？"

第一二五章
辩是非又辨真容

孙权实在无法接受，自己躲到馆驿，众目睽睽之下，再遭袭击。

尖饼虽与沈朋同时出现，一经审问，尖饼茫然无知，他只是为其大法师之死讨要说法，并非刺客同谋。

那么，到底是谁向沈朋泄露的消息呢？准确掌握自己的两次行踪，一定是自己身边的人，孙权细思极恐。如今，沈朋遭擒，必须让他尽快招出幕后之人，以绝后患。

一早，孙权坐在馆驿内，等候审讯消息。提审官小心翼翼进来，孙权问道，"招了没有？"

提审官战战兢兢道，"沈朋意识到结局已定，什么也不说。"

孙权气道，"真是没用。"

"他被打得皮开肉绽，几次昏死过去，就是不开口。"

"是个铁人，也要撬开他的嘴！"

"他只求一死。"

"越是如此，越不能让他死。要想尽一切办法，让他交代幕后之人。再给你三天时限，还问不出实情，他死，你陪葬！"

提审官吓得喏喏而退。

一名护卫进来，"禀告主公，霍苗将军求见。"

孙权一听，"连刘备都看不住，他还好意思来见我？"

"他说抓住一个重要人物。"

"重要人物？"孙权惊道，"难道是刘备？"

"他说那人叫孙乾。"

孙权泄气，转念一想，孙乾是刘备近臣，跟随他多年，这次东吴相亲，他是男方媒人，抓住他，就可能找到刘备。"带上来！"

少顷，霍苗与几个士卒押着一人进来，只见他头发凌乱，脸上带伤，又黑又瘦，新长出的短髭，更显得不伦不类。

这是孙乾？吕范到荆州提亲后，孙乾曾来江东回礼，虽然只谋一面，那时，孙乾也是一派名流雅士之风，如今，哪有当时的影子？

霍苗清楚，刘备从自己手中逃走，主公一定震怒，现在抓住此人，若是孙乾，有助捉到刘备，也算将功补过，才仗着胆子来见孙权。"我亲耳听到，有人叫他孙乾先生，还听他们提到'子龙'和'主公'，他始终不承认，听说主公见过他，想来一定认得。"霍苗的门牙没了，此时说话，仍然漏风。

孙权来了兴致，孙乾与刘备从沉船中逃出，定是东躲西藏，朝不保夕，沦落至此也是可能的。"孙乾，别以为剪短胡须，我就不认得你了？"孙权厉声道，"告诉我，刘备在哪里？"他欲诈出实情。

此人正是孙乾，他瞄一眼孙权，"你们认错人了，我既不是孙前，也不是孙后，就是一个做小买卖的！"

孙权正要详细追问，侍卫进来禀报，"朱治先生求见。"

孙权看出，此人确与自己所见孙乾不同，但是既然提到"子龙"和"主公"，必与刘备有关。他想起，孙乾来南徐回礼，吕范与其一路同行，定然熟悉。孙权命令一名侍卫，"速去召吕范，辨认此人！"然后一使眼色，霍苗将人带出，"请朱治先生。"

朱治这人不简单，他在江东威望甚重，孙权也敬他三分。当年，正是朱治与吕范为大哥出谋划策，从袁术那里借来兵马，才打下东吴一片江山。东吴发展至此，有朱治一份功劳。

孙权对朱治另眼相待，还有一个原因，朱家为东吴四大氏族之一，实力雄厚。其实，张昭也是四大氏族之一，只是他贪恋权势，极力讨好孙权，让朱治看不起。

"参见吴侯。"一个称谓，就展现了朱治的个性，他不说主公，在朱治的心中，主公只有孙策。

"朱先生可是有事?"

"听说，最近吴侯与策王府产生误会，致使大乔夫人被禁。此前，我受其委托，对策王府遇袭之事进行追查，感觉这里可能隐藏着阴谋。"

"哦?"孙权故作惊讶，"有何阴谋?"

"我发现，袭击孙绍和策王府的，共有四拨人。第一拨人是在孙绍去往凤凰寨的路上，行凶未果，才又再次袭击。孙绍还未成年，不可能与人结怨，其中定有缘由，我相信能抓到凶手，查出幕后主使。"

孙权当即表态，"若能查出幕后黑手，我将重赏。"此事一来，众说纷纭，有人怀疑是自己对孙绍下手，真是有口难辩。

"第二拨人是前来纵火，与火烧潘璋府宅手法一致，他们应是同一伙人。和两者同时相关的，最大可能是许贡的后人。"

孙权知道，当年，潘璋本是许贡手下，因遭责罚，对其怀恨在心，多次密告大哥，言说许贡有投奔曹操之意，大哥信以为真，将许贡诛杀。其后，许贡家客暗袭大哥，最终两败俱伤。世人多说潘璋品行不佳，昨日抓捕沈朋，唾手可得之时，贾华身中箭伤，潘璋侥幸捉到刺客，独自揽功，确实不义，潘璋武艺很好，自己只是用其长而已。

朱治接着道，"我已查明，擅使葫芦放火的，只有鹧山云中寺的四海至尊大师，不知他与许家是何关系，我已派人四处打探，寻找此人。"

"好。"孙权点头，这种江湖事，只有朱治能打探清楚。

"第三拨人是于麋、樊能之子，他们是为父雪耻，听说被孙绍师父打败后，羞愧难当，应是找地方修炼武艺去了。第四拨人武艺最高，是于吉的弟子，前来为师报仇，也被孙绍的师父击退，自言不会再来了。"

"不管他们逃到哪里？我都要将他们缉拿回来！"孙权道。

"联想到坊间流言，吴侯大位应由孙绍继承，"这话只有朱治敢说，"我认为，有人在蓄意制造吴侯与策王府矛盾，甚至将吴侯遇袭栽赃策王府，请吴侯不要上当。"

孙权若有所思，"我自有分寸。"

"大乔夫人深明事理，绝不会做对不起东吴之事。望吴侯能让其回府，消除孙家内部嫌隙。"

大乔已获释，孙权本可卖个人情，想到朱治死心塌地护着策王府，于是道，"朱先生所言，我已记下了，我会尽快查明真相，还大嫂清白。"

朱治失望而去，吕范满头大汗赶来。

孙权瞪了一眼吕范，正是他向小妹泄露相亲之事，才致自己被国太责问，也怪自己没将实情告诉他，好在他及时躲了出去。孙权令人将孙乾推出，"请吕先生辨认一下，此人可是孙乾？"

吕范心中忐忑，认出，更对不起刘备了，装作不识，又对不住自家主公。他扫一眼被绑之人，这怎么会是孙乾？吕范曾与孙乾畅聊，即使算不上风流倜傥，也是儒雅潇洒，如若不是孙乾，自己就不用左右为难了。

吕范走上前，孙乾扭过头，不想让他认出。孙权与众人盯着，吕范只得转到孙乾面前，两人一对眼神，他还是认出了孙乾，吕范一下僵在那里，不知如何回答。

"他可是孙乾？"孙权大声质问。

吕范身子一抖，下意识回答，"啊。"

吕范心说，完了，孙乾变成如此模样，都是自己害得，现在又招认了他，就是错上加错啊!

孙权笑了,"孙乾先生,这回就别装了,告诉我,刘备藏在哪里?"

孙乾闻听此言,想起路途艰辛,主公至今生死不明,不禁怒从心头起,"孙权,你个无耻小人,还好意思问我家主公在哪里?不是你拿自家妹子当诱饵,设下美人计,我家主公焉能来东吴相亲?你不顾结盟之谊,暗中设伏,袭击我们船只,还一路追杀,非要赶尽杀绝,如此穷凶极恶、阴险毒辣、卑鄙龌龊,岂是盟友所为?连猪狗都不如!"孙乾对孙权痛恨至极,禁不住骂他个狗血喷头,一解胸中恶气。

孙权没想到,孙乾这样一个文人,已经遭擒,没有服软,还敢痛骂自己,不禁恼羞成怒,一拍桌案,"一派胡言,来人,把这狂徒拉出去斩了!"

几个护卫一拥而上,其实,孙权只是吓唬孙乾,欲让他说出刘备的藏身之处。

不料,棚顶突然崩开,飞下一人,此人身手敏捷,屋内护卫还没来得及反应,一把冰冷的宝剑已架在孙权的脖颈之上。

来人正是赵云!

第一二六章
实无奈再次偷袭

赵云按照沈凤所说,找到乱冈之地,遍寻周边,未能发现刘备的行踪。天色已晚,赵云到客栈投宿,皆因士卒巡察未果,他再次来到吕范府宅,欲向其了解主公音讯,如果方便,就留宿在其府上。

两人坐定,还未谈上几句,外面传来敲门声,赵云立时起身,手握剑柄,吕范亦不免惊慌,颤声问道,"谁啊?"

"吕先生,是我。"

只此五字,却是一个如此熟悉的声音,本要躲起来的赵云,一摁绷簧,抽出宝剑！

吕范、赵云都已听出，敲门之人竟是武风子！

生死大战一触即发，吕范急忙挡在门口，"家有贵客，不便接待他人！"

"是我，武风子！"外面人道。

吕范见武风子未解其意，只得压低声音，急促道，"赵云将军，里面请！"

这是给武风子递送讯息！赵云上前，欲扯开吕范。

武风子一顿，随即道，"吕先生，我正要见他。"

吕范一听，两人较上劲，这是要拼命啊！于是大声道，"我这里不是火并之地！"欲让武风子主动退去。

哪承想，武风子颤声道，"不为拼杀，只为赔罪。吕先生，开门吧。"

吕范与赵云闻听，皆是一愣。吕范稍一犹豫，还是把门打开。

武风子一进门，面向赵云，屈膝便拜，惊得赵云后退两步。

"千不该，万不该，都怪我轻举妄动，酿成逆天大错，给刘皇叔与赵云将军带来无妄之灾，悔之不及，涕泪谢罪！"说罢，武风子以头碰地，砰砰作响。

吕范发蒙，不知何故致武风子发生如此变化。赵云怒目而视，就是此人，几乎致全船人丧命，东吴相亲亦发生重大变故，当时若抓住武风子，定将他碎尸万段！

吕范于心不忍，伸手将武风子拉起。武风子涕泪交加，"是我错怪了小师弟，是我错怪了小师弟啊！"

吕范摇头，"武风子兄弟，你这是唱的哪一出啊？"

"都怨我意气用事啊！"武风子陷入深深的自责中，吕范欲请武风子坐下说，武风子没动，他深吸一口气，"当时我将妻儿托付给诸葛师弟，曹军一到，刘备与诸葛师弟携百姓一起出走，我以为他们惧曹军势大，欲把百姓做挡箭牌，借机逃命。后来，我几次寻妻儿未得，料想他们定是死于乱军之中。听说刘备要来东吴相亲，更恨他致百姓妻离子散，家破人亡，自己却来娶娇妻美人，实在气愤难平，才实施了此次报复。

"你冤枉了刘皇叔和诸葛先生。"吕范痛心道。

武风子点头，"后来方知，实是百姓仰慕刘皇叔仁义，主动跟随，刘皇叔不顾个人安危，不离不弃。听说，他还失了糜夫人，儿子也几乎命丧乱军之中。最让我想不到的是，近日我返回樊城，竟然见到了我家妻儿！"武风子努力平复激动的心情，"她们告诉我，是诸葛师弟差人到处寻觅，方才找到，给她们安置了房屋，还留下资财，让我无颜以对，悔恨万分，愧对师弟一片好心啊！"

以往，只要一激动，武风子就会结巴，此时他的表达是如此流畅。

"武风子，你呀你，一时冲动，给刘皇叔与赵云将军带来了多大的麻烦！"吕范长叹一声，"唉，你是该诚心谢罪！"

武风子来到赵云面前，再次匍匐于地，"现在我亦恨极自己，更不奢求赵云将军原谅，如果实在气愤，您就一剑杀了我吧！"

赵云闻听此言，一把握住剑柄，真想挥剑斩了他，一解心头之恨。

吕范急忙挡在两人中间，"现在就是杀了武风子，也于事无补。"

武风子缓缓站起身，"只望有朝一日，我能将功折罪！"然后向吕范鞠躬，"连累吕先生，羞愧难当，就此告辞，再不讨扰！"说罢，头也不回，推门而出，消失在夜色之中。

这一夜，赵云辗转反侧，难以入睡，至今，他才清楚整个事情原委，更没想到，还能出现如此转折！武风子的道歉无论是否出于真心，都可一走了之。吕范没有主公的信息，自己还要在黑暗中摸索，主公到底在哪里呢？

听罢武风子讲述，吕范对刘备与赵云又多了一分愧疚，内心不免诚惶诚恐，有意无意向赵云表示，武风子为人不坏，只是一时冲动，酿成大错，希望赵云能够原谅他。

赵云一时难以释怀，现在，他不愿在此过多纠缠，只想尽快找到主公刘备。

第二天，吕范陪赵云用罢早膳，正探讨刘备的逃向时，孙权亲随来到府上，径直找到吕范，直言吴侯召见。吕范心中发毛，战战兢兢问道，"吴侯召我何事？"

亲随回道，"抓住一嫌犯，说是孙乾，他不承认，吴侯现在馆驿，请你马上前去辨认！"

亲随来得急，赵云只得暂避屏风后，这等密事本不该让他听到，吕范更担心亲随发现赵云，急忙与其赶往馆驿。

吕范出府，赵云随即离开。他能想到，让吕范到馆驿辨认，多半是孙乾被抓了，自己不能坐视孙先生落难。孙权离开吴侯府，正是擒住他的良机。上次为避开巡逻士卒，躲进馆驿后院，正巧遇到匠人修缮孙权御所，有幸听到他们私语，要在起脊内做手脚，虽不知他们是何方人士，但听他们所说，不似有假。现在，不妨冒险一试，借搭救孙乾之机，劫持孙权，命他释放主公，即使他们没抓到，也让他们打开城门，方便主公逃离。

赵云拿定主意，火速跟上。吕范前脚进入馆驿，赵云后脚来到馆驿后身，看准士卒巡逻间隙，狸猫般潜入院中，迅速攀上房顶，悄无声息来到起脊处，隐身其中。当赵云发现瓦片有翻动迹象时，小心翼翼掀开一条缝隙，此刻，孙乾正在痛斥孙权，孙乾又黑又瘦，这才多久，恍如隔世，当孙权喝令手下杀掉孙乾时，赵云踹开瓦片，飞身而下，劫持了孙权。

在御所之内，审问的是个文人，还五花大绑，护卫不免松懈，一切太过突然，众人来不及反应。

孙权一侧脸，惊叫一声，"赵云！"

"正是赵子龙！"赵云朗声道。

孙权不免心惊胆战，他已在吴侯府与祖庙两次面对这张面孔，见周边都是自己人，孙权稳一下心神，正要反抗，赵云厉声道，"别动，动就要你的命！"众位吴将、护卫手持刀剑，不敢向前。

这可是赵子龙的剑，不知斩杀多少名将！孙权没敢动，"好你个赵云，孙刘乃联盟，你竟要伤害盟友？"

赵云闻听，气道，"诓骗我家主公来南徐，却包藏祸心，你把坏事做尽，还好意思跟我提孙刘联盟？"

孙权辩道，"荆州船只倾覆，并非东吴所为，我何曾包藏祸心？你不明所以，几次袭击于我，是何道理？"

赵云已知，袭击荆州船只乃武风子所为，但这一切都源于孙权假意相亲，尤其想起主公、孙乾与自己受的罪，大乔、诸葛瑾被抓吃的苦，沈朋亲人被杀遭的殃，不禁怒道，"想杀你的人多了！"

"我只记得你！"孙权警告赵云，若伤害了自己，他也在劫难逃。

看孙权还嘴硬，赵云直接将剑背按在他的脖子上，"认得我又能如何？快把我家主公与孙乾先生放了！"

宝剑触碰脖颈，孙权心中一凛，"我不知刘备在哪里？我也正在找他。"

阚泽急忙上前，一挥手，"给孙乾先生松绑。"其实，阚泽为庞统解围时，见过孙乾，当时以为是庞统随从，并没留意。然后对赵云道，"子龙将军息怒，现在我们已释放孙先生，你也应该把我家主公放了，孙刘两家是盟友，不应伤了和气。"

孙乾来到赵云身旁，"只有找到咱家主公，离开东吴，才能放了孙权。"

孙权闻听，很紧张，"岂有此理！"

阚泽急道，"现在皇叔不见，我们可联手寻找，不可对我家主公造次。孙刘两家刚刚联手大破曹军，如此对待我家主公，岂不被天下人笑话？"

"我家军师最在意孙刘联盟，可是东吴所做，岂是盟友所为？"孙乾怒道。

阚泽辩道，"其中定有误会。"

马忠看双方对话，赵云与孙乾的注意力都在主公身上，赵云虽厉害，不过就一人，孙乾是个文士，无足轻重。他悄悄绕到后面，欲偷袭赵云，赵云是何等人，他与孙权等人对话，亦眼观六路，时刻保持警惕。

当马忠挥刀砍下时，赵云飞起一脚，正踹在马忠的左肋上，他"哎哟"一声飞了出去，重重摔在地上，爬不起来了。

就在赵云还击马忠的一瞬，孙权极狡猾，他一低头，欲趁机逃走，哪想到赵云身手太快，一回手，拽住孙权的胳膊，孙权忍不住大叫，"救我！"

护卫急忙向前，赵云一声断喝，"谁敢上？我当即手起剑落！"护卫一看，孙权已被拉回，宝剑再次按在他的脖子上。

众护卫手持兵刃，盯着赵云，不敢上，也不敢退。

赵云看这架势，剑眉一竖，"你们以为我不敢吗？"说着立起了剑刃，孙权顿感全身的寒毛都炸起来。

"撤！撤下！"阚泽急道。

"让他们撤走！"赵云命令道。

这些人哪敢撤？在他们的护卫下，主公被劫，大家都难辞其咎，此时，他们只是退后几步，手持兵刃，与赵云对峙。

赵云见此，一挥宝剑，只听得"咔嚓"一声，孙权的魂都吓没，以为自己被斩首，定睛一看，原来是前面的桌案被削去一角。

"子龙冷静！"门口传来一声大喊。

第一二七章
鲁肃现身急救主

赵云一看，原来是鲁肃！

鲁肃被庞统引出府，庞统怀抱一方古砚，喜形于色在前，鲁肃满腹狐疑，脚步匆匆，跟在后。

一会儿工夫，来到孙静府宅，鲁肃疑心更重，孙静平素少与人往来，他能与刘备有关？

原本鲁肃与孙静也是朋友，孙静与孙权生隙，鲁肃还从中劝和。孙静有性格，自己是叔父，不愿向小辈示弱，孙权以吴侯之尊，更不愿向孙静低头。后来，儿子心仪姑娘被夺，孙奂疯癫，孙静与孙权之间隔阂进一步加深。

孙静了解鲁肃为人，不希望他夹在中间为难，告诉他，有事让家人通禀一声即可。后来，鲁肃成为孙权近臣，他知孙静不愿搅入任何是非，为了避嫌，来往就少了。

两人进得厅堂，孙静起身，庞统笑嘻嘻道，"鲁肃被我骗来了，还骗了他一方古砚！"

鲁肃生气，"好你个庞统，为了我那一方古砚，真是煞费苦心，竟说刘备在这里，我若见不到，看你怎样交代？"

"反正宝贝到手了。"庞统只顾欣赏古砚。

鲁肃摇头，"如此大事，也能开玩笑，以后让我如何信你？"

孙静笑了，"信他，你就上当了。"

鲁肃道，"别说领我来见刘备，你就是知道他的行踪，我都服你。"

庞统兀自叹道，"真是难得的好砚！"

"你看——"鲁肃无奈摊开手。

孙静安慰鲁肃，"既然来了，我们也好久未见，今日就在府上小酌一杯吧。"

鲁肃哪有心情喝酒，他向孙静拱手，"今日有事，改日我请两位过府饮宴。"说罢就走。

结果，在门口与一人撞个满怀，"怎么刚来就走？"

鲁肃抬头，惊喜异常，"刘皇叔！"

另两人都笑起来。

刘备一把拉住鲁肃的手，"子敬，你可把我害惨啦！"

鲁肃气道，"谁让您擅自离开馆驿了？"

"子敬还来说我，难不成等着孙权来抓？"

鲁肃后来看到孙权急火攻心，想来刘备见了孙权，也是凶多吉少。他握着刘备的手，几天工夫，刘备又瘦了！鲁肃心怀歉疚，"皇叔受苦了！"

"让它苦尽甘来，"庞统接道，"把相亲进行下去。"

鲁肃摇头，"难啊！"

刘备也道，"还是算了吧。"

"刘皇叔来东吴相亲，南徐人尽皆知，孙静兄已与国太谋面，言明厉害，国太已应允了。"庞统对鲁肃道，"若是相亲成功，孙权还要什么荆州？周瑜也不会再催你去讨要了！"

鲁肃皱眉，"吴侯绝不会同意。"

"为何请你来？"庞统笑了，"这就需要你出力了。"

"我劝过，已经碰壁，"鲁肃摇头，"真是无能为力了。"

庞统看鲁肃为难，告诉他如此这般。鲁肃才勉强答应，为了孙刘联盟，他准备硬着头皮再试一次。

就这样，鲁肃赶到馆驿，他来得正是时候！双方剑拔弩张，孙权在赵云的剑刃下，狼狈不堪，看这架势，只要赵云一怒，孙权就将身首异处。

于是，鲁肃大喊一声，"子龙冷静！"

赵云一愣，"子敬先生。"

孙权看见鲁肃，心中有气，全是因为你，总说要维护孙刘联盟，致使刘备赖着荆州不还，逼得周瑜使出美人计。赵云寻不到刘备，几次找自己算账，现在竟遭此大辱！气归气，现在首要任务是解决生死问题，看赵云对鲁肃很客气，不禁喊道，"子敬，救我！"

"主公莫慌，子龙将军非是鲁莽之人。"鲁肃对赵云道，"请放了我家主公，有话好说。"说罢走向前。

"停！"赵云一摆手，"子敬先生莫再靠前，小心伤着你！"

"好，"鲁肃担心赵云激动，停下脚步，"子龙将军，有何要求请说，孙刘是盟友，万不可伤了我家主公。"

赵云冷笑一声，"东吴不放我家主公，休想让我放了孙权，大不了同归于尽！"

孙权急道，"我不知刘备在哪里，让我如何放他？"

"我知刘皇叔在哪里，他现在安然无恙，放了我家主公，即刻领你去见！"

赵云一震，盯着鲁肃，"不要骗我。"

孙权也一愣，自己费了九牛二虎之力，都没抓住刘备，定是鲁肃随机应变，蒙骗赵云而已。自己对鲁肃虽有不满，危难时刻还得看他啊。

鲁肃直道，"我家主公在你手中，我焉能骗你？"

"我家主公在哪里？"赵云急道。

"一见便知。"鲁肃应道。

"欺骗我家主公来东吴相亲，现在又谎称知其下落，却连地点都不敢说，鲁大人，你当我们是三岁顽童般好骗？"孙乾道。

鲁肃不愿说出地点，实是为了保护孙静。"鲁肃绝无戏言，你们若不信，我可以指天发誓！"

赵云、孙乾盯着鲁肃，将信将疑，他们深知，一旦放了孙权，就是找到主公，也逃不出南徐，赵云与孙乾同时摇头。

鲁肃见此，"两位若不信，可拿我做人质，如有欺骗，当即杀了我，绝无怨言！"

孙权很感动，只有鲁肃能为自己去死。赵云被鲁肃的话打动，孙乾忙道，"子龙将军，这样难保万全，不可轻信！"赵云明白，鲁肃与孙权同为人质，威慑力度不可相提并论。

鲁肃当即道，"我再给你们立个字据，保你们安全离开东吴！"孙权闻听，这事你也能替我做主？放了他们，我岂不是白忙活了？转念一想，宝剑还在脖子上，这应是鲁肃为营救自己，使的权宜之计。

孙乾道，"立字据，也应由孙权立！不然，他翻脸怎么办？"

"我不立！"孙权气道，他本就对此有异议，现在又让自己立字据，那就不是权宜之计了！

孙乾怒道，"立字据我们都未必答应，一个言而无信之人，让我们如何相信？"

赵云点头，"大不了，我们押着孙权一起走！"

孙权十分紧张，那样自己可就把人丢大了！鲁肃见双方要闹僵，"一切都还没进行，如何妄言我们是欺骗皇叔来相亲？"这是与庞统商量好的，没想到出现变故，鲁肃就顺势而为。"孙刘本已联盟，如果再能联姻，就是一家人了，还有什么不能商量的？"鲁肃向赵云、孙乾传递的信息是：如果刘备当了国太乘龙快婿，孙权再有气，也不敢对自己的妹夫下手！同时向孙权暗示：不要计较一时，获救才是王道。

说起相亲一事，赵云心中五味杂陈。最初，他感觉孙小姐太刁蛮，主公若迎娶这样一位夫人，后府就难得消停了！后来，孙小姐冒险搭救自己，帮忙寻找主公，赵云发现，孙小姐有情有义，主公若娶了她，也不失为一段良缘，只是想到此，心中有一丝莫名的惆怅。

现在容不得赵云多想，他与孙乾一对眼神，鲁肃发誓，立字据，还愿以自己为质，他们了解鲁肃为人，不会打诳语。两人清楚，孙刘毕竟是盟友，真闹僵了，对谁都没好处。如今在东吴的地面上，还能真杀了孙权？孙乾道，"让吴侯按鲁大人所说，当众立下字据，如果有违誓言，天诛地灭！"

"我不写！"孙权心道，相亲本来就是假的，国太已然生气，如果弄假成真，国太非气个好歹，自己这张脸还往哪搁？

"不写，就是死路一条！"赵云怒道。

阚泽见赵云虎目圆睁，给孙权使个眼色，上来打圆场，"这样吧，由鲁参军写下字据，请我家主公签字画押！"

随着双方争执，孙权愈加恐惧，他理解阚泽的好意，没吱声，算是默许了。孙权心道，字据是鲁肃写的，自己是被迫的，不算数！况且，自己答应相亲，也得由国太定夺，她怎能相中刘备？相不中，一切都是枉然。

赵云看孙乾，孙乾点头，于是道，"好吧！"

鲁肃拿起笔，写下了"相亲如常进行，保证刘备安然离开东吴。"

孙乾看一眼，"加上一句，'如有违拗，天诛地灭'！"

鲁肃看孙权，见他面无表情，只得点头，加上两句。赵云将剑放在孙权后心，用手一指，"签字画押！"

孙权百般无奈，只能照做了。

孙乾将字据拿在手中，当众念与众人，鲁肃心道，不会又把我套进去吧？

"如果言而无信，我定将取尔人头。"赵云说罢，一推孙权，哪承想，孙权被宝剑所逼，表面冷静，实则早已腿脚发麻，直接趴在地上。

孙权离开赵云，魂才回来大半，受此大辱，他欲马上报复！鲁肃上前，扶起他的瞬间，小声道，"主公冷静！"

孙权一看，赵云正怒视自己，此时动手，自己先没命，他只得忍下，没敢发飙！

鲁肃刚说完，赵云一把抓住他的手腕，"子敬先生，得罪了。"鲁肃明白，现在自己成了人质。

孙权一挥手，一些护卫跟上去，鲁肃回头，"我要信守承诺，诸位莫动。"他这是说给孙权听的。

赵云、孙乾拉着鲁肃，在众人的注视下，走出了御所。

第一二八章
明大义再救孙权

屋内剩下的人，皆呆若木鸡。

孙权瘫坐在椅子上，只觉阵阵晕眩，他缓缓抬起头，手指屋顶破损之处，冷笑道，"这可是在南徐，我的御所，都被人做了手脚！"

阚泽上前，"当务之急，主公要马上换住地！"

"我不换，"孙权声嘶力竭道，"还有人要杀我吗？我在这里等着，刺客们，都来吧！"

阚泽吃惊地望着孙权，"主公，不能意气用事。"

孙权摆手，阚泽只得退在一边。他环视四周，此时，霍利、海戴等六大护卫围在身旁，"你们刚才干吗去啦？"孙权吼道，"都给我滚！"

几人有苦难言，只道，"主公息怒，主公息怒。"说罢，退在一旁。

骂过六大护卫，孙权余怒未消，"今日为何就这么点护卫？"

"主公来此，乃秘密出行，才没带那么多人。"马忠解释道。看孙权脸色煞白，知道主公吓得不轻，马忠喊道，"门外的士卒都进来吧。"

一声令下，呼啦进来二十多人，这些士卒穿戴整齐，执刀佩剑，甚是精神抖擞，孙权点头，人手多了，心里方踏实一些。

就在这时，只听一声怪叫，有如瓮鸣，二十多个士卒一起拉出刀剑，大声喊喝，"杀死孙权，为李术将军报仇！"一齐向孙权扑来。

李术？这个名字太久远了。当年，李术与孙策十分要好，孙策曾表奏汉献帝，任命他为庐江太守。孙策遇袭身亡后，孙权执掌东吴，众皆臣服，唯独李术桀骜不驯，直言，"莫要丢了小霸王辛苦打下的江山！"孙权心中不爽，这是怀疑自己的能力，封赏时就另眼相待，李术毅然带领亲随负气而走。不肯辅保也就罢了，李术还大量收纳东吴士卒，孙权派人索要，李术回书曰，

"有德见归，无德见叛。"孙权气极，派兵围剿，李术负隅顽抗，最终孤立无援，被生擒，枭其首，屠其城。哪承想，他的余部尚在，还混进东吴士卒之中，悍然发起袭击。

刚才孙权还在众人面前叫嚣，如今真让他喊来了刺客！一个黑脸大汉冲在前，举刀直劈孙权。此时，只有海戴离孙权稍近。事出突然，抽刀已然来不及，他直接冲上来，以身相挡，黑脸大汉一刀正砍在海戴肩膀上，只听咔嚓一声，海戴的一条臂膀已断，黑脸大汉一愣，凌统、马忠带领几大护卫抽出兵器，冲上来迎敌。

凌统、马忠等人武艺不弱，怎奈李术余部极为骁勇，在黑脸大汉带领下，誓要为李术报仇。

转眼间，一大护卫受伤倒地，阚泽急忙上前，欲将孙权背走，奈何孙权身材高大，阚泽太瘦小，实在背不动。

就在此时，房顶突然飞下一蒙面人，直奔孙权而来。

凌统见状，跳上前来，挡住蒙面人，纵是凌统剑法娴熟，仍不是蒙面人对手，一时反应不及，被刺中肩膀，鲜血直流。一看此景，冲上来一大护卫，两人合战蒙面人，竟还战他不下。

马忠之前被赵云踹了一脚，疼痛难忍，此时他也豁出命，拼死抵抗。

黑脸大汉突见飞下一人，先是一惊，见他直奔孙权，无形中多个帮手，不禁暗喜，带领手下，猛攻孙权。

好在孙权护卫足够忠诚，欲保着他逃出御所，怎奈李术余部挡在前面，无法脱身。

双方在屋内激战，蒙面人瞧准机会，一剑刺倒眼前护卫，撇下凌统，直奔孙权而来，两大护卫举剑相迎，蒙面人一近身，两人瞬间倒地。凌统忍痛冲上来，却被李术余部挡住。蒙面人举剑直刺孙权，霍利急忙横刀相挡，蒙面人收剑直点其胸，霍利向后一撤，蒙面人挥剑直向孙权脖颈削来，孙权抄起一把椅子抵挡，只听"咔嚓"一声，椅子被削为两段。马忠与霍利急忙冲上来保护，却被蒙面人与黑脸大汉同时打倒，孙权瞬间失去保护，蒙面人一探宝剑，直刺孙权咽喉，黑脸大汉抢起大刀，力劈华山，孙权一闭眼，我命休矣！

就在这千钧一发之际，一道白光袭来，蒙面人大惊，如不撤剑，自己就没命了！他急忙闪身，就此化解了致命一剑！黑脸大汉刀还未及落下，身上已挨了一脚，直接飞了出去。

来人也不搭言，使出一招大蟒翻身，直向蒙面人刺来，蒙面人被来人气势所迫，急忙抽身撤步。这时，几个李术余部一起举刀向孙权砍来，只见来人一挥手，他们手中的兵刃尽皆飞上房顶，来人接着一回身，他们都飞了出去。

此时，孙权如梦初醒，有人救了自己！定睛一看，实在难以置信，竟然是赵云！

原来，在双方混战之时，阚泽看来犯之人实在勇猛，尤其是从房上下来的蒙面人，武艺太高，凌统、马忠等人恐不是对手，时间一长，主公将凶多吉少，阚泽急中生智，想起刚离开的赵云，只有他能解当前之危！阚泽趁所有人盯着孙权，从墙边爬出去，他身材瘦小，没人注意到，赵云、孙乾与鲁肃还未走远，他在馆驿大门口，追上三人！

赵云、孙乾一惊，以为孙权派人追赶！鲁肃也很诧异，难道主公变卦了？阚泽上气不接下气道，"不好了，主公遇袭！"

鲁肃大惊，"怎么回事？"

"御所混进众多恶匪，要刺杀主公！"阚泽望着赵云，"他们武艺高强，只有赵云将军能打得过！"

赵云疑道，"又要什么诡计？"

孙乾也道，"不要上当。"

阚泽急得跺脚，直接给赵云跪下了，"我家主公危在旦夕，请赵云将军速去营救，不然就完了。"

赵云恨透孙权，哪有心情去救他？鲁肃了解阚泽为人，他不会撒谎，"我家主公遇险，求子龙出手相救！"

孙乾皱眉，"你们这是商量好，联手欺骗我们啊！"

阚泽泣道，"如有虚言，天打雷劈！"

鲁肃见此，急道，"子龙将军，如果我家主公被杀，东吴一乱，孙刘联盟就彻底完了！"说罢，鲁肃也给赵云跪下。

"为了孙刘联盟，求您了！"鲁肃、阚泽齐声道。

说到孙刘联盟，触动了赵云，这是军师主张的立身之本，也是应对曹操的大政方略，赵云看两人神情，不似有诈，他虽恨孙权，却不想孙刘联盟破裂。大乔说过，当前东吴，除了孙权，无人能撑住大局，赵云急忙往回跑。

"小心！"孙乾叮嘱道。

赵云点头，飞身而去。

他到得正是时候，不然孙权将命丧于此！

有赵云助阵，孙权的护卫不管是倒地还是受伤的，都来了精神，与李术余部殊死相拼。

赵云看蒙面人身形眼熟，两人交手十多个回合，赵云使了一招飞火穿云，一剑将其蒙面之物挑掉，赵云认出，他就是审讯黄豆的青衫人！不知此人是何来头？

蒙面之物被挑，青衫人不禁惊慌失措，他早已认出赵云，知道来人十分厉害，只是不解，曾经一起袭击孙权，为何此时反来营救？现在已难于得手，于是虚晃一剑，飞身一纵，冲破窗棂，众人赶来，他一挥手，甩出一团烟雾，大家一惊，他就此逃之夭夭。

由于赵云出现，屋内形势发生逆转，黑脸大汉还要顽抗，赵云来到他近前，黑脸大汉挥刀就砍，赵云举剑相迎，只有十几个照面，就被赵云逼得频频后退，这时，外面一阵喧嚣，东吴大队援兵到了。

凌统宝剑一指，"放下武器，速速投降！"

黑脸大汉一咬牙，内有强援，外来救兵，刺杀孙权已经无望，只听他一声呼哨，李术余部把刀剑一横，尽皆自刎，没有留下一个活口！如此决绝，惊呆了众人！

这时，鲁肃、阚泽与孙乾赶到，鲁肃、阚泽一同向赵云施礼，"多谢子龙将军不计前嫌，搭救我家主公！"

惊魂未定的孙权站直身子，重整衣冠，"危急时分，幸得赵云将军出手相救，仲谋不胜感谢，在此有礼了！"说罢，向赵云深施一礼。

赵云瞥一眼孙权，一把拉起鲁肃，"走，子敬先生，领我去见主公。"

鲁肃点头，"好。"与孙乾一同出了馆驿。

孙权颓然坐在椅子上，突然，他一拍桌案，"还愣什么？快，给我抓刺客！"

第一二九章
君臣聚孙权赔礼

赵云、孙乾在鲁肃的引领下，直奔孙静府宅。

一路上，赵云与孙乾仍很忐忑，不知是否真能见到主公刘备。他俩注意到，有人远远尾随。

鲁肃安慰道，"刚救过我家主公，绝不至于伤害两位。"

两人心中没底，字据虽是当众所立，终是胁迫，孙权不守信，就是一纸空文。众人皆是其手下，让他们闭嘴，何人敢泄露半分？如果抓住两人，就彻底封口。不过，那将置鲁肃于危险之中，鲁肃甘心为质，孙权若是如此，谁还为他卖命？

鲁肃直言，"他们既不是要救我，也不是要抓两位，只是想了解我们的行踪而已。"鲁肃太了解孙权了。

两人很佩服鲁肃，对孙权忠心耿耿，为了孙刘联合，也是尽心竭力。不过，两人心中不免疑惑，赵云拿孙权做人质，鲁肃既知主公下落，完全可拿此做要挟，交换孙权，他没这样做，是不想激化矛盾？如若不是，应是鲁肃手中没有主公，将两人诓出，就是为了解救孙权。那么，领两人所去之处，可能设有埋伏。

在两人胡思乱想之时，他们来到了孙静府门前，家人看是鲁肃先生，直接打开大门，请三人进府，赵云与孙乾正踌躇时，屋门一开，冲出一人，赵云与孙乾大睁双眼，正是主公刘备。

两人同时跪下，"属下保护不力，让主公受苦了。"

刘备太激动，一把拉起两人，三人同时落下泪来。

孙静请大家进屋，刘备为他们相互引荐，赵云、孙乾听说孙静是孙权的叔父，是他收留了主公，甚是诧异，东吴关系太复杂。同时，赵云也为主公得到凤雏先生相助而高兴。

鲁肃差人给孙权送信，告诉他，刘备与赵云、孙乾已会面。还特意说明，刘备所以来到孙静府宅，是在逃跑途中，慌不择路，掉进安置孙朗的洞穴中。

鲁肃清楚，不直说，更易引起孙权猜疑，孙朗是孙权心中的一个结，由于理亏，他不便追究。鲁肃提议，刘备来南徐相亲，已经尽人皆知，主公既然当众立下字据，应请刘备等人住到馆驿，方是待客之道。他不希望给孙静带来麻烦。

刘备真会逃，竟然跑到叔叔家。鲁肃甘心为质，看来不是全为自己，他还要拯救孙刘联盟，孙权叹口气，事已至此，碍于形势所迫，只得同意将刘备等人安置在馆驿。他本应出面宴请，连续遭袭，他需平复心情，以便在相亲之事上，从容应对。

他让鲁肃、阚泽、吕范一同款待刘备等人，并派一百士卒来到馆驿，名为保护刘备，免遭袭扰，实则是来监视刘备等人的。

刘备稍感宽慰，赵云、孙乾回到身边，还多了庞统出谋划策。庞统信心十足，似乎一切尽在掌握。赵云与孙乾不敢稍有懈怠，毕竟是在东吴。

鲁肃为显其诚，陪同几人一起住进馆驿，让刘备等人放心。

孙权返回吴侯府，内心仍很踌躇，虽然答应相亲，终是被动之举，回想起来，心中不是滋味。不过，他心中有底，国太绝不会同意相亲，此前她获悉此事，就曾大发雷霆。

孙权本想冒国太之名，直接回绝，转念一想，若是走漏消息，国太必然气恼。应先征得她的认同，又担心在此事上反复无常，惹得国太震怒。最让孙权发怵的，是大嫂在国太那里。

正犹豫时，吴国太获悉孙权回府，传他来见，孙权只得硬着头皮赶过去。

来到国太寝宫门外，孙权向里张望，看大嫂是否在，不想国太已经觉察，"鬼鬼祟祟，哪里像东吴之主？"

孙权只得上前施礼，暗中观察母亲的神色，国太面沉似水，"逃去馆驿，可曾躲了清静？"

听话音，母亲已知自己遇刺之事。想到最后被赵云所救，实在有失颜面，只得搪塞道，"只为安心处理公务。"

"你躲出去，大乔几乎丢了性命！"

"我已派人严查——"

国太打断他，"严查？从孙绍遇袭开始，你查到了什么？如果早抓住凶手，何至如此？"国太突然大声责问，"不会是——"

孙权一震，"绝对不是，仲谋对天发誓！"

"我是上了几岁年纪，可是耳不聋眼不花，谁也不能对自家人动歪脑筋。"

"是，是，"孙权频频点头，"母亲放心，我一定查个水落石出。"

"拿出霹雳手段，捉捕真凶。我不希望，孙家内部出问题，不然，我将来如何去见老主公？"国太话锋一转，"若是大乔没问题，马上让她回府！"

孙权明白，国太震慑自己，实是为了释放大嫂。"虽然还没查明袭击我的幕后黑手，有一点可以断定，大嫂应是被冤枉了。"

"好，既然如此，作为孙家长者，我就要主持公道。你虽是东吴之主，也是孙家儿子，知道抓错了，就需要给大乔赔个不是。"

不有所表示，是过不了这一关的，孙权点头，"仲谋晓得。"

国太吩咐亲随，"去，把大乔请来。"

大乔婀娜而进，孙权忙站起，她瞧也不瞧，径直走向国太，国太请大乔坐下。

"我刚训斥了仲谋，躲到馆驿，也没躲了清静，还遭恶人暗杀，几乎丢掉性命。现在他终于明白，我儿大乔被冤枉了，仲谋也悔恨不已，要正儿八经地向你道歉。"

孙权满脸羞惭之色，上前给大乔作揖，"是仲谋鲁莽，错怪大嫂，在此给大嫂赔礼！"

大乔没说话，视孙权于无物，只是她的衣袖微微抖动。

大乔不搭理，孙权好不尴尬。国太道，"大乔，仲谋已经诚心认错，你就原谅他吧。"

大乔轻轻摇头，"母亲，抓我没有证据，放我也不给个说法，赔个不是就想过去，这样不明不白，让我以后如何见人？"

看到大乔不肯罢休，孙权只得道，"母亲与大嫂有所不知，我到馆驿，也是为了查找幕后凶手，哪想到连遭袭击，其中就包括绍儿的师父赵云。"

大乔听到"赵云"两字，心中咯噔一下，看来他为营救刘备，真是拼命了，只是不知袭击之后，他是否逃脱？

国太骂道，"大胆赵云，竟敢三番五次行刺，实在可恨之极！"

"后来鲁肃出面，方解了围。"

国太望着大乔，"绍儿以后拜师，可得看清楚了，莫让恶人带坏了我的宝贝孙儿。"大乔正想如何回答，国太猛然想起孙静的话，"赵云是在找他家主公吧？"

"他以为我抓了刘备，才屡屡出手袭击！"孙权解释道。

"知道被冤枉不好受吧？"国太道。

孙权再次给大乔作揖，"这里有些误会，让大嫂受委屈了，仲谋在此给大嫂郑重赔罪！"说罢，又连鞠两躬。

大乔本想借机给孙权难堪，听到赵云再次冒险袭击，十分担心他的安危，听说鲁肃化解了危机，才松口气，只是心绪有些乱了。

国太趁机道，"大乔，仲谋这个吴侯当得也不易，你就别与他计较了。"

"大嫂，袭击你与绍儿的恶人，我一定抓住严惩，给大嫂一个满意的交代。"孙权赶快表态。

"我只想早点看到绍儿。"大乔不想再纠缠了。

孙权闻听，马上道，"大嫂回府，坐我的车马，让周善护送。"

"若不行，就坐我的车。"国太接道。

"坐母亲的车吧。"大乔不想沾染孙权的任何东西。

国太道，"那就快回吧，绍儿早已等不及了。"

大乔归心似箭，她没有忘记陶珍等三人。"我的冤情得伸，还有三位姑娘有状要告！"

国太看大乔没有再难为孙权，心情轻松许多，"就是这三位姑娘救了大乔的命。"

孙权道，"请三位姑娘进来吧，有何冤情尽管说。"

陶珍、潘月、闻梅三人依次进来，分别介绍了自己遭受的不平事。

孙权当即道，"潘开强抢民女，曹子高逼良为娼，包括那些混账府衙官吏，我将严惩，你们静候佳音吧。"

陶珍与闻梅都很满意，潘月最恨大哥潘璋，听说他最近误入阵中，身受重伤，终究念及骨肉之情，没有再去计较。

大乔不想耽搁，她向国太深施一礼，拉上三个姑娘，走出了国太寝宫。

第一三零章
机缘巧夫妻得见

即将登上车马之际，大乔深吸一口气，仰望天空，几朵白云悬在天边，晴朗淡雅，两只飞鸟振翅舒羽，逍遥自在，大乔凝视，直到它们消失。

陶珍抬眼，只见碧空万里，不知大乔夫人在看什么，如此出神？不管如何，她很激动，这是怎样的一段人生体验啊。

从违抗父命逃婚开始，巧遇孙大哥，帮其化解尴尬；一同屯田，被逼为妓，幸得孙大哥男扮女装相救；麦田纵火，助其朋友脱困，与孙大哥一起逃出屯田营地，获他赠与信物；客栈惊魂，遭遇命案，一场混战，孙大哥朋友跑掉，自己却被劫到白虎山庄；不想这里又发生激战，燃起大火，自己被他们裹挟出来，竟遭匪首看上，幸亏凤雏先生说情，才得以脱身；路遇两姐妹，气愤她们遭遇，阻止两人出家，携手来到南徐告状；赶上赵云广场怒责吴侯孙权，受其鼓舞，自己也来数落孙权的不是，被士卒所抓，又被吴侯亲妹所救；欲寻吴国太告状，阴差阳错，救下江东第一美女大乔夫人；在她带领下，找吴国太申冤，请吴侯评理，他已答应惩治恶人；如今更是与大乔夫人坐上吴国太的车马，一起赶往策王府。如果家中顽固老爹知晓自己的经历，岂不惊掉下巴！若是再能见到孙大哥，就圆满了！

闻梅也感慨不已，恶人终有恶报，只是不知牵挂的人在哪里？是否还在世上？

潘月心情复杂，自己恨极大哥潘璋，终是念及血脉之情，没有深究，希望他能从此弃恶从善。

大乔看着三位姑娘，想起自己像她们这般大时，刚嫁给孙策，是何等的幸福。可惜孙策英年早逝，如今，经历太多，也看淡了很多。

陶珍看看这儿，摸摸那儿，忍不住问道，"这车真好，又稳又暖和，还能闻到香味。"

大乔笑了，"车里有香料。"

"在哪儿呢？我怎么没发现？"

"你可以找找。"

陶珍这闻闻，那嗅嗅，没有寻到香料。这时，车马来到策王府，"下回一定找到。"

大乔心道，傻姑娘，国太的车岂是随便坐的？大乔很喜欢她的率真。

家丁看夫人回来，喜出望外。一声招呼，孙绍与孙毅跑了出来。

离开才几天，几乎生死分别，真是人生无常啊！孙绍叫一声"母亲"，不禁落下泪来。孙毅走上前，"夫人受苦了。"用衣袖抹起眼睛，大家不胜唏嘘，纷纷上来问候。

大乔介绍三位姑娘，"多亏她们，不然你们就见不到我了。"

大家闻听，对三位姑娘格外客气。

孙毅激动道，"都请进屋吧。"

正在这时，传来吵嚷声。"为何抓我们？""你们这是冤枉好人！"

众人站住，只见朱治与手下押着两人进得府来，叫嚷声来自被押之人。

看到大乔，朱治惊喜道，"您回来啦？太好了！我抓住两个嫌犯，正想让公子辨认，可是纵火之人？"

没想到，闻梅哭着跑过去，潘月也跟上前。只见两个被抓之人，衣衫褴褛，头发凌乱，十分落魄，闻梅搂住两人，已泣不成声。

原来是许映与闻凯。

许映与闻凯被孙毅放出府后，南徐城门紧闭，两人无法出城，只得四处躲藏，身上的钱很快花光，只能露宿街头。在两人走投无路时，竟然撞到了四海至尊大师许献，闻凯对许献很不满，只顾自己逃命，连自己的侄子都不管了。许献没有丝毫愧疚，还教训他俩不够机灵，才致被擒。

了解到两人的被释过程，三人躲在墙角商量下一步行动。许献道，"与潘璋相比，策王府烧得太轻，不解恨。"

许映道，"还是算了吧，冤家宜解不宜结。"

"当年冤杀大哥，现在又装好人，这就是羞辱你们，不能饶过他们。"许献愤然道。

闻凯望着许献，这个滑头叔叔，真有胆量再来一次？"孙策夫人为人很好，不希望冤冤相报，关键是孙家公子的师父厉害，您是领教过的！"

许献一昂首，"厉害又能如何？我有神器火葫芦，"话锋一转，"他终有离开的时候，我们可从长计议。"

闻凯暗笑，一听强敌仍在，他就怂了。

他们没想到，隔墙有耳。此人是朱治的手下，吃坏了肚子，正在墙里方便，被他听个正着。

朱治听此人禀报，马上带着家丁赶过来，许献看对方人多势众，丢下许映与闻凯，飞也似的跑掉了。

就这样，朱治抓住许映与闻凯，押往策王府，可巧与刚回府的大乔相遇。大乔感谢朱治，患难之时，方知谁对孙策忠心耿耿。"朱先生，交给我来处置吧。"

朱治看出其中因由复杂，他敬重大乔，随即带人离去。

众人一同进入屋内，大乔将家人打发走，亲自给许映与闻凯松绑。许映与闻凯以为，此番被抓，定然没命了。哪承想，又被带回策王府，还遇到闻梅与潘月，真像做梦一样！只是好奇，她俩如何来到这里。

大乔道，"上次，我与许公子已经说开，才让家人放走两位，此次被朱先生抓回，实是误会。几位姑娘救过我，你们在此相遇，也是天意。"

闻梅看到丈夫与弟弟都活着，激动得满眼是泪，没有比这个结果更好的了！此时，她更是感念陶珍，没有她的鼓动，自己应该正在庵中念佛求经，哪有机会与最亲的人相逢？

正在这时，孙毅快步进来，"潘璋将军来访，应与这两位有关。"

许映与闻凯一听，立时站起来。

"你们先到隔壁，莫要出声，我来应对。"随后，大乔让孙毅请潘璋进来。

一会儿工夫，潘璋被人抬进，大乔一惊，只见潘璋头上缠着布，脸颊如烂桃，眼睛乌黑红肿，一只胳膊吊在胸前，一条腿绑在下面，实在惨不忍睹。

原来，潘璋获悉朱治抓到纵火嫌犯，送往策王府，担心嫌犯供出更多秘密，对己不利。他知大乔厉害，家人恐难要回嫌犯，只能自己出马。

大乔道，"潘将军受伤，有事差家人通禀一声，何必亲自来？"

"此乃追赶强敌所致。"言外之意，他是为孙家江山舍生忘死。"听说策王府抓住纵火之人，潘府损失最重，请将他们交与我严处。"

"朱先生是送来两人，审问过后，发现抓错了，已将他们释放。"大乔回道。

"放了？"潘璋急了，"为何不交与我们，他们定是潘府的纵火之人！"

大乔素知潘璋名声不佳，听过潘月的控诉，对其更是嗤之以鼻。而且，细究起来，正是因为潘璋诬告许贡通曹，孙策才杀了许贡，许贡家客又暗袭孙策，最终两败俱伤。他是祸患之源，现在竟来质问自己，"我已查明，难不成策王府放人，还要经潘将军允许？"

潘璋一怔，"我是担心错放了恶人。"

"有人为了抢夺父母基业，将自家兄弟害死，这才是真正的恶人！"大乔直戳潘璋痛处。

潘璋一惊，"那是造谣。"

"将自己妹子也赶出家门。"

"这是污蔑！"

"还纵容其弟，欺男霸女，杀害无辜！"

潘璋身子一晃，几乎倒下，心道，大乔如何知道自己这么多底细？"都是一派胡言！"

潘月、闻梅听罢，气愤不过，直接闯进来，潘月手指潘璋，"哪个是胡言？"

潘璋吓一跳，"潘月！"

"你为了霸占家产，毒死三哥，诬我偷窃，将我赶出家门，还在这里诡辩！"潘月眼中喷火。

闻梅冲到近前，"你那恶弟潘开，仗着你的庇护，为非作歹，光天化日之下，把我抢入府中，还将我家丈夫亲人杀害，真是无恶不作，丧尽天良！"

"胡说八道！"潘璋极力抵赖。

"此事她们已告到国太与吴侯那里，请潘将军去向他们申辩吧！"大乔厉声道。

"什么？"潘璋闻言，脑袋嗡地一声，直接翻倒在地，晕了过去，他的家人七手八脚将潘璋抬走了。

第二天，大乔让许映、闻梅、闻凯、潘月扮作家人，随同乔国老悄悄离开南徐，乔国老出城，哪个敢拦？乔国老先把他们带到凤凰寨，待到风平浪静，才让他们离去，这是后话。

大乔很喜欢陶珍。她救过自己的命，感情自是非同一般。两人性格不同，陶珍机灵俏皮，与她在一起，能使人忘却忧愁。

闻梅、潘月离去，陶珍十分不舍。看着好姐妹成双结对，陶珍不免想起孙大哥，不知他能不能进得南徐城？两人是否有机会谋面？

第一三一章
恨逃避愤定相亲

大乔与三位姑娘离开。国太道，"做大事者，需张弛有度，思虑周全，此番冲动而为，岂非自取其辱？又解释，又赔罪，你不臊，我都臊啊！"

孙权的脸发热，"是仲谋思虑不周。"

"依我看，赤壁大胜后，你们都被冲昏了头，才给了恶人可乘之机，如果再发生这等事，东吴危矣！"

孙权频频点头，"母亲教训的是，仲谋一定谨记。"

"大乔没有揪住不放，正是她的聪明之处，知道进退，不然你如何再面对乔国老、小乔和周瑜？"国太盯着孙权，"如果大乔是个男人，你不是她的对手。"

孙权默然无语，任凭国太说了。

"大乔的事解决了，小妹的事怎么办？你们拿她设下美人计，如今闹得满城风雨，我倒问你，想要如何收场？"国太双眉紧皱。

国太主动问起，孙权就顺水推舟，"刘备虽然回到南徐，母亲既然不同意，我就直接回绝了他。"

"亲是你让人到荆州提的，如今人家来了，又断然拒绝，如此出尔反尔，信义何在？"

孙权听出，母亲似乎态度有所松动，不知是否与叔叔来府有关，"主要是想拿回荆州，也是实在没办法了。"

"事已至此，听说刘备是个英雄，我就帮小妹相看一下，顺眼，就成就两人好事，不顺眼，任由你便。"

孙权发蒙，母亲这是答应相亲了！他正要劝阻，国太摆手，"就这样吧。"

自己当众签字画押，母亲又同意，相亲只能进行了？孙权转念一想，母亲如此溺爱小妹，刘备终归年近半百，怎会相中他？于是道，"全由母亲决断。"

"其实，我们也只是帮她参谋，最后还得由小妹自己定夺，免得误她终身。"

孙权暗思，小妹心高气傲，哪能将刘备放在眼中？"不要因此埋怨我就好。"

"我哪能埋怨二哥？"孙小姐突然出现，"感谢你还来不及呢！"

孙权一时目瞪口呆，以小妹的性格，如何愿意相看一个老头子？她怎么像变了个人似的？

原来，小青听到孙静跟国太说起相亲之事，马上禀告了小姐。孙小姐暗笑，别说是皇叔，就是皇大爷，我不喜欢，又能如何？

近几日，孙小姐一直暗中寻找赵云，听叔叔的意思，刘备似乎在他那里，她让小青在叔叔府外守候，那里一直大门紧闭，什么也看不出来。

孙小姐判断，赵云应该还没找到刘备，自己若能告诉他主公下落，他该多高兴啊！孙小姐也不免担心，再现馆驿之事，自己带着赵云赶到，刘备却不在了。为了解实情，孙小姐带上鲜橘，以看望叔叔、婶婶为名，亲往孙静府中探看。

孙静与国太说完相亲之事，他知孙权意在荆州，心中也没底，生怕出现变故。当时，鲁肃赶往馆驿劝说孙权，他正与刘备、庞统商议此事，家人来报，孙小姐前来看望。

孙静一愣，小妹、奂儿兄妹原本关系很好，两人一起切磋武艺，探究道法，奂儿得病后，小妹再来府，都会很难过。她恨二哥妄为，致使孙奂变成这般模样。之后，小妹来的少了，听说是国太怕她伤心，引得孙静夫妇也难过。此次造访十分蹊跷，难道是来了解她与刘备相亲之事？小妹很率性，一时难以揣摩她的心思。

庞统笑道，"你且接待，看她有何主张？也让皇叔一睹孙小姐芳容。"

孙静点头，让家人将她请进府。

刘备早就听说，孙小姐爱舞刀弄剑，有男子之风，能好看到哪里去？

"孙小姐送上门，机会难得，"庞统把刘备推到窗前，"皇叔一定要看个清楚。"

孙小姐走近时，庞统不禁叹道，"英姿妖娆，好俊俏的姑娘！"

刘备慢悠悠道，"此女定当争强好胜，绝非省油的灯。"

"何以见得？"

"她的颧骨锋利突出，她的眼神傲气自负。"

"哦，果真如此吗？"

"此女任性不羁，常人难以驾驭。"

"皇叔本非常人，正是绝配。"

孙小姐进入屋中，"好久没来看望叔叔婶婶，今日刚好外地送来淮南鲜橘，特地拿来请二老品尝。"

孙静此番正要成全她与刘备好事，于是道，"小妹武艺好，人品好，堪称女中丈夫，最是通情达理。"

孙静夫人更直接，"小妹最知疼人，定会找个好婆家。"

孙小姐听叔叔婶婶称赞，面露羞涩，主动岔开话题，"我观堂屋似有人影晃动，莫不是叔叔家中来了客人？"

"家人正在收拾屋子。"孙静搪塞道。

孙小姐很想知道，堂屋中的人可是刘备？她知叔叔谨慎，不便直说，于是问起孙尚的病情，孙静告诉她，"正在安心静养。"

"可否让我见尚哥哥一面？请他品尝鲜橘。"孙小姐欲借探望之机，找出刘备在此的蛛丝马迹。

孙静道，"尚儿虽见好转，还有反复，等大好了，再请小妹来。"孙小姐心中虽生疑，一时又找不出破绽，勉强聊些家常，只得告辞了。

孙小姐离开，孙静把鲜橘拿给刘备、庞统品尝，庞统笑了，"就冲孙小姐主动上门，相亲大事能成。"

"小妹是非分明，热情仗义，是个好姑娘。"孙静道。

"年龄相差太过悬殊。"刘备拿起一个鲜橘，"你看这是何种颜色？"

庞统笑道，"鲜橘甜如蜜，多好的寓意，黄不了！"

无功而返，孙小姐并没气馁。她感觉今日叔叔有些异样，自己问起家中是否来了客人，他的眼神飘忽，还瞄了堂屋一眼。她相信，这里一定有神秘客人，应该就是刘备。她让小青盯着叔叔府宅，自己继续寻找赵云。

不久，小青来报，看到孙绍师父同鲁肃大人进入孙老将军府宅，很快又陪同几人一起去了馆驿。

孙小姐闻听大喜，马上来到馆驿。可是，赵云始终不出来，无奈，她只得来找驿丞。"可有新来客人？"

原来驿丞因起脊被做手脚，已被抓起严加审讯，新驿丞小心道，"荆州之主刘备等人刚到，鲁肃大人正在此陪同。"

"可有一位年轻将军？"

"确有一位将官，听说是赵云。"

"可否将他请出来？"

"鲁肃大人说了，任何人不得打扰几位。"

"你悄悄把他叫出来，不让鲁大人知道就行了。"

新驿丞不敢得罪，"那好，我去试试。"

很快，新驿丞垂头丧气回来，"他说不能擅离职守。"

"没说是我找他吗？"

"说了。"

孙小姐气恼，现在馆驿防守严密，出来一会儿又能如何？她弃了驿丞，独自在馆驿内徘徊，希望能撞到赵云。等了好久，也没如愿。正当她思量是不是直接找上门时，赵云出现了，孙小姐很激动，喊了一声，"子龙。"

赵云一怔，扭头往回走，他分明看到了自己！孙小姐又大喊一声，赵云反而甩开大步，孙小姐追上去，赵云却飞快地闪进了御所！

孙小姐明白，赵云是在躲自己。她很生气，你说过，找到主公，就来见我！没想到，你竟如此言而无信！她突然伤心极了，一时没控制住，落下泪来。

赵云躲在暗处，见孙小姐抹着眼泪走了，心中不是滋味。孙小姐马上要与主公相亲了，自己如何能见她？

孙小姐回到吴侯府，听到二哥与母亲商量相亲之事，当即表示同意。赵云，你不是不想见我吗？到那时，你家主公来，看你还往哪里躲？我要当面质问你！

女儿也答应，国太恐节外生枝，当即道，"事不宜迟，后天即是黄道吉日，就定在甘露寺相亲吧！"

孙权倒吸一口凉气，如果周瑜知道他的妙计弄假成真，该不会七窍生烟吧？

第一三二章
各方争议相亲事

国太与小妹答应相亲，孙权只能接受现实，思谋如何应对即将到来的相亲。

张昭气喘吁吁进来，平时他极重仪表，此时也失去了分寸。

"主公，不能与刘备相亲啊，一旦孙刘联姻，就中了诸葛亮的诡计，彻底与刘备绑在一起，再无要回荆州之望了！"张昭开门见山。

孙权岂不明白？"我也是迫不得已，先生有何高见？"

张昭咬牙道，"刘备既然来到南徐，不交还荆州，绝不能放了他。刘备素怀大志，将来必成东吴大患，交出荆州，都不能饶过他，可将刘备押往许都，我们就此与曹操结盟，若是他杀了刘备，诸葛亮与关羽、张飞兄弟必找曹操报仇。"

此计足够狠辣，孙权也不禁怀疑，赤壁大战前，张昭就极力主张降曹，现在又要彻底毁掉孙刘联盟，你何以如此心向曹操？孙权瞥了一眼张昭，"曹操意欲吃掉所有诸侯，一统天下，如何能容留东吴存在，甘心与我们结盟啊？"

孙权说得轻描淡写，张昭是老狐狸，听出弦外之音，这是在套自己与曹操的关系，"老臣只是感觉，两者相比，刘备的威胁甚于曹操。"

"刘备、曹操皆是奸诈之徒，怎奈母亲已同意相亲，只能见机行事了。"

"国太爱女心切，终是上了年纪，容易被人蒙蔽。主公作为兄长，乃当世名主，能辨忠奸，最善识人，绝不能将小妹嫁与刘备，小妹才貌双全，只有青年才俊方配得上她。"

狐狸的尾巴露出来，张昭还惦记让其子婆小妹呢！"先生的良苦用心我懂，相信母亲与小妹能做出明智选择，不劳先生费心。"

眼看相亲之事无法改变，失望之余，张昭只得转移话题，"还有张焱之事，请主公宽处。"

"张焱滥杀屯农，肆意克扣工钱，败坏东吴屯田大业，其罪当诛！"

张昭闻听，直冒冷汗，"主公，能否看在老臣的薄面上，给他一个将功补过的机会？"

"不杀不足以平众怒。"

"臣兄只此一子，若是被斩，我就无颜再见兄长了，请主公看在我辅佐孙家三世上，网开一面。"说罢欲给孙权跪下。

孙权有意震慑张昭，让他专心辅佐东吴，莫要朝三暮四。他上前扶住张昭，"先生为东吴江山殚精竭虑，劳苦功高，我会有所考虑。"

张昭刚走，鲁肃来到。

鲁肃陪同刘备、庞统、赵云、孙乾住到馆驿，刘备只想尽快返回荆州，他直言不讳，"孙权答应相亲，也是迫于无奈，他非真心，此事如何能成？我们在南徐多待一日，就多一分风险。"

"孙权不愿意，都答应相亲，我们已成功大半。国太自有主张，她若是相中皇叔，我们就大功告成了！"庞统竭力劝导。

鲁肃沉吟道，"国太虽有主张，也会考虑吴侯感受。皇叔有此担忧，我愿再次劝说吴侯，言明利害，让其真心支持相亲。"

庞统点头，"我赞同子敬再做努力。"

孙乾在左，暗自摆手，赵云在右，轻轻摇头。鲁肃在手，孙权投鼠忌器，他要离开，不会是想脱身吧？

刘备却点头了，"我信得过子敬。"刘备一生，论学识、武艺都不突出，最大优点是会识人，鲁肃是东吴最不希望孙刘联盟破裂之人。

这样，鲁肃前来觐见孙权。

"主公，我见张昭先生刚刚离去。"

"对，他劝我不要相亲。"

"主公当众立下字据，不应失信于人。"

提起字据，孙权生气，"就是受你怂恿，立下字据，才至如此被动！"转念一想，鲁肃当时也是帮自己解围。"若说失信，也是刘备与诸葛亮，赖着荆州不还！"

"我认为，与荆州相比，孙刘联盟更为重要。若是孙刘分崩离析，必被曹操各个击破。如今，将荆州借于刘备，给他们一个容身之地，利用刘备牵制曹操，待东吴足够强大，再灭掉曹操，刘备自然来降，荆州还不是您的，何必计较一时之长短？"鲁肃又道，"依我看，现在不仅要相亲，还要大张旗鼓地相，让曹操感觉孙刘联盟牢不可破。"

孙权若有所思，鲁肃没有私心，建议更具远见，若是为了荆州，置东吴未来于不顾，确实短视了。只是，好不容易将刘备骗来，没得到荆州，还与其相亲，感觉实在亏得慌。凡事总难两全其美，孙权坚信，国太、小妹绝不会相中刘备，"就如子敬所言，权当演给曹操看吧。"

鲁肃前脚走，阚泽后脚又到了。

　　阚泽很纠结，从内心讲，他赞同孙刘联盟。他这次是代表周瑜都督回来的，要充分考虑他的意见。周瑜想得到荆州，其心之迫切甚于吴侯，若是知道其计弄假成真，以周瑜的性格，如何受得了。阚泽建议，相亲之事，能拖就拖，拖黄为止，最好将刘备长期拖住，割裂他与诸葛亮及众将的关系，涣散其军心，让周瑜寻机取回荆州。不过，刘备身边多个庞统，谋略过人，恐不易上当。

　　孙权无奈，相亲之日已定，无论如何拖不下去了。

　　送走阚泽，孙权还未坐定，诸葛瑾来了。大乔得释，孙权也将诸葛瑾放出。诸葛瑾为人厚道，尽管其弟诸葛亮是刘备重臣，众人皆不相信他会背叛自己，孙权也没有发现诸葛瑾通刘的确切证据。

　　诸葛瑾劝说孙权，不仅要进行相亲，还要尽力促成，双方联姻，曹操再不敢对东吴有非分之想。

　　孙权苦笑，诸葛瑾真是个诚实君子，不管遭多少罪，受何委屈，甚至不管自家主公心意如何，一心维护孙刘联盟。

　　送走诸葛瑾，孙权思量再三，来到国太寝宫。他感觉，有必要劝说国太，谨慎对待相亲，选婿更需当心。

　　国太一听火了。"刚才映琴就来劝我，说刘备品行不端，是个灾星，他到哪里，哪里遭殃，曹操、袁绍、刘表等人都被他坑过。还说，张文才华横溢，年龄相当，与小妹是天生的一对！"国太气道，"事关小妹的终身大事，我岂能不慎重？刘备品行不端，为何天下人都说他是仁德之主，民心归之？她把张文说得像花似的，小妹没相中，谁敢给她拉郎配？还有你，弄得满城风雨，又千方百计来阻止，有你这样当兄长的吗？不要再说了，你越如此，我越想见识一下，刘备到底有何德能，让这么多人为他劳心费神？此事已定，不能再更改了！"

　　孙权碰一鼻子灰，想起国太的话，不禁诧异，曹映琴如此上心，她与张昭走得挺近啊，难怪张昭心向曹操，执意破坏孙刘联盟。

　　曹映琴不仅劝说国太，还劝慰孙小姐一番，"小妹，你如今正值青春，貌美如花，天下不知有多少奇男子为你倾心，可不能一时冲动，看重什么名声，把自己一辈子的幸福搭进去，刘备毕竟年岁太大了，将来后悔就来不及了！"

　　"谢谢四嫂关心。"孙小姐看着曹映琴离去，心中暗笑，"真是瞎操心！"

第一三三章
为见赵云费思量

孙小姐仿佛着魔了，曾经那么傲气，现在甘心为他低三下四，似有不平，又欲罢不能，她怕一转身，他就消失了。

昨日很是伤心气恼，今早，她没忍住，又来到馆驿。

与昨日不同，孙小姐请来孙绍帮忙。孙小姐告诉他，"把你的师父请出来，我有话对他说。"

孙绍已清楚，由于自己说漏嘴，师父袭击二叔，致使母亲被软禁。他知道，师父为营救自家主公，实非得已，他不怨师父。

"姑姑，你还要拜师啊？听说师父找到他家主公了，估计没有空闲教授武艺，你就别指望了。"

"让你帮个忙，哪这么多的废话？"

孙绍笑道，"姑姑，你不是马上与刘备相亲吗？嫁给他家主公，还拜什么师？让刘备下令，不教都不行啊！"

"小小年纪，不要信口胡说！"

"不说找师父干什么？我不去。"

孙小姐佯装生气，"姑姑真是白疼你了。"

"不好意思说？"孙绍嬉笑道，"你是不是看上我的师父啦？"

孙小姐举起手，"再胡说，找打！"

"不是胡说，是我希望的，姑姑若是成了我的师娘，师父就是我的姑父，以后到荆州找姑父学艺，名正言顺，母亲也不便阻拦了。"

孙小姐嗔道，"你倒会算计，先把他叫出来再说。"

"被我说中了吧？"孙绍看姑姑不好意思，"我马上给你请去。"

"不要说是我找他。"孙小姐担心赵云知道是自己，不肯出来。

孙绍点头，"明白。"

馆驿的人认识孙绍，指给他看刘备的住处。孙绍赶到近前，正想如何请出师父，可巧门一开，赵云出来。

赵云一愣，没想到在此见到孙绍。"你怎么来这儿啦？"由于自己贸然袭击，连累了大乔，赵云十分愧疚。"出来可曾让母亲知道？"

"没敢跟母亲说，她知道就麻烦了。"

一句话，就套出了实情，看来大乔已获释，赵云心中稍安。他把孙绍拉到一边，以免影响刘备休息。

孙绍抓住赵云的手，"师父，您真是赵云？"

赵云点头，"如假包换。"

孙绍兴奋道，"能拜您为师，我真是太幸运了。"

赵云担心孙绍联络自己，受到牵连。"这里不宜久待，还是快回去吧。"

"刚见到师父，就撵我走？"

"师父有事，没时间陪你。"

看赵云执意让自己离开，孙绍笑道，"师父，我也有事，是带着任务来的。"

赵云一愣，"你有何事？"

孙绍凑到赵云耳旁，"姑姑找您。"

赵云一听，脸瞬间红了。

"她请您出来见面，依我看，她是喜欢上您了。"好个孙绍，没替姑姑隐瞒，直接将她的老底揭开了。

赵云的脸更红了，"你对她说，我一刻不能离开，明天还要陪主公去相亲，也请她好生准备吧！"

孙绍很是诧异，"您家主公不就是相看姑姑吗？可她看上的是您啊！"

"这是孙刘联盟的大事，你不懂。"

"我不管什么孙刘联盟，我只知道，自从姑姑要拜您为师，就与原来不一样了。她现在变得温柔了，还长得那么好看，你俩在一起，多般配啊！"

赵云何尝没有体会到，这是主公来相亲，自己如何接受她的这份深情？"你是小孩，不要参与此事。"

"这事确实不好办，"孙绍摇头，"我只想说，您可别辜负了姑姑的一片真心。"

这时，刘备出屋，他欲请赵云进去歇息一会儿。孙绍见有人出来，不便逗留，即刻离开。

"什么姑姑、姑父的，还一片真心？"刘备问道。

刘备的大耳朵真是不白长。这让赵云如何解释？他只得岔开话题，"寻找主公时，遇到一个小孩，一直要拜我为师。"

"哦，这小家伙好有眼力，谁能成为子龙的徒弟，真是三生有幸啊。"

孙绍出来，孙小姐看见只他一人，不免失望。"可曾见到你的师父？"

"见到了，还聊了好一会儿呢！"孙绍兴奋道。

"把姑姑托你办的事忘了吧？"

"哪能呢，我直接告诉他，'姑姑喜欢你，请你出来呢。'"

孙小姐没生气，急道，"他怎么说？"

"他说让你准备相亲去，这是事关孙刘联盟的大事。"

孙小姐点头，这是赵云心中的结，自己找他，就是要解开这个结。

"实在不巧，屋里走出一个人，应该是他家主公，将他叫进去了。"

"哦。"孙小姐默默点头。

孙绍看姑姑很失落，"要不我再去试试。"

孙小姐想到，自己偷偷将孙绍叫出来，帮自己找赵云，大嫂知道了不好，"快回府吧。"

孙绍也怕母亲担心，只得先回去了。

孙小姐神情落寞，走出馆驿，有人叫了声，"孙小姐。"竟是张文。

张文是被张昭撺出来的，他看到刘备与孙小姐即将相亲，甚是着急上火，生气儿子在此事上不够上心。明天就要相亲，他逼迫张文到吴侯府周边转转，看能否撞到孙小姐，做最后的努力。

张文嘟囔道，"孙小姐都要相亲了，哪有闲心到处乱转？"

"我不管她有没有闲心，反正你现在闲着！"

张文只得出来，他没去吴侯府，准备在外面转悠一天，应付了事，没想到在此遇到孙小姐。张文想得开，大大方方上前说话。

看到张文，孙小姐微微点头，算作回应。

张文很是诧异，"明天就是好日子，孙小姐为何闷闷不乐？"

"与你何干？"孙小姐转身就走。

张文看着平时盛气凌人的孙小姐，情绪如此低落，于心不忍，"小姐虽没看上我，可是你不能小瞧我，有什么难处，也许我能帮上你。"

孙小姐站住，看张文一脸真诚，不像取笑自己，现在既然无计可施，都说张文有才华，不妨一试，"我要找馆驿中的一个人，你可有办法？"

"我们东吴孙小姐找谁，他还不得赶快出来？"

"他就是不肯。"

"何人如此不识抬举？"

"赵云。"孙小姐没有隐瞒。

看神情，张文马上明白，孙小姐对赵云有意，可她明日相看的是刘备啊！这等情况下，赵云如何与她相见？"赵云？估计不好请。"

孙小姐闻听，抬腿要走。

张文挡在她的面前，"孙小姐不方便，可否让别人请呢？比如孙绍，他不是赵云的徒弟吗？"

孙小姐眼前一亮，张文是聪明，马上就能想到孙绍。"我让他试过，没请出来。"

"我听父亲说，赵云进馆驿袭击吴侯的时候，是从房上下来的。"

"那又如何，事情已经过去了。"

"刘备住在这里，赵云一定担当护卫之责，可让驿丞请出赵云，帮忙查找隐患，我想他应该能出来。"

孙小姐面露喜色，"不愧是张大人之子！"

张文微微一笑，心道，你哪里知道，父亲为了巴结吴侯，将我折磨成什么样了。"我就是一个书生。"

孙小姐道过谢，兴冲冲进入馆驿，张文看着她的背影，不禁摇头，这事真是微妙。

驿丞按孙小姐所说，去找赵云。刘备虽没住孙权御所，经驿丞提示，赵云想起青衫人，感觉确有必要消除馆驿的潜在风险。

赵云随同驿丞出来，他的面前突然闪出一人，正是孙小姐，驿丞却不见了。

"你为何言而无信，一直躲着我？"

赵云低声道，"我要保护主公。"

"保护主公，就不能见我了？"

"你明日就要相亲，为了孙刘联盟，我们不便相见。"

"巩固孙刘联盟，有千般手段，为何非得我嫁给刘备？明日相亲，又不是定亲，我不喜欢，也是枉然。我现在明白告诉你，我只喜欢你，你是刘备手下大将，我们在一起，一样可以促进孙刘联盟。"

"我家主公是真正的人中之龙，只有他才配得上孙小姐。"

"他再好，我不稀罕。"孙小姐盯着赵云，"你真的不喜欢我吗？"

赵云不敢直视孙小姐火辣辣的眼睛。

"不言语，说明你心里有我。错过我，你会后悔的！"

赵云内心十分矛盾，他突然抬起头，迎着孙小姐的目光，"我们真的不可能！"说罢，快步离开。赵云没敢回头，他怕看到孙小姐难过的样子。

第一三四章
相亲前共议大事

相亲近在眼前，刘备倒坦然了。

周瑜、孙权设下美人计，一心想讨回荆州，甚至欲加害自己，最终也没得逞，孙权还被迫答应相亲了。尽管仍在南徐，没有脱离虎口，刘备有种预感，自己应该不虚此行，退一步讲，就是得一大贤庞统也值了。

庞统暗自高兴，相亲按计划进行，他希望刘备以最佳状态，打动国太与孙小姐，一举成功。

一直四处游荡的黄豆，听闻荆州之主刘备住到了馆驿，小心翼翼赶来打探，果不其然，主公在这里。他与刘备、赵云、孙乾等人见面，自是激动异常。

庞统看黄豆能说会道，见多识广，让他为刘备梳洗打扮。

能为主公梳理，黄豆受宠若惊，格外认真卖力。

见黄豆做得有模有样，庞统叹道，"你还真是个人才！"

黄豆很得意，"那是当然。"

"庞先生不知道，这小子滑着呢，就爱投机取巧！"赵云揭他的短。

庞统笑了，"说明这小子脑瓜灵光。"

"对，他是鬼得很，只是没用对地方，看到美女走不动道，见到赌场抽不出身。"

"哦，"庞统大笑，"全才啊！"

黄豆尴笑，"子龙将军，您是夸我还是贬我呢？"

"我要重用你，回到荆州，就把你送到三将军张飞那里！"

黄豆一缩脖子，"打死也不去！"

刘备不解，"这是为何？"

"在三将军那里偷懒耍滑，等着挨揍吧！"赵云笑道。

"子龙将军逗我呢。"黄豆自我开解。

"逗你？我是让三将军给你立立规矩，将来才有出息。"

黄豆闻听，手一抖，"哎哟！"刘备两根胡子被拽掉。

"看来，轮不到三将军，主公就动手啦！"孙乾笑道。

明天就是相亲的日子，吴国太做出一个决定，邀请大乔一同为女儿相亲。

国太有自己的考虑，大乔稳重聪慧，遇事思虑周全，事关小妹的终身大事，大嫂帮助参谋，理所应当。大乔之前受了委屈，请她参加重要仪式，彰显对她的重视，也是一种慰藉。大乔国色天香，天下尽人皆知，对东吴来说，也是很有面子的事。

大乔接到国太邀请，明白其中深意。自己出现，既向外人传递她与孙权遇袭无关，又可展示孙家内部的团结。可她并不准备去，现在身心俱疲，不想抛头露面，内心的痛楚，需要慢慢平复。

　　后来，她改变了主意。自从孙策亡故后，小妹与策王府走得最近，自己落难时，她为营救自己，据理力争，最为卖力。事关小妹一辈子的幸福，自己不应袖手旁观。只是，她不确定，这次相亲是不是小妹希望的。而且，他也会出现，找到主公，不管相亲成功与否，他都将离去，再难见到了。

　　接受邀请的同时，大乔决定带上陶珍一同前往，自从陶珍救了自己，通过更多接触，她愈加喜欢陶珍。

　　陶珍虽出身农家，却聪明伶俐，重情重义，古道热肠，不惧权贵，敢做敢当。有些品质都是自己身上欠缺的，思虑得太多，不免犹犹豫豫。她甚至想，如果不是她与孙绍年龄相差太多，真想让陶珍做自己的儿媳。此行带她参加相亲，有意让她多见世面，孙毅年岁大了，将来她可以帮自己管家。

　　国太曾担心大乔不愿去，听说她应允，很是欣慰，她明白自己的良苦用心，聪明的人一点就透，尽管遭受了委屈，还能顾全大局。

　　吴国太没想到，曹映琴也要参加，说要跟着国太长长见识。国太本来对她先入为主，劝阻相亲之事很反感。她的兄弟曹子高在屯田地开设妓馆，还强征民女为妓，那个陶珍姑娘告的就是他，最后还失火损毁大量军粮，国太内心对曹映琴是不满的。考虑到孙匡为救孙权身负重伤，既然请大乔参与，如何不让她去？人家还是主动请缨，国太勉强答应了。

　　这样，一切准备就绪，只等第二天甘露寺相亲了。

　　在这里，说明一下，吴侯之妹相亲，为何选在寺院呢？

　　主要是因为吴国太诚心理佛，认为那里是赐人吉祥平安的地方，很多人也到甘露寺求子求姻缘。当时的社会，不似现在有诸多禁忌，对一些事物的看法与当今大相径庭。

　　慎重起见，国太请大乔与曹映琴来府，共同商议相亲事宜。本想让女儿参与，她一早就出去了，不晓得此时还有这般闲心。

　　国太感觉又好气又好笑，"怎么好像给别人相亲？"

　　孙小姐正好回来，"我看也是。"

　　"我们商量你的终身大事，你却没了影儿。"国太埋怨道，"你要是如此不上心，我可不管是刘备、刘禑还是刘枕头，直接把你配给他算了。"

　　孙小姐笑了，"您要是这样疼女儿，就自己留着吧！"

"没大没小，"国太气道，"相亲大事，你怎么当儿戏似的。"

孙小姐道，"缘分谁说得清，没准一见面，我就喜欢上他了呢！"

"小妹心中有数。"大乔道。

"心中有数最好，"曹映琴接道，"刘备虽是英雄，毕竟年岁大了，小妹可不要为了虚名，苦了自己。"

国太皱眉，马上要相亲，她反感不吉利的话，"咱不说什么苦不苦的。"

"失言了，"曹映琴捂嘴，"是我失言了！"

最后是商量相亲细节，国太打算让女儿躲在屏风后面相看。

"凭什么你们在前，我在后面？"

国太笑了，"没羞没臊，能让你看就不错了。"

"那我走了，不影响你们商量大事。"孙小姐说罢，自顾自地离开。

国太叹道，"她走了，没人打扰，我们好商量。"

三人商定，大乔与曹映琴先把看法告诉国太，国太让人询问女儿意见，最后由国太定夺。

明早就要相亲，国太心绪难平，看到月上西窗，她悄悄来到女儿闺房，见小妹正站在窗前，凝视窗外。国太拿起一件衣衫，披在女儿身上。

"多圆的月亮啊！"孙小姐轻声道。

"是啊，好兆头。"

孙小姐将头倚在国太的肩上，"母亲，女人为何一定要嫁人呢？平添那么多的烦恼。"

"傻话，男大当婚，女大当嫁，自古都是如此。"

"母亲，你相信我会看中刘备吗？"孙小姐望着国太，"嫁人，我也要挑个中意的。"

"刘备心怀大志，素有善名，现为荆州主，还是皇叔，你不是要嫁人中之龙吗？"

孙小姐笑道，"我嫁龙，也不是龙他叔啊！"

"你要嫁龙啊，当今皇帝被曹操困于许都，正在笼中，想嫁也嫁不到啊。"国太也笑了，"孙绍的师父是赵云赵子龙，你俩年龄上倒般配，只是他曾几次袭击你二哥——"

孙小姐急道，"谁让二哥要抓人家主公了！"

"哦，"国太瞧着女儿，"可惜他是臣，不是主！"

"是臣怎么啦？您看天下有几个好主子？"

国太点头，"哪个主子不是一群妻妾，就说你二哥，后院总是你争我夺，不得消停，吕颖孜是个好姑娘，落得那样一个下场，多让人惋惜。"

"有几个像我二哥这样的。"

国太看着女儿的眼睛，"刘备去，赵云必定去。"

"不要跟我提他！"孙小姐气道。

"提刘备不行，说赵云也不中，看把我家的宝贝女儿折磨的，不行，就在我身边一辈子，任他谁娶去，我还舍不得呢！"

第一三五章
相亲日一声巨响

东吴相亲的日子到了。

甘露寺呈现在我们的面前。

甘露寺建于北固山上，层岩奇石，峰峦万千，十分秀美。甘露寺分为主殿与偏殿，主殿宏大，主要是供东吴君臣祭拜，偏殿相对较小，用以接待百姓前来进香。

主殿四周建有几大禅房，素雅整洁，重要香客来此祭拜时，用作休息或居住。平时，甘露寺住持慧通大师住在这里，普通僧人住在偏殿旁的禅房内。

在甘露寺，加上住持，只有十多个僧人。汉朝时，远没唐宋时期佛教盛行。

今日，孙小姐在此相亲，甘露寺暂停普通信众进香，众僧人皆在主殿小心侍候。

相亲时间定在巳时，就是现在的九点到十一点。晨露下，骄阳起，代表一天最好的时候。

大乔带着陶珍与几名随从早早赶往甘露寺，她的内心有所期许，希望见到一个人。其实，即使见到，在众人面前，也不便说话，他就要离去，看一眼也好。

大乔诧异，曹映琴竟然先到了。见到大乔，曹映琴一怔，"大嫂来得真早。"两人虽是妯娌，平时少有来往，主要是曹映琴有心结，大乔人美又聪慧，她不愿和强过自己的人交往。大乔本就不喜热闹，见此，也就不去讨扰。昨日，商量小妹相亲事宜，有国太在，两人单独在一起，还是头次。

大乔笑了，"小妹的大事，能不早来吗。"

"是啊，是啊。"

慧通大师带领僧众迎上来，慧通大师身材高大，长须飘洒，声音洪亮，"两位施主，请里面坐。"

大乔回礼，"有劳大师了。"

曹映琴朗声道，"今日是小妹的好事，也是东吴的大事，一定要照应好。"

慧通大师连连点头。

大乔心道，四弟妹说话倒不客气。

慧通大师本要引两位到禅房稍作休息，大乔道，"直接进主殿吧，在那里等候国太与小妹。"

曹映琴亦道，"这也是弟妹所想，还能与大嫂聊聊家常。"

这样，在慧通大师引领下，大家直接进入主殿。

甘露寺的主殿内，高梁立柱，斗拱交错，既威严庄重，又典雅考究，中间供奉巨大的菩萨雕像，盘膝端坐于莲花之上，双手合十，俯视众生。两侧相辅众佛像，神态各异，气韵生动，菩萨像下首一排香炉，中间香炉最大，香炉内插满檀香，香气扑面。

两人上前向菩萨施礼，由慧通大师引入一侧听禅室，这里就是相亲之所，她们在此专候国太、孙权与小妹到来。

"四弟的伤如何了？"大乔关切地问。

"已大有好转，多谢大嫂关心。"

双方就此唠起家常，曹映琴问起孙绍习武的进展，大乔询问曹映琴孩子的读书情况。

　　陶珍站在大乔后面，听木鱼声声，看香烟缭绕，触景生情，她突然想家了。父亲虽然独断，强迫自己为哥哥换婚，其实，父亲不易，母亲过世早，他拉扯两兄妹也是费尽心力，自己不辞而别，父亲不知会气成什么样。前几天，好姐妹潘月与闻梅离开了，尽管遭受磨难，两人都有心爱的人相伴，结局还是完美的。自己也不禁想起孙大哥，不知他是否到了南徐？既然来到寺庙，她有了到菩萨面前拜一拜的冲动。

　　大乔夫人正与曹映琴聊天，身边有随从相伴，主殿虽供奉神灵，不便在此拜祭。进入甘露寺时，她注意到旁边偏殿，大家没留神，陶珍轻轻退出，来到偏殿。偏殿敞着门，里面也是香烟缭绕，陶珍好生奇怪，怎么不见一个香客？她哪里知道，今日不接待普通信众。

　　陶珍仔细观察，没有发现僧人，这样更好，独自祭拜，许过心愿就走。

　　陶珍悄悄溜进来，四下打量，果真没有一个人，她上前恭恭敬敬进了一炷香，然后面朝佛像，双手合十，跪在蒲团上，闭上眼睛，默默叨念，希望父亲不要责怪她，自己出走，实是无奈。期望哥哥早日娶到嫂子，父亲的气就消了。最后，企盼孙大哥平安，两人早日相见。想到此，内心不禁泛起波澜，有种莫名的激动。

　　陶珍许完愿，正要起身，突然听到脚步声，陶珍担心被发现，责怪她擅自闯进来，急忙躲在石柱后。这时进来两人，先把大门关上，一同走到拐角，只听一人问道，"觉音，不好好盯着，急三火四叫我做什么？"陶珍听声音耳熟，偷偷一瞧，只见那人穿着袈裟，身材魁梧，竟是住持慧通大师。

　　只听那个叫觉音的和尚道，"师父，我一直盯着，感觉香炉太热，一旦觉妙在下面受不了，弄出响动，就坏事了！"

　　慧通大师皱起眉毛，"那就尽早'炸灰'。"

　　觉音道，"好，您给我暗示，我就给他信号。"

　　"就这么办。"慧通大师道，"国太与吴侯马上到了，我得去照应，你要做好准备。"说罢，两人急匆匆出去了。

　　"炸灰"是什么意思？陶珍不明白，直觉他们不怀好意。看两人离开后，陶珍像狸猫一样，快速闪出偏殿，回到主殿，大乔发现陶珍没了，正为她担心。

陶珍解释道，"好久没见亲人，为他们拜一拜。"大乔点头，陶珍很想请她出来，将刚才所见所闻实言相告。

正在此时，听到一阵喧嚣，吴国太、孙权与孙小姐到了。孙权带来大量护卫，他现在十分小心。

孙权听闻刘备没到，心中不悦，你来相亲，还让我们等候！慧通大师问道，"吴侯，是否先到禅房休息片刻？"

孙权对国太道，"母亲，我们直接到主殿，看一下环境如何。"

吴国太以为这是孙权好意，其实他是想给刘备难堪。

国太赶到，大乔与曹映琴站起，大乔道，"小妹今日更俊俏了！"

孙小姐换上女装，飒爽英姿，听大嫂夸奖，嫣然一笑，更是妩媚动人。

他们还没坐定，有人通报，刘备到了。按照事前约定，国太让女儿躲到屏风后。

刘备何以才到？主要是听从了庞统的建议，他只有赵云等几人保护，要尽量缩短在外面的时间。

听说国太已到，刘备担心失礼，正欲进入大殿，庞统拦住了他。

里面的人正在等候刘备到来，这时，主殿大门打开，快步进来两人，一人是赵云，他迅速环顾四周，观察大殿内是否安全。国太看见进来一位年轻将军，高大魁梧，甚是英俊，想来就是赵云。吴国太转头瞧屏风后的女儿，只见她咬着嘴唇出神，国太哪里知道女儿的心思，她正埋怨赵云不肯相见，到这里，我看你还如何回避！

大乔一见赵云，不觉身子一抖，赵云清瘦许多，不知他为找到主公，遭受多少折磨。让她欣慰的是，赵云所穿锦衣，正是自己亲手缝制的。

另一人是陪同前来的鲁肃，刘备紧随其后，快步进入大殿，国太看刘备虽上了几岁年纪，仍是仪表堂堂，气宇轩昂，不觉微微点头。

陶珍一见刘备，先是一愣，这人怎如此眼熟？他不是孙大哥的朋友吗？竟然是当今皇叔！随后进来之人，更是让她大喜过望，差点跳起来，刚拜完菩萨，就这么灵验吗？原来这人正是她千念万想的孙大哥！他竟陪着皇叔来相亲，到底是什么人啊？

赵云心情复杂，他在四下逡巡时，一眼认出大乔，不觉心中怦怦直跳，受自己连累，听说她被孙权软禁，如今显得愈加憔悴，两人瞬间对视后，都快速移开了眼睛，大乔低下头，整理慌乱的心绪。赵云不敢分心，他要负责主公的安全。

陶珍站在大乔身后，孙乾没有注意到她。陶珍好想大喊：孙大哥，往这里瞧，我也在呢！

鲁肃向前，给双方做介绍，刘备与孙权一同拱手，刘备心道，孙权，你们使个美人计，还一路追杀，真把我害惨了！孙权暗忖，刘备，你跑没影了，赵云把气都撒我身上，几次出手袭击，可把我吓傻了！

鲁肃郑重给吴国太介绍刘备，刘备忙上前恭恭敬敬施礼。国太对刘备的印象不错，虽是皇叔，竟如此谦逊有礼。

在鲁肃的安排下，双方就座。孙权、鲁肃、阚泽、吕范坐于一侧。刘备、庞统、孙乾与赵云坐另一侧。

"早闻刘备大名，不知你是哪里人士啊？"国太问道。

刘备见国太和颜悦色，知道相亲是在她支持下进行的，感其诚意，急站起躬身一揖，"我乃河北涿郡人士。"

"父母可还在？"

"父母早已亡故。"

"现今贵庚几何啊？"

"四十有九。"

与女儿相比，年纪确实大了，国太转念一想，孙权是继承父兄之业，刘备是白手起家，闯荡江湖多年，方有如此基业，年龄自是不小，好在看着还年轻。"确曾参加了十八路诸侯讨董卓？"

"刘备不才，曾与孙坚将军并肩作战，孙将军胸怀大义，甘当先锋，与其他诸侯相比，是真英雄也。"

国太听着高兴，不禁点头，"你们兄弟三英战吕布，也是豪杰。"

鲁肃、庞统听国太夸奖刘备，看神态也是面有喜色，都长出一口气。孙权听着，不免紧张，这样下去，母亲不会直接应允了这门亲事吧？正在他思考如何应对时，突然"砰"的一声巨响，主殿内腾起一团烟雾。

第一三六章
炸灰突现挥不尽

众人皆惊，孙权更是吓得跳将起来。

孙权的护卫冲上前，将他围在当中。赵云也拔出宝剑，护在刘备身前。大家小心翼翼从听禅室出来，只见中间巨大香炉周围烟雾弥漫。

霍利手执腰刀，看见一个小和尚，厉声问道，"怎么回事？"

"炸灰了！炸灰了！"小和尚惊道。

"炸灰？"孙权不解，"何为'炸灰'？"

慧通大师走上前，"禀告吴侯，炸灰就是香炉内的香灰炸了，极难出现。"

过去的人很迷信，孙权马上追问，"有何寓意？"

慧通大师小心答道，"非吉祥之意。"

"非吉祥之意？"国太皱眉，"那是何意？"

"国太，今天是好日子，不说也罢。"慧通大师劝道。

孙权直道，"正因如此，一定当众说个明白。"

慧通大师无奈，"'炸灰'就是必有失德之人在此。"

所有人一愣，国太追问，"大师确定吗？"

众人都瞧着慧通大师，他郑重点头。

国太正告，"出家之人应谨言慎行，不可妄言。"

"老僧修行多年，这个道理自知。"慧通大师回答。

"你这个大和尚，支支吾吾，不说个明白，我们不是都有了嫌疑，出去还不让人说三道四？我们可以不介意，国太德高望重，吴侯人皆仰慕，岂不是最大的不敬？"曹映琴大声道，"大师，那人有何特征？可有所暗示？"

国太点头，她也很想知道此为何人。

慧通大师扫一眼人群，"此人耳大臂长，面似忠厚，实则是德行有失之人！"

闻听此言，所有人都看向刘备，一时好不尴尬。

发生炸灰，刘备也很紧张。不知这是偶然发生，还是有人蓄意而为。庞统道，"保护好主公。"赵云与黄豆一前一后守在刘备身旁，庞统对孙乾一使眼色，孙乾明白，他走向前，观察有何异动。

听到慧通大师所说，孙乾岂能无动于衷？谁都知道刘备的特征是耳大臂长，这简直就差指名道姓了！若说其他，在这特殊时期，孙乾也就忍了。说主公德行有失，岂不是砸其招牌，毁其前程？"一派胡言！"孙乾怒道，"一个简单地香灰鼓起，竟然扯上德行，实在可笑至极！"

慧通大师闻听，说道，"'炸灰'乃异象，常人难见，更是难于理解了！"

孙权窃喜，说刘备德行有失，对他来说，可是啪啪打脸！仅凭此，母亲就不会同意这门亲事。

"装神弄鬼，污人名声！"孙乾斥道，"我家主公刘备仁义为本，德善施政，怎到你这里成了德行有失之人！"

"污人名声？我只是传递神佛旨意，揭露人间善恶实情。"

"实情？"刘备平静道，"既有实情，不妨讲来！"

"刘备大名世人皆知，以信义闻天下，可他却做了很多背信弃义之事，如何不是德行有失之人？"

刘备被他污蔑，直道，"有何事只管说来，不要欲盖弥彰！"

"我听闻，吕布辕门射戟，帮了刘备，可是，当吕布被曹操所擒，求其为自己说情，刘备一句'可知丁原、董卓之死乎？'就要了吕布的命！"

刘备与孙乾一愣，明白慧通大师是有备而来。刘备的第一反应，这是孙权安排的，故意败坏自己名声，破坏相亲大事！慧通大师所说，外人听来，确实感觉刘备忘恩负义，孙乾是整个事件的亲历者，他对此的前因后果了如指掌，岂能容他信口开河？

"大师只知其一，不知其二，当年，曹操以报父仇为名，攻打徐州，徐州主陶谦四处求援，各方英雄碍于曹操势大，无人敢应，只有我家主公不惧兵少将寡，前来营救，陶谦感于此，病重之际，三让徐州。当时吕布势穷，前来投奔，"说到此，孙乾盯着慧通大师，"记住，是我家主公收留了吕布，将其安置在小沛。可是，当我家主公奉旨征讨袁术之时，吕布就让其岳丈曹豹打开城门，夜袭徐州，听清楚，非是我家主公背信弃义，而是吕布那厮恩将仇报！"

孙乾一番话，还原实情，顿时扭转局势，大家都瞧着慧通大师，他不紧不慢道，"这位先生所说也非实情，真相是张飞在城中强逼他人饮酒为乐，曹豹没有酒量，哀求张飞看在女婿吕布的面子上，莫要灌酒。哪承想，张飞闻之大怒，痛打曹豹，曹豹忍无可忍，才请吕布前来为其出气。吕布虽进徐州城，并无伤害刘备之意，还善待其二位夫人。当袁术派大军前来征讨刘备时，吕布辕门射戟，方解了刘备之危，可是，刘备不思报恩，还蛊惑曹操，勒死了吕布！"慧通大师所说，虽不足以翻转形势，还是让孙乾很吃惊，慧通大师如何通晓其中详情？

在旁人看来，刘备在此事上，确有理亏之处。当时刘备考虑，吕布勇冠三军，如果降曹，曹操如虎添翼，兴汉大业又多一个劲敌，才借曹操之手，除掉吕布。只是，这些内情如何能当众说？好一个孙乾，马上应道，"听大师所言，似有同情吕布之意，吕布何许人也？当年拜荆州刺史丁原为义父，董卓一点小恩小惠，他就杀了丁原，从此认贼作父，助纣为虐，当年十八路诸侯讨伐董卓，他就是恶贼董卓的马前先锋，国太都知道，我家主公与两位兄弟三英战吕布，成就美名！十八路诸侯中，孙坚将军最为骁勇，率部最先攻入洛阳，吓得老贼董卓被迫迁都。"孙乾及时拉上帮手，果然，国太不住地点头。孙乾接道，"吕布，豺狼也！我家主公借曹操之手杀之，实是为天下锄奸，慧通大师为吕布张目，是何居心？你们到底是什么关系？"

慧通大师被孙乾一番话击中要害，不免心虚，"老僧与吕布没有任何关系，只是传达神佛旨意，别无他心。"

"别无他心！为何假冒神佛旨意？"陶珍突然走到众人面前，大声道。

大家一怔，不知这位姑娘是何来头？孙乾猛然看到陶珍，难以置信，他大睁双眼，刚才还口若悬河，现在竟一时说不出话来。刘备也好生奇怪，这个姑娘是从哪儿冒出来的？大乔看陶珍突然在大庭广众之下出声，一时也愣住了。

慧通大师见一个姑娘也来质问自己，怒道，"你是何人？在此胡乱插言？"

"我是气不过，你在这里整个'炸灰'，糊弄所有人！"

"胡说八道！"慧通大师怒道。

"胡说八道？"陶珍一招手，叫过几名大乔随从，来到最大的香炉前，一看这种情形，慧通大师顿时目瞪口呆，马上示意几个和尚上前阻挡。陶珍见此，一指香炉，"下面有人！"众人皆惊，孙权担心有刺客，他一挥手，众多护卫上前，抬下香炉，巨大的底座内，竟然藏着一个小和尚，他哆哆嗦嗦站起来，所有人都呆住了。

原来，陶珍见到孙乾，格外兴奋，看孙大哥如此能言善辩，更激动了。这时，她才清楚，孙大哥的朋友是荆州之主刘备，孙大哥是他的臣子，怪不得一定要找到他！陶珍要帮孙大哥，她想起"炸灰"之事，悄悄来到香炉旁，仔细倾听，香炉底座内的小和尚早已热得受不了，发出粗重的喘息声，陶珍心中有数了。

于是，她及时给孙乾助攻，戳穿了慧通大师的阴谋。

听闻慧通大师讲述，孙权本就怀疑他与吕布的关系，甘露寺是东吴内寺，如果容纳恶人在此，后果不堪设想。还未等他发话，国太大声道，"拉过来问话。"

小和尚瞄一眼住持，低头不语，霍利用刀指着他，"不说实话，就拉出去斩了！"

小和尚吓得一屁股坐在地上，战战兢兢道，"我叫觉妙，这一切都是住持逼我做的。他让我买来牛尿脬，吹满气，埋在香灰里，命我藏在香炉下的底座内，等你们入座，听到暗号，即捅破牛尿脬，就'炸灰'了。"

国太急问，"这样做的目的何在？"

"只为让刘备名声扫地。"觉妙低声道。

"你为何要这样做？"国太一指慧通大师，"受何人指使？"

慧通大师望了一眼人群，"此乃老僧个人所为，无人指使。"

一切都已明了，孙乾无比激动地望着陶珍，当着众人面，他不便说什么。刘备面露笑容，心想，这个与孙乾交好的姑娘，原本以为就是个村姑，上次在屯田营地，让其纵火，她的反应之快超出想象，如今又在关键时刻帮自己解围，令人刮目相看！大乔惊讶，陶珍实在了不得，只是不解她为何出手帮助刘备？孙权暗自思量，前几天还向我告状，在屯田营地挨了欺负，这才跟大嫂几天，竟变得如此厉害，不禁暗自佩服起大乔来。

"制造事端，破坏我相亲大事，"国太对孙权道，"速将这两人抓起来，严加审讯，看看可有幕后黑手。"

本来，见有人揭刘备的短，孙权暗自高兴。可是，结局翻转太快，让他大失所望。

国太来了兴致，她对刘备印象很好，有人给他泼脏水，也不急不躁，看来真是能成大事者。"这等人，蓄意污蔑，真是冤枉了玄德！"

刘备听国太如此说，忙起身作揖道谢。孙权心中一紧，母亲已称刘备为"玄德"，话语中明显透着对他的喜爱，这当如何是好？

正在孙权无计可施之时，突听有人高声道，"谁说冤枉了刘备？他欺骗了所有人！"

第一三七章
揭露谎言佳人现

众人一震，只见说话者四十多岁的年纪，须发皆重，一身短打扮。刘备瞥一眼孙权，在甘露寺中，不是和尚，定是孙权的人了！

孙权明白刘备的意思，自己虽欲阻止相亲，也不想无端被冤。"你不是僧人，如何在甘露寺？"孙权斥道。

"我在此带发修行。"须发皆重者答道。

刘备想，即便与孙权无关，在此修行，当与住持关系匪浅。

孙权直道，"你有何话说？"

须发皆重者走上前，"刘备，你可认得我？"

刘备仔细打量此人，摇摇头，"不认得。"

须发皆重者笑道，"我猜你也不敢相认，甘红你可识得？"

刘备一愣，"那是我的甘夫人。"

"亏你还记得她，陪你颠沛流离那么多年，还给你生了一子阿斗，她尸骨未寒，你就来东吴相亲，刘备，你还有点良心没有？"

庞统上前道，"甘夫人新亡，是皇叔的家事，孙刘联姻是国事，家事焉能与国事相比？"

须发皆重者不屑，"莫要拿国事与家事混淆视听，什么都掩盖不了刘备失德之实！"

刘备气道，"你是何人？来此胡乱言语？"

"刘备，看来你是准备装到底了？"

"不要故弄玄虚，有话直说！"

"我叫甘白，你还想装下去吗？"

"甘白？你是甘家庄的？"

"我不仅是甘家庄的，更是甘红的兄长！"

"什么？"刘备一惊，"我从没听说过她有兄长。"

"为了掩盖你做的丑事，连我这个兄长都不敢认了？那我就当着大伙的面，给你抖一抖。当年，你做了恶事，被官府捉拿，逃到甘家庄，被我的妹妹甘红看到，不知你用了什么花言巧语，哄骗了我家妹子，还利用她年少单纯，引诱了她，致其怀孕！"

众人一惊，原来刘备年轻时如此不堪！与人们眼中的仁义君子可是天壤之别。

刘备闻听，简直五雷轰顶，这可是奇耻大辱！

当年，刘备在安喜县做县尉，朝廷宦官以巡查为名，派督邮到各地搜刮民脂民膏。刘备没钱给他们上供，督邮生气，鞭打师爷，让他交代刘备贪污之事，不想被张飞撞见，痛打了督邮。自此，刘备与关羽、张飞两兄弟挂印而去，被官府缉拿。正是在这种情况下，兄弟三人失散，刘备逃到甘家庄，被甘红收留，躲过一劫。刘备对甘红感激不尽，待他稍事稳定，前来迎娶甘红，甘父看刘备闯荡江湖，行踪不定，担心女儿受苦，反对她嫁给刘备。甘红态度坚决，誓言非刘备不嫁，甘父心疼女儿，最终还是同意了两人的婚事。根本没有欺骗之说，更没有引诱致其怀孕之事。两人在一起生活多年，知其是甘家独女。"她哪有什么兄长？我又何曾诱其怀孕？全是一派胡言！"

"胡言？当年你只顾自己逃跑，她为追赶你，摔倒流产，还是我们父子悉心照顾，才把身子养好。"

"你这是血口喷人！"刘备怒道。

"我揭了你假仁假义的面皮，急了吧？"须发皆重者转向大家，"我说的都是实情，不信你们可以到甘家庄打听。"

刘备听说，兵荒马乱，甘家庄早已不复存在，让人去哪里打听？听了这家伙有鼻子有眼的讲述，刘备从众人的眼神感觉到，他们都信了。"你污了我的名声，即便找到甘家庄，又如何挽回我的声誉？"

庞统、孙乾与赵云为何不上来解围？庞统刚跟了刘备，过去的事他哪里晓得。孙乾与赵云虽追随刘备多年，这段历史太过久远，他们并不清楚，也许只有关羽、张飞了解内情。

刘备听他如此污辱自己，恨不能一剑斩了他，那样更坐实他的污蔑之言。

孙权幸灾乐祸，如此低劣之人，母亲和小妹如何能相中？在刘备最尴尬之时，突听有人大声道，"胡白，你又到此造谣生事了？"

说话间，一个窈窕女子快步来到众人面前。

刘备一看，以为在梦中，他使劲揉揉眼睛，竟然是苗一妹！吴国太惊道，"一妹！"

苗一妹向吴国太作揖，"母亲。"

国太身边的人都十分惊喜，大乔、孙权与曹映琴一同向苗一妹施礼，"长姐。"

刘备一惊，国太不是仅有孙小妹一女吗？苗一妹也是她的女儿？可是她为何姓苗？须发皆重者也惊呆了，咬牙装作不认识，"我是甘白，何曾叫过胡白？"

苗一妹大声道，"你如此健忘，不妨我给你提个醒，半年前，你因为偷窃，调戏丫鬟，谎话连篇，被逐出了少鼎司府。”

"不可能，我从没去过山越。"须发皆重者争辩道。

"我何曾提过山越？你这是不打自招！"

须发皆重者露了怯，仍嘴硬，"我也没在少鼎司府待过。"

"没去过吗？你因偷窃，还被责打过。"苗一妹回头，这时，上来两人，刘备一看，是司徒文和公孙双，司徒文对大家道，"他的腰上有一块胎记，诸位看到底有没有？"

"你们要干什么？"须发皆重者极力挣扎。

司徒文与公孙双不由分说，上前将他摁倒在地，扒开衣服，须发皆重者腰上的胎记立即裸露出来。

"还是胡诌八扯，恶习难改！自己说，你叫什么？"司徒文喝道。

须发皆重者闭口不言。

公孙双没客气，狠狠踢了他两脚。

"我叫胡白。"须发皆重者捂着屁股求饶，"别打了。"

"我看你叫胡白话算了，你也不认识刘先生，为何污蔑人家？"司徒文斥道，"说实话，不说再来顿责打。"

胡白瘫倒在地，"诸位容禀，我与甘红是一个庄的，很喜欢甘姑娘，她却被刘备娶走了，我很是不甘心。我知道，甘父最初不同意两人的婚事，嫌刘备穷，谁想到，后来刘备成了皇叔，庄子里的人都说甘红有眼光，跟我就遭罪了，让我很是恼火，我与甘露寺住持慧通是朋友，听说刘备在此相亲，就冒充甘红的兄长，贬损他的为人，搅黄相亲之事。"

"就因为这个，你敢参与进来？"苗一妹摇头，"不对，你是无利不起早，一定是受人指使。"

胡白扫一眼人群，小声道，"没有，真的没有。"

司徒文接茬，"他就没有个准话，不要信他。"

苗一妹对孙权道，"二弟，把他带下去仔细审问，查查其中可有阴谋！"

"好。"孙权一点首，几个士卒把胡白押了下去。

胡白大喊，"我说的是实话，我没撒谎，我不撒谎了！"

"不仅胡白没有个准话，"苗一妹转向刘备，"好你个卖草鞋的，竟然骗到这里来了！"

苗一妹为何突然回到了南徐？

自刘乾从山越消失后，苗一妹就十分失落。自己真的如此不祥吗？连个织席卖草鞋的都嫌弃自己，她有一种说不出的痛楚。

这时，苗萍出现了，母女促膝长谈后，苗一妹发现，这里的一切，皆为山越鼎司梁采操纵，他借口自己生病，把幼鼎司梁皮安置在少鼎司府，将所有矛盾转移到苗一妹，并收买了尉迟武，充当自己的耳目。他则置身事外，坐山观虎斗。

苗一妹了解到，刘乾消失前，正是与尉迟武在一起，她怀疑，刘乾不是被尉迟武杀了，就是被他赶走了。

此时，苗一妹惊觉，山越到处是陷阱，自己在这里已无安身之处，在苗萍的引导下，苗一妹决定，不再为虚伪狡诈的山越鼎司卖命，她看准时机，带上几名亲随返回了东吴，在归途上，苗萍再次悄然离去。

苗一妹带人直接来到吴侯府。原来，她不愿提及的父亲，竟然是东吴老主孙坚！嫁入外族，也是为了消除战乱的政治联姻。

苗一妹进入吴侯府，前去看望吴国太。国太不在，一打听，方知今日小妹在甘露寺相亲。来得早，不如来得巧，苗一妹知道小妹心气高，好奇她相看的是何人？就赶来甘露寺探望。

哪里想到，小妹相看的人是刘乾，他到这里，竟成了刘皇叔！苗一妹有种眩晕的感觉，原本以为再也见不到他了。当时，他正被人污蔑德行不佳，这个污人者，竟是被自己逐出府的胡白！苗一妹念及旧情，先帮他解了眼前之围，再找他算不辞而别的旧账。

刘备不知苗一妹为何离开山越，好在她一出现，就帮自己渡过难关，正要感谢，她却直接质问自己，刘备只得道，"我是被人追赶，逃到山越，被迫隐去真名，我确曾卖过草鞋，不曾欺骗。"

"为何还打着皇叔的旗号，欺骗我家小妹，你还想骗多少人？"

"他确是当今大汉皇叔，"国太说话了，"谁能想到玄德来东吴相亲，船只倾覆，竟一路逃到你那里，不过，一妹不虚此行，为玄德打了证言，还了他的清白。"

苗一妹百感交集，"非有意为之，正巧赶上而已。"

国太将苗一妹拉到身边，"这一别好几年，我真想念一妹啊，今日赶上小妹与玄德相亲，你也帮助相看一下。"

苗一妹瞪了一眼刘备，一切尽在不言中。

国太道，"虽有人污损玄德名声，都已证明不实。我观玄德，相貌不凡，随机应变，从容以对，乃大丈夫也，今有勇将护佑，智谋之士相佐，必成大器，真乃吾之佳婿也！"国太一高兴，直接为女儿做主了！

众人都向国太道贺，孙权好不懊恼！庞统、孙乾、赵云一同向刘备贺喜，只是赵云心里五味杂陈，刘备望着苗一妹，面对道贺之声，竟有些发呆。

正在这时，只听有人大喊一声，"慢着！"

第一三八章
终极相亲惊天火

只见孙小姐从屏风后闪出，气哼哼地来到国太面前。

"您这老太太，我们不是约定好的吗？做决定前，先询问大嫂、四嫂看法，再征询我的意见，怎么一个人独断专行了？您要是爱做主，就为长姐做主吧，我看她与刘皇叔正合适。"

国太知道自己武断了，听女儿如此一说，不禁道，"乱点鸳鸯。"可她分明看见一妹的脸红了。

"老太太，看来您真是老眼昏花了，"孙小姐道，"听明白了，您的佳婿不是刘皇叔，而是他的护驾之人！"

众人都向刘备身旁瞧去，此时，刘备左有孙乾，右有庞统，身后站着的是黄豆，孙小姐一看，自己要找的人不见了，忍不住大喊，"赵云！"

赵云一直跟在刘备身旁，他的内心难以平静。自从他进入大殿，就注意到屏风后有人影晃动，看身形，他认出那是孙小姐。

前面坐着大乔，屏风后站着孙小姐，赵云十分不自在。

大乔为帮自己，受过孙权软禁之苦。现在，她坐在那里，不动声色，还是那般平静，不知她在想什么，赵云能感觉到，那双美目一直在追随着自己。

孙小姐曾救自己于向死之时，还多次助自己寻找主公。她一出来，赵云顿感一种隐隐的压迫，她很直接，从不遮掩，近几日自己一直回避，她一定伤心又生气，以她的性情，赵云担心她做什么出格之举。

偏在这时，赵云以超乎常人的敏感，嗅到大殿中存在某种危险，他全神贯注，极力寻找隐患所在。

"赵云，你又要躲起来吗？"孙小姐生气，"你救过我，我也救过你，我相信，这就是缘分，是命中注定的！我喜欢就说出来，你不喜欢也可以说出来，你能为了别人豁出命去，还有什么可怕的！"孙小姐的话震惊了所有人！这简直就是爱情宣言，石破天惊！

国太听到女儿的真情流露，懊悔不已。难怪一提赵云，她就急，她还是喜欢赵云啊！我这当娘的失职，只想让她嫁个门当户对的，却忽略了女儿的感受。

大乔心情复杂，她佩服小妹的勇气，敢于在众人面前表达，她与赵云年龄相当，是最般配的。

苗一妹对于这个突变很是吃惊。她怨恨刘备突然失踪，即便被尉迟武赶走，也能想办法回来，终归是无情无义。现在，他还到南徐相亲，相看的竟是小妹，心中不免伤心落寞，没想到，小妹能感知自己与刘备的微妙关系，当众说出他们是合适一对，现在看来，她是心有所属。

孙权料定，母亲与小妹不会相中刘备，才勉强答应相亲。现在看来，小妹确实没相中刘备，她看上了赵云！他在心中快速盘算，如果赵云成为自己的妹夫，把他拉过来辅佐自己，也是意外之得。不过，现在看来，小妹是剃头挑子一头热，赵云不出面表态，让他既心疼小妹，又感觉很没面子。转念一想，赵云对刘备忠心耿耿，为了营救他，几次冒险袭击自己，岂能轻易改弦更张？别再把小妹拐荆州去，那就更失算了。

　　刘备以为相亲只是走过场，结果，这个过场竟也走得如此曲折，谁能想到，苗一妹半路杀出，更想不到，孙小姐相中了赵云，看来他们在南徐一定很有故事！刘备看得开，他对赵云有信心，绝不会弃自己而去，辅保他人。

　　刘备从孙小姐的表白中，感受到了她的用情之深，赵云不在，定是碍于自己，躲出去了。于是道，"子龙是我四弟，他若与孙小姐成婚，也是孙刘两家联姻，一样是件大好事，我替他应下了！"

　　对于孙小姐的大胆示爱，赵云很感动，却无法接受这个现实，他从佛像后转出来，"使不得，我陪主公南徐相亲，如何变为我来相亲？这成何体统？"

　　"赵云，你何以只为别人活着？不问问自己的内心感受？"孙小姐高声道。

　　"谢谢你的好意，这真是我不能接受的！"赵云道。

　　"子龙，男大当婚，女大当嫁，做出你的选择，与我这次相亲无干。"刘备鼓励道，这相当于给赵云解套了。

　　赵云看着人群，无奈地摇摇头。

　　"赵云，你如此畏首畏尾，瞻前顾后，"孙小姐眼中含泪，"怎么会是长坂坡上大杀四方的赵子龙？"

　　国太看宝贝女儿难过，自是心疼，走上前来安慰。

　　孙小姐咬咬牙，厉声道，"赵云，我只问你一句话，你到底喜不喜欢我，给我一个痛快话！"

　　这时，偌大个主殿，顿时鸦雀无声，所有人的目光，都投向了赵云，此刻，掉根针都能听得到。

　　就在这时，上方传来一声咳嗽，那是被香灰所呛后，捂着嘴，尽力控制的闷响，所有人都为之一震。

　　赵云早已感到异样，闻听此声，他一把抽出宝剑，纵身冲上去。与此同时，大殿上方顶梁后，出现两个蒙面人，其中一人身背一个葫芦，只见他一拍葫芦，一团火喷下来，顿时，下面烟火弥漫，一片混乱，赵云认出，这不是火烧策王府的大和尚吗？在大和尚准备再次拍打葫芦时，赵云手中一物飞了上去，正打在大和尚手上，葫芦中的火本已喷出，瞬间改变方向，直向那两人喷去，不仅烧到他们所戴蒙面之物，连头发与眉毛都被燎到。两人一齐惨叫，带着火冲下来，众人被吓住，两人趁机冲出大殿。赵云立即追上去，孙权的护卫也赶过来，大和尚被烧，急忙甩脱葫芦，撒腿就跑，赵云疾行几步，挡在他的前面，只十几招，就将他打翻在地，孙权的护卫扑上去，将他生擒。

另外一人，赵云也认出，正是青衫人，他的武艺十分了得，赵云惦记刘备身边缺少保护，马上返了回来。

大火一着，刘备反应最快，他也是逃出经验来了。只见他往前一近身，一把抱起苗一妹，在众人面前，飞也似的跑出大殿，苗一妹先是一惊，见是刘备，她仰起脸，"刘皇叔，你这是为何？"

"不想让你受到伤害。"

闻听此言，苗一妹的眼圈瞬间红了，"你个臭卖草鞋的，亏你还惦记着我！"说罢，伏在他的胸前，泪水止不住落下来。司徒文、公孙双、杨桃等人也跟了出来，看到此景，僵在那里，不知该如何搭言。

大火一下来，主公抱起苗一妹逃出，孙乾上前一把抓住陶珍的手，就往外跑，陶珍道，"还有大乔夫人。"两人搀扶着大乔冲出大殿。东吴护卫也保着孙权、吴国太、孙小姐跑了出来。曹映琴是最后逃出的，她似乎受到惊吓，脸色惨白，身子瑟瑟发抖。

这时，赵云赶回来，刘备道，"我与一妹在山越相识，共经磨难，如今在此相遇，也是缘分。你不用管我了，喜欢孙小姐就将她娶回荆州。"然后低声道，"如果一下娶回两位，咱们就赚大了！"

苗一妹"呸"了一声，"你个臭卖草鞋的，怎么这般贪得无厌？"然后对赵云道，"子龙将军，你要是能娶了小妹更好，我们姐妹还有个照应。"

这时，孙小姐奔过来，抬手推开赵云，大家很紧张，以为她要与赵云动武。孙小姐没有吵闹，她走上前，对苗一妹与刘备作揖，"恭喜长姐姐丈！"

苗一妹道，"小妹，莫急，我们正劝子龙呢！"

"你们不用劝，强扭的瓜不甜，"孙小姐看着默然无语的赵云，"赵云，你有过承诺，要随时听从我的召唤，现在有长姐姐丈撑腰，我看你敢说话不算数？"

刘备这个姐丈当即道，"子龙说话向来是一言九鼎！"

"那就好！"孙小姐走到赵云近前，语含哀怨，低声道，"你的心真狠，人也好无情！"

相亲虽经波折，国太还是很欣慰。一妹命运不济，她虽不是自己亲生，毕竟是孙坚的血脉，老主公对她们母女一直心怀愧疚，她也是情路坎坷，如能与刘备成婚，自是如意了。女儿对赵云很是钟情，只是赵云多有顾虑，对于他们的未来，一时还难以预料。

孙权见刘备面露喜色，顿生极强的挫败感，怒道，"把所抓之人都给我带回去，严加审讯！"

第一三九章
访密友撞破天机

前几日，曹映琴带孩子来访，临别时，小宝扯着霍水的衣襟不撒手，触动了她的内心，霍水原想很快回访，鲁肃阻止了她，这十分少见。

鲁肃告诉霍水，少与曹映琴来往，他愈加感觉，曹映琴不简单，甚至很危险。霍水不以为然，不要因为曹映琴来自许都，是曹家人，对她另眼相待。与南徐众多文官武将的夫人相比，她平和大气，十分热心，知道自己喜欢孩子，常带儿女来看望，做朋友真是没的说。

今日得暇，霍水立即前往乌程侯府。

乌程侯府中的家人都认得霍水，知道二位夫人亲如姐妹，不用禀报，霍水穿厅过堂，直奔曹映琴的内室而去。

一切平静如常，又不寻常。

当霍水来到曹映琴内室外，正准备推门而入时，"你这是害我，害我全家！"里面突然传出曹映琴的喝斥声，霍水心里咯噔一下，发生了何事？致曹映琴如此声色俱厉？

霍水顿时停下来，随后，她听到了哭泣声，"夫人，我哪敢害你们？就是求您快点救救我哥哥吧，不然，他就没命了！"霍水从门缝中看到，一个姑娘正跪在曹映琴面前，霍水认出，她是曹映琴的贴身女侍孙凤。

"我说过，已请孙将军救他了。"曹映琴不耐烦道。

"孙将军受伤，被您困在府中，无法与外面联络，这么拖着，您就是不想救！"

"沈凤，"曹映琴厉声道，"你让我怎么救？现在谁出手，谁就遭怀疑！"

霍水疑惑，孙凤怎成了沈凤？她要曹映琴救何人？

只见沈凤咬牙道，"我哥哥受不了酷刑，一旦招供，谁也跑不了！"

霍水才明白，原来是要救她的哥哥，她的哥哥怎么了？还要遭受酷刑！

"别拿这个要挟我，他要是招了，我就说这是有人蓄意陷害，挑拨孙家兄弟关系，你想想，孙将军刚救了吴侯，他是信你的哥哥，还是信自己的弟弟？"

"我哪敢要挟夫人！只是求夫人发发慈悲，二哥已经没了，我不想再失去大哥，只有您能救得了他！"

"你二哥是被吴侯杀的，你大哥出手，是为你二哥报仇，与他人无干。我收留你这么多年，已经仁至义尽，不要再跟我说这些了！"

"夫人，不能这样说，您收留我，我感谢您。"沈凤抬起头，"但是您收留我，本身就触犯了东吴大忌，您还多次把吴侯的行踪透露给我，名义是帮我们报仇，实则是要除掉孙权。您还勾结曹操的人，一同刺杀孙权，就是想让孙匡将军篡位，如果我把这些事说出去，您想想后果吧。"

"我看你是活腻了！"曹映琴凶相毕露。

"二哥没了，大哥要是也没了，我真就不想活了，大不了鱼死网破！"

这一切听得霍水毛骨悚然。

最近吴侯连续遇袭，难道与曹映琴有关？看来鲁肃的感觉是对的！这还是自己认识多年的闺中好友吗？现在，自己撞破了她的秘密，霍水顿觉脊背发凉，全身冒汗，她想悄悄退出，腿脚不听使唤，她在心中骂自己，霍水，平时的能耐哪去了？看来，你也就能欺负鲁肃，还是他让着你，关键时刻竟如此不堪！

正在这时，她看见曹映琴一伸手，从卧床边拽出一把宝剑，霍水一惊，她的床上竟然暗藏兵刃，看来是早有准备。只见曹映琴一纵身，直奔沈凤刺去，那身手一看就是练过武的，沈凤显然有所防备，一闪身，躲到圆桌后，颤声道，"夫人，您要杀人灭口？"

"都是你逼的！"曹映琴说罢，陡然上去一剑。

沈凤围着桌子转，又躲过这一剑，她眼中含泪，"我伺候你这么多年，你好狠啊！"

"你已经没用了，还知道得太多！"曹映琴冲上去连续两剑。

沈凤急忙躲闪，仍被挑破衣衫，沈凤手指曹映琴道，"你好阴险，好恶毒，老天不会饶恕你！"

"看谁饶不过谁？"只见曹映琴一扬手，宝剑直向沈凤掷来，沈凤吓得急忙闪身，那剑"嘡"的一声，钉在门上。

门后的霍水正看得心惊胆战，突见宝剑向自己飞来，不觉一声惊叫，霍水想跑，却一下跌倒在地，她急忙往起爬，突觉鼻尖正对着一把宝剑，剑后是一张再熟悉不过的脸。

"哟，鲁夫人，"曹映琴盯着霍水，"没想到你还有偷听的嗜好？"

霍水缓过神，慢慢站起，"我来看望小宝，刚到门口，你就出来了。"霍水知道，现在曹映琴六亲不认，她只能强作镇静。

"既然来看小宝，就请进屋吧。"曹映琴轻声道，似乎什么也没发生。

霍水知道，进去就凶多吉少了，她想冒险逃跑，曹映琴手握宝剑，挡在她的面前，正在她犹豫之际，只听一声"小心！"是沈凤的声音，就是这一声提醒，霍水看到，曹映琴猛然举起剑，向自己劈来。

霍水没想到，两人相交多年，曹映琴直接对自己痛下杀手，她下意识往前一跳，躲过这一剑，却进到了屋内。

"你，你——"霍水已无法言说自己的恐惧。

曹映琴说话了，声音从容轻柔，"鲁夫人，我真是于心不忍，可是又不得不动手。"

"你真不是人！"霍水怒道。

"因为你听到了不该听的东西！"曹映琴说罢，举剑向霍水刺来。

霍水本能向后一退，大喊救命。

"在我这里喊什么都没有用，沈凤是知道的！"

沈凤默然无语，看来此言不虚。这时，霍水十分懊悔没听鲁肃的话。

曹映琴突然举剑刺向沈凤，沈凤躲闪不及，被挑中肩膀，鲜血立时透出来。"你就是个恶魔！"沈凤怒道。

"这个世道只有恶魔能生存。"曹映琴冷笑道，"不要怪我，你们要是逃出去，我就万事皆休！"说罢，她又冲向霍水，霍水匆忙后退，不觉被逼到墙角，她一闭眼，知道自己完了。

这时，一个铜镜向曹映琴砸来，曹映琴一闪身，原来是沈凤出手，救下霍水。霍水顾不上道谢，急忙向沈凤靠拢过去。

曹映琴再次进攻，霍水与沈凤随手抄起东西，一齐投向曹映琴，只是屋内可掷之物太少，霍水伸手拉起一把椅子，孙府的椅子都由名贵木材所制，非常沉重，一个人举不起来，沈凤上前相助，两人一同抓起椅子，将四条腿对着曹映琴，权当防御武器。只是椅子过重，曹映琴游走攻击，两人十分被动，只得弃掉椅子，寻找可用器物。

曹映琴幼时习武，到了东吴后，为了隐藏自己，没敢继续练习。为取悦孙家，不断生儿育女，武艺荒废，不然，两人早已死在她的剑下。

此时，曹映琴已红眼，手持宝剑，疯狂进攻，两人极度狼狈，就在她们命悬一线时，突然飞来一剑，正打在曹映琴的宝剑上，力道太大，她"啊"的一声，宝剑脱手。曹映琴吓得花容尽失，这时，只见一人来到近前，沈凤惊喜道，"张京！"

来者正是那位青衫人，他走上前来，"好个曹映琴，为达目的，真是不择手段，我们都成了你手中的棋子，用完之后，弃之不顾。沈朋被抓，你装聋作哑，还要加害其妹。慧通、胡白、许献遭擒，你都不言语，看来谁也别指望你了！"说着，他走向曹映琴。

"张京，你要干什么？"曹映琴惊恐道，"其实，你冤枉我了，我一直在设法营救他们，只是不便说而已。而且，我之所以这样做，不也是为帮张辽吗？这一切，还不都是为了曹丞相的基业吗？"

"为我兄长？为曹丞相？我看你只是为了自己！"

曹映琴看到张京积怨满腔，目露凶光，嗫嚅道，"张京，你要冷静，这里有很多内情你不知晓，真是误会我了。"

张京摇头，"一直谎话连篇，我是不会再信你了。我也不会伤害你，那样对不住曹丞相，你好自为之吧。"说罢，向沈凤一招手，"走。"

沈凤一把拉上霍水，"快走。"

看着他们出门，曹映琴喊道，"你们可以走，把鲁夫人留下。"

留下就是死路一条！霍水回头，看见的是曹映琴一张狰狞的脸，她急忙跟上两人，向大门跑去。

见张京不为所动，曹映琴冲到前面大喊，"来人，给我截住他们！"

立时，前面涌出一群家丁，手持刀剑，拦住三人去路，张京也不言语，往前一进身，瞬间打倒一片。家丁看到，被追者中有鲁夫人，都很诧异，她不是夫人的好友吗？怎么突然翻了脸？被追之人还有孙凤，不知夫人又发什么疯？平时大家与孙凤相处很好，家丁们借势扔掉刀剑，躺在地上。

张京带着两人，飞快地离开了乌程侯府。

第一四零章 鲁肃出手幕后现

霍水回到府上，脸色苍白，手脚冰凉，仿佛得了场大病，见到贾颜，气若游丝道，"先生回来了吗？"

贾颜被惊到，发生了何事？竟致平日蛮横惯了的夫人如此怜弱，"先生回来了，正在书房。"

霍水直奔过去。

相亲成功，虽不是小妹，国太也很高兴，一妹能嫁与刘备，当是良缘佳配。相亲结束，国太马上派副总管廖棋带人赶到馆驿，保护刘备，虽然只有二十人，那是亮明态度，警告孙权不可造次。

刘备见此，劝鲁肃回府，笑言不用在这里当"人质"了。鲁肃如释重负，孙刘实现联姻，荆州还是问题吗？

鲁肃回到家中，甄彩倒上茶，他端在手中，正细细品味。这时，霍水冲进来，几尽踉跄，脸色十分难看，鲁肃本能地站起来，不知夫人遭遇何事，要有雷霆之火发泄。霍水直接扑在鲁肃怀中，茶杯"啪"地掉在地上，鲁肃被扑倒在椅子上。

甄彩听到碎物声，以为夫人发火，先生又要遭殃了！夫人脾气火爆，只是针对先生，她对家人很好，久而久之，夫人发火时，家人就借端茶送水之机，帮先生解围。此时，甄彩拿着扫帚进来，准备收拾残杯，看见此景，吓得缩了回去。

鲁肃更不适应，成婚这么多年，夫人对自己从来都是颐指气使，何曾小鸟依人过？霍水搂着鲁肃，全身瑟瑟发抖。

鲁肃感觉不对，"夫人，这是怎么了？"

霍水不言语，搂得更紧了，还传来了抽泣声。

鲁肃不解，半开玩笑道，"这可就丢了老虎的威风！"

半晌，霍水才语带哭音道，"直到现在，我才明白，为何吴侯奉你为师了？"

听了这般没头没脑的话，鲁肃道，"为什么？"

"先生确实高人一筹。"

"哦，"鲁肃笑了，"我怎么都没有发现？"

"我不是开玩笑。"

"我也不是开玩笑。"

霍水抹一把眼泪，正色道，"我有要事说。"

"请夫人示下。"

霍水抬起头，"先生看得太准了，曹映琴真不是好东西，我们相处这么多年，都没看透她。"

"现在看透也不晚。"

"还不晚？我差点被她杀了！"

"什么？"鲁肃大吃一惊。

"她还是暗杀吴侯的幕后主使，我真后悔没听先生的话。"霍水仿佛又回到刚才的险境。

鲁肃推开夫人，"快说，怎么回事？"

霍水瞪起眼睛，"你喊什么？"随即低声道，"人家不是被吓蒙了吗？"

随后，霍水用颤抖的声音，一五一十地讲述了经过。

鲁肃一拍桌案，"好阴险狡诈的女人！"

"她连我都不放过！"

鲁肃拉起夫人就走。

"去哪里？"

"见吴侯。"

霍水拉住鲁肃的手，"告诉吴侯，曹映琴要被杀吗？她的孩子会被连累吗？"

"真是妇人之见，都要杀你，还同情她？如果我知情不报，也将被牵连！事关东吴存亡，必须马上禀报吴侯！"

霍水仰望鲁肃，"我听先生的。"

孙权正恼火，相亲弄假成真，刘备成了自己的姐丈！连遭暗杀，至今没有查出幕后黑手。沈朋被打得皮开肉绽，就是不招，他认死了！孙权告诉提审官，今日再审不出结果，就与沈朋一起处斩。

甘露寺所抓的几人，明显是奔着破坏相亲去的，从内心讲，慧通与胡白都来控诉刘备人品不佳，孙权听着痛快，暗想，这是谁安排的？这么了解自己的心思！遗憾最后都被揭穿。那个放火的和尚，已确定是火烧策王府与潘璋府宅的人，至于他出手袭击的目的，孙权差人严加审讯，查明原委。

正在这时，鲁肃领着夫人来了，孙权一愣。

"主公，暗杀您的幕后主使找到了！"鲁肃开门见山。

孙权闻听此言，一跃而起，"谁？"

"曹映琴！"

孙权惊异地望着两人，心道，鲁夫人与曹映琴不是闺中好友吗？"怎么断定是她？可有证据？"

"曹映琴收留了沈朋的妹子沈凤。"

"沈朋能准确掌握我的行踪，这就明了了！"孙权怒道，"她敢收留沈朋的妹子，说明她早就包藏祸心！"

"此次沈朋被抓，沈凤请求曹映琴出手相救，曹映琴不肯，她怕被连累，沈凤威胁要告发她，把暗杀吴侯的事说出来，曹映琴要杀人灭口，可巧我家夫人前去看望小宝，听个正着，不想被曹映琴发觉，连我的夫人也要杀，幸亏来了一位义士，应是沈凤的相好，将两人一起救下了！"

"那两个人呢？"孙权问道。

"一出府我们就分开了。"霍水回答。

"怎么能让他们走了？他们是重要证人！"孙权急道。

霍水心中不悦，那姑娘是沈朋的妹子，沈朋被你抓起来了，他们得到机会还不快跑？那位义士武艺高强，刚救了自己，感谢还来不及，如何能去拦阻他？想到此，霍水不禁剜了一眼孙权。

孙权马上醒悟，"是我着急了，鲁大人与夫人所说极为重要，我马上派人将乌程侯府包围起来。只是那两个证人一走，可惜了。"

霍水又瞪了孙权一眼，心道，我不是证人？鲁肃接过话茬，"好在有沈朋。"

"他死活不招。"

"由我来审吧。"

"那是最好。"

鲁肃本想让夫人回府，霍水执意跟随，"提审沈凤的兄长，我想听听。"

鲁肃从不让夫人参与政事，在此事上，她也是相关人，就答应了。

在车上，霍水忍不住问道，"我也是证人，为何吴侯非要留住沈凤那两人？现在还要去提审沈朋。"

"我是吴侯近臣，你是我的夫人，在外人看来，你我的话，怎有那两人的证言更具说服力？吴侯抓起大乔，给自己惹了一身麻烦，现在要动曹映琴，甚至孙匡，那是他的四弟，牵一发动全身，必须证据确凿，免留他人口实，当然需要谨慎从事。"

霍水恍然大悟，"沈朋一直不招，你有何办法？"

"我尽力而为。"

"沈朋是沈凤的哥哥，沈凤两人救过我的命。"

鲁肃严肃道，"夫人，你要带一己之私，就先回府吧。"

"好，我不说了。"

鲁肃带人来到大牢，提审官已万念俱灰，只等着与沈朋一同问斩了。看到鲁肃，他知道鲁肃深得吴侯信任，为人又比较随和，可怜巴巴上前，"请鲁大人在吴侯面前求个情，饶我一命！"

鲁肃道，"把沈朋交给我吧。"

提审官疑道，"您是说不用我管了？"

鲁肃点头。

提审官不敢相信，"真不用我管了？"

"对。"

提审官二话没说，趴在地上，给鲁肃磕了三个响头，"您可救了我啦！"他瞧一眼沈朋，站起身，头也不回地跑掉了。

沈朋双手被绑在铁链上，周身没有一块好处，嘴唇也裂开口子，鲁肃于心不忍，让狱卒端来一碗温水，递给沈朋。

沈朋瞧也不瞧，一饮而尽。

鲁肃道，"不怕水中有毒？"

沈朋凛然道，"死都不怕，还怕有毒？"

"沈朋，为何一心求死呢？只要你说出幕后主使，我就饶你一命。"

沈朋瞥一眼鲁肃，见他鹅冠博带，素雅淡定，与此前提审官大为不同，"没人指使，只是为我兄弟报仇。"

"为兄弟报仇，理所当然，但你是如何知道吴侯行踪的？"

沈朋瞥一眼鲁肃，沉默以对。

"我知道，你不想活了，可是沈凤的命你不会不管吧？"

沈朋的身子一抖，抬起头来，"不干别人的事。"

"不干别人的事？沈凤向曹映琴求情，要她救你！"

沈朋抬眼，盯着鲁肃的脸，又慢慢低下了头。

"曹映琴现在都是泥菩萨过河，自身难保，哪还顾得上救别人。"

沈朋轻轻叹口气。

"沈凤见曹映琴不肯出手，就威胁要把所有事情说出来。"

"坏了。"沈朋脱口而出。

"对，曹映琴要杀人灭口。"

沈朋意识到，这是在套自己的话，"不要编故事了。"

"她不仅要杀沈凤，连我的夫人也要杀。"

"越编越起劲了。"沈朋看着鲁肃，"我伤的是身子，不是脑子。"

"我的夫人到孙家拜访，不巧撞见此事，她就要一起杀人灭口！"

"你还准备编到底了？"沈朋看一眼鲁肃，"就你的样子，哪像夫人被杀！"

"你说的对，她们被人救了！"

沈朋微微一笑，将头扭向一边。

"你不信？"霍水走上前来，沈朋一愣，还有带着女人来审讯的？不禁仔细打量霍水，欲从她的脸上，判断真假。霍水道，"她原来叫孙凤，长得瓜子脸，很是俊俏，眉心有颗美人痣。"

鲁肃担心夫人言多有失，"退下。"

霍水瞧一眼鲁肃，乖乖地退了回去。

沈朋问道，"你是何人？"

"我乃鲁肃是也。"

"怪不得，"沈朋点头，"你要我如何？"

"招出你所知道的一切。"

"拿笔来！"

"为何这般痛快？"

"她都要杀我的妹子了，我还护着她干吗？我早看出她不地道。"

"你就这么信任我？"

"我兄弟沈友说过，鲁肃博学多才，乃东吴第一好人，今日幸得一见，我就信你一回。"

鲁肃来到沈朋近前，深深一揖，"多谢信任。"然后对狱卒道，"善待沈先生，好生给他疗伤。"

在车上，鲁肃感谢夫人出手相助，霍水不言语，只是搂住鲁肃的臂膀，依偎在他的身上。

鲁肃觐见孙权，他让车马送夫人回府，霍水竟然流露出依依不舍的样子。

鲁肃把沈朋的供词呈给孙权。孙权叹道，"实在想不到，曹映琴隐藏得这么深，在我们的眼皮底下，勾结大量恶人，屡次袭杀于我，真是罪不可恕啊！"

正在这时，审讯慧通、胡白、许献的官员前来禀报，他们的幕后主使都指向曹映琴。

慧通本名曹兴，是吕布岳丈曹豹之弟，曹兴无儿无女，对大哥之女翠儿很是疼爱，翠儿姑娘长得十分标致，被吕布娶为正妻，后来，司徒王允为除董卓，设下美人计，吕布才娶了貂蝉。曹兴恨极刘备，因他一句话致使吕布被勒死，让自己的侄女承受丧夫之痛。曹映琴来甘露寺上香时，与曹兴相识，因两人同姓，聊得很投机，她知曹兴欲报复刘备，就利用上了。

胡白被苗一妹驱逐后，他认识孙匡家中的一名随从，就投奔过来，曹映琴偶然听到他吹嘘与甘夫人是同乡，就许以重金，并扣下他的家人，让他出面败坏刘备的名声。

许献是通过张京而来，当年许贡被杀，许献曾投奔张辽，得到过张辽、张京的帮助。此番两人相遇，张京邀他一起行动，许献有些犹豫，张京直道，"你有神器，我有神术，此事必成，事成，我家兄长将保举你到曹丞相手下，再不用隐姓埋名。"许献才咬牙答应。孙权方知，曹映琴还勾结了张辽，张辽为阻止东吴攻打合肥，派其弟张京前来暗助曹映琴。

当时，曹映琴让曹兴将张京、许献安置在甘露寺主殿顶梁之上，如若不能破坏相亲之事，就直接行刺孙权与刘备。可是，当刘备来到时，他们最先看到的是赵云，两人都吃过赵云的亏，没敢轻举妄动。哪承想，发生"炸灰"后，香灰泛起，将两人熏得头昏脑胀，许献实在没忍住，咳嗽一声，暴露行踪，才致被抓，张京趁机逃走。

曹映琴还偷拿孙匡令箭，供张京使用，方便其出入城门，至于孙权御所漏洞，也是曹映琴借助馆驿维护之机，派人暗中做了手脚，驿丞实不知情。

事情已明，孙权马上下令，将曹映琴及相干人等一起抓起来！

正在这时，孙匡跌跌撞撞进来，直接跪下，抓住孙权的手，"二哥，请你饶过映琴吧，我知她犯了大错，要罚就重罚我吧！"

"你也难逃干系，她干了那么多不法之事，你竟全然不知？不是傻子，就是知情不报！"孙权气极，一甩手，将孙匡摔倒在地。

其实，自从孙匡知道了曹映琴的秘密，一番思前想后，他准备揭发曹映琴，争取主动，保护全家。可是，未等他行动，就被曹映琴软禁起来。

孙匡的伤还没好，一下摔得爬不起来。孙权见此，心一软，"你救过二哥，当然没事。"

孙匡再次爬到孙权脚旁，"请求二哥也饶她一命吧，我不想你四个侄儿侄女成为没娘的孩子！"

孙权心一酸，"我没说一定要她的命，但在处罚之前，你的府宅不能与任何人往来！"

第一四一章
性情小姐情难抑

孙权万没想到，刺杀自己的幕后黑手是曹映琴。

过去她在孙家战战兢兢，处处小心谨慎，原来竟是假象，暗地里做了这么多不法勾当，自己竟浑然不觉。按说她已露出一些苗头，实是自己疏忽了，现在想起都后怕。

答应孙匡请求，并未消除对他的怀疑。此事若传扬出去，必将震动天下。孙权汲取擅自扣押大乔的教训，决定先向国太禀报，争取她的支持，再采取行动。

国太心情不错，正在谋划苗一妹与刘备的婚事，见孙权进来，面色凝重，国太知道，他非是真心支持相亲，于是开解道，"仲谋，你做了一件大好事啊。"

事已至此，孙权苦笑，"长姐中意就好。"

"这就对了，一妹不易，当年也是为了东吴，远嫁山越，如今总算找到依靠，她现在满脸都是笑意。"

孙权点头，他看出来了。

"他们就要成婚，你大度些，荆州就别惦记了，权作一妹的嫁妆。"

孙权的心一颤，凭空多个姐丈，还把荆州搭进去，这个嫁妆太沉重。

孙权刚要说话，"这不，一妹感觉刘备瘦了，给他送鸡汤去了。"国太叮嘱，"相亲大事已定，你就别再费心思了。"

孙权违心道，"母亲说的是，我高兴还来不及呢。"

国太点头，"理应如此啊。"

孙权马上转入正题，"母亲，我有要事容禀。"

国太一愣，"还有比一妹成亲重要的事？"

孙权故作平静，"暗杀我的元凶找到了。"

"哦，"国太拍手，"他是何人？"

"曹映琴！"

"什么？"国太惊道。

"就是她，欲除掉我，让四弟上位！"

国太难以置信，"季佐也谋反？"

"我不确定四弟是否参与其中。"

"如果他想要你的命，祖庙遇袭时，不救你不就行了？"

孙权点头，"曹映琴是千真万确！"

"可有确切证据？"大乔之后，国太不想孙家内部再起纷争。

"证据确凿，从祖庙袭击，到馆驿暗杀，再到甘露寺伏击，都是她主使的。她不仅造谣我应该传位于孙绍，制造孙氏内乱，还私养一批杀手，暗中资助与东吴有仇的人，最可恨的是，她勾结张辽，欲借外力，除掉我，改天换地。"

"这还了得！"国太怒道，"你是如何发现的？"孙权听出，国太对此非常谨慎。

孙权就把霍水撞见曹映琴秘密以及沈朋、慧通、胡白、许献的证言讲述一遍。

"好个天杀的曹映琴，把我们都骗了！"国太极为震怒，"你准备如何处置？"

"四弟求我饶她一命。"

国太皱眉，"她终归是曹家人啊。"

孙权点头，"我明白。"

吴国太又制止了他，"一妹马上成亲，她命不好，莫要冲了喜事。"随后痛心疾首道，"是我们小瞧了她啊！"

成亲在即，庞统、赵云、孙乾与刘备一同商量其中细节，确保万无一失。这时，苗一妹来送鸡汤，三人见状，起身告辞，刘备道，"一起喝汤吧。"

"真香！"庞统使劲嗅了嗅，"我们怕烫着。"

刘备笑了，"有一妹在，你们不用陪我，孙乾可以去找陶珍姑娘。"

孙乾随口应道，"好，好。"相亲之后，陶珍要跟过来，孙乾担心馆驿不安全，让陶珍先留在了大乔身边。

"子龙，你可以去找孙小姐嘛。"刘备道。

苗一妹接道，"对，去找小妹吧，她正惦念着你呢！"赵云闻听，脸立时红了。

庞统一本正经道，"皇叔，他们都有佳人相伴，可否也派我一个？"

刘备笑道，"你只能找小梭了。"

几个人都笑起来，庞统回到南徐后，担心疏于照顾，让小梭先回了江边茅屋。小梭直接到城门找牛奔将军，牛奔念及庞统为赤壁大战立功，小梭还是个孩子，就放他出了城。

庞统与孙乾回到屋内，拿出棋盒，开始棋盘争斗。赵云站在旁边观棋，庞统笑道，"你站这儿，影响我们下棋，主公都说了，快去找孙小姐吧。"

赵云尬笑，"好，我去找她了。"

赵云嘴上这般说，主公在此，哪敢远离？他在馆驿院内散步，这时，一个熟悉的身影从树后绕出来，正是孙小姐！赵云一怔，立时站住。

"我有这么可怕吗？"孙小姐不满道。

赵云不好意思，"你何时来的？"

"我在此等你好久了！"

"你怎么知道我会出来？"

"我知长姐来了，姐丈自然不用你陪了。"孙小姐盯着赵云，"忘了你的承诺吗？"

赵云只得道，"没有。"

"没有为何不来找我？姐丈说你一言九鼎，九鼎是纸糊的吧？"

"我家主公身边不能没人保护。"

"你家主公都成了我的姐丈，谁还敢动他？"

"话虽如此，"赵云想说，你二哥可是一直没安好心。"我们也得当心。"

"我好羡慕长姐，"孙小姐望着赵云，"可以看望自己心爱的人。"

"他们要成亲了。"

"刘皇叔真是个有情有义之人。"

赵云低下头，地上有只蚂蚁，正背着重物前行。

"刘皇叔找到了，亲也相完了，你为何还心事重重？"

赵云沉思道，"毕竟还在东吴。"

"东吴就这么让人厌弃吗？"

赵云想说，厌弃的不是东吴，是东吴主，需要时刻提防，想到双方就要联姻，只得道，"也没有。"

"那就是也有不舍了？"

赵云低头，一时不知如何回答是好。

"还记得我们初次见面吗？"孙小姐沉浸其中，"在竹林，那么巧，我们遇到了。"

赵云点头，"记得。"

"我与绍儿被困在那里一天一夜，遭尽竹林之苦，可气有个人，明明知道出路，却不肯相帮，当时我恨得要死！"

赵云苦笑，他对此深有体会。

"我们真是冤家，打着打着，你把我的高傲打下来了，不知怎么就喜欢上你了，当初恨得有多要死，现在就喜欢得多要命！"

赵云不敢与孙小姐对视，那段经历印在心底，是磨不掉的。

"有人是木头，感受不到。"孙小姐盯着赵云的眼睛。

赵云轻轻叹口气，又摇了摇头。

"你是嫌我不够温柔？没人知道我的内心有多温柔。"

赵云目视远方，实际已心潮澎湃。

"你为何不说话？其实，我挺佩服刘皇叔，敢爱敢恨，有担当！"

孙小姐话中带刺，赵云不怨她，他恨自己没有勇气，双方一时陷入沉默。

孙小姐仰起脸，"此行南徐，经历万般凶险，你就没有牵挂的人？"

赵云沉吟道，"有。"

孙小姐很紧张，"谁？"

"孙绍，一直要拜我为师的。"

孙小姐被他气乐，"想拜师的又不止孙绍，就没有别人了？"

赵云鼓足勇气，抬起手，指向孙小姐。

孙小姐的心"怦怦"直跳，期待赵云亲口说出来。

"蜘蛛。"赵云指道，原来孙小姐的头饰上垂下一只小蜘蛛。

"这是喜蜘蛛，"孙小姐凑上前，"将它摘下来，莫要伤着它。"

赵云不好意思，见四周无人，才用一根手指，搭住丝线连同小蜘蛛一起摘下。

孙小姐伸出手掌，赵云轻轻将小蜘蛛垂到她的手心上。

小蜘蛛在孙小姐的手心上慢慢爬动，"早报喜，晚报忧。"孙小姐仰头，太阳当空，"这是报喜还是报忧呢？"

赵云凝视孙小姐望天的样子，清爽俏丽，美得惊心！

"眼是心神，我在你的眼中看到了她！"孙小姐凑到赵云近前，几乎碰到他的脸，"你说是不是？"

赵云臊得满脸通红，全身燥热，一时呆住。

正在这时，黄豆跑过来，望见赵云与孙小姐在一起，老远停下，"子龙将军，吴侯要出面宴请，主公请你过去呢！"

赵云闻听，向孙小姐点头示意，转身离去。

看着赵云离去的背影，孙小姐一跺脚，不知是应该生赵云的气，还是生二哥的气。

第一四二章
泄怨气刘备出丑

"子龙将军，我可什么也没有看到。"黄豆打趣道，赵云的脸红到耳根，见到刘备、庞统、孙乾，都没有消去。

对于是否接受孙权宴请，大家出现了分歧。

一直支持刘备相亲的庞统，此时谨慎起来。明天就要成亲，娶走苗一妹，就是万事大吉，如果接受孙权宴请，恐节外生枝。

赵云也不赞同，主公护卫太少，他担心出现纰漏。孙乾认为，孙刘将联姻，孙权宴请，是应尽之分。主公断然拒绝，恐将失礼。

刘备低头在屋内转一圈，"孙权骗我，坑我，都没如何我，此番宴请，如果推托，会让孙权小瞧，我倒想看看他葫芦里卖的是什么药？能将他的姐丈如何？"

大家都笑了，既然主公如此豪气，他人还有何怕的？

苗一妹火速赶回吴侯府，去见国太，请她约束孙权，不要对刘备有任何企图。

傍晚，众人一同赶到吴侯府，鲁肃、吕范已在门口迎候，看见鲁肃，大家心安一半。两人将刘备等人接到迎宾馆，孙权带领文臣武将相迎，"玄德公，孙刘联盟后，又将联姻，可喜可贺，今日特率文武诚意相请。"

刘备还礼，"多谢吴侯美意，我也有意结识一下东吴群贤猛将。"

"群贤猛将自是要陪赵云将军与庞统、孙乾先生饮酒，今日我要与玄德公单独饮宴，不知可领情否？"

这让刘备措手不及，群宴有赵云护驾，孙权单独宴请，是何用意？庞统道，"吴侯与皇叔两人饮酒，哪有与众人在一起热闹？"

孙乾也道，"听两位高论，还能让我等长长见识。"

"我与玄德公将成至亲，说点知心话，不想让外人道也。"孙权回道。

刘备瞄一眼鲁肃，未发现异样，他感觉，孙权若有行动，不会瞒着鲁肃，他用鲁肃的脸色判断吉凶了。"好，我就与仲谋聊点知己话。"

赵云见此，"我送主公进去。"

孙权看到赵云就心悸，他的剑，实在让人胆寒！此时，孙权仔细打量赵云，只见他生得细腰乍背，剑眉虎目，十分俊朗，难怪小妹对他如此痴心。

赵云跟在刘备身旁，边走边观察，屋内只有一名女侍，不像会武之人，赵云逡巡四周，没有嗅到刀剑之气，才放心出来。

赵云一出，大门随即关上。

孙权请刘备就座，"玄德公尽管放心，这里不是鸿门宴，今日一起饮酒，就是想向您多多讨教。"

"不遮不挡，痛快。"刘备道。

孙权拱手，"痛快就喝一盅，我先饮为敬。"

刘备抱歉道，"仲谋见谅，我实是不胜酒力。"

"喜事将近，还请玄德公放松。"

"仲谋让我放心又放松，我虽不擅饮酒，也要品一品东吴美酒到底是何滋味。"说罢一饮而尽。

"如何？"

刘备想起这次相亲遭遇，"又苦又辣。"

孙权皱眉，"何以又苦又辣？"

"我受吴侯所邀，兴冲冲来相亲，不想遭遇变故，一路奔波逃亡，何止又苦又辣？简直是五味俱全！"

这是暗讽自己没安好心！"东吴美酒是辛辣之外，才是醇正甘甜，请玄德公饮了这一盅，细细品味。"

听孙权如此说，也不能太驳他的面子，刘备一仰脖喝下，"嗯，是有那么一点甜。"

"哪是一点甜，是越咂摸越甜，玄德公与长姐结缘，不正是如此吗？"

刘备点头，"有道理。"

孙权举起酒，"有道理，就把这盅酒干了。"

刘备将酒喝掉，仿佛回过味来，"仲谋，我怎么感觉，你与我这般喝酒，是别有用意啊？"

"玄德公明日就与长姐成婚，孙刘正式联姻，我是高兴。"

"高兴啊？我更高兴，来，与姐丈喝一盅！"刘备举起酒盅，似乎已有醉意。

孙权心道，看来刘备确实不擅酒力，不禁暗喜，"既然高兴，我说姐丈，是不是该把荆州还给东吴了？"

"怎么样？不出我之所料，说是高兴，原来是惦记我的荆州，你想让我与一妹连个立锥之地都没有啊？"

"说得好可怜，"孙权叹道，"玄德公可知我的苦衷？"

"仲谋虎踞江东六郡八十一州，还有何苦衷？"

孙权摇头，"都知道我是继承父兄之业，只能守土，不能开疆，这么多年，还是六郡，怎能让江东群臣信服？更是愧对父兄！"说罢举起酒自饮一盅。

"你怕愧对父兄，就不怕愧对长姐、姐丈？"

"玄德公雄才伟略，当可图谋天下。仲谋才疏学浅，只要一个荆州而已。"

刘备心道，给我戴高帽，你来装可怜，若论卖惨，谁能卖得过我？"我本是庸庸碌碌之辈，雄才伟略实不敢当。"

"曹操都说，'天下英雄唯使君与操耳'，玄德公过谦了。"

"奸曹的话如何能信？他是迷惑我，愚弄天下英雄！"

"玄德公，莫非又要使韬晦之计？骗得了曹操，骗不了仲谋。"

"我岂能骗仲谋？"刘备举起酒，"喝了，我给你讲个故事。"

孙权好奇，将酒举起，与刘备一同喝下。

"我家门前有棵大桑树，枝叶茂密，有个道士经过，断言此家有人能成就大事。"

"你看，怎么样？"孙权口是心非道。

"我的母亲听到自然高兴，我的祖母更是信以为真。"

"这确是值得高兴的事。"

"我幼时家贫，靠同姓族长资助，才读了几年书。家母以织席贩屦养鸡为生，一次，家中一只小鸡被猫捉走，我追出去，小鸡被丢下，脖子却咬伤了，我以为它会死掉，没想到，它竟活了下来。因它遭受不幸，我对它格外照顾。这只鸡慢慢长大，像其他的鸡一样下蛋，只是脖子歪了，走路很难看。有一年，家中换房梁，母亲要把这只歪脖鸡杀掉宴客，我哭着喊着阻挡，本来就遭过劫难，为何还不放过它？"

"玄德公也是善良之人啊！"

"我伤心，我的祖母更伤心，她说，玄德如此心软，将来如何能成大器？连我的祖母都能看出，我就是一个凡夫俗子，走到今日，实是勉强为之。如今，请你看在一妹的面子上，就不要打荆州的主意了！"说罢，极为谦恭道，"来，我郑重敬你一盅！"说罢一口将酒喝下。

两人在里面这么久，赵云、孙乾、庞统、黄豆几人哪有心思喝酒，早已惴惴不安。那边，鲁肃等江东文武也坐不住了。刘备是马上将军，两人若谈崩，动起手来，吴侯恐将吃亏。

左等右等，两人就是不出来。赵云放心不下，一手抓住剑柄，快步来到门前，庞统、孙乾几人都跟过来。东吴文武不放心孙权，也都来到门前，武将不觉按下绷簧，双方剑拔弩张，只待里边动静，大有马上火并之势。

这时，门被撞开。只见孙权站在门口，醉眼迷离道，"来，来人，把玄德公给我抬出去！"

赵云的心几乎跳出来，孙权把主公如何了？

"瞧把你们吓得，"孙权一挥手，"就是喝多了。"

赵云几人飞奔进屋，只见刘备满身酒气，躺在地上，已经烂醉如泥。

赵云俯身将刘备扶起，"主公，主公。"

刘备只是"嗯啊"应着，说不出话。

黄豆背起刘备出屋，小心安置在车上，赵云等人护送，急忙赶往馆驿。孙权站在后面大声道，"与我对饮，真是自不量力！"听言语，孙权也醉了，"讲个破故事，当我是三岁顽童，我能信吗？"

众人面面相觑，不知二人都说了些什么。孙权突然抬起手，"唉，玄德公，别走得那么急吗，你还没说完，那只鸡到底杀了没有？"

第一四三章
成亲之日有人亡

刘备与苗一妹正式完婚。

当天，众人看到，刘备的脸依然通红，走路发飘，近前还能闻到浓浓的酒气，一副醉醺醺的样子。

刘备晃晃荡荡来敬酒，国太气恼，定是孙权昨日宴请所致，刘备本是稳重之人，你这不是有意让他当众出丑吗？不禁斥责孙权，"从今日起，玄德就是你的姐丈，不可造次！"

"他高兴，我也高兴，多饮了几盅，谁知他的酒量如此不济？"孙权笑道。

"荒唐！他成亲，还是你成亲？他若出丑，你也不好看！"

孙权嘴上道，"仲谋知道了。"心中暗笑，还能让他都痛快了！

在与众位宾朋应酬中，赵云、孙乾、庞统、黄豆极力为刘备挡酒，生怕主公醉倒。

刘备感慨不已，历经磨难，结局还是如意的。

傍晚，刘备缓步来到洞房，洞房设在馆驿，被特别装扮了一番。

苗一妹头上罩着红盖头，静静坐在床上，床前的红木桌上，一对酒盅里，斟满了酒。

苗一妹坐累了，想靠在床上歇息一会儿。刘备掀开盖头前，她没敢动。苗一妹心中有个结，自己是个不祥的女人，才将逃出山崩的刘备留在身边，沾沾他的运气，没想到，他真是个福星，每当自己遭遇困难，他都能帮自己化解。在他卑微的身世外，有股神秘之气，让人着迷。

她相信，只有他能压得住自己身上的晦气，她愈加认为，他就是老天派来拯救自己的。

苗一妹坐在那里，没急，没怨，耐心等待。

刘备满身酒气地来到洞房，凝望端坐的苗一妹，不禁叹道，"真是想不到！"

苗一妹道，"要娶妙龄小妹，没想到把人老珠黄的长姐娶来了。"

"没想到，我一个卖草鞋的将女相娶回来了！"

"女相已是过去，现在就是一个民女。"

"民女才与卖草鞋的般配！"

"卖草鞋的也应知道，先把盖头掀起来吧？"

"哦，"刘备急忙上前，伸出双手，郑重把盖头掀起来。只见苗一妹面若桃花，粉白细嫩，一双杏眼，似笑非笑地看着自己。"真美！"刘备叹道。

苗一妹眼中含泪，"只恨没早遇到皇叔，那时才是真的美！"

"还叫皇叔？可就差辈了。"

苗一妹笑了，"那就叫先生。"

"这就对了，只要我们心意相通，不在早晚。"

苗一妹点头，"说的好。"

闻着刘备满身酒气，苗一妹起身倒茶，刘备气道，"都怪这个小舅子，没安好心！"

"你是姐丈，不要与他计较。"

"我哪会与他计较？感谢还来不及，没有他派人追赶，我怎能跑到山越？又去哪里寻到这么好的夫人？"

苗一妹嗔道，"你个臭卖草鞋的，嘴倒真甜。"

刘备也笑了，"我发现，'臭卖草鞋的'从一妹的嘴中说出，都那么动听！"

"那你为何不回山越找我？不知道我有多惦记你。"苗一妹故作生气。

"其实，我被赶出山越时，下定决心，一旦回到荆州，就派人来接你，只是不知你能否放弃山越的一切。"

"真的吗？我以为，你娶我，是为了成全小妹与子龙呢！"苗一妹含情脉脉地望着刘备，"算你有良心，为了你，我什么都能放弃！"

"成全子龙、小妹是真，想娶你更是真的！"

"不管怎样，你是再也跑不掉了。"

刘备笑了，"我们如意了，孙权可是有苦说不出啊！他这才叫偷鸡不成，蚀把米！"

"没你这样当姐丈的。"

"哪有他这样的小舅子？我们大喜的日子，将我灌成这个样子。"

苗一妹手指桌上酒，"那咱就不喝了。"

"交杯酒怎能不喝？"

"我又说错话了。"苗一妹捂住嘴，很是懊恼。

"这有何妨？"刘备笑道，说着将一盅酒递给苗一妹，自己拿起另一盅，两人举起交杯酒，互相凝视，一饮而尽。

"你若嫌酒味大，我就睡地上。"

苗一妹道，"哪能睡地上？只要是你的，我都不嫌。"

"你都马上是我的了。"刘备说罢一伸手，将满脸娇羞的苗一妹抱起来，放入红罗帐，历经磨难的两人，相拥在一起，甚是情投意合。

刘备早有打算，迎娶苗一妹后，马上返回荆州，东吴再好，也不如自己的家，何况孙权一直不怀好意。

苗一妹向国太表明心意。国太道，"不急，你才从山越归来，我们刚见面，还没好好唠唠家常。你若与玄德回荆州，不知何时才能见面，且在这里多住些时日吧。"

国太说得诚恳，苗一妹就答应下来。其实，吴国太只说一半实话，她还藏有私心，因为刘备的缘故，赵云不敢面对女儿的一片痴情，留下一妹夫妇，赵云就会在此保驾，便于女儿与赵云交往接触。她甚至提出，让孙权直接出面，促成这桩婚事。

孙权岂不知小妹的心思？刘备娶走长姐，他就不甘心，若是赵云再娶走小妹，他就更窝心了。于是道，"此事关键在赵云，我做不了他的主。"

国太看透孙权的心思，欲请一妹与刘备从中撮合，孙小姐知道后，反而不高兴，"如果这样，就看不出赵云对我是不是真心实意了。"

孙小姐有些话不便对母亲说，她隐约感觉到，大嫂对赵云也很有情意，大嫂寡居多年，闭门悉心教诲孙绍，最近经历诸多磨难，不是常人能撑得住的，大嫂需要一个男人疼惜。

孙绍发现，甘露寺相亲后，母亲回到府中，变得沉默许多，没人能揣摩到她的心思。孙绍知道母亲喜欢陶珍，就请她多多陪伴，陶珍说话风趣，她们在一起，才能听到母亲的笑声。

国太挽留刘备，正合孙权心意。刘备与长姐成婚，相亲之计完全失败，如今对刘备动手，更是投鼠忌器，实在无法，他急调周瑜回来，商量个万全之策。

孙权甚至想，长姐已克死三任丈夫，刘备会不会是第四个？他又感觉，这般想是不是太恶毒了？

正在这时，从乌程侯府传来震惊消息：曹映琴畏罪自杀，自杀之前，还把三子一女毒死了。

孙权闻听，霍地站起来，又颓然坐在椅子上。

曹映琴是带着满腹的怨气、满腔的仇恨和未了的野心，绝望而去！她选在孙刘联姻的大喜日子里，以曹映琴的方式，震动了所有人，她要让孙氏家族感觉到刺骨的痛。

霍水还会偶尔提及曹映琴，止不住惋惜，"可怜那几个孩子，投错了胎啊！"自此以后，霍水不打不闹了，大小事都请鲁肃做主，极尽温柔，温柔地让鲁肃不敢相信，这还是自己的夫人吗？

第一四四章
小妹遭劫惊煞人

曹映琴的死震动了整个南徐。

吴国太恨得咬牙切齿，"她死不足惜，为何连自己的孩子都不放过？虎毒尚不食子！"

孙权安慰国太，"他们毕竟有曹氏血脉。"

国太长叹一声，忍不住落下泪来，"可怜了我的四个孙儿！"

孙小姐很难过，四个活泼可爱的孩子再也见不到了。她更心疼四哥孙匡，转眼妻子都没了，他受伤未愈，又遭此劫难，痛不欲生，几次昏过去，醒来只剩下哭泣，他已哭干了眼泪，现在意志消沉，悲观厌世。孙小姐担心他想不开，决定亲往安慰开导。

现在是四哥最伤心欲绝之时，不愿见人。孙小姐没带随从，只身前往。当她走到乌程侯府近前，经过一棵古树时，前面突然闪出一个人，孙小姐一惊，这不是四哥府中的孙凤吗？孙小姐想起来，她真名叫沈凤，其兄沈友被二哥所杀，曹映琴就是通过她，向沈朋传递信息，两次暗杀二哥，后来沈朋被抓，曹映琴不愿出手相救，两人闹翻，才暴露曹映琴图谋造反。她如何出现在这里？要干什么？就在她稍一犹豫之际，树上突然探出一只手，在孙小姐的脸上一揸，这时，上面跳下一人，正是张京。

沈凤上前扶住孙小姐，孙小姐仍然能走，只是眼睛发直，半梦半醒的样子，不知张京用何妖术拿住了孙小姐。

张京将沈凤救出乌程侯府，本欲带她出城，沈凤惦记沈朋，要去营救哥哥。张京告诉她，沈朋被关在深牢大狱，根本没有机会，冒险营救，只能把自己搭进去。他劝说沈凤，先把她送出城，自己再设法营救沈朋。

现在南徐城门紧闭，没有吴侯将令不得出入。城内正在搜捕曹映琴同党，十分危险，张京心生一计，孙匡连遭失去妻子之痛，孙小姐一定会前去探望，如果将她劫持，就是最好的令牌。于是，才有了这次暗袭。

他们挟持孙小姐，直奔城门而去，沈凤装成孙小姐的丫鬟，张京扮作护卫。他们没料到，被一人意外看到，就是赵云。

庞统感觉，刘备在南徐，危险剧增，孙权不动声色，定是在思谋计策。众人一商量，决定寻机逃回荆州。

现在，首要任务是如何出得南徐，苗一妹欲请国太出面，让孙权放行，刘备担心打草惊蛇。庞统想让鲁肃帮忙，刘备没同意，鲁肃是孙权的近臣，关键时刻，必定心向东吴，而且孙刘联盟还需要他，不想让他左右为难。一时想不出好办法，赵云决定亲自到城门探看，寻找薄弱之处。现在主公身边有苗一妹陪伴，她还带来司徒文、公孙双，加上庞统、孙乾等人出谋划策，应该无忧。即便如此，赵云还是借在馆驿散步之机，悄悄越墙而出，不让东吴士卒觉察自己离开，他们知道赵云在，不敢妄动。

　　如今，在街上看到孙小姐，庆幸没被她发现。赵云本欲离开，直觉今天孙小姐不对劲，她何曾让人搀扶过？再打量旁边的丫鬟，这不是沈凤吗？这时，赵云注意到了青衫人，虽然他有意拉开距离，两人多次交手，赵云还是认出了他。孙小姐如何与他们在一起？赵云担心孙小姐安危，悄悄跟上三人。赵云仔细观察孙小姐，见她脸色苍白，双眼发呆，早没有了往日风采。

　　三人来到城门口，张京喊道，"开门，孙小姐出城！"

　　他俩带孙小姐出城干什么？看孙小姐神态，赵云愈加生疑。

　　一个守门士卒上前，"可有吴侯将令？"

　　张京喝道，"没看到孙小姐吗？她有急事，速速放行！"

　　这时，一位守将满脸堆笑赶过来，"在下程法，小姐要出城？"

　　孙小姐轻轻点头。

　　程法为难道，"吴侯有话，没有他的将令，谁也不能出城。"

　　张京怒道，"吴侯的将令是用来管束其妹的吗？小姐今日心情不好，出城散散心，不要惹她生气！"

　　程法知道曹映琴谋反，四个孩子被毒害的事。孙小姐脾气火爆，今日脸色不好，没敢深问，他一挥手，"放行。"

　　城门打开，就在他们出城之际，赵云赶上前，"孙小姐留步！"

　　张京与沈凤认得赵云，皆一惊。张京恨他破坏自己的好事，如果将孙小姐骗到合肥，拿做人质，就是奇功一件，最差也可以换回沈朋。张京深知自己不是此人对手，他对沈凤一使眼色，带着她快速向前跑去。其实，张京原想用此法，将刘备押往许都，只是最后功亏一篑。

　　程法一愣，知道受骗，带人急追，张京一扬手，一团烟雾袭来，有股奇异的味道，赵云担心孙小姐，屏住呼吸向前，好在沈凤没有伤害孙小姐，赵云来到孙小姐身旁，她像着了魔咒一样，眼皮都抬不起来，赵云轻轻将她抱起，喊了一声，"程法将军。"程法担心孙小姐有危险，让手下追击，自己赶了回来。赵云此举，实是感念沈朋一饭之情，沈凤助自己找到主公逃跑之处，有意相帮。

　　程法惊出一身冷汗，孙小姐差点被人挟持出城，他对赵云拱手道，"多谢义士及时发声，不然就酿成大祸了。"

赵云道，"快快准备车辆，孙小姐被人迷晕了。"

"好，好。"程法连声应道。

赵云怕惹是非，本欲让守城士卒送孙小姐回府，见孙小姐始终处于昏迷状态，终是放心不下，亲自将她抱上车，程法带人护在车旁。

平时风风火火的孙小姐，此时像只小猫一样躺在赵云的怀中，双眼微合，赵云十分担忧，感觉她的身体温热，呼吸也还平稳，才稍放宽心。

中间，孙小姐醒来一次，"好晕。"她缓缓睁开眼睛，朦胧中，她认出赵云，"子龙，真的是你吗？"

赵云望着她，微微点头。

"你还走吗？"

赵云此行就是为了寻找出城之路，让他如何回答？

"我不让你走，我不让你走。"说着将脸靠在赵云的胸前，两臂揽在赵云的腰上，只是两臂软弱无力。"要走也带上我。"说罢，又晕了过去。

这时，赵云分明看到，两颗晶莹的泪珠从孙小姐的眼角溢出。

赵云心头一热，紧紧地将孙小姐揽在怀中，孙小姐的泪珠缓缓流下，滴在赵云的手背上。

来到吴侯府，府内人看到小姐的样子，大惊失色，赵云将孙小姐交由小青接过去，他感到，孙小姐还抓着自己的衣袖。"小姐被人劫持，是程法将军帮忙救下，"赵云道，"快请人为她医治。"

程法正为自己的失误忐忑不安，听赵云如此说，自是十分感激。上前给赵云施礼，"真乃侠义之士，在下多谢了。"

赵云回到馆驿，稍作犹豫，还是将刚才发生的一切，告诉了刘备。

"子龙，你与孙小姐真是有缘啊。"刘备知道赵云牵挂她的安危，"我马上请一妹进府探看。"

苗一妹闻听，也是一惊。突然，她灵机一动，"我听闻，岭南有方士，研究此等药物甚是得法。"

刘备叹道，"一妹真是博学多才。"

"先生莫要忘了，我在山越，正是管理农耕、宗庙、医药事宜。"

"岭南方士是指夷南教吧？"刘备想到姜神仙，"他们可靠吗？"

苗一妹道，"听说他们确有奇法。"

"只怕远水不解近渴。"

赵云道，"听说夷南教大法师被杀，二道长前来讨要说法，碰上吴侯遇袭，被当作同谋，不知此人是否还在？"

苗一妹赶到国太寝宫，这里气氛凝重，几个医官正在忙碌，国太悄悄拭泪，孙权站在旁边，双眉紧锁，面色阴沉。

"小妹怎么样了？"苗一妹问道，"我听赵云说，小妹被人劫持，急忙赶了来。"

国太、孙权已听小青禀报，是赵云与程法将军把小姐送回来的。"谢谢赵云救了小妹。"国太道。

孙权没言语，他感觉与刘备等人联系到一起，就没有好事。

苗一妹探身，见小妹牙关紧咬，微合二目，昏昏沉睡。

国太颤声道，"一妹，你看小妹这个样子，医官都束手无策，这可怎么办啊？"

"我已召集东吴所有名医，赶来为小妹医治。"孙权宽慰道。

"这哪里赶趟啊？小妹病得如此重！"国太急得坐立不安。

"我倒有个法子。"苗一妹道。

"什么法子？"国太与孙权同时追问。

"听玄德说，夷南教的方士擅长做药，可医治小妹的病。"赵云救了小妹，苗一妹有意将出主意的功劳算到刘备身上，让孙权欠荆州人的情。

"夷南教？"孙权惊道，上次夷南教二道长尖饼来讨说法，碰上沈朋袭击自己，把他当疑犯一并抓了，后来证明尖饼与袭击无关，近日，南徐连出事端，竟将此事忘却，连忙派人去见尖饼。

尖饼很有性格，"没有抓住杀害大法师的凶手，还将我关起来，我们的小弟子也不知去向，想来是被你们杀了吧？还让我去救人？我有办法，也不会去，你们就等着夷南教来报仇吧！"

事情僵在这里，看着人事不省的女儿，国太生气，"连个凶手都抓不住，实在无能，你们就不能想个法子，请尖饼先救了小妹再说！"

孙权心中叫苦，夷南教的大法师是在外地被杀，哪那么容易抓到凶手？不过，他们的小弟子应该还在南徐，找到他，是不是就可以请动尖饼，先把小妹的病治好了？

可是，那个小弟子在哪儿呢？

第一四五章
小冤家和解立功

小车陪尖饼二道长来南徐讨要说法，不想在馆驿碰上孙权遇袭，尖饼被当作同谋抓起来。小车机灵，趁乱逃出。

他想，如果两人被抓，连回去报信的人都没有了。很不幸，小车在逃跑途中，盘缠遗失。来时，可通过打点守卒进城，现在身无分文，这当如何是好？

正当小车无计可施时，他注意到许多马车，拉着木桶准备出城。小车瞅准机会，迅速窜上车辆，隐身其间，这正是南徐的运水车。待马车停下，早已出城，来到江边，小车又乘人不备，悄悄溜下了车。

小车是与尖饼二道长乘船来的，他准备沿着江边一直走回去。

天色逐渐暗下来，江风徐徐，十分清冷，小车又饿又累。想到自己跟随师父多年，他死得那么惨，未找到凶手，连个尸身都没留下，一定死不瞑目。尖饼二道长被抓，自己作为随从，即使逃回夷南教，也有失职之嫌，必被追究，心中十分悲凉。

眺望茫茫大江，没有尽头，天黑夜长，他越走越绝望。听着滔滔江水之声，时间一久，水声似乎有了魔性，在耳边嗡嗡作响，让人如此着迷，他仿佛看到，师父在不远处向自己招手，不自觉地走过去，纵身一跳，要融入其中。

江边一背风处，有人正在夜钓，看见人影一晃，听到扑通一声，不禁摇头道，"大晚上不睡觉，寻短见，被神抽了？"说罢，扔下鱼竿，跑过去，跳入江中，奋力向小车游去，江水湍急，他费好大劲，才将小车拖上岸。

小车被江水一呛，满脸泥水，已然昏过去。此人把手指放在小车的鼻息上一试，感觉人还活着。看着小车的身量，说道，"还是个孩子嘛，多大的事啊，就不想活了？"他把小车平放在地上，用双手使劲按压小车胸部，水就从小车的口鼻中喷出，挤压得差不多，他将小车背在身上，来到一处茅屋。

点上油灯，他不禁大声惊呼，"被神抽了！被神抽了！"

他认出了小车，大家一定猜到，此人正是小梭！

自被庞统打发回来，小梭独自一人，书也看不下去，这么多年，他没与庞统分开过。实在百无聊赖，又睡不着，拎着鱼竿，出来夜钓，哪承想救了小车！

想起小车与姜神仙的飞扬跋扈，小梭生气，你也有今天！

看着小车躺在床上瑟瑟发抖，小梭动了恻隐之心，把唯一的被子给他盖上，又为他熬制了鱼汤。

闻到鱼汤的味道，小车缓缓醒来，视野中的人逐渐清晰，小车不禁"啊"的一声，缩到了墙角。

小梭看他可怜的样子，没说话，盛碗鱼汤递给小车。

小车望着小梭，满眼的不敢相信。

"放心，没毒。"小梭道。

对于冻得哆哆嗦嗦的小车来说，热腾腾的鱼汤太有诱惑力，直往心里钻。小车顾不了那么多，他太饿了，尽管鱼汤很热，他还是以最快的速度消灭了它。喝罢，不禁悲从中来，"为何救我？"

"知道是你，就不救了。"虽然如此说，小梭转身又给他盛了一碗鱼汤。"怎么不想活了？钱多撑的？"在小梭的印象中，他们师徒就是有钱人。

"师父死了，二道长又被抓了。"

"我不知道二道长是谁？你师父可是死有余——"

小梭还没说完，小车直接把碗蹾在床上。

小梭蹦起来，一把抢过碗，"你给我打碎，我就没的吃饭了。"

"谁让你污蔑我的师父了！"

小梭横起眼睛，"怎么的啊，还想打一架啊？"

小车站起来，"打就打，谁怕谁啊？"

"鱼汤挺管用，转眼有力气打架了？"

小车毕竟刚恢复过来，这时颓然地瘫坐在床上，落下泪来。

小梭瞥了一眼小车，"还不让说。"

小车想起师父的死，"是不是你们杀了我的师父？"

"胡说八道，我家先生是个文人，怎能打得过你的师父？"

"偷钱可是事实。"

小梭指着小车，气道，"说多少遍了，是贼偷的，再污蔑我家先生，把鱼汤给我吐出来！"

"鱼汤是吐不出来了。"小车道，"就算你们抢贼的，我们的钱呢？还给我，那是我们夷南教的。"

"钱被客栈老板收去了，他说要送给官府当证据。"小梭突然领悟道，"我知道了，你师父被谁杀的。"

"谁？"小车瞪大眼睛。

"一定是客栈老板，咱们住的是黑店。"

"何以见得？"

"你跑了以后，我们被劫持到白虎山庄，原来他们要造反，是一群恶人！"

"是恶人，为何放了你们？"

"他们知道我家主人是凤雏先生，想让先生给他们当军师。"

小车也想起来，"师父曾说，看他们不像好人，要到官府告发他们。"

"这就对了，他们一定是怕暴露，杀人灭口。"

"有道理，我们终于晓得谁是凶手了。"

"怎么样？救了你，还找到杀你师父的凶手，我厉害吧？"

"你厉害，先给我拿些盘缠来。"

"我哪有钱给你？"

"反正我看到钱袋子在你们屋里，你说老板拿去了，我没看见，就找你要！"

"想讹人啊？"小梭急了。

"我不管，拿钱来。"

"救人还救出毛病了！"

"你可以不还钱。"

"算你还有良心。"

"不过，你得帮我救出二道长，抓住杀我师父的凶手！"

"这可不只是讹人了！"小梭气乐了，"我哪有这本事，又救人，又抓人！"

"你家主人有，他不是大名鼎鼎的凤雏先生吗？"

"拐了半天弯，原来是想让我家先生帮忙啊，可惜，他没在家。"

"我不管，领我找他去，不然我就住这儿不走了。"

"还赖上我们了。"

"说啥也没用，领我去见你家先生。"

"真是被神抽了！"小梭无奈道。其实，他心里很高兴，正好借机去找先生。只是，小梭也不晓得庞统在哪里？仅知道先生与鲁肃、孙静是好友。

天一亮，小梭与小车离开江边，直奔南徐城门。"吴兵能放咱们进城吗？"小车道，"早知我就不出来了。"

"不出来，你能见到我吗？"小梭调侃道，"见不到我，谁给你指点迷津？"

"别吹牛，进得了城才算本事。"

小梭直接来到吊桥前，"牛将军！"

小车瞪大眼睛，"你认识守城将军？"

小梭头一昂，"这有什么！"

牛奔从垛口探出头来，"怎么又是你啊，还带个人，这次你就是说出花来，我都不会放你们进城！"

小车一听，好生失望，"完了，牛皮吹破了。"

"牛将军，我有要事进城，晚了你可担待不起啊！"

"又拿大话压人，就你，还有要事！"牛奔笑了，"有何要事说来我听。"

"这岂能随便说与他人？"小梭故作神秘道。

"不说，别想进城！"牛奔大声道。

"我俩就是想进城玩去，"小梭不好意思道，"编个理由，还被您识破了。"

牛奔倒笑了，"就冲庞先生为赤壁大战出力，我也不能难为你们。"然后一挥手，"放两个孩子进城。"

小梭像模像样地对牛奔一抱拳，"多谢了，牛将军。"

两人来到街上，到处熙熙攘攘，有做生意的，有打把式卖艺的，小梭兴趣盎然，在江边憋了这些天，他逛得津津有味。小车道，"咱俩可不是来玩的！"

"好吧，先去鲁大人家，不过，先生可不一定在啊。"

"我不管，找到再说。"

"我得管管你了，怎么老是'我不管'？"

看小梭学自己，小车正要打他，突然身子一震，用胳膊一碰小梭，示意他往斜对面瞧。

小梭一看，吓一跳，竟是缘来客栈老板，身后跟着一人，两人认得，那是客栈伙计。"真是冤家路窄，主动送上门来了！"小车道。他正要上前拦阻，小梭拉住他。"硬来，你打得过他吗？咱俩也不是他的对手。"

"造东吴的反，让南徐士卒抓他。"

"只怕没抓到他们，先把你抓了。"

"那怎么办？眼睁睁看他们跑掉？"

"先盯着，看他们住哪儿？然后找我家先生想办法。"

这人正是缘来客栈老板福来，受严龙委托，到南徐打探消息。

小梭与小车毕竟年幼，只跟一段，就被福来发现，他作为严龙暗哨，练就了非凡的洞察能力，一眼认出两个小家伙，三拐两转就把小梭与小车甩掉。

小车几乎急哭，小梭安慰他，"他们走不远。"两人四下搜寻，没有找到客栈老板，却撞见了刘备。

小车与小梭都认得刘备，尤其是小梭，他与庞统一路跟随，就为了寻找刘备，几次遭遇，他对刘备印象深刻。

刘备如何出来了？原来，他听从了庞统的建议，总在馆驿，孙权会以为他们在密谋什么，出去走走，既可迷惑孙权，还能了解南徐的城防情况，有赵云保驾，安全可以保证。

小梭急忙上前，刘备惊异，庞统将小梭打发去茅屋，如何回来了？再看旁边之人，竟是姜神仙的弟子小车。这两个小冤家如何凑到一起？他知道，尖饼提出救治孙小姐的条件，一是为姜神仙报仇，二是找到弟子小车。因为姜神仙的原因，他不喜欢小车，现在情况特殊，找到小车，就满足了尖饼的一个条件，劝说他先给孙小姐诊病，再捉拿杀害姜神仙的凶手。

小梭道，"刘皇叔，我们看见了缘来客栈老板，可惜您不在。"

刘备一听，真的这么巧吗？找到小车，客栈老板也出现了，抓住他，即使不是凶手，也一定知情。

"他在哪里？"

"我们刚才跟踪他，被甩掉了。"

刘备对赵云道，"子龙，准备抓人！"

小梭、小车看到刘备身旁之人，英俊威武，难不成他就是赵云赵子龙？两人很兴奋，有赵云在，抓客栈老板就不难了。

他们转了几圈，没有找到客栈老板，小梭很沮丧，"可惜没早遇到你们。"

赵云听说，所找之人可能就是杀害夷南教大法师的凶手，抓住他，就能让尖饼救治孙小姐，他比两个孩子更急于擒住此人。"我们再找找。"

小梭道，"那俩家伙太狡猾了。"

说着，他们拐过一个墙角，不想迎面急匆匆过来两人，正是客栈老板福来与他的伙计！

小车大喜过望，用手一指，"就是他俩。"

福来认出了刘备，知道此人武艺好，掉头就跑。

赵云一个箭步冲上前，挡住他们的去路。福来一看赵云身手，知道此人厉害，"为何无故挡人去路？"

刘备过来，"你还认识我们吧？"

福来摇头，"不认得。"

小车跳上前，"就是你杀了我的师父，哪敢说认得？"

福来看装不过去了，他与伙计同时抽出短刀，只是此时他们面对的是赵云，武艺之高，超乎他们的想象。只几招，小梭与小车甚至还没看清楚，福来的短刀已脱手,随后赵云一近身,他就趴在了地上。与此同时,他的伙计也被刘备打翻在地,两人同时被擒。

他们将这两人交给孙权,一经审讯,福来只喊冤枉,死活不认账。伙计经不住拷打,招出姜神仙被杀的实情。

严龙要起事,缘来客栈老板福来作为暗哨,对来往住客十分留意,姜神仙因为住宿之事,对老板不满,威胁要到官府告发,引起福来警觉,当时,客栈内住了大量要参加誓师大会的人,一旦被官府察觉,就将前功尽弃。同时,他对楼上住客也产生了怀疑,借姜神仙打呼噜引起众人不满,把他安置在楼下,趁姜神仙熟睡之际,与伙计合力将他杀害,然后以其他人都有嫌疑为名,将众人扣押。

事情明了,找到弟子小车,还捉到杀害大法师的凶手,尖饼很爽快,马上出面给孙小姐诊治,亲自配药,还附上一道神符。

孙小姐吃过尖饼配制的药物,又将神符烧掉,慢慢苏醒,开始进餐,身体逐渐恢复过来。

第一四六章
起行前佳人有约

逃离南徐已经箭在弦上。

赵云通过搭救孙小姐,认识了南门守将程法。

开始,程法一直惴惴不安,担心因孙小姐遭劫被怪罪,孙权没追究,看来还是那位义士及时发声,帮自己化解了危机。后来,孙小姐的病被治好,吴国太还奖赏了他。

程法对此十分感激,赵云佯装从南门经过,程法邀赵云喝酒,诚意相谢。两人通过接触交流,赵云感觉,程法为人比较厚道。

这时,黄豆又带来一个好消息,他认识一位赌友黄星,是西门守城副将，一日两人都大输，同病相怜，坐下一聊，还是同姓，黄星感觉黄豆赌技更高，把钱都交给他，结果黄豆大爆发，不仅捞回本钱，还大赚一笔。自此，两人成为朋友。最近，黄星运气欠佳，手头正紧，黄豆认为，给黄星使些钱，应该可以出城。

庞统也曾想过找牛奔将军，他已知自己身份，这边还是一行人，恐不会轻易放行，还可能暴露，只得作罢。

这样，庞统、孙乾、赵云与刘备一同商量，决定走南门，毕竟程法是主将，也没放弃西门，让黄豆找机会接触黄星，贿赂他些钱，以便关键时刻用得上。

这时，司徒文禀报，诸葛瑾来访，刘备与赵云亲自相迎。

"孙刘联姻，可喜可贺，特来看望皇叔。"诸葛瑾开门见山。

刘备道，"此地有众多耳目，来此恐影响先生。"

"忠心可鉴，不惧污言。"诸葛瑾很是坦然。

"子龙甚是感谢先生相助，也为连累先生深感愧疚。"刘备感慨道。

诸葛瑾看得开，"我受点委屈不算什么，希望孙刘联盟稳固，才能对抗奸曹。"刘备、赵云闻听很是感动。

诸葛瑾道，"皇叔来南徐相亲，出现如此变故，按理说，荆州应该已经获悉，那边一直没见动静，我有些担心，一旦皇叔回了荆州，兄弟无事，请他给我来封信，报个平安。"

刘备满口答应。其实，刘备也很疑惑，只是不便与人说而已。

送走诸葛瑾，吕范来访。一听吕范的名字，刘备就火冒三丈，其已知悉，行船倾覆元凶乃诸葛亮的师兄武风子，自己的行踪就是吕范泄露给他的！

之前，当着众人，刘备不好发火。此番他竟找上门来，没有他的多嘴，武风子何以实施报复？自己为此吃尽苦头，他是万恶之源！在朱然营中，鲁肃极力配合自己，即将大功告成之时，正是他贸然出现，报出自己真实身份，才致前功尽弃。不然，以鲁肃的为人和极力维护孙刘联盟的意愿，自己可能已回到荆州。当然，那就没机会与苗一妹结缘，但是吕范的过错是不可原谅的！

吕范清楚，刘备生自己的气，他思量再三，还是硬着头皮赶来了。

刘备爱搭不理，赵云与孙乾扭过头去，庞统请吕范就座，吕范拱手施礼，"恭喜皇叔，贺喜皇叔，虽然新娘换人，还是成就一段好姻缘，孙刘联盟更加稳固，我作为媒人，甚感欣慰。"

刘备面沉似水，"吕先生是来邀功吗？"

"非也，主要是来向皇叔道歉的。"本来，吕范精心设计，希望刘备先念及自己的好，再表歉意，刘备根本不领情，弄巧成拙。

庞统闻听几乎笑出来。

"吕范深感内疚，只因在下不慎，酿成大错，我向皇叔郑重道歉。武风子因错怪了诸葛军师和皇叔，更是悔恨万分，我也代他向诸位道歉。"

看吕范说得诚恳，赵云念及最后时刻，他冒险收留自己，说道，"主公，吕先生也曾帮过我。"

刘备余怒未消，事已至此，纵是骂他一顿又能如何？"算了，算了吧。"

"请不要将此事告诉诸葛亮，给武风子留一条生路。也不要将此事透露给吴侯，为在下留一条活路。"

这才是吕范最想表达的，刘备看他说得可怜，"我知道了。"

赵云道，"我家主公说了，这事就让它过去吧。"

话已至此，吕范本欲离去，突又回过身，"皇叔，我还有最后一事相求，不知可否？"

刘备皱眉，"还有何事？"

吕范小心道，"武风子袭击皇叔船只，是一时意气用事，并非大恶之人，他是诸葛亮的师兄，武艺道行自是不凡，他现在正寻明主，皇叔若能不计前嫌，就请您收留他。"

武风子闯了这么大的祸，任谁一时也难以接受，但是吕范对朋友的这份诚意，还是打动了众人。刘备道，"吕先生的话我记下了。"

刚送走吕范，司徒文匆匆来报，陶珍姑娘来找孙乾先生。

刘备笑道，"那可得赶快见见。"

孙乾心道，怎么这时来了？被人盯上，就麻烦了，他急忙跑出去接陶珍，刘备对赵云道，"子龙，你得学学孙先生啊。"

在大家说笑的工夫，孙乾领着陶珍进来，满脸严肃，他对陶珍道，"你直接跟我家主公说吧。"

因相亲时帮自己解围，刘备对陶珍印象很好，请她坐下说。

陶珍道，"今早，听大乔夫人不经意说起，周瑜要回来了，还说荆州那里不寻常。"

一句话，让大家吃惊不小。

庞统道，"周瑜归来，一定是被孙权所调，否则不会轻易离开三江口。周瑜对荆州的渴望超出孙权，如果皇叔不交出荆州，他断然不会放您走，离开南徐已事不宜迟。"

刘备点头，"庞先生说的对。"刘备最怕荆州出问题，"她可说荆州哪里不寻常？"

"大乔夫人也是听说，荆州四门紧闭，不允许任何人出入。"

刘备紧锁双眉，"难不成出事了？"

"不会是孙权让她放出的假消息，迷惑我们吧？"庞统道。

"不可能，大乔夫人刚被孙权软禁过。"陶珍回道。

"难道诸葛军师与关羽、张飞闹翻了？"这是刘备最担心的。

赵云道，"关、张两位将军虽然性格刚烈，都明事理，识大体，不会有事的。"

孙乾也道，"以诸葛军师之机谋，足以与两位将军融洽相处。"

庞统若有所思，"也许是一种假象，诸葛亮用来蒙骗东吴的。"

"但愿如此。"刘备对陶珍道，"多谢陶珍姑娘给我们送信。"

"您不用客气，"陶珍犹豫片刻，瞧一眼孙乾，"我想与你们一同走。"

刘备很欣赏陶珍，他看孙乾，"孙先生的意思？"

"他担心我成为你们的累赘。"陶珍撅起嘴。

"孙先生是为你的安全着想。"刘备道，"你不怕路上危险？"

"不怕。"陶珍毅然道。

"陶珍帮过我们的大忙，我做主了，跟我们一起走吧，路上还可以照顾夫人。"刘备发话了。

"太好了，我可会照顾人了！"陶珍顽皮地瞪一眼孙乾，你不同意，我也有办法。"不过，我得先向大乔夫人辞行。"

庞统急道，"不可，一旦走漏了消息——"

刘备制止了庞统，"我相信陶珍没问题的。"

陶珍瞥了一眼庞统，给刘备作揖，"多谢您了。"

刘备让孙乾护送陶珍出门，要甩开监督之人，不能让他们发现陶珍的去处，以免暴露大乔，给她带来麻烦。

孙乾与陶珍一走，这时，黄豆提出一个最现实、也最紧迫的问题。没有车马，如何出逃？孙权对此早有防范，只为苗一妹提供一乘轿子，众人没有马匹，如何快速逃离，一旦遇到追兵，如何迎敌？

这个问题被大家忽略了，现在购买，定会惊动孙权。这当如何是好？

没过多久，陶珍返回来，她没找孙乾，先见了赵云，悄悄塞给他一张短笺。"大乔夫人让我转交给您。"

赵云展开一看，"今晚戌时，兴七老庄对过凉亭见。"赵云心中一热，大乔的笔体，工整秀丽，颇有风骨。

赵云马上来见刘备，晚上去见一位女子，还是闻名天下的美人，在主公最需要保护的时候，他不好意思开口。

刘备看出赵云为难，"子龙，你我是兄弟，跟我有何吞吞吐吐？"

"大乔夫人约我晚上相见，有事相告。"

"莫说有事相告，单是因为帮我们，给她带来那么大的麻烦，我都应亲往感谢，只是现在多有不便，你就去吧，不用担心，还要代我向她致谢。"

赵云如释重负，辞别刘备后，他让黄豆在馆驿前门晃点了两次，自己声东击西，从后墙轻轻一跃，出了馆驿。

穿过几条街巷，赵云放慢了脚步，刚下过一场急雨，街上十分清新。急雨后的夜晚，已有凉意，赵云将衣衫裹紧，这件衣衫很温暖，那是大乔一针一线缝制，想起大乔，一种异样的情愫涌遍全身。

赵云加快了脚步，穿街过巷，不久就来到了兴七老庄。赵云悄悄转过来，果然发现一个凉亭，刚下过雨，凉亭内空无一人，赵云想，也许是自己来早了，这时，只见一位老者缓缓走进凉亭，那身形，赵云一眼认出，那是老管家孙毅。

赵云走上前，孙毅头也没抬，"子龙将军，去对过的庭院，门虚掩着，再往里走，直接上厅堂，那里有人等您！"

赵云点头，"您不去吗？天凉了。"

"您去吧，我在这里坐会儿。"赵云明白，孙毅是在为他们望风。

赵云来到庭院，推门进来，院内只有一栋房子，他阔步来到门口，在推门之际，心不由得剧烈地跳起来。

第一四七章
真情相送情双别

赵云停下脚步，平复一下心情，轻轻敲门，里面没有声响，他稍犹豫，缓缓推门进来。

一个曼妙的身影正向门口走来，正是大乔！她没有描眉打鬓，更没涂脂抹粉，只是那张美颜足以惊世骇俗。

大乔又瘦了，因被自己连累，让她受苦了。赵云本想说句抱歉的话，一时又不知说什么好。

赵云感觉，大乔的身子似乎微微抖动，也许是天凉了，她的眼中泛起莹莹泪光，大概是灯光的映衬。

两人一时无言，此刻时光仿佛静止，还是大乔打破沉默。"绍儿一直念叨他的师父。"

"我也惦记着他呢。"

"他总想去馆驿找你，被我拦下了。"

赵云明白，孙权安排大量士卒监视馆驿，孙绍不适合出现在那里。"孙绍本性善良，资质出众，找个好师父，将来前途无量，必成大器。"

"他只认可你一个人。"

"我也很喜欢他，只是现在无暇分身。"

"其实，我不求他将来成什么大器，只愿他平平安安。"

赵云点头，"那就认真习武，用以防身。如果还想跟我学，就来荆州吧，我会倾囊相授。"

大乔叹口气，"荆州？太远了，遥不可及。"

"孙绍已是小伙子，出来见见世面也好。"

"没有你在他的身边，我不放心。"

赵云听罢一顿，"我要辅保主公创基立业。"

"刘皇叔得到你，真是幸运，他人就没有这个福分了。"

两人又陷入沉默，好一会儿，赵云才道，"我们要回荆州了。"

"确实该走了，周瑜要回来了！"

"确切吗？"

大乔没有直接回答，"他应该是被孙权急召而回。"

赵云确信，孙权拖住主公，就是在等周瑜！大乔之妹是小乔，小乔丈夫是周瑜，这个消息不会错。

确如赵云所料，这个信息是小乔告诉大乔的。大乔被释后，小乔时常来看望姐姐。得知周瑜将要回来的消息，小乔本想憋在心中，最后还是鬼使神差地说了，她希望周瑜回来，困住刘备，才有望将赵云留在姐姐身边。

大乔了解后，踌躇不已，她知道留不下赵云，他这一走，可能就是永别。她不希望赵云再遭磨难，"速速离开南徐吧。"说出此话，她的心很痛。

赵云十分动情，"谢谢你将这些告诉我。"

"父亲说过，汉室之兴还得靠刘皇叔，他人指望不上。"

"国老说的对，"赵云点头，"我们会尽快出行。"

"车马我已经让人准备好，就在城南歇马桩。"大乔轻声道。

赵云瞪大眼睛，他太激动了，大乔真是明察秋毫！他想抓过大乔的手，好好感谢一番，结果变成抱拳拱手。"多谢大乔夫人！多谢夫人！"

多谢夫人！大乔心中一颤。

赵云真切地感觉到，大乔的身体在发抖，他终于上前扶住了她，大乔仰起脸，慢慢从颈上摘下一物，那是一只晶莹剔透的玉佩，大乔捧到赵云眼前，赵云看到，玉佩中雕刻着一位盈盈少女，长袖而舞，那脸庞，那身姿，像极了大乔。"留着做个纪念吧。"

赵云伸出双手，鼓足勇气，将那双玉手握住，大乔的手好凉。

　　大乔像被烫到一样，木在那里。赵云的手好大，好温暖，那温暖袭遍她的全身，大乔感到一阵晕眩，她强作镇定，站直了身体。

　　赵云将玉佩攥在手中，不知揣到哪里合适。

　　大乔静静地看着他，赵云迎着她的目光，将玉佩挂在自己的脖子上，这时，赵云分明看到，大乔露出少女般的羞涩，她的脸上洋溢着笑意，眼中噙着泪花。

　　大乔轻轻抬起手，将玉佩掖进了他的锦衣内，赵云能感受到玉佩的温度。

　　此时，他下意识地抓摸自己的衣服，却没有任何东西可送。他解下跟随自己多年的佩剑，双手递给大乔，大乔凝视赵云，双手接过宝剑，宝剑在她的手中沉甸甸的，剑柄发亮，说明这把宝剑乃赵云常用之物，剑穗已然失色发白，表明这把宝剑已跟随他多年。所有这些，都证明它跟着主人经历了太多风风雨雨和生死大战。

　　大乔抚摸着剑柄，那正是赵云的握剑之处。良久，她解下一绺剑穗，剑穗中绣着一个"龙"字，仔细揣入怀中。大乔抬起头，把宝剑又郑重放回赵云手中。"为将者，岂能没有御敌之物？它跟了你这么久，一定十分应手，我希望它一直留在你的身边，保护你的安全。"

　　赵云自从跟随公孙瓒出世，到追随刘备多年，什么样的事没遇到？现在，他身心激荡，有一种要流泪的感觉。

　　赵云努力镇静，接过宝剑，重新挂在腰间。他低下头，看着日益消瘦的大乔，有种要揽她入怀的冲动，最后还是忍住了。

　　两人又沉默了，片刻之后，大乔道，"知道你们走得匆忙，我让孙毅在铁匠铺给你打造了一把枪，已用绸布包好，先凑合着用吧。"

　　赵云凝视大乔，他此时的心情无以言表。赵云来到墙边，拿起大枪掂量，轻重合适，赵云感叹：大乔是如此睿智，善解人意。

　　"这里不宜久待，你还是快回吧，免得皇叔惦念。"大乔凝望着赵云，眼中是满满的不舍。

　　赵云点头，一回手，抄起那把枪。他看着大乔，她的美丽容颜是如此动人，而最动人的又不是容颜。此时，他要将这一切刻在心中。"希望我们还会再见。"

大乔含泪点头，"如果我们今世有缘，就会再见，那时请叫我乔妍，女开之妍，是我的闺名。"

"妍，聪慧美丽，只有你配得上其意，乔妍，多好听的名字！"说罢，赵云头也不回地出了屋子。

大乔追到门口，"子龙！"她忍不住喊道，赵云站住，扭过身子，大乔定定地望着他，轻轻摆手，"小心，去吧。"

赵云大踏步出了门，大乔站在门口，回想刚才赵云叫自己的名字，眼中的莹莹之光，终于扑簌簌落下来。

赵云出了院门，望见孙毅还在凉亭中守望。不禁感慨，只有大乔才能培养出如此忠仆。

天色完全暗下来，只在天边有点点星光。正如此时赵云的心情，暗淡而怅然若失，心意沉，脚步就沉。赵云督促自己加快脚步，尽快将这个重要信息转告主公。当他刚拐过街口，"站住！"一声断喝，惊得赵云一震，随手拔出宝剑，直指眼前黑影。

没想到黑影笑出了声。

赵云听出，是孙小姐！

"吓住了吧？"孙小姐笑道。

赵云收起宝剑，"大半夜开这种玩笑，谁都会被你吓住。"

"知道是大半夜，不好好保护你家主公，出来干什么？"

"出来散散步。"赵云搪塞道。

"散步？有这时散步的吗？不说实话就是心怀鬼胎。"孙小姐咄咄逼人，"在一个地方待那么久？"

赵云一惊，难道被她跟踪了？自己真是大意了。

"怎么不说话？她叫你，你就出来？"孙小姐不满道。

赵云倒吸一口凉气，自己与大乔密谈时，她在外面？"我们商量一下孙绍拜师的事。"

"拜师能聊那么久？鬼才相信。"孙小姐无法释怀，"她真的比我好吗？"

"没想到，你还有跟踪他人的嗜好，这世上没有几人跟踪我不被发现的，你真厉害。"

"我要是真厉害，你为何主动找她，却总是躲着我？"

看来这个不解释明白，她是不会放过自己了。赵云突然想起背后的枪，灵机一动，"我请她帮我打造一杆枪。"说罢，从身后拿过枪，让孙小姐看。

孙小姐伸手一摸，确实是枪。

"你就这么信任她，为何不找我？我还懂得兵刃。"

"你不是生病了吗？"

"我已经好了。"孙小姐长出一口气，"要兵刃干吗？你要走了？"

"孙权在馆驿安插那么多人，我还不得有把应手的兵刃啊？"

"那好，把他们交给我吧。"

赵云拱手，"那可多谢了。"

"应该是我谢你才是，又救了我。"

"你不也救过我吗？"

"你是为了回报？"孙小姐盯着赵云，"就没有别的了？"

"你被迷晕，情况紧急，不容多想。"

"我又没全晕。"

"哦，难不成你是装的？"

"对啊。"孙小姐顽皮道。

赵云想起抱着孙小姐的情景，不觉脸红了，幸好是在夜晚，"主要是怕你出意外。"

"你还是挺关心人家的吗。"

赵云为难，说关心，她更不让自己走了，说不关心，又违心了。

"想否认，那你抱着我干吗？"

赵云的脸更红了，"太晚了，我得回馆驿了。"

"你真的要走了？"

"我家主公相过亲，又已成婚，当然该走了。"

"我舍不得你走。"孙小姐的声音更低了，说着摘下一只手镯，放在赵云手中，"不能忘了我，我会去找你的。"

赵云想推辞，担心孙小姐纠缠，只得将手镯揣起。

"你不想回赠于我吗？"

"我现在身上没带任何贵重之物。"说罢，赵云掖了一下衣领。

孙小姐仔细打量赵云，"把你的宝剑留给我吧。"

赵云稍一犹豫，"你不舍得？"孙小姐说着一进身，就把赵云的宝剑从他的腰间摘下来。"你也不能没有兵刃，就用我的吧。"说着将自己的宝剑递给赵云。

赵云只得接过来，为了尽快脱身，就由她吧。

孙小姐举起宝剑，"再见它时，就是我上门了！"说罢，嫣然一笑，消失在夜色之中。

回到馆驿，刘备还没睡，他在等待赵云的消息。

赵云跳过孙小姐拦路夺剑，把孙权急调周瑜回来，包括大乔安排车马以及为自己打造一杆枪之事，如实禀报，刘备笑吟吟看着赵云，拍了拍他的肩膀，意味深长道，"大乔不仅人美，还真是有情有义啊！"

第一四八章
醉心灌酒反中计

大乔准备了马匹车辆，真是雪中送炭。一切准备就绪，只待寻机逃离南徐。

刘备派孙乾前往吴侯府，向孙权发出邀约，今晚宴请江东文武，直言上次与吴侯对饮，纵论国家大事，意犹未尽，望今日再聆君言。

孙权接到邀请，微微一笑，上次被我喝得烂醉如泥，这是心中不服，要挽回颜面？论刀马武艺，我不如你，若论酒量，你不是对手！他知道，刘备老谋深算，酒中是否暗藏阴谋？转念一想，在东吴的地面上，我何惧之有？况且，刘备回请也是常理，思量之际，吴国太从一妹那里知道此事，对孙权道，"两家本应多亲近，如今孙刘联姻，赵云又救了小妹，你与玄德饮宴，可以消除隔膜，还要代我谢谢他们二位。"

孙权生气，刘备占着荆州不还，现在倒成了我欠他们的人情！既然主动相邀，正好将其灌醉，让他几天缓不过来，为周瑜回归容出更多时间。主意拿定，孙权慨然应允。为防刘备要诡计，逃离南徐，他写了一道手令，交给周善。

孙权应允赴宴，刘备很高兴。他令孙乾与黄豆宴请馆驿内的人，感谢他们细心照应。

黄豆回报，"他们都被别人请去喝酒了。"

"谁请他们喝酒？"刘备不解。

"听说被孙小姐邀去了。"

赵云听罢，心头一热，刘备则是会心一笑。

傍晚，孙权携鲁肃及十多员大将前来赴宴。鲁肃参与，可以平衡双方关系，十多员大将在，赵云再勇，也不敢放肆。

刘备站在馆驿门口，亲自迎接孙权，"上次与仲谋饮酒，不想失态，让仲谋见笑了。今日回请，还是咱俩对饮，此时你我已是至亲，绝不能再醉酒，让国太牵挂。"

"那是自然。"孙权心道，搬出国太，还拿至亲说事，刘备这是没喝先怯了。

苗一妹出来，对孙权道，"二弟，这次喝酒，点到为止。"

孙权点头，"长姐放心就是。"

苗一妹叮嘱刘备，"你是姐丈，记住，多谈国事，少饮酒。"

"看看，你长姐里外都要管。"刘备笑道。

孙权心里有气，长姐刚出嫁，你就是里，我就是外了？相亲弄假成真，当着我的文武，这是故意羞臊我吗？一会儿给你好看！

刘备接道，"我们谈论国事，喝酒也是助兴，你不要管。"

"好，"苗一妹关切地看着刘备，"只是莫要喝过头。"

孙权纳闷，长姐虽命运多舛，也是个厉害角色，如今在刘备面前，怎变得如此服服帖帖？

刘备对赵云、孙乾、庞统道，"代我陪好鲁大人与诸位将军。说罢，挽起孙权的手，进入内室。

赵云、孙乾、庞统请东吴客人入席，庞统对黄豆使个眼色，让他好生观察动静。

刘备与孙权进屋饮酒，孙刘两家的人各自落座。由于刘备和苗一妹已完婚，气氛当不似上次那般紧张，有几位吴将仰慕赵云大名，前来敬酒，赵云身担大任，哪敢痛饮，只是点点滴滴做做样子。鲁肃与荆州几位客人都熟，他在其中引荐联络，希望活跃气氛，拉近双方关系。

虽然如此，双方也都时刻关注着里面的动静。不知不觉一个时辰过去了，古代一个时辰是现在的两小时。孙乾不放心，"主公不胜酒力，莫要再喝多了！"

孙乾跟随刘备多年，应是最了解他的酒量，东吴诸将不禁暗笑，他已开始担心自家主公了。

庞统道，"两位主公喝得高兴，咱们别打搅。"说罢站起，给东吴诸将敬酒。

东吴诸将对庞统很客气，他们知道，庞统智谋过人，火烧赤壁时，献过连环计，赤壁大胜有庞统的功劳，主公以貌取人，才投了刘备。

大家边聊边喝，等两位主公出来。半个时辰过去，孙乾心事重重，"主公不会又喝醉了吧？"

鲁肃回道，"看来两位主公谈得投机。"

东吴诸将窃笑，他们开始忧心刘备再次失态啦！鲁肃对东吴诸将低声道，"咱们接着喝酒，怕什么？"

东吴诸将都笑了，鲁大人的话说得明白，主公的酒量在那里，等着看刘备的笑话好了。

又过半个时辰，赵云开始忐忑不安，东吴诸将互相示意，赵云已坐不住了！

鲁肃道，"子龙将军莫急，喝多了又能如何？让两位主公多聊会儿，把话说开讲透，岂不更好？"

赵云只得坐下，又强忍半个时辰，这时，苗一妹出来，"这般喝法，身体如何受得了？"东吴诸将满脸笑意，刘备这边都沉不住气了。

正在此时，门被撞开，大家齐刷刷将目光投过去，只见刘备扶着门框，东吴诸将吓一跳，都站了起来。

刘备一挥手，"瞧把你们吓得，吴侯没事，就是喝多了。"说罢，他也瘫坐在地上。

东吴诸将飞奔进屋，只见孙权一身酒气，吐得地上都是秽物，已烂醉如泥。

鲁肃俯身，"主公，主公。"

孙权"嗯啊"应着，什么也说不出来。

这时，赵云、孙乾等人奔到刘备身边，将他扶起，刘备也口齿不清，"不用，不用扶我！"然后对里面大声道，"这个破，破小舅子，还跟我吹，吹他的酒量呢，怎么样？把自己吹倒了吧？"

众人也不好意思笑，东吴诸将欲把孙权扶起，他两次跌倒，弄得满身秽物，甚是熏人，大家只能屏住呼吸，孙权不断挣扎，"我没醉，我没醉。"

再看刘备，推开搀扶他的人，自己站起，脚一软，又扑倒在地上。"我没醉，我没醉。"

众人忍不住，都笑了，两位主公喝成这个样子，看来是谁也不服谁啊。

鲁肃叹道，"两位主公要缓过来，不得睡个一天一夜啊？"

看东吴的人都已离去，庞统关切地问，"皇叔，感觉如何？"

刘备一笑，"与张飞一起饮酒这么多年，当我白喝啊，按计划行事。"

此时，已经是半夜，众人马上行动。刘备请苗一妹上轿，苗一妹推辞，轻装更便利。庞统劝阻，夫人坐轿，众人护送，是很好的掩饰。苗一妹听从建议，上了轿，由司徒文与公孙双抬着，前面黄豆开道，刘备紧随，左侧是孙乾，右侧是庞统，杨桃与陶珍跟在轿旁，赵云断后。

苗一妹因为没向国太辞行，很是遗憾，特殊时期，只能如此了。

此时，天上星光暗淡，街上不见一个行人，他们快速向南城歇马桩赶去。

赵云担心司徒文与公孙双体力不支，其间，由他与黄豆顶替一阵。

这时，一辆车驶来，想躲已然来不及，只得往旁一让，那辆车疾驰而过，刘备扫了一眼，对孙乾道，"这应是东吴臣子的车马，咱们快走。"

这确实不是一般人家的车辆。车一过，只听车夫道，"大人，刚才那些人看着形迹可疑。"

"我看到了，没什么可疑的，定是家人生病，急找大夫医治。"

车夫点头，"大人说的是。"

此人不是别人，乃是鲁肃，他刚安顿好孙权，正返回府宅。

鲁肃小心谨慎进了内室，生怕惊醒夫人，没想到霍水和衣坐在灯光下，"哟，夫人如何还没睡？"

"等你。"霍水有气无力道。

"这是怎么啦？"鲁肃关切地问，"病了吗？"

"一晚上吐了好几次。"

"啊，"鲁肃一惊，"我马上让人请大夫。"

"不用请大夫，你搂我一会儿就好了。"霍水轻声道。

"那可不行。"鲁肃说罢，就要赶出去。

霍水拉住他，把头靠在鲁肃的肩膀上，用颤抖的声音道，"真傻，你要当爹了。"

"什么？"鲁肃没听清。

"你要当爹了。"

鲁肃愣了，随后将霍水抱住，又搂又亲，"我以为自己这辈子当不了爹呢！"

此时，两人都是满眼的泪水，朦胧中对望着，随后紧紧地拥抱在一起。

赵云远远地望见了歇马桩，歇马桩前拴了十多匹马，还有一辆马车，赵云举目四望，没有人，为了安全起见，他带黄豆赶过去，这时，他看到了一个身影，是老管家孙毅。天冷夜深，估计刚才进屋取暖了。孙毅对赵云轻轻摆手，然后离开了。

看来一切都已准备妥当，黄豆道，"子龙将军，我去请主公、夫人过来。"

他的话音刚落，马匹中间突然窜出两人，飞身上马，这是偷马贼！未及两人扬鞭，赵云一个箭步冲上去，将两人拉下，那两人直接拽出兵器，正要动手，却停住了，他们认出了赵云，原来是黄锤与黄戈。

"焦义士！"黄锤又惊又喜，"子龙将军？您是赵云？"

显然，她听到了黄豆的话，原来焦龙是赵子龙！

赵云不便直接回答，只道，"黄姑娘。"

"你们认识？"黄豆上来，"这是我们的马匹。"

黄锤还想说什么，黄戈见此，很是尴尬，"哦，那不好意思。"他对赵云抱拳拱手，"我们还有事。"说罢拉住黄锤快速离去。

第一四九章
逃离南徐遭追击

赵云与黄豆请大家来到歇马桩，苗一妹带陶珍、杨桃登上车辆，其他人上马。有了车马，他们急向南门驰去。

来到南门附近，赵云正欲上前找程法，突然，"砰"的一声，南门营房着火，借着风势，迅速蔓延，程法急忙从垛口处奔下来，一边调遣士卒扑火，一边大声喊道，"莫要慌乱，小心恶人趁乱出城！"

刘备见状，叫住赵云，"当着众人，程法不便放行，还可能被怀疑纵火，放弃南门，奔西门，大不了返回馆驿！"

他们急向西门赶去，行至不远，几个黑影从前面飞奔而过，直奔城墙而去，看身手，皆是会武之人，此地士卒被招去扑火，这些人使用挠钩套索，相互协助，迅速上得城墙，逃了出去。这时，赵云看清，他们是黄氏兄妹几人，刚才大火定是他们放的。如今，他们采用声东击西之法，终于出了城，却在无意间，搅乱了刘备的逃离计划。

赵云见此，带领大家改走小路，以免撞上东吴官兵。

来到西门，黄豆上前，去见黄星。

"哟，黄豆老弟。"黄星很热情。

"黄兄，我家主人嫁闺女，选好的黄道吉日，姑爷进不了城，只能送出去了，过了日子，恐不吉利。"

"吴侯有令，不让随便出城。"黄星为难道。

黄豆塞给他两锭金子。"就为图个好日子。"

黄星掂了掂，足够他赌几个月的。他来到众人面前，瞧瞧大家，掀开车帘，"小姐真漂亮！"然后凑到黄豆耳边，"你家主人真有钱，陪送两个丫头。"

黄豆明白，马上又塞给他两锭金子。"给兄弟们买点吃喝。"

"真讲究！"黄星将金子揣进怀里，"你们来得正是时候，西门主将去南门探看情况了。"他一摆手，上面士卒放下吊桥，黄星低声道，"别声张，快走。"

黄豆拱手，"多谢黄兄！"大家一催马，迅速出了城。

见此，有人远远地松了一口气，他就是老管家孙毅。

此时天已渐亮，孙毅一进府，就听到了琴声，他不懂音律，却能感受到其中的哀婉惆怅。孙毅上得楼来，大乔坐在古筝前，正在抚琴，琴旁放着一件征衣，已经很旧，叠得板板正正。

大乔停下琴，"走了？"

"顺利出城。"

大乔点头，孙毅悄悄退去。这时琴声又响起来，铿锵激昂，荡气回肠。突然，琴声停下来，大乔轻轻地抚摸那件陈旧的征衣，慢慢地搂在胸前，泪水夺眶而出，落在那件已褪色的征衣上，缓缓渗入其中。

在此赘述几句，后来，朱治抓住两人，正是孙绍看望乔国老时，袭击他的人。朱治亲自审问，让他们交代受何人指使。

其中的年轻人战战兢兢地问，"交代就能放了我们？"朱治点头，"如实交代，就放了你们，绝不食言！"

另一位年纪稍长，眼珠一转，马上道，"是曹映琴。"

年轻人连连点头，曹映琴已死，这是死无对证。朱治看两人交换眼神，料定他们没说实话。他注意到，年轻人的腿一直在哆嗦，就让他说。

年轻人正要开口，年长者急了，"你若说出来，咱们的老婆孩子全完了！"

看来他们知道内情，朱治用刀逼迫年轻人，"必须说！"

年轻人狠狠心，"指使我们的人是吴侯府的——"他还没说完，家人一下没有拽住，年长者一头撞在年轻人的太阳穴上，两人撞破头颅，双双毙命。

朱治念叨，"来自吴侯府，到底是谁呢？"

据史书所载，孙权一直对孙绍有所顾忌，以保护为名，圈禁他一生，让孙绍难有作为。以至于传位至其孙孙皓时，仍对孙策一脉多有提防，最后以讹传孙绍之子孙奉当立，将其诛死，就是孙权之孙杀了孙策之孙！这是后话。

一大早，有人发现刘备等人不见踪影，大惊失色，马上赶往吴侯府禀报，此时孙权正躺在床上呼呼大睡，众位文臣武将赶到，无论如何也叫不醒他，大家急得像热锅上的蚂蚁。这时，周善赶来，说吴侯早有手令，一旦刘备出逃，让陈武、韩当火速追赶，劫回南徐。陈武、韩当马上点齐五百骑兵出城。张昭恨透刘备，他认为，陈武、韩当不是赵云的对手，让蒋钦、周泰火速增援，务必将刘备擒回。

离开南徐，刘备如脱笼之鸟，恨不得马上飞回荆州。怎奈有车辆，无法疾驰，跑出几十里，突见后面尘土飞扬，知道是东吴追兵来了。陈武、韩当大喊，"皇叔留步！皇叔留步！"

苗一妹见此，让车辆停下来，站到车前，厉声问道，"你们是何人？"

"陈武、韩当！"两人回道。

"陈武、韩当，你们好大的胆子，我与夫君刘备奉国太之命，返回荆州，你们没命追赶，是何居心？"

两人赶快下得马来，拱手施礼，"我们奉吴侯之命，请皇叔回去，有要事相商。"

苗一妹斥道，"昨日二弟与夫君喝一晚上的酒，有何要事商量不了，你们当时也在场，装什么糊涂？分明不怀好意，假传主命，挑拨孙刘关系，难不成你们是曹映琴的人？"

两人吓一跳，连忙摆手。这时，谁与曹映琴相关，就祸事临头了。

"有何要事，去与国太说吧。"苗一妹说完，一挥手，众人上马起行。两人了解苗一妹的身世，老主孙坚心怀愧疚，国太都要让她三分。再看赵云立马横枪，随时准备厮杀。陈武道，"她与吴侯是姐弟，后面还有国太，我们得罪不起。"

韩当道，"这样恐不好交代。"

陈武道，"你能打过赵云？"上次陈武与潘璋被赵云骗进管若虚九子伏魔阵，潘璋如今还躺在床上，自己落下个毛病，看见飞物就想趴下。

韩当看了一眼威风凛凛的赵云，还是算了吧。

正在这时，蒋钦、周泰追上来，看着呆坐的两人，问道，"你们如何在此？刘备呢？"

陈武往前一指。

"为何不追？难道是怕了赵云？"蒋钦道。

同为大将，被如此抢白，陈武、韩当面子挂不住。"你厉害，你来！"韩当不满道。

蒋钦嘴一撇，"我正要领教赵云有何本事。"

陈武看一下韩当，"好，我们给你助阵。"

周泰听出两位有气，从中调节，"我们四人，应可挡住赵云，还一千人马，只要擒住刘备，赵云还能如何？"

他们带人追赶过来，蒋钦一马当先，大声喊道，"刘皇叔止步，我家主公有事相商！"

赵云请刘备与车辆先行，自己断后，他对蒋钦道，"国太让我家主公与夫人今日起行，你们有何事，与我说吧。"

"既然回荆州，为何不与我家主公辞行，偷偷摸摸算什么？"蒋钦大声道。

"昨日我家主公与吴侯饮酒，已经正式辞行，我家主公乃大汉皇叔，与夫人离开，还用偷偷摸摸？难不成我们离开，还要向你辞行？"

"狡辩！"蒋钦见刘备等人走远，知道这是赵云的缓兵之计，"我们奉吴侯之命，你敢阻挡，不要命了？"

赵云不搭言，蒋钦生气，正要上前，周泰小声道，"那是赵云，不可掉以轻心。"

蒋钦不屑，"那又如何？"他对赵云是否有传说的那般厉害，很是怀疑。感觉东吴有四员大将，不应怕他，说罢催马向前，抢刀就砍，赵云举枪一拨，蒋钦的大刀几乎脱手，在他一愣之际，赵云的枪就到了，挥刀相挡已然来不及，他只得一哈腰，哪想到赵云往前一探手，直接把他拽下，押在马背之上。

其他三将惊呆，急忙上来营救，赵云将枪尖按在蒋钦后心，蒋钦吓得魂飞魄散，声嘶力竭喊道，"别上来，别上来。"早已失了刚才的威风。

三人都讨厌蒋钦张狂，巴不得有人教训。但总不至于看他被杀，周泰道，"赵云将军，手下留情，孙刘乃盟友，刚又联姻，不可伤害蒋钦将军！"

赵云冷笑一声，"既然是盟友，如何带了兵马穷追不舍？"

为了营救蒋钦，周泰只得违心道，"我等是来护送皇叔一行的。"

赵云哼了一声，"既然如此，在下领情了，你们回吧。"

"那蒋钦将军？"周泰追问。

"我不会伤害他。"

"我们相信赵云将军言而有信。"周泰说罢，一挥手，与另两人先行后撤。

见他们带人撤远，赵云把蒋钦扔在地上，用枪指着他，"莫要让我再见到你！"

蒋钦听罢，撒丫子往回跑，一只靴子跑掉都不晓得，真是吓傻了。

当蒋钦遇到其他三将，直接瘫在地上。众人将他围在当中，蒋钦慢慢坐起，用手拍打脚上的尘土，头也不抬道，"我是怎么被赵云擒住的？"

韩当道，"赵云身手太快，没看清，正要问你呢。"

蒋钦手捂脑门，他更没想明白。众人见状，憋着不好意思乐。

正在这时，南徐方向征尘滚滚，丁奉、徐盛、凌统、董袭四员大将赶到。

丁奉道，"诸位如何在这里，不追赶刘备？"

几位像霜打的茄子，面面相觑。

丁奉明白了，大声道，"奉吴侯之令，无论如何也要将刘备捉回来！"

原来，孙权终于被众臣弄醒，听完禀报大吃一惊，他才晓得刘备的老辣，我请他喝酒，他将计就计，好厉害的演技啊！幸好在东吴，既然你不辞而别，这回抓住你，不还荆州，别想走！

张昭直言，赵云太勇，四员大将未必拦得住他们。孙权马上又派丁奉、徐盛、凌统、董袭带着一千轻骑追赶。

赵云丢下蒋钦，快马加鞭，追赶刘备。他料到，孙权一定会派兵追赶，必须催促主公加快赶路。

赵云跑出十几里路，上得一处高冈，手搭凉棚远眺，终于看到主公等人的踪迹，他急忙赶过去，这时，刘备等人进入一片树林，停下来，赵云想，主公一定是在此等候自己，待他靠近时，赫然发现主公被人拦下了，赵云定睛一看，不禁大吃一惊，他飞马赶到，拧枪就刺！

第一五零章
诚补过拼死相助

那人原来是武风子。

只见他往旁一闪，躲过赵云这一枪，抱拳拱手道，"赵云将军误会了，我只是想知道这可是刘皇叔一行？"

"你要如何？"赵云喝道，虽然武风子表示诚心悔过，吕范也为其求情，赵云内心还是无法原谅他。

武风子面向刘备道，"现在看来，这位一定是刘皇叔了，在下此前酿成大错，在此谢罪了！"说罢拜伏于地，向刘备叩头。

原来，就是此人弄翻荆州船只，刘备也是怒目相向。

这时，吴军大队人马风驰电掣般赶来，赵云认出前面八员大将，他们所带人马不少于两千人，自己这一方人单势孤，还有女眷，如果被围，断难脱身。

武风子对刘备与赵云深深一揖，"请给我一次将功补过的机会，你们先走，我来对付他们。"

众人将信将疑，赵云对刘备道，"主公先行，我来断后。"

刘备点头，带领众人向前赶去。赵云藏于树林中，既可监视武风子所为，又能观察吴兵吴将动向。

这时，武风子双膝盘坐在一处高冈之上，口中念念有词，突然手指向天，纵身而起，聚日月之精，集天地之华，按照六甲七星八卦九宫十格之形，快速游走穿行，但见武风子周身升起腾腾热气，连赵云都看呆，武风子突又止步凝神，以霹雳之姿，骤然出手，三张符咒随着一团五行之气，直向吴兵方向飞去，只见吴兵吴将所到之处，飞沙走石，烟尘滚滚，直刮得吴兵吴将东倒西歪，晕头转向。

再看武风子，瘫坐在高冈之上，嘴角流出了鲜血。

赵云看出，武风子是真心悔过，帮助主公逃离，不觉气也消了。人非圣贤，孰能无过，知错能改，善莫大焉！虽然代价沉重，终在危机之时，拼死相助，也算将功补过了。

赵云赶到武风子近前，关切地问，"你怎么样？"

武风子强撑着站起来，"我使了师父三张符咒，用尽平生所学，只能帮到此了。"

赵云很感动，吕范说得不错，武风子虽然偏激，本性不坏，还有一身本领，经此一事，如能前来辅保主公，也是一大收获。他想上前劝说，武风子摆手，"快保你家主公回荆州吧。"

赵云欲言又止，武风子与军师诸葛亮是师兄弟，这事就由军师来定夺吧。

只是，武风子看破世道，不愿为诸侯卖命，此后带领妻子儿女退隐山林，过起了荷锄而耕，弃锄而饮的田园生活。但他并未获得真正的安宁，没过多久，他就被迫卷入到诸侯纷争与江湖血雨腥风之中。这些内容将在作者的下一部书中详细介绍。

风沙足足吹了一个多时辰，东吴几员大将不明邪风来自哪里，只知道，错过了追赶刘备的良机。

赵云打马扬鞭急赶刘备，追出几十里，跑过几个村镇，没见刘备与车辆，不免焦急，几次下马向路人打听，都一无所获。

赵云又往前骑行十几里，来到一处高冈，极目远眺，只见村庄与良田交相辉映，却没有刘备等人的身影。他担心走错方向，甚至怀疑，自己是否跑过了头。没有自己保护，主公如遇强敌，就危险了！

这时，一骑快马从赵云身边飞过，转眼骑马之人又折了回来，"请问，您可曾看见车马由此经过？"

赵云一愣，他也打听车马？不觉警惕起来，"车马上的人长何模样？"

年轻人稍一迟疑，说道，"其中一人耳大臂长。"

赵云一惊，这不是打听主公吗？难道是东吴的探子？他仔细打量，只见此人二十多岁年纪，十分清秀，像个书生，不似坏人。"你打问他们何事？"赵云到嘴的话又咽回去，这样太过直接，容易引起怀疑，还是小心为妙，于是摇头道，"不曾看到此人。"

"多有打搅，"年轻人说罢，自言自语道，"应该是这个方向啊。"然后上马，继续前行。

赵云仔细辨别，这确是赶往荆州的方向，想到有陌生人追赶，赵云十分担心，加快追上去。

赶了一段路，既没发现主公行踪，也没有看到年轻人，赵云好生奇怪，不觉心又悬了起来。

刘备到哪里去了？

刘备不知武风子能否拖住吴兵，他只信任赵云，有他断后，刘备催促大家赶快前行。往前多行一些路，赵云就少些负担。

没见追兵身影，大家稍放宽心。这时，他们来到了一处山岭。此时已过中午，大家又饥又渴，马匹也跑得通身是汗，刘备决定，大家在此吃些干粮，让马匹歇歇，啃些青草，一起等候赵云，如有追兵，还有藏身之地。

这时，传来马嘶之声，刘备举目远望，只见一匹马疾驰而来，刘备以为是赵云，仔细一看，此人没有赵云魁梧，只听那人远远地大喊，"刘皇叔，等等我！"

刘备让大家护着夫人，他与黄豆驱马向前，待那人跑近，刘备认出，竟然是孙奂！

刚才赵云所见之人正是孙奂，赵云曾被鲁肃领进孙静府，马上就与刘备去了馆驿，未与孙奂谋面，所以两人不认得。

孙奂来到刘备近前，"刘皇叔，您让我追得好苦啊！"

庞统走上前，"孙奂，你这是——"

"我决定追随刘皇叔了。"孙奂毅然道。

"你父可知道？"

"庞先生，您晓得，父亲是支持我出来闯荡的。"

这话孙奂确实说过，只是孙奂的病令人担忧，又不便直接盘问。

孙奂看出庞统的意思，"您不用担心，父亲都说我的病好了。"

"哦，已经好了？"庞统将信将疑，这是孙静的一大心病，观察孙奂现在的言谈举止，还算正常。

见刘备没表态，孙奂道，"您不会拒绝吧？"

刘备与他在洞穴相遇，感觉他的身上确有神奇之处，只是他偶有犯病，令人担心。

庞统道，"孙奂真是不可多得的奇才！"

刘备想到，在自己危难之时，他能前来投奔，实在难得，决定先留下他。"我们正需要你这样的人！"

"太好了。"孙奂兴奋地转个圈，自行与这里的每一位相见。刘备看他毕恭毕敬的样子，觉得他已是个正常人了。

见过众人，孙奂对刘备道，"我刚才看到很多士卒向这里赶来，看旗号，应该是周瑜带人追来了。"

刘备惊得几乎跳起来，心道，这么大的事不早说！现在赵云不在身边，缺少保护，就是他在，也难以应对这么多的人！孙乾建议，趁周瑜没来，抓紧往前赶。庞统认为，只怕跑不过周瑜的轻骑，还是应该先找个地方躲起来。

孙奂不慌不忙道，"皇叔，不必紧张，把周瑜交给我好了。"

刘备一听，好大的口气，是不是又犯病了？

孙奂道，"你们往前走，我在这里拖住周瑜！"

庞统道，"把你放在这里，我哪能放心？你若有个三长两短，我怎对得起你的父亲？"

孙奂将庞统推走，"您在这里，我怎么作法？又如何骗得了周瑜？"

庞统看孙奂态度坚决，只得往前走了。刘备不放心，庞统道，"孙奂确有神出鬼没之才，况且他是孙静之子，周瑜不能奈何他。"

听庞统如是说，刘备等人才加速往前赶去。

刘备等人离开不久，周瑜带领人马赶到了。

南徐发生这么多的事，周瑜早已心急如焚。最初他请阚泽回去，帮助孙权处理相亲之事，近日才知，相亲竟然弄假成真，不禁火冒三丈，埋怨阚泽办事不力。此番，他在返回南徐的路上得报，刘备已经逃离，他急忙带领人马，向西一路追来。

周瑜赶到山岭处，看见有人在此悠然骑行，让士卒将其叫来，周瑜一看，这不是孙奂吗？听说他病了，现在是好了？

孙奂主动打招呼，"周都督。"

周瑜不禁问道，"孙奂，你如何来到这里？"

"我来此游山玩水，清心怡神。"

周瑜看他气色不错，说话也正常，问道，"你可曾看到车马过去？"

"看到了。"

"去哪儿了？"周瑜急道。

"往那里走了。"孙奂说罢，用手一指。

周瑜看到，那个方向有两条道，"具体往哪条路去了？"

"我带你们去吧。"

"那当然好。"周瑜很高兴。

于是，孙奂在前，周瑜带领人马在后，往前追赶过去。可是，半天也没有看到刘备等人的身影。周瑜发现，孙奂不时往天上扔东西，疑道，"扔的是何物？"

"扔点豆子，撒豆成兵，多些兵卒，帮都督抓人。"

周瑜听说，孙奂在修炼奇门遁甲之术，感觉太过玄妙。他们往前赶了一个时辰，周瑜感觉好像在山里转磨磨。气道，"你到底看到他们没有？"

"看到了，其中一人耳朵挺大。"

"那是刘备！"周瑜正要追问，孙奂突然捂住头，"我现在头疼，记不住他们往哪里去了。"

"耽误我们的大事！"周瑜说罢，弃了孙奂，让人寻找新的出路。

只听孙奂在后面喊，"我找不到家了，你们不要丢下我！"看他们走远，孙奂暗笑，困住你们这么久，刘皇叔应该已经走远。这时，他又听到嗡嗡之声，暗叫不好，"难道我要犯病了？"

孙奂一犯病，道法就不灵了，一个老翁来到孙奂眼前，只见他一挥手，向天空撒了一把豆子。

孙奂道，"老头，你跟我撒的豆子一样。"

老者很难过，"我的徒儿，你连为师都不认得了？"来人竟然是左慈！他抓起孙奂的手，将他领出了山岭。

孙奂清醒一些，认出了左慈，"师父，您要帮刘皇叔逃走。"

"我不是刚撒了一把豆子吗？就是在帮他。"

周瑜费了好大的劲，才找到出路，他气愤已极，时间好端端被浪费了，他实在不甘心，带领人马没命地向前追去。

第一五一章
兄弟报恩仇者袭

孙奂困住周瑜，刘备等人加速向西赶去。

孙乾道，"我们应该先渡过江去，以免紧急时刻被拦。"

刘备认为孙乾说得有理，他带领众人赶到江边，举目四望，江边芦苇丛生，随风而动，江水波涛汹涌，浪花飞溅，不见一条船，没有船只，如何过江？

正在大家一筹莫展时，从芦苇荡中游过来一人，此人光着臂膀，长着红鼻头，他爬上岸，直奔刘备而来，黄豆与司徒文急忙挡在前面。

那人只盯着刘备，颤声问道，"是恩公吗？"随后喜道，"真是恩公！"说罢给刘备跪下了。

刘备愣住，他看此人，有些眼熟，"你是？"

红鼻头一挥手，从芦苇荡中又游出一人，此人留着络腮胡，来到近前，也给刘备跪下了，这时，刘备与孙乾同时认出，他们竟是老妪之子。

那晚，刘备与孙乾到一茅屋投宿，一位白发苍苍的老妪收留了两人，不久，于糜、樊能之子也来投宿，半夜，老妪的两个儿子归来，他们心生歹意，欲图谋几人钱财，双方打斗起来，刘备意外看到工部侍郎王子服的灵牌，当年，他们曾在诛杀曹操的衣带诏上签下名字，想来两人应是王子服之子。

这时，吴兵吴将赶来，扬言两人偷了吴侯宝甲，于麋、樊能之子听罢，直言两人是英雄，四人联手打跑了吴兵。于麋、樊能之子向两人索要宝物，两人直言不曾偷得宝甲，于麋、樊能之子气恼，那就不是英雄，还会谋财害命，执意除掉两人。刘备念及他们是同道之后，及时出手，救下两兄弟。

"想不到，又见到恩公。"红鼻头十分激动，"你们要过江？"

"正是，可惜没有船只。"

络腮胡没言语，一个猛子扎进水中，不一会儿，从芦苇荡中摇出一条船来。

刘备一看，太好了！

孙乾皱起眉头，想起两人上次就是因为见财起意，才起纷争，于是问道，"两位的母亲呢？"王子服之妻确是十足的好人。

两人不禁伤感起来，络腮胡道，"老母上次受到惊吓，不久就亡故了。"

红鼻头接着道，"我们逃至此地，以摆渡为生。"

"两位尊姓大名？"刘备问道。

"我叫王挺汉，"络腮胡道，"他叫王顶汉。"

刘备道，"你们一定是王子服之子了？"

两人一惊，孙乾道，"我们看到了你父的灵牌。"

两人点头，"正是。"

刘备感慨道，"好在忠臣有后。"

"您是？"红鼻头王顶汉问道。

"这是与你父一同在衣带诏上签下血书的刘备刘皇叔。"孙乾道。

两人惊喜异常，直接跪地磕头，"叔叔。"

刘备扶起两人，亦激动不已。

"我俩把你们摆渡过去。"络腮胡王挺汉道。

孙乾心中还不完全托底，两兄弟看出，王顶汉道，"我们已在母亲临终前发誓，一定改邪归正。刘皇叔救过我们的命，还与我父是兴汉的生死同道，请你们放心！"

刘备见此，直道，"上船吧。"

两人的船只足够大，一次将所有人都摆渡过江，大家长出一口气。之后，在黄豆等人协助下，又将马匹运到对岸，车辆过大，只能放弃。

这时，王挺汉打开脚下船板，拿出一物，此物被包裹得里三层外三层，两人捧到刘备眼前，"这是孙权的宝甲，赠予叔叔，权当感谢救命之恩。"

刘备认得，此乃金藤麒麟甲！

此甲做工精细，工序烦琐。要用南方深山经风沐雨的藤条，以金水反复浸泡十年，截取最精华的部分，精心编制而成，拿在手中，露出莹莹之光，如蛟龙鳞甲般，刀枪不入，堪称珍宝！刘备极力推辞，怎奈两兄弟执意相赠。

庞统道，"皇叔，盛情难却，就收下吧。"

王挺汉、王顶汉道，"叔叔，您必须收下。"

刘备只得点头，两兄弟亲自给刘备穿上，孙乾看罢，不禁叹道，"如此合身，像是给主公定做的！"

两兄弟听罢，更是高兴，意欲跟随刘备前往荆州。

刘备告诉他们，"我的大将赵云还没过来，你们暂且在此等候，把他摆渡过来。"

庞统道，"皇叔应留下一物为证，不然子龙如何相信他们？"

刘备闻听，留下一串手珠，此乃鲁肃所赠，自己甚是喜欢，一直戴在手腕上，赵云认得此物。刘备同时赏了王氏兄弟两锭大金，告诉他们，将赵云摆渡过江，可随时到荆州来。

没有车辆，大家只能一同骑马。苗一妹与刘备同乘一匹，陶珍自与孙乾共坐一骑，问题在于杨桃，她十分丰腴，司徒文与公孙双都很壮实，两人一马，恐难疾行。

刘备道，"黄豆最瘦，就与杨桃同乘一马吧。"

黄豆一咧嘴，"主公，庞统先生比我还瘦呢。"

庞统笑道，"你这个臭小子，不识好歹，那是皇叔对你的偏爱。"

苗一妹看出黄豆很聪明，刘备很喜欢他，杨桃陪伴自己多年，为人忠诚，也很机灵，自己视其为妹，有意促成两人好事，"别难为庞先生了，就与杨桃同乘吧。"

刘备点头，"夫人发话了，就这样吧。"

黄豆撅嘴，"如此搭配，还不将我颠下马去？"

"推三阻四，"杨桃说罢，一搭马镫，一拽马鞍，就上了马，杨桃虽胖，十分敏捷，"就冲你这么说，我非将你挤下去不可！"

大家说笑完，赶快打马前行。

苗一妹与刘备是夫妻，很自然地搂在他的腰上。陶珍与孙乾同乘一马，虽心意相通，毕竟还没名分，一个姑娘当着众人，与孙乾搂在一起，还是有些不好意思，孙乾道，"抓好，别掉下去！"陶珍一闭眼，搂住孙乾的腰，把脸直接贴在孙乾的背上，心中企盼一直这样跑下去。

最好笑的是黄豆与杨桃，两人之前并不熟悉，黄豆虽是一个走卒，却见多识广，除了爱赌，就是喜欢窈窕美女，他希望坐在身后的人是公仪雪晴，可惜是个胖丫，真是太遗憾了。杨桃感觉到了黄豆的冷落，暗想，就你这样尖嘴猴腮，要长相没长相，要不是瘦，哪有机会与我同骑一马？

两人互相看不上，若在平时，也就罢了。这是在马上，黄豆有意捉弄杨桃，他猛地给马匹一巴掌，马匹吃痛，往前一纵，差点将杨桃甩下去，杨桃急忙伸手拽黄豆，黄豆"哎哟"一声，几乎被她扯下来。杨桃知道黄豆使坏，借着马匹前行，使劲往前一蹿，几乎将黄豆挤到马脖子上，黄豆气道，"看来你是真要把我弄下去啊！"

跑了一个多时辰，天热起来，三匹马同乘两人，已累得汗流浃背，这时，他们来到一座破庙前，刘备决定在此稍作休息，等候赵云。

庙宇不小，失于修缮，杂草丛生。司徒文与公孙双手提兵刃，进到里面，庞统道，"看仔细喽！"两人四处逡巡一圈，"没有一个僧人，是座废庙。"

孙乾不放心，亲自到里面走一遭，对刘备道，"主公，可以和夫人进来了。"

刘备进得大殿，见正中供奉着菩萨雕像，周边是众罗汉，都已十分破败。杨桃进来，搬过几个破旧凳子，请刘备与苗一妹坐下。

陶珍见苗一妹满头是汗，想寻把扇子类的东西，帮夫人扇一扇，她到处翻找，不经意地发现，一个角落里藏有粮食，她想，这可能是僧人离开时，没顾得上带走的。再一检查，竟然发现了新鲜牛肉，陶珍一惊，马上折回来。

"这里可能有人！"陶珍道。

大家一听，立时紧张起来，司徒文、公孙双与黄豆直接把兵刃抓在手中。孙乾瞪一眼陶珍，意思是不要如此冒失，制造紧张气氛。

"说对了，确实有人！"上面突然传来声音，虽是白天，也极为恐怖，刘备拉出宝剑，站在苗一妹前面。

与此同时，从破旧的罗汉雕像后，跳下四五十号人，都蒙着面，各执刀枪，为首之人大喝一声，"我们只图钱，不害命，识相的，赶快交出来！"

刘备知道，遇到劫匪了！赵云没在身边，现在只有司徒文、公孙双、黄豆与自己会武艺，孙乾与庞统是文人，还有三个女人，动起手来恐要吃亏，他们既然只图财，就散些钱财给他们，成功撤离为上。"把所带钱财都留给诸位英雄吧。"

"等等。"匪首突然说道，"原来是你啊！哈哈，踏破铁鞋无觅处，得来全不费工夫，你看我是谁？"说着，一把扯下蒙面之物。

刘备一看，大吃一惊！

第一五二章
见救兵又现迷云

竟然是严龙，严白虎之子！

"你将我们的大事搅了，把我们坑惨了！现在我们不仅要钱，还要命！"严龙咬牙切齿道，突然他又笑了，"哈哈，这不是凤雏先生吗？"他对菩萨双手合十，"这是老天将你们凑到一起，让我来报仇雪恨吗？"庞统也一惊，万没想到，在此遇到他们。

刘备知道，这帮家伙穷凶极恶，武艺高强，对自己恨之入骨，决不会善罢甘休！这注定是场生死之战，如果就是自己，还能设法跑掉，现在这么多人，还有三个女人，她们手无缚鸡之力，赵云不在，自己必须冲锋在前，他打定主意，擒贼先擒王。

"哦，原来是严龙将军，当日之事，纯属误会。我先给诸位赔罪了！"说着向严龙一揖到地。

严龙一甩手，"死到临头，知道怕了，晚了！"就在这一瞬间，刘备骤然出手，宝剑直点其心。严龙大惊，急往后撤身，纵是如此，衣衫还是被刘备挑破，他暴跳如雷，"给我上，杀了他！"

几十号人各持刀枪围拢上来，刘备明白这一击不中，马上就是殊死搏斗。他带领大家退到墙边，以免腹背受敌，此时，孙乾和庞统也横剑在手，他们一同护住三个女人。

只一瞬间，双方就交上了手。对方人多势众，刘备使出浑身解数，很快砍倒两人，司徒文与公孙双武艺不弱，一探身，也分别刺倒一人，黄豆将刀舞得声声作响，以图震住恶匪。庞统顺手抓起一块石头掷出去，直接打翻一人，"以为我那箭是白练的？"孙乾自知武艺不行，护在陶珍面前，没敢贸然进攻。

严龙见自己手下接连受伤倒地，知道他们中大耳之人为首，带领严狮、严豹两个兄弟围攻刘备，刘备为护住苗一妹，极力顶住，这三人武艺最强，他一个不小心，被两人同时击中，一刀砍在肩头，一剑扎在腰部，吓得苗一妹大声尖叫，严氏兄弟以为大耳之人将马上倒地，不想他安然无恙，不禁大惊，他们哪里知道，刘备穿上了金藤麒麟甲，刀枪不入！就在他们一愣神的工夫，刘备使出连环三剑，挑伤严狮，吓得严龙急忙闪躲。

一个恶匪看孙乾像个文人，想从他这里下手，上前一刀，击飞孙乾手中的宝剑，正要跟进一刀时，脑袋被一块瓦片打开了花，原来是陶珍出手了。黄豆被两人围攻，十分凶险，就在一人趁机向他袭来时，被一板凳砸个跟头，板凳的另一端是杨桃，看来胖也不全是坏处，还有一身的力气。

对方毕竟人多，司徒文与公孙双先后受伤，一人被扎中肩膀，一人被砍伤小腿。

严龙太恨刘备，这时又过来几人帮他围攻，刘备虽身经百战，怎奈严龙武艺很高，帮手众多，显得十分吃力，有恶匪直奔苗一妹而来，就在他伸手抓人时，一只鞋子拍在他的脸上，在他一愣神的工夫，杨桃的板凳也到了。护住苗一妹的同时，陶珍已经把那只鞋穿上。

严龙气急败坏，"给我全杀了，一个不留！"对方都是亡命之徒，刘备的鼻洼鬓角全是汗，体力渐渐不支，刘备难过，因为自己，连累这么多人！他真盼望赵云能及时赶到，四弟，你在哪里啊？正在最危急之时，他听到有人"哈哈"大笑，偷眼一看，刘备不禁大喜。

赵云来了？非也！

只听此人高声喊道，"大哥，莫要惊慌，我来了！"

竟是淳于烈！

刘备不觉为之一振，淳于烈跃入殿中，"好个严龙，终于找到你了，这回我看你往哪里逃？"

严龙见淳于烈带着东吴士卒赶到，大惊失色，无心恋战，呼哨一声，夺路而逃。

吴兵上前拦截，被他杀得七零八落，淳于烈与刘备急忙上前阻挡。

严龙知道，今日若不杀条血路，将是在劫难逃！他的部下十分忠勇，誓死保着他往外拼杀。

刘备与淳于烈合力围剿严龙，严龙本就武艺精湛，此时更是拼了命，两人竟一时拿他不下。严龙见自己的手下被吴兵分开，或杀或捉，知道大势已去，虚晃一刀，亡命而逃，刘备与淳于烈奋起追赶。怎奈严龙轻功十分了得，跑得飞快，眼瞧着两人与严龙的距离越拉越大，这将放虎归山，淳于烈越追越懊恼。

正在这时，前面飞马赶来一人，挡住严龙去路，严龙已杀红了眼，举刀就砍，那人拧枪相迎，只一招，严龙的刀几乎脱手，他知道遇见高人，想夺路而逃，哪想到此人招法出神入化，根本无法脱身，只十几个回合，他的刀被挑飞，人被打翻在地，原来是赵云到了。

赵云追赶刘备，始终不见身影，就在他焦急万分之时，发现了苗一妹所乘的车辆，却不见主公等人，赵云心中一颤，主公与夫人如何弃了车辆？是慌不择路，还是——，他不敢想象，急忙来到车前，车上坐的正是王挺汉、王顶汉兄弟，两人一看长相，知道是赵云，兄弟俩忙自报家门，告诉赵云，刘皇叔已经渡过了江，赵云不相信，兄弟俩拿出刘备的手珠，赵云认得，方信两兄弟所言非虚，才放心让他们将自己与马匹摆渡到对岸。

赵云牵挂刘备等人安危，快马加鞭往前赶，哪知道刘备真的遭遇凶险，好在淳于烈及时出现，救了众人。

严龙被赵云打翻在地，在他倒地的一刹那，两把宝剑分别对准了他的咽喉和胸窝，哪承想，严龙一挺身，向宝剑撞来，他要自杀！刘备与淳于烈连忙收剑，严龙一个鲤鱼打挺，起身就跑，他仗着自己轻功厉害，欲死里逃生，哪想到赵云的轻功乃清禅散人公伯尊崖亲授，赵云飞身向前，一脚将他踢翻在地，淳于烈的手下过来将他绑上。

严龙破口大骂，"给我来个痛快的吧！"他只求一死，倒是条汉子！

淳于烈道，"你害得我被人冤枉，想死，没那么容易，你得给我老实交代，到底是怎么逃出的白虎山庄！"

刘备上前，"今日幸亏遇到兄弟，不然就危险了。"

上次，吕范透露了刘备的身世，淳于烈已经知道，这个与自己同甘共苦的人是大汉皇叔刘备。此时，在众人面前，不便挑明，"大哥不用客气，您不是也救过我嘛。"然后对赵云抱拳拱手，"多谢相助！"

刘备道，"你我都是兄弟，不必客套。"

淳于烈点头，"抓住严龙，我终于可以交差，还击某些不实之言了！"然后，来到刘备近前，悄声道，"我知道有人正在追捕大哥，你还是尽快赶路吧！"说罢，让人留一些药物，用于治疗伤者，刘备甚是感动。

他对淳于烈轻声道，"如果兄弟在东吴不如意，就来荆州找我吧。"

淳于烈点头，两人说得轻淡，拱手告别之时，眼中都噙着泪花。

破庙惊魂后，虽然离荆州越来越近，毕竟还是在东吴的地面上。刘备催促众人加速赶路，又走了一天，一直没见追兵，大家方才佩服起孙尚来，能将周瑜拖住，果然神通广大。

眼看就到荆州地界，大家心情放松很多。就在此时，只见后面尘土飞扬，人喊马嘶，离老远就能看到旗帜上面有一个斗大的"周"字！不好，周瑜追上来了。

气氛骤然紧张，令人窒息！虽到荆州地界，如果没有接应，周瑜必将越界抓人。

这时，鼓炮齐鸣，前方涌出大队人马，黄豆一看旗号，惊喜道，"主公，我们的荆州救兵！"

只见大队人马分列两旁，一辆四轮车被推将出来，车上坐的正是军师诸葛亮！刘备激动得热泪盈眶！他立即跳下马，向诸葛亮奔去，可是，他分明看到诸葛亮在偷偷地向他摆手，那是什么意思？不让自己过去？而且，在荆州人马之中，不见关羽、张飞两位兄弟，刘备不禁生疑，立即站住了。

赵云奇怪，主公回来，军师怎么都没有站起来？这时，赵云发现，一个老者正手按军师肩头，那老者怎么这么眼熟？他猛然想起，这不是竹林蓑笠翁吗？他应是诸葛军师的师父，怎么在这里？

这时，只听竹林蓑笠翁用沙哑的声音道，"哈哈，荆州是我的了，哈哈哈哈，刘备，这回我看你还往哪里跑？"